TRILOGIA DA FUNDAÇÃO

TRILOGIA DA FUNDAÇÃO

ISAAC ASIMOV

TRADUÇÃO:
Fábio Fernandes
Marcelo Barbão

ALEPH

Livro I.

FUNDAÇÃO

Livro II.

FUNDAÇÃO E IMPÉRIO

Livro III.

SEGUNDA FUNDAÇÃO

Livro I.
FUNDAÇÃO

23
—— PARTE 1 ——
OS PSICO-
-HISTORIADORES

67
—— PARTE 2 ——
OS ENCICLOPEDISTAS

115
—— PARTE 3 ——
OS PREFEITOS

181
—— PARTE 4 ——
OS COMERCIANTES

211
—— PARTE 5 ——
OS PRÍNCIPES MERCADORES

Livro II.

FUNDAÇÃO E IMPÉRIO

303
PRÓLOGO

307
—— PARTE 1 ——
O GENERAL

309
01. EM BUSCA DE MÁGICOS

320
02. OS MÁGICOS

326
03. A MÃO MORTA

334
04. O IMPERADOR

343
05. COMEÇA A GUERRA

356
06. O FAVORITO

361
07. SUBORNO

376
08. PARA TRANTOR

385
09. EM TRANTOR

393
10. TERMINA A GUERRA

399
—— PARTE 2 ——
O MULO

401
11. RECÉM-CASADOS

416
12. CAPITÃO E PREFEITO

425
13. TENENTE E PALHAÇO

437
14. O MUTANTE

449
15. O PSICÓLOGO

457
16. CONFERÊNCIA

468
17. O VISI-SONOR

479
18. QUEDA DA FUNDAÇÃO

487
19. O INÍCIO DA BUSCA

498
20. CONSPIRADOR

510
21. INTERLÚDIO NO ESPAÇO

523
22. MORTE EM NEOTRANTOR

537
23. AS RUÍNAS DE TRANTOR

542
24. CONVERTIDO

550
25. MORTE DE UM PSICÓLOGO

564
26. O FIM DA BUSCA

Livro III.

SEGUNDA FUNDAÇÃO

581
PRÓLOGO

585
—— PARTE 1 ——

A BUSCA DO MULO

587
01. DOIS HOMENS E O MULO
PRIMEIRO INTERLÚDIO

604
02. DOIS HOMENS SEM O MULO
SEGUNDO INTERLÚDIO

618
03. DOIS HOMENS E UM CAMPONÊS
TERCEIRO INTERLÚDIO

628
04. DOIS HOMENS E OS ANCIÃOS
QUARTO INTERLÚDIO

638
05. UM HOMEM E O MULO

651
06. UM HOMEM, O MULO – E OUTRO
ÚLTIMO INTERLÚDIO

669
—— PARTE 2 ——

A BUSCA DA FUNDAÇÃO

671
07. ARCÁDIA

687
08. O PLANO SELDON

698
09. OS CONSPIRADORES

711
10. UMA CRISE SE APROXIMA

715
11. CLANDESTINA

726
12. LORDE

733
13. LADY

740
14. ANSIEDADE

755
15. PELA GRADE

769
16. COMEÇO DA GUERRA

781
17. GUERRA

785
18. UM MUNDO FANTASMA

794
19. FIM DA GUERRA

805
20. "EU SEI..."

819
21. A RESPOSTA SATISFATÓRIA

830
22. A RESPOSTA VERDADEIRA

837
EXTRAS

NOTA À EDIÇÃO ESPECIAL

A Trilogia da Fundação é a obra máxima de Isaac Asimov. Publicada originalmente como uma série de oito histórias na revista *Astounding Science Fiction and Fact*, entre 1942 e 1950, e posteriormente organizada em três romances, a série foi inspirada em *Ascensão e queda do Império Romano*, de Edward Gibbon. A partir dos estudos dessa obra, Asimov criou uma das histórias mais grandiosas de toda a ficção científica, imaginando uma nova ciência (a chamada psico-história) e narrando uma jornada singular sobre o futuro da humanidade, repleta de reviravoltas e paralelos com passagens históricas.

Trata-se de uma obra sobre a capacidade de um único indivíduo de alterar todo o curso da história – o que dialoga com a realidade, pois essa trilogia mudaria para sempre a literatura especulativa. De fato, *Fundação* recebeu, em 1966, o Prêmio Hugo Especial de melhor série de ficção científica e fantasia de todos os tempos, vencendo concorrentes de peso como *O senhor dos anéis*, de J. R. R. Tolkien.

Esta edição especial reúne, pela primeira vez no Brasil, os três volumes da trilogia em um único livro, com ilustrações do britânico Alexander Wells.

Posteriormente à publicação da trilogia, Asimov a expandiu lançando mais quatro volumes, além de modificar detalhes em diversos outros livros seus para que passassem a integrar um único e coerente universo. Em um ensaio sobre o assunto, também incluso no final desta edição, o acadêmico estadunidense Donald Palumbo explica as conexões estabelecidas pelo escritor e defende a coerência desse universo e a unidade de estilo que ele conseguiu alcançar.

Para complementar a leitura, incluímos ainda uma entrevista realizada com Isaac Asimov em 1987, na qual ele conversa sobre assuntos diversos, desde as origens da série *Fundação* até a robótica e o destino da humanidade.

Em *Fundação*, o Bom Doutor nos convida para uma jornada que desafia a lógica comum do universo e transforma o tempo do ser humano, antes efêmero, em símbolo eterno. Entre a imaginação e o intelecto que servem como guia nesta empreitada, faça uma boa viagem!

Os editores

Em memória de minha mãe
(1895-1973)

Livro I.

FUNDAÇÃO

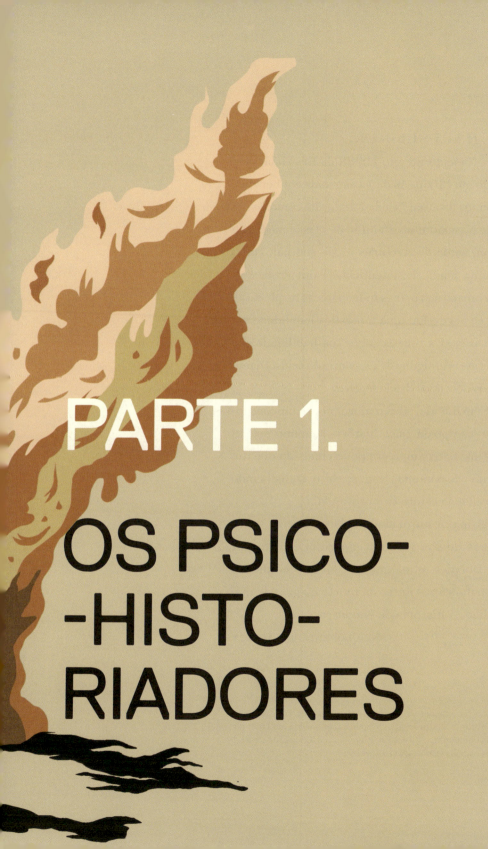

PARTE 1.

OS PSICO-
-HISTO-
RIADORES

—— **HARI SELDON...**

Nascido no ano 11.988 da Era Galáctica: falecido em 12069. As datas são mais conhecidas, em termos da atual Era da Fundação, como de -79 a 1 E.F. Nascido numa família de classe média de Helicon, setor de Arcturus (onde seu pai, como reza uma lenda de autenticidade duvidosa, cultivava tabaco nas usinas hidropônicas do planeta), desde cedo revelou uma fantástica habilidade em matemática. Os relatos sobre sua habilidade são inumeráveis e, alguns deles, contraditórios. Dizem que, aos dois anos de idade, ele...

... Sem dúvida, suas maiores contribuições foram no campo da psico-história. Quando Seldon começou, este campo era pouco mais do que um conjunto de axiomas vagos; ele o transformou numa ciência estatística profunda...

... A maior autoridade existente para saber detalhes de sua vida é a biografia escrita por Gaal Dornick que, quando jovem, conheceu Seldon dois anos antes da morte do grande matemático. A história do encontro...

ENCICLOPÉDIA GALÁCTICA[*]

---

[*] Todas as citações da *Enciclopédia Galáctica* aqui reproduzidas foram retiradas da 116ª edição, publicada em 1020 E.F. pela Companhia Editora Enciclopédia Galáctica Ltda., Terminus, com permissão dos editores.

01.

Seu nome era Gaal Dornick, e ele era apenas um caipira que nunca havia visto Trantor antes. Isto é, não na vida real. Ele já o *vira,* muitas vezes, em hipervídeo e, ocasionalmente, em incríveis reportagens tridimensionais cobrindo uma coroação imperial ou a abertura de um Conselho Galáctico. Muito embora tivesse vivido toda a sua vida no mundo de Synnax, que orbitava uma estrela na extremidade da Corrente Azul, ele não estava isolado da civilização. Naquela época, nenhum lugar na Galáxia estava.

Havia quase vinte e cinco milhões de planetas habitados na Galáxia então, e nenhum deles deixava de prestar obediência ao Império, cujo trono ficava em Trantor. Era o último meio século no qual essa afirmação poderia ser feita.

Para Gaal, a viagem era o clímax indubitável de sua vida jovem e acadêmica. Ele já havia estado no espaço antes, e por isso essa jornada, como viagem em si, pouco significava para ele. Na verdade, sua única viagem anterior tinha sido até o único satélite de Synnax para obter os dados sobre a mecânica de deslocamento de meteoros de que precisava para sua dissertação, mas viagem espacial era tudo a mesma coisa; não importava se a pessoa viajava meio milhão de quilômetros ou muitos anos-luz.

Ele havia se preparado só um pouquinho para o Salto pelo hiperespaço, um fenômeno que as pessoas não experimentavam em viagens interplanetárias simples. O Salto era, e provavelmente o seria para sempre, o único método prático de viajar entre as estrelas. A viagem pelo espaço comum não podia ser mais rápida do que a da luz comum (um pouco de conhecimento científico que pertencia aos poucos itens conhecidos desde a aurora esquecida da história humana), e isso teria significado muitos anos no espaço até mesmo entre os sistemas habitados mais próximos. Através do hiperespaço, essa região inimaginável que não era espaço nem tempo, nem matéria nem energia, nem algo nem nada, era possível atravessar a extensão da galáxia no intervalo entre dois instantes de tempo.

Gaal havia esperado pelo primeiro desses saltos com um pouco de medo no estômago, e acabou não sendo nada além de um ínfimo tremor, um pequeno solavanco interno que cessou um instante antes que ele pudesse ter certeza de que o havia sentido.

E isso foi tudo.

E, depois, tinha ficado apenas a nave, grande e reluzente, a produção de 12 mil anos de progresso imperial; e ele próprio, com seu doutorado em matemática recém-obtido e um convite do grande Hari Seldon para ir a Trantor e se juntar ao vasto, e um tanto misterioso, Projeto Seldon.

O que Gaal esperava, depois da decepção do Salto, era aquela primeira visão de Trantor. Ele ficou espreitando o Mirante. As persianas de aço eram erguidas em momentos anunciados e ele estava sempre ali, observando o brilho forte das estrelas, apreciando o incrível enxame nebuloso de um aglomerado estelar, como um gigantesco enxame de vaga-lumes apanhados em pleno voo e paralisados para sempre. Em um momento havia a fumaça fria, azul esbranquecida, de uma nebulosa gasosa a cinco anos-luz da nave, espalhando-se pela janela como leite, preenchendo o aposento com um tom gelado, e desaparecendo de vista duas horas depois, após outro Salto.

A primeira visão do sol de Trantor foi a de uma partícula dura e branca totalmente perdida dentro de uma miríade de outras, e reconhecível somente porque fora apontada pelo guia da nave. As estrelas eram espessas, ali no centro galáctico. Mas, a cada Salto, ele brilhava mais, superando o resto, fazendo com que elas empalidecessem e reduzissem o brilho.

Um oficial apareceu e disse:

– O mirante ficará fechado durante o resto da viagem. Preparar para o pouso.

Gaal o seguiu, puxando a manga do uniforme branco com o símbolo da Espaçonave-e-Sol do Império.

– Seria possível me deixar ficar? Eu gostaria de ver Trantor – ele perguntou.

O oficial sorriu e Gaal ficou vermelho. Lembrou-se de que falava com um sotaque provinciano.

– Vamos pousar em Trantor pela manhã – respondeu o oficial.

– Eu quis dizer que queria vê-lo do espaço.

– Ah. Desculpe, meu rapaz. Se isto aqui fosse um iate espacial, poderíamos dar um jeito. Mas estamos descendo voltados para o sol. Você não gostaria de ficar cego, queimado e cheio de cicatrizes de radiação ao mesmo tempo, gostaria?

Gaal começou a se afastar.

O oficial disse, atrás dele:

– De qualquer maneira, Trantor seria apenas uma mancha cinza, garoto. Por que é que você não faz uma excursão espacial assim que chegar lá? São bem baratinhas.

Gaal olhou para trás.

– Muito obrigado.

Era infantil se sentir decepcionado, mas a infantilidade é uma coisa que acontece quase tão naturalmente a um homem quanto a uma criança, e Gaal sentiu um nó na garganta. Ele nunca vira Trantor se descortinando em toda a sua incredibilidade, grande como a vida, e não imaginara que teria de esperar mais ainda para isso.

02.

A nave pousou com uma mistura de ruídos. O sibilar distante da atmosfera cortando e deslizando pelo metal da nave. O zumbido constante dos condicionadores, lutando contra o calor da fricção e o murmúrio mais lento dos motores, forçando a desaceleração. O som humano de homens e mulheres se reunindo nos salões de desembarque e o barulho das empilhadeiras erguendo e transportando bagagens, correspondência e carga para o eixo da nave, de onde seriam, mais tarde, movidas para a plataforma de desembarque.

Gaal sentiu aquele tremor leve que indicava que a nave não tinha mais movimento independente. A gravidade da nave dera lugar à gravidade planetária havia horas. Milhares de passageiros tinham ficado sentados pacientemente nos salões de desembarque que se equilibravam, suavemente, em campos de força flexíveis para acomodar sua orientação em relação à das forças gravitacionais sempre em mudança. Agora, eles desciam devagar por rampas curvas até as grandes portas que, destravadas, se abriam.

A bagagem de Gaal era mínima. Ele ficou esperando em pé junto a um balcão enquanto ela era rapidamente revistada. Seu visto foi inspecionado e carimbado. Ele nem prestou atenção nisso.

Estava em Trantor! O ar parecia um pouco mais denso ali, a gravidade um pouco maior do que a do seu planeta natal de Synnax, mas ele se acostumaria. Só não sabia se se acostumaria à imensidão.

O Prédio de Desembarque era tremendo. O teto quase desaparecia nas alturas. Gaal quase podia imaginar nuvens se formando sob sua imensidão. Ele não conseguia ver a parede do outro lado; apenas homens, mesas e piso convergindo até desaparecerem, fora de foco.

O homem no balcão estava falando novamente. Parecia aborrecido. Ele disse:

– Vá andando, Dornick – tivera de abrir o visto, mais uma vez, para lembrar qual era o nome.

– Onde... onde... – Gaal balbuciou.

O homem apontou com o polegar.

– Táxis à direita e terceira à esquerda.

Gaal seguiu em frente, vendo os fragmentos de ar retorcidos e reluzentes, suspensos bem no alto do nada, que diziam "TÁXIS PARA TODOS OS LUGARES".

Uma figura se destacou do anonimato e parou perto do balcão, quando Gaal saiu. O homem sentado olhou para cima e assentiu ligeiramente. A figura retribuiu o movimento de cabeça e seguiu o jovem imigrante.

Chegara a tempo de saber para onde Gaal estava indo.

Quando Gaal deu por si, estava encostado num corrimão.

A plaquinha dizia: *supervisor*. O homem a quem a placa se referia não levantou a cabeça para perguntar:

– Para onde?

Gaal não tinha certeza, mas até mesmo alguns segundos de hesitação significavam pessoas se aglomerando em fila atrás dele.

O supervisor levantou a cabeça:

– Para onde?

Gaal estava mal de finanças; mas só esta noite e depois já teria um emprego. Tentou parecer tranquilo.

– Um bom hotel, por gentileza.

O supervisor não ficou impressionado.

– Todos são bons. Diga o nome de um.

Gaal respondeu, desesperado:

– O mais próximo, por favor.

O supervisor pressionou um botão. Uma fina linha de luz se formou ao longo do piso, retorcendo-se entre outras que brilhavam com maior ou menor intensidade em diferentes tons e cores. Um bilhete, que brilhava levemente, foi colocado nas mãos de Gaal.

– Um ponto doze – disse o supervisor.

Gaal lutou para contar as moedas. Perguntou:

– Para onde eu vou?

– Siga a luz. O bilhete continuará brilhando enquanto você estiver apontando na direção certa.

Gaal levantou a cabeça e começou a andar. Centenas de pessoas percorriam devagar o vasto piso, seguindo suas trilhas individuais, passando com dificuldade por pontos de interseção para chegar a seus destinos respectivos.

Sua trilha chegou ao fim. Um homem vestindo um reluzente uniforme azul e amarelo, brilhante e novo em plastotêxtil à prova de manchas, estendeu as mãos para pegar suas duas malas.

– Linha direta para o Luxor – ele disse.

O homem que seguia Gaal ouviu isso. Ele também ouviu Gaal dizer:

– Ótimo – e o viu entrar no veículo de dianteira arredondada.

O táxi subiu numa linha reta. Gaal ficou olhando pela janela transparente curva, maravilhado com a sensação de voo aéreo dentro de uma estrutura fechada e agarrando-se, por instinto, às costas do banco do motorista. A vastidão se contraiu e as pessoas se tornaram formigas em distribuição aleatória. O cenário se contraiu ainda mais, e começou a deslizar para trás.

Havia uma parede adiante. Ela começava alto no ar e se estendia para cima até sumir de vista. Estava cheia de buracos que eram as bocas dos túneis. O táxi de Gaal se moveu na direção de um e mergulhou na escuridão. Por um momento, Gaal se perguntou, distraído, como seu motorista conseguia escolher um entre tantos.

Agora só havia escuridão, com nada para aliviar a penumbra a não ser os relâmpagos de luzes de sinalização coloridas que passavam zunindo. O ar estava cheio de sons de aceleração.

Gaal se curvou para a frente para compensar a desaceleração e o táxi subitamente saiu do túnel, descendo mais uma vez ao nível do chão.

– Luxor Hotel – o motorista disse, sem necessidade. Ele ajudou Gaal com a bagagem, aceitou uma gorjeta de um décimo de crédito com ar profissional, apanhou um passageiro que estava esperando e voltou a subir.

Durante todo esse tempo, desde o momento do desembarque, não houve um vislumbre sequer do céu.

——— TRANTOR...

No começo do décimo terceiro milênio, essa tendência atingiu seu clímax. Como centro do governo imperial por centenas de gerações ininterruptas e localizado nas regiões centrais da Galáxia, entre os mundos mais densamente habitados e industrialmente avançados do sistema, dificilmente ele poderia deixar de ser o agrupamento mais denso e rico de humanidade que a Raça jamais vira.

Sua urbanização, que progredira a passos firmes, havia finalmente chegado à forma definitiva. Toda a superfície terrestre de Trantor, 194 milhões de quilômetros quadrados de extensão, era uma única cidade. A população, no seu ápice, passava dos quarenta bilhões. Essa enorme população era dedicada quase inteiramente às necessidades administrativas do Império, e percebeu que era pouca para as complicações da tarefa. (Deve-se lembrar que a impossibilidade de uma administração adequada do Império Galáctico, sob a liderança pouco inspirada dos últimos imperadores, foi um fator considerável na Queda.) Diariamente, frotas de naves, contadas às dezenas de milhares, traziam a produção de vinte mundos agrícolas para as mesas de jantar de Trantor...

Sua dependência dos mundos exteriores para comida e, na verdade, para todas as necessidades da vida tornou Trantor cada vez mais vulnerável à conquista por cerco. No último milênio do Império, as revoltas, monotonamente numerosas, fizeram um imperador atrás do outro consciente disso, e a política imperial se tornou pouco mais do que a proteção da delicada veia jugular de Trantor...

ENCICLOPÉDIA GALÁCTICA

03.

Gaal não tinha certeza se o sol brilhava, e nem, para dizer a verdade, se era dia ou noite. Teve vergonha de perguntar. O planeta inteiro parecia viver sob metal. A refeição que tinha acabado de consumir fora rotulada como almoço, mas havia muitos planetas que viviam uma escala de tempo padrão que não levava em conta a alternância, talvez inconveniente, entre dia e noite. A taxa de rotações planetárias diferia, e ele não sabia como era em Trantor.

No começo, acompanhou ansioso as placas que levavam ao "Salão Solar" e descobriu que era apenas uma câmara para as pessoas se banharem em radiação artificial. Ficou ali um instante e, depois, voltou ao saguão principal do Luxor.

– Onde é que eu posso comprar um bilhete para uma excursão planetária? – perguntou ao recepcionista.

– Aqui mesmo.

– E quando ela começa?

– O senhor acabou de perdê-la. Teremos outra amanhã. Compre um bilhete agora e reservamos um lugar para o senhor.

– Ah. – Amanhã seria tarde demais. Amanhã ele teria de estar na Universidade. – Não haveria uma torre de observação... ou coisa parecida? – perguntou. – Quero dizer, a céu aberto.

– Claro! Se o senhor quiser, posso lhe vender um bilhete para isso. É melhor eu verificar se está chovendo. – Ele fechou um contato perto do cotovelo e leu as letras que correram por uma tela translúcida. Gaal leu junto com ele.

– Está fazendo um tempo ótimo! – disse o recepcionista. – Pensando bem, acho mesmo que estamos na estação seca agora – e acrescentou, a título de conversação –, eu mesmo não ligo muito para o lado de fora. A última vez que estive lá foi há três anos. Sabe, você vê uma vez e pronto, não há mais o que ver... aqui está seu bilhete. Elevador especial nos fundos. Onde está escrito "Para a Torre". É só entrar nele.

O elevador era daquele tipo novo que funcionava movido por repulsão gravitacional. Gaal entrou e outros o seguiram. O ascensorista fechou um contato. Por um momento, Gaal se sentiu suspenso no espaço, quando a gravidade passou para zero, e, então, voltou a ter um pouco de peso quando o elevador acelerou para cima. A desaceleração veio em seguida e seus pés deixaram o chão. Soltou um grito sem querer.

O ascensorista gritou:

– Enfie os pés embaixo do corrimão. Não leu a placa?

Era o que os outros haviam feito. Eles sorriam enquanto o rapaz tentava loucamente, e em vão, descer a parede. Os sapatos das pessoas estavam presos no cromo dos corrimãos que se estendiam pelo chão paralelamente, a intervalos de sessenta centímetros. Ele havia notado os corrimãos ao entrar, mas os ignorara.

Então, alguém estendeu uma mão e o puxou para baixo.

Ele soltou um "obrigado" sem fôlego quando o elevador parou.

Saiu em um terraço aberto, banhado numa luz brilhante branca que lhe doeu os olhos. O homem que o ajudara estava imediatamente atrás dele e disse, gentilmente:

– Aqui não falta lugar.

Gaal fechou a boca (estava de queixo caído) e disse:

– É, é o que parece mesmo. – Ele começou a ir automaticamente na direção das cadeiras, mas parou. – Se o senhor não se importa – disse –, vou um instante até a amurada. Eu... eu quero olhar um pouquinho.

O homem fez um gesto bem-humorado para que ele fosse e Gaal se inclinou sobre a amurada na altura dos ombros, fartando-se com o panorama.

Ele não conseguia ver o chão. Estava perdido nas complexidades cada vez maiores de estruturas feitas pelo homem. Não conseguia ver outro horizonte que não o de metal contra o céu, estendendo-se até um tom quase uniforme de cinza, e sabia que estava tudo muito acima da superfície do planeta. Quase não havia movimento para ver – alguns veículos de lazer podiam ser vistos navegando contra o céu –, mas todo o tráfego pesado de bilhões de homens seguia, ele sabia, sob a pele metálica do mundo.

Não havia verde; nada de verde, nada de solo, nenhuma outra vida que não o homem. Em algum lugar do mundo, ele percebeu vagamente, ficava o palácio do imperador, encravado no meio de 260 quilômetros quadrados de solo natural, verde com árvores, com flores de todas as cores do arco-íris. Era uma minúscula ilha no meio de um oceano de aço, mas não era visível de onde ele estava. Podia ficar a quinze mil quilômetros de distância. Ele não sabia.

Precisava fazer logo sua excursão!

Soltou um suspiro alto, e percebeu que, enfim, estava em Trantor; no planeta que era o centro de toda a Galáxia e coração da raça humana. Ele não via nenhuma de suas fraquezas. Não viu nenhuma nave de comida pousando. Não estava ciente de uma jugular conectando delicadamente os quarenta bilhões de Trantor ao resto da Galáxia. Ele só estava consciente do feito mais poderoso do homem. A conquista completa e quase desprezivelmente final de um mundo.

Recuou, um pouco zonzo. Seu amigo do elevador indicou uma cadeira ao seu lado e Gaal se sentou nela.

– Meu nome é Jerril – disse o homem, sorrindo. – Sua primeira vez em Trantor?

– Sim, sr. Jerril.

– Eu tinha imaginado. Jerril é meu primeiro nome. Trantor mexe com você, se tiver um temperamento poético. Mas os trantorianos nunca vêm até aqui. Não gostam. Ficam nervosos.

– Nervosos? Meu nome é Gaal, a propósito. Por que ficam nervosos? Isto aqui é glorioso!

– É uma opinião subjetiva, Gaal. Se você nasceu num cubículo, cresceu num corredor, trabalha num cubículo e tira férias em um solário superlotado, então subir a céu aberto com nada, a não ser o horizonte, sobre você, pode simplesmente provocar um ataque de nervos. Eles fazem as crianças virem aqui em cima uma vez por ano, depois que completam cinco anos de idade. Não sei se faz algum bem. Mas não é o bastante, e das primeiras vezes elas ficam gritando, histéricas. Deviam começar assim que são desmamadas e fazer esse passeio uma vez por semana. Naturalmente, não faz diferença. E se eles nunca saírem? São felizes lá embaixo, e são eles quem dirigem o Império. A que altura você pensa que estamos?

– Oitocentos metros? – perguntou Gaal, imaginando se estava sendo ingênuo.

E devia estar sendo mesmo, porque Jerril deu um risinho, dizendo:

– Não. Apenas cento e cinquenta metros.

– O quê? Mas o elevador levou...?

– Eu sei. Mas a maior parte do tempo foi só para chegar ao nível da superfície. Trantor tem túneis que chegam a mais de um quilômetro e meio de profundidade. É como um iceberg. Nove décimos dele ficam fora de vista. Chega, até mesmo, a se estender alguns quilômetros para o solo suboceânico. Na verdade, estamos tão baixo que podemos utilizar a diferença de temperatura entre o nível da superfície e três quilômetros abaixo para nos fornecer toda a energia de que precisamos. Sabia disso?

– Não, pensei que vocês usassem geradores atômicos.

– Já usamos. Mas isto é mais barato.

– Imagino que sim.

– O que você está achando de tudo? – Por um momento, a boa natureza do homem se evaporou em um ar sagaz. Parecia quase malicioso.

Gaal ficou sem jeito.

– Glorioso – disse novamente.

– Aqui de férias? Viajando? Turismo?

– Não exatamente. Quer dizer, eu sempre quis visitar Trantor, mas vim aqui para um emprego.

– Ah, é?

Gaal se sentiu na obrigação de explicar:

– Com o projeto do dr. Seldon, na Universidade de Trantor.

– Corvo Seldon?

– Não, ora essa. Eu estou falando é de Hari Seldon, o psico-historiador. Não conheço nenhum Corvo Seldon.

– Mas eu estou me referindo ao Hari, mesmo. Eles o chamam de Corvo. Gíria, sabe... Ele não para de ficar prevendo desastres.

– É mesmo? – Gaal ficou genuinamente assombrado.

– Claro, você deve saber disso – Jerril não estava sorrindo. – Está vindo trabalhar com ele, não está?

– Sim, ora, eu sou matemático. Por que é que ele prevê desastres? Que tipo de desastre?

– Que tipo você acha que é?

– Receio não ter a menor ideia. Já li os artigos que o dr. Seldon e seu grupo têm publicado. São sobre teoria matemática.

– Sim, aqueles que eles publicam.

Gaal estava começando a se irritar, por isso disse:

– Acho que vou para o meu quarto, agora. Muito prazer em conhecê-lo.

Jerril fez um aceno indiferente de despedida.

Gaal encontrou um homem esperando por ele em seu quarto. Por um momento, ficou assustado demais para colocar em palavras o inevitável "O que você está fazendo aqui?" que surgiu em seus lábios.

O homem se levantou. Era velho, quase careca, e caminhava mancando, mas seus olhos eram muito azuis e brilhantes.

– Sou Hari Seldon – disse ele, um instante antes que o cérebro confuso de Gaal ligasse esse rosto à memória das muitas vezes em que o havia visto em fotos.

—— PSICO-HISTÓRIA...

Gaal Dornick, utilizando conceitos não matemáticos, definiu a psico-história como o ramo da matemática que trata das reações dos conglomerados humanos a estímulos sociais e econômicos fixos...

... Implícita em todas essas definições está a suposição de que o conglomerado humano que está em foco é suficientemente grande para um tratamento estatístico válido. O tamanho necessário de tal conglomerado pode ser determinado pelo Primeiro Teorema de Seldon, que... Uma suposição necessária posterior é que o conglomerado humano esteja ele próprio inconsciente da análise psico-histórica para que suas reações sejam verdadeiramente aleatórias...

A base de toda a psico-história válida baseia-se no desenvolvimento das Funções Seldon, que exibem propriedades congruentes com as de forças sociais e econômicas, como...

ENCICLOPÉDIA GALÁCTICA

04.

– Boa tarde, senhor – disse Gaal. – Eu... eu...

– Você não achava que fôssemos nos ver antes de amanhã? Normalmente, não mesmo. É que, se formos utilizar seus serviços, precisamos trabalhar rápido. Está ficando cada vez mais difícil obter recrutas.

– Não estou entendendo, senhor.

– Você estava conversando com um homem na torre de observação, não estava?

– Sim. O primeiro nome dele é Jerril. Não sei mais nada sobre ele.

– O nome dele não é nada. Ele é agente da Comissão de Segurança Pública. Ele o seguiu desde o espaçoporto.

– Mas por quê? Sinto muito, mas estou muito confuso.

– O homem da torre não disse nada a meu respeito?

Gaal hesitou.

– Ele se referiu ao senhor como Corvo Seldon.

– Ele disse por quê?

– Disse que o senhor prevê desastres.

– E prevejo. O que Trantor significa para você?

Todos pareciam estar perguntando a opinião dele sobre Trantor. Gaal se sentia incapaz de responder outra coisa além da palavra "glorioso".

– Você disse isso sem pensar. E se usar a psico-história?

– Não pensei em aplicá-la ao problema.

– Antes de acabar seu trabalho comigo, jovem, aprenderá a aplicar a psico-história a todos os problemas de forma natural; observe. – Seldon tirou uma calculadora do bolso do cinto. Diziam que ele guardava uma dessas debaixo do travesseiro, para usar em momentos de insônia. Seu acabamento cinza brilhante estava ligeiramente desgastado pelo uso. Os dedos ágeis de Seldon, cheios de manchas da idade, brincavam com arquivos e teclas que preenchiam a superfície. Símbolos vermelhos despontavam na parte superior.

– Isto representa a condição do Império atualmente – ele afirmou.

Ficou esperando.

Por fim, Gaal disse:

– Certamente, isso não é uma representação completa.

– Não, não é completa – disse Seldon. – Fico feliz por você não ter aceitado minha palavra cegamente. Entretanto, é uma aproximação que servirá para demonstrar a proposição. Você aceita isso?

– Se for submetida à minha verificação posterior da derivação da função, sim. – Gaal estava evitando, cuidadosamente, uma possível armadilha.

– Ótimo. Adicione a isso a conhecida probabilidade de assassinato imperial, revoltas de vice-reis, a recorrência contemporânea de períodos de depressão econômica, a taxa cada vez menor de explorações planetárias, a...

E continuou. À medida que cada item era mencionado, novos símbolos ganhavam vida ao seu toque, e se fundiam à função básica que se expandia e se modificava.

Gaal só o interrompeu uma vez.

– Não vejo a validade dessa transformação de conjunto.

Seldon a repetiu mais devagar.

– Mas isso – disse Gaal – é feito por meio de uma socio-operação proibida.

– Ótimo. Você é rápido, mas ainda não é rápido o bastante. Ela não é proibida nesta conexão. Deixe-me fazer isso por expansões.

O procedimento demorou muito mais e, no final, Gaal disse, humildemente:

– Agora percebi.

Finalmente, Seldon parou.

– Isto é Trantor daqui a três séculos. Como você interpreta isso? Hein? – inclinou a cabeça para o lado e ficou esperando.

Gaal disse, sem acreditar:

– Destruição total! Mas... mas isso é impossível. Trantor nunca foi...

Seldon estava repleto da intensa empolgação de um homem que só havia envelhecido no corpo.

– Vamos, vamos. Você viu como se chegou ao resultado. Coloque isso em palavras. Esqueça o simbolismo por um momento.

– À medida que Trantor se tornar mais especializado, vai se tornar mais vulnerável, menos capaz de se defender – disse Gaal. – Além disso, à medida que se torna, cada vez mais, o centro administrativo do Império, também se torna um prêmio maior. À medida que a sucessão imperial se tornar cada vez mais incerta e as rixas entre as grandes famílias crescerem mais, a responsabilidade social desaparecerá.

– Chega. E a probabilidade numérica de destruição total em três séculos?

– Não saberia dizer.

– Mas certamente você sabe realizar uma diferenciação de campo?

Gaal se sentiu sob pressão. Seldon não lhe ofereceu a calculadora. Ela estava sendo mostrada a uns trinta centímetros de seus olhos. Calculou furiosamente e sentiu a testa molhada de suor.

– Cerca de 85%? – ele perguntou.

– Nada mal – disse Seldon, projetando o lábio inferior –, mas não está bom. A cifra correta é 92,5%.

– E por isso o senhor é chamado Corvo Seldon? – disse Gaal. – Nunca vi nada disso nas publicações acadêmicas.

– Mas é claro que não. Esse tipo de coisa não se publica. Você supõe que o

Império poderia expor sua fragilidade dessa maneira? Esta é uma demonstração muito simples de psico-história. Mas alguns dos nossos resultados vazaram para a aristocracia.

– Isso é ruim.

– Não necessariamente. Tudo é levado em conta.

– Mas é por isso que estou sendo investigado?

– Sim. Tudo a respeito do meu projeto está sendo investigado.

– O senhor está em perigo?

– Ah, sim. Há uma probabilidade de 1,7% de que eu seja executado, mas naturalmente isso não deterá o projeto. Também já levamos isso em consideração. Bem, não importa. Você me encontrará, suponho, na Universidade amanhã?

– Sim – disse Gaal.

—— COMISSÃO DE SEGURANÇA PÚBLICA...

O círculo aristocrata subiu ao poder após o assassinato de Cleon I, último dos Entuns. Basicamente, eles formaram um elemento de ordem durante os séculos de instabilidade e incerteza no Império. Normalmente sob o controle das grandes famílias dos Chens e dos Divarts, ele degenerou em um instrumento cego para a manutenção do status quo... Eles não foram completamente removidos do poder do Estado até depois da subida ao poder do último imperador forte, Cleon II. O primeiro comissário-chefe...

... De certa forma, o começo do declínio da Comissão pode remontar ao julgamento de Hari Seldon, dois anos antes do início da Era da Fundação. Esse julgamento é descrito na biografia de Hari Seldon que Gaal Dornick escreveu...

ENCICLOPÉDIA GALÁCTICA

05.

Gaal não cumpriu sua promessa. Foi despertado na manhã seguinte por uma campainha baixa. Ele a atendeu, e a voz do recepcionista, também tão baixa, educada e depreciativa quanto poderia ser, informou-lhe que estava sob detenção, por ordem da Comissão de Segurança Pública.

Gaal correu até a porta, num salto, e descobriu que ela não abria mais. Só pôde se vestir e esperar.

Apareceram para buscá-lo e o levaram a outro lugar, mas ainda estava detido. Fizeram perguntas com muita educação. Tudo foi muito civilizado. Ele explicou que era um provinciano de Synnax; que havia frequentado tais e tais escolas e obtido um doutorado em Matemática em tal data. Ele se candidatara para um cargo na equipe do dr. Seldon e fora aceito. Deu esses detalhes repetidas vezes; e repetidas vezes eles voltaram à questão de sua entrada no Projeto Seldon. Como Gaal ouvira falar nisso; quais seriam suas tarefas; que instruções secretas ele recebera; do que se tratava, afinal?

Respondeu que não sabia. Não tinha nenhuma instrução secreta. Era acadêmico e matemático. Não tinha o menor interesse em política.

E, finalmente, o gentil inquisidor perguntou:

– Quando Trantor será destruído?

Gaal hesitou.

– Eu não saberia responder isso de conhecimento próprio.

– E isso seria do conhecimento de alguém?

– Como eu poderia falar por outra pessoa? – Sentia calor; muito calor.

O inquisidor perguntou:

– Alguém falou a você sobre essa destruição? Estipulou uma data? – E, como o jovem hesitasse, continuou. – Você foi seguido, doutor. Estávamos no aeroporto quando chegou; na torre de observação quando esperava por sua reunião; e, naturalmente, fomos capazes de ouvir sua conversa com o dr. Seldon.

– Então – disse Gaal –, vocês sabem a opinião dele sobre esse assunto.

– Talvez. Mas gostaríamos de ouvi-la de sua boca.

– Ele é da opinião de que Trantor seria destruído dentro de trezentos anos.

– Ele provou isso... ahn... matematicamente?

– Sim, provou – desafiou.

– Você sustenta que a... ahn... matemática é válida, suponho?

– Se o dr. Seldon sustenta que sim, ela é válida.

– Então, nós voltaremos.

– Espere. Eu tenho direito a um advogado. Exijo meus direitos como cidadão imperial.

– Você os terá.

E teve.

Foi um homem alto quem acabou entrando, um homem cujo rosto parecia todo composto de linhas verticais e tão magro que Gaal ficou se perguntando se ali haveria espaço para um sorriso.

Gaal levantou a cabeça. Ele se sentia todo desgrenhado e esgotado. Tanta coisa havia acontecido e ele estava em Trantor havia menos de trinta horas.

– Sou Lors Avakim – disse o homem. – O dr. Seldon me orientou para representar o senhor.

– É mesmo? Bem, então, escute aqui. Eu exijo um apelo imediato ao imperador. Estou sendo detido sem motivos. Sou inocente de qualquer coisa, de *qualquer coisa* – ele esticou as mãos com as palmas para baixo. – Você precisa arrumar uma audiência com o imperador agora mesmo.

Avakim estava esvaziando cuidadosamente o conteúdo de uma pasta fina no chão. Se Gaal tivesse tido estômago para tanto, poderia ter reconhecido formulários jurídicos de Cellomet, finos como metal e com aspecto de fitas, adaptados para inserção em uma minúscula cápsula pessoal. Ele também poderia ter reconhecido um gravador de bolso.

Sem prestar atenção à explosão de Gaal, Avakim finalmente levantou a cabeça e disse:

– A Comissão, naturalmente, tem um raio espião escutando nossa conversa. Isso é contra a lei, mas eles usarão um assim mesmo.

Gaal rangeu os dentes.

– Entretanto – e Avakim se sentou deliberadamente –, o gravador que coloquei sobre a mesa, que para todos os efeitos é um gravador perfeitamente comum e executa bem suas funções, tem a propriedade adicional de bloquear completamente o raio espião. Isso é uma coisa que eles não vão descobrir de saída.

– Então, posso falar.

– É claro.

– Então, quero uma audiência com o imperador.

Avakim deu um sorriso gelado e Gaal viu que havia espaço no rosto fino dele, afinal de contas. Suas bochechas se enrugaram para abrir espaço.

– Você é da província – falou o advogado.

– Não obstante, sou cidadão imperial. Tão bom quanto você ou qualquer um dessa Comissão de Segurança Pública.

– Sem dúvida; sem dúvida. É só que, como habitante de província, você não entende a vida em Trantor. Não existem audiências perante o imperador.

– Para quem mais se pode apelar acima desta Comissão? Existe outro procedimento?

– Nenhum. Não existe recurso, num sentido prático. Juridicamente, você pode apelar para o imperador, mas não receberia audiência. Sabe, o imperador hoje não é como os imperadores de uma dinastia Entun. Receio que Trantor esteja nas mãos das famílias aristocráticas cujos membros compõem a Comissão de Segurança Pública. Este é um desenvolvimento que está bem previsto pela psico-história.

– É mesmo? – perguntou Gaal. – Neste caso, se o dr. Seldon pode prever a história de Trantor trezentos anos no futuro...

– Ele pode prevê-la mil e quinhentos anos no futuro.

– Que sejam mil e quinhentos. Por que, ontem, ele não podia ter previsto os acontecimentos desta manhã e me avisado?... Não, desculpe – Gaal se sentou e repousou a cabeça numa palma suada. – Eu até consigo entender que a psico-história é uma ciência estatística e não pode prever o futuro de um único homem com precisão. Você deve entender que estou aborrecido.

– Mas você está errado. O dr. Seldon era da opinião de que o senhor seria preso esta manhã.

– O quê?

– Infelizmente, é verdade. A Comissão tem sido cada vez mais hostil em suas atividades. Novos membros que entram no grupo têm sofrido interferências cada vez maiores. Os gráficos mostraram que, para nossos propósitos, seria melhor que as coisas chegassem a um clímax agora. A Comissão propriamente dita estava andando um pouco devagar, então o dr. Seldon o visitou ontem para forçar a mão deles. Por nenhum outro motivo.

Gaal prendeu o fôlego.

– Eu estou ofendido...

– Por favor. Era necessário. O senhor não foi escolhido por nenhuma razão pessoal. Precisa entender que os planos do dr. Seldon, que são preparados com base na matemática desenvolvida ao longo de dezoito anos, incluem todas as eventualidades com probabilidades significativas. Esta é uma delas. Fui enviado para cá por nenhum outro motivo além de assegurar ao senhor que não precisa ter medo. Tudo vai terminar bem; quase certamente para o projeto; e, com razoável probabilidade, para o senhor.

– Quais são os números? – Gaal exigiu saber.

– Para o projeto, mais de 99,9%.

– E para mim?

– Fui instruído de que essa probabilidade é de 77,2%.

– Então tenho mais de uma chance em cinco de ser sentenciado à prisão ou à morte.

– Esta última opção é de menos de um por cento.

– Certo. Os cálculos a respeito de um homem nada significam. Envie o dr. Seldon para falar comigo.

– Infelizmente, não posso. O dr. Seldon também foi preso.

A porta foi escancarada antes que Gaal, que se levantava, pudesse fazer mais do que começar um grito. Um guarda entrou, foi até a mesa, apanhou o gravador, olhou para todos os lados do objeto e o colocou no bolso.

– Vou precisar desse instrumento – disse Avakim, baixinho.

– Vamos lhe fornecer um, advogado. Um que não ative um campo de estática.

– Neste caso, minha entrevista acabou.

Gaal o viu partir e ficou sozinho.

06.

O julgamento (Gaal supôs que fosse um julgamento, embora tivesse pouca semelhança, juridicamente, com as elaboradas técnicas de julgamento sobre as quais ele havia lido) não durou muito. Estava no seu terceiro dia. Mesmo assim, Gaal não conseguia mais puxar suficientemente a memória até a lembrança exata do começo.

Ele próprio não havia sido muito interrogado. As armas pesadas foram todas usadas contra o próprio dr. Seldon. Hari Seldon, entretanto, estava sentado ali, imperturbável. Para Gaal, ele era o único ponto de estabilidade que permanecia no mundo.

A audiência era pequena e composta, exclusivamente, por Barões do Império. Imprensa e público foram excluídos e havia dúvidas de que uma quantidade significativa de pessoas de fora até mesmo soubesse que o julgamento de Seldon estava se realizando. A atmosfera era de hostilidade aberta contra os acusados.

Cinco membros da Comissão de Segurança Pública estavam sentados atrás da mesa elevada. Vestiam uniformes escarlate e ouro e os quepes plásticos reluzentes e justos que eram a marca registrada de sua função judicial. No centro estava o comissário-chefe Linge Chen. Gaal jamais havia visto antes um senhor tão grandioso e observou-o fascinado. No decorrer do julgamento, Chen mal disse uma palavra. Deixara muito claro que falar muito estaria abaixo de sua dignidade.

O Promotor da Comissão consultou suas anotações e a arguição continuou, com Seldon ainda na tribuna:

P. Então, vejamos, dr. Seldon. Quantos homens estão agora participando do projeto que o senhor chefia?

R. Cinquenta matemáticos.

P. Incluindo o dr. Gaal Dornick?

R. O dr. Dornick é o quinquagésimo primeiro.

P. Ah, temos cinquenta e um então? Vasculhe sua memória, dr. Seldon. Talvez sejam cinquenta e dois ou cinquenta e três? Ou quem sabe até mais?

R. O dr. Dornick ainda não entrou formalmente para a minha organização. Quando entrar, teremos cinquenta e um membros. Agora são cinquenta, conforme eu disse.

P. Não seriam talvez quase cem mil?

R. Matemáticos? Não.

P. Eu não disse matemáticos. Existem cem mil em todas as áreas?

R. Em todas as áreas, a sua cifra pode estar correta.

P. *Pode* estar? Eu digo que está, *sim*. Eu digo que os homens em seu projeto somam noventa e oito mil, quinhentos e setenta e dois.

R. Creio que você está contando mulheres e crianças.

P. (levantando a voz) Noventa e oito mil, quinhentos e setenta e dois é a intenção da minha declaração. Não há necessidade de discutir isso.

R. Eu aceito os números.

P. (consultando suas anotações) Vamos deixar isso de lado por um momento, então, e voltar a um assunto que já discutimos razoavelmente. O senhor repetiria, dr. Seldon, seus pensamentos com relação ao futuro de Trantor?

R. Eu já disse antes, e digo novamente, que Trantor estará em ruínas nos próximos trezentos anos.

P. O senhor não considera sua declaração como sendo desleal?

R. Não, senhor. A verdade científica está além de lealdade e deslealdade.

P. O senhor tem certeza de que suas declarações representam a verdade científica?

R. Tenho.

P. Com base em quê?

R. Com base na matemática da psico-história.

P. O senhor pode provar que essa matemática é válida?

R. Apenas para outro matemático.

P. (com um sorriso) A sua afirmação, então, é que sua verdade é de natureza tão esotérica que está além da compreensão de um homem comum. A mim me parece que a verdade deveria ser mais clara que isso, menos misteriosa, mais aberta à mente.

R. Para algumas mentes, ela não oferece nenhuma dificuldade. A física da transferência de energia, que conhecemos como termodinâmica, tem sido clara e verdadeira por toda a história do homem desde as eras míticas, mas pode haver pessoas presentes que achem impossível projetar um gerador de energia. Pessoas de grande inteligência, também. Duvido que os estudados comissários...

Neste ponto, um dos comissários se inclinou na direção do Advogado. Suas palavras não foram ouvidas, mas o sibilar da voz transmitia certa aspereza. O Advogado corou e interrompeu Seldon.

P. Não estamos aqui para escutar discursos, dr. Seldon. Vamos supor que o senhor tenha deixado clara a sua posição. Deixe-me sugerir ao senhor que suas previsões de desastre possam ter a intenção de destruir a confiança pública no governo imperial com finalidades pessoais.

R. Isso não é verdade.

P. Deixe-me sugerir que o senhor pretende declarar que um período de tempo antecedendo a assim chamada ruína de Trantor será repleto de distúrbios de vários tipos.

R. Isso está correto.

P. E que, pela mera previsão disso, o senhor espera provocar esse estado e ter, então, um exército de cem mil à sua disposição.

R. Em primeiro lugar, isso não é verdade. E, se fosse, a investigação mostrará a você que nem dez mil são homens em idade militar, e que nenhum deles tem treinamento com armas.

P. O senhor está agindo como agente para outra pessoa?

R. Não estou sendo pago por ninguém, sr. Advogado.

P. O senhor não tem interesse algum? Serve somente à ciência?

R. Sim.

P. Então nos mostre. O futuro pode ser mudado, dr. Seldon?

R. Obviamente. Este tribunal pode explodir nas próximas horas, ou não. Se explodir, o futuro será indubitavelmente alterado em alguns aspectos menores.

P. O senhor está tergiversando, dr. Seldon. Pode a história da raça humana como um todo ser alterada?

R. Sim.

P. Facilmente?

R. Não. Com grande dificuldade.

P. Por quê?

R. A tendência psico-histórica de um planeta inteiro cheio de pessoas contém uma inércia imensa. Para que ela seja alterada, deve ser confrontada com algo que possua uma inércia semelhante. Ou muitas pessoas devem ser levadas em conta ou, se o número de pessoas for relativamente pequeno, um tempo enorme para mudanças deve ser permitido. Você compreende?

P. Acho que sim. Trantor não precisa ser arruinada, se uma grande quantidade de pessoas decidir agir para que isso não ocorra.

R. Isto é correto.

P. Digamos, cem mil pessoas?

R. Não, senhor. Isto é muito pouco.

P. O senhor tem certeza?

R. Leve em consideração o fato de que Trantor tem uma população de mais de quarenta bilhões. Leve em consideração, ainda, o fato de que a tendência que leva à ruína não pertence a Trantor somente, mas ao Império como um todo, e o Império contém quase um quintilhão de seres humanos.

P. Compreendo. Então, talvez cem mil pessoas possam mudar a tendência, se elas e seus descendentes trabalharem por trezentos anos.

R. Receio que não. Trezentos anos é muito pouco tempo.

P. Ah! Neste caso, dr. Seldon, ficamos com essa dedução a ser feita a partir de suas declarações. O senhor reuniu cem mil pessoas dentro dos confins do seu projeto. São insuficientes para mudar a história de Trantor em trezentos anos. Em outras palavras, elas não podem impedir a destruição de Trantor, não importa o que façam.

R. Infelizmente, o senhor está correto.

P. E, por outro lado, seus cem mil não foram reunidos com nenhum propósito ilegal.

R. Exatamente.

P. (lentamente e com satisfação) Neste caso, dr. Seldon... agora preste atenção, senhor, com muito cuidado, pois queremos uma resposta bem pensada. Qual é o objetivo de seus cem mil?

A voz do Advogado ficara estridente. Ele havia montado uma armadilha; encurralara Seldon num canto; ele o levara astutamente até um ponto onde parecia não existir resposta.

Ouviu-se um burburinho cada vez maior de conversa que varreu as fileiras dos nobres na audiência e invadiu até mesmo a fileira dos comissários. Eles se curvavam na direção uns dos outros em roupas douradas e escarlates; somente o chefe permanecia inabalável.

Hari Seldon permaneceu imóvel. Esperou que o burburinho se dissipasse.

R. Para minimizar os efeitos dessa destruição.

P. E o que o senhor quer dizer com isso exatamente?

R. É bastante simples. A destruição futura de Trantor não é um acontecimento fechado em si mesmo, isolado no esquema do desenvolvimento humano. Ele será o clímax de um intrincado drama que começou séculos atrás e que está se acelerando constantemente. Refiro-me, cavalheiros, ao declínio e queda do Império Galáctico.

O burburinho se tornara, agora, um rugido baixo. O Advogado, sem perceber, já gritava.

– O senhor está declarando abertamente que... – e parou porque os gritos de "traição" da audiência demonstravam que a questão havia sido compreendida sem ser preciso forçar nada.

Lentamente, o comissário-chefe levantou seu martelo uma vez e o deixou cair. O som foi o de um gongo suave. Quando a reverberação cessou, o burburinho da audiência também parou. O Advogado respirou fundo.

P. (teatralmente) O senhor percebe, dr. Seldon, que está falando de um império que existe há doze mil anos, e passou impávido por todas as vicissitudes das gerações, e que tem por trás de si o apoio e o amor de um quatrilhão de seres humanos?

R. Estou ciente, tanto do status atual quanto da história passada do Império. Sem desrespeito, devo afirmar que possuo um conhecimento bem maior do que qualquer pessoa presente nesta sala.

R. E o senhor prevê sua ruína?

P. É uma previsão que é feita pela matemática. Não faço julgamentos morais. Pessoalmente, lamento essa perspectiva. Mesmo que o Império fosse reconhecido como algo ruim (o que não digo), o estado de anarquia que se seguiria à queda dele seria pior. É esse estado de anarquia que meu projeto jurou combater. Entretanto, a queda do Império, cavalheiros, é uma coisa sólida e não será fácil evitá-la. Ela é ditada por uma burocracia em ascensão, um dinamismo em declínio, um congelamento de castas, um represamento da curiosidade... e uma centena de outros fatores. Já vem acontecendo, como eu disse, há séculos, e é um movimento por demais majestoso e maciço para ser interrompido.

P. Não é óbvio a todos que o Império é tão forte quanto jamais foi?

R. A aparência de força é o que vocês veem. Aparentemente, ele pode durar para sempre. Entretanto, sr. Advogado, o tronco de árvore podre, até o instante exato em que a rajada de vento da tempestade o parte ao meio, tem todo o aspecto de poder que sempre teve. O vento da tempestade sopra pelos galhos do Império neste momento. Escutem com os ouvidos da psico-história e vocês ouvirão o ranger.

P. (inseguro) Não estamos aqui, dr. Seldon, para escu...

R. (com firmeza) O Império irá desaparecer e todo o bem que ele fez, também. Seu conhecimento acumulado entrará em decomposição e a ordem que impôs desaparecerá. Guerras interestelares serão intermináveis; o comércio interestelar entrará em declínio; a população declinará; mundos perderão o contato com o principal corpo da Galáxia – e assim as coisas permanecerão.

P. (uma minúscula voz, no meio de um vasto silêncio) Para sempre?

R. A psico-história, que é capaz de prever a queda, pode fazer declarações relacionadas às eras de trevas que se sucederão. O Império, cavalheiros, como acabou de ser dito, existe há doze mil anos. As eras de trevas que virão durarão não doze, mas *trinta* mil anos. Um Segundo Império se erguerá, mas entre ele e a nossa civilização se passarão mil gerações de humanidade em sofrimento. Precisamos combater isso.

P. (recuperando um pouco a compostura) O senhor se contradiz. O senhor havia dito antes que não podia impedir a destruição de Trantor; daí, presumivelmente, a queda – a *pretensa* queda do Império.

R. Não digo, agora, que podemos impedir a queda. Mas ainda não é tarde demais para encurtar o interregno que se seguirá. É possível, cavalheiros, reduzir a duração da anarquia a um único milênio, se meu grupo tiver a permissão de agir agora. Estamos em um momento delicado da história. A massa enorme e avassaladora de eventos deverá ser desviada apenas um pouco – apenas um pouco. Não pode ser muito, mas pode ser o bastante para remover vinte e nove mil anos de sofrimento da história humana.

P. Como o senhor propõe fazer isso?

R. Preservando o conhecimento da raça. A soma do saber humano está além de qualquer homem individualmente; mesmo de mil homens. Com a destruição de nosso tecido social, a ciência se quebrará em um milhão de pedacinhos. Os indivíduos saberão muito das facetas incrivelmente pequenas do que existe para se saber. Eles estarão indefesos e inúteis por si mesmos. Os fragmentos de mitos, sem sentido, não serão transmitidos. Serão perdidos entre as gerações. Mas, se prepararmos agora um gigantesco resumo de todo o conhecimento, ele jamais será perdido. As gerações futuras serão construídas com base nele e não terão de redescobri-lo por si mesmas. Um milênio fará o trabalho de trinta mil.

P. Tudo isso...

R. Todo o meu projeto; meus trinta mil homens com suas mulheres e filhos, estão se dedicando à preparação de uma *Enciclopédia Galáctica*. Eles não a completarão durante suas vidas. Eu nem sequer estarei vivo para vê-la começar de modo apropriado. Mas, quando Trantor cair, ela estará completa, e cópias existirão em todas as grandes bibliotecas da Galáxia.

O martelo do comissário-chefe se ergueu e caiu. Hari Seldon deixou o púlpito e voltou, silenciosamente, a se sentar ao lado de Gaal.

Ele sorriu e disse:

– Gostou do espetáculo?

– O senhor roubou o show – disse Gaal. – Mas o que vai acontecer agora?

– Eles farão um recesso no julgamento e tentarão entrar num acordo privado comigo.

– Como o senhor sabe?

– Vou ser honesto – disse Seldon. – Eu não sei. Depende do comissário-chefe. Eu o tenho estudado há anos. Tenho tentado analisar seu funcionamento, mas você sabe como é arriscado introduzir os caprichos de um indivíduo nas equações psico-históricas. Mesmo assim, tenho lá minhas esperanças.

07.

Avakim se aproximou, cumprimentou Gaal e curvou-se para sussurrar para Seldon. A campainha da suspensão da sessão soou e os guardas os separaram. Gaal foi levado embora.

As audiências do dia seguinte foram inteiramente diferentes. Hari Seldon e Gaal Dornick ficaram sozinhos com a Comissão. Estavam sentados em uma mesa; praticamente não havia separação entre os cinco juízes e os dois acusados. Chegaram até mesmo a oferecer-lhes charutos de uma caixa de plástico iridescente que tinha o aspecto de água, fluindo incessantemente. Os olhos eram enganados com a sensação de movimento, embora os dedos testemunhassem que o material era duro e seco.

Seldon aceitou um; Gaal recusou.

– Meu advogado não está presente – disse Seldon

Um comissário respondeu:

– Isto não é mais um julgamento, dr. Seldon. Estamos aqui para discutir a segurança do Estado.

Linge Chen disse:

– *Eu* vou falar – e os outros comissários voltaram a se recostar em suas poltronas, preparados para ouvir. Ao redor de Chen, formou-se um silêncio no qual ele poderia lançar suas palavras.

Gaal prendeu a respiração. Chen, magro e severo, aparentando ser mais velho do que sua idade real, era de fato o verdadeiro imperador de toda a Galáxia. A criança que tinha o título era apenas um símbolo fabricado por Chen, e não o primeiro do tipo.

– Dr. Seldon, o senhor perturba a paz do reinado do imperador – disse Chen. – Dos quatrilhões que vivem hoje, ninguém, entre todas as estrelas da Galáxia, estará vivo daqui a um século. Por que, então, deveríamos nos preocupar com acontecimentos de daqui a três séculos?

– Eu não estarei vivo daqui a meia década – disse Seldon – e, não obstante, isso é de uma preocupação fundamental para mim. Chame de idealismo. Chame de uma identificação minha com a generalização mística à qual nos referimos pelo termo "humanidade".

– Não quero me dar ao trabalho de compreender misticismo. Pode me dizer por que não posso me livrar do senhor e de um futuro desconfortável e desnecessário de três séculos, que jamais verei, mandando executá-lo esta noite?

– Há uma semana – Seldon disse, despreocupado –, o senhor poderia ter feito isso e, quem sabe, conservado uma probabilidade de um em dez de permanecer vivo no fim do ano. Hoje, a probabilidade de um em dez praticamente não chega a uma em dez mil.

Houve murmúrios e movimentos desconfortáveis no grupo. Gaal sentiu os cabelinhos da nuca se arrepiarem todos. As pálpebras de Chen se fecharam um pouco.

– Como assim? – ele perguntou.

– A queda de Trantor – disse Seldon – não pode ser detida por nenhum esforço concebível. Entretanto, pode ser facilmente apressada. A história do meu julgamento interrompido se espalhará pela Galáxia. A frustração de meus planos em suavizar o desastre convencerá as pessoas de que o futuro não contém nenhuma promessa para eles, que já se lembram das vidas de seus avós com inveja. Verão que as revoluções políticas e a estagnação comercial irão aumentar. O sentimento que percorrerá a Galáxia será o de que só o que um homem puder conseguir para si mesmo, naquele momento, valerá de alguma coisa. Homens ambiciosos não vão esperar e homens inescrupulosos não se conterão. Cada ação deles ajudará a apressar a queda dos mundos. Mande me matar e Trantor cairá não em trezentos anos, mas em cinquenta, e o senhor, em um ano.

– Palavras para assustar crianças – disse Chen –, no entanto, sua morte não é a única resposta que nos satisfará.

Ele ergueu a mão esguia de cima dos papéis sobre os quais repousava, de modo que apenas dois dedos continuaram tocando a folha de cima.

– Diga-me – disse. – Sua única atividade será a de preparar essa Enciclopédia de que fala?

– Será.

– E isso precisa ser feito em Trantor?

– Trantor, milorde, possui a Biblioteca Imperial, bem como os recursos acadêmicos da Universidade de Trantor.

– Mas se você ficasse localizado em outro lugar; digamos, num planeta onde a pressa e as distrações de uma metrópole não irão interferir com devaneios escolásticos; onde seus homens possam se dedicar inteiramente e de modo concentrado ao trabalho... isso não poderia ter suas vantagens?

– Algumas poucas, talvez.

– Então um mundo desse tipo foi escolhido. O senhor, doutor, pode trabalhar à vontade, com seus cem mil ao redor. A Galáxia saberá que o senhor está trabalhando e lutando contra a Queda. Vamos até dizer a eles que o senhor impedirá a Queda – sorriu. – Como eu não acredito em tantas coisas assim, para mim não é difícil não acreditar na Queda também, de modo que estou inteiramente convencido de que estarei dizendo a verdade para as pessoas. E, enquanto isso, doutor, o senhor não causará problemas em Trantor e não haverá perturbação da paz do imperador. A alternativa é morte para o senhor e para tantos seguidores seus quanto parecer necessário. Desconsidero suas ameaças anteriores. A oportunidade para escolher entre morte e exílio lhe está sendo dada por um período de tempo que compreende este momento até daqui a cinco minutos.

– Qual é o mundo escolhido, milorde? – perguntou Seldon.

– Ele se chama, acredito, Terminus – disse Chen. De modo negligente, virou os papéis sobre sua mesa com as pontas dos dedos para que eles ficassem de frente para Seldon. – É desabitado, mas bem habitável, e pode ser moldado para se adequar às necessidades de acadêmicos. É um tanto afastado...

Seldon interrompeu.

– Fica no limite da Galáxia, senhor.

– Como eu disse, um tanto afastado. Será adequado às suas necessidades de concentração. Vamos lá, você tem mais dois minutos.

– Vamos precisar de tempo para organizar uma viagem dessas – disse Seldon. – São vinte mil famílias envolvidas.

– O senhor terá tempo.

Seldon pensou por um momento, e o último minuto começou a acabar. Então, disse:

– Aceito o exílio.

O coração de Gaal quase parou com essas palavras. Em grande parte, ele estava cheio de uma alegria tremenda (e quem não estaria?), por ter escapado da morte. Mesmo assim, com todo o seu vasto alívio, encontrou espaço para lamentar um pouco o fato de que Seldon havia sido derrotado.

08.

Por um longo tempo, eles ficaram sentados em silêncio enquanto o táxi zumbia por entre as centenas de quilômetros de túneis em forma de vermes na direção da Universidade. E, então, Gaal começou a ficar inquieto. Disse:

– O que o senhor disse ao comissário é verdade? Sua execução teria realmente apressado a Queda?

– Eu nunca minto sobre descobertas psico-históricas – disse Seldon. – E também não teria me valido de nada, neste caso. Chen sabia que eu falava a verdade. Ele é um político muito esperto, e políticos, pela própria natureza de seu trabalho, precisam ter um sentimento intuitivo pelas verdades da psico-história.

– Então o senhor precisava ter aceito o exílio? – Gaal perguntou, mas Seldon não respondeu.

Quando entraram no terreno da Universidade, os músculos de Gaal começaram a se comportar sozinhos; ou melhor, a não se comportar. Ele quase precisou ser carregado para fora do táxi.

A Universidade estava toda iluminada. Gaal havia quase esquecido que um sol podia existir.

As estruturas da Universidade não tinham o cinza-metálico duro do resto de Trantor. Eram prateadas. O brilho metálico era de uma cor quase marfim.

– Soldados, ao que parece – disse Seldon.

– O quê? – Gaal baixou os olhos para o chão prosaico e encontrou uma sentinela à frente deles.

Pararam diante dele, e um capitão de fala macia se materializou em uma porta próxima.

– Dr. Seldon? – ele perguntou.

– Sim.

– Estávamos esperando pelo senhor. O senhor e seus homens estão sob lei marcial a partir de agora. Recebi instruções para informá-lo de que seis meses de preparação lhe serão concedidos para partir para Terminus.

– Seis meses! – começou Gaal, mas os dedos de Seldon seguraram o rapaz pelo cotovelo e fizeram uma pressão suave.

– Estas são minhas instruções – repetiu o capitão.

Ele foi embora, e Gaal se virou para Seldon.

– Ora, o que é que pode ser feito em seis meses? Isto é um homicídio em fogo lento.

– Quieto. Quieto. Vamos até o meu escritório.

Não era um escritório grande, mas era à prova de espiões e quase indetectável. Raios espiões apontados para ele recebiam não um silêncio suspeito, nem uma estática mais suspeita ainda. Recebiam, em vez disso, uma conversa construída de modo aleatório a partir de um vasto estoque de frases inócuas em vários tons e vozes.

– Agora – disse Seldon, à vontade –, seis meses serão suficientes.

– Não vejo como.

– Porque, meu rapaz, num plano como o nosso, as ações dos outros se curvam às nossas necessidades. Eu já não disse a você que o temperamento de Chen foi sujeito a uma pesquisa maior do que a de qualquer outro homem na história? Não foi permitido que o julgamento começasse até que o tempo e as circunstâncias estivessem corretos para o resultado de nossa própria escolha.

– Mas o senhor poderia ter arrumado...

– ... para ser exilado em Terminus? Por que não? – ele colocou os dedos em um ponto determinado de sua mesa e uma pequena seção da parede atrás dele deslizou para o lado. Apenas seus próprios dedos poderiam ter feito isso, pois apenas seu padrão de impressões particular poderia ter ativado o escâner abaixo.

– Você encontrará diversos microfilmes ali dentro – disse Seldon. – Pegue o que está marcado com a letra T.

Gaal fez isso e esperou enquanto Seldon o fixava dentro do projetor e entregava ao jovem um par de óculos. Gaal os ajustou e viu o filme se desenrolar diante de seus olhos.

Ele disse:

– Mas então...

– O que o surpreende? – perguntou Seldon.

– O senhor estava se preparando para partir havia dois anos?

– Dois anos e meio. Claro, não poderíamos ter certeza de que seria Terminus que ele escolheria, mas estávamos torcendo para que fosse e agimos segundo essa suposição...

– Mas por quê, dr. Seldon? Se o senhor organizou todo o exílio, por quê? Os acontecimentos não poderiam ser mais bem controlados aqui em Trantor?

– Existem alguns motivos para isso, ora. Trabalhando em Terminus, teremos apoio imperial sem jamais despertar o medo de que pudéssemos colocar em perigo a segurança imperial.

– Mas o senhor despertou esse medo apenas para forçar o exílio – disse Gaal. – Ainda não estou entendendo.

– Talvez vinte mil famílias não viajassem para o fim da Galáxia por livre e espontânea vontade.

– Mas por que elas deveriam ser forçadas a ir para lá? – Gaal fez uma pausa. – Posso saber?

– Ainda não – disse Seldon. – Por enquanto, basta que você saiba que um refúgio científico será estabelecido em Terminus. E outro será estabelecido na outra extremidade da Galáxia, digamos assim – e ele sorriu –, no Fim da Estrela. E, quanto ao resto, eu morrerei em breve, e você verá mais do que eu... não, não. Poupe-me do seu choque e dos votos de boa saúde. Meus médicos me dizem que não tenho mais que um ou dois anos de vida. Mas, pelo menos, já realizei em vida o que pretendia, e sob que circunstâncias se poderia morrer melhor?

– E depois que o senhor morrer?

– Haverá sucessores, ora; talvez até você mesmo. E esses sucessores serão capazes de aplicar o toque final ao esquema e instigar a revolta em Anacreon na hora certa e da maneira certa. A partir daí, os acontecimentos poderão se desenrolar sem problema.

– Não estou entendendo.

– Você **vai entender** – o rosto enrugado de Seldon demonstrava calma e cansaço ao mesmo tempo. – A maioria de nós partirá para Terminus, mas alguns ficarão. Isso será fácil de arrumar. Mas, quanto a mim – e ele concluiu num sussurro, de modo que Gaal quase não o ouviu –, fui até o fim.

PARTE 2.

OS ENCI-CLOPE-DISTAS

—— TERMINUS..

Sua localização (vide mapa) era estranha para o papel que foi convocado a desempenhar na história galáctica, e no entanto, como muitos escritores nunca se cansaram de ressaltar, inevitável. Localizado na própria fronteira da espiral galáctica, planeta único de um sol isolado, pobre de recursos e de valor econômico desprezível, ele nunca foi colonizado nos cinco séculos após sua descoberta, até o pouso dos enciclopedistas...

Era inevitável que, com o crescimento de uma nova geração, Terminus se tornasse algo mais do que um apêndice dos psico-historiadores de Trantor. Com a revolta de Anacreon e a ascensão de Salvor Hardin ao poder, o primeiro da grande linha de...

ENCICLOPÉDIA GALÁCTICA

01.

Lewis Pirenne estava ocupado em sua escrivaninha, no único canto bem iluminado do aposento. O trabalho precisava ser coordenado. Os esforços tinham de ser organizados. Linhas tinham de ser trançadas para formar um padrão.

Cinquenta anos agora; cinquenta anos para se estabelecerem e tornarem a Fundação Número Um da Enciclopédia uma unidade de funcionamento eficiente. Cinquenta anos para coletar a matéria-prima. Cinquenta anos para se preparar.

Isso fora feito. Mais cinco anos e aconteceria a publicação do primeiro volume da mais monumental obra que a Galáxia já havia concebido. E, depois, a intervalos de dez anos – regularmente, como um relógio –, um volume depois do outro. E com eles haveria suplementos, artigos especiais sobre eventos de interesse atual, até...

Pirenne se assustou quando a campainha silenciosa em sua mesa vibrou, teimosa. Ele havia quase se esquecido do compromisso. Empurrou a trava da porta e, pelo canto distraído de um dos olhos, viu a porta se abrir e a figura ampla de Salvor Hardin entrar. Pirenne não levantou a cabeça.

Hardin sorriu consigo mesmo. Ele estava com pressa, mas sabia que não devia se ofender com o tratamento arrogante que Pirenne reservava a tudo ou a todos que o perturbassem em seu trabalho. Ele se enterrou na poltrona do outro lado da mesa e ficou aguardando.

O *stylus* de Pirenne fez um som levíssimo de raspagem ao correr pelo papel. Tirando isso, nem movimento, nem som. E então Hardin retirou uma moeda de dois créditos do bolso do colete. Jogou-a para o alto e a superfície de aço inoxidável captou fragmentos de luz enquanto dava cambalhotas pelo ar. Ele a pegou e jogou de novo, vendo, preguiçoso, os reflexos. O aço inoxidável era um bom meio de troca num planeta onde todo o metal tinha de ser importado.

Pirenne levantou a cabeça e piscou.

– Pare com isso! – reclamou.

– Hein?

– Essa moeda infernal que você fica jogando. Pare com isso.

– Ah. – Hardin enfiou o disco metálico no bolso. – Avise quando estiver pronto, sim? Prometi estar de volta à reunião do Conselho da Cidade antes que o projeto para o novo aqueduto seja posto em votação.

Pirenne deu um suspiro e se afastou da mesa:

– Estou pronto. Mas espero que você não venha me incomodar com questões da cidade. Por favor, cuide dessas coisas você mesmo. A Enciclopédia toma todo o meu tempo.

– Já ouviu a novidade? – Hardin questionou fleumaticamente.

– Que novidade?

– A novidade que o aparelho de ultraondas da Cidade de Terminus recebeu há duas horas. O governador real da Prefeitura de Anacreon assumiu o título de rei.

– Sim? E daí?

– Isso quer dizer – respondeu Hardin – que estamos isolados das regiões mais interiores do Império. Já estávamos esperando, mas isso não torna as coisas mais confortáveis. Anacreon fica bem no meio do que era nossa última rota comercial restante para Santanni, Trantor e até mesmo Vega! De onde virá nosso metal agora? Não temos conseguido obter um carregamento de aço ou de alumínio em seis meses e agora não conseguiremos obter nada mesmo, a não ser pelas boas graças do rei de Anacreon.

Pirenne demonstrou impaciência.

– Então, consiga tudo por intermédio dele.

– Mas será que podemos? Escute, Pirenne, segundo os estatutos que estabeleceram esta Fundação, a Junta Diretora do Comitê da Enciclopédia recebeu poderes administrativos completos. Eu, como prefeito da Cidade de Terminus, tenho apenas poder suficiente para assoar o nariz e, talvez, espirrar, se você me der uma ordem assinada concedendo a permissão. É com você e sua Junta, então. Estou pedindo em nome da Cidade, cuja prosperidade depende da não interrupção do comércio com a Galáxia, que você convoque uma reunião de emergência...

– Pare! Um discurso de campanha está fora de cogitação. Agora, Hardin, a Junta Diretora não proibiu o estabelecimento de um governo municipal em Terminus. Nós entendemos que um governo assim é necessário por causa do aumento da população desde que a Fundação foi estabelecida, há cinquenta anos, e devido ao número cada vez maior de pessoas envolvidas em assuntos não ligados à Enciclopédia. *Mas* isso não quer dizer que o primeiro e *único* objetivo da Fundação não seja mais publicar a Enciclopédia definitiva de todo o conhecimento humano. Nós somos uma instituição científica apoiada pelo Estado, Hardin. Não podemos, não devemos e *não* iremos interferir na política local.

– Política local! Pelo dedão do pé esquerdo do imperador, Pirenne, é uma questão de vida ou morte. O planeta Terminus, por si só, não tem como sustentar uma civilização mecanizada. Ele não tem metais. Você sabe disso. Não tem um vestígio sequer de ferro, cobre ou alumínio nas rochas de superfície e muito pouco de qualquer outro. O que você acha que vai acontecer à Enciclopédia se esse diacho desse rei de Anacreon cair em cima de nós?

– De nós? Você está se esquecendo de que estamos sob controle direto do próprio imperador? Não somos parte da Prefeitura de Anacreon ou de qualquer outra prefeitura. Lembre-se disso! Fazemos parte é do domínio pessoal do imperador e ninguém encosta na gente. O imperador pode proteger os seus.

– Então, por que é que ele não impediu que o governador real de Anacreon chutasse o balde? E é só Anacreon? Pelo menos vinte das prefeituras mais distantes da Galáxia, toda a Periferia na verdade, começaram a dirigir as coisas ao seu bel-prazer. Estou lhe dizendo, estou com uma tremenda insegurança com relação ao Império e sua capacidade de nos proteger.

– Bobagem! Governadores reais, reis, qual é a diferença? O Império está sempre salpicado de uma certa quantidade de políticos e homens diferentes puxando para um lado e para o outro. Governadores se rebelam e, de fato, imperadores já foram depostos ou assassinados antes disso. Mas o que isso tem a ver com o Império propriamente dito? Esqueça, Hardin. Não é da nossa conta. Somos, em primeiro e em último lugar, cientistas. E nossa preocupação é a Enciclopédia. Ah, sim, eu já ia esquecendo. Hardin!

– Sim?

– Tome alguma providência com relação àquele seu jornal! – a voz de Pirenne estava zangada.

– O *Diário* da Cidade de Terminus? Ele não é meu; é de propriedade privada. O que ele andou fazendo?

– Há semanas ele tem recomendado que o aniversário de cinquenta anos do estabelecimento da Fundação se torne a ocasião para feriados públicos e comemorações bastante inadequadas.

– E por que não? O relógio computadorizado abrirá o Cofre em três meses. Eu chamaria isso de uma grande ocasião, você não?

– Não para desfiles bobos, Hardin. O Cofre e sua abertura só dizem respeito à Junta Diretora. Qualquer coisa de importância será comunicada ao povo. Isso é definitivo e, por favor, esclareça isso no *Diário*.

– Desculpe, Pirenne, mas a Convenção da Cidade garante uma certa coisinha conhecida como liberdade de imprensa.

– Pode ser. Mas a Junta não garante isso. Eu sou o representante do imperador em Terminus, Hardin, e tenho plenos poderes nesse assunto.

A expressão no rosto de Hardin se tornou a de um homem contando até dez mentalmente. Ele disse, sério:

– Então, já que estamos falando de seu status como representante do imperador, tenho uma última notícia a lhe dar.

– Sobre Anacreon? – Os lábios de Pirenne se apertaram. Ele estava irritado.

– Sim. Um enviado especial de Anacreon virá para cá. Em duas semanas.

– Um enviado? Aqui? De Anacreon? – Pirenne ficou remoendo isso. – Para quê?

Hardin se levantou e empurrou com força a cadeira contra a mesa.

– Eu lhe dou uma chance para adivinhar.

E saiu, sem a menor cerimônia.

02.

Anselm haut Rodric – o termo "haut" significava sangue nobre –, subprefeito de Pluema e Enviado Extraordinário de Sua Alteza de Anacreon, além de meia dúzia de outros títulos, foi recebido por Salvor Hardin no espaçoporto com todo o ritual imponente de uma ocasião de Estado.

Com um sorriso forçado e uma mesura ligeira, o subprefeito retirou sua arma de raios do coldre e a apresentou a Hardin com a coronha para a frente. Hardin retribuiu o cumprimento com uma arma de raios especificamente emprestada para a ocasião. Amizade e boa vontade estavam assim estabelecidas e, se Hardin notou o discreto volume no ombro de Haut Rodric, manteve-se prudentemente calado.

O carro terrestre que os transportou – precedido, ladeado e seguido pela nuvem adequada de funcionários menores – seguiu de maneira lenta e cerimoniosa até a Praça da Ciclopédia, ovacionado, durante o trajeto, por uma multidão convenientemente entusiasmada.

O subprefeito Anselm recebeu as ovações com a indiferença complacente de um soldado e um nobre.

Perguntou a Hardin:

– E esta cidade é todo o seu mundo?

Hardin levantou a voz para se fazer ouvir acima do clamor:

– Somos um mundo jovem, Vossa Eminência. Em nossa curta história, pouquíssimos membros da alta nobreza visitaram nosso pobre planeta. Daí o nosso entusiasmo.

Uma coisa certa é que a "alta nobreza" não reconhece ironia quando a ouve. Ele disse, pensativo:

– Fundada há cinquenta anos. Hmmmmm! Vocês têm muita terra inexplorada aqui, prefeito. O senhor nunca pensou em dividi-la em propriedades?

– Ainda não há necessidade. Somos extremamente centralizados; precisamos ser, por causa da Enciclopédia. Um dia, talvez, quando nossa população tiver crescido...

– Que mundo estranho! Vocês não têm camponeses?

Hardin refletiu que não era necessária muita inteligência para dizer que Sua Eminência tinha modos brutos e pouco refinados. Respondeu, afetando distração:

– Não... nem nobreza.

Haut Rodric ergueu as sobrancelhas.

– E seu líder, o homem com o qual vou me encontrar?

– O senhor está falando do dr. Pirenne? Sim! Ele é o presidente da Junta Diretora... e representante pessoal do imperador.

– *Doutor*? Nenhum outro título? Um *acadêmico*? E ele está acima da autoridade civil?

– Ora, certamente – Hardin respondeu, simpático. – Aqui somos todos mais ou menos acadêmicos. Afinal, somos mais uma fundação científica que um mundo... e sob o controle direto do imperador.

Houve uma leve ênfase na última frase que pareceu desconcertar o subprefeito. Ele continuou silencioso e pensativo durante o resto do lento caminho até a Praça da Ciclopédia.

Se Hardin achou chatas toda aquela tarde e a noite que se seguiu, teve pelo menos a satisfação de perceber que Pirenne e Haut Rodric – depois de se encontrarem com altos e mútuos protestos de estima e consideração – estavam detestando a companhia um do outro ainda mais.

Haut Rodric assistira, com olhos sonolentos, à palestra de Pirenne durante a "visita de inspeção" do Edifício da Enciclopédia. Com um sorriso educado e vazio, ouvira o palavrório acelerado do outro enquanto passavam pelos vastos armazéns de filmes de referência e as numerosas salas de projeção.

Foi somente depois de descer todos os níveis e passar pelos departamentos de composição, de edição, de publicação e de filmagem que fez a primeira declaração abrangente.

– Isso é tudo muito interessante – ele disse –, mas parece uma estranha ocupação para homens crescidos. Para que serve isso?

Era um comentário, reparou Hardin, para o qual Pirenne não encontrou resposta, embora a expressão em sua face fosse bastante eloquente.

O jantar naquela noite foi a imagem espelhada dos eventos daquela tarde, pois Haut Rodric monopolizou a conversa descrevendo – com detalhes técnicos minuciosos e um entusiasmo incrível – seus próprios feitos como chefe de batalhão durante a recente guerra entre Anacreon e o vizinho recém-proclamado Reino de Smyrno.

Os detalhes do relato do subprefeito não terminaram até o fim do jantar e, uma a uma, as autoridades menores haviam saído de fininho. O último fragmento de descrição triunfante de espaçonaves destruídas foi dito no momento em que ele acompanhou Pirenne e Hardin até a varanda e relaxou no ar quente da noite de verão.

– E agora – ele disse, com uma jovialidade forçada –, aos assuntos sérios.

– Por favor – murmurou Hardin, acendendo um charuto comprido de tabaco vegano (não lhe restavam muitos, pensou) e equilibrando a cadeira para trás, em duas pernas.

A Galáxia ia alta no céu, e seu formato nebuloso de lente se estendia, preguiçoso, de um horizonte a outro. Em contrapartida, as poucas estrelas ali, na própria borda do universo, eram brilhos insignificantes·

— Naturalmente — disse o subprefeito —, todas as discussões formais... a assinatura de documentos e essas tecnicalidades chatas, quero dizer... acontecerão perante... como você chama seu Conselho?

— Junta Diretora — Pirenne respondeu com frieza.

— Que nome estranho! De qualquer maneira, isso fica para amanhã. Podemos aproveitar o momento e limpar o terreno um pouco, de homem para homem, agora mesmo, hein?

— E isso quer dizer... — Hardin quis saber.

— Apenas isso. Houve uma certa mudança de situação aqui na Periferia e o status do seu planeta se tornou um pouco incerto. Seria muito conveniente se pudéssemos chegar a um acordo sobre como fica essa questão. A propósito, prefeito, o senhor tem mais um desses charutos?

Hardin lhe ofereceu um com relutância.

Anselm haut Rodric cheirou o charuto e soltou um estalo de prazer.

— Tabaco de Vega! Onde foi que o senhor conseguiu isso?

— Recebemos um pouco no último carregamento. Está quase no final. Sabe lá o espaço quando receberemos mais. Se é que receberemos.

Pirenne fechou a cara. Ele não fumava — e, além disso, detestava o odor.

— Deixe-me entender uma coisa, Sua Eminência. Sua missão é meramente de esclarecimento?

Haut Rodric assentiu por entre a fumaça de suas primeiras baforadas de prazer.

— Neste caso, essa missão está chegando ao fim. A situação com relação à Fundação da Enciclopédia é a que sempre foi.

— Ah! E qual é essa situação, que sempre foi?

— Apenas esta: uma instituição científica com apoio do Estado e parte do domínio pessoal de Sua Augusta Majestade, o imperador.

O subprefeito não parecia impressionado. Soprou anéis de fumaça.

— Bela teoria, dr. Pirenne. Imagino que o senhor tenha constituições com o Selo Imperial nelas... mas qual é a situação de fato? Qual a posição de vocês com relação a Smyrno? Vocês não estão nem a cinquenta parsecs da capital de Smyrmo, sabiam? E quanto a Konom e Daribow?

– Não temos nada a ver com nenhuma prefeitura – disse Pirenne. – Como parte do domínio do imperador...

– Não são prefeituras – lembrou Haut Rodric. – São reinos agora.

– Reinos, então. Nada temos a ver com eles. Como uma instituição científica...

– A ciência que se dane! – xingou o outro. – O que diabos isso tem a ver com o fato de que, a qualquer momento, poderemos ver Terminus invadido por Smyrno?

– E o imperador? Ele ficaria sentado sem fazer nada?

Haut Rodric se acalmou e disse:

– Ora, dr. Pirenne, o senhor respeita a propriedade do imperador e Anacreon também, mas pode ser que Smyrno não. Lembre-se, nós acabamos de assinar um tratado com o imperador; apresentarei uma cópia a essa sua Junta amanhã, que coloca sobre nós a responsabilidade de manter a ordem dentro das fronteiras da velha Prefeitura de Anacreon, em nome do imperador. Nosso dever, então, está claro agora, não está?

– Certamente. Mas Terminus não faz parte da Prefeitura de Anacreon.

– E Smyrno...

– Também não faz parte da Prefeitura de Smyrno. Não faz parte de prefeitura nenhuma.

– E Smyrno sabe disso?

– Não me interessa o que eles sabem.

– Interessa a *nós*. Acabamos de terminar uma guerra e eles ainda dominam dois sistemas estelares que são nossos. Terminus ocupa um ponto extremamente estratégico entre as duas nações.

Hardin se sentia esgotado. Interrompeu:

– Qual é a sua proposta, Vossa Eminência?

O subprefeito parecia pronto a parar de esgrimir e adotar uma abordagem mais direta. Disse, ríspido:

– Parece perfeitamente óbvio que, já que Terminus não pode se defender, Anacreon precise assumir essa função para si. Compreenda que não temos o menor desejo de interferir na administração interna...

— A-hã — Hardin soltou um grunhido seco.

— ... mas acreditamos que seria melhor, para todos os envolvidos, se Anacreon estabelecesse uma base militar no planeta.

— E isto é tudo o que vocês querem: uma base militar em uma parte deste vasto território desocupado... e fica por isso mesmo?

— Bem, naturalmente, haveria a questão de sustentar as forças de proteção.

A cadeira de Hardin desceu com um estrondo e ele fincou os cotovelos nos joelhos:

— Agora estamos chegando ao que interessa. Vamos traduzir isso em palavras. Terminus será um protetorado e pagará tributo.

— Tributo, não. Impostos. Vamos protegê-los. Vocês pagam por isso.

Pirenne bateu a mão na cadeira com violência súbita.

— Deixe-me falar, Hardin. Vossa Eminência, não dou uma moedinha de meio crédito enferrujada por Anacreon, Smyrno ou todas as suas políticas locais e guerras mesquinhas. Eu lhe digo que esta é uma instituição financiada pelo Estado e livre de impostos.

— Apoiada pelo Estado? Mas nós somos o Estado, dr. Pirenne, e não estamos financiando.

Pirenne se levantou, irritado:

— Vossa Eminência, eu sou o representante direto de...

— ... de Sua Augusta Majestade, o imperador — Anselm haut Rodric fez coro, amargamente —, e eu sou o representante direto do Rei de Anacreon. Anacreon fica bem mais perto, dr. Pirenne.

— Vamos voltar aos negócios — Hardin pediu. — Como é que o senhor coletaria esses ditos impostos, Vossa Eminência? O senhor os aceitaria em espécie: trigo, batatas, vegetais, gado?

O subprefeito ficou olhando, pasmo, para eles.

— Mas que diabos? Para que precisamos dessas coisas? Nós temos superávit de produção. Ouro, claro. Cromo ou vanádio seriam ainda melhores, por acaso, se vocês tiverem esses metais em quantidade.

Hardin deu uma gargalhada.

– Quantidade! Não temos nem ferro em quantidade! Ouro! Aqui, dê uma olhada na nossa moeda. – Ele jogou uma moeda para o enviado.

Haut Rodric pegou-a no ar.

– Do que é feita? Aço?

– Isso mesmo.

– Não estou entendendo.

– Terminus é um planeta praticamente sem metais. Nós importamos tudo. Consequentemente, não temos ouro, e nada com que pagar, a menos que vocês queiram alguns milhares de sacos de batatas.

– Bem... então, artigos manufaturados.

– Sem metal? Do que fazemos nossas máquinas?

Fez-se uma pausa e Pirenne tentou novamente:

– Toda esta discussão não tem sentido. Terminus não é um planeta, mas uma fundação científica preparando uma grande Enciclopédia. Pelo espaço, homem, você não tem respeito pela ciência?

– Enciclopédias não ganham guerras – Haut Rodric franziu a testa. – Um mundo completamente improdutivo, então, e praticamente desocupado. Bem, vocês podem pagar com terra.

– Como assim? – perguntou Pirenne.

– Este mundo é praticamente vazio e a terra não ocupada provavelmente é fértil. Muitos membros da nobreza de Anacreon gostariam de acrescentar terra às suas propriedades.

– O senhor não pode propor tamanha...

– Não há necessidade de ficar tão alarmado, dr. Pirenne. Há muito espaço para todos nós. Se a coisa chegar a esse ponto e vocês cooperarem, provavelmente poderemos dar um jeito para que não percam nada. Títulos podem ser conferidos e propriedades, garantidas. O senhor me entende, creio eu.

– Obrigado! – Pirenne disse entre dentes.

E então Hardin disse, engenhosamente:

– Será que Anacreon poderia fornecer quantidades adequadas de plutônio para nossa usina nuclear? Só temos suprimento para mais alguns anos.

Pirenne se engasgou e um silêncio mortal se fez por minutos. Quando Haut Rodric falou, foi numa voz bem diferente da que vinha usando até então:

– Vocês têm energia nuclear?

– Certamente. O que há de estranho nisso? Imagino que a energia nuclear deva ter uns cinquenta mil anos de idade. Por que não deveríamos tê-la? Só que é um pouco difícil obter plutônio.

– Sim... sim – o enviado fez uma pausa e acrescentou, pouco à vontade.

– Bem, cavalheiros, vamos continuar o assunto amanhã. Os senhores me deem licença...

Pirenne levou-o à saída e depois disse, rangendo os dentes:

– Esse burro descerebrado! Esse...

Hardin interrompeu:

– Nem um pouco. Ele é meramente o produto de seu ambiente. Não entende muita coisa além de "eu tenho uma arma, você não tem".

Pirenne girou e partiu exasperado para cima dele.

– O que no espaço você quis dizer falando sobre bases militares e tributos? Está maluco?

– Não. Eu somente dei corda e deixei que ele falasse. Você há de reparar que ele acabou revelando as verdadeiras intenções de Anacreon: isto é, a divisão de Terminus em propriedades. Naturalmente, não pretendo deixar que isso aconteça.

– Você não pretende. Você, não. E quem é você? E posso lhe perguntar o que quis, abrindo o bico sobre nossa usina nuclear? Ora, é justamente o tipo de coisa que daria um alvo militar.

– Sim – sorriu Hardin. – Um alvo militar do qual manter distância. Não é óbvio por que eu abordei o assunto? Só veio a confirmar uma suspeita muito forte que eu tinha.

– E que suspeita é essa?

– Que Anacreon não tem mais uma economia de base nuclear. Se tivessem, nosso amigo sem dúvida teria percebido que plutônio, a não ser na tradição antiga, não é usado em usinas de energia. E, portanto, concluímos que o resto da Periferia também não tem mais energia nuclear. Certamente Smyrno não tem, ou Anacreon não teria vencido a maioria das batalhas na guerra recente entre os dois. Interessante, não acha?

– Bah! – Pirenne saiu com um péssimo humor e Hardin sorriu gentilmente. Jogou seu charuto fora e levantou a cabeça para olhar a Galáxia estendida.

– Quer dizer então que eles voltaram ao petróleo e ao carvão, hein? – murmurou... e guardou para si o resto de seus pensamentos.

03.

Quando Hardin negou ser o dono do *Diário*, talvez estivesse tecnicamente correto, mas não muito. Hardin era o espírito de liderança no movimento para incorporar Terminus em uma municipalidade autônoma – fora eleito seu primeiro prefeito –; portanto, não era de surpreender que, embora nem uma ação sequer do *Diário* estivesse em seu nome, cerca de 60% fossem controladas por ele, de formas mais indiretas.

Havia maneiras.

Consequentemente, quando Hardin começou a sugerir a Pirenne que tivesse permissão de ir a reuniões da Junta Diretora, não foi coincidência que o *Diário* começasse uma campanha semelhante. E a primeira reunião em massa na história da Fundação foi realizada, exigindo representação da Cidade no governo "nacional".

E, no fim das contas, Pirenne capitulou de má vontade.

Sentado ao pé da mesa, Hardin ficou especulando, distraído, sobre por que cientistas da área de exatas davam administradores tão medíocres. Podia ser simplesmente porque estivessem acostumados demais aos fatos inflexíveis, e desacostumados demais a pessoas flexíveis.

De qualquer maneira, ali estavam Tomaz Sutt e Jord Fara à sua esquerda; Lundin Crast e Yate Fulham à sua direita; com o próprio Pirenne presidindo. Ele conhecia todos, naturalmente, mas eles pareciam ter assumido um ar especialmente pomposo para a ocasião.

Hardin quase cochilou durante as formalidades iniciais e, em seguida, se endireitou quando Pirenne tomou um gole do copo com água à sua frente, à guisa de preparação, e disse:

– Acho muito gratificante ser capaz de informar à Junta que, desde nosso último encontro, recebi a notícia de que lorde Dorwin, Chanceler do Império, chegará a Terminus em duas semanas. Pode-se ter como garantido que nossas relações com Anacreon serão amaciadas para nossa completa satisfação, assim que o imperador for informado da situação.

Sorriu e dirigiu a palavra para Hardin, do outro lado da mesa.

– Informações a esse respeito já foram encaminhadas ao *Diário*.

Hardin deu um risinho disfarçado. Parecia evidente que o desejo de Pirenne de lançar essa informação diante dele havia sido um dos motivos para que fosse admitido naquele santuário.

Ele disse, tranquilo:

– Deixando expressões vagas de lado, o que você espera que lorde Dorwin faça?

Tomaz Sutt respondeu. Ele tinha o péssimo hábito de dirigir-se a alguém na terceira pessoa quando estava em seu temperamento mais formal.

– É deveras evidente – observou – que o prefeito Hardin é um cínico profissional. Ele praticamente não consegue perceber que seria muito improvável que o imperador permitisse que suas prerrogativas pessoais fossem atingidas.

– Por quê? O que ele faria, caso isso acontecesse?

Todos se mexeram, desconfortáveis. Pirenne disse:

– O senhor está fora da pauta – e, como um pensamento posterior –; além disso, está fazendo afirmações que soam quase como traição.

— Devo me considerar respondido?

— Sim! Se o senhor não tiver nada mais a dizer...

— Não tire conclusões apressadas. Eu gostaria de fazer uma pergunta. Além desse toque de diplomacia, que pode ou não significar alguma coisa, algo de concreto foi feito para enfrentar a ameaça anacreônica?

Yate Fulham passou a mão por seu bigode ruivo espesso:

— O senhor vê uma ameaça aí, não vê?

— E você não?

— Dificilmente – falou com indulgência. – O imperador...

— Grande Espaço! – Hardin se sentiu irritado. – O que é isso? Muito de vez em quando alguém menciona "imperador" ou "Império" como se fosse uma palavra mágica. O imperador está a milhares de parsecs de distância e eu duvido que ele ligue a mínima para nós. E, se ligar, o que ele pode fazer? O que existia da marinha imperial, nestas regiões, está nas mãos dos quatro reinos agora, e Anacreon tem sua parcela. Escutem, precisamos lutar com armas, não com palavras. Agora, entendam uma coisa. Nós nos salvamos por dois meses até agora, principalmente porque demos a Anacreon a ideia de que temos armas nucleares. Bem, todos nós sabemos que essa é uma mentirinha. Energia nuclear nós temos, mas somente para usos comerciais e pouco mais que isso. Eles vão descobrir logo e, se vocês acham que vão gostar de terem sido enrolados, estão muito enganados.

— Meu caro senhor...

— Espere um instante: não acabei – Hardin estava se aquecendo. Ele gostava daquilo. – Está muito bem arrastar chanceleres para isso, mas seria muito melhor trazer algumas grandes armas de cerco feitas para se colocar belas bombas nucleares. Já perdemos dois meses, cavalheiros, e podemos não ter outros dois meses a perder. O que os senhores propõem fazer?

Disse Lundin Crast, franzindo, nervoso, o nariz comprido:

— Se o senhor está propondo a militarização da Fundação, não quero ouvir nem mais uma palavra. Isso marcaria nossa entrada aberta no campo da política. Nós, sr. prefeito, somos uma fundação científica, e mais nada.

– Além do mais – acrescentou Sutt –, ele não percebe que construir armamentos significaria retirar homens, homens valiosos, da Enciclopédia. Isso não pode ser feito, aconteça o que acontecer.

– Muito justo – concordou Pirenne. – A Enciclopédia primeiro: sempre.

Hardin gemeu em espírito. A Junta parecia sofrer violentamente de enciclopedite cerebral aguda.

– Já ocorreu a esta Junta que é possível que Terminus possa ter outros interesses além da Enciclopédia? – falou, com frieza.

– Eu não concebo, Hardin – respondeu Pirenne –, que a Fundação possa ter qualquer outro interesse que não a Enciclopédia.

– Eu não disse a Fundação; eu disse Terminus. Receio que você não esteja entendendo a situação. Há um bom milhão de nós aqui em Terminus, e não mais de cento e cinquenta mil estão trabalhando diretamente na Enciclopédia. Para o resto de nós, isto aqui é nosso *lar*. Nascemos aqui. Estamos vivendo aqui. Comparada com nossas fazendas, nossas casas e nossas fábricas, a Enciclopédia pouco significa para nós. Nós as queremos protegidas...

Gritaram para que ele se calasse.

– A Enciclopédia primeiro – grasnou Crast. – Temos uma missão a cumprir.

– Missão o diabo – gritou Hardin. – Isso podia ser verdade há cinquenta anos. Mas esta é uma nova geração.

– Uma coisa não tem nada a ver com a outra – replicou Pirenne. – Somos cientistas.

E Hardin aproveitou a brecha.

– É mesmo? É uma bela de uma alucinação, não é? Seu grupo aqui é um exemplo perfeito do que andou errado com toda a galáxia por milhares de anos. Que espécie de ciência é ficar aqui, preso por séculos, classificando a obra de cientistas do milênio passado? Vocês já pensaram em trabalhar olhando para a frente, estendendo o conhecimento deles e o aprimorando? Não! Vocês estão estagnados e felizes. Toda a Galáxia está assim e sabe lá o espaço há quanto tempo. É por isso que a Periferia está se revoltando; é por isso que as comunicações estão se deteriorando; é por isso que guerras mesquinhas estão se tornando eternas; é por isso que sistemas inteiros estão perdendo a energia nuclear e voltando a técnicas bárbaras da energia química. Se vocês querem saber a minha opinião – ele gritou –, *o Império Galáctico está morrendo!*

Parou e caiu em sua poltrona para recuperar o fôlego, sem prestar atenção aos dois ou três que estavam tentando, simultaneamente, responder a ele.

Crast conseguiu ser o primeiro:

– Não sei o que o senhor está tentando ganhar com suas declarações histéricas, Senhor prefeito. Certamente, o senhor não está acrescentando nada de construtivo à discussão. Eu peço uma moção, Senhor presidente, para que os comentários do orador sejam retirados e que a discussão seja retomada do ponto em que foi interrompida.

Jord Fara se mexeu pela primeira vez. Até aquele instante, Fara não havia participado da discussão, nem mesmo no seu momento mais agitado. Mas, agora, sua voz ponderada, tão ponderada quanto seu corpo de cento e trinta quilos, explodiu em um tom grave.

– Não estamos nos esquecendo de uma coisa, cavalheiros?

– O quê? – Pirenne perguntou irritado.

– Que em um mês vamos comemorar nosso aniversário de cinquenta anos. – Fara tinha um truque que consistia em afirmar as coisas mais óbvias com grande profundidade.

– E daí?

– E daí que nesse aniversário – Fara continuou, plácido – o Cofre de Hari Seldon se abrirá. Os senhores já pararam para pensar no que pode estar contido no Cofre?

– Eu não sei. Questões de rotina. Talvez um discurso de parabéns. Acho que não será necessário atribuir grande importância ao Cofre... embora o *Diário* – e ele olhou fuzilando para Hardin, que lhe sorriu, debochado – tenha tentado tratar do assunto. Eu mesmo dei um fim nisso.

– Ah – disse Fara –, mas talvez o senhor esteja errado. Será que não lhe passou pela cabeça – ele parou e levou um dedo ao nariz pequeno e redondo –

que o Cofre está se abrindo numa hora muito conveniente?

– Muito *inconveniente*, o senhor quer dizer – resmungou Fulham. – Temos outras coisas com que nos preocupar.

– Outras coisas mais importantes do que uma mensagem de Hari Seldon? Acho que não. – Fara estava ficando mais pomposo do que nunca, e Hardin o olhou, pensativo. Aonde ele estaria querendo chegar?

– Na verdade – Fara disse, animado –, vocês todos parecem esquecer que Seldon foi o maior psicólogo de nosso tempo e que ele foi o fundador de nossa Fundação. Parece razoável supor que ele tenha utilizado a ciência para determinar o curso provável da história do futuro imediato. Se o fez, como parece provável, repito, ele certamente teria conseguido encontrar uma maneira de nos avisar de perigos e, quem sabe, apontar uma solução. A Enciclopédia era muito cara a ele, vocês sabem.

Uma aura de dúvida intrigada prevalecia. Pirenne murmurou:

– Bem, agora, eu não sei. Psicologia é uma grande ciência, mas... não há psicólogos aqui entre nós no momento, acredito. Parece-me que estamos pisando em terreno incerto.

Fara se voltou para Hardin.

– O senhor não estudou psicologia com Alurin?

Hardin respondeu, meio como que devaneando:

– Sim, mas nunca terminei meus estudos. Cansei da teoria. Eu queria ser um engenheiro psicológico, mas não tínhamos instalações para isso, então fiz a segunda melhor coisa: entrei para a política. É praticamente a mesma coisa.

– Bem, o que o senhor acha do Cofre?

E Hardin respondeu, cautelosamente:

– Não sei.

Ele não disse uma palavra pelo resto da reunião... muito embora ela voltasse ao tema do Chanceler do Império.

Na verdade, nem sequer estava escutando. Ele havia visto um outro caminho e as coisas estavam se encaixando... apenas um pouco. Pequenos ângulos estavam se encaixando: um ou dois.

E a psicologia era a chave. Tinha certeza disso.

Ele estava tentando desesperadamente se lembrar da teoria psicológica que havia aprendido um dia... e dela tirou uma coisa bem no começo.

Um grande psicólogo como Seldon podia desvendar as emoções e as reações humanas o suficiente para ser capaz de prever as linhas gerais do vasto panorama histórico do futuro.

E o que isso poderia significar?

04.

Lorde Dorwin cheirava rapé. Ele também tinha cabelos compridos, encaracolados de forma intrincada e obviamente artificial, aos quais foram acrescentados um par de suíças louras e afofadas, que ele acariciava de modo afetuoso. E, além disso, falava por meio de declarações de precisão exagerada e com a língua presa.

Naquele momento, Hardin não tinha tempo de pensar em mais motivos para detestar instantaneamente o nobre chanceler. Ah, sim, os gestos elegantes de uma das mãos com a qual acompanhava suas observações e a condescendência estudada com a qual acompanhava até mesmo uma simples afirmativa. Mas, de qualquer maneira, o problema agora era localizá-lo. Ele havia desaparecido com Pirenne meia hora antes – sumido bem diante dos olhos dele, maldito.

Hardin tinha certeza de que sua própria ausência durante as discussões preliminares seria muito conveniente para Pirenne.

Mas Pirenne havia sido visto naquela ala e naquele andar. Era simplesmente uma questão de experimentar cada uma das portas. Na metade do corredor, ele disse: "Ah!" e entrou no aposento escurecido. O perfil do intricado penteado de lorde Dorwin era inconfundível contra a tela iluminada.

Lorde Dorwin levantou a cabeça e disse:

– Ah, Hartin. Estafa nos procuranto, sem túvita? – estendeu sua caixa de rapé, exageradamente cheia de adornos e com um péssimo trabalho artesanal, Hardin reparou, e recebeu uma recusa educada, ao passo que ele próprio se serviu de uma pitada e sorriu graciosamente.

Pirenne franziu a testa e Hardin encarou isso com uma expressão de indiferença neutra.

O único som a quebrar o curto silêncio que se seguiu foi o clique da tampa da caixa de rapé de lorde Dorwin se fechando. Ele a pôs de lado e disse:

– Uma grante realissação, esta sua Enciclopétia, Hartin. Um feito e tanto, equiparanto-se às realissações mais majestossas de todos os tempos.

– É o que a maioria de nós acha, milorde. É uma realização que, entretanto, ainda não foi totalmente realizada.

– To pouco que fi da eficiência de sua Funtação, não tenho temores a esse respeito – e assentiu para Pirenne, que respondeu com uma mesura delicada.

Mas que festival de puxa-saquismo, pensou Hardin.

– Eu não estava reclamando da falta de eficiência, milorde, mas do excesso de eficiência dos anacreonianos... ainda que em outra, e mais destrutiva, direção.

– Ah, sim. Anacreon – um gesto negligente da mão. – Acapei te foltar te lá. Um planeta pastante párparo. É inteiramente inconcepífel que seres humanos possam fifer assim na Periferia. A falta tos requerimentos mais elementares te um cafalheiro culto; a aussência tas coissas necessárias mais funtamentais para conforto e confeniências... o profunto tescasso com o qual eles...

Hardin interrompeu com secura:

– Os anacreonianos, infelizmente, possuem todos os requerimentos elementares para guerra e todas as coisas fundamentais para a destruição.

– Sim, sim – lorde Dorwin parecia irritado, talvez por ser interrompido no meio de sua frase. – Mas não famos tiscutir negócios agora, não é? Eu estou muito cansato. Toutor Pirenne, o senhor não fai me mosstrar o segunto folume? Mostre, por fafor.

As luzes se apagaram e, durante a meia hora seguinte, era como se Hardin estivesse em Anacreon, por toda a atenção que lhe deram. O livro sobre a tela não fazia muito sentido para ele, e tampouco se deu ao trabalho de tentar acompanhá-lo, mas lorde Dorwin ficou bastante empolgado em determinados momentos. Hardin notou que, durante os momentos de empolgação, a pronúncia do chanceler era perfeita.

Quando as luzes se acenderam novamente, lorde Dorwin disse:

– Marafilhosso. Fertateiramente marafilhosso. O senhor por acaso não estaria interessato em arqueologia, estaria, Hartin?

– Hein? – Hardin saiu de um devaneio abstrato. – Não, milorde. Não posso dizer que esteja. Sou psicólogo por intenção original e político por decisão final.

– Ah! Sem túfita são estutos interessantes. Eu próprio, sape – serviu-se de uma grande pitada de rapé –, tenho meus interesses em arqueologia.

– É mesmo?

– Lorde Dorwin – interrompeu Pirenne – está bastante familiarizado com a área.

– Pem, talfez eu esteja, talfez eu esteja – lorde Dorwin disse, complacente. – Eu já fiz muitos trapalhos científicos. Sou extremamente culto, na fertate. Estutei tota a opra de Jagtun, Opijasi, Kwomill... ah, totos eles, sape.

– Já ouvi falar neles, claro – disse Hardin. – Mas nunca os li.

– Teferia ler um tia, caro amigo. Isso ampliaria seus horissontes. Ora, eu certamente consitero que fale a fiagem até a Periferia só para fer esta cópia de Lameth. Focê acretitaria que minha Piplioteca não tem nenhum essemplar? A propóssito, Toutor Pirenne, o senhor não essqueceu sua promessa de transtesenfolfer uma cópia para mim antes te eu partir?

– Terei o maior prazer.

– Lameth, como focê tefe saper – continuou o chanceler, pomposamente –, apressenta uma atição nofa e mui interessante ao meu conhecimento anterior ta "Questão ta Origem".

– Que questão? – perguntou Hardin.

– A "Questão ta Origem". O lugar ta origem ta espécie humana. Certamente focê tefe saper que se acha que, originalmente, a raça humana ocupafa somente um sisstema planetário.

– Bem, sim, sei disso.

– É claro que ninguém sape essatamente qual sistema é esse, pertito nas néfoas da antiguitate. Mas essistem teorias; Sírius, dissem alguns. Outros insistem em Alfa Centauro, ou Sol, ou 61 Cygni... totos no setor de Sírius, entente?

– E o que Lameth diz?

– Pem, ele segue um caminho completamente nofo. Ele tenta mostrar que restos arqueológicos no terceiro planeta to sistema acturiano temonstram que a humanitate essistiu ali antes te qualquer intício de fiagens esspaciais.

– E isso significa que esse foi o planeta natal da humanidade?

– Talfes. Preciso ler isso com cuitato e pessar as efitências antes te tisser com certessa. Tefemos fer se as opserfações dele são confiáfeis.

Hardin permaneceu em silêncio por um momento. Depois disse:

– Quando Lameth escreveu esse livro?

– Ah... Acho que há oitocentos anos. É claro que ele o passeou em grante parte na opra anterior de Gleen.

– Então, por que confiar nele? Por que não ir a Arcturus e estudar os vestígios por si mesmo?

Lorde Dorwin ergueu as sobrancelhas e aspirou apressado uma pitada de rapé.

– Ora, para quê, meu caro amigo?

– Para obter as informações em primeira mão, claro.

– Mas qual a necessitate tisso? Parece um métoto anormalmente enrolato te se chegar a algum lugar. Escute aqui, eu tenho as opras te totos os felhos messtres: os grantes arqueológos to passato. Eu comparo uns com os outros, equilipro as tiscortâncias, analisso as afirmações conflitantes, tecito o que profafelmente se conecta e chego a uma conclusão. Este é o métoto científico. Pelo menos – disse, de modo condescendente –, como *eu* o fejo. Como seria incrifelmente primitifo ir a Arcturus, ou a Sol, por essemplo, e sair passeanto por lá, quanto os felhos mestres já copriram os territórios te moto muito mais eficiente to que poteríamos possifelmente essperar.

– Entendo – Hardin murmurou, educadamente.

Método científico o diabo! Por isso a Galáxia estava indo pras cucuias.

– Venha, milorde – disse Pirenne. – Acho que é melhor voltarmos.

– Ah, sim. Talvess seja melhor.

Quando iam deixando o aposento, Hardin disse, subitamente:

– Milorde, posso fazer uma pergunta?

Lorde Dorwin sorriu inexpressivamente e enfatizou sua resposta com um gracioso gesto de mão.

– Certamente, querito amigo. Fico feliss em poter ajutar. Se puter lhe ajutar te algum jeito, com meu popre conhecimento...

– Não é exatamente sobre arqueologia, milorde.

– Não?

– Não. É o seguinte: no ano passado recebemos notícias, aqui em Terminus, sobre a explosão de uma usina de energia no Planeta V em Gama Andrômeda. Mal conseguimos notícias sobre o acidente: nenhum detalhe. Será que o senhor poderia me dizer exatamente o que aconteceu?

Pirenne torceu a boca.

– Por que você está incomodando milorde com perguntas sobre assuntos totalmente irrelevantes?

– Nem um pouco, Toutor Pirenne – intercedeu o chanceler. – Está tuto pem. Não há muito o que tisser a respeito, te qualquer maneira. Creio que milhões te pessoas morreram e pelo menos metate to planeta ficou em ruínas. O goferno está consiteranto seriamente a colocação te tiverssas restrições sopre o usso intiscriminato te energia nuclear... empora isso não seja matéria para puplicação geral, sape.

– Sei – disse Hardin. – Mas o que houve de errado com a usina?

– Pem, na fertate – lorde Dorwin respondeu, indiferente –, quem sape? Ela já hafia tito proplemas alguns anos antes e tissem que as peças de reposição são muito inferiores. É *tão* tifícil encontrar hoje em tia homens que *realmente* ententam os tetalhes mais técnicos te nossos sistemas te energia. – E inalou uma lamentosa porção de rapé.

– O senhor percebe – disse Hardin – que os reinos independentes da Periferia perderam completamente a energia nuclear?

– É mesmo? Não estou nem um pouco surpresso. Planetas párparos... Ah, mas meu caro amigo, não os chame de indepententes. Eles não o são, sapia? Os tratatos que assinamos com eles são profa possitifa tisso. Eles reconhecem a soperania do Império. Eles precissam, é claro, ou não faríamos tratatos com eles.

– Pode ser, mas eles têm uma liberdade considerável de ação.

– Sim, suponho que sim. Consiteráfel. Mas isso pouco importa. O Império está pem melhor assim, com a Periferia trapalhanto com seus próprios recursos; mais ou menos, na fertate. Sape, eles não são tão pons assim para nós. São planetas muito párparos. Quase não são cifilissatos.

– Eles foram civilizados, no passado. Anacreon foi uma das mais ricas províncias de fronteira. Pelo que sei, ela se comparava até a Vega.

– Ah, mas, Hartin, isso foi há séculos. Focê não pote tirar conclussões tisso. As coisas eram tiferentes nos felhos e grantes tias. Nós não somos mais os homens que costumáfamos ser, sape. Mas, Hartin, famos lá, focê é um sujeito um tanto insistente. Eu já lhe tisse que simplesmente não tiscutirei negócios hoje. O Toutor Pirenne me preparou para focê. Ele me tisse que focê tentaria me importunar, mas eu sou muito preparato para essas coissas. Famos deixar isso para amanhã.

E foi isso.

05.

Aquela era a segunda reunião da Junta Diretora à qual Hardin ia, excluindo-se as conversas informais que os membros da Junta tiveram com lorde Dorwin, que partira há pouco. Mas o prefeito tinha uma ideia perfeitamente definida de que pelo menos mais uma reunião, e possivelmente duas ou três, havia sido realizada, para a qual ele sequer recebera um convite.

Tampouco, ao que lhe parecia, teria recebido notificação daquela, se não fosse pelo ultimato.

Pelo menos a coisa equivalia a um ultimato, embora uma leitura superficial do documento visigrafado pudesse levar alguém a supor que fosse uma troca amigável de cumprimentos entre dois governantes.

Hardin o manuseou cautelosamente. Começava num estilo todo florido, com uma saudação de "Sua Poderosa Majestade, o rei de Anacreon, ao seu amigo e irmão, dr. Lewis Pirenne, presidente da Junta Diretora, da Fundação Número Um da Enciclopédia", e terminou ainda mais florido com um selo gigantesco e multicolorido do mais complexo simbolismo.

Mas que era um ultimato, era.

– Acontece – disse Hardin – que não tínhamos muito tempo, afinal: apenas três meses. Mas, por menos tempo que fosse, nós o descartamos sem usar. Esta coisa aqui nos dá uma semana. O que fazemos agora?

Pirenne franziu a testa, preocupado.

– Deve haver uma brecha. É absolutamente inacreditável que eles levem as coisas a extremos em face do que lorde Dorwin nos garantiu em relação à atitude do imperador e do Império.

Hardin quase deu um pulo.

– Sei. Você já informou ao rei de Anacreon dessa suposta atitude?

– Já... depois de ter feito uma proposta de votação à Junta e de ter recebido aprovação unânime.

– E quando aconteceu essa votação?

Pirenne se escorou em sua dignidade.

– Eu não acredito que seja obrigado a lhe dar nenhuma resposta, prefeito Hardin.

– Está certo. Não estou tão desesperadamente interessado. É apenas a minha opinião que foi sua transmissão diplomática da valiosa contribuição de lorde Dorwin para a situação – ele levantou o canto da boca num meio sorriso amargo – a causa direta desta notinha amigável. Eles poderiam ter demorado mais, de outra forma... embora eu ache que o tempo adicional não teria ajudado Terminus em grande coisa, considerando a atitude da Junta.

Yate Fulham disse:

– E como o senhor chegou a essa notável conclusão, sr. prefeito?

– De maneira bastante simples. Meramente, exigiu o uso de uma mercadoria muito negligenciada: o bom senso. Sabem, existe um ramo do conhecimento humano, conhecido como lógica simbólica, que pode ser usado para aparar todos os galhos mortos que entopem e atulham a linguagem humana.

– E daí? – perguntou Fulham.

– Eu a apliquei. Entre outras coisas, apliquei-a a este documento aqui. Eu não precisava realmente fazer isso porque sabia do que se tratava, mas acho que posso explicar com mais facilidade a cinco cientistas exatos por símbolos, em vez de palavras.

Hardin retirou algumas folhas de papel do bloco debaixo de seu braço e os espalhou sobre a mesa.

– Não fiz isto sozinho, a propósito – ele disse. – Muller Holk, da Divisão de Lógica, assinou as análises, como podem ver.

Pirenne inclinou-se sobre a mesa para olhar melhor e Hardin prosseguiu:

– A mensagem de Anacreon foi um problema simples, naturalmente, pois os homens que a escreveram eram homens de ação, e não de palavras. A coisa se resume, fácil e diretamente, na afirmação incondicional, quando é vista em símbolos e que, em palavras, traduzida por cima, significa: "Vocês nos dão o que queremos em uma semana ou vamos tomar a força".

Houve silêncio quando os cinco membros da Junta leram a linha de símbolos. Então, Pirenne se sentou e tossiu, desconfortável.

Hardin disse:

– Não há uma lacuna aí, há, dr. Pirenne?

– Parece que não.

– Está certo – Hardin trocou as folhas. – À sua frente agora vocês veem uma cópia do tratado entre o Império e Anacreon... tratado, incidentalmente, que está assinado em nome do imperador pelo mesmo lorde Dorwin que esteve aqui na semana passada; e, com ele, uma análise simbólica.

O tratado tinha cinco páginas de linhas minúsculas e a análise estava rabiscada em pouco menos de meia página.

– Conforme os senhores veem, cavalheiros, algo como 90% do tratado saiu da análise como não fazendo o menor sentido, e o que sobrou pode ser descrito da seguinte maneira interessante:

"Obrigações de Anacreon para com o Império: *Nenhuma!*

Poderes do Império sobre Anacreon: *Nenhum!*"

Mais uma vez os cinco seguiram ansiosos o raciocínio, verificando cuidadosamente o tratado, e quando terminaram, Pirenne disse, preocupado:

– Isso parece estar correto.

– O senhor admite, então, que o tratado não passa de uma declaração de total independência da parte de Anacreon e um reconhecimento desse status pelo Império?

– Parece que sim.

– E o senhor supõe que Anacreon não percebe isso e não está ansioso para enfatizar a posição de independência... de modo que naturalmente tendesse a se ressentir de qualquer aparência de ameaça da parte do Império? Particularmente, quando fica claro que o Império não tem poder para cumprir nenhuma dessas ameaças, ou jamais teria permitido a independência.

– Mas então – Sutt interpôs –, como o prefeito Hardin explica as garantias que lorde Dorwin fez, de apoio do Império? Elas pareceram... – ele deu de ombros. – Bem, elas pareceram satisfatórias.

Hardin voltou a se recostar na cadeira.

– Sabe, esta é a parte mais interessante dessa história toda. Admito que eu havia achado lorde Dorwin a mais rematada besta quando o conheci... mas acontece que ele era realmente um diplomata de talento e um homem muito inteligente. Tomei a liberdade de gravar todas as suas declarações.

Houve um alvoroço, e Pirenne abriu a boca horrorizado.

– O que foi? – Hardin perguntou. – Percebo que foi uma quebra grosseira de hospitalidade e uma coisa que nenhum cavalheiro digno desse nome faria. Além disso, que se milorde tivesse descoberto, as coisas poderiam ter ficado desagradáveis; mas ele não descobriu e eu tenho a gravação, e é isso. Peguei a gravação, mandei transcrevê-la e também a enviei a Holk para analisar.

– E onde está a análise? – perguntou Lundin Crest.

– Esta – respondeu Hardin – é que é a coisa interessante. A análise foi a mais difícil das três, de longe. Quando Holk, depois de dois dias de trabalho ininterrupto, conseguiu eliminar declarações sem sentido, bobagens vagas, qualificações inúteis, resumindo, todo o blablablá, ele descobriu que não havia restado nada. Tudo anulado. Lorde Dorwin, cavalheiros, em cinco dias de discussão, *não disse sequer uma coisa que prestasse*, e fez isso de um modo que vocês nem notaram. Aí estão as garantias que vocês tiveram de seu precioso Império.

Hardin poderia ter colocado uma bomba de efeito moral acesa em cima da mesa e não teria criado mais confusão do que a que se formou depois de sua última frase. Ele esperou, com paciência cansada, até ela acabar.

– Então – ele concluiu –, quando vocês enviaram ameaças (e era exatamente isso o que elas eram) solicitando uma ação do Império contra Anacreon, vocês meramente irritaram um monarca mais esperto. Naturalmente, o ego dele exigiria ação imediata e o ultimato é o resultado... o que me leva à minha afirmação original. Só nos resta uma semana, e o que faremos agora?

– Parece – disse Sutt – que não temos escolha a não ser permitir que Anacreon estabeleça bases militares em Terminus.

– Nisso eu concordo com você – replicou Hardin –, mas o que faremos para chutá-los pra fora daqui na primeira oportunidade?

O bigode de Yate Fulham tremeu:

– Isso soa como se você tivesse decidido que se deve usar de violência contra eles.

– A violência – veio a resposta – é o último refúgio do incompetente. Mas eu certamente não pretendo colocar o tapetinho de boas-vindas e deixar a casa toda arrumada para eles usarem.

– Ainda não estou gostando da maneira como você diz isso – insistiu Fulham. – É uma atitude perigosa; mais perigosa ainda porque temos notado, ultimamente, que uma parte considerável da população parece acatar todas as suas sugestões. Eu também poderia aproveitar para lhe dizer, prefeito Hardin, que a Junta não está cega às suas atividades recentes.

Ele fez uma pausa e houve um murmúrio geral de aprovação. Hardin deu de ombros.

Fulham continuou:

– Se você inflamar a cidade para um ato de violência, vai propiciar um suicídio elaborado; e nós não pretendemos permitir isso. Nossa política tem somente um princípio fundamental, e é a Enciclopédia. Seja qual for a nossa decisão, ela será tomada com base no que for necessário para manter essa Enciclopédia a salvo.

– Então – disse Hardin –, vocês chegaram à conclusão de que devemos continuar nossa campanha intensiva de não fazer nada.

Pirenne disse, amargo:

– Você mesmo demonstrou que o Império não pode nos ajudar; embora eu não entenda como e por quê. Se é necessário um acordo...

Hardin teve a sensação desagradável de um pesadelo, como se estivesse correndo em velocidade máxima e não chegando a lugar algum.

– Não há acordo! Vocês não percebem que essa conversa fiada sobre bases militares é um tipo particularmente rasteiro de embromação? Haut Rodric nos contou o que Anacreon está querendo: anexação imediata e imposição, a nós, de seu próprio sistema feudal de propriedades e economia camponeses-aristocratas. O que restou de nosso blefe de energia nuclear pode forçá-los a andar mais devagar, mas eles vão andar assim mesmo.

Ele havia se levantado indignado, e o resto se levantou com ele – menos Jord Fara.

E, então, Jord Fara disse:

– Todos poderiam se sentar, por gentileza? Acho que já fomos longe demais. Vamos, prefeito Hardin, não há por que ficar tão furioso; nenhum de nós cometeu traição.

– Você vai ter de me convencer disso!

Fara sorriu com gentileza:

– Você sabe que não está falando sério. Deixe-me falar!

Seus olhinhos astutos estavam semicerrados, e a transpiração reluzia no queixo enorme e liso.

– Parece não haver motivo para esconder que a Junta chegou à decisão de que a verdadeira solução para o problema anacreoniano está no que nos será revelado quando o Cofre se abrir, daqui a seis dias.

– É esta a sua contribuição para essa questão?

– Sim.

– Então não devemos fazer nada a não ser aguardar, em profunda serenidade e grande fé, que o deus ex machina surja de dentro do Cofre?

– Eliminando sua fraseologia emotiva, a ideia é essa.

– Mas que escapismo óbvio! Realmente, dr. Fara, essa loucura tem um toque de gênio. Uma mente inferior não seria capaz de tal coisa.

Fara sorriu, indulgente.

– Seu gosto por epigramas é divertido, Hardin, mas está deslocado aqui. Na verdade, acho que você se lembra de minha linha de raciocínio com relação ao Cofre, há cerca de três semanas.

– Sim, eu me lembro. Não nego que não foi uma ideia imbecil, do ponto de vista da lógica dedutiva. O senhor disse, e me corrija quando eu cometer um erro, que Hari Seldon era o maior psicólogo do Sistema; e, logo, ele poderia prever o ponto exato e desconfortável em que estamos agora; assim, ele estabeleceu o Cofre como um método de nos dizer a saída.

– Você captou a essência da ideia.

– O senhor ficaria surpreso se soubesse que pensei consideravelmente no assunto nessas últimas semanas?

– Muito lisonjeiro. Com que resultado?

– Com o resultado de que dedução pura não basta. Mais uma vez, o que é necessário é uma pitadinha de bom senso.

– Por exemplo?

– Por exemplo, se ele previu a confusão anacreoniana, por que não nos colocou em algum outro planeta, mais próximo dos centros galácticos? Sabe-se muito bem que Seldon manobrou os comissários de Trantor para que mandassem a Fundação se estabelecer em Terminus. Mas por que ele fez isso? Por que nos colocar aqui, se ele podia ver com antecedência a interrupção das linhas de comunicação, nosso isolamento da Galáxia, a ameaça de nossos vizinhos... e nossa fragilidade de defesa, por causa da falta de metais em Terminus? Isso, acima de tudo! Ou, se ele previu tudo isso, por que não avisou os colonos originais com antecedência para que tivessem tido tempo de se preparar antes disso, em vez de esperar, como está fazendo, até ficarmos com um pé sobre o abismo? E não se esqueça de uma coisa. Muito embora ele pudesse prever o problema na época, nós podemos vê-lo igualmente agora. Portanto, se ele podia prever a solução na época, deveríamos ser capazes de vê-la agora. Afinal, Seldon não era mágico. Não existem truques mágicos para fugir de um dilema que ele pode ver e nós não.

– Mas, Hardin – Fara lembrou –, nós não podemos!

– Mas vocês não tentaram. Não tentaram uma vez sequer. Primeiro, vocês se recusaram a admitir que existia uma ameaça! Então, colocaram uma fé absolutamente cega no imperador! Agora, a deslocaram para Hari Seldon. Durante esse tempo todo, vocês invariavelmente confiaram na autoridade ou no passado... e nunca em si próprios – ele abria e fechava os punhos em espasmos. – No final, isso é uma atitude doentia, um reflexo condicionado que põe de lado a independência de suas mentes sempre que é uma questão de se opor à autoridade. Parece não haver dúvida alguma em suas mentes de que o imperador é mais poderoso do que vocês, ou que Hari Seldon é mais sábio. E isso é errado, vocês não veem?

Por algum motivo, ninguém se deu ao trabalho de responder.

Hardin continuou:

– Não são só vocês. É toda a Galáxia. Pirenne ouviu a ideia de lorde Dorwin sobre a pesquisa científica. Lorde Dorwin achava que ser um bom arqueólogo era ler todos os livros sobre o assunto... escritos por homens que morreram há séculos. Ele achava que a forma de resolver enigmas arqueológicos era comparar as autoridades opostas. E Pirenne ouviu e não fez objeção alguma a isso. Vocês não estão vendo que há algo de errado nisso?

Mais uma vez, sua voz chegou às raias do desespero. E mais uma vez, não obteve resposta. Ele continuou:

– E metade de Terminus também está tão ruim quanto. Ficamos sentados aqui, achando que a Enciclopédia é tudo o que há. Consideramos que o maior objetivo da ciência é a classificação de dados passados. É importante, mas não há outros trabalhos por fazer? Estamos regredindo e esquecendo, não veem? Aqui na Periferia, eles perderam a energia nuclear. Em Gama Andrômeda, uma usina de energia explodiu devido a uma péssima manutenção e o Chanceler do Império reclama que há escassez de técnicos nucleares. E a solução? Treinar novos? Nunca! Então eles restringiram a energia nuclear.

E, pela terceira vez:

– Vocês não veem? Isso abrange toda a Galáxia. É um culto ao passado. É uma deterioração... uma estagnação!

Ele encarou um a um e eles olharam fixamente em resposta.

Fara foi o primeiro a se recuperar:

– Bem, filosofia mística não vai nos ajudar aqui. Sejamos concretos. Você nega que Hari Seldon poderia facilmente ter deduzido tendências históricas do futuro simplesmente usando técnicas psicológicas?

– Não, é claro que não – Hardin gritou. – Mas não podemos confiar nele em busca de uma solução. Na melhor das hipóteses, ele poderia indicar o problema, mas, se uma solução existir, nós devemos procurá-la sozinhos. Ele não pode fazer isso por nós.

Fulham falou bruscamente:

– O que você quer dizer com "indicar o problema"? Nós sabemos qual é o problema!

Hardin virou-se para ele.

– Você é que pensa que sabe! Você pensa que Anacreon é tudo com que Hari Seldon deveria estar preocupado? Eu lhes digo, cavalheiros, que nenhum de vocês tem ainda a menor ideia do que realmente está acontecendo.

– E você tem? – Pirenne perguntou com hostilidade.

– Acho que tenho! – Hardin se levantou de um salto e empurrou a cadeira para longe. Seus olhos eram duros e frios. – Se existe uma coisa que é definitiva, é o fato de que alguma coisa não está cheirando bem em toda essa situação; algo que é maior do que qualquer coisa sobre a qual já conversamos. É só vocês se perguntarem o seguinte: por que, entre a população original da Fundação, não havia um psicólogo de primeira classe, a não ser Bor Alurin? E ele evitou cuidadosamente treinar seus pupilos além dos fundamentos.

Um silêncio curto, e Fara disse:

– Certo. E por quê?

– Talvez porque um psicólogo pudesse ter captado o que isso tudo significava... e rápido demais para agradar a Hari Seldon. Do jeito que as coisas estão, estamos tropeçando, cegos, tendo apenas vislumbres nebulosos da verdade e nada mais. E era isso o que Hari Seldon queria. – Ele deu uma gargalhada amarga. – Bom dia, cavalheiros!

E saiu irritado da sala.

06.

O prefeito Hardin mastigava a ponta do charuto, que estava apagado, mas ele nem havia notado. Não dormira a noite anterior e tinha quase certeza de que também não dormiria esta. Seus olhos demonstravam isso. Ele perguntou, cansado:

– E isso é tudo?

– Acho que sim – Yohan Lee levou a mão ao queixo. – O que você acha?

– Não está ruim. Precisa ser feito, você entende, com ousadia. Ou seja, não pode haver hesitação; não pode haver tempo para apreender a situação. Assim que estivermos em posição de dar ordens, ora, devemos dá-las como se tivéssemos nascido para isso, eles obedecerão por hábito. Esta é a essência de um golpe.

– Se a Junta Diretora permanecer irredutível ainda que por...

– A Junta? Eles estão fora. Depois de amanhã, a importância deles como um fator nos assuntos de Terminus não valerá um meio crédito enferrujado.

Lee assentiu, lentamente.

– Mas é estranho que não tenham feito nada para nos deter até agora. Você disse que eles não estavam inteiramente no escuro.

– Fara chegou perto do problema. Às vezes, ele me deixa nervoso. E Pirenne suspeita de mim desde que fui eleito. Mas, sabe, eles nunca tiveram a capacidade de compreender realmente o que estava acontecendo. Todo o treinamento deles foi autoritário. Têm certeza de que o imperador, só porque é imperador, é todo-poderoso. E têm certeza de que a Junta Diretora, simplesmente porque é a Junta Diretora agindo em nome do imperador, não pode estar em posição de não dar as ordens. Essa incapacidade de reconhecer a possibilidade de revolta é a nossa melhor aliada.

Ele se levantou com dificuldade de sua cadeira e foi até o bebedouro.

– Eles não são maus sujeitos, Lee, quando ficam com a Enciclopédia deles... e vamos fazer com que fiquem apenas com isso no futuro. São terrivelmente incompetentes quando se trata de governar Terminus. Agora vá e comece a fazer com que as coisas aconteçam. Quero ficar sozinho.

Ele se sentou no canto de sua mesa e ficou olhando para o copo com água.

Espaço! Se ao menos ele estivesse tão confiante quanto fingia! Os anacreonianos iam pousar em dois dias e o que ele tinha, a não ser um conjunto de ideias e de suspeitas quanto ao que Hari Seldon desenvolvera cinquenta anos atrás? Ele não era sequer um psicólogo de verdade; apenas um curioso, com um pouco de treinamento, tentando adivinhar o que estava por trás da maior mente de sua era.

Se Fara tivesse razão; se Anacreon fosse todos os problemas que Hari Seldon tivesse previsto; se a Enciclopédia fosse tudo em que ele estava interessado em preservar... então, qual seria o preço desse *coup d'état*?

Deu de ombros e bebeu a água.

07.

O Cofre estava mobiliado com bem mais que seis cadeiras, como se um grupo maior tivesse sido esperado. Hardin notou isso e se sentou, cansado, num canto o mais distante possível dos outros cinco.

Os membros da Junta não fizeram objeções a essa disposição. Conversavam entre si em sussurros, que se transformaram em monossílabos sibilantes e, depois, em mais nada. De todos eles, apenas Jord Fara parecia razoavelmente calmo. Estava com um relógio e olhava sério para ele.

Hardin olhou para seu próprio relógio e depois para o cubículo de vidro – absolutamente vazio – que dominava metade da sala. Era a única coisa incomum do aposento, pois além disso não havia nenhuma indicação de que em algum lugar um computador estava separando instantes de tempo até aquele preciso momento em que uma corrente de múons fluiria, uma conexão seria feita e...

As luzes diminuíram de intensidade!

Elas não se apagaram, mas ficaram amareladas e diminuíram com uma velocidade que fez Hardin dar um pulo. Ele levantou a cabeça assustado, e quando a abaixou, o cubículo de vidro não estava mais vazio.

Havia uma figura dentro dele... Uma figura numa cadeira de rodas!

Ela ficou por alguns momentos em silêncio, mas fechou o livro que estava em seu colo e mexeu nele, distraído. Então sorriu e o rosto parecia cheio de vida.

– Eu sou Hari Seldon – disse; a voz era velha e suave.

Hardin quase se levantou para cumprimentá-lo, mas conseguiu se segurar.

A voz continuou, em tom de conversa.

– Como vocês veem, estou confinado a esta cadeira e não posso me levantar para saudá-los. Seus avós partiram para Terminus alguns meses atrás em meu tempo e, desde então, sofri uma paralisia um tanto inconveniente. Como vocês sabem, não posso vê-los e, por isso, não posso cumprimentá-los de modo adequado. Não sei nem sequer quantos de vocês estão aí, por isso, tudo deve ser conduzido informalmente. Se algum de vocês estiver de pé, por favor, sente-se; e, se quiserem fumar, eu não me incomodo – deu um risinho. – E por que deveria? Eu não estou aí mesmo.

Hardin procurou um charuto quase automaticamente, mas pensou duas vezes.

Hari Seldon pôs o livro de lado – como se o colocasse sobre uma mesa ao seu lado – e, quando soltou os dedos, o livro desapareceu.

– Já se passaram cinquenta anos desde que esta Fundação foi criada – falou –, cinquenta anos nos quais os membros da Fundação não souberam no que estavam trabalhando. Era necessário que eles fossem ignorantes, mas agora essa necessidade acabou. A Fundação da Enciclopédia, para começar, é uma fraude e sempre foi!

Atrás de si, Hardin ouviu um som de algo se mexendo e uma ou duas exclamações abafadas, mas não se virou.

Hari Seldon, obviamente, não se perturbou. Continuou:

– Ela é uma fraude no sentido de que nem eu, nem meus colegas, nos importamos se um volume sequer da Enciclopédia for publicado. Ela serviu ao seu objetivo, já que conseguimos uma constituição imperial com o imperador e, por meio disso, atraímos os cem mil humanos necessários para nosso esquema, além de mantê-los ocupados enquanto os eventos tomavam forma, até ser tarde demais para qualquer um deles recuar. Nos cinquenta anos em que vocês trabalharam neste projeto fraudulento... não há por que suavizar a expressão... a rota de fuga foi cortada, e agora vocês não têm escolha a não ser prosseguir no projeto infinitamente mais importante, que era, ou é, nosso verdadeiro plano. Com esse propósito, nós colocamos vocês num planeta e numa época tais que, em cinquenta anos, vocês foram levados até um ponto onde não têm mais liberdade de ação. De agora em diante, e nos próximos séculos, o caminho que devem tomar é inevitável. Vocês enfrentarão uma série de crises, como esta primeira que estão enfrentando agora e, em cada caso, liberdade de ação se tornará circunscrita de forma semelhante, de modo que sejam forçados a trilhar um, e somente um, caminho. É este caminho que nossa psicologia tem trabalhado, e por uma razão. Por séculos, a civilização galáctica tem sofrido estagnação e declínio, embora poucos de nós tenham percebido isso. Mas agora, finalmente, a Periferia está se fragmentando e a unidade política do Império está abalada. Em algum ponto nos cinquenta anos que se passaram, os historiadores do futuro colocarão uma linha arbitrária e dirão: "Esta linha marca a Queda do Império Galáctico". E eles estarão certos, embora praticamente ninguém venha a reconhecer essa Queda por mais alguns séculos. E, depois da Queda, virá a inevitável barbárie, um período que, nossa psico-história nos diz, deveria, sob circunstâncias comuns, durar trinta mil anos. Não podemos impedir a Queda. E tampouco desejamos, pois a cultura do Império perdeu a virilidade e o valor que teve um dia. Mas podemos encurtar o período de barbárie que deverá se seguir para um único milênio. Não podemos lhes contar os meandros desse encurtamento, assim como não pudemos lhes dizer a verdade sobre a Fundação cinquenta anos atrás. Se vocês descobrissem esses meandros, nosso plano poderia falhar; o mesmo teria acontecido se vocês tivessem descoberto a fraude da Enciclopédia antes; pois assim, por conhecimento, sua liberdade de ação seria expandida e o número de variáveis adicionais se tornaria maior do que nossa psicologia conseguiria lidar. Mas vocês não descobrirão, pois não há psicólogos em Terminus, e nunca houve, a não ser por Alurin... e ele era um dos nossos. Mas isto eu posso dizer a vocês: Terminus e sua fundação companheira, no outro lado da Galáxia, são as sementes do Renascimento e as futuras fundadoras de um Segundo Império Galáctico. E é a crise atual que está lançando Terminus a este clímax. Esta crise, a propósito, é um tanto direta, muito mais simples que muitas das que ainda virão. Para reduzi-la a seus elementos fundamentais, é o seguinte: vocês são um planeta subitamente cortado dos centros ainda civilizados da Galáxia e ameaçados por seus vizinhos mais fortes. São um pequeno mundo de cientistas, cercado por uma vasta onda de barbárie, em rápida expansão. São uma ilha de energia nuclear em um oceano cada vez maior de energia mais primitiva; mas, apesar disso, estão indefesos, devido à sua falta de metais. Vocês percebem, então, que estão encarando uma dura necessidade, e que são forçados à ação. A natureza dessa ação... isto é, a solução do seu dilema... é, claro, óbvia!

A imagem de Hari Seldon estendeu o braço a um espaço vazio e o livro reapareceu em sua mão. Ele o abriu e disse:

– Mas seja qual for o curso tortuoso que sua história futura possa vir a tomar, sempre avisem seus descendentes que o caminho já foi traçado e que, ao final, surgirá um império novo e maior!

E quando ele abaixou a cabeça para ler seu livro, a imagem tremeluziu e se apagou, enquanto as luzes voltavam a se acender.

Hardin olhou para cima e encontrou os olhos de Pirenne: tinham um ar trágico, e seus lábios tremiam.

A voz do presidente da Junta era firme, mas neutra.

– Ao que parece, você tinha razão. Se quiser se reunir conosco às seis, a Junta irá se consultar com você quanto ao nosso próximo movimento.

Eles apertaram sua mão, um a um, e foram embora; Hardin sorriu consigo mesmo. Estavam sendo fundamentalmente honestos, pois eram cientistas o bastante para reconhecer que estavam errados – mas, para eles, era tarde demais.

Olhou seu relógio. Àquela altura, tudo estava acabado. Os homens de Lee estavam no controle e a Junta não dava mais ordens.

Os anacreonianos pousariam suas primeiras espaçonaves amanhã, mas estava tudo bem. Em seis meses, eles *também* não estariam mais dando ordens.

Na verdade, como Hari Seldon havia dito, e como Salvor Hardin havia adivinhado desde o dia em que Anselm haut Rodric primeiro lhe revelara a falta de energia nuclear de Anacreon – a solução dessa primeira crise era óbvia.

Óbvia como o diabo!

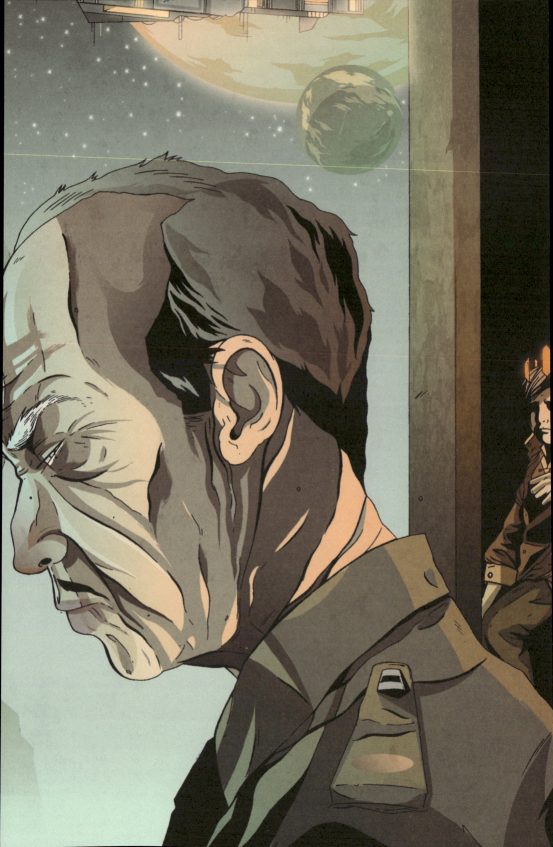

PARTE 3.

OS PREFEITOS

—— OS QUATRO REINOS...

Nome dado às partes da Província de Anacreon que romperam com o Primeiro Império nos primeiros anos da Era Fundacional para formar reinos independentes e de vida curta. O maior e mais poderoso desses reinos foi Anacreon, que em área...

... Indubitavelmente, o aspecto mais interessante da história dos Quatro Reinos envolve a estranha sociedade que lhes foi temporariamente imposta durante o governo de Salvor Hardin...

ENCICLOPÉDIA GALÁCTICA

01.

Uma delegação!

O fato de que Salvor Hardin sabia que isso iria acontecer não tornava as coisas mais agradáveis. Pelo contrário, ele achava que expectativas eram coisas bastante irritantes.

Yohan Lee defendia medidas extremas.

– Não sei, Hardin – disse ele –, por que precisamos perder mais tempo. Eles não podem fazer nada até as próximas eleições, pelo menos não legalmente, e isso nos dá um ano. Dê um chega-pra-lá neles.

Hardin mordeu os lábios.

– Lee, você não aprende nunca. Faz quarenta anos que nos conhecemos e você ainda não aprendeu a arte cavalheiresca de chegar de mansinho por trás.

– Não é meu jeito de lutar – Lee resmungou.

– Sim, eu sei. Suponho que seja por isso que você é o único homem em quem confio – ele fez uma pausa e pegou um charuto. – Já percorremos um longo caminho, Lee, desde que engendramos nosso golpe contra os enciclopedistas há tanto tempo. Estou ficando velho. Sessenta e dois anos. Você costuma pensar em como esses trinta anos correram?

Lee soltou um suspiro.

– *Eu* não me sinto velho, e estou com sessenta e seis.

– Sim, mas eu não tenho uma digestão boa como a sua – Hardin ficou chupando o charuto, preguiçosamente. Havia muito deixara de desejar o suave tabaco vegano de sua juventude. Os dias em que o planeta Terminus traficava com todas as partes da Galáxia pertenciam ao limbo para o qual todos os Bons e Velhos Dias vão. Em direção ao mesmo limbo para o qual o Império Galáctico estava se encaminhando. Ele ficou se perguntando quem era o novo imperador – ou se havia algum imperador – ou algum império. Pelo espaço! Por trinta anos agora, desde a interrupção das comunicações ali na borda da Galáxia, todo o universo de Terminus havia consistido em si mesmo e nos quatro reinos que o cercavam.

Como os poderosos haviam caído! *Reinos*! Eles eram prefeitos nos velhos tempos, todos parte da mesma província que, por sua vez, fora parte de um setor, que por sua vez fora parte de um quadrante, que por sua vez fora parte de um Império Galáctico que tudo abrangia. E, agora que o Império havia perdido o controle sobre os confins mais distantes da Galáxia, esses pequenos grupos dissidentes de planetas se tornaram reinos – com reis e nobres de opereta e guerrinhas mesquinhas e sem sentido, além de uma vida que seguia, patética, por entre as ruínas.

Uma civilização decaindo. Energia nuclear esquecida. Ciência se desvanecendo e virando mitologia – até a Fundação intervir. A Fundação que Hari Seldon havia estabelecido justo para esse propósito, ali em Terminus.

Lee estava perto da janela e sua voz interrompeu o devaneio de Hardin.

– Eles chegaram – falou – num carro terrestre de último tipo, os fedelhos. – Deu alguns passos inseguros na direção da porta e olhou para trás.

Hardin sorriu e o chamou de volta.

– Já dei ordens para que eles fossem trazidos até aqui em cima.

– Aqui? Para quê? Você está dando muita importância para eles.

– Por que passar por todas as cerimônias da audiência oficial do prefeito? Estou ficando muito velho para toda a pompa. Além do que, lisonjas são úteis quando você lida com jovens... particularmente quando não se compromete com nada – ele piscou. – Sente-se, Lee, e me dê seu apoio moral. Vou precisar dele, com esse jovem Sermak.

– Esse sujeito, Sermak – Lee disse com dureza –, é perigoso. Ele tem seguidores, Hardin, por isso não o subestime.

– E eu já subestimei alguém?

– Bem, então prenda-o! Você pode acusá-lo de uma coisa ou outra depois.

Hardin ignorou esse último conselho.

– Aí estão eles, Lee – em resposta ao sinal, ele pisou no pedal embaixo de sua mesa e a porta se abriu, deslizando para o lado.

Eles entraram em fila, os quatro que compunham a delegação, e Hardin fez um gesto educado, indicando as poltronas que ficavam de frente para sua mesa em um semicírculo. Eles se curvaram em mesuras e esperaram que o prefeito falasse primeiro.

Hardin abriu a tampa de prata curiosamente esculpida da caixa de charutos que um dia pertencera a Jord Fara, da antiga Junta Diretora, nos dias há muito mortos dos enciclopedistas. Era um genuíno produto imperial de Santanni, embora os charutos que ela continha agora fossem de casa, mesmo. Um a um, com grave solenidade, os quatro membros da delegação aceitaram os charutos de modo ritual.

Sef Sermak era o segundo a contar da direita, o mais jovem do jovem grupo – e o mais interessante, com seu bigode louro arrepiado penteado com precisão e os olhos fundos de cor indefinida. Os outros três, Hardin ignorou quase imediatamente; eles não eram dirigentes, e isso estava estampado em suas caras. Foi em Sermak que ele se concentrou, o Sermak que já havia, em seu primeiro mandato no Conselho da Cidade, virado aquele indolente corpo político de pernas para o ar mais de uma vez, e foi a Sermak que ele falou:

– Eu estava particularmente ansioso para vê-lo, conselheiro, desde seu excelente discurso no mês passado. Seu ataque contra a política externa deste governo foi bem competente.

Os olhos de Sermak o fuzilaram.

– Seu interesse me honra. O ataque pode ter sido competente ou não, mas certamente foi justificado.

– Talvez! Suas opiniões são suas, é claro. Mas o senhor ainda é muito jovem.

– É um defeito do qual a maioria das pessoas é culpada em algum momento da vida – foi a resposta seca. – Quando o senhor se tornou prefeito da Cidade, tinha dois anos a menos que eu hoje.

Hardin sorriu para si mesmo. O moleque era osso duro de roer.

Ele disse:

– Percebo agora que o senhor veio me ver para tratar dessa mesma política externa que o irrita tanto na Câmara do Conselho. O senhor está falando por seus três colegas, ou devo ouvir a cada um de vocês em separado?

Olhares rápidos mútuos trocados entre os quatro jovens, um piscar rápido de pálpebras e Sermak disse, sério:

– Eu falo pelo povo de Terminus; um povo que não é verdadeiramente representado no corpo burocrático que chamam de Conselho.

– Entendo. Vá em frente, então!

– A questão é a seguinte, sr. prefeito. Nós estamos insatisfeitos...

– Quando diz "nós" o senhor quer dizer "o povo", não?

Sermak o encarou com hostilidade e, sentindo uma armadilha, respondeu com frieza:

– Creio que minha visão reflete a da maioria dos eleitores de Terminus. Está bom para o senhor?

– Ora, uma declaração dessas precisa ser comprovada, mas vá em frente, de qualquer maneira. Os senhores estão insatisfeitos.

– Sim, insatisfeitos com a política que, por trinta anos, tem deixado Terminus indefesa contra o inevitável ataque de fora.

– Sei. E...? Continue, continue.

– É bom que o senhor tenha previsto isso. E, assim, estamos formando um novo partido político; um partido que defenderá as necessidades imediatas de Terminus e não um "destino manifesto" místico do futuro império. Vamos colocar o senhor e seu grupelho de puxa-sacos apaziguadores para fora da Prefeitura... e vai ser em breve.

– A não ser que...? Porque sempre há um "a não ser que", você sabe.

— Não é grande coisa, neste caso: a não ser que o senhor renuncie já. Não estou lhe pedindo que mude sua política: eu não confio no senhor a esse ponto. Suas promessas não valem nada. Uma renúncia direta é tudo o que aceitaremos.

— Sei — Hardin cruzou as pernas e balançou a cadeira para trás. — Este é o seu ultimato. Elegante da sua parte me dar um aviso prévio. Mas, sabe, acho que vou ignorá-lo.

— Não pense que foi um aviso, sr. prefeito. Foi um anúncio de princípios e de ação. O novo partido já foi formado e começará as atividades oficiais amanhã. Não há nem espaço, nem desejo, para acordos e, francamente, apenas nosso reconhecimento pelos seus serviços para a Cidade nos trouxe aqui para oferecer a saída mais fácil. Eu não achei que o senhor fosse aceitar, mas minha consciência está limpa. A próxima eleição será outro lembrete, mais forçoso e irresistível, de que a renúncia é necessária.

Ele se levantou e fez um gesto para que o resto o acompanhasse. Hardin levantou o braço:

— Espere! Sente-se!

Sef Sermak tornou a se sentar com um entusiasmo um pouco acima do normal, e Hardin sorriu por trás de um rosto sério. Apesar de suas palavras, ele estava esperando uma oferta.

— De que maneira, exatamente, você quer que nossa política externa mude? — perguntou Hardin. — Você quer que nós ataquemos os Quatro Reinos, agora, imediatamente, e todos os quatro ao mesmo tempo?

— Eu não sugeri nada disso, sr. prefeito. A nossa proposta simples é que toda a atitude de pacificação cesse imediatamente. Por intermédio de sua administração, o senhor efetuou uma política de apoio científico aos Reinos. O senhor lhes deu energia nuclear. O senhor os ajudou a reconstruir usinas em seus territórios. O senhor abriu clínicas médicas, laboratórios e fábricas químicas.

— Bem? E qual é sua objeção?

— O senhor fez isso para evitar que eles nos atacassem. Com essas coisas como suborno, o senhor bancou o idiota num colossal jogo de chantagem, no qual permitiu que Terminus fosse sugado... e agora estamos à mercê desses bárbaros.

– De que maneira?

– Como o senhor lhes deu energia, armas, chegou até a consertar as naves de suas marinhas, eles são infinitamente mais fortes do que há três décadas. As exigências deles estão aumentando e, com suas armas novas, acabarão por satisfazer todas as exigências de uma vez só, por uma anexação violenta de Terminus. Não é assim que uma chantagem normalmente termina?

– E sua solução?

– Pare com os subornos imediatamente, enquanto pode. Gaste esses esforços fortalecendo Terminus... e ataque primeiro!

Hardin olhava o bigodinho louro do rapaz com um interesse quase mórbido. Sermak estava seguro de si, ou não falaria tanto. Não havia dúvida de que suas observações eram o reflexo de um segmento bem grande da população; talvez imenso.

Sua voz não traiu a corrente ligeiramente perturbada de seus pensamentos. Era quase negligente.

– Terminou?

– Por ora.

– Bem, então, você consegue ver a frase emoldurada na parede atrás de mim? Leia, por gentileza!

Sermak retorceu os lábios:

– "A violência é o último refúgio do incompetente." Essa é a doutrina de um velho, sr. prefeito.

– Eu a apliquei quando jovem, sr. conselheiro... e com sucesso. Você estava ocupado nascendo quando isso aconteceu, mas talvez possa ter lido algo a respeito na escola. – Ele olhou Sermak de perto e continuou em tons medidos. – Quando Hari Seldon estabeleceu a Fundação aqui, foi com a finalidade ostensiva de produzir uma grande Enciclopédia e, por cinquenta anos, nós seguimos esse sonho impossível, antes de descobrir do que ele realmente estava atrás. Naquele momento, quase já era muito tarde. Quando as comunicações com as regiões centrais do velho império foram interrompidas, descobrimos que éramos um mundo de cientistas concentrados numa única cidade, que não possuía indústrias e estava cercado por reinos recém-criados, hostis e, em grande parte, bárbaros. Nós éramos uma minúscula ilha de energia nuclear neste oceano de barbárie e um prêmio de valor infinito. Anacreon, que era na época o que é hoje, o mais poderoso dos Quatro Reinos, exigiu e chegou a estabelecer uma base militar em Terminus, e os então governantes da Cidade, os enciclopedistas, sabiam muito bem que aquilo era apenas uma preliminar para a tomada do planeta inteiro. Era assim que as coisas estavam quando eu... ahn... assumi o atual governo. O que você teria feito?

Sermak deu de ombros.

– É uma questão acadêmica. É claro, eu sei o que *você* fez.

– Mas vou repetir assim mesmo. Talvez você não tenha entendido direito. A tentação de reunir as forças que tínhamos e iniciar um combate foi grande. É a saída mais fácil e a mais satisfatória para a autoestima... mas, de forma quase invariável, é a mais burra. *Você* teria feito isso; você e seu papo de "atacar primeiro". O que eu fiz, em vez disso, foi visitar os três outros reinos, um a um; ressaltar a cada um deles que permitir que o segredo da energia nuclear caísse nas mãos de Anacreon era o meio mais rápido de cortarem as próprias gargantas; e sugeri gentilmente que fizessem o que era mais óbvio. E isso foi tudo. Um mês depois que a força anacreoniana pousou em Terminus, o rei deles recebeu um ultimato conjunto de seus três vizinhos. Em sete dias, o último anacreoniano estava fora de Terminus. Agora me diga: onde estava a necessidade de violência?

O jovem conselheiro ficou olhando para a ponta de seu charuto pensativamente, e jogou-o no incinerador.

– Não consigo ver a analogia. Insulina traz um diabético ao normal sem a menor necessidade de uma faca, mas apendicite precisa de uma cirurgia. Não se pode evitar isso. Quando outros cursos de ação fracassam, o que resta a não ser, como o senhor disse, o último refúgio? A culpa de estarmos nesse ponto agora é sua.

– Minha? Ah, sim, novamente, minha política de apaziguamento. Parece que você ainda não entendeu as necessidades fundamentais de nossa posição. Nosso problema não acabou com a partida dos anacreonianos. Eles só haviam começado. Os Quatro Reinos eram mais nossos inimigos do que nunca, pois cada um deles queria energia nuclear... e cada um deles foi mantido longe de nossas gargantas apenas por medo dos outros três. Nós estamos equilibrados na ponta de uma espada muito afiada, e o menor deslize em qualquer direção... Se, por exemplo, um reino se tornar forte demais, ou se dois reinos formarem uma coalizão... Você entendeu?

– Certamente. Era essa a hora de fazer preparativos para a guerra.

– Pelo contrário. Essa era a hora de começar a prevenção total da guerra. Eu os joguei uns contra os outros. E ajudei um de cada vez. Ofereci a eles ciência, comércio, educação, medicina científica. Fiz com que Terminus tivesse mais valor para eles como um mundo florescente do que como troféu militar. Funcionou por trinta anos.

– Sim, mas o senhor foi forçado a cercar esses presentes científicos das pantomimas mais ultrajantes. O senhor fez disso metade religião, metade conversa fiada. O senhor erigiu uma hierarquia de sacerdotes e rituais complicados e sem sentido.

– E daí? – Hardin franziu a testa. – Não vejo o que isso possa ter a ver com a questão. Comecei assim porque os bárbaros olhavam para nossa ciência como uma espécie de feitiçaria, e era mais fácil fazer com que eles aceitassem isso nessa base. O clero se autocriou e, se os ajudamos, é porque estamos apenas seguindo a linha de menor resistência. É uma questão menor.

– Mas esses sacerdotes estão encarregados das usinas nucleares. Esta *não é* uma questão menor.

– É verdade, mas *nós* os treinamos. O conhecimento que eles têm sobre as ferramentas é puramente empírico; e eles têm uma firme crença nas pantomimas que os cercam.

– E se um deles enxergar além da pantomima e tiver a ideia de colocar o empirismo de lado, como faremos para impedi-lo de aprender técnicas verdadeiras e vendê-las para quem der mais? Quanto valor teremos para os reinos, então?

– Há pouca chance de isso acontecer, Sermak. Você está sendo superficial. Os melhores homens dos planetas dos reinos são enviados aqui para a Fundação todos os anos e educados no sacerdócio. E, destes, os melhores permanecem aqui, como estudantes pesquisadores. Se você pensa que os que restam, que não têm praticamente nenhum conhecimento dos elementos da ciência, ou, pior ainda, com o conhecimento distorcido que os sacerdotes recebem, poderiam penetrar as fronteiras da energia nuclear, da eletrônica, da teoria da hiperdobra... você tem uma ideia muito romântica e muito tola da ciência. São necessárias vidas inteiras e um excelente cérebro para chegar tão longe.

Yohan Lee havia se levantado bruscamente durante o discurso e deixado a sala. Agora já estava de volta, e, quando Hardin terminou de falar, ele se curvou e disse algo no ouvido de seu superior. Um sussurro foi trocado e um cilindro de chumbo foi entregue. Então, com um rápido olhar hostil para a delegação, Lee voltou para a própria cadeira.

Hardin ficou girando o cilindro de ponta a ponta em suas mãos, vendo a delegação por entre olhos semicerrados. E então ele o abriu com um giro rápido e súbito, e apenas Sermak teve o bom senso de não dar uma rápida olhada no papel enrolado que caiu.

– Resumindo, cavalheiros – disse. – O Governo é da opinião de que sabe o que está fazendo.

Ele lia enquanto falava. Havia linhas de um código intricado e sem sentido que cobriam a página e três palavras escritas a lápis num canto que transmitiam a mensagem. Ele a olhou num relance e jogou o papel, despreocupadamente, no tubo do incinerador.

– Isso – Hardin disse então – conclui a entrevista, receio. Foi um prazer receber todos vocês. Obrigado por terem vindo. – Apertou superficialmente a mão de cada um e eles saíram em fila.

Hardin quase se livrara do hábito de dar gargalhadas, mas depois que Sermak e seus três parceiros silenciosos estavam bem longe, ele se permitiu um riso seco e deu uma olhada divertida para Lee.

– Gostou dessa batalha de blefes, Lee?

Lee grunhiu, rabugento:

– Não tenho certeza se *ele* estava blefando. Trate-o com luvas de pelica e é bem capaz de que o rapaz vença a próxima eleição, assim como está dizendo.

– Ah, é bem capaz, bem capaz... Se nada acontecer antes.

– Certifique-se de que elas não aconteçam na direção errada desta vez,

Hardin. Estou lhe dizendo, esse Sermak tem seguidores. E se ele não esperar até a próxima eleição? Houve um tempo em que você e eu resolvíamos as coisas pela violência, apesar de seu slogan sobre o que é a violência.

Hardin ergueu uma sobrancelha.

– Você está *mesmo* pessimista hoje, Lee. E singularmente do contra também, caso contrário não falaria de violência. Nosso próprio pequeno *putsch* foi feito sem perda de vidas, lembre-se disso. Foi uma medida necessária, efetuada no momento adequado, e correu tranquilamente, de forma indolor e praticamente sem esforços. Quanto a Sermak, ele está contra uma proposição diferente. Você e eu, Lee, não somos os enciclopedistas. *Nós* estamos preparados. Coloque seus homens para vigiar esses jovens de modo sutil, velho amigo. Não deixe que eles saibam que estão sendo vigiados... mas olho vivo, entendeu?

Lee riu com divertimento ácido:

– Eu seria muito bom mesmo se ficasse esperando pelas suas ordens, não é, Hardin? Sermak e seus homens já estão sob vigilância há um mês.

O prefeito riu.

– Você já se adiantou, hein? Tudo bem. A propósito – ele observou, e acrescentou suavemente –, o embaixador Verisof está voltando a Terminus. Temporariamente, espero.

Houve um breve silêncio, ligeiramente aterrorizado, e então Lee disse:

– Era essa a mensagem? As coisas já estão desabando?

– Não sei. Não saberei dizer até ouvir o que Verisof tem a dizer. Mas pode ser. Afinal, elas *têm de* acontecer antes da eleição. Mas por que você está com essa cara tão desanimada?

– Porque não sei como isso tudo vai acabar. Você está indo muito fundo, Hardin, e está jogando de forma muito perigosa.

– Até você? – murmurou Hardin. E, em voz alta, acrescentou: – Isso quer dizer que você vai entrar para o novo partido de Sermak?

Lee sorriu, contrariado.

– Está certo. Você venceu. Que tal um almoço agora?

02.

Existem muitos epigramas atribuídos a Hardin – que era um epigramista empedernido –, muitos dos quais são provavelmente apócrifos. Não obstante, é relatado que, em certa ocasião, ele disse:

– Ser óbvio compensa, especialmente se você tiver uma reputação de sutileza.

Poly Verisof já tinha tido a ocasião de agir com base nesse conselho mais de uma vez, pois ele estava agora no décimo quarto ano de seu status duplo em Anacreon – um status duplo cuja manutenção o lembrava, com frequência e de modo desagradável, uma dança executada de pés descalços sobre uma chapa de metal quente.

Para o povo de Anacreon, ele era sumo sacerdote, representante daquela Fundação que, para aqueles "bárbaros", era o ápice do mistério e o centro físico da religião que eles haviam criado – com a ajuda de Hardin – nas últimas três décadas. Como tal, ele recebia uma homenagem que havia se tornado terrivelmente desgastante, pois desprezava, com sua alma, o ritual de que era o centro.

Mas para o rei de Anacreon – o velho anterior, e o jovem neto que estava agora no trono – ele era, simplesmente, o embaixador de uma potência outrora temida e cobiçada.

No todo, era um trabalho incômodo, e sua primeira viagem à Fundação em três anos, apesar do incidente perturbador que a tornara necessária, era quase como umas férias.

E, como não era a primeira vez em que ele tinha de viajar em sigilo absoluto, mais uma vez fez uso do epigrama de Hardin quanto aos usos do óbvio.

Vestiu suas roupas civis – o que por si só constituía um feriado – e embarcou em um cruzador de passageiros que ia para a Fundação, de segunda classe. Assim que chegou a Terminus, abriu caminho por entre a multidão no espaçoporto e ligou para a Prefeitura num visifone público.

– Meu nome é Jan Smite – falou. – Tenho uma reunião marcada com o prefeito hoje à tarde.

A jovem de voz morta, porém eficiente, do outro lado fez uma segunda ligação e trocou algumas rápidas palavras, e então disse para Verisof, em um tom seco e mecânico:

– O prefeito Hardin o verá em meia hora, senhor. – E a tela escureceu.

E então o embaixador da Fundação em Anacreon comprou a última edição do *Diário* da Cidade de Terminus, caminhou devagar até o Parque da Prefeitura e, sentando-se no primeiro banco vazio que encontrou, leu o editorial, a seção de esporte e os quadrinhos enquanto esperava. Ao final de meia hora, enfiou o jornal debaixo do braço, entrou na Prefeitura e se apresentou na antessala.

Durante todo esse tempo, ele permaneceu segura e completamente irreconhecível, pois, como estava tão inteiramente óbvio, ninguém olhava em sua direção duas vezes.

Hardin levantou a cabeça, olhou para ele e sorriu.

– Quer um charuto? Como foi a viagem?

Verisof pegou um charuto.

– Interessante. Havia um sacerdote na cabine ao lado que estava vindo para cá a fim de fazer um curso especial de preparação de produtos sintéticos radioativos... para tratamento de câncer, sabe...

– Mas certamente eles não chamam isso de produtos sintéticos radioativos, chamam?

– Lógico que *não*! Para ele, isso era o Alimento Sagrado.

– Continue – o prefeito sorriu.

– Ele me pegou numa discussão teológica e deu o melhor de si para me elevar acima do materialismo sórdido.

– E não reconheceu seu próprio sumo sacerdote?

– Sem meu manto rubro? Além do mais, era um smyrniano. Mas foi uma experiência interessante. É *realmente* notável, Hardin, como a religião da ciência pegou. Já escrevi um ensaio sobre o assunto... inteiramente para meu próprio divertimento; ele não poderia ser publicado. Tratando o problema sociologicamente, é como se, quando o velho império começou a apodrecer pelas beiradas, pudesse ser considerado que a ciência, como ciência, tivesse fracassado nos mundos externos. Para voltar a ser aceita, ela teria de se apresentar com outro disfarce: e foi exatamente o que fez. Funciona lindamente quando se usa lógica simbólica para ajudar.

– Que interessante! – o prefeito apoiou a nuca nas mãos entrelaçadas e disse, subitamente: – Comece a falar sobre a situação em Anacreon!

O embaixador franziu a testa e tirou o charuto da boca. Olhou para ele com nojo e o apagou.

– Bem, está muito ruim.

– Senão, você não estaria aqui.

– Dificilmente. Eis a posição. O homem-chave em Anacreon é o príncipe regente, Wienis. Ele é tio do rei Lepold.

– Eu sei. Mas Lepold vai atingir a maioridade no ano que vem, não vai? Creio que ele completará dezesseis anos em fevereiro.

– Isso. – Pausa, e depois um acréscimo seco. – *Se* ele sobreviver. O pai do rei morreu sob circunstâncias suspeitas. Uma bala-agulha no peito, durante uma caçada. Disseram que foi acidente.

– Humf. Acho que me lembro de Wienis da primeira vez que estive em Anacreon, quando os chutamos para fora de Terminus. Isso foi antes do seu tempo. Vamos ver agora. Se bem me lembro, ele era um sujeito negro e jovem, de cabelos pretos e o olho direito meio caído. Tinha um nariz engraçado, meio aquilino.

129

– É ele. O nariz e o olho estão no mesmo lugar, mas os cabelos agora são grisalhos. Ele joga sujo. Por sorte, é a mais rematada besta do planeta. Gosta de se exibir como um sujeito ardiloso também, o que torna suas maquinações mais transparentes.

– Geralmente, o negócio é esse mesmo.

– A ideia que ele tem de quebrar um ovo é usando uma explosão nuclear. É só lembrar do imposto sobre a propriedade do Templo que tentou impor logo após a morte do velho rei, dois anos atrás. Lembra?

Hardin assentiu pensativo, e então sorriu.

– Os sacerdotes botaram a boca no trombone.

– Eles fizeram um escândalo que dava para ouvir até em Lucreza. Desde então, ele passou a demonstrar mais cautela na hora de lidar com os sacerdotes, mas ainda consegue fazer as coisas da maneira mais difícil. De certa forma, é uma infelicidade para nós; ele tem uma autoconfiança ilimitada.

– Provavelmente um complexo de inferioridade supercompensado. Filhos mais novos da realeza ficam assim, sabia?

– Mas, no fundo, é a mesma coisa. Ele está espumando de ansiedade para atacar a Fundação e mal se dá ao trabalho de esconder. E está em posição de ataque, também, do ponto de vista de armamentos. O velho rei construiu uma magnífica marinha e Wienis não tem parado quieto há dois anos. Na verdade, os impostos sobre a propriedade do Templo tinham, originalmente, o objetivo de ampliar o armamento e, quando isso falhou, ele dobrou o imposto de renda.

– Alguém reclamou?

– Nada sério. Obediência à autoridade do momento era o texto de todos os sermões no reino havia semanas. Não que Wienis demonstrasse qualquer gratidão.

– Está certo. Já entendi o plano geral. Agora, o que aconteceu?

– Há duas semanas, uma nave mercante anacreoniana deu de cara com um cruzador de batalha perdido, da antiga marinha imperial. Ele deve ter ficado vagando no espaço por pelo menos três séculos.

Os olhos de Hardin brilharam de interesse. Ele se sentou ereto.

– Sim, ouvi falar nisso. O Conselho de Navegação me enviou uma petição para obter a nave para fins de estudo. Está em boas condições, pelo que sei.

– Em condições boas até demais – Verisof respondeu, seco. – Quando Wienis recebeu sua sugestão, semana passada, de que entregasse a nave para a Fundação, ele quase teve um troço.

– Ele ainda não respondeu.

– E nem vai... a não ser que seja com armas, ou pelo menos é o que ele pensa. Sabe, ele me procurou no dia em que deixei Anacreon e solicitou que a Fundação colocasse esse cruzador em condições de combate e o entregasse à marinha de Anacreon. Ele teve o desplante infernal de dizer que sua nota da semana passada indicava um plano da Fundação para atacar Anacreon, e que a recusa em consertar o cruzador de batalha confirmaria suas suspeitas; indicou que seria forçado a tomar medidas para a autodefesa de Anacreon. Essas foram as palavras dele. Seria forçado! E é por isso que estou aqui.

Hardin riu, achando a maior graça. Verisof sorriu e continuou.

– Naturalmente, ele espera uma recusa, e isso seria uma desculpa perfeita, aos olhos dele, para um ataque imediato.

– Isso eu sei, Verisof. Bem, nós temos pelo menos seis meses de vantagem, então mande consertar a nave e devolva-a com meus cumprimentos. Mande rebatizá-la de Wienis, como sinal de nossa estima e afeto.

Tornou a rir.

E mais uma vez Verisof respondeu com um vestígio ínfimo de sorriso.

– Suponho que seja o passo lógico a se tomar, Hardin... mas estou preocupado.

– Com o quê?

– É uma *nave*! Eles *sabiam construir* naqueles tempos. A capacidade cúbica dela é de uma vez e meia a de toda a marinha anacreoniana. Ela tem rajadas nucleares capazes de explodir um planeta, e um escudo que poderia resistir a um raio-Q sem produzir radiação. É bom demais, Hardin...

– Superficial, Verisof, superficial. Nós sabemos que o armamento que ele tem agora derrotaria Terminus prontamente muito antes que conseguíssemos consertar o cruzador para nosso próprio uso. O que importa, então, se lhe dermos o cruzador também? Você sabe que a coisa nunca vai chegar à guerra de fato.

– Suponho que sim. Sim – o embaixador olhou para cima. – Mas, Hardin...

– Sim? Por que você parou? Continue.

– Escute. Esta aqui não é minha província. Mas andei dando uma lida no jornal. – Ele colocou o *Diário* sobre a mesa e indicou a primeira página. – O que é isto?

Hardin deu uma olhada casual.

– "Um grupo de conselheiros está formando um novo partido político."

– É o que está dizendo aí. – Verisof estava sem graça. – Eu sei que você está mais ligado às questões internas que eu, mas eles estão lhe atacando com tudo, menos violência física. Qual a força que possuem?

– Muita. Eles provavelmente irão controlar o Conselho depois da próxima eleição.

– Não antes? – Verisof olhou de banda para o prefeito. – Existem maneiras de se obter controle sem eleições.

– Você me toma por Wienis?

– Não. Mas consertar a nave levará meses, e um ataque depois é certo. Se cedermos, isso será visto como um sinal de fraqueza e a adição do cruzador imperial simplesmente dobrará a força da marinha de Wienis. Ele atacará, tão certo quanto eu sou um sumo sacerdote. Por que correr riscos? Faça uma coisa: ou revele o plano da campanha para o Conselho, ou force a questão com Anacreon agora!

Hardin franziu a testa.

– Forçar a questão agora? Antes que a crise surja? Essa é exatamente a coisa que não devo fazer. Hari Seldon e o Plano, você sabe.

Verisof hesitou, e então resmungou:

– Então você tem certeza absoluta de que existe um Plano?

– Eu dificilmente teria qualquer dúvida – foi a resposta ríspida. – Estava presente na abertura do Cofre do Tempo e vi a gravação de Seldon revelada na ocasião.

– Eu não quis dizer isso, Hardin. Só não entendo como poderia ser possível mapear a história com mil anos de antecedência. Talvez Seldon tenha se superestimado. – Ele se encolheu um pouco com o sorriso irônico de Hardin, e acrescentou: – Bem, eu não sou psicólogo.

– Exatamente. Nenhum de nós é. Mas recebi algum treinamento elementar na juventude... o suficiente para saber do que a psicologia é capaz, ainda que eu não possa explorar suas capacidades por conta própria. Não há dúvidas de que Seldon fez exatamente o que afirma ter feito. A Fundação, como ele diz, foi estabelecida como um refúgio científico... o meio pelo qual a ciência e a cultura do Império moribundo seriam preservadas durante os séculos de barbárie que começaram, para serem reacendidas no fim, em um Segundo Império.

Verisof assentiu, com um pouco de dúvida.

– Todo mundo sabe que isso é o que *deveria* ser. Mas será que podemos nos dar ao luxo de correr riscos? Podemos arriscar o presente por um futuro nebuloso?

– Precisamos... pois o futuro não é nebuloso. Ele foi calculado por Seldon e mapeado. Cada crise sucessiva em nossa história é mapeada e cada uma delas depende, em certa medida, da conclusão bem-sucedida das anteriores. Esta é somente a segunda crise, e sabe lá o espaço que efeito até mesmo um ínfimo desvio teria no fim.

– Essa é uma especulação vazia.

– *Não*! Hari Seldon disse, no Cofre do Tempo, que em cada crise nossa liberdade de ação se tornaria circunscrita ao ponto onde apenas um curso de ação seria possível.

– Para nos manter sempre no caminho reto?

– Para evitar que nos desviemos, sim. Mas enquanto *mais de um* curso de ação for possível, a crise ainda não chegou. Nós *precisamos* deixar as coisas seguirem seu curso enquanto pudermos, e, pelo espaço, é isso o que eu pretendo fazer.

Verisof não respondeu. Ficou mordendo o lábio inferior num silêncio irritado. Hardin havia discutido aquilo com ele no ano anterior: o verdadeiro problema; o problema de conter as preparações hostis de Anacreon. E somente porque ele, Verisof, havia resistido ferozmente a um apaziguamento maior.

Hardin pareceu seguir os pensamentos de seu embaixador.

– Eu preferiria nunca ter dito nada a você sobre isso.

– Por que você diz isso? – Verisof gritou surpreso.

– Porque neste momento há seis pessoas, você e eu, os outros três embaixadores e Yohan Lee, que têm uma boa ideia do que está vindo à frente; e estou com um medo danado de que a ideia de Seldon fosse de que ninguém soubesse.

– Por quê?

– Porque mesmo a psicologia avançada de Seldon era limitada. Ele não podia lidar com muitas variáveis independentes. Ele não podia trabalhar com indivíduos em nenhum período de tempo; assim como você não conseguiria aplicar a teoria cinética dos gases a moléculas individuais. Ele trabalhava com multidões, populações de planetas inteiros e somente multidões *cegas* que não têm conhecimento prévio dos resultados de suas próprias ações.

– Isso não está claro.

– Não posso evitar. Não sou psicólogo o suficiente para explicar isso de modo científico. Mas disso você sabe. Não existem psicólogos treinados em Terminus, e nenhum texto matemático sobre essa ciência. Está claro que ele queria que ninguém em Terminus fosse capaz de pensar com antecedência no futuro. Seldon queria que avançássemos cegos... e portanto corretamente... segundo a lei da psicologia de massas. Assim como lhe contei um dia, eu nunca soube para onde estávamos indo quando afastei os anacreonianos pela primeira vez. Minha ideia tinha sido a de manter o equilíbrio de poder, nada mais que isso. Foi apenas depois que achei ter visto um padrão nos eventos; mas dei o melhor de mim para não agir com base nesse conhecimento. Interferência vinculada à antecipação teria destruído o Plano.

Verisof assentiu pensativo.

– Já ouvi argumentos quase tão complicados nos Templos lá em Anacreon. Como você espera detectar o momento exato para agir?

– Ele já foi detectado. Você admite que, assim que consertarmos o cruzador, nada impedirá Wienis de nos atacar. Não haverá mais nenhuma alternativa nesse ponto.

– Isso.

– Está certo. Isso dá conta do aspecto externo. Enquanto isso, você também admite que a próxima eleição verá um Conselho novo e hostil que forçará uma ação contra Anacreon. Não há alternativa a isso.

– Sim.

– E assim que todas as alternativas desaparecerem, a crise chega. Mesmo assim... estou preocupado.

Fez uma pausa, e Verisof aguardou. Lentamente, de modo quase relutante, Hardin continuou:

– Tenho a ideia... é apenas uma noção... de que as pressões externas e internas foram planejadas para acontecer simultaneamente. Do jeito que estamos, há uma diferença de alguns meses. Wienis provavelmente atacará antes da primavera, e as eleições ainda estão a um ano de distância.

– Isso não parece importante.

– Não sei. Pode ser devido a erros inevitáveis de cálculo ou ao fato de que eu sabia demais. Nunca tentei deixar o que já sabia influenciar minhas ações, mas como posso saber? E que efeito essa discrepância terá? De qualquer maneira – ele levantou a cabeça –, há uma coisa que decidi.

– E o que é?

– Quando a crise começar a surgir, irei a Anacreon. Quero estar no local... Ah, já chega, Verisof. Está ficando tarde. Vamos sair e aproveitar a noite. Quero relaxar um pouco.

– Então relaxe aqui – disse Verisof. – Não quero ser reconhecido, ou você sabe o que este novo partido que seus preciosos conselheiros estão formando diria. Peça o conhaque.

E Hardin pediu... mas não demais.

03.

Nos dias antigos, quando o Império Galáctico abraçava a Galáxia e Anacreon fora a mais rica das prefeituras da Periferia, mais de um imperador havia visitado oficialmente o palácio do vice-rei. E nenhum deles partira sem pelo menos o esforço de medir sua habilidade com a aerocicleta e a arma-agulha contra a fortaleza voadora emplumada que chamavam de pássaro nyak.

A fama de Anacreon havia murchado até desaparecer com a decadência dos tempos. O palácio do vice-rei era uma massa de ruínas cheia de correntes de ar, a não ser pela ala que os trabalhadores da Fundação haviam restaurado. E nenhum imperador fora visto em Anacreon por duzentos anos.

Mas a caçada ao nyak ainda era o esporte real, e um bom olho na hora de usar a arma-agulha ainda era a primeira coisa que se exigia dos reis de Anacreon.

Lepold I, rei de Anacreon e – como era acrescentado invariavelmente, mas não verdadeiramente – Senhor dos Domínios Exteriores, embora ainda não tivesse dezesseis anos, já havia provado sua habilidade muitas vezes. Derrubara o seu primeiro nyak aos treze anos; derrubara o décimo na semana anterior à sua subida ao trono; e agora estava voltando com o quadragésimo sexto.

– Cinquenta antes de atingir a maioridade – ele havia exultado. – Quem aceita a aposta?

Mas cortesãos não apostam contra a habilidade do rei. Existe o perigo mortal de ganhar. Então, ninguém se habilitou e o rei saiu para trocar de roupa num excelente humor.

– Lepold!

O rei estacou, no meio do caminho, para a única voz que poderia fazê-lo parar. Virou-se, de mau humor.

Wienis estava parado sob o limiar de seus aposentos e olhou, irritado, para o jovem sobrinho.

– Mande-os embora – ele fez um gesto impaciente. – Livre-se deles.

O rei assentiu com um gesto rápido e os dois camareiros se curvaram e desceram as escadas. Lepold entrou no quarto de seu tio.

Wienis olhou morosamente para o traje de caça do rei.

– Você terá coisas mais importantes a fazer do que caçar nyaks, muito em breve.

Ele virou as costas e foi andando a passo firme até sua mesa. Como tinha ficado velho demais para a rajada de ar, o mergulho perigoso dentro da batida da asa do nyak, o controle do movimento da aerocicleta ao toque de um pé, havia se amargurado com o esporte inteiro.

Lepold notou a atitude ressentida do tio e não foi sem malícia que começou a dizer, entusiasticamente:

– Mas o senhor deveria ter vindo conosco hoje, tio. Pegamos um nas áreas selvagens de Samia que era um monstro. E nos deu um belo trabalho. Nós o caçamos por duas horas por, pelo menos, cento e oitenta quilômetros quadrados de terreno. E então subi na direção do sol – fez um gesto ilustrativo, como se estivesse mais uma vez em sua aerocicleta – e mergulhei. Peguei-o na subida, logo abaixo da asa esquerda. Isso o enlouqueceu e ele caiu de lado. Eu paguei para ver e virei tudo para a esquerda, esperando que ele mergulhasse. E é claro que ele caiu. Estava a um bater de asa quando eu me movi, e então...

– Lepold!

– Ué! Eu peguei o bicho!

– Eu sei que pegou. Agora, *quer prestar atenção*?

O rei deu de ombros e gravitou até a ponta da mesa, onde pegou uma castanha de Lera e a mordiscou com um mau humor nada majestoso. Ele não ousou olhar nos olhos do tio.

Wienis disse, a título de preâmbulo:

– Estive na nave hoje.

– Que nave?

– Só existe uma nave. *A* nave. Aquela que a Fundação está consertando para a marinha. O velho cruzador imperial. Está entendendo agora?

– Ah, essa? Sabe, eu disse ao senhor que a Fundação consertaria a nave se nós pedíssemos. É tudo bobagem, o senhor sabe, essa história de que eles querem nos atacar. Porque se quisessem, por que consertariam a nave? Não faz sentido, sabe.

– Lepold, você é um idiota!

O rei, que havia acabado de descartar a casca da castanha de Lera e estava levando outra à boca, ficou vermelho.

– Ora, escute aqui – disse, com uma raiva que era pouco mais do que rabugice. – Acho que o senhor não devia me chamar assim. O senhor está se esquecendo do seu lugar. Em dois meses, eu alcançarei a maioridade, o senhor sabe.

– Sim, e você está em uma ótima posição para assumir responsabilidades reais. Se passasse metade do tempo que passa caçando nyaks cuidando de questões públicas, eu abriria mão da regência agora mesmo, com a consciência tranquila.

– Eu não ligo. Isso não tem nada a ver com o caso, sabe. O fato é que, mesmo que você seja o regente e meu tio, eu ainda sou rei e o senhor ainda é meu súdito. O senhor não devia me chamar de idiota e não devia se sentar em minha presença, de qualquer maneira. O senhor não pediu minha permissão. Acho que devia tomar cuidado ou eu poderia fazer alguma coisa a respeito... muito em breve.

O olhar de Wienis era frio.

– Posso me referir a você como "Vossa Majestade"?

– Pode.

– Muito bem! O senhor é um idiota, Vossa Majestade!

Os olhos escuros de Wienis queimavam sob suas sobrancelhas grisalhas e o jovem rei se sentou, devagar. Por um instante, houve uma satisfação sarcástica no rosto do regente, mas ela desapareceu rapidamente. Os lábios grossos do tio se abriram em um sorriso, e uma das mãos pousou sobre o ombro do rei.

– Deixe para lá, Lepold. Eu não deveria ter falado tão duramente com você. Às vezes é difícil se comportar com verdadeira propriedade quando a pressão desses eventos é assim... entende? – Mas se as palavras eram conciliatórias, havia algo em seus olhos que não havia suavizado.

Lepold disse, com insegurança:

– Sim. Questões de Estado são muito difíceis, sabe. – Ele ficou se perguntando, bem apreensivo, se não estava prestes a receber uma palestra chata e cheia de detalhes sem sentido sobre o comércio do ano com Smyrno e a disputa longa e tortuosa sobre os mundos esparsamente povoados do Corredor Vermelho.

Wienis falou novamente:

– Meu rapaz, eu havia pensado em conversar sobre isso com você antes, e talvez devesse, mas sei que seu espírito jovial fica impaciente com os detalhes secos do estadismo.

– Bom, é isso mesmo... – Lepold assentiu.

Seu tio o interrompeu com firmeza e continuou:

– Entretanto, você atingirá a maioridade em dois meses. Além do mais, nos tempos difíceis que estão por vir, precisará ter uma participação completa e ativa. Você será o rei daí em diante, Lepold.

Lepold assentiu mais uma vez, mas a expressão em seu rosto estava um tanto vazia.

– Haverá guerra, Lepold.

– Guerra? Mas estamos em trégua com Smyrno...

– Não com Smyrno. Com a Fundação.

– Mas tio, eles concordaram em consertar a nave. O senhor disse...

A voz do resgate se engasgou com o franzir do lábio de seu tio.

– Lepold – uma parte de seu lado amigável havia desaparecido –, vamos conversar de homem para homem. Vai haver uma guerra contra a Fundação, esteja a nave consertada ou não; aliás, muito em breve, já que ela está sendo consertada. A Fundação é a fonte de poder e de força. Toda a grandeza de Anacreon, todas as suas naves e cidades, e seu povo e comércio, dependem das gotas e sobras de poder que a Fundação nos deu de má vontade. Eu me lembro do tempo... eu mesmo... em que as cidades de Anacreon eram aquecidas pelo calor do carvão e do óleo. Mas não pense nisso; você não conseguiria conceber.

– Parece – o rei sugeriu, tímido – que deveríamos ser gratos...

– Gratos? – rugiu Wienis. – Gratos por eles nos darem restos magros, enquanto mantêm sabe lá o espaço o quê para si mesmos... e mantendo isso com que propósito em mente? Ora, somente para que um dia possam governar a Galáxia.

Sua mão pousou no joelho do sobrinho, e seus olhos se estreitaram.

– Lepold, você é rei de Anacreon. Seus filhos e os filhos dos seus filhos podem ser reis do universo... se você tiver o poder que a Fundação está escondendo de nós!

– O senhor está certo. – Os olhos de Lepold ganharam um brilho e ele se sentou ereto. – Afinal de contas, que direito eles têm de manter isso para si mesmos? Não é justo, sabe. Anacreon conta para alguma coisa, também.

– Sabe, você está começando a entender. E agora, meu rapaz, e se Smyrno decidir atacar a Fundação por conta própria e assim ganhar todo o poder? Por quanto tempo você supõe que poderíamos escapar de nos tornar uma potência vassala? Por quanto tempo você manteria seu trono?

– Pelo espaço, é isso mesmo! – Lepold foi ficando empolgado. – O senhor está absolutamente certo, sabe? Precisamos atacar primeiro. É simplesmente autodefesa.

O sorriso de Wienis aumentou ligeiramente.

– Além disso, um dia, no início do reinado de seu avô, Anacreon chegou realmente a estabelecer uma base militar no planeta da Fundação, Terminus... uma base de importância vital para a defesa nacional. Nós fomos forçados a abandonar essa base como resultado das maquinações do líder dessa Fundação, um vira-latas astuto, um acadêmico, sem uma gota de sangue nobre nas veias. Você entende, Lepold? Seu avô foi humilhado por esse homem do povo. Eu me lembro dele! Ele não era muito mais velho que eu, quando veio para Anacreon com um sorriso demoníaco e o cérebro diabólico... e o poder dos outros três reinos atrás dele, combinado numa união covarde contra a grandeza de Anacreon.

Lepold enrubesceu, e o brilho nos seus olhos aumentou.

– Por Seldon, se eu tivesse sido meu avô, teria lutado mesmo assim.

– Não, Lepold. Nós decidimos esperar... para retribuir o insulto num momento mais adequado. Essa havia sido a esperança de seu pai, antes de sua morte precoce, que pudesse ter sido ele a... Ora, ora! – Wienis se virou por um momento. Então, como se estivesse contendo as emoções: – Ele era meu irmão. E, no entanto, se seu filho fosse...

– Sim, tio, não falharei. Já decidi. Parece bem apropriado que Anacreon destrua esse ninho de encrenqueiros, e isso imediatamente.

– Não, imediatamente, não. Primeiro precisamos esperar que os reparos do cruzador de batalha sejam finalizados. O mero fato de que estejam dispostos a fazer esses reparos prova que nos temem. Os tolos tentam nos acalmar, mas não nos desviaremos do nosso caminho, não é?

E Lepold deu um soco na palma da mão.

– Não enquanto *eu* for rei de Anacreon.

O lábio de Wienis se contorceu ironicamente.

– Além disso, devemos esperar que Salvor Hardin chegue.

– Salvor Hardin! – Os olhos do rei se arregalaram subitamente, e o contorno juvenil de seu rosto imberbe perdeu as linhas quase duras nas quais havia sido comprimido.

– Sim, Lepold, o próprio líder da Fundação está vindo para Anacreon em seu aniversário... provavelmente para nos apaziguar com palavras doces. Mas isso não irá ajudá-lo.

– Salvor Hardin! – foi um mero murmúrio.

Wienis franziu a testa.

– Você está com medo do nome? É o mesmo Salvor Hardin que, em sua visita anterior, esfregou nossos narizes na terra. Você não está esquecendo esse insulto mortal à casa real? E vindo de um homem do povo. Da ralé.

– Não, acho que não. Não, não vou me esquecer. Vamos retribuir... mas... estou com um pouco... de medo.

O regente se levantou.

– Medo? De quê? De quê, seu jovem... – ele se engasgou.

– Seria... ahn... meio que uma blasfêmia, sabe, atacar a Fundação. Quero dizer... – ele fez uma pausa.

– Continue.

Lepold disse confuso:

– Quer dizer, se *realmente* existisse um Espírito Galáctico, ele... ahn... poderia não gostar disso. O senhor não acha?

– Não, não acho – foi a resposta dura. Wienis tornou a se sentar e os lábios dele se retorceram num sorriso estranho. – E então você realmente se importa muito com o Espírito Galáctico, não? É no que dá deixar você solto. Você tem escutado muito Verisof, suponho.

– Ele me explicou muitas coisas...

– Sobre o Espírito Galáctico?

– Sim.

– Ora, seu moleque que nem saiu dos cueiros, ele acredita nessa farsa ainda menos do que eu... e eu não acredito nem um pouco nisso. Quantas vezes eu já lhe disse que tudo isso é bobagem?

– Bem, sei disso. Mas Verisof diz...

– Verisof que se dane. Isso tudo é bobagem.

Fez-se um silêncio curto e rebelde, e então Lepold disse:

– Mesmo assim, todos acreditam. Quero dizer, em toda essa conversa sobre o Profeta Hari Seldon e de como ele apontou a Fundação para seguir seus mandamentos, para que pudesse haver um dia um retorno ao Paraíso Galáctico, e de como qualquer um que desobedecer aos seus mandamentos será destruído pela eternidade. Eles creem nisso. Já presidi festivais, e tenho certeza de que eles acreditam.

– Sim, eles acreditam; mas nós, não. E você pode agradecer por isso, pois, segundo essa bobagem, você é rei por direito divino... e é semidivino. Muito conveniente. Isso elimina todas as possibilidades de revolta e assegura absoluta obediência a tudo. E é por isso que você, Lepold, deve ter parte ativa em ordenar a guerra contra a Fundação. Eu sou apenas regente e bastante humano. Você é rei e, mais do que isso, semideus... para eles.

– Mas suponho que não deva ser isso, afinal – o rei disse, pensativo.

– E não é, mesmo – veio a resposta irônica. – Mas você é, para todos, menos para o povo da Fundação. Entendeu? Para todos, menos para o povo da Fundação. Assim que eles forem afastados, não haverá ninguém para lhe negar a divindade. Pense nisso!

– E, depois disso, nós mesmos seremos capazes de operar as caixas de energia dos templos e das naves que voam sem homens e a comida sagrada que cura o câncer e todo o resto? Verisof disse que apenas os abençoados com o Espírito Galáctico poderiam...

– Sim, Verisof disse! Verisof, ao lado de Salvor Hardin, é seu maior inimigo. Fique comigo, Lepold, e não se preocupe com eles. Juntos, nós recriaremos um império: não só o reino de Anacreon, mas um império que compreenda cada um dos bilhões de sóis do Império. Isso não é melhor do que um "Paraíso Galáctico" que só fica nas palavras?

– S-sim.

– Será que Verisof pode prometer mais?

– Não.

– Muito bem. – A voz do tio se tornou peremptória. – Suponho que possamos considerar essa questão resolvida. – Ele não esperou nenhuma resposta. – Vá indo. Desço mais tarde. E mais uma coisa, Lepold.

O jovem rei se virou no limiar da porta.

Wienis sorria com tudo, menos os olhos.

– Tome cuidado nessas caçadas aos nyaks, meu garoto. Desde o infeliz acidente com seu pai, tenho tido os mais estranhos pressentimentos em relação a você, de vez em quando. Na confusão, com armas-agulha enchendo o ar de dardos, nunca se sabe. Você *vai* tomar cuidado, eu espero. E fará o que eu lhe disser sobre a Fundação, não fará?

Lepold arregalou os olhos e abaixou a cabeça, para não encarar os olhos do tio.

– Sim... certamente.

– Ótimo! – Ele viu o sobrinho sair, sem expressão no rosto, e voltou à mesa.

E os pensamentos de Lepold, quando saiu, eram sombrios e ligeiramente amedrontados. Talvez fosse *mesmo* melhor derrotar a Fundação e ganhar o poder do qual Wienis falava. Mas, depois, quando a guerra terminasse e ele estivesse seguro em seu trono... Tinha se tornado agudamente consciente do fato de que Wienis e seus dois filhos arrogantes eram, no momento, os próximos na linha de sucessão ao trono.

Mas ele era o rei. E reis podiam ordenar que pessoas fossem executadas. Mesmo que fossem tios e primos.

04.

Ao lado do próprio Sermak, Lewis Bort era o mais ativo em atrair os elementos dissidentes que haviam se fundido no agora vociferante Partido da Ação. Mas ele não estivera na delegação que visitara Salvor Hardin havia quase seis meses. Isso não se devia a nenhuma falta de reconhecimento por seus esforços; ao contrário. Ele tinha faltado porque estava no mundo capital de Anacreon, na época.

Ele o visitou como um cidadão comum. Não viu nenhum funcionário e não fez nada de importante. Ficou só observando os cantos obscuros do planeta atarefado e enfiava o nariz pequeno em todos os cantos empoeirados.

Chegou em casa ao fim de um curto dia de inverno que havia começado nublado e terminava com neve, e em menos de uma hora estava sentado na mesa octogonal da casa de Sermak.

Suas primeiras palavras não foram calculadas para melhorar a atmosfera de uma reunião já consideravelmente deprimida pelo crepúsculo cheio de neve.

– Receio – disse ele – que nossa posição seja o que normalmente se chama, em fraseologia melodramática, de uma "Causa Perdida".

– Você acha? – Sermak disse, mal-humorado.

– Já passou do tempo, Sermak. Não há espaço para nenhuma outra opinião.

– Armamentos... – começou Dokor Walto, de modo um tanto oficioso, mas Bort interrompeu-o na hora.

– Esqueça isso. É história antiga. – Seus olhos viajaram pelo círculo. – Estou falando das pessoas. Admito que minha ideia original era que tentássemos fomentar uma rebelião palaciana de alguma espécie para instalar, como rei, alguém mais favorável para a Fundação. Era uma boa ideia. Ainda é. A única falha pequena a respeito disso é que é impossível. O grande Salvor Hardin providenciou isso.

Sermak disse, amargo:

– Se você nos desse os detalhes, Bort...

– Detalhes? Não há nenhum! Não é tão simples. É toda essa maldita situação em Anacreon. É essa religião que a Fundação estabeleceu. Ela funciona!

– Ora!

– Você *precisa* ver isso funcionar para entender a situação. Tudo o que você vê daqui é que temos uma grande escola dedicada ao treinamento de sacerdotes e que, ocasionalmente, um show especial é feito em algum canto obscuro da cidade para o benefício dos peregrinos... e isso é tudo. Toda a questão mal nos afeta de modo geral. Mas, em Anacreon...

Lem Tarki amaciou o pequeno cavanhaque pontudo com um dedo e pigarreou:

– Que tipo de religião é essa? Hardin sempre disse que era apenas uma bobagem para fazer com que eles aceitassem nossa ciência sem questionar. Você lembra, Sermak, que ele nos disse naquele dia...

– As explicações de Hardin – lembrou Sermak – não significam muita coisa, no fim das contas. Mas que tipo de religião é essa, Bort?

Bort parou para pensar por um instante.

– Eticamente, ela é boa. Ela não difere muito das várias filosofias do antigo império. Altos padrões morais, esse negócio todo. Não há nada a reclamar, sob esse ponto de vista. A religião é uma das grandes influências civilizatórias da história, a esse respeito ela preenche...

– Nós já sabemos – Sermak interrompeu, impaciente. – Vá logo ao que interessa.

– Aqui está – Bort estava um pouco desconcertado, mas não demonstrou. – A religião... que a Fundação fomentou e incentivou, vejam vocês... é construída sob linhas estritamente autoritárias. Os sacerdotes têm controle exclusivo dos instrumentos da ciência que demos a Anacreon, mas eles aprenderam a lidar com essas ferramentas apenas empiricamente. Eles acreditam inteiramente nessa religião, e no... ahn... valor espiritual do poder com que lidam. Por exemplo, há dois meses um idiota mexeu com a usina nuclear no Templo thessalekiano... um dos maiores. Ele contaminou a cidade, claro. Isso foi considerado vingança divina por todos, incluindo os sacerdotes.

– Eu me lembro. Os jornais publicaram uma versão confusa da história na época. Mas não entendo aonde você quer chegar.

– Então escute – disse Bort, rígido. – Os sacerdotes formam uma hierarquia em cujo ápice está o rei, que é considerado uma espécie de deus menor. Ele é um monarca absoluto por direito divino e as pessoas acreditam nele completamente, os sacerdotes também. Você não pode derrubar um rei assim. *Agora* você entende?

– Espere aí – disse Walto a essa altura. – O que você quis dizer quando afirmou que Hardin fez tudo isso? Como ele entra nessa história?

Bort olhou para seu questionador com amargura.

– A Fundação fomentou assiduamente essa ilusão. Nós colocamos todo o nosso apoio científico por trás da farsa. Não há um festival que o rei não presida cercado por uma aura radioativa brilhando por todo o corpo, e se elevando como uma coroa sobre cabeça. Qualquer um que toque nele sofre graves queimaduras. Ele pode ir de um lugar para outro pelo ar em momentos cruciais, supostamente por inspiração do espírito divino. Ele preenche o templo com uma luz interna perolada com um gesto. Não tem fim a quantidade de truques bem simples que executamos para benefício dele; mas até mesmo os sacerdotes acreditam, enquanto os realizam pessoalmente.

– Isso é péssimo! – disse Sermak, mordendo o lábio.

– Tenho vontade de chorar... como a fonte no Parque da Prefeitura – disse Bort, honestamente –, quando penso na chance que perdemos. Considerem a situação há trinta anos, quando Hardin salvou a Fundação de Anacreon. Na época, o povo anacreoniano não tinha concepção real do fato de que o Império estava decaindo. Eles andavam resolvendo os próprios problemas desde a revolta zeoniana, mas mesmo depois que as comunicações foram interrompidas e o avô pirata de Lepold se tornou rei, eles nunca perceberam que o Império havia perdido a cabeça. Se o imperador tivesse tido a coragem de tentar, ele poderia ter tomado o controle, novamente, com dois cruzadores e a ajuda da revolta interna que certamente teria surgido. E nós, *nós* poderíamos ter feito o mesmo; mas não, Hardin estabeleceu a adoração religiosa ao monarca. Pessoalmente, eu não entendo. Por quê? Por quê? Por quê?

– O que – exigiu saber Jaim Orsy, subitamente – Verisof faz? Houve um dia em que ele foi um Acionista avançado. O que ele está fazendo lá? Ele está cego também?

– Não sei – Bort disse, curto e grosso. – Ele é o sumo sacerdote deles. Até onde sei, não faz nada, a não ser atuar como assessor dos sacerdotes em detalhes técnicos. É um testa-de-ferro, diabos, um testa-de-ferro!

A sala ficou em silêncio e todos os olhos se voltaram para Sermak. O mais jovem líder do partido mordia nervoso uma unha, e então disse, em voz alta:

– Não é bom. Isso está me cheirando mal.

Olhou ao redor, e acrescentou mais enérgico:

– Hardin é tão idiota assim, então?

– Parece que sim – Bort deu de ombros.

– Nunca! Há alguma coisa errada. Cortar nossas gargantas tão completamente e tão sem esperança exigiria uma estupidez colossal. Mais do que Hardin poderia ter se fosse um idiota, o que não é verdade. Por um lado, estabelecer uma religião que erradicasse toda e qualquer chance de conflitos internos. Por outro lado, armar Anacreon com todas as armas de guerra. Não entendo.

– A questão é um pouco obscura, admito – disse Bort –, mas os fatos estão aí. O que mais podemos pensar?

Walto disse, trêmulo:

– Traição direta. Ele está a soldo deles.

Mas Sermak balançou a cabeça, impacientemente.

– Também não vejo assim. Toda essa história é tão louca e sem sentido... Diga-me, Bort, você já ouviu falar em alguma coisa a respeito de um cruzador de batalha que a Fundação deveria estar consertando para a marinha de Anacreon?

– Cruzador de batalha?

– Um antigo cruzador imperial...

– Não, não ouvi. Mas isso não quer dizer grande coisa. Os estaleiros navais são santuários religiosos, completamente invioláveis para o público leigo. Ninguém nunca ouviu nada a respeito da frota.

– Bem, rumores vazaram. Alguns membros do Partido levantaram a questão no Conselho. Hardin nunca negou, sabem. O porta-voz dele denunciou que havia gente alimentando rumores, e deixou por isso mesmo. Poderia significar alguma coisa.

– É a mesma coisa do resto – disse Bort. – Se for verdade, é absolutamente louco. Mas não seria pior do que o resto.

– Suponho – disse Orsy – que Hardin não tenha nenhuma arma secreta esperando. Isso poderia...

– Sim – disse Sermak, maliciosamente –, uma imensa armadilha que pulará em cima de nós no momento psicológico e assustará o velho Wienis. A Fundação poderá até explodir em pedaços e poupar a si mesma da agonia do suspense, se tiver de depender de qualquer arma secreta.

– Bem – disse Orsy, mudando rápido de assunto –, a questão se resume a isto: quanto tempo temos? Hein, Bort?

– Está certo. Esta é a questão. Mas não olhe pra mim; eu não sei. A imprensa de Anacreon nunca menciona a Fundação. Neste momento, ela está ocupada apenas com as comemorações vindouras e mais nada. Lepold vai atingir a maioridade na semana que vem, sabem.

– Então temos meses – Walto sorriu pela primeira vez naquela noite. – Isso nos dá tempo...

– Isso nos dá tempo, uma vírgula – Bort explodiu, impaciente. – O rei é um deus, eu estou lhes dizendo. Vocês supõem que ele precise fazer uma campanha propagandística para pôr seu povo em modo de combate? Vocês acham que ele precisa nos acusar de agressão e recorrer ao emocionalismo barato? Quando chegar a hora do ataque, Lepold dará a ordem e as pessoas lutarão. Num estalo. Esse é o maldito sistema de lá. Não se questiona um deus. Ele pode dar a ordem amanhã, pelo que sei; pense nisso.

Todo mundo começou a falar ao mesmo tempo, e Sermak bateu a mão na mesa ordenando silêncio, quando a porta da frente se abriu e Levi Norast entrou, pisando duro. Ele subiu as escadas rapidamente, sem tirar o sobretudo, arrastando neve.

– Olhem só isso! – ele gritou, jogando um jornal salpicado de neve em cima da mesa. – Os visitransmissores também estão dando isso sem parar.

O jornal se desenrolou e cinco cabeças se curvaram sobre ele.

Sermak disse em voz baixa:

– Grande Espaço, ele vai para Anacreon! *Vai para Anacreon!*

– Isso é traição! – Tarki gritou esganiçado, subitamente empolgado. – Diabos me levem se Walto não tiver razão. Ele nos vendeu e, agora, vai lá pegar o pagamento.

Sermak havia se levantado.

– Agora não temos mais escolha. Vou pedir o impeachment de Hardin amanhã no Conselho. E, se isso falhar...

05.

A neve havia cessado, mas tinha recoberto totalmente o chão, e o carro terrestre aerodinâmico avançava pelas ruas desertas com um esforço cada vez maior. A luz cinzenta e enlameada da aurora incipiente era fria, não só no sentido poético, mas também de modo muito literal – e mesmo no estado então turbulento da política da Fundação, ninguém, fosse Acionista ou pró--Hardin, estava com o espírito ardente o bastante para iniciar atividades nas ruas tão cedo.

Yohan Lee não gostava disso, e seus resmungos foram começando a ficar audíveis.

– A coisa vai ficar feia, Hardin. Eles vão dizer que você saiu de fininho.

– Deixe que digam o que quiserem. Preciso chegar a Anacreon e quero fazer isso sem problemas. Agora já chega, Lee.

Hardin se reclinou de volta à poltrona acolchoada e estremeceu de leve. Não estava frio ali, dentro do carro bem aquecido, mas havia algo de frígido num mundo coberto de neve, mesmo separado pelo vidro, que o incomodava.

Ele disse, refletindo:

– Um dia, quando tudo isso estiver resolvido, deveríamos trabalhar no condicionamento do clima de Terminus. Pode ser feito.

– Já eu – respondeu Lee – gostaria de ver algumas outras coisas feitas primeiro. Por exemplo, que tal condicionar o clima de Sermak? Uma cela bonita e seca com vinte e cinco graus centígrados o ano inteiro seria perfeita.

– E aí eu realmente *precisaria* de guarda-costas – disse Hardin –, e não só estes dois – indicou dois dos guarda-costas de Lee sentados na frente com o motorista, olhos duros nas ruas vazias, mãos prontas em suas armas atômicas. – Você evidentemente quer fomentar uma guerra civil.

– *Eu* quero? Existem outros gravetos no fogo e não é preciso atiçá-los muito para queimar, isso eu posso lhe dizer – ele contou em seus dedos grossos. – Um: Sermak fez o diabo ontem no Conselho da Cidade e pediu um impeachment.

– Ele tinha todo o direito de fazer isso – Hardin respondeu, tranquilo. – Além do quê, a moção foi derrotada por 206 a 184.

– Certamente. Uma maioria de vinte e dois, quando tínhamos contado com, no mínimo, uns sessenta. Não negue; você sabia disso.

– Foi por pouco – admitiu Hardin.

– Está certo. E dois: após a votação, os cinquenta e nove membros do Partido Acionista se levantaram e saíram das Câmaras do conselho pisando duro.

Hardin ficou em silêncio, e Lee continuou:

– E três: antes de partir, Sermak uivou que você era um traidor, que ia para Anacreon coletar seu pagamento, que a maioria da Câmara, ao se recusar a votar pelo impeachment, havia participado da traição e que o nome de seu partido não era "acionista" por nada. O que *isso* lhe parece?

– É um problema, suponho.

– E agora você está saindo ao amanhecer, como um criminoso. Você devia enfrentá-los, Hardin; e se tiver de fazer isso, declarar lei marcial, pelo espaço!

– A violência é o último refúgio...

– ... do incompetente. Besteira!

– Está certo. Vamos ver. Agora, ouça-me com atenção, Lee. Há trinta anos, o Cofre do Tempo se abriu e, no quinquagésimo aniversário do começo da Fundação, apareceu uma gravação de Hari Seldon para nos dar uma primeira ideia do que estava acontecendo.

– Eu me lembro – Lee assentiu nostálgico, com um meio sorriso. – Foi o dia em que assumimos o governo.

– Isso mesmo. Foi o começo de nossa primeira grande crise. Esta é nossa segunda... e daqui a três semanas será o aniversário de oitenta anos do início da Fundação. Isso significa algo para você?

– Quer dizer que ele está vindo novamente?

– Não acabei. Seldon nunca disse nada sobre retornar, você entende, mas isso tem a ver com seu plano como um todo. Ele sempre deu o melhor de si para evitar que tivéssemos algum conhecimento prévio. Também não há nenhuma maneira de dizer se o computador foi ajustado para evitar aberturas posteriores se desmontássemos o Cofre... e ele provavelmente se destruirá se tentarmos isso. Estive lá em todos os aniversários desde sua primeira aparição, caso acontecesse algo. Ele nunca apareceu, mas esta é a primeira vez, desde então, que realmente há uma crise acontecendo.

– Então, ele aparecerá.

– Talvez. Não sei. Mas esta é a questão. Na sessão de hoje do Conselho, logo depois que você anunciar que parti para Anacreon, também irá anunciar, oficialmente, que no próximo dia 14 de março haverá outra gravação de Hari Seldon contendo uma mensagem da maior importância em relação à crise recém-concluída com sucesso. Isso é muito importante, Lee. Não acrescente mais nada, não importa quantas perguntas lhe façam.

Lee ficou olhando fixo para ele.

– Será que vão acreditar?

– Não importa. Vão ficar confusos e é tudo o que quero. Entre ficar se perguntando se isso é verdade e o que eu quero dizer com isso se não for, eles decidirão adiar qualquer ação até depois de 14 de março. Estarei de volta consideravelmente antes disso.

Lee parecia inseguro.

– Mas esse "recém-concluída com sucesso". Isso é mentira!

– Uma mentira altamente confusa. Olhe lá o aeroporto!

A espaçonave aguardava, sombria e imensa na penumbra. Hardin caminhou sobre a neve na direção dele, na comporta de ar, virou-se com a mão estendida.

– Adeus, Lee. Detesto deixar você na frigideira assim, mas não confio em mais ninguém. Agora, por favor, fique longe do fogo.

– Não se preocupe. A frigideira já está quente demais. Vou seguir as suas ordens. – Deu um passo para trás, e a comporta se fechou.

06.

Salvor Hardin não viajou para o planeta Anacreon – planeta do qual o reino tirou seu nome – imediatamente. Foi apenas no dia anterior à coroação que ele chegou, após ter feito visitas-relâmpago a oito dos maiores sistemas estelares do reino, parando por tempo suficiente apenas para conferenciar com os representantes locais da Fundação.

A viagem o deixou com a percepção opressiva da vastidão do reino. Ele era uma lasquinha, uma mosca insignificante comparado com as vastidões inconcebíveis do Império Galáctico do qual havia formado uma parte tão distinta; mas, para alguém cujos hábitos de pensamento haviam sido construídos ao redor de um único planeta, e um habitado esparsamente, o tamanho de área e população de Anacreon era assustador.

Seguindo de perto as fronteiras da velha Prefeitura de Anacreon, ele abraçava vinte e cinco sistemas estelares, seis dos quais incluíam mais de um mundo habitável. A população de dezenove bilhões, embora ainda bem menor do que no auge do Império, estava crescendo rapidamente com o aumento do desenvolvimento científico fomentado pela Fundação.

E era apenas agora que Hardin se encontrava arrasado pela magnitude *dessa* tarefa. Mesmo em trinta anos, apenas o mundo capital havia recebido energia. As províncias externas possuíam áreas imensas onde a energia atômica ainda não havia sido reintroduzida. Mesmo o progresso que havia sido feito poderia ter sido impossível se não fossem pelas relíquias, ainda em condições de funcionamento, deixadas pelo refluxo do Império.

Quando Hardin chegou ao mundo capital, foi para encontrar todos os negócios normais absolutamente parados. Nas províncias externas haviam acontecido celebrações, que ainda estavam ocorrendo; mas ali, no planeta Anacreon, nenhuma pessoa deixava de participar febrilmente dos rituais religiosos agitados que anunciavam a chegada à maioridade de seu deus-rei, Lepold.

Hardin foi capaz de arrancar apenas meia hora de um Verisof apressado e esgotado, antes que seu embaixador fosse forçado a correr para supervisionar mais um festival do templo. Mas essa meia hora foi bastante proveitosa e Hardin se preparou para os fogos de artifício da noite bem satisfeito.

No todo, ele atuava como um observador, pois não tinha estômago para as tarefas religiosas que, sem dúvida, teria de executar se sua identidade fosse descoberta. Então, quando o salão de baile do palácio se encheu com uma horda reluzente da mais alta e exaltada nobreza do reino, ficou encostado na parede, pouco notado ou totalmente ignorado.

Ele havia sido apresentado a Lepold como mais um entre vários, e de uma distância segura, pois o rei ficava de lado em grandeza solitária e impressionante, cercado por seu brilho mortífero de aura radioativa. E, em menos de uma hora, esse mesmo rei tomaria seu lugar no trono maciço de liga de ródio-irídio com incrustações de ouro e pedras preciosas, e então, com trono e tudo, iria erguer-se majestosamente no ar, deslizando sobre o chão para flutuar perante a grande janela da qual a grande massa de plebeus poderia ver seu rei e gritar até quase a apoplexia. O trono não seria tão maciço, claro, se não tivesse um motor nuclear blindado embutido.

Passava das onze da noite. Hardin tentava se equilibrar na ponta dos pés para melhorar sua vista. Resistiu ao impulso de ficar em pé numa cadeira.

Então viu Wienis abrindo caminho por entre a multidão em sua direção e relaxou.

O progresso de Wienis era lento. Quase a cada passo, ele tinha de dizer uma frase simpática a algum nobre reverenciado cujo avô havia ajudado o avô de Lepold a usurpar o reino, recebendo o título de duque por isso.

E então ele se desembaraçou do último nobre uniformizado e chegou até Hardin. Seu sorriso se abriu, retorcido, e os olhos escuros brilharam de satisfação sob sobrancelhas grisalhas.

– Meu caro Hardin – ele disse em voz baixa –, você devia esperar entediar-se, já que se recusa a anunciar sua identidade.

– Não estou entediado, alteza. Isso tudo é extremamente interessante. Não temos espetáculos que se comparem em Terminus, o senhor sabe.

– Sem dúvida. Mas você gostaria de ir para meus aposentos privados, onde poderemos conversar mais e com uma privacidade consideravelmente maior?

– Certamente.

De braços dados, os dois subiram a escadaria, e mais de uma duquesa viúva olhou fixamente, surpresa, imaginando qual seria a identidade daquele estranho insignificantemente vestido e de aspecto desinteressante, sobre o qual tamanha honra estava sendo derramada pelo príncipe regente.

Nos aposentos de Wienis, Hardin relaxou, em perfeito conforto, e aceitou, com um murmúrio de gratidão, o copo de bebida alcoólica que lhe fora servido pela mão do próprio regente.

– Vinho de Locris, Hardin – disse Wienis –, das adegas reais. De qualidade mesmo; tem dois séculos de idade. Foi colocado para descansar dez anos antes da Rebelião zeoniana.

– É uma bebida verdadeiramente majestosa – Hardin concordou, educadamente. – A Lepold I, rei de Anacreon.

Eles beberam e Wienis acrescentou, neutro, depois da pausa:

– Que logo será imperador da Periferia e depois, quem sabe? A Galáxia poderá, um dia, ser reunificada.

– Sem dúvida. Por Anacreon?

– Por que não? Com a ajuda da Fundação, nossa superioridade científica sobre o resto da Periferia seria indiscutível.

Hardin colocou seu copo vazio sobre a mesa e disse:

– Bem, sim, só que, claro, a Fundação está obrigada a ajudar qualquer nação que solicite auxílio científico. Devido ao alto idealismo de nosso governo e o grande propósito moral de nosso fundador, Hari Seldon, somos incapazes de favoritismo. Não podemos evitar isso, alteza.

O sorriso de Wienis aumentou.

– O Espírito Galáctico, para utilizar a expressão popular, ajuda a quem se ajuda. Eu entendo que, se deixada por conta própria, a Fundação jamais cooperaria.

– Eu não diria isso. Nós reformamos o cruzador imperial para vocês, embora meu Conselho de Navegação o desejasse para fins de pesquisa.

O regente repetiu as últimas palavras ironicamente.

– Fins de pesquisa! Sim! Mas, se eu não tivesse ameaçado guerra, vocês não o teriam consertado.

Hardin fez um gesto depreciativo.

– Não sei.

– *Eu* sei. E essa ameaça sempre existiu.

– E ainda está de pé?

– Agora é um pouco tarde para falar de ameaças. – Wienis havia olhado rapidamente para o relógio em sua mesa. – Escute aqui, Hardin, você já esteve em Anacreon uma vez antes. Na época você era jovem; ambos éramos jovens. Mas, mesmo naquela época, já tínhamos maneiras diferentes de olhar para as coisas. Você é o que chamam de homem de paz, não é?

– Suponho que sim. Pelo menos, considero a violência um meio não econômico de se atingir um objetivo. Existem sempre melhores substitutos, embora eles possam ser um pouco menos diretos.

– Sim. Já ouvi o seu famoso slogan: "A violência é o último refúgio do incompetente". E, no entanto – o regente coçou uma orelha gentilmente numa abstração afetada –, eu não me chamaria exatamente de incompetente.

Hardin assentiu educadamente e não disse nada.

— E, apesar disso — continuou Wienis —, sempre acreditei em ação direta. Acreditei em cavar um caminho direto para meu objetivo e seguir por aí. Já realizei muito assim, e ainda espero plenamente realizar mais.

— Eu sei — interrompeu Hardin —; acredito que o senhor esteja cavando um caminho, como descreve, para si e seus filhos, que leva direto para o trono, considerando a morte infeliz do pai do rei, seu irmão mais velho, e o próprio estado precário de saúde do rei. Ele está num estado precário de saúde, não está?

Wienis franziu a testa com o comentário, e sua voz ficou mais dura.

— Você poderia achar interessante, Hardin, evitar certos assuntos. Pode se considerar um privilegiado, como prefeito de Terminus, e querer fazer... ahn... comentários imprudentes, mas, se os fizer, por favor deixe a ideia de lado. Não me assusto com palavras. Minha filosofia de vida é de que as dificuldades desaparecem quando enfrentadas com ousadia, e jamais dei as costas a uma.

— Não duvido. A que dificuldade em particular o senhor está se recusando a dar as costas, no presente momento?

— À dificuldade, Hardin, de persuadir a Fundação a cooperar. Sabe, sua política de paz o levou a cometer diversos erros muito sérios, simplesmente porque você subestimou a ousadia de seu adversário. Nem todo mundo tem medo de ação direta como você.

— Por exemplo? — Hardin sugeriu.

— Por exemplo, você veio a Anacreon sozinho e me acompanhou até meus aposentos sozinho.

Hardin olhou ao redor.

— E o que há de errado nisso?

— Nada — disse o regente —, só que, do lado de fora deste quarto, há cinco policiais, bem armados e prontos para disparar. Acho que você não pode sair, Hardin.

O prefeito ergueu as sobrancelhas.

— Não tenho nenhum desejo imediato de sair. Então, o senhor tem tanto medo assim de mim?

– Não tenho nenhum medo de você. Mas isto pode servir para impressioná-lo com minha determinação. Vamos chamar isso de atitude?

– Chame do que lhe agradar – Hardin disse, com indiferença. – Não vou me incomodar com o incidente, seja como for que decida chamá-lo.

– Tenho certeza de que essa postura mudará com o tempo. Mas você cometeu outro erro, Hardin, um erro mais sério. Parece que o planeta Terminus está quase inteiramente sem defesas.

– Naturalmente. O que temos a temer? Não ameaçamos os interesses de ninguém, e servimos a todos igualmente.

– E enquanto permanecem indefesos – Wienis continuou –, vocês gentilmente nos ajudam a nos armar, auxiliando-nos particularmente no desenvolvimento de uma marinha própria, uma grande marinha. Na verdade, uma marinha que, desde a doação do cruzador imperial, é bastante irresistível.

– Sua alteza, o senhor está perdendo seu tempo. – Hardin fez como se fosse levantar de sua poltrona. – Se sua intenção é declarar guerra e está me informando do fato, permita que eu me comunique com meu governo imediatamente.

– Sente-se, Hardin. Não estou declarando guerra e você não vai se comunicar com seu governo de jeito nenhum. Quando a guerra for travada (não declarada, Hardin, *travada*), a Fundação será informada pelas rajadas nucleares da marinha anacreoniana, sob a liderança de meu próprio filho na nau capitania *Wienis*, que foi um dia um cruzador da marinha imperial.

Hardin franziu a testa.

– Quando isso tudo irá acontecer?

– Se você está mesmo interessado em saber, as naves da frota partiram de Anacreon há exatamente cinquenta minutos, às onze, e o primeiro tiro será disparado assim que eles avistarem Terminus, o que deverá ser ao meio-dia de amanhã. Você pode se considerar prisioneiro de guerra.

– É exatamente o que me considero, sua alteza – disse Hardin, ainda franzindo a testa. – Mas estou decepcionado.

Wienis deu uma risada de desprezo.

– Isso é tudo?

– Sim. Eu achava que o momento da coroação, meia-noite, o senhor sabe, seria a hora lógica de colocar a frota em movimento. Evidentemente, o senhor queria dar início à guerra enquanto ainda fosse regente. Do outro jeito, teria sido mais dramático.

O regente ficou olhando fixo para ele.

– O que, pelo espaço, você está falando?

– Não entende? – Hardin perguntou, suavemente. – Eu havia preparado meu contra-ataque para a meia-noite.

Wienis se levantou de sua poltrona.

– Você não vai blefar comigo. Não existe contra-ataque. Se está contando com o apoio dos outros reinos, esqueça. As marinhas deles, combinadas, não são páreo para a nossa.

– Eu sei. Não tenho a intenção de disparar um só tiro. É simplesmente que, há uma semana, começou a se espalhar a notícia que, à meia-noite de hoje, o planeta Anacreon entra em interdição.

– Interdição?

– Sim. Se o senhor não está entendendo, posso explicar: cada sacerdote de Anacreon vai entrar em greve, a menos que eu dê ordens contrárias. Mas não posso fazer isso enquanto estiver incomunicável; e também não gostaria de fazê-lo, se não estivesse! – Inclinou-se para a frente e acrescentou, com súbita empolgação: – Percebe, sua alteza, que um ataque à Fundação não é nada menos que sacrilégio da mais alta ordem?

Wienis estava, visivelmente, lutando pelo autocontrole.

– Não me venha com essa, Hardin. Guarde isso para a multidão.

– Meu caro Wienis, para quem você acha que eu estou guardando isso? Imagino que, na última meia hora, todos os templos de Anacreon têm sido os centros de multidões escutando um sacerdote exortando-as sobre esse exato tema. Não há um homem ou uma mulher em Anacreon que não saiba que seu governo lançou um ataque maldoso e sem provocação contra o centro de sua religião. Mas, agora, faltam apenas quatro minutos para a meia-noite. É melhor você descer para o salão de baile para acompanhar os acontecimentos.

Eu estarei seguro aqui, com cinco guardas do lado de fora da porta. – Recostou-se em sua poltrona, serviu-se de outro cálice de vinho de Locris e ficou olhando para o teto, com perfeita indiferença.

Wienis soltou um impropério e saiu em disparada porta afora.

Um burburinho abafado havia caído sobre a elite que ocupava o salão de baile, quando um caminho amplo foi aberto até o trono. Agora Lepold estava sentado nele, as mãos firmes em seus braços, a cabeça erguida, o rosto congelado. Os imensos candelabros haviam diminuído de intensidade e, na difusa luz multicolorida das minúsculas lâmpadas nucleares cravejadas no teto abobadado, a aura real brilhava bravamente, levantando-se bem alto sobre sua cabeça para formar uma coroa incandescente.

Wienis parou na escada. Ninguém o viu; todos os olhos estavam fixos no trono. Ele cerrou os punhos e permaneceu onde estava; o blefe de Hardin não o levaria a cometer nenhum ato estúpido.

E então o trono se mexeu. Sem emitir um ruído, ele se ergueu – e começou a flutuar. Saiu do pedestal, desceu lentamente as escadas e então, horizontalmente, a cinco centímetros do piso, começou a se encaminhar na direção da imensa janela aberta.

Ao som do sino grave que significava a meia-noite, ele parou diante da janela – e a aura do rei morreu.

Por um segundo congelado, o rei não se moveu, o rosto contorcido de surpresa, sem uma aura, meramente humano; então o trono balançou e caiu no chão, com um estrondo, no instante em que todas as luzes do palácio se apagaram. Através do burburinho, dos gritos e da confusão, a voz de touro de Wienis soou.

– As lanternas! Peguem as lanternas!

Ele saiu empurrando a multidão para a esquerda e para a direita e forçou o caminho até a porta. Do lado de fora, os guardas palacianos haviam corrido para a escuridão.

De algum modo, as lanternas foram trazidas de volta ao salão de baile; lanternas que seriam usadas na gigantesca procissão de tochas pelas ruas da cidade, após a coroação.

De volta ao salão de baile, os guardas entraram enxameando com tochas azuis, verdes e vermelhas, onde a estranha luz iluminava rostos assustados e confusos.

– Não aconteceu nada demais – gritou Wienis. – Fiquem nos seus lugares. A energia voltará num instante.

Virou-se para o capitão da guarda, que prestou continência, rígido.

– O que foi, capitão?

– Sua alteza – foi a resposta instantânea –, o palácio está cercado pelo povo da cidade.

– O que eles querem? – rosnou Wienis.

– Um sacerdote está à frente deles. Foi identificado como o sumo sacerdote Poly Verisof. Ele exige a soltura imediata do prefeito Salvor Hardin e o término da guerra contra a Fundação. – O relatório foi feito no tom sem expressão de um oficial, mas seus olhos se moviam inquietos.

Wienis gritou:

– Se alguém da ralé tentar passar pelos portões do palácio, desintegre-o! Por ora, nada mais. Deixe que uivem! Amanhã haverá um ajuste de contas.

As tochas haviam sido distribuídas e o salão de baile estava novamente iluminado. Wienis correu até o trono, ainda em pé ao lado da janela, e arrastou Lepold, assustado e com o rosto branco como cera, para que ficasse em pé.

– Venha comigo. – Lançou um olhar pela janela. A cidade estava escura como piche. De lá de baixo, vinham os gritos confusos e roucos da multidão. Só na direção da direita, onde ficava o Templo Argólida, havia iluminação. Zangado, soltou um palavrão e arrastou o rei para longe dali.

Wienis irrompeu em seus aposentos, com os cinco guardas nos calcanhares. Lepold vinha logo atrás, olhos arregalados, mudo de tanto pavor.

– Hardin – disse Wienis –, você está brincando com forças grandes demais para você.

O prefeito ignorou o regente. Na luz perolada da luminária nuclear de bolso ao seu lado, ele permaneceu sentado, um sorriso ligeiramente irônico no rosto.

– Bom dia, Vossa Majestade – disse a Lepold. – Meus parabéns por sua coroação.

– Hardin – Wienis gritou novamente –, ordene que seus sacerdotes voltem ao trabalho.

Hardin levantou a cabeça com frieza.

– Ordene você mesmo, Wienis, e veja quem é que está brincando com forças grandes demais. Neste exato momento, não há uma só roda girando em Anacreon. Não há uma luz acesa, a não ser nos templos. Não há uma gota d'água correndo, a não ser nos templos. Na metade do planeta onde é inverno, não há uma partícula de calor, a não ser nos templos. Os hospitais não estão aceitando mais pacientes. As usinas de energia fecharam. Todas as naves estão no chão. Se você não gostou, Wienis, mande você que os sacerdotes voltem ao trabalho. Eu não quero.

– Pelo espaço, Hardin, eu farei isso. Se é para ser um duelo, que seja. Vamos ver se seus sacerdotes podem resistir ao exército. Esta noite, todos os templos do planeta serão postos sob a supervisão do exército.

– Muito bem, mas como você vai dar as ordens? Todas as linhas de comunicação do planeta estão desligadas. Você vai descobrir que nem as ondas, nem as ultraondas, funcionam. Na verdade, o único comunicador do planeta que funcionará, fora dos templos, claro, é o televisor bem aqui, neste aposento, e eu o ajustei apenas para recepção.

Wienis lutou em vão para recuperar o fôlego, e Hardin continuou.

– Se quiser, pode mandar seu exército até o Templo Argólida logo ali fora do palácio e usar os aparelhos de ultraondas ali para contatar outras partes do planeta. Mas, se fizer isso, receio que o contingente do exército será feito em pedaços pela multidão e, então, quem protegerá seu palácio, Wienis? E suas *vidas*, Wienis?

Wienis disse, sério:

– Nós podemos esperar, seu demônio. Vamos resistir até o fim. Que a multidão uive e a energia acabe, mas nós resistiremos. E, quando chegar a notícia de que a Fundação foi tomada, sua preciosa multidão vai descobrir o vácuo sobre o qual a religião deles foi construída, desertará seus sacerdotes e se voltará contra eles. Eu lhe dou até o meio-dia de amanhã, Hardin, porque você pode deter a energia em Anacreon, mas *não pode impedir minha frota* – sua voz soltou um coaxar exultante. – Eles estão a caminho, Hardin, com o maior cruzador, que você mesmo ordenou que fosse consertado, na ponta.

Hardin respondeu, tranquilo:

– Sim, o cruzador que eu mesmo ordenei que fosse consertado... mas à minha maneira. Diga, Wienis, você já ouviu falar em transmissor de hiperondas? Não, estou vendo que não. Bem, em cerca de dois minutos, você saberá o que um deles pode fazer.

O televisor ligou enquanto ele falava, e ele se corrigiu:

– Não, em dois segundos. Sente-se, Wienis, e escute.

07.

Theo Aporat era um dos sacerdotes mais elevados de Anacreon. Do ponto de vista da precedência, ele merecia seu cargo de sumo sacerdote-supervisor a bordo da nau capitânia *Wienis*.

Mas não era somente hierarquia ou precedência. Ele conhecia a nave. Havia trabalhado diretamente, sob os homens santos da Fundação, no conserto da nave. Havia supervisionado os motores sob as ordens deles, recabeado os visores; reformado o sistema de comunicações; revestido novamente o casco perfurado; reforçado as vigas. Tivera até permissão para ajudar enquanto os homens santos da Fundação haviam instalado um dispositivo tão sagrado que nunca fora colocado antes em nenhuma outra nave, mas fora reservado apenas para aquele magnífico colosso – o transmissor de hiperondas.

Não era de se surpreender que ele estivesse com o coração pesado por causa das finalidades para as quais a gloriosa nave fora pervertida. Ele nunca quisera acreditar no que Verisof havia lhe contado – que a nave seria usada para uma maldade sem limites; que suas armas seriam voltadas para a grande Fundação. Viradas para aquela Fundação, onde ele fora treinado na juventude, da qual vinham todas as bênçãos.

E, no entanto, não podia duvidar agora, depois do que o almirante havia lhe dito.

Como o rei, divino e abençoado, podia permitir esse ato abominável? Ou não teria sido o rei? Não seria, quem sabe, uma ação do maldito regente, Wienis, sem o conhecimento do rei? E o filho desse mesmo Wienis era o almirante que, cinco minutos antes, lhe dissera:

– Cuide de suas almas e de suas bênçãos, sacerdote. Eu cuido da minha nave.

Aporat sorriu amarelo. Ele cuidaria de suas almas e de suas bênçãos – e também de suas maldições; e o príncipe Lefkin gemeria logo, logo.

Tinha entrado na sala geral de comunicações. Seu acólito o precedera e os dois oficiais encarregados não fizeram um gesto sequer para interferir. O sumo sacerdote supervisor tinha o direito de livre entrada em qualquer parte da nave.

– Fechem a porta – ordenou Aporat, e olhou para o cronômetro. Faltavam cinco minutos para as doze. Ele havia cronometrado bem.

Com gestos rápidos e treinados, moveu as pequenas alavancas que abriam todas as comunicações, de modo que todas as partes da nave de três quilômetros de extensão estivessem ao alcance de sua voz e de sua imagem.

– Soldados da nau capitânia real *Wienis*, ouçam! É seu sacerdote-supervisor quem fala! – o som de sua voz reverberou, das armas atômicas no fundo até as mesas de navegação na proa.

– A nave de vocês – ele gritou – está sendo usada para fins sacrílegos. Sem seu conhecimento, ela está executando um ato que condenará as almas de todos os homens dentre vocês ao frio eterno do espaço! Escutem! É intenção de seu comandante levar esta nave até a Fundação e lá bombardear aquela fonte de todas as bênçãos, para que se submeta à sua vontade pecaminosa. E como essa é a intenção dele, eu, em nome do Espírito Galáctico, o removo do comando, pois não há comando onde a bênção do Espírito Galáctico foi retirada. O próprio rei divino não pode manter sua majestade sem o consentimento do Espírito!

A voz dele assumiu um tom mais grave, enquanto o acólito escutava com veneração e os dois soldados, com um medo enorme.

– E como esta nave está executando uma tarefa demoníaca, as bênçãos do Espírito também estão sendo dela retiradas.

Ergueu os braços solenemente e, perante mil televisores por toda a nave, soldados se encolheram, enquanto a imagem portentosa do sacerdote-supervisor falava:

– Em nome do Espírito Galáctico e de seu profeta, Hari Seldon, e de seus intérpretes, os homens santos da Fundação, eu amaldiçoo esta nave. Que os televisores, que são seus olhos, fiquem cegos. Que as garras, que são seus braços, fiquem paralisadas. Que as armas nucleares, que são seus punhos, percam sua função. Que os motores, que são seu coração, cessem de bater. Que as comunicações, que são sua voz, emudeçam. Que a ventilação, que é sua respiração, se desvaneça. Que as luzes, que são sua alma, se apaguem. Em nome do Espírito Galáctico, eu assim amaldiçoo esta nave.

E, com sua última palavra, ao soar da meia-noite, uma mão anos-luz distante, no Templo Argólida, abriu um relé de ultraondas, que à velocidade instantânea da ultraonda, abriu outro na nau capitânia Wienis.

E a nave morreu!

Pois essa é a característica principal da religião da ciência: ela funciona, e as maldições, como as de Aporat, são realmente mortíferas.

Aporat viu a escuridão se fechar sobre a nave e ouviu o súbito cessar do ronronar suave e distante dos motores hiperatômicos. Ele exultou e, do bolso de seu grande manto, retirou uma lâmpada nuclear com energia própria, que preencheu a sala com luz perolada.

Ele olhou para os dois soldados que, embora sem dúvida fossem corajosos, tremiam e batiam os joelhos no mais profundo terror mortal.

– Salve nossas almas, reverendíssimo! Somos pobres homens, ignorantes dos crimes de nossos líderes – um deles gemeu.

– Sigam-me – disse Aporat, com dureza. – Suas almas ainda não estão perdidas.

A nave era um turbilhão de trevas, no qual o medo era tão denso e palpável que quase chegava a ter um odor de miasma. Soldados se amontoavam por onde quer que Aporat e seu círculo de luz passasse, lutando para tocar a bainha de seu manto, implorando pelo mais tênue vestígio de misericórdia.

E, sempre, sua resposta era:

– Sigam-me!

Ele encontrou o príncipe Lefkin tateando pelos aposentos dos oficiais, xingando em voz alta e exigindo luzes. O almirante olhou para o sacerdote-supervisor com ódio.

– Aí está você! – Lefkin herdara os olhos azuis de sua mãe, mas o nariz de águia e os olhos muito juntos o marcavam como filho de Wienis. – Qual é o sentido de suas ações traiçoeiras? Devolva a energia da nave. Eu sou o comandante aqui.

– Não mais – disse Aporat, sombrio.

Lefkin olhou enfurecido ao redor.

– Peguem esse homem. Prendam-no ou, pelo espaço, pegarei todos os homens ao alcance da minha voz e os jogarei nus comporta afora! – Ele fez uma pausa, e depois gritou, histérico: – É o almirante que está ordenando. Prendam-no!

Então, quando ele perdeu inteiramente a cabeça:

– Vocês estão se permitindo ser enganados por esse falastrão, esse arlequim? Vocês rangem os dentes perante uma religião composta de nuvens e raios de luar? Este homem é um impostor e o Espírito Galáctico de que ele fala é uma fraude da imaginação criada para...

Aporat interrompeu, furioso:

– Peguem o blasfemador. Suas almas correm perigo se continuarem a ouvi-lo.

E, num instante, o nobre almirante caiu sob as mãos de vários soldados.

– Tragam-no.

Aporat deu meia-volta, com Lefkin arrastado atrás dele e os corredores cheios de soldados, e voltou à sala de comunicações. Ali, ordenou ao ex-comandante, perante o único televisor que funcionava:

– Mande que o resto da frota cesse o curso e se prepare para retornar a Anacreon.

O descabelado Lefkin, sangrando, surrado e meio atordoado, obedeceu.

– E, agora – continuou Aporat, sombrio –, estamos em contato com Anacreon no raio de hiperondas. Fale o que eu lhe ordenar.

Lefkin fez um gesto de negação e a multidão na sala, junto com os outros que se aglomeravam no corredor além, soltou um grunhido medonho.

– Fale! – disse Aporat. – Comece: a marinha de Anacreon...

Lefkin começou.

08.

Fez-se um silêncio absoluto nos aposentos de Wienis quando a imagem do príncipe Lefkin apareceu no televisor. O regente soltou um som esganiçado e perdeu o fôlego quando viu o rosto machucado e o uniforme rasgado de seu filho; então desabou numa poltrona, o rosto contorcido em surpresa e apreensão.

Hardin escutou impassível, as mãos tranquilas sobre o colo, enquanto o recém-coroado rei Lepold estava sentado, todo encolhido, no canto mais escuro, mordendo espasmodicamente a manga bordada a ouro de sua camisa. Até mesmo os soldados haviam perdido o olhar sem emoção que é a prerrogativa dos militares e, de onde estavam enfileirados contra a porta, as armas nucleares prontas, olhavam furtivamente para a figura no televisor.

Lefkin falou, relutante, com uma voz cansada que fazia pausa em intervalos como se estivesse sendo forçado – e não com gentileza:

– A marinha de Anacreon... ciente da natureza de sua missão... e se recusando a tomar parte... de um sacrilégio abominável... está retornando a Anacreon... com o seguinte ultimato... para os pecadores blasfemos... que ousaram usar força profana... contra a Fundação... fonte de todas as bênçãos... e contra o Espírito Galáctico. Cessem imediatamente toda a guerra contra... a verdadeira fé... e garantam, de uma maneira adequada a nós, da marinha... representada por nosso... sacerdote-supervisor, Theo Aporat... que tal guerra jamais no futuro... seja retomada e... – Aqui, fez uma longa pausa, e então continuou: – e que o ex-príncipe regente, Wienis... seja preso... e julgado perante um tribunal eclesiástico... por seus crimes. Caso contrário, a marinha real... ao retornar a Anacreon... destruirá o palácio... e tomará quaisquer outras medidas... que se façam necessárias... para destruir o ninho de pecadores... e o antro de destruidores... de almas dos homens que agora dominam.

A voz terminou com um soluço entrecortado e a tela se apagou.

Hardin passou rapidamente os dedos pela lâmpada nuclear e sua luz se desvaneceu; até que, na penumbra, o até agora regente, o rei e os soldados tornaram-se sombras indistintas; e, pela primeira vez, podiam ver que uma aura envolvia Hardin.

Não era a luz incandescente que era a prerrogativa de reis, mas uma menos espetacular, menos impressionante, e no entanto mais eficiente à sua própria maneira, e mais útil.

A voz de Hardin era levemente irônica quando ele se dirigiu ao mesmo Wienis que, uma hora antes, o havia declarado prisioneiro de guerra e afirmado que Terminus estava a ponto de ser destruído; o mesmo Wienis que agora era uma sombra encolhida, quebrada e silenciosa.

– Existe uma velha fábula – disse Hardin –, talvez tão velha quanto a humanidade, pois os mais antigos registros que a contêm são meramente cópias de outros registros ainda mais antigos, que pode interessar a você. Ela diz o seguinte:

"Um cavalo que tinha um lobo como um poderoso e perigoso inimigo vivia com medo constante de morrer. Levado ao desespero, teve a ideia de procurar um aliado forte. Então ele se aproximou de um homem e ofereceu uma aliança, ressaltando que o lobo era também inimigo do homem. O homem aceitou a aliança e se ofereceu para matar o lobo imediatamente, se seu novo parceiro cooperasse colocando sua velocidade maior à disposição do homem. O cavalo aceitou e permitiu que o homem colocasse freio e sela sobre ele. O homem montou, caçou o lobo e o matou.

"O cavalo, feliz e aliviado, agradeceu ao homem e disse: 'Agora que nosso inimigo está morto, retire o freio e a sela e me devolva a liberdade'.

"Ao que o homem riu alto e respondeu: nunca! E esporeou o cavalo com vontade."

Silêncio. A sombra que era Wienis não se moveu.

Hardin continuou em voz baixa.

– Você entende a analogia, espero. Em sua ansiedade para concretizar para sempre a total dominação sobre seu próprio povo, os reis dos Quatro Reinos aceitaram a religião da ciência que os tornou divinos; e essa mesma religião da ciência foi seu freio e sua sela, pois colocou o poder vital da energia nuclear nas mãos dos sacerdotes... que obedecem a nós, note bem, e não a vocês. Você matou o lobo, mas não conseguiu se livrar dos...

Wienis se pôs de pé num salto e, nas sombras, se██████████ buracos enlouquecidos. Sua voz era espessa, incoerente█████

– Mas eu vou pegar você. Você não esc█████ você vai apodrecer! Que eles ███████████████████████████ você vai apodrecer! Eu vou pegar ██████████ gritou, histérico. – Atirem nesse demônio por mim. Matem--no! Matem-no!

Hardin se virou da sua poltrona para encarar os soldados e sorriu. Um apontou seu desintegrador nuclear e em seguida o abaixou. Os outros nem se mexeram. Salvor Hardin, prefeito de Terminus, cercado por aquela tênue aura, sorrindo tão confiante, perante quem todo o poder de Anacreon havia se transformado em pó, era demais para eles, apesar das ordens do maníaco histérico logo ali.

Wienis gritou incoerentemente e foi cambaleando até o soldado mais próximo. Enlouquecido, puxou o desintegrador nuclear da mão do homem: apontou-o para Hardin, que nem se mexeu, puxou a alavanca e apertou o contato.

O feixe claro e constante impingido sobre o campo de força que cercava o prefeito de Terminus foi sugado de modo inofensivo e neutralizado. Wienis apertava com mais força, e ria de correr lágrimas pelo rosto.

Hardin ainda sorria, e a aura de seu campo de força quase não brilhou quando absorveu as energias da rajada nuclear. De seu canto, Lepold cobriu os olhos e gemeu.

E, com um grito de desespero, Wienis mudou a mira e atirou mais uma vez – caindo ao chão com a cabeça desintegrada.

Hardin estremeceu ao ver aquilo e murmurou:

– Um homem de "ação direta" até o fim. O último refúgio!

09.

O Cofre do Tempo estava cheio; cheio além da capacidade de cadeiras disponíveis, e três fileiras extras de homens se aglomeravam nos fundos da sala.

Salvor Hardin comparou essa grande companhia aos poucos homens que assistiram à primeira aparição de Hari Seldon, trinta anos antes. Naquela época, foram apenas seis; os cinco velhos enciclopedistas — todos mortos agora — e ele mesmo, o jovem prefeito cerimonial. Foi naquele dia que ele, com a ajuda de Yohan Lee, havia retirado [...]

[...] muito diferentes; diferentes em todos os sentidos. Todos os homens do Conselho da Cidade aguardavam a aparição de Seldon. Ele próprio ainda era prefeito, mas todo-poderoso agora; e, desde a profunda queda de Anacreon, todo-popular. Quando voltou de Anacreon com a notícia da morte de Wienis e o novo tratado assinado com o trêmulo Lepold, foi saudado com um voto de confiança de absoluta unanimidade. Quando isso foi rapidamente seguido por tratados semelhantes assinados com cada um dos outros três reinos – tratados que davam à Fundação poderes que impediriam para sempre quaisquer tentativas de ataque semelhante ao de

Anacreon –, procissões à luz de tochas haviam sido feitas em todas as ruas da cidade de Terminus. Nem mesmo o nome de Hari Seldon havia sido saudado com mais clamor.

Hardin franziu os lábios. Ele também havia tido esse tipo de popularidade depois da primeira crise.

Do outro lado da sala, Sef Sermak e Lewis Bort estavam entretidos numa animada discussão. Os eventos recentes pareciam não os ter desanimado nem um pouco. Eles haviam se juntado no voto de confiança; feito discursos nos quais admitiam publicamente que erraram, pedido profusas desculpas pelo uso de certas expressões em debates anteriores, pedido desculpas delicadamente, declarando que haviam apenas seguido os ditames de seu julgamento e sua consciência... e imediatamente lançado uma nova campanha acionista.

Yohan Lee tocou a manga do paletó de Hardin e apontou significativamente para seu relógio.

Hardin levantou a cabeça.

– Olá, Lee. Você ainda está chateado? O que há de errado agora?

– Ele vai aparecer em cinco minutos, não vai?

– Presumo que sim. Da última vez, ele apareceu ao meio-dia.

– E se ele não aparecer?

– Você vai me aborrecer com suas preocupações a vida inteira? Se não aparecer, não apareceu.

Lee franziu a testa e balançou lentamente a cabeça.

– Se esse negócio não der certo, vamos ter outra confusão. Sem o apoio de Seldon para o que fizemos, Sermak estaria livre para começar tudo de novo. Ele quer a anexação direta dos Quatro Reinos e a imediata expansão da Fundação... a força, se necessário. Ele já começou sua campanha.

– Eu sei. Um engolidor de fogo precisa engolir fogo, mesmo que tenha de acendê-lo. E você, Lee, precisa se preocupar, mesmo que se mate para inventar alguma coisa com que se preocupar.

Lee teria respondido, mas perdeu o fôlego justo naquele momento – quando as luzes ficaram amarelas e foram diminuindo de intensidade. Ele levantou o braço para apontar para o cubículo de vidro que dominava metade do aposento e, então, desabou numa cadeira sem fôlego.

O próprio Hardin se endireitou ao ver a figura que agora preenchia o cubículo: uma figura numa cadeira de rodas! Só ele, dentre todos ali, podia se lembrar do dia, décadas atrás, em que aquela figura havia aparecido pela primeira vez. Ele era jovem, então, e a figura, velha. Desde então, a figura não havia envelhecido um dia, mas ele, por sua vez, tinha ficado bem mais velho.

A figura olhou diretamente para a frente, as mãos folheando um livro no colo. Ela disse:

– Eu sou Hari Seldon! – A voz era velha e suave.

Fez-se um silêncio total no salão, e Hari Seldon continuou, em tom informal:

– Esta é a segunda vez que estou aqui. É claro que não sei se algum de vocês esteve da primeira vez. Na verdade, não tenho como saber, pela percepção dos sentidos, se existe sequer uma pessoa aqui dentro, mas não importa. Se a segunda crise foi superada com segurança, vocês provavelmente estarão aqui; não há outra saída. Se não estiverem aqui, então a segunda crise foi demais para vocês.

Ele sorriu de modo cativante.

– Mas eu duvido *disso*, pois meus cálculos mostram uma probabilidade de 98,4% de que não haja nenhum desvio significativo do Plano nos primeiros oitenta anos. Segundo nossos cálculos, vocês agora chegaram ao ponto de dominar os reinos bárbaros que cercam imediatamente a Fundação. Assim como na primeira crise vocês os mantiveram longe pelo uso do Equilíbrio do Poder, na segunda ganharam dominância pelo uso do Poder Espiritual contra o Temporal. Entretanto, preciso avisá-los para que não fiquem superconfiantes. Não posso garantir nenhum conhecimento antecipado nestas gravações, mas é mais seguro indicar que o que vocês agora atingiram foi meramente um novo equilíbrio... embora o equilíbrio em que sua posição está agora seja consideravelmente melhor. O Poder Espiritual, embora suficiente para rebater ataques do Temporal, *não é* suficiente para atacá-lo. Devido ao crescimento invariável da força de reação conhecida como Regionalismo ou Nacionalismo, o Poder Espiritual não pode prevalecer. Mas tenho certeza de que não estou lhes dizendo nada de novo. Vocês devem me perdoar, a propósito, por falar dessa maneira vaga. Os termos que uso são, na melhor das hipóteses, meras aproximações, mas nenhum de vocês está qualificado para compreender a verdadeira simbologia da psico-história e, por isso, preciso fazer o melhor possível. Neste caso, a Fundação está apenas no início do caminho que leva ao Segundo Império Galáctico. Os reinos vizinhos, em termos de homens e recursos, ainda são incrivelmente poderosos se comparados a vocês. Além deles, existe a vasta e emaranhada selva de barbárie que se estende por toda a extensão da Galáxia. Dentro dessa borda ainda existe o que restou do Império Galáctico – e ele, por mais enfraquecido e decadente que esteja, ainda é incomparavelmente poderoso.

Neste ponto, Hari Seldon levantou seu livro e o abriu. Seu rosto assumiu

– E nunca se esqueçam de que *outra* Fundação foi estabelecida há oitenta anos; uma Fundação na outra extremidade da Galáxia, no Fim da Estrela. Eles sempre estarão lá para serem levados em conta. Cavalheiros, novecentos e vinte anos do Plano se estendem à sua frente. O problema é de vocês!

Ele abaixou a cabeça para ver o livro e desapareceu, enquanto as luzes voltaram a brilhar. No burburinho que se seguiu, Lee se inclinou para falar no ouvido de Hardin:

– Ele não disse quando vai voltar.

Hardin respondeu:

– Eu sei. Mas confio que ele não vai voltar até que você e eu estejamos tranquilamente, confortavelmente mortos!

PARTE 4.

OS CO-
MER-
CIANTES

—— COMERCIANTES...

E constantemente à frente da hegemonia política da Fundação iam os comerciantes, estendendo tênues dedos que atravessavam as tremendas distâncias da Periferia. Meses ou anos poderiam se passar entre pousos em Terminus; suas naves muitas vezes não eram mais do que colchas de retalhos de reparos caseiros improvisados; a honestidade deles não era das mais altas; a ousadia deles...

Por meio de tudo isso eles forjaram um império mais duradouro do que o despotismo pseudorreligioso dos Quatro Reinos...

Histórias sem fim são contadas sobre essas imensas figuras solitárias que usavam um lema meio sério, meio jocoso adotado de um dos epigramas de Salvor Hardin: "Nunca deixe seu senso de moral impedir você de fazer o que é certo!" É difícil hoje dizer quais histórias são reais e quais são apócrifas. Provavelmente, não há nenhuma que não tenha sofrido alguns exageros...

ENCICLOPÉDIA GALÁCTICA

01.

Limmar Ponyets estava todo ensaboado quando o chamado chegou ao seu receptor – o que prova que o velho ditado sobre telemensagens e o chuveiro é verdade até mesmo no espaço escuro e frio da Periferia Galáctica.

Por sorte, a parte de uma nave comercial freelance que não é dedicada às mercadorias é extremamente apertada. Tanto que o chuveiro, com água quente e tudo, fica localizado num cubículo de sessenta centímetros por um metro e vinte, a três metros dos painéis de controle. Ponyets ouviu o ruído em *stacatto* do receptor com muita clareza.

Pingando espuma e xingando, ele saiu para ajustar o vocal e, três horas mais tarde, uma segunda nave comercial estava ao seu lado, com um jovem sorridente entrando pelo tubo de ar entre as naves.

Ponyets puxou sua melhor cadeira para a frente e se empoleirou na poltrona giratória do piloto.

– O que é que você tem feito, Gorm? – ele perguntou, seco. – Me perseguido desde a Fundação?

Les Gorm pegou um cigarro e balançou a cabeça, peremptoriamente.

– Eu? Sem chance. Sou apenas o otário que calhou de pousar em Glyptal IV no dia seguinte à correspondência. Aí eles me mandaram atrás de você com isto aqui.

A minúscula esfera reluzente trocou de mãos e Gorm acrescentou:

– É confidencial. Supersecreta. Não pode ser confiada ao subéter, essa coisa toda. Ou foi o que eu entendi. Pelo menos é uma Cápsula Pessoal e não vai abrir para ninguém, a não ser você.

Ponyets ficou olhando com cara de poucos amigos para a cápsula.

– Isso eu posso ver. E nunca conheci nenhuma dessas que trouxesse boas notícias.

Ela se abriu na sua mão, e a fita fina e transparente se desenrolou rígida. Os olhos dele varreram a mensagem rapidamente, pois, quando a fita chegou ao fim, o começo já estava marrom e enrugado. Em um minuto e meio ela havia ficado preta e, molécula por molécula, se desintegrado.

Ponyets grunhiu.

– Ai, *minha Galáxia*!!!

Les Gorm disse baixinho:

– Posso ajudar de algum modo? Ou a coisa é secreta demais?

– Vale a pena contar, já que você é da Liga. Preciso ir para Askone.

– Para aquele lugar? Por quê?

– Eles prenderam um comerciante. Mas bico calado.

A expressão no rosto de Gorm mudou para raiva.

– Prenderam? Isso é contra a Convenção!

– A interferência na política local também.

– Ah! Foi isso o que ele fez? – ponderou Gorm. – Quem é o comerciante? Alguém que eu conheço?

– Não! – Ponyets disse, brusco, e Gorm aceitou a implicação, não fazendo mais perguntas.

Ponyets se levantou e ficou olhando, sombrio, pela visitela. Resmungou coisas cabeludas para aquela parte em forma de lente nebulosa que era o corpo da Galáxia e então disse, em voz alta:

– Que maldita confusão! Eu estou muito atrasado com a minha cota.

Uma luz se iluminou no intelecto de Gorm.

– Ei, amigo, Askone é área fechada.

– Isso mesmo. Não se pode vender nem um canivete em Askone. Eles não compram dispositivos nucleares de espécie alguma. Com minha cota já perdida, é suicídio ir até lá.

– Você não consegue se safar dessa?

Ponyets balançou a cabeça, distraído.

– Eu conheço o sujeito envolvido. Não posso abandonar um amigo. E daí? Estou nas mãos do Espírito Galáctico e sigo com alegria pelo caminho que ele apontar.

Gorm perguntou, sem entender:

– Hein?

Ponyets olhou para ele e deu uma risada.

– Esqueci que você nunca leu o *Livro do Espírito*, leu?

– Nunca ouvi falar – Gorm disse, curto e grosso.

– Bem, você *teria* ouvido falar se tivesse tido treinamento religioso.

– Treinamento religioso? Para o *sacerdócio*? – Gorm estava profundamente chocado.

– Receio que sim. É meu segredo obscuro e minha vergonha. Mas eu era demais para os reverendos padres. Eles me expulsaram, por motivos suficientes para me promover a uma educação secular sob a Fundação. Bem, escute, é melhor eu ir logo. Como é que está sua cota este ano?

Gorm apagou o cigarro e ajustou o boné.

– Estou com minha última carga agora. Vou conseguir.

– Sujeito de sorte – Ponyets resmungou e, por vários minutos depois que Les Gorm foi embora, ficou ali sentado, devaneando, sem fazer um único movimento.

Então Eskel Gorov estava em Askone – e, ainda por cima, na prisão!

Isso era ruim! Na verdade, consideravelmente pior do que poderia parecer. Uma coisa era contar a um jovem curioso uma versão diluída do negócio para botá-lo para fora e mandá-lo cuidar da própria vida. Outra coisa, inteiramente diferente, era enfrentar a verdade.

Pois Limmar Ponyets era uma das poucas pessoas que sabia que o mestre comerciante Eskel Gorov não era um comerciante; mas algo inteiramente diferente, um agente da Fundação!

02.

Duas semanas passadas! Duas semanas perdidas.

Uma semana para chegar a Askone, nas fronteiras extremas de onde as naves de guerra vigilantes arremeteram para encontrá-lo em números convergentes. Fosse qual fosse o sistema de detecção deles, funcionava – e bem.

Elas o cercaram devagar, sem um sinal, mantendo distância e direcionando-o, brutalmente, para o sol central de Askone.

Ponyets podia ter lidado com eles num instante. As naves eram sobras do falecido Império Galáctico – mas eram cruzadores esporte, e não naves de guerra; e, sem armas nucleares, eram apenas elipsoides pitorescas e impotentes. Mas Eskel Gorov era um prisioneiro nas mãos deles, e não um refém a se perder. Os askonianos deviam saber disso.

E então mais uma semana – uma semana de canseira para abrir caminho entre as nuvens de oficiais menores que formavam a camada de amortecimento entre o grande mestre e o mundo exterior. Cada pequeno subsecretário exigia consolo e conciliação. Cada qual exigia cuidadoso e nauseabundo suborno para a assinatura florida que era o caminho para o próximo oficial da fila.

Pela primeira vez, Ponyets viu que seus documentos de identificação de comerciante eram inúteis.

Agora, finalmente, o grande mestre estava do outro lado da porta dourada ladeada por guardas – e duas semanas haviam se passado.

Gorov ainda era um prisioneiro e a carga de Ponyets apodrecia, inútil, nos compartimentos de sua nave.

O grande mestre era um homem pequeno; um homem pequeno que estava ficando calvo e tinha um rosto muito enrugado, cujo corpo parecia imobilizado pelo peso do imenso e reluzente colarinho de pele em volta de seu pescoço.

Seus dedos se moveram de cada lado e a fileira de homens armados recuou para formar um corredor, ao longo do qual Ponyets andou até o pé da Cadeira de Estado.

– Não fale – o grande mestre disse, com rudeza, e os lábios de Ponyets se fecharam rapidamente.

– Isso mesmo – o governante askoniano relaxou visivelmente. – Não consigo suportar blablablás inúteis. Você não pode fazer ameaças e eu não aceito bajulação. E também não há lugar para reclamações de perdas e danos. Já perdi a conta das vezes em que vocês, andarilhos, foram avisados de que suas máquinas demoníacas não são desejadas em nenhum lugar de Askone.

– Senhor – Ponyets disse baixinho –, não há tentativa de justificar o comerciante em questão. Não é política dos comerciantes se meter onde não são chamados. Mas a Galáxia é grande e já aconteceu antes de uma fronteira ter sido ultrapassada sem querer. Foi um erro deplorável.

– Com certeza foi deplorável – disse o grande mestre, com uma voz esganiçada. – Mas erro? Seu povo em Glyptal IV tem me bombardeado com súplicas desde duas horas após a prisão do miserável. Eu já fui avisado por eles que você viria, muitas vezes. Parece uma campanha de resgate bem organizada. Muita coisa parece ter sido prevista... um pouco demais para erros, deploráveis ou não.

Os olhos escuros do askoniano eram desdenhosos. Ele continuou, falando acelerado:

– E vocês são comerciantes, voando de mundo em mundo como borboletinhas loucas, tão loucas que acham que podem pousar no maior mundo de Askone, no centro do sistema, e considerar isso um erro de cálculo de fronteiras? Ora, claro que não.

Ponyets sentiu o golpe, sem demonstrar. Disse, humildemente:

– Se a tentativa de fazer comércio foi deliberada, Venerável, foi muito imprudente e contrária às mais estritas regras de nossa Liga.

– Imprudente, sim, senhor – disse o askoniano, curto e grosso. – Tanto que, provavelmente, o seu colega terá de pagar com a vida por isso.

O estômago de Ponyets deu um nó. Não havia nenhuma dúvida naquela afirmação. Ele disse:

– A morte, Venerável, é um fenômeno tão absoluto e irrevogável que deve haver alguma alternativa.

Fez-se uma pausa antes da resposta cautelosa:

– Eu ouvi dizer que a Fundação é rica.

– Rica? Certamente. Mas nossas riquezas são aquelas que o senhor se recusa a aceitar. Nossos artigos nucleares são valiosos...

– Seus artigos não têm valor porque lhes falta a bênção ancestral. Seus artigos são malignos e malditos, pois estão sob a proibição ancestral. – As frases eram entoadas; a recitação de uma fórmula.

As pálpebras do grande mestre se fecharam e ele disse, sério:

– Você não tem nada mais de valor?

Isso não fazia mais sentido para o comerciante.

– Não entendo. O que o senhor quer?

O askoniano abriu bem as mãos.

– Você me pede para trocarmos de lugar um com o outro e que eu o dê a conhecer as minhas necessidades. Acho que não. Seu colega, ao que parece, deve sofrer a punição imposta por sacrilégio pelo código askoniano. Morte por gás. Somos pessoas justas. O camponês mais pobre, num caso semelhante, não sofreria mais. Eu mesmo não sofreria menos.

Ponyets resmungou sem esperanças.

– Venerável, seria permitido que eu falasse com o prisioneiro?

– A lei askoniana – o grande mestre disse com frieza – não permite comunicação com um homem condenado.

Mentalmente, Ponyets segurou a respiração.

– Venerável, peço que seja misericordioso para com a alma de um homem, na hora em que seu corpo está perdido. Ele foi separado do consolo espiritual durante todo o tempo em que sua vida esteve em perigo. Mesmo agora, enfrenta a perspectiva de ir, despreparado, para o seio do Espírito que nos governa a todos.

O grande mestre disse devagar, desconfiado:

– Você é um Curador da Alma?

Ponyets abaixou a cabeça, humilde.

– Assim fui treinado. Na vastidão do espaço, os comerciantes que vagam precisam de homens como eu para o lado espiritual de uma vida tão entregue ao comércio e aos objetivos mundanos.

O governante askoniano parou para pensar, mordendo o lábio inferior.

– Todos os homens devem preparar suas almas para a jornada a seus espíritos ancestrais. Mas eu nunca imaginei que vocês, comerciantes, fossem crentes.

03.

Eskel Gorov se remexeu inquieto no sofá e abriu um olho quando Limmar Ponyets entrou pela porta pesadamente reforçada. Ela se fechou atrás dele com um estrondo. Gorov se levantou atrapalhado.

– Ponyets! Eles mandaram você?

– Puro acaso – Ponyets disse, com amargura –, ou então foi obra do meu próprio demônio malevolente. Item um: você se meteu numa confusão em Askone. Item dois: minha rota de vendas, conforme sabido pela Diretoria de Comércio, me leva a cinquenta parsecs do sistema justo no momento do item um. Item três, nós já trabalhamos juntos antes e a Diretoria sabe disso. Não é uma bela armação inevitável? A resposta simplesmente vem prontinha.

– Cuidado – Gorov disse tenso. – Deve haver alguém ouvindo. Está usando um Distorcedor de Campo?

Ponyets indicou o bracelete ornamentado preso ao pulso, e Gorov relaxou.

Ponyets olhou ao redor. A cela estava vazia, mas era grande, bem iluminada e não tinha cheiros ofensivos.

– Não é ruim – disse ele. – Estão tratando você com luvas de pelica.

Gorov ignorou o comentário.

– Escute, como foi que você chegou aqui? Estou na solitária há quase duas semanas.

– Desde que cheguei, hein? Bem, parece que o galo velho que manda neste terreiro tem lá seus pontos fracos. Ele é inclinado a fazer discursos piedosos, então corri um risco que funcionou. Estou aqui na função de seu conselheiro espiritual. Homens piedosos como ele têm lá suas idiossincrasias. Ele cortará alegremente a sua garganta se isso lhe convier, mas hesitará em colocar em perigo o bem-estar de sua alma imaterial e problemática. É apenas uma peça de psicologia empírica. Um comerciante precisa conhecer de tudo um pouco.

O sorriso de Gorov era sarcástico.

– E você também estudou na escola teológica. Você é gente boa, Ponyets. Fico feliz porque o mandaram. Mas o grande mestre não adora só a minha alma. Ele mencionou um resgate?

O comerciante fez uma expressão de desconfiança.

– Ele deu uma pista... mal e mal. E também ameaçou morte por gás. Eu fui jogando mansinho e me desviei dos obstáculos; poderia facilmente ter sido uma armadilha. Então o negócio é extorsão, não é? O que ele quer?

– Ouro.

– Ouro? – Ponyets franziu a testa. – O metal? Para quê?

– É a moeda de troca deles.

– É mesmo? E onde é que eu consigo ouro?

– Onde puder. Me escute, isto é importante. Nada me acontecerá enquanto o grande mestre tiver o cheiro do ouro nas narinas. Prometa isso a ele; prometa o quanto ele pedir. Então volte para a Fundação, se necessário, para obtê-lo. Quando eu estiver livre, seremos escoltados para fora do sistema e então nos separamos.

Ponyets olhou para ele com desaprovação.

– E então, você voltará e tentará novamente.

– É minha missão vender artigos nucleônicos para Askone.

– Eles vão pegá-lo antes que você tenha avançado um parsec no espaço. Você sabe disso, não sabe?

– Não – disse Gorov. – E se soubesse, isso não mudaria nada.

– Eles irão matá-lo da próxima vez.

Gorov deu de ombros.

Ponyets disse baixinho:

– Se vou negociar com o grande mestre novamente, quero saber toda a história. Até agora, estou trabalhando cego demais. Até agora, os poucos comentários arriscados que fiz quase deixaram o Venerável louco.

– É simples – disse Gorov. – A única maneira pela qual podemos aumentar a segurança da Fundação, aqui na Periferia, é formar um império comercial controlado pela religião. Ainda somos fracos demais para sermos capazes de forçar o controle político. É tudo o que podemos fazer para segurar os Quatro Reinos.

Ponyets concordou com a cabeça.

– Já percebi. E qualquer sistema que não aceite dispositivos nucleares nunca poderá ser colocado sob nosso controle religioso...

– E, portanto, poderá se tornar um ponto focal para independência e hostilidade. Sim.

– Então está bem – disse Ponyets. – A teoria já era. Agora, o que exatamente impede essa venda? Religião? O grande mestre deu a entender isso.

– É uma forma de veneração dos ancestrais. Suas tradições falam de um passado maligno do qual foram salvos pelos heróis simples e virtuosos das gerações anteriores. É uma distorção do período de anarquia de um século atrás, quando as tropas imperiais foram expulsas e um governo independente foi montado. A ciência avançada e, principalmente, a energia nuclear ficaram identificadas com o antigo regime imperial, do qual se lembram com horror.

– É isso? Mas eles têm naves bonitinhas que me avistaram muito rapidamente, a dois parsecs de distância. Isso me cheira a sistemas nucleônicos.

Gorov deu de ombros.

– Essas naves são sobras do Império, sem dúvida. Provavelmente com propulsão nuclear. O que eles já têm, conservam. A questão é que não inovam e a economia interna deles é inteiramente não nuclear. É isso o que precisamos mudar.

– E como você ia fazer isso?

– Quebrando a resistência em um ponto. Falando de forma simples, se eu pudesse vender um canivete com uma lâmina de campo de força a um nobre, seria do interesse dele forçar o surgimento de leis que lhe permitissem usá-lo. Colocando isso de forma crua, parece bobo, mas é psicologicamente racional. Fazer vendas estratégicas, em pontos estratégicos, seria criar uma facção pró-nucleônica na corte.

– E eles mandam *você* para esse objetivo, enquanto estou aqui apenas para resgatá-lo e ir embora, enquanto você continua tentando? Isso não é meio que andar pra trás?

– De que maneira? – Gorov perguntou, na defensiva.

– Escute – Ponyets ficou subitamente exasperado –, você é um diplomata, não um comerciante, e chamá-lo de comerciante não o tornará um. Este caso é para alguém que fez das vendas o seu negócio; e estou aqui com uma carga inteira estragando, além de uma cota que não será cumprida, ao que me parece.

– Quer dizer que você vai arriscar sua vida em uma coisa que não é seu negócio? – Gorov deu um leve sorriso.

– Você quer dizer – disse Ponyets – que isto é uma questão de patriotismo, e comerciantes não são patriotas?

– Notoriamente não. Pioneiros nunca são.

– Está certo. Eu concordo. Não fico zanzando pelo espaço para salvar a Fundação ou coisa do gênero. Mas estou nessa para ganhar dinheiro, e esta é minha chance. Se ajudar a Fundação ao mesmo tempo, tanto melhor. E já corri riscos maiores na vida.

Ponyets se levantou, e Gorov, junto com ele.

– O que você vai fazer?

O comerciante sorriu.

– Gorov, eu não sei... ainda não. Mas se o cerne da questão é fazer uma venda, então eu sou o homem de que você precisa. Não estou me exibindo ou coisa do gênero, mas existe uma coisa que sempre vou defender. Eu nunca fiquei abaixo da minha cota.

A porta da cela se abriu quase no mesmo instante em que ele bateu e dois guardas se postaram lá dentro, um de cada lado.

04.

— Um espetáculo! – disse o grande mestre, sombrio. Ele se ajeitou direito em suas peles e uma mão magra agarrou o porrete de ferro que usava como bengala.

— E ouro, Venerável.

— *E* ouro – concordou o grande mestre, distraído.

Ponyets colocou a caixa no chão e a abriu com a cara de tranquilidade mais perfeita que conseguiu. Ele se sentia sozinho em face da hostilidade universal; era como havia se sentido lá fora, no espaço, em seu primeiro ano. O semicírculo de conselheiros barbudos que o encarava, agora, olhava de modo desagradável. Entre eles estava Pherl, o favorito de rosto magro que se sentava ao lado do grande mestre, em hostilidade rígida. Ponyets já o vira uma vez e o marcara imediatamente como o inimigo principal, e, consequentemente, a principal vítima.

Do lado de fora do salão, um pequeno exército aguardava o desenrolar dos eventos. Ponyets estava efetivamente isolado de sua nave; não tinha nenhuma arma, a não ser sua tentativa de suborno; e Gorov ainda era refém.

Fez os últimos ajustes na monstruosidade desajeitada que lhe custara uma semana de engenhosidade e rezou, mais uma vez, para que o quartzo revestido de chumbo suportasse o esforço.

– O que é isso? – perguntou o grande mestre.

– Isto – disse Ponyets, recuando alguns passos – é um pequeno dispositivo que eu mesmo construí.

– Isso é óbvio, mas não é a informação que quero. É uma das abominações mágicas de seu mundo?

– É de natureza nuclear – Ponyets admitiu, muito sério –, mas nenhum dos senhores precisa tocá-lo, nem ter nada a ver com o aparelho. Ele é somente para mim e, se contém abominações, eu aceitarei o peso dessa sordidez.

O grande mestre havia levantado a bengala de ferro para a máquina num gesto ameaçador, e seus lábios se moveram rápida e silenciosamente em uma invocação de purificação. O conselheiro de rosto fino à sua direita se inclinou na direção dele, o bigode vermelho desgrenhado se aproximando da orelha do grande mestre. O Ancião askoniano se afastou, petulante.

– E qual é a ligação de seu instrumento do mal com o ouro que pode salvar a vida de seu conterrâneo?

– Com esta máquina – disse Ponyets, deixando a mão descer suavemente para a câmera central, acariciando seus flancos duros e arredondados –, eu posso transformar o ferro que vocês descartarem em ouro da melhor qualidade. É o único dispositivo conhecido pelo homem que pega o ferro, o ferro feio, Venerável, que apoia a cadeira na qual o senhor está sentado e as paredes deste prédio, e o transforma em um ouro brilhante, pesado e amarelo.

Ponyets sentia que estava pondo tudo a perder. Seu discurso de vendas normal costumava ser tranquilo, simples e plausível; mas aquilo ali estava mais cheio de furos que um vagão espacial atingido por uma rajada de armas. Mas era o conteúdo, e não a forma, que interessava ao grande mestre.

– Então? Transmutação? Alguns tolos já afirmaram possuir essa habilidade. E pagaram caro pelo sacrilégio.

– Eles conseguiram?

– Não – o grande mestre parecia friamente divertido. – O sucesso na produção de ouro teria sido um crime que tem seu próprio antídoto. A tentativa e a falha são fatais. Aqui, o que você consegue fazer com o meu cajado? – ele bateu no chão com a bengala.

– O Venerável há de me desculpar. Meu dispositivo é um modelo pequeno, preparado por mim mesmo, e seu cajado é muito comprido.

O olhinho reluzente do grande mestre passeou ao redor e parou.

– Randel, suas fivelas. Vamos, homem, elas serão substituídas em dobro, se preciso for.

As fivelas passaram de mão em mão pela fileira. O grande mestre as pesou, pensativo.

– Aqui – ele disse, e as atirou no chão.

Ponyets as apanhou. Puxou com força o cilindro para abri-lo. Ele piscava sem parar e tentava focalizar a visão enquanto centralizava cuidadosamente as fivelas na tela anódica. Mais tarde, seria mais fácil, mas não deveria haver falhas na primeira vez.

O transmutador caseiro emitiu estalidos malevolentes por dez minutos, enquanto o cheiro de ozônio começava a se fazer sentir de leve no ar. Os askonianos recuaram, murmurando, e mais uma vez Pherl sussurrou com urgência no ouvido de seu governante. A expressão no rosto do grande mestre era pétrea. Não se movia um milímetro.

E as fivelas saíram douradas.

Ponyets as ergueu para o grande mestre com um murmúrio:

– Venerável! – Mas o velho hesitou e, depois, fez um gesto para que ele as afastasse. Seu olhar permaneceu concentrado no transmutador.

Ponyets disse, rapidamente:

– Cavalheiros, isto é ouro. Ouro do começo ao fim. Podem submetê-lo a qualquer teste físico e químico, se desejarem provar a verdade. Ele não pode ser diferenciado do ouro natural de nenhum modo. Qualquer ferro pode ser tratado assim. A ferrugem não causará interferências, nem uma quantidade moderada de metais de outras ligas...

Mas Ponyets falava apenas para preencher um vácuo. Ele deixou as fivelas permanecerem em sua mão estendida e foi o ouro que argumentou por ele.

O grande mestre estendeu uma mão lenta, por fim, e Pherl, o de rosto fino, se sentiu motivado para um discurso aberto.

– Venerável, o ouro vem de uma fonte envenenada.

E Ponyets contra-argumentou.

– Uma rosa pode crescer do lodo, Venerável. Nos negócios com seus vizinhos, o senhor compra materiais de todas as variedades imagináveis, sem perguntar onde eles são obtidos, seja de uma máquina ortodoxa, abençoada por seus ancestrais benignos, ou por algum ultraje gerado no espaço. Vamos, não estou oferecendo a máquina. Estou oferecendo o ouro.

– Venerável – disse Pherl –, o senhor não é responsável pelos pecados de estrangeiros que não trabalham com seu consentimento ou conhecimento. Mas aceitar esse estranho pseudo-ouro feito pecaminosamente a partir do ferro, em sua presença e com seu consentimento, é uma afronta aos espíritos vivos de nossos sagrados ancestrais.

– Mas ouro é ouro – disse o grande mestre, sentindo dúvidas –, e é uma troca pelo pagão que está preso. Pherl, você é crítico demais – falou, afastando a mão.

– O senhor é a sabedoria encarnada, Venerável – disse Ponyets. – Pense: abrir mão de um pagão não é perder nada para seus ancestrais, ao passo que, com o ouro que o senhor obtiver em troca, poderá ornamentar os templos de seus espíritos sagrados. E, certamente, se o ouro por si só fosse maligno, se tal coisa pudesse existir, o mal necessariamente sumiria assim que o metal fosse posto em uso tão piedoso.

– Pelos ossos do meu avô – disse o grande mestre, com uma veemência surpreendente. Seus lábios se separaram numa gargalhada aguda. – Pherl, o que você me diz deste rapaz? A afirmação dele é válida. É tão válida quanto as palavras de meus ancestrais.

Pherl disse, mal-humorado:

– Assim parece. Desde que a validade não acabe sendo uma artimanha do Espírito Maligno.

– Vou fazer ainda melhor – Ponyets disse, subitamente. – Mantenha o ouro como refém. Coloque-o nos altares de seus ancestrais como uma oferenda e me mantenha aqui por trinta dias. Se, ao final desse período, não houver evidência de desgosto... se não acontecer nenhum desastre... certamente isso será prova de que a oferenda foi aceita. O que mais pode ser oferecido?

E, quando o grande mestre se levantou para procurar desaprovação, nenhum homem do conselho deixou de assinalar sua concordância. Até mesmo Pherl mastigou a ponta do bigode e assentiu, discretamente.

Ponyets sorriu e meditou sobre a utilidade de uma educação religiosa.

05.

Outra semana se passou antes que a reunião com Pherl fosse arranjada. Ponyets sentiu a tensão, mas estava acostumado à sensação do desamparo físico a essa altura. Ele havia deixado o limite urbano sob guarda. Estava na *villa* de Pherl, nos arredores da cidade, também sob guarda. Não havia nada a fazer a não ser aceitar isso sem sequer olhar para trás.

Pherl era mais alto e mais jovem fora do círculo de Anciãos. Em trajes informais, nem mesmo parecia um Ancião.

– Você é um homem peculiar – disse Pherl, bruscamente. Seus olhos, muito juntos, pareciam estremecer. – Você não fez nada nesta última semana, e particularmente nestas últimas duas horas, a não ser insinuar que preciso de ouro. Parece um trabalho inútil, pois quem não precisa? Por que não avançar um passo?

– Não é simplesmente ouro – Ponyets disse, discretamente. – Não simplesmente ouro. Não meramente uma ou duas moedas. Ao contrário, é o que está por trás do ouro.

– Ora, o que pode estar por trás do ouro? – provocou Pherl, com um sorriso curvado para baixo. – Certamente esta não é a preliminar de mais uma demonstração desajeitada.

– Desajeitada? – Ponyets franziu ligeiramente a testa.

– Ah, definitivamente – Pherl cruzou as mãos e apoiou suavemente o queixo nelas. – Eu não o critico. A falta de jeito foi proposital, tenho certeza disso. Eu poderia ter avisado *isso* ao Venerável, se tivesse tido certeza do motivo. Agora, se fosse você, teria produzido o ouro na minha nave e oferecido-o sozinho. O espetáculo que você nos ofereceu e o antagonismo que despertou eram dispensáveis.

– É verdade – confessou Ponyets. – Mas como estava sendo eu mesmo, aceitei o antagonismo para atrair sua atenção.

– É isso? Simplesmente isso? – Pherl não fez esforço algum para ocultar seu divertimento e desprezo. – E imagino que você tenha sugerido o período de purificação de trinta dias para poder garantir a si mesmo um tempo para transformar a atração em alguma coisa um pouco mais substancial. Mas e se o ouro for impuro?

Ponyets se permitiu um humor ácido em retribuição.

– Quando o julgamento dessa impureza depende daqueles que são os mais interessados em descobrir que ele é puro...

Pherl levantou a cabeça e olhou, desconfiado, para o comerciante. Parecia ao mesmo tempo surpreso e satisfeito.

– Faz sentido. Agora, diga-me por que desejou atrair minha atenção.

– Farei isso. No curto tempo em que estive aqui, observei fatos úteis que o preocupam e me interessam. Por exemplo, você é jovem... muito jovem para um membro do conselho, e até mesmo de uma família relativamente jovem.

– Você critica minha família?

– De modo algum. Seus ancestrais são grandes e santos; todos admitirão isso. Mas há quem diga que você não é membro das Cinco Tribos.

Pherl se recostou.

– Com todo o respeito aos envolvidos – e ele não escondeu seu veneno –, as Cinco Tribos têm órgãos de procriação empobrecidos e sangue fraco. Não existem nem cinquenta membros das Tribos vivos, hoje.

– Mas há quem diga que a nação não estaria disposta a ver nenhum homem de fora das Tribos como grande mestre. E um favorito do grande mestre, tão jovem e recém-empossado, está propenso a fazer inimigos poderosos entre os grandes do Estado... é o que dizem. O Venerável está ficando velho e sua proteção não durará além da morte, quando for um de seus inimigos quem, indubitavelmente, interpretará as palavras do Espírito.

Pherl fez uma careta.

– Para um estrangeiro, você ouve demais. Ouvidos assim são feitos para serem cortados.

– Isso pode ser decidido mais tarde.

– Deixe-me prever – Pherl se remexeu impacientemente em seu assento. – Você vai me oferecer riqueza e poder em termos dessas maquininhas malignas que traz em sua nave? E...?

– Suponha que sim. Qual seria sua objeção? Simplesmente o seu padrão de bem e mal?

Pherl balançou a cabeça.

– De jeito algum. Escute, meu Estrangeiro, a opinião que você tem de nós, em seu agnosticismo pagão, é o que é... mas eu não sou inteiramente escravo de nossa mitologia, embora possa parecer que sim. Eu sou um homem culto, cavalheiro, e, espero, um homem esclarecido. Toda a profundidade de nossos costumes religiosos, no sentido ritualístico em vez de ético, é para as massas.

– Sua objeção, então? – Ponyets pressionou, educadamente.

– Apenas isso. As massas. *Eu* poderia estar disposto a negociar com você, mas suas maquininhas devem ser usadas para serem úteis. Como as riquezas poderiam chegar a mim, se eu tivesse de usar... o que você vende mesmo? ... bem, uma navalha, por exemplo, somente com o mais absoluto sigilo. Mesmo que meu rosto tivesse um barbear mais suave e mais rente, como eu ficaria rico? E como evitaria a morte na câmara de gás ou linchamento por uma turba furiosa se fosse apanhado usando isso?

Ponyets deu de ombros.

– O senhor está correto. Eu poderia ressaltar que o remédio seria educar seu próprio povo a usar produtos nucleônicos para a conveniência deles e seu próprio lucro substancial. Seria uma obra gigantesca. Mesmo assim, é uma preocupação sua e, no momento, nem um pouco minha. Pois não ofereço nem navalha, nem faca, nem triturador mecânico de lixo.

– O que você oferece?

– Ouro. Direto. Você pode ter a máquina que demonstrei na semana passada.

Naquele instante, Pherl ficou rígido e a pele em sua testa estremeceu.

– O transmutador?

– Exatamente. Seu suprimento de ouro será igual ao seu suprimento de ferro. Isso, imagino eu, é suficiente para todas as necessidades. Suficiente para o próprio cargo de grande mestre, apesar da juventude e dos inimigos. E é seguro.

– De que maneira?

– É seguro porque o segredo é a essência de seu uso; o mesmo segredo que o senhor descreveu como a única segurança com relação aos aparelhos nucleônicos. O senhor pode enterrar o transmutador no calabouço mais profundo da fortaleza mais impenetrável de sua propriedade mais longínqua, e ele lhe trará riqueza instantânea. É o *ouro* que o senhor estará comprando, não a máquina, e esse ouro não traz consigo nenhum vestígio de sua fabricação, pois não pode ser diferenciado do de criação natural.

– E quem vai operar a máquina?

– O senhor mesmo. Cinco minutos é tudo de que o senhor precisa para aprender. Eu a montarei onde desejar.

– E em troca?

– Bem – Ponyets começou a falar com cautela. – Eu tenho um preço, e é um preço alto. É o meu modo de ganhar a vida. Vamos dizer... pois é uma máquina valiosa... o equivalente a trinta centímetros cúbicos de ouro, em forma de ferro forjado.

Pherl deu uma gargalhada, e Ponyets ficou vermelho.

– Eu ressalto – ele acrescentou, muito sério – que o senhor poderá obter seu preço de volta em duas horas.

– É verdade, e em uma hora você poderá ter partido, e minha máquina poderá subitamente se tornar inútil. Vou precisar de uma garantia.

– O senhor tem minha palavra.

– Essa é muito boa – Pherl fez uma mesura irônica –, mas sua presença seria uma garantia ainda melhor. Eu lhe dou a *minha* palavra de que lhe pagarei uma semana após a entrega e funcionamento.

– Impossível.

– Impossível? Quando você já incorreu em pena de morte, muito prontamente, por ousar me vender alguma coisa? A única alternativa é a minha palavra de que vai conseguir a câmara de gás amanhã.

O rosto de Ponyets ficou sem expressão, mas seus olhos poderiam ter piscado quase imperceptivelmente. Ele disse:

– É uma vantagem injusta. O senhor pelo menos escreverá sua promessa?

– E também me tornar passível de execução? Não, senhor! – Pherl sorriu, com ampla satisfação. – Não, senhor! Só um de nós é tolo.

O comerciante disse baixinho:

– Então, estamos de acordo.

06.

Gorov foi solto no trigésimo dia e duzentos e cinquenta quilos do mais amarelo ouro tomaram seu lugar. Com ele, foi liberada a abominação intocada que era sua nave.

Então, como na jornada para o sistema askoniano, na viagem para fora, o cilindro de naves pequenas e aerodinâmicas os escoltou.

Ponyets ficou olhando para a partícula mal-iluminada pelo sol que era a nave de Gorov enquanto a voz dele era transmitida, clara e fina, através do feixe etéreo concentrado e distorcido.

Ele estava dizendo:

– Mas isso não era o desejado, Ponyets. Um transmutador não serve. E onde foi que você conseguiu um?

– Eu não consegui. – A resposta de Ponyets foi paciente. – Eu o montei a partir de uma câmera de irradiação de alimentos. Não é muito bom, na verdade. O consumo de energia é proibitivo em qualquer grande escala, ou a Fundação usaria transmutação em vez de sair caçando metais pesados por toda a Galáxia. É um dos truques-padrão que todo comerciante usa, só que eu nunca vi uma transmutação ferro-ouro antes. Mas é impressionante e funciona... ainda que de modo muito temporário.

– Está certo. Mas esse truque particular não é bom.

– Mas tirou você daquele lugar desagradável.

– Isso não vem ao caso. Especialmente já que eu preciso voltar, assim que nos livrarmos de nossa escolta solícita.

– Por quê?

– Você mesmo explicou isso àquele seu político – a voz de Gorov estava alterada. – Toda a sua estratégia de venda residiu no fato de que o transmutador era um meio para se atingir um fim, mas que não tinha valor propriamente dito; que ele estava comprando o ouro, não a máquina. Isso é boa psicologia, já que funcionou, mas...

– Mas? – a voz de Ponyets insistiu de modo brando e obtuso.

A voz vinda do receptor foi ficando cada vez mais aguda.

– Mas nós queremos vender a eles uma máquina que tenha um valor propriamente dito; algo que eles queiram usar abertamente; algo que vá forçá-los a sair em favor de técnicas nucleares como questão de interesse próprio.

– Eu entendo tudo isso – Ponyets disse, calmamente. – Você já havia me explicado. Mas veja as coisas que vão acontecer a partir da minha venda, sim? Enquanto o transmutador durar, Pherl irá cunhar ouro; e durará tempo suficiente para ele ganhar a próxima eleição. O grande mestre atual não vai durar muito tempo.

– E você está contando com gratidão? – Gorov perguntou friamente.

– Não... em interesse próprio inteligente. O transmutador lhe consegue uma eleição; outros mecanismos...

– Não! Não! Sua premissa está distorcida. Ele não dará crédito ao transmutador... será o ouro, o bom e velho ouro. É isso o que estou tentando lhe dizer.

Ponyets deu um sorriso e mudou para uma posição mais confortável. Tudo bem. Ele havia provocado o sujeito o bastante. Gorov estava começando a parecer alucinado.

– Não tão rápido, Gorov – disse o comerciante. – Não terminei. Há outros aparelhos já envolvidos.

Fez-se um curto silêncio. Então a voz de Gorov soou, cautelosamente:

– Que outros aparelhos?

Ponyets fez um gesto automático e inútil.

– Está vendo essa escolta?

– Estou – Gorov disse seco. – Fale-me dos aparelhos.

– Vou falar... se você ouvir. Aquela ali é a marinha privada de Pherl nos escoltando; uma honra especial para ele concedida pelo grande mestre. Ele espremeu o sujeito e conseguiu isso.

– E...?

– E aonde é que você acha que ela está nos levando? Para suas propriedades de mineração nos arredores de Askone, é para lá. Escute! – Ponyets ficou subitamente furioso. – Eu disse que estava nessa para ganhar dinheiro, não para salvar mundos. Tudo bem. Vendi aquele transmutador de graça. Nada, a não ser o risco da câmara de gás, e isso não conta nada na cota.

– Continue falando das propriedades de mineração, Ponyets. Onde é que elas entram?

– Com os lucros. Estamos empilhando estanho, Gorov. Estanho para encher cada metro cúbico que esta lata velha puder carregar e mais um pouco. Vou descer com Pherl para coletar, meu velho, e você vai me dar cobertura daqui de cima, com todas as armas que tiver... caso Pherl não leve a questão tão na esportiva quanto ele dá a entender. Esse estanho é meu lucro.

– Pelo transmutador?

– *Por toda a minha carga de produtos nucleônicos.* Ao dobro do preço, mais um bônus. – Ele deu de ombros, quase se desculpando. – Admito que meti a mão, mas tenho de cumprir minha cota, não tenho?

Gorov, evidentemente, não tinha entendido nada. Disse, com a voz fraca:

– Você se importa em explicar?

– Mas o que eu preciso explicar? É óbvio, Gorov. Escute, esse cachorro esperto achou que tinha me apanhado numa armadilha à prova de fuga, pois sua palavra valia mais do que a minha para o grande mestre. Ele pegou o transmutador. Esse era um crime capital em Askone. Mas, a qualquer momento, ele poderia dizer que havia me atraído para uma armadilha com o mais puro dos motivos patrióticos, e me denunciado como vendedor de coisas proibidas.

– *Isso* era óbvio.

– Claro, mas a palavra de um contra a palavra do outro não era tudo. Sabe, Pherl nunca tinha ouvido falar, nem sequer concebido, um gravador de microfilme.

Gorov deu uma gargalhada súbita.

– É isso mesmo – disse Ponyets. – Ele tinha a faca e o queijo na mão. Eu havia sido posto no meu devido lugar. Mas quando montei o transmutador para ele, com meu jeito de cão fustigado, incorporei o gravador ao dispositivo e o removi ao retirar a produção do dia seguinte. Eu tinha um registro perfeito de seu sanctum sanctorum, seu lugar mais sacrossanto, com ele mesmo, pobre Pherl, operando o transmutador até o máximo de ergs e ficando todo derretido com sua primeira peça de ouro, como se fosse um ovo que ele próprio tivesse acabado de pôr.

– Você mostrou a ele os resultados?

– Dois dias depois. O coitado nunca havia visto imagens tridimensionais com cor e som na vida. Diz que não é supersticioso, mas, se eu já vi algum dia um adulto tão apavorado quanto ele, pode me chamar de calouro. Quando contei que tinha um gravador plantado na praça da cidade, ajustado para disparar ao meio-dia com um milhão de askonianos fanáticos para ver, e fazê-lo em pedaços subsequentemente, ele caiu de joelhos balbuciando para mim em meio segundo. Estava pronto para fazer qualquer acordo que eu quisesse.

– E você fez? – A voz de Gorov estava suprimindo o riso. – Quero dizer, você plantou um gravador na praça da cidade?

– Não, mas não fazia diferença. Ele fez o acordo. Comprou todos os aparelhos que eu tinha, e cada um que você tinha, pelo máximo de estanho que pudéssemos transportar. Naquele instante, ele acreditou que eu seria capaz de qualquer coisa. O acordo está feito por escrito, e você terá uma cópia antes que eu desça com ele, como outra precaução.

– Mas você feriu o ego dele – disse Gorov. – Será que ele vai usar os aparelhos?

– Por que não? É a única maneira que tem de recuperar suas perdas e, se ganhar dinheiro com isso, curará seu orgulho. E ele será o próximo grande mestre... e o melhor homem que poderíamos ter a nosso favor.

– Sim – disse Gorov. – Foi uma boa venda. Mas você certamente tem uma técnica perturbadora. Não me admira que tenha sido expulso de um seminário. Você não tem senso de moral?

– Para quê? – Ponyets disse, indiferente. – Você sabe o que Salvor Hardin dizia sobre senso de moral.

PARTE 5.

OS PRÍNCIPES MERCADORES

—— COMERCIANTES...

Com inevitabilidade psico-histórica, o controle econômico da Fundação cresceu. Os comerciantes ficaram ricos; e, com a riqueza, veio o poder...

Às vezes nos esquecemos de que Hober Mallow começou a vida como um comerciante comum. Mas o fato de que ele a terminou como o primeiro dos príncipes mercadores nunca é esquecido...

ENCICLOPÉDIA GALÁCTICA

01.

Jorane Sutt tocou as pontas dos dedos cuidadosamente manicurados e disse:

– É meio que um quebra-cabeças. Na verdade... e isto eu digo estritamente em confiança... pode ser outra das crises de Hari Seldon.

O homem na outra ponta procurou um cigarro no bolso de seu paletó curto smyrniano.

– Isso eu não sei, Sutt. Como regra geral, políticos começam a gritar "crise Seldon" em toda campanha para a prefeitura.

Sutt deu um sorriso muito fraco.

– Não estou fazendo campanha alguma, Mallow. Estamos enfrentando armas nucleares, e não sabemos de onde elas estão vindo.

Hober Mallow de Smyrno, mestre comerciante, fumava em silêncio de modo quase indiferente.

– Continue. Se você tem mais a dizer, então diga. – Mallow nunca cometia o erro de ser supereducado com um homem da Fundação. Ele podia ser um Estrangeiro, mas um homem é um homem.

Sutt indicou o mapa estelar tridimensional sobre a mesa. Ajustou os controles e um aglomerado de cerca de meia dúzia de sistemas estelares começou a emitir um forte brilho vermelho.

– Esta – ele disse baixinho – é a República Korelliana.

O comerciante assentiu.

– Já estive lá. Aquilo ali é um ninho de ratos! Suponho que vocês possam chamar isso de república, mas para mim é sempre alguém da família Argo que é eleito commdor a cada vez. E, se você não gosta... *coisas* acontecem com você – franziu o lábio e repetiu. – Já estive lá.

– Mas você voltou, o que nem sempre acontece. Três naves comerciais, invioláveis segundo as Convenções, desapareceram dentro do território da República no último ano. E essas naves estavam armadas com todos os explosivos nucleares costumeiros e campos de força de defesa.

– Qual foi a última notícia das naves?

– Relatórios de rotina. E mais nada.

– O que Korell disse?

Os olhos de Sutt brilharam, sarcasticamente.

– Não havia como perguntar. O maior ativo da Fundação, em toda a Periferia, é a reputação de poder. Você acha que podemos perder três naves e *pedir* que devolvam?

– Bom, então, suponho que você queira me dizer o que quer *comigo*.

Jorane Sutt não perdia tempo se dando o luxo de irritar-se. Como secretário do prefeito, já havia contido conselheiros da oposição, gente procurando emprego, reformadores e malucos que afirmavam ter resolvido, em sua totalidade, o curso da história futura como proposta por Hari Seldon. Com um treinamento assim, era preciso muita coisa para perturbá-lo.

Ele disse, metodicamente:

– Num instante. Sabe, três naves perdidas no mesmo setor no mesmo ano não pode ser acidente, e poder nuclear só pode ser conquistado com mais poder nuclear. A questão surge automaticamente: se Korell tem armas nucleares, onde as está obtendo?

– E onde está?

– Duas alternativas. Ou os korellianos as construíram sozinhos...

– Essa é absurda!

– Muito. Mas a outra possibilidade é que estejamos sofrendo de um caso de traição.

– Você acha? – A voz de Mallow era fria.

O secretário disse, com calma:

– Não há nada de extraordinário nessa possibilidade. Desde que os Quatro Reinos aceitaram a Convenção da Fundação, tivemos de começar a lidar com grupos consideráveis de populações dissidentes em cada nação. Cada antigo reino tinha seus pretendentes e seus antigos nobres, que não podem fingir muito bem que amam a Fundação. Alguns deles talvez estejam começando a se tornar ativos.

Mallow estava ficando vermelho.

– Sei. Há alguma coisa que você queira me dizer? Eu sou smyrniano.

– Eu sei. Você é smyrniano. Nascido em Smyrno, um dos antigos Quatro Reinos. Você é um homem da Fundação somente por educação. Por nascimento, é um Estrangeiro. Sem dúvida, seu avô era um barão na época das guerras com Anacreon e Loris e, sem dúvida, suas propriedades de família foram tomadas quando Sef Sermak redistribuiu a terra.

– Não! Pelo Espaço Profundo, não! Meu avô era um pobre filho de navegante espacial, de família pobre, que morreu transportando carvão a um salário de fome antes da Fundação. Eu não devo nada ao antigo regime. Mas nasci em Smyrno e não tenho vergonha, nem de Smyrno nem dos smyrnianos, pela Galáxia. Suas insinuaçõezinhas maldosas de traição não vão me fazer entrar em pânico e falar mal da Fundação. E agora você pode dar suas ordens ou fazer suas acusações, não me importa.

– Meu bom mestre comerciante, não dou um elétron se seu avô foi rei de Smyrno ou o sujeito mais miserável do planeta. Recitei essa ladainha sobre seu nascimento e ancestrais para mostrar que não estou interessado nisso. Evidentemente, o senhor não entendeu. Vamos voltar agora. Você é um smyrniano.

Conhece os Estrangeiros. Além disso, é um comerciante, e um dos melhores. Já esteve em Korell e conhece os korellianos. É para lá que precisa ir.

Mallor respirou fundo.

– Como um espião?

– De jeito nenhum. Como um comerciante... mas de olhos abertos. Se puder descobrir de onde o poder está vindo... eu poderia lembrá-lo, já que é um smyrniano, que duas dessas naves de comércio perdidas tinham tripulações smyrnianas.

– Quando começo?

– Quando sua nave estará pronta?

– Em seis dias.

– Então em seis dias você começa. Terá todos os detalhes no Almirantado.

– Certo! – O comerciante se levantou, apertou a mão do outro com força e foi saindo.

Sutt esperou, abrindo os dedos desajeitadamente e esfregando-os para aliviar a pressão; então sacudiu os ombros e entrou no escritório do prefeito.

O prefeito desligou a visitela e se recostou na poltrona.

– O que *você* achou disso, Sutt?

– Ele daria um ótimo ator – disse Sutt, e ficou olhando para a frente, pensativo.

02.

Na noite do mesmo dia, no apartamento de solteiro de Jorane Sutt no vigésimo primeiro andar do Edifício Hardin, Publis Manlio bebericava seu vinho bem devagar.

Era o Publis Manlio em cujo corpo magro e envelhecido haviam se cumprido dois grandes mandatos da Fundação. Ele era Secretário do Exterior no gabinete do prefeito e, para todos os sóis exteriores, tirando apenas a Fundação, era, além disso, Primaz da Igreja, Provedor do Alimento Sagrado, Mestre dos Templos e assim por diante, quase indefinidamente, em sílabas confusas, porém sonoras.

– Mas ele concordou em deixar você enviar esse comerciante – dizia. – É um ponto.

– Mas tão pequeno – disse Sutt. – Isso não nos leva a lugar nenhum, imediatamente. Todo o negócio é da espécie mais crua de estratagema, já que não temos meios de prever isso até o fim. Estamos apenas dando um pouco de corda na esperança de que, em algum ponto ao longo dela, ele se enforque.

– É verdade. E esse Mallow é um homem capaz. E se ele não for fácil de enganar?

– É um risco que deve ser corrido. Se houver traição, são os homens capazes que acabam implicados. Caso contrário, precisamos de um homem capaz para detectar a verdade. E Mallow estará guardado. Sua taça está vazia.

– Não, obrigado. Já bebi bastante.

Sutt encheu a própria taça e suportou, pacientemente, os devaneios desconfortáveis do outro.

Em que quer que consistisse o devaneio, ele terminou de maneira indecisa, pois o primaz disse subitamente, de forma quase explosiva:

– Sutt, o que é que está passando pela sua cabeça?

– Vou dizer a você, Manlio. – Seus lábios finos se abriram. – Estamos no meio de uma crise Seldon.

Manlio ficou olhando para ele, e então disse suavemente:

– Como você sabe? Seldon apareceu no Cofre do Tempo novamente?

– Isso, meu amigo, não é necessário. Escute, raciocine. Desde que o Império Galáctico abandonou a Periferia, e nos deixou aqui por nossa conta e risco, nunca tivemos um oponente que possuísse poder nuclear. Agora, pela primeira vez, temos um. Isso pareceria significativo, mesmo se fosse um fato isolado. E não é. Pela primeira vez em mais de setenta anos, estamos enfrentando uma grande crise política doméstica. Eu acho que a sincronização das duas crises, a interna e a externa, deixa isso além de qualquer dúvida.

Os olhos de Manlio se estreitaram.

– Se isso é tudo, não é o bastante. Até agora aconteceram duas crises Seldon e, em ambas, a Fundação esteve em perigo de extermínio. Nada pode ser uma terceira crise, até que esse perigo retorne.

Sutt nunca demonstrava impaciência.

– Esse perigo está chegando. Qualquer idiota reconhece uma crise quando ela chega. O verdadeiro serviço para o Estado é detectá-la no seu embrião. Escute, Manlio, estamos procedendo segundo uma história planejada. Nós *sabemos* que Hari Seldon calculou as probabilidades históricas do futuro. Nós *sabemos* que um dia iremos reconstruir o Império Galáctico. Nós *sabemos* que levará mil anos, ou aproximadamente isso. E nós *sabemos* que, nesse intervalo, enfrentaremos certas crises definidas. Agora, a primeira crise aconteceu cinquenta anos depois do estabelecimento da Fundação e a segunda, trinta anos depois disso. Quase setenta e cinco anos se passaram desde então. Já está na hora, Manlio, já está na hora.

Manlio esfregou o nariz, na dúvida.

– E você fez seus planos para enfrentar essa crise?

Sutt assentiu.

– E eu – continuou Manlio –, vou desempenhar algum papel neles?

Sutt tornou a assentir.

– Antes que possamos enfrentar essa ameaça estrangeira de poder atômico, temos de pôr nossa própria casa em ordem. Esses comerciantes...

– Ah! – O primaz ficou rígido, e seus olhos, mais atentos.

– Isso mesmo. Esses comerciantes. Eles são úteis, mas são fortes demais... e por demais incontroláveis. Eles são Estrangeiros, educados longe da religião. Por um lado, colocamos conhecimentos nas mãos deles, e por outro, removemos o que temos de mais forte para segurá-los.

– E se pudermos comprovar a traição?

– Se pudermos, a ação direta será simples e suficiente. Mas isso não quer dizer nada. Mesmo que não houvesse traição entre eles, formariam um elemento de incerteza em nossa sociedade. Não estariam ligados a nós por patriotismo ou ascendência comum, nem sequer por temor religioso. Sobre a liderança secular deles, as províncias exteriores, que desde a época de Hardin nos consideram o Planeta Sagrado, podem se separar.

– Eu percebo isso tudo, mas a cura...

– A cura deve ser providenciada rapidamente, antes que a crise Seldon se torne aguda. Se por dentro houver insatisfação e por fora houver armas nucleares, os riscos podem ser grandes demais. – Sutt colocou sobre a mesa a taça vazia que estivera, até então, girando nos dedos. – Este é, obviamente, o seu trabalho.

– Meu?

– *Eu* não posso fazê-lo. Meu mandato é de nomeação e não tem validade legislativa.

– O prefeito...

– Impossível. A personalidade dele é totalmente negativa. Ele só é enérgico na hora de fugir das responsabilidades. Mas, se surgisse um partido independente que pudesse colocar a reeleição dele em perigo, ele poderia se deixar orientar.

– Mas, Sutt, eu não tenho capacidade para a política na prática.

– Deixe isso comigo. Quem sabe, Manlio? Desde a época de Salvor Hardin, o primado e a prefeitura nunca foram combinados numa mesma pessoa. Mas poderia acontecer agora... se o seu trabalho for bem executado.

03.

E na outra ponta da cidade, num ambiente mais humilde, Hober Mallow estava cumprindo um segundo compromisso. Ele ficou escutando um bom tempo e então disse, cautelosamente:

– Sim, já ouvi falar de suas campanhas para obter representação para os comerciantes no conselho. Mas por que *eu*, Twer?

Jaim Twer, que lembraria, a qualquer instante, se alguém perguntasse ou não, que ele estivera no primeiro grupo de Estrangeiros a receber uma educação leiga na Fundação, abriu um sorriso largo.

– Eu sei o que estou fazendo – disse ele. – Lembra-se de quando o conheci, no ano passado?

– Na Convenção dos comerciantes.

– Isso mesmo. Você coordenou a reunião. Colocou aqueles caipiras bovinos plantados nas suas cadeiras; depois os meteu no bolso e saiu com eles. E você também tem o apoio das massas da Fundação. Você tem glamour... ou, de qualquer maneira, um carisma sólido, o que é a mesma coisa.

– Muito bom – Mallow disse, seco. – Mas por que agora?

– Porque agora é a nossa chance. Você sabia que o Secretário de Educação entregou a própria demissão? Ainda não foi anunciada, mas será em breve.

– Como é que *você* sabe?

– Isso... não importa... – Ele fez um gesto de desprezo. – Aconteceu. O partido Acionista está rachando e podemos acabar com ele agora mesmo com uma questão direta de direitos iguais para comerciantes ou, melhor, democracia, pró e contra.

Mallow se recostou em sua cadeira e ficou olhando para os dedos grossos.

– A-hã. Desculpe, Twer. Estarei viajando a negócios na próxima semana. Você terá de arrumar outra pessoa.

Twer ficou olhando para ele.

– Negócios? Que tipo de negócios?

– Muito supersecretos. Prioridade AAA. Tudo isso, sabe. Tive uma conversa com o próprio secretário do prefeito.

– O Serpente Sutt? – Jaim Twer ficou empolgado. – É um truque. Esse filho-de-navegador vai tentar se livrar de você, Mallow...

– Espere! – A mão de Mallow segurou o punho fechado do outro. – Não se irrite. Se for um truque, o dia da vingança vai chegar. Se não for, sua serpente, o Sutt, está caindo direto nas *nossas* mãos. Escute, tem uma crise Seldon vindo por aí.

Mallow esperou uma reação que não veio. Twer simplesmente olhou para ele, sem entender.

– O que é uma crise Seldon?

– Pela Galáxia! – Mallow explodiu, zangado com esse anticlímax. – O que diabos você fazia na escola? Mas que pergunta imbecil é essa?

O homem mais velho franziu a testa.

– Se você puder me explicar...

Fez-se uma longa pausa, e então:

– Eu vou explicar – Mallow abaixou as sobrancelhas e falou bem devagar. – Quando o Império Galáctico começou a morrer nas fronteiras, quando os confins da Galáxia reverteram à barbárie e se afastaram, Hari Seldon e seu bando de psicólogos plantaram uma colônia, a Fundação, bem aqui no meio da confusão, para que pudéssemos incubar a arte, a ciência e a tecnologia, além de formar o núcleo do Segundo Império.

– Ah, sim, sim...

– Não acabei – o comerciante disse, com frieza. – O curso futuro da Fundação foi traçado de acordo com a ciência da psico-história, na época altamente desenvolvida, e condições arranjadas de modo a provocar uma série de crises que nos forçarão a criar mais rapidamente a rota para o futuro império. Cada crise, cada crise *Seldon*, marca uma época em nossa história. Estamos nos aproximando de uma agora: nossa terceira.

– Acho que isso foi mencionado – Twer deu de ombros. – Mas já saí da escola há muito tempo... mais tempo que você.

– Suponho que sim. Deixe pra lá. O que importa é que eu estou sendo mandado para o meio do desenvolvimento dessa crise. Não há como saber o que terei quando voltar, e há uma eleição de conselho todos os anos.

Twer levantou a cabeça.

– Você está no rastro de alguma coisa?

– Não.

– Tem algum plano definido?

– Nem sequer um vestígio de plano.

– Bom...

– Bom nada. Hardin disse um dia: "Para ter sucesso, apenas o planejamento não é suficiente. Deve-se improvisar também". Eu vou improvisar.

Twer balançou a cabeça sem muita segurança, e eles se levantaram, olhando um para outro.

Subitamente, Mallow disse, de um jeito um tanto casual:

– Vou lhe dizer uma coisa: que tal vir comigo? Não fique assim parado me olhando, homem. Você foi comerciante antes de decidir que a política era mais empolgante. Ou, pelo menos, foi o que ouvi.

– Para onde você vai? Conte-me.

– Vou na direção da Falha Whassaliana. Não posso ser mais específico até estarmos no espaço. O que me diz?

– Suponha que Sutt decida que me quer onde possa me ver.

– Não é provável. Se ele está ansioso para se livrar de mim, por que não de você, também? Além do quê, nenhum comerciante iria para o espaço se não pudesse escolher sua própria tripulação. Eu escolho quem me agradar.

Houve um brilho estranho nos olhos do homem mais velho.

– Está certo. Eu vou. – Estendeu a mão. – Será minha primeira viagem em três anos.

Mallow apertou a mão do outro.

– Ótimo! Espetacular! E agora tenho que reunir os rapazes. Você sabe onde o *Estrela Distante* está ancorado, não sabe? Então apareça amanhã. Até logo.

04.

Korell é aquele fenômeno frequente na história: uma república cujo governante tem todos os atributos do monarca absoluto, menos o nome. Portanto, ele desfrutava do costumeiro despotismo sem restrições, nem mesmo daquelas duas influências moderadoras nas monarquias legítimas: "honra" real e etiqueta da corte.

Materialmente, sua prosperidade era baixa. Os dias do Império Galáctico haviam acabado, sem nada a não ser memoriais silenciosos e estruturas quebradas para servirem de testemunha. O dia da Fundação ainda não havia chegado – e, na feroz determinação de seu governante, o commdor Asper Argo, com sua regulamentação estrita dos comerciantes e sua proibição, ainda mais estrita, dos missionários, nunca chegaria.

O espaçoporto propriamente dito era decrépito e estava caindo aos pedaços, e a tripulação do *Estrela Distante* estava terrivelmente ciente disso. Os hangares cheios de mofo compunham uma atmosfera embolorada, e Jaim Twer tentava, incomodado, jogar paciência.

Hober Mallow disse, pensativo:

– Bom material de comércio aqui. – Ele estava olhando em silêncio pelo visor externo. Até agora, não havia muito a se dizer a respeito de Korell. A viagem até ali transcorrera sem problemas. O esquadrão de naves korellianas que disparara para interceptar o *Estrela Distante* era minúsculo, relíquias combalidas de glória ancestral ou trambolhos desajeitados e depauperados. Elas haviam mantido distância, com medo, e ainda a mantinham; havia uma semana que as solicitações de Mallow para uma audiência com o governo local estavam sem resposta.

Mallow repetiu:

– Bom comércio aqui. Podemos considerar isto aqui território virgem.

Jaim Twer levantou a cabeça, impaciente, e jogou as cartas de lado.

– Que diabos você pretende fazer, Mallow? A tripulação está resmungando, os oficiais estão preocupados e eu estou aqui me perguntando...

– Se perguntando? Sobre o quê?

– Sobre a situação. E sobre você. O que estamos fazendo?

– Esperando.

O velho comerciante fungou e ficou vermelho. Grunhiu:

– Você está fazendo um voo cego, Mallow. Há uma guarda ao redor do campo e naves lá no alto. Suponha que estejam se preparando para nos varrer da face do planeta.

– Eles tiveram uma semana para isso.

– Talvez estejam esperando reforços. – Os olhos de Twer eram aguçados e duros.

Mallow se sentou bruscamente.

– Sim, eu pensei nisso. Sabe, a situação apresenta um belo problema. Primeiro, chegamos aqui sem dificuldades. Mas isso pode não significar nada, pois apenas três naves, entre mais de trezentas, sumiram no ano passado. A porcentagem é baixa. Mas isso também pode querer dizer que o número de naves deles, equipadas com energia nuclear, é pequeno e que não ousam expô-las desnecessariamente, até esse número crescer. Mas isso pode significar, por outro lado, que eles não têm nenhuma energia nuclear. Ou, quem sabe, eles tenham e a estejam mantendo escondida, por medo de que descubramos algo. Afinal, uma coisa é fazer ataques piratas a naves mercantes pouco armadas. Outra é mexer com um enviado oficial da Fundação, quando o mero fato de sua presença pode significar que a Fundação está suspeitando de algo. Junte isso com...

– Espere aí, Mallow, espere aí – Twer levantou as mãos. – Você está simplesmente falando demais. Onde quer chegar? Deixe os meandros de lado.

– Você *precisa* ter os meandros, ou não vai entender, Twer. Estamos ambos aguardando. Eles não sabem o que estou fazendo aqui e eu não sei o que eles têm aqui. Mas estou na posição mais fraca porque sou um, e eles são um mundo inteiro... talvez com energia atômica. Não posso me dar ao luxo de ser aquele que cede. Claro que é perigoso. Claro que pode haver um buraco no chão esperando por nós. Mas sabíamos disso desde o começo. O que mais podemos fazer? Eu não... Quem é agora?

Mallow levantou a cabeça pacientemente e sintonizou o receptor. A visitela brilhou e mostrou o rosto rude do sargento da guarda.

– Fale, sargento.

– Perdão, senhor – disse o sargento. – Os homens deram passagem a um missionário da Fundação.

– Um *o quê*? – O rosto de Mallow ficou branco.

– Um missionário, senhor. Ele precisa ser hospitalizado, senhor...

– Haverá mais gente precisando de hospitalização por causa disso, sargento. Ordene que os homens assumam seus postos de combate.

O salão de tripulação estava quase vazio. Cinco minutos depois da ordem, até mesmo os homens de folga estavam armados. A velocidade era a grande virtude nas regiões anárquicas do espaço interestelar da Periferia e era na velocidade, acima de tudo, que a tripulação de um mestre comerciante se destacava.

Mallow entrou devagar, olhou o missionário de cima a baixo, e de lado. Seus olhos deslizaram para o tenente Tinter, que abriu, desconfortável, espaço para a passagem do sargento da guarda Demen, cujo rosto neutro e figura sólida flanqueavam o outro.

O mestre comerciante se virou para Twer e fez uma pausa pensativa.

– Bem, então, Twer, traga os oficiais para cá discretamente, a não ser pelos coordenadores e o trajetoriano. Os homens deverão permanecer em suas estações até segunda ordem.

Houve um hiato de cinco minutos durante o qual Mallow abriu, com um chute, as portas dos banheiros, olhou atrás do balcão e, puxou as cortinas sobre as janelas grossas. Por meio minuto ele saiu completamente do aposento e, quando retornou, estava cantarolando, distraído.

Os homens entraram em fila indiana. Twer foi o último e fechou a porta, em silêncio.

Mallow disse baixinho:

– Primeiro, quem deixou este homem entrar sem ordens minhas?

O sargento da guarda deu um passo à frente. Todos os olhos acompanharam o movimento.

– Desculpe, senhor. Não foi ninguém em especial. Foi uma espécie de acordo mútuo. Ele era um de nós, poderíamos dizer, e esses estrangeiros aqui...

Mallow o cortou.

– Me solidarizo com seus sentimentos, sargento, e os compreendo. Estes homens estavam sob seu comando?

– Sim, senhor.

– Quando isto acabar, eles deverão ser confinados a aposentos individuais por uma semana. Você mesmo está suspenso de todas as tarefas de supervisão por um período semelhante. Entendido?

O rosto do sargento não mudou de expressão, mas os ombros caíram ligeiramente.

– Sim, senhor.

– Os senhores podem ir. Vão para suas estações de combate.

A porta se fechou atrás dele e o burburinho aumentou.

– Por que a punição, Mallow? – Twer interrompeu. – Você sabe que esses korellianos matam missionários capturados.

– Uma ação contra minhas ordens é ruim por si só, sejam quais forem as outras razões que possam existir em seu favor. Ninguém deveria sair ou entrar na nave sem permissão.

O tenente Tinter murmurou, com rebeldia:

– Sete dias sem ação. O senhor não pode manter a disciplina assim.

Mallow disse, frio:

– *Eu* posso. Não há mérito em disciplina sob circunstâncias ideais. Ou eu a tenho em face da morte, ou ela é inútil. Cadê esse missionário? Tragam-no aqui.

O comerciante se sentou, enquanto a figura, trajada com um manto escarlate, era trazida cuidadosamente para a frente.

– Qual é o seu nome, reverendo?

– Hein? – A figura de manto escarlate se virou na direção de Mallow, o corpo inteiro virando como se fosse uma só unidade. Seus olhos estavam abertos, mas olhando o nada, e havia um hematoma numa das têmporas. Ele não havia falado, nem, até onde Mallow sabia, se movido, durante todo o intervalo anterior.

– Seu nome, reverendo?

O missionário começou, subitamente, a mover-se de modo febril. Os braços se estenderam num gesto de abraço.

– Meu filho... meus filhos. Possam vocês sempre estar nos braços protetores do Espírito Galáctico.

Twer deu um passo adiante, olhos preocupados, a voz rouca.

– O homem está doente. Alguém o leve para a cama. Mande-o para a cama, Mallow, e faça com que cuidem dele. Ele está gravemente ferido.

O braço grande de Mallow o empurrou para trás.

– Não interfira, Twer, ou vou colocá-lo para fora do aposento. Seu nome, reverendo?

As mãos do missionário se fecharam numa súbita súplica.

– Vós sois homens esclarecidos, salvai-me dos pagãos – as palavras começaram a sair numa torrente. – Salvai-me desses brutos e obscuros que correm em meu encalço e afligiriam o Espírito Galáctico com seus crimes. Eu sou Jord Parma, dos mundos anacreonianos. Educado na Fundação; a própria Fundação, meus filhos. Eu sou um Sacerdote do Espírito educado em todos os mistérios, que veio até aqui onde a voz interior me chamou. – Ele estava perdendo o fôlego. – Sofri nas mãos dos ignorantes. Como vós sois Filhos do Espírito; e, em nome desse Espírito, protegei-me deles.

Uma voz irrompeu sobre eles, quando a caixa de alarme de emergência emitiu um clamor metálico:

– Unidades inimigas à vista! Solicito instruções!

Cada olho se voltou mecanicamente na direção do alto-falante.

Mallow soltou um palavrão violento. Ele ligou o reverso e gritou:

– Mantenham vigilância! Isso é tudo! – E desligou.

Foi até as cortinas grossas que se abriram com um toque e olhou para fora de mau humor.

Unidades inimigas! Milhares delas, representadas por membros individuais de uma multidão korelliana. A turba furibunda ia de uma ponta a outra do porto e, na luz fria e dura das chamas de magnésio, os mais próximos avançaram.

– Tinter! – O comerciante nem se virou, mas seu pescoço estava vermelho. – Ligue o alto-falante externo e descubra o que eles querem. Pergunte se há um representante da lei com eles. Não faça promessas nem ameaças, ou eu mato você.

Tinter se virou e saiu.

Mallow sentiu uma mão dura no seu ombro e afastou-a. Era Twer. A voz dele era um sibilar zangado em seu ouvido.

– Mallow, você é obrigado a garantir a segurança deste homem. Não há como manter a decência e a honra de outro modo. Ele é da Fundação e, afinal de contas, ele... *é* um sacerdote. Esses selvagens lá fora... Você está me ouvindo?

– Estou ouvindo, Twer – a voz de Mallow era incisiva. – Tenho mais o que fazer aqui do que proteger missionários. Farei, senhor, o que me agradar e, por Seldon e toda a Galáxia, se tentar me impedir, arrancarei sua maldita traqueia. Não fique no meu caminho, Twer, ou será pela última vez.

Ele se virou e saiu andando.

– Você! Reverendo Parma! Sabia que, por convenção, nenhum missionário da Fundação pode entrar em território korelliano?

O missionário tremia.

– Eu só posso ir para onde o Espírito me leva, meu filho. Se os ignorantes recusam a iluminação, não é esse o maior sinal da necessidade deles?

– Isso está fora de questão, reverendo. O senhor está aqui contra as leis tanto de Korell quanto da Fundação. Não posso, pela lei, protegê-lo.

As mãos do missionário voltaram a se erguer. Seu espanto anterior havia desaparecido. Era possível ouvir o clamor rouco do sistema de comunicação externo em ação, e o murmúrio leve e ondulante da horda zangada em resposta. O som fez seus olhos enlouquecerem.

– Está ouvindo? Por que fala de lei comigo, de uma lei feita pelos homens? Há leis superiores. Não foi o Espírito Galáctico quem disse: "Não ficarás parado diante do sofrimento de teu irmão"? E ele não disse: "Assim como tu lidarás com os humildes e indefesos, também contigo haverão de lidar"? Você não tem armas? Não tem uma nave? E atrás de você não existe a Fundação? E acima de tudo e de todos vocês não há o Espírito que governa o universo? – disse, e fez uma pausa para recuperar o fôlego.

E então a grande voz exterior do *Estrela Distante* cessou e o tenente Tinter voltou, o rosto preocupado.

– Fale! – Mallow disse apressado.

– Senhor, eles exigem a pessoa de Jord Parma.

– E se não entregarmos?

– Foram várias ameaças, senhor. É difícil entender muita coisa. Há muita gente... e eles parecem enlouquecidos. Há uma pessoa que diz governar o distrito e ter poderes de polícia, mas é evidente que não está no controle da situação.

– No controle ou não – Mallow deu de ombros –, ele é a lei. Diga a eles que, se esse governador, policial ou seja lá o que for, se aproximar da nave sozinho, poderá levar o reverendo Jord Parma.

E, subitamente, ele tinha uma arma na mão. Acrescentou:

– Não sei o que é insubordinação. Nunca tive nenhuma experiência com isso. Mas se houver alguém aqui que acha que pode me ensinar, gostaria de mostrar a ele meu antídoto para isso.

A arma girou lentamente e parou, apontada para Twer. Com um esforço, o rosto do velho comerciante se endireitou, suas mãos se abriram e baixaram. Ele respirava pesadamente.

Tinter saiu e, em cinco minutos, uma figura patética se destacou da multidão. Ela se aproximou, lenta e hesitante, obviamente encharcada de medo e apreensão. Por duas vezes, olhou para trás e, por duas vezes, as ameaças, patentemente óbvias, do monstro de muitas cabeças a fizeram seguir em frente.

– Está certo – Mallow fez um gesto com a pistola, que permaneceu fora do coldre. – Grun e Upshur, retirem-no.

O missionário deu um grito agudo. Ele levantou os braços, e os dedos rígidos apontaram para cima quando a manga volumosa caiu e revelou os braços finos e cheios de veias. Houve um momentâneo flash de luz que piscou numa fração de segundo. Mallow piscou e gesticulou novamente, com desprezo.

A voz do missionário se fazia ouvir enquanto ele se debatia nos braços dos dois homens.

– Maldito seja o traidor que abandona seu irmão ao mal e à morte. Surdos sejam os ouvidos que não ouvem os pedidos dos indefesos. Cegos sejam os olhos que não veem a inocência. Amaldiçoadas sejam para sempre as almas que fazem acordo com as trevas...

Twer tampou os ouvidos com as mãos.

Mallow girou a arma e a colocou de lado.

– Dispersar – disse, tranquilo – para suas respectivas estações. Mantenham vigilância total por seis horas após a dispersão da turba. Vigilância dupla pelas quarenta e oito horas seguintes. Mais instruções no final desse período. Twer, venha comigo.

Ficaram a sós nos aposentos particulares de Mallow. Mallow indicou uma cadeira e Twer se sentou. Sua figura atarracada parecia encolhida.

Mallow olhou para ele, sarcasticamente.

– Twer – disse ele –, estou decepcionado. Seus três anos na política parecem tê-lo feito perder os hábitos de comerciante. Lembre-se, eu posso ser um democrata na Fundação, mas aqui, se não for tirano, não consigo fazer minha nave funcionar do jeito que quero. Nunca precisei sacar uma arma para meus homens antes, e eu não teria precisado fazer isso se você não tivesse saído da linha. Twer, você não tem cargo oficial, mas está aqui a meu convite e vou estender todas as cortesias a você... em particular. Entretanto, de agora em diante, na presença de meus oficiais ou homens, eu sou "senhor" e não "Mallow". E, quando der uma ordem, você vai pular mais rápido que um recruta de terceira classe se for o caso, ou vou algemá-lo e colocá-lo no subnível ainda mais rápido. Entendeu?

O líder do partido engoliu em seco e falou, relutante:

– Peço desculpas.

– Desculpas aceitas! Aperte aqui!

Os dedos de Twer foram engolidos pela mão enorme de Mallow. Twer disse:

– Meus motivos eram bons. É difícil enviar um homem para ser linchado. Aquele governador trêmulo ou seja lá o que for... não pode salvá-lo. É assassinato.

– Não posso fazer nada. Francamente, o incidente me cheirava muito mal. Você não reparou?

– Reparei no quê?

– Este espaçoporto está bem no meio de uma seção distante e isolada. Subitamente, um missionário escapa. De onde? Ele vem para cá. Coincidência? Uma multidão enorme se aglomera. De onde? A cidade mais próxima deve ficar a pelo menos cento e cinquenta quilômetros de distância. Mas eles chegam em meia hora. Como?

– Como? – repetiu Twer.

– Bem, e se o missionário tivesse sido trazido para cá e solto como isca? Nosso amigo, o reverendo Parma, estava consideravelmente confuso. Em momento algum pareceu estar em completa posse de suas faculdades mentais.

– Maus-tratos... – Twer murmurou, amargo.

– Talvez! E talvez a ideia tivesse sido a de fazer com que fôssemos cavalheirescos e galantes, assumindo uma defesa burra do homem. Ele estava aqui contra as leis de Korell e da Fundação. Se eu o mantivesse aqui, seria um ato de guerra contra Korell e a Fundação não teria direitos legais de *nos* defender.

– Isso... é uma suposição muito improvável.

O alto-falante berrou e impediu a resposta de Mallow:

– Senhor, comunicação oficial recebida.

– Envie imediatamente!

O cilindro reluzente chegou em sua fenda com um clique. Mallow o abriu e retirou a folha impregnada de prata que continha. Esfregou-a com satisfação entre o polegar e o indicador e disse:

– Teleportada diretamente da capital. Tem a marca do próprio commdor.

Ele a leu num relance e riu.

– Então a minha ideia era uma suposição improvável, hein?

Ele a jogou para Twer e acrescentou:

– Meia hora depois que entregamos o missionário, finalmente recebemos um convite, muito educado, para a augusta presença do commdor... depois de sete dias de espera. *Eu* acho que acabamos de passar num teste.

05.

O commdor Asper era um homem do povo, por autoaclamação. Os cabelos grisalhos remanescentes na parte de trás da cabeça caíam sem vida até os ombros, a camisa precisava ser lavada e ele falava com cansaço.

– Aqui não há ostentação, comerciante Mallow – disse ele. – Nenhuma exibição falsa. Em mim, você vê meramente o Primeiro Cidadão do Estado. É isso o que significa a palavra commdor, e esse é o único título que tenho. – Ele parecia anormalmente satisfeito com isso. – Na verdade, considero o fato um dos elos mais fortes entre Korell e sua nação. Sei que vocês desfrutam das mesmas bênçãos republicanas que nós.

– Exatamente, commdor – Mallow disse, sério, fazendo uma exceção mental à comparação. – Um argumento que considero fortemente favorável à continuação da paz e da amizade entre nossos governos.

– Paz! Ah! – A esparsa barba grisalha do commdor estremeceu com as caretas sentimentais de seu rosto. – Não acho que exista alguém na Periferia que tenha tão próximo a seu coração o ideal de Paz como eu. Posso verdadeiramente dizer que, desde que sucedi meu ilustre pai na liderança do Estado, o reinado da Paz nunca foi quebrado. Talvez eu não devesse dizer isso... – ele tossiu levemente –, mas me disseram que meu povo, meus concidadãos, melhor dizendo, me conhecem como Asper, o bem-amado.

Os olhos de Mallow vagavam pelo jardim bem cuidado. Talvez os homens altos e as armas de design estranho mas de inconfundível hostilidade que levavam consigo apenas estivessem ali, espreitando pelos cantos, por acaso, como uma precaução contra ele. Isso seria compreensível. Mas as paredes altas, com vergalhões de aço, que cercavam o lugar haviam obviamente sido reforçadas recentemente – uma ocupação inadequada para um Asper tão bem-amado.

– É uma felicidade que eu tenha de tratar com o senhor então, commdor. Os déspotas e monarcas dos mundos ao redor, que não tiveram o benefício de um governo esclarecido, muitas vezes não têm as qualidades que tornariam um governante bem-amado.

– Como, por exemplo? – Havia uma nota de cautela na voz do commdor.

– Como a preocupação pelos melhores interesses de seu povo. O senhor, por outro lado, compreenderia.

O commdor mantinha os olhos no caminho de cascalho no qual andavam sem pressa. Suas mãos acariciavam uma à outra, às suas costas.

Mallow continuou, suavemente:

– Até agora, o comércio entre nossas duas nações sofreu por causa das restrições impostas aos nossos comerciantes por seu governo. Certamente, há muito tempo é evidente para o senhor que o comércio ilimitado...

– Livre Comércio! – resmungou o commdor.

– Livre Comércio, então. O senhor deve ver que isso seria benéfico para nós dois. Existem coisas que você tem que nós queremos, e coisas que nós temos que você quer. Basta apenas uma troca para trazer um aumento de prosperidade. Um governante esclarecido como o senhor, um amigo do povo... eu poderia até dizer, um *membro* do povo... nem precisa de maiores explicações a respeito. Não vou insultar sua inteligência dando nenhuma.

– É verdade! Estou vendo. Mas e vocês? – Sua voz era um gemido. – Seu povo sempre foi tão pouco razoável. Eu sou a favor de todo o comércio que nossa economia puder suportar, mas não nos seus termos. Eu não sou o único senhor aqui. – A voz dele subiu de tom. – Sou apenas um servidor da opinião pública. Meu povo não fará comércio com quem carrega uma religião compulsória.

– Uma religião compulsória? – endireitou-se Mallow.

– De fato, é o que ela tem sido. Certamente o senhor se lembra do caso de Askone, há vinte anos. Primeiro, eles compraram alguns de seus produtos e, depois, seu povo pediu liberdade completa de esforço missionário, para que os artigos pudessem funcionar de modo adequado; que Templos de Saúde fossem construídos. Foi então que o estabelecimento de escolas religiosas aconteceu; direitos autônomos para todos os oficiantes da religião, e com que resultado? Askone é hoje membro integral do sistema da Fundação e o grande mestre não pode sequer dizer que as cuecas que veste são dele. Ah, não! Ah, não! A dignidade de um povo independente nunca poderia aceitar isso.

– Nada do que o senhor diz é o que sugiro – Mallow interpôs.

– Não?

– Não. Eu sou um mestre comerciante. O dinheiro é a *minha* religião. Todo esse misticismo e abracadabras dos missionários me aborrece e fico feliz que o senhor se recuse a aceitar isso. Temos mais em comum, então.

A risada do commdor era aguda e irregular.

– Sábias palavras! A Fundação devia ter enviado um homem de seu calibre antes.

Colocou uma mão amiga no ombro parrudo do comerciante.

– Mas, homem, você só me contou metade da história. Você me disse onde não está a armadilha. Agora me diga: qual é a armadilha?

– A única armadilha, commdor, é que o senhor vai sofrer o fardo de uma quantidade imensa de riquezas.

– É mesmo? – ele fungou. – Mas o que eu poderia querer com riquezas? A verdadeira riqueza é o amor de seu povo. Eu já tenho isso.

– O senhor pode ter as duas coisas, pois é possível pegar ouro com uma das mãos e amor com a outra.

– Ora, meu jovem, esse seria um fenômeno interessante, se fosse possível.

Como você faria?

– Ah, de várias maneiras. A dificuldade é escolher entre elas. Senão, vejamos. Bem, artigos de luxo, por exemplo. Este objeto aqui, por exemplo...

Mallow retirou gentilmente, de um bolso interno, uma corrente achatada de metal polido.

– Isto, por exemplo.

– O que é isso?

– É preciso que eu demonstre. O senhor pode me arrumar uma garota? Qualquer jovem serve. *E* um espelho de corpo inteiro.

– Hmmm. Vamos entrar, então.

O commdor se referia à sua habitação como uma casa. O populacho indubitavelmente chamaria aquilo de palácio. Para os olhos sem ilusões de Mallow, parecia-se anormalmente com uma fortaleza. Ela era construída sobre um promontório que ficava acima da capital. Suas paredes eram espessas e reforçadas. Seus arredores eram protegidos e sua arquitetura havia sido projetada para defesa. Exatamente o tipo de habitação, Mallow pensou com amargura, para Asper, o bem-amado.

Uma jovem se colocou perante os dois. Ela fez uma grande mesura para o commdor, que disse:

– Esta é uma das garotas da commdora. Serve?

– Perfeitamente!

O commdor observou cautelosamente enquanto Mallow prendeu a corrente ao redor da cintura da moça e se afastou.

O commdor fungou.

– Ora, é só isso?

– O senhor poderia puxar as cortinas, commdor? Mocinha, bem perto do fecho há uma alavanca minúscula. Você pode puxá-la para cima, por favor? Pode puxar, ela não vai machucá-la.

A garota obedeceu, respirou fundo, olhou para as mãos e soltou um gemido abafado.

– Oh!

A partir de sua cintura, ela foi afogada numa luminescência pálida e fluida de cores mutantes que subiam sobre sua cabeça em uma coroa piscante de fogo líquido. Era como se alguém tivesse arrancado a aurora boreal do céu e moldado-a para formar um manto.

A garota foi até a frente do espelho e ficou olhando, fascinada.

– Aqui, pegue isto – Mallow entregou a ela um colar de pedras foscas. – Coloque-o no pescoço.

A garota obedeceu e cada pedra, à medida que entrava no campo luminescente, se tornava uma chama individual que saltava e faiscava em vermelho-rubro e dourado.

– O que acha? – Mallow perguntou a ela. A garota não respondeu, mas seus olhos demonstravam adoração. O commdor fez um gesto e, com relutância, ela abaixou a alavanca e a glória morreu. Ela foi embora... com a lembrança.

– É seu, commdor – disse Mallow –, para a commdora. Considere isso um pequeno presente da Fundação.

– Hmmm – o commdor virou o cinto e o colar na mão como se estivesse calculando o peso das peças. – Como isso é feito?

Mallow deu de ombros.

– Essa é uma pergunta para nossos especialistas técnicos. Mas vai funcionar para o senhor sem... note bem, *sem*... a ajuda de sacerdotes.

– Sim, mas é apenas um enfeite feminino, afinal. O que se poderia fazer com isso? Por onde o dinheiro entraria?

– Os senhores têm bailes, recepções, banquetes, esse tipo de coisa?

– Ah, sim.

– O senhor percebe o quanto as mulheres pagarão por esse tipo de joia? Dez mil créditos no mínimo.

O commdor pareceu ter levado um tapa.

– Ah!

– E, como a unidade de energia deste artigo em particular não vai durar mais do que seis meses, haverá necessidade de trocas frequentes. Agora, se pudermos vender tantos desses quantos o senhor queira pelo equivalente em ferro forjado de mil créditos... O senhor terá um lucro de 900%.

O commdor cofiou a barba e pareceu envolvido em impressionantes cálculos mentais.

– Pela Galáxia, como elas vão lutar por isso. Vou manter o suprimento em baixo estoque e deixar que façam leilões. Naturalmente, não seria bom que eles soubessem que eu mesmo...

Mallow disse:

– Podemos explicar o funcionamento de empresas fantasmas, se o senhor quiser. Então, por exemplo, pegue toda a nossa linha de dispositivos para o lar. Temos fogões dobráveis que tostam as carnes mais duras e as amaciam em dois minutos. Temos facas que não precisam ser afiadas. Temos o equivalente a uma lavanderia completa que pode ser colocada num armário pequeno e funciona de modo inteiramente automático. Lava-louças, idem. Idem, ibidem, para enceradeiras, polidores de móveis, precipitadores de poeira, luminárias... ah, o que o senhor quiser. Pense em sua popularidade cada vez maior, *se* o senhor tornar isso disponível para o público. Pense na sua quantidade cada vez maior de, ah, bens mundanos, se eles estiverem disponíveis como um monopólio de governo a 900% de lucro. Isso valerá muitas vezes o dinheiro para eles, e ninguém vai precisar saber quanto *o senhor* pagou por isso. E, veja bem, nada exigirá supervisão sacerdotal. Todos vão ficar felizes.

– A não ser você, ao que parece. O que é que *você* ganha com isso?

– Simplesmente o que cada comerciante obtém pela lei da Fundação. Meus homens e eu ficamos com metade de quaisquer lucros que entrarem. É só o senhor comprar tudo o que eu quiser lhe vender, e ambos ganharemos muito. Muito *mesmo*.

O commdor estava gostando de seus pensamentos.

– O que foi que você disse que queria receber em pagamento? Ferro?

– Isso, além de carvão e bauxita. E também tabaco, pimenta, magnésio e madeira. Nada que o senhor não tenha em excesso.

– Parece bom.

– Acho que sim. Ah, e mais um outro exemplo, commdor. Eu poderia melhorar suas fábricas.

– É? Como?

– Bem, vejamos, suas siderúrgicas. Eu tenho pequenos dispositivos portáteis que podem fazer truques com aço que cortariam custos de produção para 1% dos níveis anteriores. O senhor poderia cortar os preços pela metade e ainda auferir lucros extremamente gordos com os fabricantes. Estou lhe dizendo, eu poderia lhe mostrar exatamente o que quero dizer se o senhor me permitisse uma demonstração. O senhor tem uma siderúrgica nesta cidade? Não levaria muito tempo.

– Pode ser arranjado, comerciante Mallow. Mas amanhã, amanhã. Você jantaria conosco hoje?

– Meus homens... – Mallow começou.

– Traga todos – o commdor disse, expansivo. – Uma união amigável simbólica de nossas nações. Isso nos dará uma chance de mais conversas amigáveis. Mas, uma coisa. – Seu rosto ficou sério. – Nada de sua religião. Não pense que tudo isso é uma brecha para os missionários entrarem.

– commdor – Mallow disse, seco –, eu lhe dou a minha palavra de que a religião cortaria meus lucros.

– Então, isso me serve, por ora. Você será escoltado de volta à sua nave.

06.

A commdora era muito mais jovem do que o marido. Seu rosto tinha um aspecto frio e pálido, e seus cabelos escuros estavam penteados para trás e apertados. A voz dela era ácida.

– O senhor acabou, meu gracioso e nobre marido? Acabou, mas acabou *mesmo*? Talvez eu possa até entrar no jardim se desejar, agora.

– Não há necessidade de drama, Licia, minha querida – o commdor disse, suavemente. – O jovem virá ao jantar esta noite, e você poderá conversar o quanto quiser com ele e, até mesmo, se divertir ouvindo tudo o que digo. Teremos de arrumar espaço para os homens deles. Que as estrelas garantam que sejam poucos.

– Muito provavelmente serão porcos comilões que vão devorar carne aos quilos e vinhos aos odres. E o senhor vai gemer por duas noites seguidas quando calcular as despesas.

– Bem, talvez desta vez eu não faça isso. Apesar de sua opinião, o jantar será na escala mais luxuosa.

– Ah, sei – ela olhou para ele com desprezo. – O senhor está muito amigo desses bárbaros. Talvez seja por isso que não tive permissão de participar de sua conversa. Talvez sua alma mesquinha esteja planejando se voltar contra meu pai.

– De jeito nenhum.

– Sim, eu provavelmente acreditaria em você, não é? Se algum dia uma pobre mulher foi sacrificada por política para um casamento ruim, essa mulher fui eu. Poderia ter escolhido um homem adequado nos becos e lamaçais do meu mundo nativo.

– Ora, ora, vou lhe dizer uma coisa, minha senhora. Talvez a senhora quisesse retornar ao seu mundo nativo. Para conservar como suvenir apenas a porção que me agrada mais, eu poderia mandar cortar sua língua primeiro. E – inclinou a cabeça de lado, de modo calculista –, como um toque final de aprimoramento da sua beleza, suas orelhas e a ponta de seu nariz, também.

– Você não ousaria, seu cachorro. Meu pai transformaria sua nação de brinquedo em poeira cósmica. Na verdade, ele poderia fazer isso de qualquer maneira, se eu dissesse a ele que você estava tratando com esses bárbaros.

– Hmmm. Bem, não há necessidade de ameaças. Você está livre para questionar o homem por conta própria esta noite. Enquanto isso, madame, mantenha sua língua traiçoeira quieta.

– Às suas ordens?

– Aqui, tome isto, então, e fique quieta.

A faixa estava na cintura dela e o colar no pescoço. Ele acionou a alavanca e recuou.

A commdora prendeu a respiração e estendeu as mãos. Passou os dedos pelo colar e soltou um suspiro.

O commdor esfregou as mãos com satisfação e disse:

– Você pode usar isso esta noite... e eu lhe darei mais. *Agora* fique quieta.

A commdora ficou quieta.

07.

Jaim Twer estava inquieto, mexendo as mãos e arrastando os pés.

– O que é que está fazendo o seu rosto se torcer tanto? – ele perguntou.

Hober Mallow levantou a cabeça e pôs os pensamentos de lado.

– Meu rosto está torcido? Não foi minha intenção.

– Alguma coisa deve ter acontecido ontem... quero dizer, além do banquete – disse, com súbita convicção. – Mallow, há algum problema, não há?

– Problema? Não. Pelo contrário. Na verdade, eu estou em posição de jogar todo o peso do meu corpo contra uma porta só para descobrir que ela estava aberta o tempo todo. Vamos entrar na siderúrgica com a maior facilidade.

– Você suspeita de uma armadilha?

– Ah, pelo amor de Seldon, não seja melodramático. – Mallow engoliu sua impaciência e acrescentou, em tom de conversa: – É apenas que a entrada fácil significa que não haverá nada para se ver.

– Energia nuclear, hein? – ruminou Twer. – Vou lhe dizer uma coisa. Simplesmente não existem evidências de nenhuma economia à base de energia nuclear aqui em Korell. E seria um trabalho muito difícil mascarar todos os sinais dos amplos efeitos que uma tecnologia fundamental como a nucleônica teria em tudo.

– Não se ela estivesse apenas começando, Twer, e sendo aplicada a uma economia de guerra. Você a encontraria apenas nos estaleiros e nas siderúrgicas.

– Então, se não encontrarmos...

– Ou eles não a têm... ou a estão escondendo. Jogue uma moeda ou tente adivinhar.

Twer balançou a cabeça.

– Gostaria de ter ido com você ontem.

– Eu também gostaria – Mallow disse, seco. – Não faço nenhuma objeção a apoio moral. Infelizmente, foi o commdor que impôs os termos da reunião, e não eu. E *aquilo* lá fora parece ser o carro terrestre real que nos levará até a siderúrgica. Você está com os dispositivos?

– Todos eles.

08.

A siderúrgica era grande, e tinha o odor de decomposição que nenhuma quantidade de reparos superficiais podia apagar. Estava vazia agora e em um estado um tanto antinatural de silêncio, pois desempenhava um papel que lhe era estranho, o de anfitriã para o commdor e sua corte.

Mallow havia girado a folha de aço sobre os dois suportes com um movimento descuidado. Ele pegou o instrumento que Twer lhe estendera e estava segurando a empunhadura de couro dentro de sua bainha de chumbo.

– O instrumento – disse – é perigoso, mas até aí uma serra elétrica também é. É só manter os dedos longe.

E, quando falou isso, desceu rapidamente a lateral do cano pelo comprimento da folha de aço, que no mesmo instante caiu, partida em duas.

Todos deram um pulo, e Mallow riu. Ele pegou uma das metades e a encostou no joelho.

– Pode-se ajustar a extensão do corte com precisão de até um centésimo de polegada e uma folha de duas polegadas vai se cortar com a mesma facilidade com que esta aqui. Se se calcular com exatidão a espessura, pode-se colocar aço sobre uma mesa de madeira e cortar o metal sem arranhar a madeira.

E, a cada frase, a tesoura nuclear se movia e um pedaço cortado de aço saía voando pelo ambiente.

– Isso – ele disse – é como cortar aparas de madeira... só que com aço.

Devolveu a tesoura.

– Ou também temos a plaina. Quer reduzir a espessura de uma folha, amaciar uma irregularidade, remover corrosão? Olhem!

Uma folha fina e transparente se descolou da outra metade da placa original em fatias de seis polegadas, depois de oito e depois de doze.

– Ou brocas? O princípio é o mesmo.

Agora eles estavam todos aglomerados ao seu redor. Era como se fosse um espetáculo de prestidigitação, um mágico de esquina, um show de vaudeville transformado no mais alto nível de vendas. O commdor Asper segurava as lascas de aço. Funcionários do alto escalão do governo andavam de mansinho uns atrás dos outros, sussurrando, enquanto Mallow fazia furos limpos e belos através de uma polegada de aço maciço a cada toque de sua broca nuclear.

– Só mais uma demonstração. Alguém me traga dois canos pequenos.

Um Honorável Camareiro de isso-ou-aquilo obedeceu rapidamente, no meio da empolgação e concentração generalizadas, e sujou as mãos como qualquer operário.

Mallow os colocou em pé e raspou as extremidades com uma única tesourada, juntando depois os canos, uma extremidade recém-cortada com a outra.

E pronto: um único cano! As novas extremidades, sem nenhuma irregularidade, nem em nível atômico, formaram uma peça ao se juntarem.

Então Mallow olhou para sua plateia, tropeçou na primeira palavra e parou. Seu peito fremia de empolgação, e a boca do estômago estava fria e formigando. O próprio guarda-costas do commdor, na confusão, havia lutado para chegar até a primeira fileira e Mallow, pela primeira vez, ficou perto o bastante para ver em detalhes suas estranhas armas de mão.

Elas eram nucleares! Não havia engano; uma arma de projéteis explosivos com um cano daqueles era impossível. Mas não era essa a questão principal. Não mesmo.

As coronhas das armas tinham, gravadas em placas de ouro velho, a Espaçonave e o Sol!

O mesmo símbolo de Espaçonave-e-Sol que estava estampado em cada um dos grandes volumes da Enciclopédia original que a Fundação havia iniciado e ainda não terminara. *O mesmo símbolo de Espaçonave-e-Sol que figurara na bandeira do Império Galáctico por milênios.*

Mallow continuou falando, sem parar de pensar:

– Testem esse cano! É um pedaço só. Não é perfeito. Naturalmente, a junção não deveria ter sido feita à mão.

Não havia mais necessidade de mais prestidigitação. Estava acabado. Mallow cumprira sua missão. Obteve o que queria. Só havia agora uma coisa em sua mente: o globo dourado com seus raios estilizados e a forma oblíqua de charuto que era um veículo espacial.

A Espaçonave-e-Sol do Império!

O Império! As palavras giravam num turbilhão! Um século e meio havia se passado, mas o Império ainda existia, em algum lugar nas profundezas da Galáxia. E ele estava emergindo novamente, dentro da Periferia.

Mallow sorriu!

09.

O *Estrela Distante* já estava havia dois dias no espaço quando Hober Mallow, em seus aposentos pessoais com o tenente Sênior Drawt, entregou-lhe um envelope, um rolo de microfilme e um esferoide prateado.

– Daqui a uma hora, tenente, você será capitão Interino do *Estrela Distante*, até o meu retorno... ou para sempre.

Drawt fez um movimento de se levantar, mas Mallow o mandou se sentar na hora.

– Silêncio e escute. O envelope contém a localização exata do planeta para o qual você deverá seguir. Ali, irá aguardar por mim por dois meses. Se antes desse prazo acabar a Fundação o localizar, o microfilme é o meu relato da viagem. Se, entretanto – sua voz era sombria –, eu *não* retornar ao final de dois meses e as naves da Fundação não o localizarem, vá até o planeta Terminus e entregue isso na Cápsula do Tempo como relatório. Compreendeu bem?

– Sim, senhor.

– Em momento algum você, ou qualquer um dos homens, deve acrescentar qualquer coisa ao meu relatório oficial.

– E se formos interrogados, senhor?

– Então vocês não sabem de nada.

– Sim, senhor.

A conversa terminou e, cinquenta minutos depois, uma pequena nave salva-vidas saiu rapidamente da lateral do *Estrela Distante*.

10.

Onum Barr era um velho, velho demais para ter medo. Desde os últimos distúrbios, ele havia vivido sozinho nos confins da terra com os livros que tinha salvado das ruínas. Ele não tinha nada que temesse perder, muito menos os restos gastos de sua vida e, por isso, encarou o intruso sem se acovardar.

– Sua porta estava aberta – explicou o estranho.

O sotaque dele era rápido e seco, e Barr não deixou de notar a estranha arma de aço azulado na cintura. Na semiobscuridade do pequeno aposento, Barr viu o brilho de um escudo de força cercando o homem.

Ele disse, cansado:

– Não há motivo para mantê-la trancada. Deseja alguma coisa de mim?

– Sim. – O estranho permaneceu em pé no centro do aposento. Ele era grande, tanto em altura quanto em porte físico. – A sua casa é a única por perto.

– É um lugar desolado – concordou Barr –, mas existe uma cidadezinha a leste. Posso lhe mostrar como chegar até lá.

– Daqui a pouco. Posso?

– Se as cadeiras aguentarem seu peso – o velho disse, sério. Elas também eram velhas. Relíquias de uma juventude melhor.

– Meu nome é Hober Mallow – disse o estranho. – Venho de uma província distante.

Barr assentiu e sorriu.

– Sua língua me convenceu disso há muito tempo. Eu sou Onum Barr, de Siwenna... antigo patrício do Império.

– Então, isto aqui é Siwenna. Eu só tinha mapas antigos para me orientar.

– Eles teriam de ser bem antigos mesmo, para as posições das estrelas serem diferentes.

Barr ficou sentado bem quieto, enquanto os olhos do outro passeavam e devaneavam. Ele reparou que o escudo nuclear de força havia desaparecido do homem e admitiu secamente para si mesmo que essa pessoa não parecia mais formidável para um estranho... ou até mesmo, para o bem ou para o mal, para seus inimigos.

– Minha casa é pobre, e meus recursos, poucos – disse. – Você pode partilhar o que tenho, se seu estômago aguentar pão preto e milho seco.

Mallow balançou a cabeça.

– Não. Já comi e não posso ficar. Só preciso saber onde fica o centro do governo.

– Isso é fácil e, embora eu seja pobre, não me custa nada. Você está se referindo à capital do planeta ou do Setor Imperial?

Os olhos do homem mais novo se estreitaram.

– Os dois não são a mesma coisa? Isto aqui não é Siwenna?

O velho patrício assentiu devagar.

– Sim, aqui é Siwenna. Mas Siwenna não é mais a capital do Setor Normânnico. Seu antigo mapa acabou fazendo com que você se perdesse mesmo, afinal. As estrelas podem não mudar mesmo em séculos, mas fronteiras políticas são fluidas demais.

– É uma pena. Na verdade, é muito ruim mesmo. A nova capital fica muito longe?

– Fica em Orsha II. A vinte parsecs de distância. Seu mapa irá direcioná-lo. Qual é a idade dele?

– Cento e cinquenta anos.

– Tão velho assim? – o velho suspirou. – Muita coisa aconteceu na História desde então. Você conhece alguma coisa dela?

Mallow balançou a cabeça devagar.

– Você tem sorte – disse Barr. – Foi uma época ruim para as províncias, a não ser pelo reinado de Stannell VI, e ele morreu há cinquenta anos. Desde então, rebeliões e ruína, ruína e rebeliões. – Barr ficou se perguntando se estava falando demais. Era uma vida solitária ali, e ele tinha bem poucas oportunidades de falar com outros homens.

Mallow disse com uma rispidez súbita:

– Ruína, hein? Você fala como se a província fosse pobre.

– Talvez não numa escala absoluta. Os recursos físicos de vinte e cinco planetas de primeiro nível demoram muito para acabar. Em comparação com a riqueza do século passado, entretanto, nós caminhamos muito ladeira abaixo... e não há sinal de subida, não ainda. Por que você está tão interessado em tudo isso, meu jovem? Está todo animado, e seus olhos brilham!

O comerciante quase enrubesceu, pois era como se os olhos cansados tivessem olhado fundo demais dentro dele e sorrido com o que viram.

– Agora escute aqui – falou. – Eu sou um comerciante lá de fora... lá da borda da Galáxia. Localizei alguns mapas velhos e estou saindo para abrir novos mercados. Naturalmente, falar de províncias empobrecidas é algo que me perturba. Não se pode tirar dinheiro de um mundo, a menos que o dinheiro esteja lá. Por falar nisso, como está Siwenna?

O velho se inclinou para a frente.

– Não sei dizer. Talvez venha a melhorar no futuro. Mas *você* é um comerciante? Parece mais um guerreiro. Mantém a mão perto da arma e há uma cicatriz em seu maxilar.

Mallow balançou a cabeça.

– Não há muita lei lá fora, de onde venho. Lutas e cicatrizes fazem parte dos custos de um comerciante. Mas o combate só é útil quando existe dinheiro no fim do túnel e, se eu puder sair sem lutar, tanto melhor. Agora, vou encontrar dinheiro suficiente aqui para fazer a briga valer a pena? Suponho que briga seja fácil de achar.

– Suficientemente fácil – concordou Barr. – Você poderia se juntar aos remanescentes de Wiscard nas Estrelas Vermelhas. Mas não sei se você chamaria aquilo de combate ou pirataria. Ou poderia se juntar ao nosso atual gracioso vice-rei... gracioso por direito de assassinato, pilhagem, rapinagem e a palavra de um menino imperador. – As bochechas magras do patrício ficaram vermelhas. Seus olhos se fecharam e, depois, voltaram a se abrir, brilhantes como os de um pássaro.

– Você não parece muito amigo do vice-rei, patrício Barr – disse Mallow. – E se eu for um dos espiões dele?

– E se você for? – Barr perguntou ácido. – O que é que você pode me tirar? – Fez um gesto com o braço murcho, mostrando o interior desvalido da mansão decadente.

– Sua vida.

– Ela já vai tarde. Está comigo há pelo menos cinco anos mais do que devia. Mas você não é um dos homens do vice-rei. Se fosse, talvez meu instinto de autopreservação mantivesse minha boca fechada.

– Como você sabe?

O velho gargalhou.

– Você parece desconfiado. Vamos, aposto que pensa que estou tentando pegá-lo numa armadilha e fazer com que fale mal do governo. Não, não. Já transcendi a política.

– Transcendeu a política? E algum homem consegue transcender a política? As palavras que você usou para descrever o vice-rei... quais foram? Assassinato, pilhagem, tudo isso. Você não parecia objetivo. Não exatamente. Não parecia ter transcendido política nenhuma.

O velho deu de ombros.

– As lembranças doem quando vêm à tona subitamente. Escute! Julgue por si mesmo! Quando Siwenna era a capital da província, eu era um patrício e membro do senado provincial. Minha família era antiga e honrada. Um de meus bisavôs havia sido... Não, deixe isso para lá. Glórias do passado não alimentam ninguém.

– Eu acho – disse Mallow – que aconteceu uma guerra civil ou uma revolução.

O rosto de Barr tornou-se sombrio.

– Guerras civis são crônicas nestes dias degenerados, mas Siwenna havia ficado de lado. Sob o governo de Stannell VI, ela quase conseguira atingir a antiga prosperidade. Mas imperadores fracos vieram depois, e imperadores fracos significam vice-reis fortes. Nosso último vice-rei... o mesmo Wiscard, cujos remanescentes ainda atacam o comércio entre as Estrelas Vermelhas... tinha o objetivo de ele próprio vestir o manto púrpura do Império. Não foi o primeiro. E, se tivesse conseguido, não teria sido o primeiro. Mas fracassou. Pois, quando o almirante do imperador se aproximou da província encabeçando uma frota, o próprio mundo de Siwenna se rebelou contra seu vice-rei rebelde – parou, triste.

Mallow percebeu que estava tenso, inclinando-se na beirada de sua cadeira, e relaxou devagar.

– Por favor, continue, senhor.

– Obrigado – disse Barr, cansado. – É muito gentil de sua parte ouvir um velho. Eles se rebelaram; ou eu deveria dizer, *nós* nos rebelamos, pois eu fui um dos líderes menores. Wiscard deixou Siwenna e por pouco não foi apanhado por nós; o planeta, e com ele a província, se abriu para o almirante com todos os gestos de lealdade para o imperador. Por que fizemos isso, não tenho certeza. Talvez nos sentíssemos leais ao símbolo, se não à pessoa, do imperador... uma criança cruel e mesquinha. Talvez tivéssemos medo dos horrores de um cerco.

– E? – Mallow perguntou gentilmente.

– Bem... – veio a resposta amarga. – Isso não agradou ao almirante. Ele queria a glória de conquistar uma província rebelde e seus homens queriam o saque que uma conquista dessas envolveria. Então, enquanto o povo ainda estava reunido em todas as grandes cidades, saudando o imperador e seu almirante, ele ocupou todos os centros armados e ordenou a desintegração da população.

– Sob que pretexto?

– Sob o pretexto de que havíamos nos rebelado contra o vice-rei, ungido pelo imperador. E o almirante se tornou o novo vice-rei, em virtude de um mês de massacre, pilhagem e completo horror. Eu tinha seis filhos. Cinco morreram... de formas variadas. Eu tinha uma filha. *Espero* que ela tenha morrido, depois de tudo. *Eu* escapei porque era velho. Vim para cá, velho demais para sequer preocupar nosso vice-rei – ele abaixou a cabeça grisalha. – Eles não me deixaram nada porque eu havia ajudado a derrubar um governador rebelde e privado um almirante de sua glória.

Mallow ficou sentado em silêncio, esperando. Então:

– E seu sexto filho? – perguntou suavemente.

– Hein? – Barr sorriu, ácido. – Ele está seguro, pois se uniu ao almirante como um soldado comum, sob nome falso. É um artilheiro na frota pessoal do vice-rei. Ah, não, estou vendo seus olhos. Ele não é um filho desnaturado. Ele me visita quando pode, e me dá o que pode. Ele me mantém vivo. E, um dia, nosso grande e glorioso vice-rei morrerá gemendo, e meu filho será seu executor.

– E você conta isso a um estranho? Você coloca seu filho em perigo assim.

– Não. Eu o ajudo, apresentando um novo inimigo. E, se eu fosse amigo do vice-rei, como sou inimigo dele, lhe diria para cercar o espaço exterior de naves, até a borda da Galáxia.

– Não há naves aqui?

– Você achou alguma? Algum guarda espacial questionou sua entrada? Com tão poucas naves, e as províncias de fronteira cheias de seu quinhão de intriga e iniquidade, nenhuma pode ser poupada para guardar os sóis bárbaros exteriores. Nenhum perigo jamais nos ameaçou vindo da borda fraturada da Galáxia... até *você* aparecer.

– Eu? Eu não represento perigo.

– Depois de você virão mais.

Mallow balançou a cabeça devagar.

– Não sei bem se entendi o senhor.

– Escute! – A voz do velho tinha, agora, um tom febril. – Eu o reconheci quando entrou. Você tem um escudo de força em seu corpo, ou tinha, quando o vi pela primeira vez.

Após um silêncio desconfiado, assentiu:

– Sim... eu tinha.

– Ótimo. Isso foi uma falha, mas você não sabia. Eu sei de algumas coisas. Nestes tempos decadentes está fora de moda ser um acadêmico. Os eventos correm e passam voando e quem não consegue combater a onda com um desintegrador na mão é varrido por ela, como eu fui. Mas eu era um estudioso e sei que, em toda a história da nucleônica, nenhum escudo de força portátil jamais foi inventado. Temos escudos de força: imensos, usinas gigantes que protegem uma cidade ou até mesmo uma nave, mas um único homem, não.

– É? – Mallow fez uma cara de espanto. – E o que o senhor deduz disso?

– Existem histórias que se espalham pelo espaço. Elas percorrem estranhos caminhos e se distorcem a cada parsec... mas quando eu era jovem apareceu uma pequena nave de homens estranhos, que não conheciam nossos costumes e não se podia dizer de onde vinham. Falavam sobre mágicos da fronteira da Galáxia, mágicos que brilhavam na escuridão, que voavam pelo ar sem naves e que as armas não tocavam. Nós rimos. Eu também ri. Tinha esquecido disso tudo até hoje. Mas você brilha na escuridão e acho que, se eu tivesse um desintegrador, ele não o machucaria. Diga-me, você pode voar pelo ar como está sentado aí agora?

– Não posso fazer nada disso – Mallow respondeu, com calma.

Barr sorriu.

– Fico satisfeito com essa resposta. Não interrogo meus convidados. Mas se existirem mágicos; se *você* for um; pode ser que um dia haja um grande influxo deles, ou de vocês. Talvez isso também seja bom. Talvez precisemos de sangue novo – ele resmungou, mudo, para si mesmo, e depois prosseguiu, devagar. – Mas funciona ao contrário, também. Nosso vice-rei também sonha, assim como nosso velho Wiscard.

– Também com a coroa do imperador?

Barr assentiu.

– Meu filho tem ouvido histórias. No séquito pessoal do vice-rei, é quase impossível evitar. E ele me conta essas coisas. Nosso novo vice-rei não recusaria a Coroa se lhe fosse oferecida, mas preserva sua rota de fuga. Há histórias de que, se não conseguir o Império, ele planeja construir um novo império no interior dos reinos bárbaros. Dizem, mas não ponho minha mão no fogo por isso, já que deu uma de suas filhas como esposa para um reizinho em algum lugar na Periferia não mapeada.

– Se fôssemos dar ouvidos a todas as histórias...

– Eu sei. Existem muitas outras. Eu sou velho e falo muita coisa sem sentido. Mas o que você diz? – E aqueles olhos velhos e aguçados o perfuraram.

O comerciante parou para pensar.

– Eu não digo nada. Mas gostaria de fazer uma pergunta. Siwenna tem energia nuclear? Agora, espere, eu sei que ela possui o conhecimento da nucleônica. Quero dizer, eles têm geradores de energia intactos, ou o saque recente os destruiu?

– Destruiu? Ah, não. Metade do planeta seria erradicada antes que a menor estação de energia fosse tocada. Elas são insubstituíveis e fornecem a força da frota – respondeu, de modo quase orgulhoso. – Temos a maior e melhor deste lado de Trantor.

– Então, o que eu faria primeiro se quisesse ver esses geradores?

– Nada! – Barr respondeu firme. – Você não conseguiria se aproximar de nenhum centro militar sem ser derrubado na hora. Nem você nem ninguém. Siwenna ainda está privada de direitos civis.

– Quer dizer que todas as estações de energia estão sob controle militar?

– Não. Existem as pequenas estações, que fornecem energia para aquecimento e iluminação das residências, energia de veículos e assim por diante. Elas são quase tão ruins quanto as controladas pelos militares. São dominadas pelos técnicos.

– Quem são eles?

– Um grupo especializado que supervisiona as usinas de energia. A honra é hereditária; os jovens são educados na profissão como aprendizes. Têm um senso estrito de dever, honra e isso tudo. Ninguém, a não ser um técnico, pode entrar numa estação.

– Sei.

– Mas não digo – Barr acrescentou – que não existam casos em que técnicos tenham sido subornados. Em tempos em que temos nove imperadores em cinquenta anos, e sete deles foram assassinados... quando cada capitão do espaço aspirava a usurpar o posto de vice-rei e cada vice-rei aspirava a ser imperador, suponho que até mesmo um técnico possa ser comprado. Mas não seria barato, e não tenho nada. Você tem?

– Dinheiro? Não. Mas só se pode subornar com dinheiro?

– O que mais, quando o dinheiro compra tudo?

– Há muitas coisas que o dinheiro não compra. E, agora, se o senhor me disser onde fica a cidade mais próxima que tenha uma estação, e qual a melhor maneira de chegar lá, eu lhe agradecerei.

– Espere! – Barr estendeu as mãos finas. – Por que a pressa? Você vem aqui, mas *eu* não faço perguntas. Na cidade, onde os habitantes ainda são chamados de rebeldes, você seria abordado pelo primeiro soldado ou guarda que ouvisse o seu sotaque e visse suas roupas.

Ele se levantou e, do canto obscuro de um velho baú, retirou um livreto.

– Meu passaporte... falso. Foi com ele que fugi.

Ele o colocou na mão de Mallow e fechou os dedos do homem sobre o passaporte.

– A descrição não bate, mas, se você for rápido, há uma boa chance de que eles não confiram muito de perto.

– Mas e você? Ficaria sem um documento.

O velho exilado deu de ombros cinicamente.

– E daí? Mais um aviso. Modere o linguajar! Seu sotaque é bárbaro, suas expressões idiomáticas são peculiares e, de vez em quando, você usa os arcaísmos mais surpreendentes. Quanto menos falar, menos suspeitas atrairá. Agora vou lhe dizer como chegar à cidade...

Cinco minutos depois, Mallow havia ido embora.

Ele só voltou uma vez, por um instante, à casa do velho patrício, antes de ir embora para sempre. E, quando Onum Barr saiu para seu pequeno jardim bem cedo na manhã seguinte, encontrou uma caixa aos seus pés. Ela continha provisões, provisões concentradas como as que se pode encontrar a bordo de uma nave, de gosto e preparo estranhos.

Mas eram boas, e duraram muito.

11.

O técnico era baixinho, e sua pele reluzia com uma gordura bem conservada. Seu cabelo era ralo e o crânio brilhava rosado através dele. Os anéis em seus dedos eram grossos e pesados, suas roupas, perfumadas, e foi o primeiro homem que Mallow viu no planeta que não parecia faminto.

Os lábios do técnico franziram.

– Rápido, homem, rápido. Tenho coisas de grande importância esperando por mim. Você parece um estrangeiro... – Ele parecia avaliar o traje definitivamente não siwennês de Mallow e suas pálpebras pesavam de desconfiança.

– Não sou das redondezas – Mallow disse, com calma –, mas isso é irrelevante. Tive a honra de lhe enviar um presentinho ontem...

O técnico ergueu o nariz.

– Eu o recebi. Uma tranqueira interessante. Pode ser que um dia eu dê utilidade para ela.

– Tenho outros presentes, mais interessantes. Bem longes de serem tranqueiras.

– Ah-h? – A voz do técnico pausou, pensativa, sobre o monossílabo. – Acho que já estou entendendo onde esta conversa vai chegar; isso já aconteceu antes. Você vai me dar uma coisinha ou outra. Alguns créditos, talvez um manto, joias de segunda; qualquer coisa que sua alma pequena ache suficiente para corromper um técnico. – Ele estendeu o lábio inferior, de modo beligerante. – E sei o que você deseja em troca. Houve outros, de sobra, com a mesma ideia brilhante. Você deseja ser adotado por nosso clã. Deseja aprender os mistérios da nucleônica e como cuidar das máquinas. Acha que, porque vocês, cães de Siwenna... e provavelmente assumiu esse aspecto de estrangeiro por segurança... estão sendo punidos diariamente por sua rebelião, podem fugir ao que merecem se atirando, uns sobre os outros, aos privilégios e proteções da liga dos técnicos.

Mallow teria falado, mas o técnico levantou a voz subitamente, num rugido.

– E agora vá embora, antes que eu relate seu nome ao Protetor da Cidade. Você pensa que eu trairia a confiança? Os traidores siwenneses que me precederam... talvez! Mas você está lidando com uma raça diferente agora. Ora, pela Galáxia, agradeça por não o matar agora mesmo com minhas próprias mãos.

Mallow sorriu para si mesmo. Todo esse discurso era patentemente artificial em tom e conteúdo, de modo que toda aquela indignação cheia de dignidade degenerou em uma farsa sem inspiração.

O comerciante olhou com humor para as duas mãos gordinhas, que haviam sido apontadas como suas possíveis executoras ali e agora, e disse:

– Sua Sapiência, o senhor está errado em três coisas. Primeiro, não sou uma criatura do vice-rei que veio testar sua lealdade. Segundo, meu presente é algo que o próprio imperador, em todo seu esplendor, não possui e jamais possuirá. Terceiro, o que eu desejo em troca é muito pouco; um nada; uma mera brisa.

– É o que você diz! – ele desceu para sarcasmo pesado. – Vamos, que doação imperial é essa com a qual seu poder divino deseja me agraciar? Algo que o imperador não tem, hein? – ele irrompeu num grito agudo de desprezo.

Mallow se levantou e empurrou a cadeira para o lado.

– Esperei três dias para vê-lo, Sua Sapiência, mas mostrar isso levará apenas três segundos. Se o senhor puxar esse desintegrador cuja coronha vejo muito perto de sua mão...

– Hein?

– E atirar em mim, por gentileza.

– *O quê?*

– Se eu morrer, o senhor poderá dizer à polícia que tentei suborná-lo para trair segredos da liga. O senhor receberá muitos elogios. Se não morrer, o senhor poderá ficar com meu escudo.

Pela primeira vez, o técnico se deu conta da fraquíssima iluminação branca que pairava bem perto de seu visitante, como se ele tivesse sido mergulhado em pó de pérola. Levantou o desintegrador e, com seus olhos meio fechados de surpresa e desconfiança, apertou o contato.

As moléculas de ar, apanhadas no surto súbito de disrupção atômica, rasgaram-se em íons brilhantes e incandescentes, marcando a linha fina cegante que atingiu o coração de Mallow – e não o tocou!

Embora o olhar de paciência de Mallow nunca tivesse mudado, as forças nucleares que se rasgavam contra ele se consumiram de encontro a essa iluminação perolada frágil, e recuaram para morrer no meio do ar.

O desintegrador do técnico caiu ao chão com um estrondo, sem que ele notasse.

Mallow disse:

– O imperador tem um escudo de força pessoal? *Você* pode ter um.

O técnico gaguejou:

– Você é um técnico?

– Não.

– Então... de onde tirou isso?

– Faz diferença? – Mallow exibiu um desprezo frio. – Você quer? – Um cinturão fino, com uma alavanca, caiu sobre a mesa. – Pronto.

O técnico o agarrou e o percorreu, nervoso, com os dedos.

– Isto aqui está completo?

– Completo.

– Cadê a energia?

O dedo de Mallow encostou a alavanca maior, envolta num revestimento fosco de chumbo.

O técnico olhou para cima, e seu rosto ficou congestionado com sangue.

– Senhor, eu sou um técnico de nível sênior. Sou supervisor há vinte anos e estudei com o grande Bler na Universidade de Trantor. Se o senhor tem a charlatanice infernal de me dizer que um receptáculo minúsculo do tamanho de... de uma noz, diabos, contém um gerador nuclear, eu o colocarei diante do Protetor em três segundos.

– Explique isso então, se puder. Eu digo que está completo.

O rubor do técnico desapareceu lentamente enquanto ele amarrava o cinto na cintura e, imitando o gesto de Mallow, empurrou a alavanca. O brilho que o cercou era tênue, mas destacado. Ele ergueu o desintegrador, mas hesitou. Lentamente, ajustou-o para o mínimo, que quase não queimava.

E então, convulsivamente, fechou o circuito e o fogo nuclear resvalou contra sua mão sem provocar nenhum dano.

Ele girou:

– E se eu atirar em você agora e ficar com o escudo?

– Experimente! – disse Mallow. – Você acha que eu lhe dei a única amostra? – E ele também ficou solidamente envolto em luz.

O técnico deu um risinho nervoso. O desintegrador caiu sobre a mesa. Ele disse:

– E o que é esse mero nada, essa brisa, que você deseja em troca?

– Eu quero ver seus geradores.

– Você entende que isso é proibido? Significaria ejeção no espaço para nós dois...

– Eu não quero tocá-los, nem ter nada a ver com eles. Só quero vê-los... a distância.

– E se isso não acontecer?

– Se isso não acontecer, você tem seu escudo, mas eu tenho outras coisas. Por exemplo, um desintegrador feito especialmente para atravessar esse escudo.

– Hummmm. – Os olhos do técnico se desviaram. – Venha comigo.

12.

A casa do técnico era um pequeno sobrado nos arredores do edifício imenso, cúbico e sem janelas que dominava o centro da cidade. Mallow foi de um para o outro por uma passagem subterrânea e se encontrou na atmosfera silenciosa, cheia de ozônio, da usina.

Por quinze minutos, ele seguiu seu guia e não disse nada.

Os olhos dele não perderam nada. Seus dedos não tocaram nada. E então o técnico disse, em um tom estrangulado:

– Você já viu o suficiente? Eu não poderia confiar nem em meus subordinados *neste* caso.

– E você confia neles para alguma coisa? – Mallow perguntou, ironicamente. – Para mim, já está bom.

Voltaram ao escritório e Mallow disse, pensativo:

– E todos aqueles geradores estão em suas mãos?

– Cada um deles – disse o técnico, com mais que um toque de complacência.

– E você os mantém funcionando e em ordem?

– Certo!

– E se eles quebrarem?

O técnico balançou a cabeça, indignado.

– Eles não quebram. Nunca quebram. Foram construídos para durar por toda a eternidade.

– A eternidade é um longo tempo. Vamos supor que...

– É anticientífico supor casos sem sentido.

– Está certo. Suponha que eu desintegrasse uma parte vital? Eu suponho que as máquinas não sejam imunes a forças nucleares. Suponha que eu funda uma conexão vital ou esmague um tubo-D de quartzo?

– Bem, ora – disse o técnico, furioso –, você seria morto.

– Sim, disso eu sei – agora Mallow também estava gritando –, mas e o gerador? Você conseguiria consertá-lo?

– Senhor – o técnico uivou suas palavras –, o senhor teve uma troca justa. Já teve o que pediu. Agora saia! Não lhe devo mais nada!

Mallow se curvou, com um respeito satírico, e foi embora.

Dois dias depois, ele estava de volta à base onde o *Estrela Distante* aguardava para levá-lo de volta ao planeta Terminus.

E, dois dias depois, o escudo do técnico parou de funcionar. E, apesar de todo o seu espanto e de seus xingamentos, nunca mais voltou a brilhar.

13.

Mallow relaxou por quase a primeira vez em seis meses. Estava deitado no solário de sua nova casa, inteiramente nu. Seus grandes braços bronzeados estavam largados e os músculos se esticaram num espreguiçar, desaparecendo, depois, em repouso.

O homem ao seu lado colocou um charuto entre os dentes de Mallow e o acendeu. Ele mordeu um de seus próprios e disse:

– Você deve estar com excesso de trabalho. Talvez precise de um longo descanso.

– Talvez sim, Jael, mas eu preferiria descansar em uma cadeira do conselho. Porque eu vou ter a cadeira, e você vai me ajudar.

Ankor Jael ergueu as sobrancelhas e disse:

– Como foi que eu entrei nessa?

– Você entrou da maneira óbvia. Primeiro, é um macaco velho na política. Segundo, foi chutado para fora de seu gabinete por Jorane Sutt, o mesmo sujeito que preferiria perder um olho a me ver no conselho. Você acha que não tenho muita chance, não é?

– Não muita – concordou o ex-ministro da Educação. – Você é smyrniano.

– Isso não é impedimento legal. Eu tive uma educação leiga.

– Ora, vamos lá. Desde quando preconceito segue qualquer lei, além de sua própria? E quanto ao seu próprio homem... esse tal de Jaim Twer? O que é que *ele* diz?

– Ele falou de me colocar na disputa do conselho há quase um ano – Mallow respondeu, calmo –, mas eu o ultrapassei. Ele não teria conseguido, de qualquer maneira. Não tinha profundidade o bastante. Ele fala alto e força muito a barra... mas essa é apenas uma expressão do quão incômodo ele é. Eu preciso é armar um golpe de verdade. Preciso de *você*.

– Jorane Sutt é o político mais esperto do planeta e estará contra você. Não sei se sou capaz de superá-lo em esperteza. E não acho que ele não lute duro e sujo.

– Eu tenho dinheiro.

– Isso ajuda. Mas é preciso muito para subornar o preconceito... seu symrniano sujo.

– Eu terei muito.

– Bom, vou pensar no caso. Mas depois não venha rastejando e dizendo que fui eu quem o incentivou. Quem é esse?

Mallow fez uma careta de chateação e disse:

– O próprio Jorane Sutt, acho. Ele chegou cedo, e entendo por quê. Estou fugindo dele há um mês. Escute, Jael, entre na sala ao lado e ligue o alto-falante. Quero que você escute.

Ele ajudou o membro do conselho a sair empurrando-o com o pé, depois se levantou correndo e vestiu um roupão de seda. A luz solar sintética se desvaneceu e se transformou em luz normal.

O secretário do prefeito entrou rígido, enquanto o mordomo solene correu na ponta dos pés para fechar a porta.

Mallow apertou o cinto e disse:

– Pode escolher a cadeira que quiser, Sutt.

Sutt mal abriu um sorriso. A cadeira que escolheu era confortável, mas ele não relaxou. Sentado na beirada, disse:

– Se você definir seus termos, para começar, vamos logo aos negócios.

– Que termos?

– Você queria ser convencido? Bem, então, o que, por exemplo, você fez em Korell? Seu relatório estava incompleto.

– Eu o entreguei meses atrás. Você ficou satisfeito com ele na época.

– Sim – Sutt esfregou a testa pensativo com um dedo. – Mas, desde então, suas atividades têm sido significativas. Nós sabemos muito do que você tem feito, Mallow. Sabemos exatamente quantas fábricas você está montando, a pressa com que está fazendo isso e o quanto está lhe custando. E tem este palácio aqui – ele olhou ao redor com uma fria falta de apreciação – que lhe custou consideravelmente mais do que meu salário anual; e a trilha que você tem desbravado... uma trilha ampla e bastante cara... pelas camadas mais altas da sociedade da Fundação.

– E daí? Além de provar que você emprega espiões competentes, o que isso demonstra?

– Demonstra que você tem um dinheiro que não tinha há um ano. E isso pode demonstrar qualquer coisa.. por exemplo, que aconteceu algum acordo em Korell que não sabemos. Onde você consegue seu dinheiro?

– Meu caro Sutt, você não espera mesmo que eu lhe diga isso.

– Não.

– Não achei que esperasse. Por isso vou lhe contar. Ele vem direto dos cofres do tesouro do commdor de Korell.

Sutt piscou.

Mallow sorriu e continuou:

– Infelizmente para você, o dinheiro é legítimo. Eu sou um mestre comerciante e o dinheiro que recebi foi uma quantia de ferro forjado e cromita em troca de uma série de badulaques que forneci a ele. Cinquenta por cento do lucro é meu, por contrato firmado com a Fundação. A outra metade vai para o governo no fim do ano, quando todos os bons cidadãos pagam seu imposto de renda.

– Não havia menção a nenhum acordo comercial em seu relatório.

– Nem havia qualquer menção ao que eu comi no café da manhã daquele dia, ou o nome da minha amante atual, ou de qualquer outro detalhe irrelevante. – O sorriso de Mallow estava se transformando num riso de desprezo. – Eu fui enviado, para citar você mesmo, "para manter os olhos abertos". Eles jamais se fecharam. Você queria descobrir o que aconteceu com as naves mercantes da Fundação que foram capturadas. Eu nunca vi ou ouvi falar nelas. Você queria saber se Korell tinha energia nuclear. Meu relatório fala de desintegradores nucleares em posse da guarda pessoal do commdor. Não vi outros sinais. E os desintegradores que vi são relíquias do antigo Império e podem ser peças de exibição que não funcionam, até onde sei. Até o momento, segui ordens, mas além disso, eu era, e ainda sou, um agente livre. De acordo com as leis da Fundação, um mestre comerciante pode abrir quaisquer novos mercados que puder e receber sua devida metade dos lucros. Quais são suas objeções? Não as vejo.

Sutt voltou os olhos cuidadosamente para a parede e falou, com uma difícil falta de raiva:

– É costume geral de todos os comerciantes avançarem a religião junto com seu ofício.

– Eu sigo a lei, mas não os costumes.

– Existem momentos em que o costume pode ser a lei mais alta.

– Então, apele aos tribunais.

Sutt levantou olhos sombrios que pareciam recuar para dentro das órbitas.

– Você é um smyrniano, afinal de contas. Parece que a naturalização e a educação não podem tirar a mácula do sangue. Escute e tente entender, mesmo assim. Isto vai além de dinheiro ou de mercados. Temos a ciência do grande Hari Seldon para provar que de nós depende o futuro império da Galáxia, e do curso que leva para o Império não podemos nos desviar. A religião que temos é nosso instrumento mais importante para atingirmos esse fim. Com ela, trouxemos os Quatro Reinos sob nosso controle, mesmo no momento em que eles teriam nos esmagado. Ela é o mais potente dispositivo conhecido para controlar homens e mundos. A razão primeira para o desenvolvimento do comércio e dos comerciantes era introduzir e espalhar essa religião mais rapidamente e garantir que a introdução de novas técnicas e uma nova economia estariam sujeitas ao nosso controle completo e íntimo.

Sutt fez uma pausa para respirar e Mallow rapidamente aproveitou:

– Eu conheço a teoria. Compreendo-a inteiramente.

– Compreende mesmo? É mais do que eu esperava. Então você vê, claro, que sua tentativa de fazer comércio por conta própria; de produção em massa de quinquilharias, que podem apenas afetar superficialmente a economia de um mundo; de subversão de políticas interestelares para o deus dos lucros; do divórcio da energia nuclear de nossa religião controladora... tudo só pode terminar com a derrubada e a completa negação da política que funcionou com sucesso por um século.

– Já estava na hora, também – Mallow disse, indiferente –, para uma política datada, perigosa e impossível. Por melhor que sua religião tenha se saído nos Quatro Reinos, praticamente nenhum outro mundo da Periferia a aceitou. Quando tomamos o controle dos Reinos, havia um número suficiente de exilados, a Galáxia bem sabe, para espalhar a história de como Salvor Hardin usou o sacerdócio e a superstição do povo para derrubar a independência e o poder dos monarcas seculares. E, se isso não fosse o bastante, o caso de Askone duas décadas atrás tornou tudo bastante claro. Não existe um governante na Periferia agora que não prefira cortar a própria garganta a deixar um sacerdote da Fundação entrar em seu território. Não proponho forçar Korell ou qualquer outro mundo a aceitar algo que sei que eles não querem. Não, Sutt. Se a energia nuclear os torna perigosos, uma sincera amizade por intermédio do comércio será muitas vezes melhor que uma soberania insegura, baseada na supremacia odiada de uma potência espiritual estrangeira, que, quando enfraquece de leve, só pode cair inteiramente e não deixa nada de substancial para atrás, a não ser um medo e um ódio imortais.

Sutt disse cinicamente:

– Muito bem colocado. Então, para voltarmos ao ponto de discussão original, quais são seus termos? O que você exige para trocar suas ideias pelas minhas?

– Você acha que minhas convicções estão à venda?

– Por que não? – foi a resposta fria. – Não é esse o seu negócio, comprar e vender?

– Somente com lucro – Mallow disse, sem se ofender. – Pode me oferecer mais do que estou obtendo agora?

– Você poderia ter três quartos dos lucros de suas vendas, em vez de apenas metade.

Mallow deu uma gargalhada breve.

– Uma bela oferta. Mas o todo do negócio, em seus termos, cairia muito abaixo de um décimo do meu. Esforce-se mais.

– Você poderia ter uma cadeira no conselho.

– Isso eu já vou ter de qualquer maneira, sem e apesar de você.

Com um movimento súbito, Sutt cerrou os punhos.

– Você poderia também se poupar de uma pena na prisão. De vinte anos, se eu quiser. Conte o lucro nisso.

– Nenhum, a menos que você consiga cumprir uma ameaça dessas.

– É julgamento por homicídio.

– De quem? – Mallow perguntou, com desprezo.

A voz de Sutt era mais dura agora, embora não fosse mais alta que antes.

– O assassinato de um sacerdote anacreoniano, a serviço da Fundação.

– Vai ser assim agora? E quais são suas provas?

O secretário do prefeito se inclinou para a frente.

– Mallow, eu não estou blefando. As preliminares acabaram. Só preciso assinar um último documento e o caso da Fundação *versus* Hover Mallow, mestre comerciante, começa. Você abandonou um súdito da Fundação para ser torturado e morto nas mãos de uma multidão estrangeira, Mallow, e tem apenas cinco segundos para impedir o castigo que lhe cabe. Por mim, eu preferia que você decidisse continuar blefando. Seria mais seguro ter você como um inimigo destruído do que como um amigo de conversão duvidosa.

Mallow disse solenemente:

– Você vai realizar o seu desejo.

– Ótimo! – e o secretário sorriu, com crueldade. – Foi o prefeito quem desejou a tentativa preliminar de acordo, não eu. Note que não me esforcei muito.

A porta se abriu e ele foi embora.

Mallow levantou a cabeça quando Ankow Jael voltou a entrar no aposento.

– Você o ouviu? – disse Mallow.

O político quase caiu no chão.

– Eu nunca o ouvi tão zangado assim desde que conheço essa cobra.

– Está certo. O que você acha?

– Bom, vou lhe dizer. Uma política externa de dominação por meios espirituais é a ideia fixa dele, mas tenho para mim que os objetivos últimos dele não são espirituais. Fui demitido do Gabinete por discutir esse mesmo assunto, não preciso lhe contar.

– Não precisa mesmo. E quais são esses objetivos não espirituais, de acordo com sua ideia?

Jael ficou sério.

– Bem, ele não é burro, então deve estar percebendo a bancarrota de nossa política religiosa, que praticamente não trouxe uma única conquista para nós em setenta anos. Ele obviamente está usando isso para seus próprios fins. Agora, *qualquer* dogma, primariamente baseado em fé e emocionalismo, é uma arma perigosa para usar sobre outros, já que é quase impossível garantir que a arma nunca será usada contra o usuário. Por cem anos, nós demos apoio a um ritual e a uma mitologia que estão se tornando cada vez mais veneráveis, tradicionais... e imóveis. De algum modo, isso não está mais sob nosso controle.

– De que modo? – Mallow exigiu saber. – Não pare. Quero seus pensamentos.

– Bem, suponha que um homem, um homem ambicioso, use a força da religião contra nós, em vez de por nós.

– Quer dizer Sutt...

– Você está certo. Estou falando de Sutt. Escute, homem, se ele puder mobilizar as diversas hierarquias dos planetas súditos contra a Fundação em nome da ortodoxia, que chance teríamos? Plantando-se na frente dos estandartes dos piedosos, ele poderia iniciar uma guerra contra a heresia, como representada por você, por exemplo, e acabar se tornando rei. Afinal, foi Hardin quem falou: "Um desintegrador é uma boa arma, mas pode apontar para os dois lados".

Mallow bateu a mão na coxa nua.

– Está certo, Jael, então me coloque no conselho e lutarei contra ele.

Jael fez uma pausa e disse, significativamente:

– Talvez não. O que foi essa história toda de um sacerdote ser linchado? Isso não é verdade, é?

– É verdade – Mallow disse, cuidadosamente.

Jael soltou um assovio.

– Ele tem provas definitivas?

– Deve ter – Mallow hesitou, e então acrescentou: – Jaim Twer era seu homem desde o começo, embora nenhum dos dois soubesse que eu sabia disso. E Jaim Twer foi testemunha ocular.

Jael balançou a cabeça.

– Oh-oh. Isso é ruim.

– Ruim? O que há de ruim nisso? Esse sacerdote estava ilegalmente no planeta pelas próprias leis da Fundação. Ele foi obviamente usado pelo governo korelliano como isca, involuntariamente ou não. Por todas as leis do senso comum, não tive escolha a não ser uma ação... e essa ação foi tomada estritamente dentro da lei. Se ele me levar a julgamento, vai apenas se fazer de idiota.

E Jael tornou a balançar a cabeça.

– Não, Mallow, você não entendeu nada. Eu disse que ele jogava sujo. Ele não quer condená-lo. Sabe que não pode fazer isso. O que ele quer é arruinar sua imagem perante o povo. Você ouviu o que ele falou. O costume fala mais alto que a lei, às vezes. Você pode sair do julgamento livre como um pássaro, mas, se as pessoas acharem que você jogou um sacerdote aos cães, sua popularidade acabou. Eles irão admitir que você fez a coisa legalmente correta, até mesmo a coisa mais sensata. Mas, mesmo assim, você terá sido, aos olhos deles, um cão covarde, um bruto sem sentimentos, um monstro de coração de pedra. E você jamais será eleito para o conselho. Poderia até mesmo perder seu status de mestre comerciante, se votarem pelo fim da sua cidadania. Você não é nativo daqui, sabe disso. O que mais acha que Sutt pode querer?

Mallow franziu a testa teimoso.

– E daí?

– Meu rapaz – disse Jael. – Eu vou ficar ao seu lado, mas não posso ajudar. Você está sob os holofotes... bem no meio deles.

14.

A câmara do conselho estava cheia, num sentido bem literal, no quarto dia do julgamento de Hober Mallow, mestre comerciante. O único conselheiro ausente amaldiçoava febrilmente a fratura de crânio que o havia deixado de cama. As galerias estavam repletas até os corredores e os tetos com os poucos que, por influência, riqueza ou pura perseverança diabólica, haviam conseguido entrar. O resto preenchia a praça do lado de fora, em nós fervilhantes ao redor dos visores tridimensionais a céu aberto.

Ankor Jael abriu caminho até a câmara com o auxílio e os esforços quase inúteis do departamento de polícia, e então passou pela confusão um pouco menor do lado de dentro até chegar ao assento de Hober Mallow.

Mallow se virou, com alívio:

– Por Seldon, quase que você não chega! Conseguiu?

– Aqui, tome – disse Jael. – É tudo o que você havia pedido.

– Ótimo. Como eles estão encarando isso lá fora?

– Estão alucinados – Jael se mexeu desconfortável. – Você nunca deveria ter permitido audiências públicas. Poderia tê-las impedido.

– Eu não quis.

– Estão falando em linchamento. E os homens de Publis Manlio, dos planetas exteriores...

– Eu queria lhe perguntar a esse respeito, Jael. Ele está atiçando a Hierarquia contra mim, não está?

– *Se ele está*? É a armação mais bem-feita que você já viu. Como Secretário do Exterior, ele é o promotor em um caso de lei interestelar. Como Sumo Sacerdote e Primaz da Igreja, atiça as hordas de fanáticos.

– Bom, esqueça. Lembra-se daquela citação de Hardin que você me jogou no colo no mês passado? Vamos mostrar a eles que o desintegrador pode apontar para os dois lados.

O prefeito estava se sentando agora, e os membros do conselho se levantaram em sinal de respeito.

Mallow sussurrou:

– Hoje é a minha vez. Sente-se aqui e divirta-se.

Os procedimentos do dia começaram e, quinze minutos depois, Hober Mallow atravessou sussurros hostis até chegar ao espaço vazio na frente da mesa do prefeito. Um único feixe de luz estava centrado sobre ele e, nos visores públicos da cidade, bem como nas miríades de visores particulares em quase todos os lares dos planetas da Fundação, a figura gigante e solitária de um homem olhava para a frente de modo desafiador.

Ele começou calmo e num tom suave de voz:

– Para poupar tempo, vou admitir a verdade de cada acusação feita a mim pela promotoria. A história do sacerdote e da multidão, conforme relatada por eles, é absolutamente precisa em cada detalhe.

Houve um tumulto na câmara e um resfolegar triunfante da galeria. Ele esperou pacientemente por silêncio.

– Entretanto, o quadro que eles apresentaram não é completo. Peço o privilégio de fornecer a parte que falta à minha própria maneira. Minha história pode parecer irrelevante no começo. Por isso, peço a indulgência de vocês.

Mallow não fez referência às notas à sua frente.

– Começo no mesmo momento que a acusação, no dia de meus encontros com Jorane Sutt e Jami Twer. O que aconteceu nessas reuniões, vocês já sabem. As conversas foram descritas e a essas descrições nada tenho a acrescentar... exceto meus próprios pensamentos naquele dia. Eram pensamentos desconfiados, pois os acontecimentos daquele dia foram estranhos. Considerem. Duas pessoas, nenhuma das quais conheço mais do que casualmente, me fazem propostas incomuns e um tanto inacreditáveis. Uma delas, o secretário do prefeito, me pede para desempenhar um papel como agente da inteligência para o governo em uma missão altamente confidencial, cujas natureza e importância já foram amplamente explicadas para vocês. O outro, autoproclamado líder de um partido político, me pede para concorrer a um cargo no conselho. Naturalmente, procurei pelo motivo por trás disso. O de Sutt parecia evidente. Ele não confiava em mim. Talvez achasse que eu estava vendendo energia nuclear a inimigos e tramando rebeliões. E talvez ele estivesse forçando a questão, ou achasse que estava. Nesse caso, precisaria de um homem de sua confiança perto de mim, em minha missão proposta, como espião. O último pensamento, entretanto, não me ocorreu até mais tarde, quando Jaim Twer apareceu em cena. Pensem novamente: Twer se apresenta como um comerciante que se aposentou e foi para a política, mas não conheço os detalhes de sua carreira de comerciante, embora meu conhecimento da área seja imenso. E, além do mais, embora Twer se vangloriasse de ter tido uma educação laica, *nunca havia ouvido falar de uma crise Seldon.*

Hober Mallow esperou que o significado disso penetrasse e foi recompensado com o primeiro silêncio que recebeu, pois a galeria segurou o fôlego em uníssono. Essa era para os habitantes de Terminus. Os homens dos planetas exteriores poderiam ouvir apenas versões censuradas, que se adequassem às exigências da religião. Eles não ouviriam nada sobre a crise Seldon. Mas haveria golpes futuros que eles não perderiam.

Mallow continuou:

– Quem, aqui, pode afirmar honestamente que qualquer homem de educação leiga pudesse ser ignorante da natureza de uma crise Seldon? Só existe um tipo de educação na Fundação que exclui toda e qualquer menção à história planejada de Seldon e lida apenas com o homem propriamente dito como um mago semimítico... Eu soube, naquele instante, que Jaim Twer nunca fora um comerciante. Naquele momento, percebi que ele era de uma ordem religiosa e talvez até um sacerdote ordenado; e, sem dúvida, pelos três anos que fingiu liderar um partido político dos comerciantes, *fora um homem a soldo de Jorane Sutt*. Naquele momento, dei um tiro no escuro. Não conhecia os propósitos de Sutt com relação a mim mesmo, mas, como ele parecia estar me dando muita corda para me enforcar, eu lhe dei algumas centenas de metros da minha própria corda. Minha ideia era que Twer fosse comigo em minha viagem como guardião não oficial em nome de Jorane Sutt. Bem, se ele não fosse, eu sabia bem que haveria outros dispositivos aguardando... e esses outros eu poderia não ver a tempo. Um inimigo conhecido é relativamente seguro. Convidei Twer para vir comigo. Ele aceitou. Isso, cavalheiros do conselho, explica duas coisas. Primeiro, diz a vocês que Twer não é meu amigo testemunhando relutantemente contra mim, como a acusação quer fazer os senhores acreditarem. Ele é um espião, executando o serviço para o qual foi pago. Segundo, explica uma certa ação minha na ocasião da primeira aparição do sacerdote a quem sou acusado de ter assassinado... uma ação ainda não mencionada, porque desconhecida.

Agora havia murmúrios perturbados no conselho. Mallow pigarreou teatralmente e continuou:

– Detesto descrever meus sentimentos quando soube pela primeira vez que tínhamos um missionário refugiado a bordo. Detesto até mesmo me lembrar deles. Essencialmente, eles consistiam em uma grande incerteza. O evento me pareceu, naquele momento, um engodo de Sutt e estava além de minha compreensão ou cálculo. Eu estava ao léu... completamente perdido. Havia uma coisa que eu podia fazer. Livrei-me de Twer por cinco minutos, mandando-o atrás de meus oficiais. Em sua ausência, acionei um receptor de registro visual, para conseguir preservar o que acontecesse, para futuros estudos. Fiz isso na esperança, desesperada, mas sincera, de que o que me confundia na época pudesse se tornar mais claro ao ser analisado depois. Já repassei esse registro visual umas cinquenta vezes desde então. Eu o tenho comigo aqui agora, e vou repetir essa ação pela quinquagésima primeira vez na presença dos senhores, neste exato instante.

O prefeito bateu o martelo monotonamente pedindo ordem, enquanto a câmara perdia seu equilíbrio e a galeria rugia. Em cinco milhões de lares em Terminus, observadores empolgados se aproximavam mais de seus aparelhos receptores e, na própria mesa da acusação, Jorane Sutt balançava a cabeça friamente para o sumo sacerdote nervoso enquanto os olhos queimavam, fixos no rosto de Mallow.

O centro da câmara estava desimpedido e as luzes diminuíram de intensidade. Ankor Jael, de sua mesa à esquerda, fez os ajustes e, com um clique preliminar, uma cena holográfica saltou à vista de todos; em cores, em três dimensões, em todos os atributos da vida, menos a própria vida.

Lá estava o missionário, confuso e espancado, em pé entre o tenente e o sargento. A imagem de Mallow aguardava em silêncio e então homens entraram em fila, com Twer por último.

A conversa aconteceu, palavra por palavra. O sargento foi disciplinado e o missionário, interrogado. A multidão apareceu, o rugido dela podia ser ouvido e o reverendo Jord Parma fez seu apelo selvagem. Mallow sacou sua arma e o missionário, ao ser arrastado, ergueu os braços em uma última maldição enlouquecida. Um minúsculo flash de luz brilhou e desapareceu.

A cena terminou, com os oficiais congelados com o horror da situação, enquanto Twer colocava as mãos nos ouvidos e Mallow calmamente colocava sua arma de lado.

As luzes voltaram a se acender; o espaço vazio no centro do chão não estava mais aparentemente cheio. Mallow, o verdadeiro Mallow do presente, voltou à sua narrativa:

– O incidente, vocês viram, é exatamente como a acusação apresentou... na superfície. Já vou explicar isso. As emoções de Jaim Twer durante todo o episódio revelam claramente uma educação sacerdotal, a propósito. Foi nesse mesmo dia que ressaltei certas incongruências no episódio para Twer. Perguntei a ele de onde o missionário aparecera no meio da quase desolação onde estávamos naquele momento. Perguntei também de onde a gigantesca multidão havia vindo, com a cidade de tamanho razoável mais próxima a quase duzentos quilômetros de distância. A acusação não prestou atenção a esses problemas. Ou a outros pontos; por exemplo, o ponto curioso do descaramento patente de Jord Parma. Um missionário em Korell, arriscando sua vida ao desafiar tanto a lei korelliana quanto as leis da Fundação, desfila numa roupa sacerdotal muito nova e muito distinta. Há alguma coisa errada nisso. Naquele momento, sugeri que o missionário fosse um cúmplice inconsciente do commdor, que o estava usando numa tentativa de nos forçar a um ato de agressão explicitamente ilegal para justificar, pela lei, a subsequente destruição de nossa nave e de nossas vidas. A acusação antecipou essa justificativa de minhas ações. Ela esperava que eu explicasse que a segurança de minha nave, minha tripulação e minha própria missão estavam em jogo, e não podiam ser sacrificadas por um homem, quando esse homem teria, de qualquer maneira, sido destruído, conosco ou sem nós. Eles replicam resmungando sobre a "honra" da Fundação e a necessidade de sustentarmos nossa "dignidade" para manter nossa ascendência. Por alguma estranha razão, entretanto, a acusação negligenciou o próprio Jord Parma... como indivíduo. Eles não apresentaram nenhum detalhe relativo a ele; nem seu lugar de nascimento, nem sua educação ou nenhum detalhe de histórico anterior. A explicação disso também explicará as incongruências que apontei no registro visual que vocês acabaram de ver. Os dois estão conectados. A acusação não apresentou nenhum detalhe com relação a Jord Parma porque não pode. A cena que vocês viram pelo registro visual parecia uma fraude porque Jord Parma era uma fraude. Nunca existiu um Jord Parma. *Todo este julgamento é a maior farsa já realizada por um assunto que nunca existiu.*

Mais uma vez ele precisou aguardar que o burburinho morresse. Continuou, devagar:

– Vou mostrar a vocês a ampliação de um simples fotograma do Registro Visual. Ele falará por si. Luzes mais uma vez, Jael.

A câmara ficou mais escura e o ar vazio tornou a se preencher com figuras congeladas em uma ilusão fantasmagórica, de cera. Os oficiais do *Estrela Distante* estavam em suas posições rígidas, impossíveis. Uma arma apontada pela mão rígida de Mallow. À sua esquerda, o reverendo Jord Parma, apanhado no meio do grito, estendendo suas garras para o alto, enquanto as mangas caídas mostravam metade dos braços.

E da mão do missionário se podia ver um minúsculo brilho que na exibição anterior havia piscado e desaparecido. Era um brilho permanente, agora.

– Fiquem de olho naquela luz na mão dele – Mallow falou dentre as sombras.
– Amplie essa cena, Jael!

O *tableau* avançou rapidamente. Porções externas desapareceram quando o missionário se aproximou do centro e se tornou um gigante. Então havia somente uma cabeça e um braço, e depois apenas uma mão, que preenchia tudo e permaneceu ali em uma rigidez imensa e nebulosa.

A luz havia se tornado um conjunto de letras granuladas e brilhantes: PSK.

– Esta – a voz de Mallow irrompeu tonitruante – é uma amostra da tatuagem, cavalheiros. Sob a luz comum ela é invisível, mas sob a luz ultravioleta, com a qual iluminei o aposento na hora de tirar esse registro visual, ela se destaca em alto-relevo. Admito que é um método ingênuo de identificação secreta, mas funciona em Korell, onde a luz UV não se encontra em qualquer esquina. Mesmo em nossa nave, a detecção foi acidental. Talvez alguns de vocês já tenham adivinhado o que quer dizer PSK. Jord Parma conhecia bem o jargão dos sacerdotes e fez seu trabalho magnificamente. Onde ele aprendeu isso, e como, não sei, mas PSK significa "Polícia Secreta Korelliana".

Mallow gritou por sobre o tumulto, rugindo contra o ruído:

– Tenho provas colaterais na forma de documentos trazidos de Korell que posso apresentar ao conselho, se necessário. E onde está o caso da promotoria agora? Eles já fizeram e refizeram a monstruosa sugestão de que eu deveria ter lutado pelo missionário desafiando a lei e sacrificado minha missão, minha nave e a mim mesmo pelo "honra" da Fundação. *Mas fazer isso por um impostor?* Deveria ter feito isso para um agente secreto korelliano coberto pelos mantos e pelas ginásticas verbais, provavelmente tomadas de empréstimo a um exilado anacreoniano? Jorane Sutt e Publis Manlio teriam me feito cair numa armadilha imbecil e odiosa...

Sua voz rouca se desvaneceu no fundo sem forma de uma multidão gritando. Ele estava sendo levantado sobre ombros e levado até a mesa do prefeito. Pelas janelas, podia ver uma torrente de loucos correndo num enxame para dentro da praça, a fim de se somarem aos milhares que já estavam ali.

Mallow procurou Ankor Jael, mas era impossível encontrar um rosto único na incoerência da massa. Lentamente ele se tornou consciente de um grito ritmado e repetido, que se espalhava de um pequeno começo e pulsava até a insanidade:

– Viva Mallow! Viva Mallow! Viva Mallow!

15.

Ankor Jael olhava para Mallow sem crer, com um rosto cansado. Os últimos dois dias haviam sido loucos e insones.

– Mallow, você deu um belo show, então não estrague tudo dando um passo maior do que as pernas. Você não pode estar seriamente pensando na possibilidade de concorrer a prefeito. O entusiasmo da massa é uma coisa, mas ele é notoriamente volátil.

– Exatamente! – Mallow disse, muito sério. – Então devemos cuidar bem dele, e a melhor maneira de fazer isso é continuar com o show.

– E agora?

– Você vai mandar prender Publis Manlio e Jorane Sutt...

– O quê?

– Foi o que acabou de ouvir. Mande o prefeito prendê-los! Não me interessa que tipo de ameaça vai usar. Eu controlo a multidão... hoje, pelo menos. Ele não vai ousar enfrentá-la.

– Mas sob que acusações, homem?

– As óbvias. Eles incitaram os sacerdotes de outros planetas a tomarem partido nas brigas internas da Fundação. Isso é ilegal, por Seldon. Acuse-os de "colocar em perigo o Estado". E não dou a mínima para uma condenação, assim como não deram a mínima se eu seria ou não condenado. Simplesmente tire-os de circulação até eu me tornar prefeito.

– Falta ainda metade do ano para a eleição.

– Não é tanto tempo assim! – Mallow se levantou e segurou subitamente o braço de Jael, com força. – Escute, eu tomaria o governo à força se fosse preciso: do jeito que Salvor Hardin fez, há cem anos. Ainda existe aquela crise Seldon vindo por aí e, quando ela chegar, tenho de ser prefeito e sumo sacerdote. Ambos!

Jael franziu a testa. Perguntou baixinho:

– O que vai ser? Korell, afinal?

Mallow assentiu.

– É claro. Eles vão acabar declarando guerra, embora eu aposte que isso vá demorar mais uns dois anos.

– Com naves nucleares?

– O que é que você acha? Aquelas três naves mercantes que perdemos no setor espacial deles não foram derrubadas com pistolas de ar comprimido. Jael, eles estão pegando naves do próprio Império. Não abra a boca feito um idiota. Eu disse o Império! Ele ainda está lá, você sabe disso. Pode ter desaparecido aqui na Periferia, mas no centro galáctico ele ainda está bem vivo. E um movimento em falso significa que o próprio pode estar na nossa cola. É por isso que preciso ser prefeito e sumo sacerdote. Sou o único homem que sabe como combater a crise.

Jael engoliu em seco.

– Como? O que você vai fazer?

– Nada.

Jael deu um sorriso inseguro.

– É mesmo? Tudo isso?

Mas a resposta de Mallow era incisiva.

– Quando eu for chefe desta Fundação, não vou fazer nada. Cem por cento nada, e este é o segredo desta crise.

16.

Asper Argo, o bem-amado, commdor da República Korelliana, saudou a entrada de sua esposa abaixando de forma envergonhada as escassas sobrancelhas. Para ela, pelo menos, seu epíteto autoadotado não se aplicava. Até ele sabia disso.

Ela disse, numa voz tão fina quanto seus cabelos e tão fria quanto seus olhos:

– Meu gracioso senhor, até onde compreendo, finalmente tomou uma decisão com relação ao destino dos arrivistas da Fundação.

– É mesmo? – o commdor perguntou amargo. – E o que mais seu versátil entendimento abarca?

– O suficiente, meu nobre marido. Você teve outra de suas hesitantes consultas com seus conselheiros. Belos conselheiros – disse, com escárnio infinito. – Um bando de idiotas cegos e paralíticos abraçando os lucros estéreis no peito afundado, apesar do desgosto de meu pai.

– E quem, minha cara – foi a resposta suave –, é a excelente fonte pela qual sua compreensão compreende tudo isso?

A commdora riu.

– Se eu lhe contasse, minha fonte seria mais cadáver do que fonte.

– Bem, você terá tudo do jeito que quer, como sempre. – O commdor deu de ombros e lhe virou as costas. – E quanto ao desgosto de seu pai, receio que se estenda a uma recusa terminante a fornecer mais naves.

– Mais naves! – ela soltava fogo pelas ventas. – E você já não tem cinco? Não negue. Eu sei que você tem cinco. E uma sexta já foi prometida.

– Prometida para o ano passado.

– Mas uma, somente uma, pode arrasar a Fundação e deixá-la em ruínas. Somente uma! Uma, para varrer aqueles minúsculos botes de pigmeus para fora do espaço.

– Eu não poderia atacar o planeta deles, mesmo com uma dúzia.

– E quanto tempo o planeta deles aguentaria com o comércio arruinado, e as cargas de brinquedos e lixo destruídas?

– Esses brinquedos e lixo significam dinheiro – ele suspirou. – Muito dinheiro.

– Mas, se você tivesse a Fundação, não teria tudo o que ela contém? E se tivesse o respeito e a gratidão de meu pai, não teria mais do que a Fundação já pôde lhe dar? Já se passaram três anos, mais até, desde que aquele bárbaro chegou com seu espetáculo mágico. Já é tempo suficiente.

– Minha cara! – o commdor se virou e encarou-a. – Estou ficando velho. Estou cansado. Não tenho a resistência para suportar sua matraca que não para. Você diz que sabe o que eu decidi. Bem, eu decidi mesmo. Acabou, e haverá guerra entre Korell e a Fundação.

– Ora! – A figura da commdora se expandiu e seus olhos brilharam. – Você finalmente aprendeu sabedoria, mesmo que na senilidade. E agora, quando for senhor daquela terra de ninguém, poderá ser suficientemente respeitável para ser de algum peso e importância no Império. Para começar, poderíamos deixar este mundo bárbaro e frequentar a corte do vice-rei. Poderíamos mesmo.

Ela saiu, com um sorriso e a mão na cintura. Os cabelos reluziam na luz.

O commdor esperou, e então disse para a porta fechada, com maldade e ódio:

– E, quando for o senhor do que você chama de terra de ninguém, poderei ser suficientemente respeitável para me virar sem a arrogância de seu pai e a língua da filha dele. Completamente sem!

17.

O tenente sênior da *Nebulosa Escura* olhou horrorizado pela visitela.

– Grandes Galáxias Galopantes! – Isso devia ter saído como um uivo, mas saiu como um sussurro. – O que é isso?

Era uma nave, mas uma baleia comparada ao peixe que era a *Nebulosa Escura*; e, na sua lateral, o símbolo da Espaçonave-e-Sol do Império. Todos os alarmes da nave começaram a soar histéricos.

As ordens foram emitidas e a *Nebulosa Escura* se preparou para fugir se pudesse, ou lutar se fosse preciso... enquanto na sala de ultraondas uma mensagem era transmitida a toda velocidade pelo hiperespaço para a Fundação.

E foi repetida várias vezes! Era, em parte, um pedido de socorro, mas, principalmente, um aviso de perigo.

18.

Hober Mallow arrastava os pés cansados enquanto folheava os relatórios. Dois anos como prefeito o haviam deixado um pouco mais domesticado, um pouco mais suave, um pouco mais paciente... mas não fizeram com que ele aprendesse a gostar de relatórios do governo e do terrível jargão oficialoide em que eram escritos.

– Quantas naves eles pegaram? – perguntou Jael.

– Quatro capturadas no chão. Duas não reportaram. Todas as outras reportaram e estão a salvo – Mallow grunhiu. – Devíamos ter feito melhor, mas é só um arranhão.

Não houve resposta e Mallow levantou a cabeça.

– Tem algo o preocupando?

– Gostaria que Sutt viesse até aqui – foi a resposta quase irrelevante.

– Ah, sim; agora vamos ouvir mais um sermão sobre o front doméstico.

– Não vamos, não – Jael retrucou –, mas você é teimoso, Mallow. Pode ter aprendido a trabalhar a situação estrangeira nos mínimos detalhes, mas nunca deu a mínima para o que acontece aqui no planeta natal.

– Bom, esse é o seu trabalho, não é? Para que eu o nomeei ministro da Educação e da Propaganda?

– Obviamente, para me mandar mais cedo e miseravelmente para a cova, por toda a cooperação que me dá. No ano passado, deixei-o surdo com o perigo crescente de Sutt e de seus Religionistas. De que valerão seus planos, se Sutt forçar uma eleição especial e botá-lo para fora?

– Nada, eu admito.

– E seu discurso ontem à noite simplesmente deu de bandeja a eleição para Sutt, com um sorriso e um tapinha nas costas. Havia necessidade de ser tão franco?

– Não existe alguma coisa do tipo que roube a força de Sutt?

– Não – disse Jael, com violência –, não do jeito que você fez. Você afirma ter previsto tudo e não explica por que negociou com Korell, para o benefício exclusivo deles, por três anos. Seu único plano de batalha é se retirar sem nenhuma batalha. Você abandona todo o comércio com os setores do espaço perto de Korell. Proclama abertamente um impasse. Não promete nenhuma ofensiva, nem mesmo no futuro. Pela Galáxia, Mallow, o que é que eu devo fazer com uma bagunça dessas?

– Não tem glamour?

– Não tem apelo emocional para as massas.

– Dá na mesma.

– Mallow, acorde. Você tem duas alternativas. Ou apresenta ao povo uma política externa dinâmica, sejam quais forem seus planos em particular, ou faz alguma espécie de acerto com Sutt.

Mallow disse:

– Está certo, se falhei na primeira, vamos tentar a segunda. Sutt acabou de chegar.

Sutt e Mallow não haviam se encontrado pessoalmente desde o dia do julgamento, dois anos antes. Nenhum detectou mudanças no outro, a não ser por aquela atmosfera sutil que deixava bastante evidente que os papéis de governante e oposição haviam se trocado.

Sutt se sentou sem apertar a mão de Mallow.

Mallow ofereceu um charuto e perguntou:

– Importa-se se Jael ficar? Ele quer um acordo honesto. Pode agir como mediador, se os ânimos esquentarem.

Sutt deu de ombros.

– Um acordo seria bom para você. Em outra ocasião eu lhe pedi para declarar seus termos. Suponho que as posições agora estejam invertidas.

– Sua suposição está correta.

– Então os meus termos são os seguintes: você deve abandonar sua política desajeitada de suborno econômico e comércio de tranqueiras para voltar à antiga política externa de nossos pais.

– Quer dizer, conquistar por meios missionários?

– Exatamente.

– Não há acordo, se não for assim?

– Não há acordo.

– Hmmm. – Mallow acendeu seu charuto bem devagar e inalou a ponta dele com um brilho quente. – No tempo de Hardin, quando a conquista por missionários era nova e radical, homens como você se opunham a ela. Agora ela foi testada, experimentada, sacramentada... tudo o que um Jorane Sutt gostaria. Mas, me diga, como você nos tiraria de nossa encrenca atual?

– Sua encrenca atual. Eu não tive nada a ver com isso.

– Considere a pergunta modificada de modo adequado.

– Uma ofensiva forte é indicada. O impasse com o qual você parece estar satisfeito é fatal. Seria uma confissão de fraqueza a todos os mundos da Periferia, onde a aparência de força é importantíssima, e não há um abutre entre eles que não se junte ao ataque por sua fatia do cadáver. Você devia entender bem disso. Afinal, você é de Smyrno, não é?

Mallow deixou passar o significado da observação.

– E se você derrotasse Korell, o que seria do Império? Esse é o verdadeiro inimigo – perguntou.

O sorriso estreito de Sutt puxava os cantos de sua boca.

– Ah, não, os registros de sua visita a Siwenna foram completos. O vice-rei do Setor Normânnico está interessado em criar dissensão na Periferia para seu próprio benefício, mas apenas como uma questão colateral. Ele não vai arriscar tudo numa expedição à fronteira da Galáxia quando tem cinquenta vizinhos hostis e um imperador contra o qual se rebelar. Eu parafraseio suas próprias palavras.

– Ah, sim, ele poderia, Sutt, se achar que somos fortes o bastante para sermos perigosos. E ele poderia achar isso, se destruíssemos Korell pela força do ataque frontal. Teríamos de ser consideravelmente mais sutis.

– Como, por exemplo...

Mallow se recostou.

– Sutt, eu lhe darei uma chance. Não preciso de você, mas posso usá-lo. Eu vou lhe dizer do que se trata, e então você poderá se juntar a mim e receber um lugar num gabinete de coalizão, ou bancar o mártir e apodrecer na cadeia.

– Você já tentou esse último truque uma vez.

– Não com muita vontade, Sutt. A hora certa acaba de chegar. Agora escute. – Os olhos de Mallow se estreitaram. – Quando pousei pela primeira vez em Korell – começou –, subornei o commdor com os badulaques de dispositivos que compõem o estoque usual do comerciante. No começo, isso era apenas para obter a entrada numa siderúrgica de aço. Eu não tinha planejado nada além disso, mas consegui. Consegui o que queria. Mas foi só depois de minha visita ao Império que percebi exatamente em que arma eu poderia transformar o negócio. O que estamos enfrentando é uma crise Seldon, Sutt, e crises Seldon não são resolvidas por indivíduos, mas por forças históricas. Hari Seldon, quando planejou seu curso da história futura, não contava com heroísmos brilhantes, mas com amplos panoramas da economia e da sociologia. Então, as soluções para as várias crises devem ser atingidas pelas forças que se tornarem disponíveis para nós na época. Neste caso... comércio!

Sutt ergueu as sobrancelhas com ceticismo e tirou vantagem da pausa.

– Espero não ter uma inteligência abaixo do normal, mas o fato é que esta sua palestra vaga não é muito esclarecedora.

– Vai ficar – disse Mallow. – Considere que até agora a força do comércio tem sido subestimada. Sempre se achou que fosse necessária uma classe de sacerdotes, sob nosso controle, para torná-lo uma arma poderosa. Isso não é verdade e *esta* é a minha contribuição para a situação galáctica. Comércio sem sacerdotes! Somente comércio! Ele é forte o bastante. Vamos nos tornar muito simples e específicos. Korell está em guerra conosco agora. Consequentemente, nosso comércio com esse planeta parou. *Mas* (repare que estou tornando isto mais simples ainda), nos últimos três anos eles basearam sua economia cada vez mais nas técnicas nucleares que introduzimos e que somente nós podemos continuar a fornecer. Agora, o que você acha que irá acontecer assim que os minúsculos geradores nucleares começarem a falhar, e um dispositivo atrás do outro começarem a se desativar? Os pequenos aparelhos domésticos vão primeiro. Depois de cerca de meio ano desse impasse que você abomina, a faca nuclear de uma mulher não funcionará mais. O fogão dela começará a falhar. A lavadora não vai mais fazer um ótimo trabalho. O controle de temperatura e umidade de sua casa para de funcionar num dia quente de verão. O que acontece?

Ele fez uma pausa, esperando resposta, e Sutt disse calmamente:

– Nada. As pessoas conseguem suportar muita coisa em tempos de guerra.

– É bem verdade. Suportam mesmo. Mandam os seus filhos em números ilimitados para morrer horrivelmente em espaçonaves quebradas. Eles suportarão o bombardeio inimigo, se isso significar que tenham de viver de pão velho e água estagnada em cavernas a oitocentos metros de profundidade. Mas é muito difícil de aguentar pequenas coisas quando o fervor patriótico do perigo iminente não está presente. Vai ser um impasse. Não haverá baixas, nem bombardeios, nem batalhas. Haverá apenas uma faca que não corta, um fogão que não cozinha e uma casa que congela no inverno. Será irritante, e as pessoas vão começar a resmungar.

Sutt disse devagar, ponderando:

– É nisso que você está depositando suas esperanças, homem? O que você está esperando que aconteça? Uma rebelião de donas de casa? Um levante súbito de açougueiros e donos de mercados com facas e cutelos gritando "Devolvam nossas Lavadoras Nucleares Automáticas Super-Kleeno!"?

– Não, senhor – Mallow disse, impaciente. – Não espero isso. O que eu espero é um fundo geral de irritação e insatisfação que será engrossado por figuras mais importantes, posteriormente.

– E que figuras mais importantes são essas?

– Os fabricantes, os donos de fábrica, os industriais de Korell. Quando dois anos do impasse tiverem se passado, as máquinas nas fábricas começarão a falhar, uma a uma. As indústrias que modificamos, dos pés à cabeça, com nossos novos dispositivos nucleares subitamente se encontrarão completamente arruinadas. Os industriais virarão, em massa e de um golpe só, donos de nada a não ser de um ferro-velho que não funciona.

– As fábricas funcionavam muito bem antes de você chegar lá, Mallow.

– Sim, Sutt, funcionavam... com cerca de um vigésimo dos lucros, mesmo que você deixe de lado o custo da reconversão ao estado pré-nuclear original. Com os industriais, os financistas e os homens comuns contra o commdor, por quanto tempo ele aguentará?

– Tanto quanto ele desejar, assim que lhe ocorrer obter novos geradores nucleares do Império.

E Mallow soltou uma gostosa gargalhada.

– Você não entendeu, Sutt, não entendeu nada, igual ao commdor. Você não entendeu absolutamente nada. Escute, homem, o Império não pode substituir nada. O Império sempre foi um reino de recursos colossais. Eles calculavam tudo em planetas, em sistemas estelares, em setores inteiros da Galáxia. Os geradores deles são gigantescos porque eles pensavam de forma gigantesca. Mas nós... *nós*, nossa pequena Fundação, nosso único mundo quase sem recursos metálicos... precisamos trabalhar com economia bruta. Nossos geradores tinham de ser do tamanho do nosso polegar, porque essa era toda a quantidade de metal que podíamos ter. Fomos obrigados a desenvolver novas técnicas e novos métodos: técnicas e métodos que o Império não consegue desenvolver porque já degenerou para além do estágio em que pode fazer algum avanço científico realmente vital. Com todos os seus escudos nucleares, grandes o bastante para proteger uma nave, uma cidade, um mundo inteiro, eles jamais conseguiriam construir um para proteger um único homem. Para fornecer luz e calor a uma cidade, eles têm motores de seis andares de altura... eu os vi... ao passo que os nossos cabem nesta sala. E, quando eu disse a um dos especialistas nucleares deles que um invólucro de chumbo do tamanho de uma noz continha um gerador nuclear, ele quase morreu engasgado de indignação no ato. Ora, eles nem sequer compreendem seus próprios colossos, agora. As máquinas funcionam de geração a geração automaticamente, e os responsáveis são uma casta hereditária que ficaria indefesa se um único tubo-D em toda aquela vasta estrutura queimasse. Toda essa guerra é uma batalha entre esses dois sistemas; entre o Império e a Fundação; entre o grande e o pequeno. Para tomar controle de um mundo, eles subornam com imensas naves que possam fazer guerra, mas sem significado econômico. Nós, por outro lado, subornamos com coisas pequenas, inúteis na guerra, mas vitais para a prosperidade e para os lucros. Um rei, ou um commdor, pegará as naves e até fará uma guerra. Ao longo da história, governantes arbitrários trocaram o bem-estar de seus súditos pelo que consideram honra, glória e conquista. Mas ainda são essas pequenas coisas na vida que contam... e Asper Argo não terá condições de lutar contra a depressão econômica que varrerá toda Korell em dois ou três anos.

Sutt estava na janela, de costas para Mallow e Jael. A noite caía, agora, e as poucas estrelas que brilhavam fracas, ali no limite da Galáxia, luziam contra o fundo da Lente nebulosa que incluía os restos daquele império, ainda vasto, que lutava contra eles.

– Não. Você não é o homem – disse Sutt.

– Você não acredita em mim?

– Eu quero dizer que não confio em você. Você é adulador. Já me enganou o suficiente quando pensei que o tinha sob controle em sua primeira viagem a Korell. Quando achei que o havia acuado no julgamento, você conseguiu se safar e ainda obteve o cargo de prefeito por pura demagogia. Você não tem nada de honesto; suas intenções são sempre dúbias; não há declaração que não tenha três significados. Suponha que você fosse um traidor. Suponha que sua visita ao Império tivesse lhe dado um subsídio e a promessa de poder. Suas ações seriam precisamente o que são agora. Você provocaria uma guerra depois de ter fortalecido o inimigo. Forçaria a Fundação à inatividade. E daria uma explicação plausível de tudo, tão plausível que convenceria a todos.

– Você quer dizer que não haverá acordo? – Mallow perguntou, gentilmente.

– Eu quero dizer que você precisa deixar o cargo, por vontade própria ou à força.

– Eu lhe avisei sobre a única alternativa à cooperação.

O rosto de Jorane Sutt ficou vermelho de sangue, num súbito ataque emocional.

– E eu o aviso, Hober Mallow de Smyrno, que, se me prender, não haverá trégua. Meus homens não se deixarão deter por nada e espalharão a verdade sobre você e o povo comum da Fundação se unirá contra seu governante estrangeiro. Eles têm uma consciência de destino que um smyrniano nunca poderá entender... e essa consciência o destruirá.

Hober Mallow disse, baixinho, para os dois guardas que haviam entrado:

– Levem-no. Ele está preso.

Sutt disse:

– Esta é sua última chance.

Mallow apagou seu charuto e nem olhou para ele.

E, cinco minutos depois, Jael se mexeu, incomodado, e disse, cansado:

– Bem, agora que você criou um mártir para a causa, o que virá a seguir?

Mallow parou de brincar com o cinzeiro e olhou para cima.

– Esse não é o Sutt que eu conhecia. Ele é um touro cego de sangue. Pela Galáxia, como ele me odeia.

– O que o torna mais perigoso ainda.

– Mais perigoso? Besteira! Ele perdeu toda a capacidade de julgamento.

– Você está superconfiante, Mallow – Jael disse sério. – Está ignorando a possibilidade de uma revolta popular.

Mallow levantou a cabeça, mal-humorado:

– De uma vez por todas, Jael, não há nenhuma possibilidade de uma rebelião popular.

– Você está tão cheio de si!

– Eu estou cheio da certeza da crise Seldon e da validade histórica de suas soluções, externa *e* internamente. Existem algumas coisas que eu *não disse* a Sutt agora. Ele tentou controlar a própria Fundação por forças religiosas, assim como controlou os mundos exteriores, e fracassou; o que é o sinal mais certeiro de que, na crise Seldon, a religião perdeu seu papel. O controle econômico funcionou de modo diferente. E, parafraseando aquela famosa citação de Salvor Hardin de que você tanto gosta, um desintegrador que não puder apontar para os dois lados não presta. Se Korell prosperou com nosso comércio, nós também. Se as fábricas korellianas falharem sem nosso comércio, e se a prosperidade dos mundos exteriores desaparecer com o isolamento comercial, nossas fábricas também falharão e nossa prosperidade desaparecerá. E não há uma fábrica, um centro de comércio, uma linha de transporte que não esteja sob meu controle, que eu não possa desabilitar por completo, se Sutt tentar fazer propaganda revolucionária. Onde sua propaganda for bem-sucedida, ou sequer parecer que foi bem-sucedida, vou garantir que a prosperidade acabe. Onde ela falhar, a prosperidade continuará, pois minhas fábricas continuarão totalmente equipadas. Então, pelo mesmo raciocínio que me faz ter certeza de que os korellianos se revoltarão em favor da prosperidade, estou certo de que nós não nos revoltaremos contra ela. O jogo será jogado até o fim.

– Então – disse Jael – você está criando uma plutocracia. Está nos tornando uma terra de comerciantes e príncipes mercadores. E o que será do futuro?

Mallow levantou o rosto sério e exclamou, feroz:

– E o que eu tenho a ver com o futuro? Sem dúvida, Seldon já o previu e se preparou contra ele. Outras crises acontecerão no futuro, quando o poder do dinheiro tiver se esgotado, da mesma forma que a religião se esgotou hoje. Que meus sucessores resolvam esses novos problemas, assim como eu resolvi o problema de hoje.

—— KORELL...
E assim, após três anos de uma guerra que foi certamente a menos travada na história registrada, a República de Korell se rendeu incondicionalmente, e Hober Mallow tomou seu lugar ao lado de Hari Seldon e Salvor Hardin nos corações do povo da Fundação.

ENCICLOPÉDIA GALÁCTICA

Livro II.

FUNDAÇÃO E IMPÉRIO

Em memória de meu pai
(1896-1969)

PRÓLOGO

O Império Galáctico estava caindo.

Era um império colossal, que se estendia ao longo de milhões de mundos de um braço a outro da poderosa multiespiral que era a Via Láctea. Sua queda também foi colossal – e demorada, pois tinha um grande caminho a percorrer.

Ele vinha caindo havia séculos antes que um homem realmente se desse conta da queda. Esse homem era Hari Seldon, o homem que representou a única fagulha de esforço criativo deixada em meio à decadência que se acumulava. Ele desenvolveu e refinou ao máximo a ciência da psico-história.

A psico-história lidava não com o homem, mas com as massas humanas. Era a ciência das multidões; multidões compostas por bilhões. Ela poderia prever reações a estímulos com a precisão com que uma ciência menor poderia prever o ricochete de uma bola de bilhar. A reação de um só homem não poderia ser prevista por nenhuma matemática conhecida; mas a reação de um bilhão é outra coisa.

Hari Seldon traçou as tendências sociais e econômicas da época, alinhou sua visão com o formato das curvas e previu a aceleração continuada da queda da civilização e o intervalo de trinta mil anos que deveria se passar antes que um novo império pudesse lentamente emergir por entre as ruínas.

Era tarde demais para impedir essa queda, mas não tarde demais para reduzir o intervalo de barbárie. Seldon estabeleceu duas Fundações em "extremidades opostas da Galáxia", e sua localização foi projetada de tal forma que em um rápido milênio os acontecimentos formariam uma trama que acabaria extraindo delas um Segundo Império mais forte, mais permanente, mais benevolente.

Fundação contou a história de uma dessas Fundações durante os primeiros dois séculos de vida.

Ela começou como uma colônia de cientistas de ciências exatas em Terminus, um planeta no extremo de um dos braços espirais da Galáxia. Separados do turbilhão do Império, eles trabalharam como compiladores do compêndio universal de conhecimento, a ENCICLOPÉDIA GALÁCTICA, inconscientes do papel mais complexo planejado para eles por Seldon, já morto.

Enquanto o Império apodrecia, as regiões externas caíam nas mãos de "reis" independentes. A Fundação foi ameaçada por eles. Entretanto, jogando um governante mesquinho contra outro, sob a liderança de seu primeiro prefeito, Salvor Hardin, eles mantiveram uma independência precária. Como únicos detentores da energia nuclear em meio a mundos que estavam perdendo suas ciências e voltando a usar carvão e petróleo, eles chegaram a estabelecer uma ascendência. A Fundação se tornou o centro "religioso" dos reinos vizinhos.

Lentamente, a Fundação desenvolveu uma economia comercial enquanto a Enciclopédia recuava para segundo plano. Seus comerciantes, que lidavam com dispositivos nucleares tão compactos que nem mesmo o Império, em seu auge, poderia tê-los duplicado, penetraram centenas de anos-luz Periferia adentro.

Sob o comando de Hober Mallow, o primeiro dos príncipes mercadores da Fundação, eles desenvolveram a técnica de guerra econômica a ponto de derrotar a República de Korell, muito embora esse mundo estivesse recebendo apoio de uma das províncias externas do que havia restado do Império.

Ao fim de duzentos anos, a Fundação era o Estado mais poderoso da Galáxia, a não ser pelos restos do Império, que, concentrados no terço interior da Via Láctea, ainda controlavam três quartos da população e da riqueza do universo.

Parecia inevitável que o próximo perigo que a Fundação teria de enfrentar seria o último ataque do Império moribundo.

O caminho devia ser aberto para a batalha entre Fundação e Império.

PARTE 1.

O GENERAL

— **BEL RIOSE...**

Em sua carreira relativamente curta, Riose ganhou o título de "o último dos imperiais", e o mereceu. Um estudo de suas campanhas revela que ele podia ser comparado a Peurifoy em habilidade estratégica e talvez fosse até superior a ele em sua capacidade de lidar com homens. O fato de ter nascido nos dias do declínio do Império tornou impossível para ele igualar a marca de Peurifoy como conquistador. Mas teve sua chance quando – e foi o primeiro dos generais do Império a fazer isso –, enfrentou a Fundação diretamente...

ENCICLOPÉDIA GALÁCTICA

01.
EM BUSCA DE MÁGICOS

Bel Riose viajava sem escolta, o que não era o que a etiqueta da corte prescrevia para o chefe de uma frota estacionada num sistema estelar ainda escondido nos confins do Império Galáctico.

Mas Bel Riose era jovem e cheio de energia – enérgico o suficiente para ser enviado até quase o fim do universo por uma corte fria, calculista... e curiosa, além disso. Histórias estranhas e improváveis, repetidas com volubilidade por centenas de pessoas e conhecidas de modo apenas nebuloso por milhares, intrigavam esta última faculdade; a possibilidade de uma empreitada militar atiçou as outras duas. A combinação era devastadora.

Ele desceu do deselegante carro terrestre do qual havia se apropriado e foi até a porta da mansão decadente que era seu destino. Esperou. O olho fotônico que varria a porta estava funcionando, mas quando a porta se abriu, foi de forma manual.

Bel Riose sorriu para o velho.

– Eu sou Riose...

– Eu o reconheço – o velho permanecia rígido em seu lugar, sem aparentar surpresa. – O que deseja?

Riose recuou um passo em um gesto de submissão.

– Desejo paz. Se o senhor é Ducem Barr, peço o favor de uma conversa.

Ducem Barr deu um passo para o lado e, no interior da casa, as paredes se iluminaram. O general entrou para a luz do dia.

Ele tocou a parede do estúdio e olhou para as pontas dos próprios dedos.

– Vocês têm isto em Siwenna?

Barr deu um sorriso fraco.

– Não em outros lugares, acredito. Faço a manutenção da melhor forma que posso, eu mesmo. Preciso me desculpar por tê-lo feito esperar à porta. O dispositivo automático registra a presença de um visitante, mas não abre mais a porta.

– Sua manutenção não é suficiente? – A voz do general tinha um leve tom de zombaria.

– Não há mais peças de reposição. Sente-se, por favor, senhor. O senhor bebe chá?

– Em Siwenna? Meu bom senhor, é uma impossibilidade social não beber chá aqui.

O velho patrício se afastou sem fazer ruído, com uma mesura lenta que fazia parte do legado cerimonioso deixado pela aristocracia dos dias melhores do século anterior.

Riose olhou a figura de seu anfitrião que se afastava, e sua urbanidade estudada sofreu uma pequena hesitação. A educação dele fora puramente militar; sua experiência, idem. Ele havia, como dizia o clichê, enfrentado a morte muitas vezes. Mas sempre morte de uma natureza muito familiar e tangível. Consequentemente, não há inconsistência no fato de que o idolatrado Leão da Vigésima Frota sentisse um calafrio na atmosfera subitamente sombria de um salão antigo.

O general reconheceu as pequenas caixas de plástico preto imitando marfim alinhadas nas prateleiras: eram livros. Os títulos não lhe eram familiares. Ele supôs que a grande estrutura numa das extremidades do salão fosse o receptor que transmutava os livros em som e imagem sob demanda. Ele nunca vira um desses em funcionamento; mas já havia ouvido falar neles.

Um dia lhe haviam dito que, há muito tempo, durante os anos dourados em que o Império se estendera por toda a Galáxia, nove em cada dez residências tinham tais receptores – e tais fileiras de livros.

Mas, agora, havia fronteiras a vigiar; livros eram para os idosos. E metade das histórias contadas sobre os velhos tempos era mito, de qualquer maneira. Mais da metade.

O chá chegou e Riose se sentou. Ducem Barr ergueu sua xícara.

– À sua honra.

– Obrigado. À sua.

Ducem Barr disse deliberadamente:

– Dizem que o senhor é jovem. Trinta e cinco?

– Quase. Trinta e quatro.

– Neste caso – disse Barr, com ênfase suave –, eu não poderia começar de melhor maneira do que informando ao senhor, com pesar, que não tenho poções, amuletos ou filtros do amor. E tampouco sou capaz de influenciar os favores de qualquer moça que possa agradá-lo.

– Não tenho necessidade de ajudas artificiais quanto a isso, senhor. – A complacência inegavelmente presente na voz do general vinha misturada com divertimento. – O senhor recebe muitos pedidos para esse tipo de mercadoria?

– O bastante. Infelizmente, um público desinformado tende a confundir erudição com magicatura, e a vida amorosa parece ser aquele fator que requer a maior quantidade de intervenção mágica.

– O que me parece bastante natural. Mas discordo. Não ligo a erudição a nada além de um meio de responder a perguntas difíceis.

O siwenniano retrucou, com seriedade:

– O senhor pode estar tão errado quanto eles!

– Pode ser que sim, pode ser que não. – O jovem general encaixou a xícara em seu revestimento térmico e ela foi novamente preenchida. Ele jogou a cápsula de sabor oferecida dentro da xícara com um pequeno *splash*. – Diga-me então, patrício, quem são os mágicos? Os verdadeiros.

Barr pareceu espantado com o título que há tanto tempo não era usado.

– Não existem mágicos – respondeu.

– Mas as pessoas falam deles. Siwenna está cheia de histórias sobre eles. Existem cultos sendo criados com base nesses homens. Existe alguma estranha conexão entre isso e os grupos de seus conterrâneos que sonham e deliram com dias antigos e o que chamam de liberdade e autonomia. Essa questão poderá acabar se tornando um perigo para o Estado.

O velho balançou a cabeça.

– Por que me pergunta? O senhor está sentindo cheiro de alguma revolta encabeçada por mim?

Riose deu de ombros.

– Nunca. Nunca. Ah, mas não é um pensamento completamente ridículo. Seu pai foi um exilado no tempo dele; você mesmo foi um patriota e chauvinista no seu tempo. É indelicado da minha parte, como hóspede, mencionar isso, mas meus negócios aqui assim o exigem. E, no entanto, uma conspiração agora? Duvido. Nas últimas três gerações, Siwenna foi espancada até perder a coragem.

O velho respondeu com dificuldade.

– Deverei ser tão indelicado como anfitrião assim como o senhor o foi como hóspede. Devo lembrá-lo de que, certa vez, um vice-rei pensou como o senhor sobre os siwennianos covardes. Pelas ordens desse vice-rei, meu pai se tornou um mendigo fugitivo, meus irmãos mártires e minha irmã, uma suicida. Mas esse vice-rei sofreu uma morte suficientemente horrível nas mãos desses mesmos abjetos siwennianos.

– Ah, sim, e aí o senhor toca num assunto que eu gostaria de comentar. Há três anos que a morte misteriosa desse vice-rei não representa mais um mistério para mim. Havia um jovem soldado de sua guarda pessoal cujas ações foram bastante interessantes. O senhor era esse soldado, mas não há necessidade de detalhes, penso eu.

Barr ficou em silêncio.

– Nenhuma. O que o senhor propõe?

– Que responda às minhas perguntas.

– Não sob ameaça. Estou velho demais para que a vida me signifique grande coisa.

– Meu bom senhor, estes são tempos difíceis – disse Riose, e acreditava no que estava falando –, e o senhor tem filhos e amigos. O senhor tem um país pelo qual pronunciou palavras de amor e loucura no passado. Vamos lá, se eu decidisse usar a força, minha mira não seria tão ruim a ponto de atingir o senhor.

– O que você quer? – Barr perguntou, friamente.

Riose levantou a xícara vazia ao falar.

– Patrício, ouça-me. Estes são dias em que os soldados mais bem-sucedidos são aqueles cujas funções se resumem a liderar as paradas em traje de gala no terreno do palácio imperial, nos dias de festa, e a escoltar as reluzentes naves de prazer que transportam Sua Esplendecência Imperial para os planetas de verão. Eu... eu sou um fracasso. Sou um fracasso aos trinta e quatro anos e continuarei sendo um fracasso. Porque, o senhor entende, eu gosto de lutar. Foi por isso que me enviaram para cá. Sou muito complicado na corte. Não me encaixo na etiqueta. Ofendo os dândis e os lordes almirantes, mas sou bom demais como líder de naves e de homens para que se livrem de mim simplesmente lançando-me ao vácuo. Então, Siwenna é o substituto. É um mundo de fronteira; uma província estéril e rebelde. Fica muito longe, longe o bastante para satisfazer a todos. E assim eu vou apodrecendo. Não há rebeliões para esmagar e os vice-reis da fronteira não têm se revoltado ultimamente; pelo menos, não desde que o falecido pai de Sua Majestade Imperial, de gloriosa memória, fez de Mountel de Paramay um exemplo.

– Um imperador forte – murmurou Barr.

– Sim, e precisamos de mais desses. Ele é meu senhor; lembre-se disso. São os interesses dele que defendo.

Barr deu de ombros, despreocupado.

– E como isso tudo se liga ao assunto em questão?

– Mostrarei a você em duas palavras. Os mágicos que mencionei vêm de além... além dos guardas de fronteira, onde as estrelas são mais dispersas...

– "Onde as estrelas são mais dispersas" – citou Barr – "e o frio do espaço penetra."

– Isso é poesia? – Riose franziu a testa. Versos pareciam coisas frívolas naquele momento. – De qualquer maneira, eles vêm da Periferia: do único local onde sou livre para lutar pela glória do imperador.

– E, assim, servir aos interesses de Sua Majestade Imperial e satisfazer seu próprio desejo de um bom combate.

– Exatamente. Mas preciso saber o que vou combater, e nisso você pode ajudar.

– Como o senhor sabe?

Riose mordiscou um bolinho casualmente.

– Porque, por três anos, eu rastreei cada rumor, cada mito, cada suspiro a respeito dos mágicos... e de toda a biblioteca de informação que coletei, apenas dois fatos isolados são unânimes, e portanto certamente verdadeiros. O primeiro é que os mágicos vieram da borda da Galáxia voltada para Siwenna; o segundo é que seu pai encontrou um mágico certa vez, vivo e verdadeiro, e conversou com ele.

O siwenniano envelhecido ficou olhando para ele sem piscar, e Riose continuou:

– É melhor você me contar o que sabe...

Barr disse, pensativo:

– Seria interessante lhe contar certas coisas. Seria o meu próprio experimento psico-histórico.

– Que tipo de experimento?

– Psico-histórico – o velho sorriu com um quê desagradável. Então, ríspido: – É melhor você tomar mais um pouco de chá. Vou fazer um discurso razoavelmente longo.

Ele se recostou nos almofadões macios de sua poltrona. As luzes das paredes haviam se reduzido em intensidade até se tornarem um leve brilho rosa-marfim, que suavizou até mesmo o perfil duro do soldado.

Ducem Barr começou:

– Meu próprio conhecimento é o resultado de dois acidentes; o acidente de haver nascido filho de meu pai, e o de ter nascido nativo de meu país. Tudo começou há mais de quarenta anos, pouco depois do Grande Massacre, quando meu pai era fugitivo nas florestas do sul, ao passo que eu era um artilheiro na frota pessoal do vice-rei. Este mesmo vice-rei, a propósito, que havia ordenado o Massacre, e que teve uma morte tão cruel depois.

Barr deu um sorriso cruel e continuou:

– Meu pai era um patrício do Império e senador de Siwenna. Seu nome era Onum Barr.

Riose interrompeu, impaciente:

– Conheço muito bem as circunstâncias do exílio dele. Não precisa detalhar.

O siwenniano o ignorou e prosseguiu, sem se desviar.

– Durante seu exílio, um viajante perdido o procurou; um mercador dos limites da Galáxia; um jovem que falava com um sotaque estranho, que nada conhecia da história imperial recente e que estava protegido por um escudo de força individual.

– Um escudo de força individual? – Riose fez uma careta. – Você está falando extravagâncias. Que gerador poderia ser poderoso o bastante para condensar um escudo do tamanho de um único homem? Pela Grande Galáxia, ele carregava cinco mil miriatons de fonte de energia nuclear num carrinho de mão?

Barr disse, baixinho:

– Este é o mágico de quem você ouve sussurros, histórias e mitos. O nome "mágico" não é conquistado com facilidade. Ele não levava consigo nenhum gerador grande o bastante para ser visto, mas a arma mais pesada que você pudesse carregar sozinho não teria nem sequer deixado uma marca no escudo que ele usava.

– Mas a história é só essa? Os mágicos então nasceram das alucinações de um velho marcado pelo sofrimento e pelo exílio?

– A história dos mágicos antecede até mesmo meu pai, senhor. E a prova é mais concreta. Depois de deixar meu pai, esse mercador que os homens chamam de mágico visitou um técnico na cidade para onde meu pai o havia guiado, e lá ele deixou um gerador de escudo do tipo que usava. Esse gerador foi recuperado por meu pai após seu retorno do exílio, quando da execução do maldito vice-rei. Ele demorou muito para encontrar... O gerador está pendurado na parede atrás do senhor. Não funciona. Nunca funcionou a não ser nos primeiros dois dias; mas, se olhar para ele, verá que ninguém no Império foi responsável por sua construção.

Bel Riose estendeu a mão para pegar o cinturão de elos de metal pendurado na parede curva, que se soltou com um pequeno som de ventosa quando o minúsculo campo adesivo se rompeu ao toque da mão. O elipsoide no ápice do cinto chamou a sua atenção. Tinha o tamanho de uma noz.

– Isto... – ele disse.

– Era o gerador – concordou Barr. – Mas *era* o gerador. O segredo de seu funcionamento está além de qualquer possibilidade de descoberta agora. Investigações subeletrônicas demonstraram que está fundido em um bloco compacto de metal, e nem mesmo o estudo mais cuidadoso dos padrões de difração foram capazes de distinguir as peças individuais que existiam antes da fusão.

– Então sua "prova" ainda não passa de uma fronteira porosa de palavras, sem nenhuma evidência concreta para defender a retaguarda.

Barr deu de ombros.

– O senhor exigiu meu conhecimento e ameaçou tirá-lo de mim à força. Se o senhor escolhe vê-lo com ceticismo, o que posso fazer? Quer que eu pare?

– Continue! – o general disse, com rispidez.

– Eu continuei as pesquisas de meu pai após sua morte e então o segundo acidente que mencionei veio em meu socorro, pois Siwenna era bastante conhecida de Hari Seldon.

– E quem é Hari Seldon?

– Hari Seldon foi um cientista do reinado do imperador Daluben IV. Ele era um psico-historiador. O último e o maior de todos. Ele visitou Siwenna uma vez, quando Siwenna era um grande centro comercial, rico em artes e ciências.

– Humf – Riose murmurou com acidez. – Qual o planeta estagnado que não diz ter sido uma terra de grande riqueza nos dias de outrora?

– Os dias de que falo são os dias de dois séculos atrás, quando o imperador ainda reinava até a mais distante estrela; quando Siwenna era um mundo do interior e não uma província semibárbara de fronteira. Naqueles dias, Hari Seldon previu o declínio do poder imperial e a barbarização final de toda a Galáxia.

Riose soltou uma gargalhada repentina.

– Ele previu isso? Então ele previu errado, meu bom cientista. Suponho que você se considere um. Ora, o Império está mais poderoso agora do que há um milênio. Seus olhos velhos estão cegos pela fria desolação da fronteira. Venha aos mundos interiores um dia; venha para o calor e a riqueza do centro.

O velho balançou a cabeça, com ar sombrio.

– A circulação cessa primeiro nas bordas exteriores. Ainda levará um tempo para que o apodrecimento chegue ao coração. Isto é, o apodrecimento aparente, óbvio para todos, tão distinto da podridão interna, que já é uma velha história de cerca de quinze séculos.

– E então esse Hari Seldon previu uma Galáxia de barbárie uniforme – disse Riose, bem-humorado. – E daí, hein?

– Então ele criou duas Fundações em extremidades opostas da Galáxia... Fundações dos melhores, mais jovens e mais fortes, ali para crescer, se multiplicar e se desenvolver. Os mundos nos quais elas foram colocadas foram escolhidos cuidadosamente, assim como as épocas e os arredores. Tudo foi arranjado de modo que o futuro, conforme previsto pela matemática inalterável da psico-história, envolvesse o isolamento deles, desde o começo, do corpo principal da civilização imperial e seu lento crescimento nos germes do Segundo Império Galáctico, cortando um inevitável interregno bárbaro de trinta mil anos para cerca de mil anos.

– E onde você descobriu isso tudo? Você parece saber tudo em detalhes.

– Não sei e nunca soube – o patrício disse, com compostura. – Isso é o resultado doloroso de juntar as peças de evidências descobertas por meu pai e mais algumas descobertas por mim mesmo. A base é tênue e a superestrutura foi romanceada para preencher as lacunas imensas. Mas estou convencido de que, em essência, é verdade.

– Você se deixa convencer facilmente.

– Mesmo? Isso me tomou quarenta anos de pesquisa.

– Humf. Quarenta anos! Eu poderia ter resolvido a questão em quarenta dias. Na verdade, acredito que devo. Seria... diferente.

– E como o senhor faria isso?

– Da maneira óbvia. Eu poderia me tornar um explorador. Poderia encontrar essa Fundação de que você fala e observá-la com meus olhos. Você diz que existem duas?

– Os registros falam de duas. Evidências de apoio foram encontradas apenas para uma, o que é compreensível, pois a outra fica na outra extremidade do eixo maior da Galáxia.

– Bem, vamos visitar a que fica mais perto. – O general se levantou, ajustando o cinto.

– O senhor sabe para onde ir? – perguntou Barr.

– De certa forma. Nos registros do penúltimo vice-rei, aquele que você assassinou com tanta eficiência, há histórias suspeitas de bárbaros vindos de fora. Na verdade, uma das filhas dele foi dada em casamento a um príncipe bárbaro. Eu vou encontrar o caminho.

Estendeu a mão.

– Agradeço-lhe a hospitalidade.

Ducem Barr tocou a mão com os dedos e fez uma mesura formal.

– Sua visita foi uma grande honra.

– Quanto às informações que você me deu – continuou Bel Riose –, eu saberei como agradecer quando retornar.

Ducem Barr acompanhou, submisso, seu hóspede até a porta externa e disse, baixinho, para o carro terrestre que sumia na distância:

– *Se* o senhor retornar.

—— FUNDAÇÃO...

Com quarenta anos de expansão por trás de si, a Fundação enfrentou a ameaça de Riose. Os dias épicos de Hardin e Mallow haviam acabado, e com eles desaparecera certa firmeza, ousadia e resolução...

ENCICLOPÉDIA GALÁCTICA

02.
OS MÁGICOS

Havia quatro homens na sala, que estava localizada num ponto distante, do qual ninguém podia se aproximar. Os quatro homens olharam uns para os outros rapidamente e depois, demoradamente, para a mesa que os separava. Havia quatro garrafas sobre a mesa e a mesma quantidade de copos cheios, mas ninguém havia tocado em nada.

E então o homem mais próximo da porta esticou um braço e começou a batucar um ritmo lento e constante sobre a mesa.

Ele disse:

– Vocês vão ficar sentados pensando para sempre? Faz alguma diferença quem vai falar primeiro?

– Então fale você primeiro – disse o homem grande logo em frente a ele. – Você é quem deveria estar mais preocupado.

Sennett Forell deu um risinho sem som e sem humor.

– Porque você acha que sou o mais rico. Ora... ou será que espera que continue como comecei? Acho que não deve ter se esquecido de que foi minha própria frota comercial que capturou essa nave batedora deles.

– Você tinha a frota maior – disse um terceiro – e os melhores pilotos; o que é outra maneira de dizer que é o mais rico. Era um risco temerário; e teria sido maior para outro de nós.

Sennett Forell tornou a rir.

– Há uma certa facilidade em aceitar riscos que herdei de meu pai. Afinal de contas, o ponto essencial em correr um risco é que os lucros o justifiquem. E, quanto a esse ponto, testemunhem o fato de que a nave inimiga foi isolada e capturada sem baixas para nós ou aviso para os outros.

O fato de que Forell era um parente colateral distante do grande Hober Mallow, já falecido, era reconhecido abertamente por toda a Fundação. O fato de que ele era filho ilegítimo de Mallow era aceito discretamente na mesma extensão de espaço.

O quarto homem piscou seus olhinhos sorrateiramente. As palavras saíam arrastadas dos lábios finos.

– Essa apreensão de navezinhas não é motivo para dormir sobre louros. O mais provável é que isso vá irritar mais ainda aquele jovem.

– E você acha que ele precisa de motivo? – Forell perguntou, com escárnio.

– Eu acho, e isso pode, ou irá, poupá-lo do vexame de ter de inventar um – o quarto homem falava devagar. – Hober Mallow trabalhava diferente. E Salvor Hardin também. Eles deixavam outros tomarem os caminhos incertos da força, enquanto manobravam de maneira silenciosa e certeira.

Forell deu de ombros.

– Esta nave provou seu valor. Motivos são baratos e este aqui nós vendemos com lucro. – Havia a satisfação de um comerciante nato nessas palavras. Ele continuou: – O jovem é do antigo Império.

– Nós sabíamos disso – disse o segundo homem, o grandão, resmungando seu descontentamento.

– Nós suspeitávamos disso – Forell corrigiu, educadamente. – Se um homem aparece com naves e riqueza, com propostas de amizade e ofertas de comércio, é apenas sensato evitar antagonizá-lo até termos certeza de que a máscara lucrativa não é, afinal, um rosto. Mas, agora...

A voz do terceiro homem saiu ligeiramente esganiçada.

– Poderíamos ter sido ainda mais cuidadosos. Poderíamos tê-lo encontrado primeiro. Poderíamos ter descoberto isso antes de permitir que ele partisse. Teria sido a atitude verdadeiramente mais sábia.

– Isso já foi discutido e descartado – disse Forell. Ele dispensou o assunto com um gesto peremptório.

– O governo é molenga – reclamou o terceiro homem. – O prefeito é um idiota.

O quarto homem olhou para os outros três, um de cada vez, e tirou a ponta de um charuto da boca. Jogou-a casualmente no slot à sua direita, onde ela desapareceu, com um flash rápido de desintegração.

Ele disse com sarcasmo:

– Confio que o cavalheiro que falou por último esteja falando apenas por força do hábito. Podemos nos dar ao luxo de lembrar que *nós somos* o governo.

Houve um murmúrio geral de concordância.

Os olhinhos do quarto homem estavam sobre a mesa.

– Então, vamos deixar as políticas governamentais de lado. Esse jovem... esse estranho poderia ter sido um cliente em potencial. Já houve casos assim. Vocês três tentaram convencê-lo a assinar um contrato adiantado. Temos um acordo... um acordo de cavalheiros... contra isso, mas vocês tentaram.

– Você também – resmungou o segundo homem.

– Eu sei – o quarto disse, com calma.

– Então, vamos esquecer o que deveríamos ter feito antes – Forell interrompeu, impaciente – e continuar com o que devemos fazer agora. De qualquer maneira, e se o tivéssemos aprisionado, ou matado, e aí? Ainda não temos certeza das intenções dele e, na pior das hipóteses, não poderíamos destruir um império encurtando a vida de um homem. Pode haver frotas e mais frotas aguardando logo do outro lado, no ponto de onde ele não voltará.

– Exatamente – aprovou o quarto homem. – Agora, o que você conseguiu tirar da nave capturada? Estou velho demais para toda esta conversa.

– Isso pode ser contado em poucas palavras – Forell disse, de mau humor. – Ele é um general imperial ou seja lá qual for a patente que corresponde a isso por lá. É um jovem que provou seu brilhantismo militar, pelo menos foi o que me disseram, e que é ídolo de seus homens. Uma carreira bem romântica. As histórias que eles contam são sem dúvida meias-verdades, mas mesmo isso o torna uma espécie de prodígio.

– Quem são "eles"? – o segundo homem quis saber.

– A tripulação da nave capturada. Escutem, eu tenho todos os depoimentos gravados em microfilme, que guardei em lugar seguro. Mais tarde, se desejarem, podem vê-los. Podem até falar com os próprios homens, se acharem necessário. O essencial eu já lhes contei.

– Como foi que você arrancou isso deles? Como sabe que estão dizendo a verdade?

Forell franziu a testa.

– Não fui gentil, bom senhor. Eu os espanquei, droguei e usei a Sonda sem dó nem piedade. Eles falaram. Pode acreditar neles.

– Nos velhos tempos – disse o terceiro homem, com súbita irrelevância –, eles teriam usado pura psicologia. Indolor, sabe, mas muito eficiente. Sem chance de engodos.

– Bem, eles tinham muitas coisas antigamente – Forell disse, seco. – Estes são os novos dias.

– Mas – disse o quarto homem –, o que ele quer aqui, esse general, esse prodígio romântico? – Sua persistência era a de um homem cansado.

Forell olhou-o com rispidez.

– Você acha que ele confia os detalhes da política de Estado à tripulação? Eles não sabiam. Não havia nada a obter neste aspecto, e eu tentei, a Galáxia sabe.

– O que nos leva...

– A tirar nossas próprias conclusões, obviamente. – Os dedos de Forell batucavam baixinho, novamente. – O jovem é um líder militar do Império, mas fingiu ser um príncipe menor de um punhado de estrelas espalhadas num canto qualquer da Periferia. Só isso nos garantiria que seus verdadeiros motivos são de tal ordem que ele não se beneficiaria caso descobríssemos. Combine a natureza da profissão dele com o fato de que o Império já subsidiou um ataque contra nós no tempo de meu pai, e as possibilidades se tornam sombrias. Aquele primeiro ataque falhou. Duvido que o Império nos ame de paixão por isso.

– Não há nada nas suas descobertas – questionou o quarto homem, cauteloso – que confirme isso com certeza? Você não está escondendo nada?

Forell respondeu, com sinceridade:

– Não posso esconder nada. Daqui por diante não pode haver questão de rivalidade comercial. Estamos sendo forçados a nos unir.

– Patriotismo? – Havia um quê de desdém na voz fina do terceiro homem.

– O patriotismo que se dane – Forell disse, baixinho. – Você pensa que eu dou duas baforadas de emanação nuclear para o futuro Segundo Império? Você pensa que arriscaria uma única missão comercial para amaciar esse caminho? Mas... você supõe que a conquista imperial ajudará meus negócios ou os seus? Se o Império vencer, não faltarão corvos para a carniça.

– E a carniça somos nós – o quarto homem acrescentou, seco.

O segundo homem quebrou subitamente o silêncio e remexeu irritado o peso do corpo, fazendo a cadeira gemer.

– Mas por que falar disso? O Império não pode vencer, pode? Seldon garantiu que nós formaremos o Segundo Império no fim. Esta é apenas outra crise. Aconteceram três antes.

– Apenas outra crise, sim! – Forell fez uma cara melancólica. – Mas, no caso das duas primeiras, nós tínhamos Salvor Hardin para nos guiar; na terceira, tivemos Hober Mallow. Quem temos agora?

Ele olhou para os outros, sombrio, e continuou:

– As regras da psico-história de Seldon, nas quais é tão confortável confiar, provavelmente têm, como uma das variáveis que entram no cálculo, certa iniciativa normal da parte do povo da própria Fundação. As leis de Seldon ajudam a quem se ajuda.

– Os tempos fazem o homem – disse o terceiro homem. – Olhe aí outro provérbio para você.

– Vocês não podem contar com isso, não com certeza absoluta – grunhiu Forell. – Agora, para mim, as coisas estão do seguinte jeito: se esta é a quarta crise, então Seldon a previu. Se previu, então ela pode ser superada, e deve haver um jeito de fazer isso. Agora, o Império é mais forte do que nós; sempre foi. Mas esta é a primeira vez que corremos o perigo de um ataque direto, por isso essa força se torna terrivelmente ameaçadora. Se a situação puder ser superada, deverá ser novamente, como em todas as crises anteriores, por um outro método que não a pura força. Precisamos encontrar o lado fraco de nosso inimigo e atacá-lo ali.

– E que lado fraco é esse? – perguntou o quarto homem. – Você tem alguma teoria?

– Não. Esta é a questão a que estou querendo chegar. Nossos maiores líderes do passado sempre viram os pontos fracos de seus inimigos e miraram neles. Mas agora...

Havia em sua voz um tom de desamparo, e por um momento ninguém se atreveu a fazer um comentário.

Então, o quarto homem falou:

– Precisamos de espiões.

Forell se virou para ele, ansioso.

– Exato! Não sei quando o Império irá atacar. Ainda pode haver tempo.

– O próprio Hober Mallow penetrou nos domínios imperiais – sugeriu o segundo homem.

Mas Forell balançou a cabeça.

– Nada tão direto. Nenhum de nós é exatamente jovem; e todos estamos enferrujados de tanta burocracia e detalhes administrativos. Precisamos de jovens que estejam em campo agora...

– Os comerciantes independentes? – perguntou o quarto homem.

E Forell balançou a cabeça afirmativamente e sussurrou:

– Se ainda houver tempo...

03.
A MÃO MORTA

Bel Riose interrompeu seu andar irritado de um lado para o outro para levantar a cabeça, esperançoso, quando seu assessor entrou.

– Alguma notícia da *Starlet*?

– Nenhuma. O grupo de batedores adentrou o quadrante, mas os instrumentos não detectaram nada. O comandante Yume relatou que a frota está pronta para um ataque imediato em retaliação.

O general balançou a cabeça.

– Não, não para uma nave de patrulha. Ainda não. Diga a ele para dobrar... Espere! Eu vou escrever a mensagem. Codifique-a e transmita-a em um feixe estreito.

Ele escreveu enquanto falava e jogou o papel para o oficial que aguardava.

– O siwenniano já chegou?

– Ainda não.

– Bem, faça com que seja trazido para cá assim que chegar.

O assessor prestou continência e saiu. Riose retomou seu caminhar de animal aprisionado.

Quando a porta se abriu pela segunda vez, era Ducem Barr quem estava no limiar. Lentamente, seguindo os passos do assessor que o conduzia, entrou no aposento vistoso, cujo teto era um modelo holográfico ornamentado da Galáxia, no centro do qual Bel Riose encontrava-se em pé, usando seu uniforme de campo.

– Bom dia, patrício! – o general empurrou uma cadeira com o pé e fez um gesto para o assessor que significava "essa porta deverá permanecer fechada até que eu mesmo a abra".

Ele ficou em pé diante do siwenniano, as pernas afastadas, a mão segurando o pulso às costas, equilibrando-se devagar, pensativamente, sobre os calcanhares.

Então, com rispidez, disse:

– Patrício, você é um súdito leal do imperador?

Barr, que havia mantido um silêncio indiferente até então, franziu uma testa, sem se comprometer.

– Não tenho motivo para amar o governo imperial.

– O que é muito diferente de dizer que você seria um traidor.

– É verdade. Mas o mero ato de não ser um traidor também é muito diferente de concordar em ajudar ativamente.

– Normalmente, isso também seria verdade. Mas recusar-se a ajudar neste momento – Riose disse, deliberadamente – será considerado traição e tratado de acordo.

Barr juntou as sobrancelhas.

– Poupe sua clava verbal para seus subordinados. Uma simples declaração de seus desejos e necessidades me será suficiente aqui.

Riose se sentou e cruzou as pernas.

– Barr, nós tivemos uma conversa anterior, há meio ano atrás.

– Sobre seus mágicos?

– Sim. Você se lembra do que eu disse que faria.

Barr assentiu. Seus braços repousavam, murchos, sobre o colo.

– Você iria visitá-los nos lugares que eles frequentam, e ficou fora por quatro meses. Você os encontrou?

– Se os encontrei? Encontrei, sim – gritou Riose. Seus lábios estavam rígidos. Parecia exigir esforço para evitar ranger os dentes. – Patrício, eles não são mágicos; são demônios. Acreditar nisso é tão difícil quanto seria viajar daqui para as galáxias externas. Imagine! É um mundo do tamanho de um lenço, de uma unha; com recursos tão limitados, um poder tão minúsculo, uma população tão microscópica que nunca seria suficiente para os mundos mais atrasados das prefeituras empoeiradas das Estrelas Escuras. E, no entanto, um povo tão orgulhoso e ambicioso a ponto de sonhar, de forma silenciosa e metódica, com o domínio galáctico. Ora, eles têm tanta segurança que sequer têm pressa. Eles se movem lentamente, fleumaticamente; falam de séculos necessários. Eles engolem mundos à vontade; arrastam-se por sistemas com lentidão e complacência. E tiveram sucesso. Não há ninguém que os detenha. Construíram uma comunidade comercial imunda que curva seus tentáculos sobre os sistemas ainda mais distantes do que suas naves de brinquedo podem alcançar. Por parsecs, seus comerciantes, que é como seus agentes chamam a si mesmos, penetram.

Ducem Barr interrompeu o fluxo, irritado.

– Quanto dessa informação é confirmada, e quanto é simples fúria?

O soldado prendeu a respiração e ficou mais calmo.

– Minha fúria não me cega. Eu lhe digo que estive em mundos mais próximos a Siwenna do que a Fundação, onde o Império era um mito distante, e onde os comerciantes eram verdades vivas. Nós mesmos fomos confundidos por comerciantes.

– A própria Fundação lhe disse que seu objetivo era o domínio da Galáxia?

– Dizer-me! – Riose tornou a ficar violento. – Não foi uma questão de dizer. Os representantes oficiais nada disseram. Falaram exclusivamente de negócios. Mas conversei com homens comuns. Absorvi as ideias da gente comum; seu "destino manifesto", sua calma aceitação de um grande futuro. É uma coisa que não pode ser escondida; um otimismo universal que eles não tentam sequer esconder.

O siwenniano exibia abertamente uma certa satisfação silenciosa.

– Você irá notar que, até agora, parece sustentar, de forma muito precisa, a reconstrução dos eventos que fiz a partir dos poucos dados sobre o assunto que coletei.

– Não há dúvida – replicou Riose com irritação e sarcasmo – de que isso é um tributo aos seus poderes analíticos. E também é um comentário sincero e incisivo sobre o perigo cada vez maior para os domínios de Sua Majestade Imperial.

Barr deu de ombros, para demonstrar sua falta de preocupação, e Riose se inclinou subitamente para a frente, para segurar os ombros do velho e olhar, com uma curiosa gentileza, dentro de seus olhos.

– Agora, patrício – ele disse –, nada disso. Não tenho desejo algum de ser bárbaro. De minha parte, o legado de hostilidade siwenniana para com o Império é um fardo odioso, e um fardo que faria tudo em meu poder para erradicar. Mas minha província são as forças armadas e a interferência em assuntos civis é impossível. Isso provocaria uma ordem de regresso e arruinaria minha utilidade imediatamente. Percebe isso? Eu sei que percebe. Entre mim e você, então, deixe que a atrocidade de quarenta anos atrás seja compensada por sua vingança contra o autor e, assim, esquecida. Preciso de sua ajuda. Admito isso com franqueza.

Havia todo um mundo de urgência na voz do jovem, mas a cabeça de Ducem Barr balançou de modo leve e deliberado, em um gesto negativo.

– Você não entende, patrício – disse Riose, implorando –, e duvido de minha capacidade de fazê-lo compreender. Não posso argumentar no seu território. Você é o erudito, eu não. Mas uma coisa posso lhe dizer. Seja o que for que pensa do Império, você admitirá seus grandes serviços. As forças armadas cometeram crimes isolados mas, no todo, elas têm sido uma força de paz e de civilização. Foi a marinha imperial que criou a Pax Imperium que governou a Galáxia por milhares de anos. Compare os milênios de paz sob o símbolo do Espaçonave-e-Sol do Império aos milênios de anarquia interestelar que os precederam. Considere as guerras e a devastação dos velhos dias e me diga se, com todos os seus erros, não vale a pena preservar o Império. Considere – ele continuou enérgico – ao que se reduziu a fronteira exterior da Galáxia nesses dias de ruptura e independência e pergunte a si mesmo se, por causa de uma vingança mesquinha, você reduziria Siwenna, de sua condição de província sob a proteção de uma poderosa marinha, a um mundo bárbaro numa galáxia bárbara, toda imersa em independência fragmentada e degradação e miséria comuns.

– Ficou tão ruim... tão rápido? – murmurou o siwenniano.

– Não – admitiu Riose. – Nós estaríamos seguros, sem dúvida, mesmo que vivêssemos quatro vezes mais. Mas é pelo Império que luto; isso, e uma tradição militar que é só minha, e que não posso transferir para você. É uma tradição militar construída sobre a instituição imperial à qual sirvo.

– Você está ficando místico, e sempre achei difícil entender o misticismo de outra pessoa.

– Não importa. Você entende o perigo dessa Fundação.

– Fui eu quem apontou o que chama de perigo, antes mesmo que você saísse de Siwenna.

– Então percebe que ela deve ser detida no embrião, ou talvez nunca seja. Você conhecia essa Fundação antes que qualquer um tivesse ouvido falar nela. Você sabe mais sobre ela do que qualquer pessoa no Império. Provavelmente sabe o melhor modo de atacá-la; e provavelmente pode me avisar com antecedência de suas contramedidas. Vamos, sejamos amigos.

Ducem Barr se levantou. Disse, sem emoção na voz:

– Essa ajuda que eu poderia lhe dar nada significa. Então o livrarei dela, em face de sua exigência extenuante.

– Eu julgarei o significado disso.

– Não, estou falando sério. Nem todo o poder do Império poderia conseguir esmagar esse mundo minúsculo.

– Por que não? – Os olhos de Bel Riose reluziram ferozes. – Não, fique onde está. Eu lhe digo quando você pode ir embora. Por que não? Se pensa que estou subestimando este inimigo que descobri, está enganado. Patrício – ele disse, com relutância –, perdi uma nave no meu retorno. Não tenho provas de que caiu nas mãos da Fundação; mas não foi localizada desde então, e, se fosse apenas um acidente, seu casco certamente teria sido encontrado ao longo da rota que tomamos. Não é uma perda importante; menos de um décimo de uma mordida de pulga, mas pode significar que a Fundação já abriu as hostilidades. Essa disposição e desconsideração pelas consequências podem significar forças secretas das quais nada conheço. Você poderia me ajudar, então, respondendo a uma questão específica? Qual é o poderio militar deles?

– Não faço ideia.

– Então, explique-se em seus próprios termos. Por que você diz que o Império não pode derrotar este pequeno inimigo?

O siwenniano se sentou mais uma vez e desviou os olhos do olhar fixo de Riose. Falou pesadamente:

– Porque tenho fé nos princípios da psico-história. Ela é uma ciência estranha. Atingiu a maturidade matemática com um homem, Hari Seldon, e morreu com ele, pois nenhum homem desde então foi capaz de manipular suas complexidades. Mas, nesse curto período, ela provou ser o instrumento mais poderoso jamais inventado para o estudo da humanidade. Sem fingir prever as ações de indivíduos, ela formulou leis definitivas capazes de análise e extrapolação matemática para governar e prever a ação em massa de grupos humanos.

– Então...

– Seldon e o grupo com o qual ele trabalhou aplicaram a psico-história com força total para criar a Fundação. O lugar, tempo e as condições, tudo isso conspira matematicamente e, portanto, inevitavelmente, para a criação de um Segundo Império Galáctico.

A voz de Riose tremia de indignação.

– Você quer dizer que essa arte dele prevê que eu atacaria a Fundação e perderia tal e tal batalha por tal e tal motivo? Você está tentando dizer que sou um tolo robotizado, seguindo um curso predeterminado para a destruição?

– Não – respondeu o velho patrício, com seriedade. – Eu já disse que a ciência nada tem a ver com ações individuais. É o pano de fundo maior que foi previsto.

– Então continuamos presos à mão da Deusa da Necessidade Histórica.

– Da Necessidade *Psico*-histórica – provocou Barr, baixinho.

– E se eu exercer minha prerrogativa de livre-arbítrio? Se eu escolher atacar no ano que vem ou não atacar? Quão flexível é essa Deusa? Que recursos tem?

Barr deu de ombros.

– Ataque agora ou nunca; com uma única nave, ou com toda a força do Império; pela força militar ou por pressão econômica; por uma declaração de guerra honesta e aberta ou por emboscada traiçoeira. Faça o que desejar, no mais amplo exercício de livre-arbítrio. Você ainda perderá.

– Por causa da mão morta de Hari Seldon?

– Por causa da mão morta da matemática do comportamento humano, que não pode ser detida, desviada nem atrasada.

Os dois se encararam em um impasse, até que o general recuou.

– Vou aceitar esse desafio – disse, simplesmente. – É uma mão morta contra uma vontade viva.

—— **CLEON II...**
Normalmente chamado "O Grande". O último imperador forte do Primeiro Império, ele é importante pelo renascimento político e artístico que ocorreu durante seu longo reinado. É mais conhecido na ficção, entretanto, por sua ligação com Bel Riose, e para o homem comum é simplesmente "O imperador de Riose". É importante não permitir que os eventos do último ano de seu reinado se sobreponham a quarenta anos de...

ENCICLOPÉDIA GALÁCTICA

04.
O IMPERADOR

Cleon II era o Senhor do Universo. Cleon II também sofria de uma doença dolorosa e não diagnosticada. Pelos estranhos caminhos tortuosos das questões humanas, essas duas declarações não são mutuamente exclusivas, nem sequer particularmente incongruentes. A história comporta um número exaustivamente grande de precedentes.

Mas Cleon II não se importava em nada com esses precedentes. Meditar sobre uma lista longa de casos semelhantes não reduziria o sofrimento pessoal um elétron sequer. Ele se acalmava um pouco quando pensava que, se seu bisavô havia sido o governante pirata de um planetinha que era um grão de poeira, ele próprio dormia no palácio do prazer de Ammenetik, o Grande, como herdeiro de uma linha de governantes galácticos que se estendia até um passado tênue. No momento, não o consolava saber que os esforços de seu pai haviam limpado o reino dos fragmentos leprosos de rebelião e restauraram a paz e a unidade que ele havia desfrutado sob o reinado de Stanel VI; que, como consequência, nos vinte e cinco anos de seu reinado, nem uma nuvem de revolta havia nublado o brilho de sua glória.

O imperador da Galáxia e Senhor de Tudo gemeu ao balançar a cabeça para trás no revigorante plano de força sobre seus travesseiros. Este cedia com uma suavidade que não tocava, e, com o comichão agradável, Cleon relaxou um pouco. Sentou-se com dificuldade e ficou olhando, plácido, para as paredes distantes da grande câmara. Era um quarto ruim para se ficar sozinho. Grande demais. Todos os quartos eram grandes demais.

Mas melhor ficar sozinho durante esses ataques agonizantes do que suportar os cuidados dos cortesãos, a simpatia exagerada, a postura suave e condescendente. Melhor estar sozinho do que ficar olhando essas máscaras insípidas por trás das quais giravam as tortuosas especulações sobre as chances de morte e as fortunas da sucessão.

Seus pensamentos o apressavam. Havia seus três filhos; três jovens de espinha ereta, virtuosos e promissores. Onde estariam nesses dias ruins? Estavam esperando, sem dúvida. Um vigiando o outro; e todos a vigiá-lo.

Ele se mexeu, desconfortável. E agora Brodrig ansiava por uma audiência. O fiel Brodrig, nascido fora da nobreza; fiel porque era odiado com um ódio unânime e cordial; o único ponto de acordo entre a dúzia de partidos em que se dividia a corte.

Brodrig – o fiel favorito, que tinha de ser fiel, já que, a menos que tivesse a mais veloz nave de corrida da Galáxia e entrasse nela no dia da morte do imperador, estaria na câmara de radiação no dia seguinte.

Cleon tocou a alavanca suave no braço de seu grande divã e a imensa porta no final do quarto se dissolveu em transparência.

Brodrig avançou ao longo do tapete rubro e se ajoelhou para beijar a mão flácida do imperador.

– Sua saúde, senhor? – perguntou o secretário particular em um tom baixo de adequada apreensão.

– Estou vivo – o imperador retrucou, exasperado. – Se é que você pode chamar de vida, quando cada canalha capaz de ler um livro de medicina me usa como uma tábula rasa e receptiva para seus débeis experimentos. Se existe um remédio concebível, químico, físico ou nuclear, que ainda não foi experimentado, ora, então alguma besta culta dos cantos mais distantes do Império chegará amanhã para tentar. E ainda mais um livro recém-descoberto, ou mais provavelmente uma falsificação, será usado como autoridade. Pela memória de meu pai – ele murmurou, selvagemente –, parece que não existe um bípede que não esteja extinto que seja capaz de estudar a doença diante de seus olhos com os próprios olhos. Não há um que consiga medir a pulsação sem um livro dos Anciãos à frente. Eu estou doente e eles dizem que a doença é "desconhecida". Os idiotas! Se, no decorrer de milênios, os corpos humanos tiverem encontrado novos meios de funcionar mal, esses meios não estão cobertos pelos estudos dos antigos e ficam para sempre incuráveis. Os antigos deviam estar vivos agora, ou eu, na época deles.

O imperador soltou um palavrão baixinho enquanto Brodrig aguardava, diligentemente. Cleon II disse irritado:

– Quantos estão esperando lá fora?

Ele sacudiu a cabeça na direção da porta.

Brodrig disse, paciente:

– O Grande Salão contém o número de costume.

– Bem, que esperem. Questões de Estado me ocupam. Mande o capitão da guarda anunciar isso. Ou, espere, esqueça as questões de Estado. Apenas mande anunciar que não darei audiências, e deixe o capitão da guarda com cara de tacho. Os chacais entre eles que se traiam uns aos outros. – O imperador fez uma cara de desgosto.

– Há um boato, senhor – Brodrig disse, mansinho –, de que é o seu coração que o perturba.

O sorriso do imperador pouco mudou da careta anterior.

– Ele irá magoar outras pessoas mais do que a mim se alguém agir prematuramente com base nesse boato. Mas o que é que *você* quer? Vamos acabar logo com isso.

Brodrig se levantou de sua postura ajoelhada ao receber um gesto de permissão e disse:

– Tem a ver com o general Bel Riose, governador militar de Siwenna.

– Riose? – Cleon II franziu bem a testa. – Não estou ligando o nome à pessoa. Espere, é o tal que enviou aquela mensagem quixotesca há alguns meses? Sim, eu me lembro. Pediu permissão para entrar numa trilha de conquistas pela glória do Império e do imperador.

– Exatamente, senhor.

O imperador deu uma risada curta.

– Você achava que eu ainda tinha generais assim comigo, Brodrig? Ele me parece um curioso atavismo. Qual foi a resposta? Acredito que foi você quem cuidou disso.

– Fui eu, sim, senhor. Ele foi instruído a fornecer informações adicionais e não efetuar nenhum ato envolvendo ação naval sem ordens do Império.

– *Humf.* Seguro o bastante. Quem é esse Riose? Ele já esteve na corte alguma vez?

Brodrig assentiu, e sua boca se retorceu um pouco.

– Ele começou a carreira como cadete nos Guardas, há dez anos. Tomou parte naquele caso no Aglomerado de Lemul.

– O Aglomerado de Lemul? Você sabe que minha memória não é mais... Não foi a vez em que um jovem soldado salvou duas naves da linha de uma colisão frontal com... ah... uma coisa ou outra? – Ele fez um gesto impaciente com a mão. – Não me lembro dos detalhes. Foi uma coisa heroica.

– Esse soldado era Riose. Ele recebeu uma promoção por isso – Brodrig disse, seco. – E uma promoção de campo a comandante de nave.

– E agora é governador militar de um sistema de fronteira, ainda jovem. É um homem capaz, Brodrig!

– Arriscado, senhor. Vive no passado. Sonha com tempos antigos, ou melhor, com os mitos do que os tempos antigos costumavam ser. Esse tipo de homem é inofensivo em si, mas sua estranha falta de contato com a realidade faz com que seja tolo para outros. – E acrescentou: – Seus homens, ao que sei, estão completamente sob seu controle. Ele é um de seus generais *populares*.

– É mesmo? – devaneou o imperador. – Ora, vamos, Brodrig. Eu não gostaria de ter apenas incompetentes a meu serviço. Eles em si certamente não estabelecem um padrão invejável de fidelidade.

– Um traidor incompetente não é perigoso. São os homens capazes que devem ser vigiados.

– E você entre eles, Brodrig? – Cleon II riu e, depois, fez uma careta de dor. – Bem, então, você pode esquecer o sermão por ora. Que novos desenvolvimentos existem na questão desse jovem conquistador? Espero que você não tenha vindo apenas para relembrar os velhos tempos.

– Outra mensagem, senhor, foi recebida do general Riose.

– Ah, é? E por que motivo?

– Ele espionou a terra daqueles bárbaros e solicita uma expedição maciça. Sua argumentação é longa e um tanto tediosa. Não vale a pena aborrecer Sua Majestade Imperial com isso no momento, durante sua indisposição. Particularmente porque isso será discutido à exaustão durante a sessão do Conselho dos Lordes. – Ele olhou de banda para o imperador.

Cleon II franziu a testa.

– Os Lordes? É um assunto para eles, Brodrig? Isso vai significar mais pedidos de uma interpretação mais ampla da Carta. A coisa sempre dá nisso.

– Não dá para evitar, senhor. Poderia ter sido melhor se seu augusto pai tivesse sufocado a última rebelião sem conceder a Carta. Mas, já que ela está aqui, precisamos aguentá-la por enquanto.

– Acho que você tem razão. Então, que sejam os Lordes. Mas por que toda essa solenidade, homem? Afinal de contas, é uma questão menor. O sucesso numa fronteira distante com poucas tropas dificilmente pode ser considerado assunto de Estado.

Brodrig deu um sorriso estreito. Disse, friamente:

– É o assunto de um idiota romântico; mas até mesmo um idiota romântico pode ser uma arma mortal quando um rebelde nada romântico o utiliza como instrumento. Senhor, o homem era popular aqui, e é popular lá. Ele é jovem. Se anexar um ou dois planetas bárbaros quaisquer, será um conquistador. Agora, um jovem conquistador que se provou capaz de levantar o entusiasmo de pilotos, mineradores, comerciantes e da ralé em geral é perigoso a qualquer momento. Mesmo que ele não tivesse o desejo de fazer com o senhor o que seu augusto pai fez com o usurpador, Ricker, então um de nossos leais Lordes de Domínio pode decidir usá-lo como arma.

Cleon II moveu um braço, apressado, e ficou rígido de dor. Aos poucos, conseguiu relaxar, mas seu sorriso era fraco e sua voz, um sussurro.

– Você é um súdito valioso, Brodrig. Sempre suspeita bem mais do que o necessário, e só preciso adotar metade das precauções que sugere para estar totalmente seguro. Vamos levar isso aos Lordes. Veremos o que dizem e agiremos de acordo. Esse jovem, suponho, ainda não fez nenhum movimento hostil.

– Ele não relata nenhum. Mas já pede reforços.

– Reforços! – Os olhos do imperador se estreitaram de surpresa. – Qual a força com ele?

– Dez naves da linha, senhor, com um complemento inteiro de naves auxiliares. Duas das naves estão equipadas com motores que foram recuperados da velha Grande Frota, e uma tem uma bateria de artilharia energética da mesma fonte. As outras naves são recentes, dos últimos cinquenta anos, mas ainda assim funcionam bem.

– Dez naves parecem adequadas para qualquer atividade razoável. Ora, com menos de dez naves, meu pai conquistou suas primeiras vitórias contra o usurpador. *Quem são* esses bárbaros que ele está combatendo?

O secretário particular ergueu um pedante par de sobrancelhas.

– Ele se refere a eles como "a Fundação".

– A Fundação? O que é isso?

– Não há registro, senhor. Procurei cuidadosamente nos arquivos. A área da Galáxia indicada cai na antiga província de Anacreon, que há dois séculos se entregou à barbárie, à pirataria e à anarquia. Não há planeta conhecido como Fundação na província, entretanto. Havia uma referência vaga a um grupo de cientistas que partiu para aquela província logo antes de sua separação de nossa proteção. Eles iam preparar uma Enciclopédia. – Ele sorriu de leve. – Acho que a chamavam de Enciclopédia Fundação.

– Bem – o imperador pensou, sombrio –, isso parece uma conexão muito tênue sobre a qual avançar.

– Não estou avançando, senhor. Nenhuma palavra jamais foi recebida dessa expedição depois do crescimento da anarquia naquela região. Se seus descendentes ainda vivem e conservam o nome, então quase que certamente reverteram à barbárie.

– Então ele quer reforços – o imperador olhou feroz para seu secretário. – Isso é muito peculiar; propor enfrentar selvagens com dez naves e pedir mais antes de desferir o primeiro golpe. E, no entanto, começo a me lembrar desse Riose; ele era um garoto bem-apessoado, de família leal. Brodrig, há complicações nisso que não entendo. Pode haver mais importância do que parece.

Os dedos dele brincavam distraídos com o lençol reluzente que cobria suas pernas endurecidas. Ele disse:

– Preciso de um homem lá fora; um que tenha olhos, cérebro e lealdade. Brodrig...

O secretário baixou uma cabeça submissa.

– E as naves, senhor?

– Ainda não! – o imperador gemeu baixinho e se ajeitou aos poucos, com calma. Apontou um dedo fraco. – Não até sabermos mais. Reúna o Conselho dos Lordes para esta semana. Será uma boa oportunidade para a nova apropriação, também. *Isso* eu vou aprovar ou cabeças rolarão.

Reclinou a cabeça que doía sobre a comichão suave do travesseiro de campo de força.

– Vá agora, Brodrig, e mande entrar o médico. Ele é a pior besta de todas.

05. COMEÇA A GUERRA

Do ponto de irradiação de Siwenna, as forças do Império se estenderam cuidadosamente para a escuridão desconhecida da Periferia. Naves gigantes cruzaram as vastas distâncias que separavam as estrelas errantes na borda da Galáxia, e foram tateando o caminho em torno da borda mais externa da influência da Fundação.

Mundos isolados em sua nova barbárie de dois séculos sentiram mais uma vez a sensação dos senhores imperiais sobre seu solo. Juramentos de fidelidade foram realizados em face da artilharia maciça que cobria capitais inteiras.

Guarnições foram deixadas; guarnições de homens vestindo o uniforme imperial com a insígnia da Espaçonave-e-Sol no ombro. Os velhos notavam isso e se lembravam mais uma vez das histórias esquecidas dos pais de seus avós, dos tempos em que o universo era grande, rico e pacífico e que essa mesma Espaçonave-e-Sol a tudo dominava.

Então, as grandes naves passaram a tecer sua linha de bases avançadas ao redor da Fundação. E, a cada mundo que era costurado em seu devido lugar no tecido, um relatório seguia para Bel Riose no quartel-general que ele havia estabelecido no terreno árido e rochoso de um planeta errante sem sol.

Agora Riose relaxava e sorria, cínico, para Ducem Barr.

– E então, o que *você* acha, patrício?

– Eu? De que valem meus pensamentos? Não sou militar. – Ele contemplou, com um olhar desgostoso e cansado, a desordem atulhada da sala de pedra que fora escavada na parede de uma caverna de ar, luz e calor artificiais que marcavam uma única bolha de vida na vastidão de um planeta morto. – Pela ajuda que eu poderia lhe dar – ele resmungou –, ou gostaria de lhe dar, você poderia me levar de volta a Siwenna.

– Ainda não. Ainda não. – O general virou sua cadeira para o canto que continha a esfera enorme, transparente e brilhante que mapeava a antiga prefeitura imperial de Anacreon e setores vizinhos. – Mais tarde, quando tudo isso acabar, você voltará aos seus livros e a mais do que isso. Providenciarei para que as propriedades de sua família lhe sejam devolvidas e aos seus filhos, pela eternidade.

– Obrigado – disse Barr, com uma leve ironia –, mas não compartilho de sua fé num final feliz para isso tudo.

Riose deu uma risada ríspida.

– Não comece com resmungos proféticos outra vez. Este mapa fala mais alto que todas as suas teorias lamurientas. – Ele acariciou a curva de seu contorno invisível gentilmente. – Você sabe ler um mapa em projeção radial? Sabe? Bem, aqui, veja por si mesmo. As estrelas douradas representam os territórios imperiais. As estrelas vermelhas são as que estão sujeitas à Fundação e as rosadas são provavelmente as que estão dentro da esfera econômica de influência dela. Agora, observe...

A mão de Riose cobriu uma alavanca redonda e, lentamente, uma área de pontos brancos sólidos mudou para um azul bem escuro. Como uma xícara invertida, elas envolviam os vermelhos e os rosados.

– Essas estrelas azuis foram tomadas pelas minhas forças – disse Riose, com uma satisfação silenciosa – e ainda avançam. Nenhuma oposição apareceu em parte alguma. Os bárbaros estão quietos. E, em particular, nenhuma oposição veio das forças da Fundação. Elas dormem bem e em paz.

– Você espalhou suas forças de modo tênue, não foi? – perguntou Barr.

– Na verdade – disse Riose –, apesar das aparências, não foi o que eu fiz. Os pontos-chave, onde coloquei guarnições e fortificações, são relativamente poucos, mas foram escolhidos cuidadosamente. O resultado é que a força despendida é pequena, mas o resultado estratégico grande. Existem muitas vantagens, mais do que parece para qualquer pessoa que não tenha feito um estudo cuidadoso de táticas espaciais, mas é aparente para qualquer um, por exemplo, que posso lançar um ataque a partir de qualquer ponto em uma esfera fechada, e que quando eu tiver terminado será impossível para a Fundação atacar no flanco ou na retaguarda. Com relação a eles, não terei flanco nem retaguarda. Essa estratégia do Cerco Anterior foi tentada antes, notadamente nas campanhas de Loris VI, há cerca de dois mil anos, mas sempre de modo imperfeito; sempre com o conhecimento e a tentativa de interferência do inimigo. Isto é diferente.

– O caso ideal dos manuais? – A voz de Barr era lânguida e indiferente.

Riose ficou impaciente.

– Você ainda acha que minhas forças fracassarão?

– Elas devem.

– Você compreende que não existe caso na história militar em que um Cerco tenha sido completado sem que as forças de ataque não tenham vencido no final, a não ser onde há uma marinha externa com força suficiente para romper o Cerco?

– Se o senhor diz.

– E, ainda assim, você persiste em sua fé.

– Sim.

Riose deu de ombros.

– Então, persista.

Barr permitiu que o silêncio irritado prosseguisse por um momento e então perguntou, baixinho:

– Já recebeu resposta do imperador?

Riose tirou um cigarro de um receptáculo na parede atrás de sua cabeça, colocou uma piteira na boca e acendeu o cigarro com cuidado.

– Você está se referindo ao meu pedido de reforços? – disse. – Ela veio, mas foi tudo. Apenas a resposta.

– Nada de naves.

– Nada. Eu meio que já esperava isso. Francamente, patrício, eu nunca deveria ter me permitido ser atropelado por suas teorias, solicitando-as em primeiro lugar. Isso me colocou em uma falsa luz.

– É mesmo?

– Definitivamente. As naves são material raro. As guerras civis dos últimos dois séculos destruíram mais da metade da Grande Frota e o que sobrou está em péssima condição. Você sabe que não é que as naves que construímos hoje em dia não valham nada. Não acho que exista um homem na Galáxia, hoje, que consiga construir um motor hipernuclear de primeira qualidade.

– Eu já sabia disso – disse o siwenniano. Seus olhos eram pensativos e introspectivos. – Eu não sabia era que *você* sabia. Então, Sua Majestade Imperial não pode desperdiçar naves. A psico-história poderia ter previsto isso; na verdade, ela provavelmente previu. Eu devia dizer que a mão morta de Hari Seldon ganha a rodada de abertura.

Riose respondeu rispidamente.

– Eu já tenho naves suficientes. Seu Seldon não ganha nada. Se a situação ficar mais séria, então mais naves *estarão* disponíveis. O imperador ainda não sabe toda a história.

– É mesmo? O que você não lhe contou?

– Suas teorias, obviamente – Riose lançou-lhe um olhar sarcástico. – A história é, com todo respeito a você, inerentemente improvável. Se os desenvolvimentos permitirem, e se os eventos me fornecerem provas, então, mas somente então, eu pleitearei o caso de perigo mortal. E, além disso – Riose continuou, informal –, a história, sem fatos que a comprovem, na verdade, tem um sabor de *lesa-majestade* que dificilmente poderia ser agradável para Sua Majestade Imperial.

O velho patrício sorriu.

– Você quer dizer que contar a ele que seu augusto trono está em perigo de subversão por um grupo de bárbaros esfarrapados dos confins do universo não é um aviso de que ele vá gostar ou no qual irá acreditar. Então, você nada espera dele.

– A menos que você conte um enviado especial como alguma coisa.

– E por que um enviado especial?

– É um velho costume. Uma representação direta da coroa está presente em todas as campanhas militares que estão sob auspícios do governo.

– É mesmo? Por quê?

– É um meio de preservar o símbolo da liderança imperial pessoal em todas as campanhas. Ele ganhou uma função secundária de assegurar a fidelidade dos generais. Nem sempre é bem-sucedido nesse ponto.

– Você vai achar isso inconveniente, general. Uma autoridade externa, quero dizer.

– Não duvido – Riose ficou levemente vermelho –, mas não se pode evitar...

O receptor na mão do general emitiu um brilho quente, e, com uma vibração sutil, o cilindro de comunicações caiu em seu slot. Riose desenrolou-o.

– Ótimo! É *isso*!

Ducem Barr levantou uma sobrancelha levemente questionadora.

– Você sabe que capturamos um desses comerciantes – disse Riose. – Vivo... e com sua nave intacta.

– Ouvi falar.

– Bem, eles acabaram de trazê-lo, e ele estará aqui em um minuto. Continue sentado, patrício. Quero você aqui quando eu for interrogá-lo. Foi por isso que o chamei aqui, em primeiro lugar. Você poderá compreendê-lo, enquanto posso deixar passar pontos importantes.

A campainha da porta soou e um toque do pé do general fez a porta se abrir. O homem que estava no limiar era alto e barbado, vestia uma túnica curta de plástico-couro fino, com um capuz preso à nuca. Suas mãos estavam livres, e se ele reparou que os homens ao seu redor estavam armados, não se deu ao trabalho de indicar.

Entrou casualmente e olhou ao redor com olhos calculistas. Cumprimentou o general com um aceno rudimentar de mão e um meio aceno de cabeça.

– Seu nome? – Riose exigiu saber, com rispidez.

– Lathan Devers – o comerciante enfiou os polegares no cinturão grande e enfeitado. – Você é o chefe aqui?

– Você é comerciante da Fundação?

– É isso mesmo. Escute, se você é o chefe, é melhor dizer aos seus empregados aqui para liberar minha carga.

O general levantou a mão e olhou friamente para o prisioneiro.

– Responda às perguntas. Não ouse dar ordens.

– Tudo bem. Concordo. Mas um dos seus rapazes abriu um buraco de sessenta centímetros no próprio peito enfiando os dedos onde não devia.

Riose desviou o olhar para o tenente de serviço.

– Este homem está dizendo a verdade? Seu relatório, Vrank, era de que nenhuma vida havia sido perdida.

– E nenhuma tinha sido, senhor – o tenente respondeu duro, apreensivo. – Até então. Posteriormente, houve uma certa disposição para efetuar uma busca na nave, pois surgiu um rumor de que havia uma mulher a bordo. Em vez disso, senhor, muitos instrumentos de natureza desconhecida foram localizados, instrumentos que o prisioneiro afirma serem sua carga comercial. Um deles emitiu um relâmpago ao ser manipulado e o soldado que o segurava morreu.

O general se voltou para o comerciante.

– Sua nave carrega explosivos nucleares?

– Pela Galáxia, não. Para quê? O idiota agarrou um golpeador nuclear com a ponta errada para a frente e ajustado para dispersão máxima. Isso é uma coisa que não se faz. É a mesma coisa que apontar uma arma de nêutrons para a cabeça. Eu o teria detido, se não tivesse cinco homens sentados em cima de mim.

Riose fez um gesto para o guarda que esperava.

– Pode ir. A nave capturada deverá ser lacrada contra qualquer intrusão. Sente-se, Devers.

O comerciante obedeceu, no ponto indicado, e suportou, corajoso, o escrutínio duro do general do Império e o olhar curioso do patrício siwenniano.

Riose disse:

– Você é um homem sensato, Devers.

– Obrigado. Está impressionado com a minha cara ou quer alguma coisa? Já lhe adianto uma coisa. Sou um ótimo homem de negócios.

– É quase a mesma coisa. Você entregou sua nave, quando poderia ter decidido desperdiçar sua munição e acabar reduzido a poeira de elétrons. Isso poderá resultar num bom tratamento para você, se mantiver esse tipo de atitude.

– Um bom tratamento é o que eu mais anseio, chefe.

– Ótimo, e cooperação é o que eu mais anseio – Riose sorriu, e disse em voz baixa para Ducem Barr: – Espero que a palavra "anseio" signifique o que eu acho que significa. Já ouviu um jargão tão bárbaro?

Devers disse, tranquilo:

– Certo. Já chequei você. Mas de que tipo de cooperação você está falando, chefe? Para ser sincero, não sei onde estou. – Ele olhou ao redor. – Onde fica este lugar, por exemplo, e qual é a ideia?

– Ah, esqueci a outra metade das apresentações. Peço desculpas. – Riose estava de bom humor. – Este cavalheiro é Ducem Barr, patrício do Império. Eu sou Bel Riose, par do Império e general de terceira classe das forças armadas de Sua Majestade Imperial.

O queixo do comerciante caiu.

– O Império? – ele disse. – Quero dizer, o velho Império sobre o qual nos ensinaram na escola? Ha! Engraçado! Eu sempre imaginei que ele não existisse mais.

– Olhe ao seu redor. Ele existe – Riose disse, sério.

– Mas era de se esperar – e Lathan Devers apontou a barba para o teto. – Minha banheira foi abordada por um conjunto de naves bem bonito, todo polido. Nenhum reino da Periferia poderia ter criado aquilo – franziu a testa. – Então, qual é a jogada, chefe? Ou chamo você de general?

– O jogo se chama guerra.

– Império *versus* Fundação, é isso?

– Exato.

– Por quê?

– Acho que você sabe por quê.

O comerciante olhou firme e balançou a cabeça.

Riose deixou o outro deliberar, então disse, baixinho:

– Tenho certeza de que você sabe por quê.

– Aqui está quente – Lathan Devers murmurou, e se levantou para tirar a jaqueta com capuz. Então voltou a se sentar e esticou as pernas à sua frente.

– Sabem – ele disse, confortavelmente –, acho que vocês estão pensando que eu devia pular com um grito e atacar vocês. Posso pegar você antes que possa se mover, se escolher bem o momento, e esse sujeito velho que está sentado ali e não fala nada não poderia fazer muita coisa pra me impedir.

– Mas você não vai fazer isso – Riose disse, confiante.

– Não vou – Devers concordou, amigável. – Primeiro, matá-lo não impediria a guerra, suponho. Existem mais generais de onde você veio.

– Calculado com muita precisão.

– Além do quê, eu provavelmente seria derrubado cerca de dois segundos depois de pegar você, e rapidamente morto, ou lentamente, dependendo. Mas eu estaria morto, e nunca gosto de contar com isso quando estou fazendo planos. Não compensa.

– Eu disse que você era um homem sensato.

– Mas há uma coisa de que eu gostaria, chefe. Gostaria que me dissesse o que quer dizer quando fala que sei por que o senhor está nos atacando. Não sei; e jogos de adivinhação me aborrecem profundamente.

– É? Já ouviu falar de Hari Seldon?

– Não. Eu *disse* que não gosto de jogos de adivinhação.

Riose deu uma olhada de esguelha para Ducem Barr, que sorriu com uma gentileza comedida e voltou à expressão de sonho interior.

Riose disse com uma careta:

– *Você* não deve brincar, Devers. Há uma tradição, ou fábula, ou história exagerada – não me interessa o quê – sobre sua Fundação: que vocês, um dia, fundarão o Segundo Império. Conheço uma versão bastante detalhada da bobagem psico-histórica de Hari Seldon e os planos de vocês para, um dia, lançar uma agressão contra o Império.

– É mesmo? – Devers assentiu pensativo. – E quem lhe contou isso tudo?

– Faz diferença? – perguntou Riose, com uma suavidade perigosa. – Você não está aqui para questionar nada. Eu quero o que você sabe sobre a Fábula de Seldon.

– Mas se é uma fábula...

– Não brinque com as palavras, Devers.

– Não estou brincando. Na verdade, eu conto tudo direto pra você. Você sabe tudo o que sei sobre isso. É bobagem, coisa de mentirinha. Todo mundo tem seu folclore; não dá pra fugir disso. Sim, eu já ouvi esse tipo de conversa; Seldon, Segundo Império etc. etc. Eles colocam crianças para dormir à noite contando essas coisas. Os moleques se reúnem em salas vazias com seus projetores de bolso e ficam babando e vendo thrillers de Seldon. Mas são coisas completamente infantis. Ou para adultos não inteligentes, de qualquer maneira. – O comerciante balançou a cabeça.

Os olhos do general imperial estavam sombrios.

– É mesmo? Você desperdiça suas mentiras, homem. Eu estive no planeta Terminus. Conheço a sua Fundação. Eu a olhei nos olhos.

– E você vem me perguntar isso? Eu, que não fico num mesmo lugar por mais de dois meses há dez anos. *Você* é quem está perdendo seu tempo. Mas vá em frente, se está atrás de fábulas.

E Barr falou pela primeira vez, manso:

– Você está tão confiante, então, de que a Fundação vai ganhar?

O comerciante se virou. Enrubesceu ligeiramente, e uma velha cicatriz numa das têmporas ficou branca.

– Hummmm, o parceiro silencioso. Como você tirou *isso* do que eu disse, velhinho?

Riose assentiu muito rapidamente para Barr, e o siwenniano continuou, em voz baixa.

– Porque a ideia o *incomodaria* se você achasse que seu mundo poderia perder a guerra, e sofrer a colheita amarga da derrota, eu sei. *Meu* mundo um dia fez isso, e ainda faz.

Lathan Devers mexeu na barba, olhou de um de seus oponentes para o outro e então deu uma risada.

– Ele sempre fala assim, chefe? Escutem – ele começou a ficar sério –, o que é a derrota? Já vi guerras e já vi derrotas. E se o vencedor assume o poder? Quem se incomoda? Eu? Caras como eu? – Ele balançou a cabeça.

– Entendam uma coisa – o comerciante falou num tom sério e honesto. – Existem cinco ou seis maiorais gordos que costumam dominar um planeta médio. Eles é que ficam com a parte do leão, mas não perco o meu sono por causa deles. Entenderam? As pessoas? O povo? Claro, alguns morrem e o resto paga impostos extras por um tempo. Mas tudo se acerta; a coisa se esgota. E então é a antiga situação novamente, com cinco ou seis outros.

As narinas de Ducem Barr se inflamaram e os tendões de sua mão direita velha sofreram um espasmo; mas ele não disse nada.

Os olhos de Lathan Devers estavam fixos nele. Não perdiam nada.

– Escute – ele falou –, passei a vida no espaço pelas minhas tranqueiras baratinhas e a gorjeta para a cerveja que recebo dos monopólios. Tem gente grande lá – ele fez um gesto com o polegar sobre o ombro –, que fica sentada em casa e recolhe, a cada minuto, o que eu ganho por ano... tirando isso da minha margem e de outros como eu. Suponha que *vocês* dirigissem a Fundação. Ainda precisariam de nós. Precisariam de nós mais do que aos monopólios, porque não saberiam por onde começar e nós poderíamos trazer o dinheiro vivo. Faríamos um negócio melhor com o Império. Sim, faríamos; e sou um homem de negócios. Se a coisa levar a lucro, estou dentro.

E ficou olhando para os dois com uma beligerância sarcástica.

O silêncio permaneceu por minutos sem ser quebrado, e então um cilindro chacoalhou em seu slot. O general o abriu, viu sua impressão perfeita e olhou rapidamente as imagens.

– Preparar plano indicando a posição de cada nave em ação. Espere ordens com a defensiva em armamento total.

Ele estendeu a mão para pegar a capa. Quando a prendeu nos ombros, murmurou para Barr, num tom monocórdico, mal abrindo a boca:

– Estou deixando esse homem com você. Espero resultados. Isto é guerra e eu posso ser cruel com fracassos. Lembre-se disso! – e saiu, com um cumprimento dirigido a ambos.

Lathan Devers olhou para ele.

– Bem, mexeram na ferida dele. O que é que houve?

– Uma batalha, obviamente – Barr disse mal-humorado. – As forças da Fundação estão vindo para sua primeira batalha. É melhor você vir junto.

Havia soldados armados no aposento. A postura deles era respeitosa, e o rosto, rígido. Devers seguiu o orgulhoso patriarca siwenniano para fora do aposento.

O aposento para o qual foram levados era menor e menos mobiliado. Continha dois leitos, uma visitela, um chuveiro e instalações sanitárias. Os soldados se afastaram marchando, e a porta grossa se fechou com um estrondo.

– *Humf*? – Devers olhou ao redor com desaprovação. – Isto aqui parece permanente.

– E é – Barr disse, rapidamente. O velho siwenniano lhe deu as costas.

– Qual é o seu jogo, velhinho? – o comerciante perguntou, irritado.

– Eu não tenho jogo nenhum. Você está sob meus cuidados, é só.

O comerciante se levantou e avançou. Seu corpo maciço assomou sobre o patrício, que não se moveu.

– É mesmo? Mas você está dentro desta cela comigo e, quando foi trazido para cá, as armas estavam apontadas tanto para você quanto para mim. Escute, você ficou todo irritadinho com minhas ideias sobre guerra e paz.

Ele esperou infrutiferamente.

– Tudo bem, deixe-me perguntar uma coisa. Você disse que o *seu* país foi atacado uma vez. Por quem? O povo-cometa das nebulosas exteriores?

Barr levantou a cabeça.

– Pelo Império.

– É mesmo? Então, o que você está fazendo aqui?

Barr manteve um silêncio eloquente.

O comerciante esticou um lábio inferior e fez um gesto lento com a cabeça. Retirou o bracelete de elos achatados que estava preso a seu pulso direito e o estendeu.

– O que você acha disso? – Usava um idêntico no esquerdo.

O siwenniano pegou o ornamento. Respondeu devagar para o gesto do comerciante e o colocou. O estranho formigamento no pulso passou rapidamente.

A voz de Devers mudou imediatamente.

– Certo, velhinho, agora você entendeu. É só falar normalmente. Se este aposento estiver grampeado, eles não vão captar nada. Você está usando agora um Distorcedor de Campo; genuíno design de Mallow. Vale vinte e cinco créditos em qualquer mundo, daqui até a borda exterior. Esse eu lhe dou de graça. Não mexa os lábios ao falar e fique relaxado. Você pega o jeito disso rapidinho.

Ducem Barr se sentiu subitamente cansado. Os olhos penetrantes do comerciante eram luminosos e urgentes. Ele não se sentia à altura do que lhe era exigido.

– O que você quer? – perguntou Barr. As palavras saíam de lábios que não se moviam.

– Já lhe falei. Você faz sons com a boca como o que chamamos de patriota. Mas seu próprio mundo foi esmagado pelo Império, e aqui está você, brincando com o general lourinho do Império. Não faz sentido, faz?

– Eu fiz minha parte – disse Barr. – Um vice-rei imperial conquistador está morto por minha causa.

– É mesmo? Recentemente?

– Quarenta anos atrás.

– Quarenta... anos... atrás? – as palavras pareciam fazer sentido para o comerciante. Ele franziu a testa. – É muito tempo para se viver de memórias. Esse jovem pomposo em uniforme de general sabe disso?

Barr assentiu.

Os olhos de Devers nublaram quando ele começou a pensar.

– Você quer que o Império ganhe?

E o velho patrício siwenniano irrompeu numa fúria súbita e profunda.

– Que o Império e todas as suas obras pereçam numa catástrofe universal.

Toda Siwenna reza por isso, diariamente. Eu já tive irmãos um dia, uma irmã, um pai. Mas tenho filhos agora e netos. O general sabe onde encontrá-los.

Devers aguardou.

Barr continuou num sussurro.

– Mas isso não me deteria se os resultados valessem o risco. Eles saberiam como morrer.

O comerciante disse gentilmente:

– Você matou um vice-rei uma vez, hein? Sabe, estou reconhecendo algumas coisas. Um dia tivemos um prefeito, Hober Mallow era o nome dele. Visitou Siwenna; é o seu mundo, não é? Ele conheceu um homem chamado Barr.

Ducem Barr olhou duro e desconfiado.

– O que você sabe sobre isso?

– O que todo comerciante da Fundação sabe. Você pode ser um velhote inteligente, colocado aqui para ficar do meu lado. Claro, eles apontariam armas em sua direção e você odiaria o Império, e defenderia até o fim sua destruição. Então eu me apaixonaria por você e confessaria tudo e, ora, o general não ficaria feliz com isso? Não há muita chance de isso acontecer, velhinho. Mas, mesmo assim, eu gostaria que você provasse que é filho de Onum Barr de Siwenna... o sexto e mais jovem, que escapou do massacre.

A mão de Ducem Barr tremeu quando ele abriu a caixa de metal achatada em um recesso da parede. O objeto de metal que retirou chacoalhava suavemente quando ele o enfiou nas mãos do comerciante.

– Olhe isto – ele disse.

Devers olhou. Ele segurou o elo central maior da corrente perto dos olhos e soltou um palavrão baixinho.

– É o monograma de Mallow ou eu sou um novato no espaço, e o design tem cinquenta anos de idade, não menos.

Ele levantou a cabeça e sorriu.

– Aperte aqui, velhinho. Um escudo nuclear para um homem só é toda a prova de que preciso – disse, e estendeu sua mão enorme.

06.
O FAVORITO

As minúsculas naves haviam aparecido das profundezas vazias e entraram em disparada no meio da armada. Sem um disparo ou raio de energia, elas abriram caminho pela área lotada de naves e começaram a ir e vir, enquanto os vagões imperiais se voltaram para elas como feras desajeitadas. Viram-se duas explosões sem ruído que marcaram o espaço enquanto dois dos pequenos mosquitos murchavam em desintegração atômica, e o resto desapareceu.

As grandes naves vasculharam, e então retornaram à sua tarefa original, e, mundo a mundo, a grande teia do Cerco continuou.

O uniforme de Brodrig era majestoso; cuidadosamente talhado e cuidadosamente vestido. Sua caminhada por entre os jardins do obscuro planeta Wanda, agora quartel-general temporário do Império, era despreocupada; sua expressão era sombria.

Bel Riose caminhava com ele, o uniforme de campo aberto no colarinho, e melancólico em seu preto-cinza monótono.

Riose indicou o banco preto liso sob a perfumada árvore-samambaia, cujas folhas grandes em forma de espátula se erguiam, achatadas, contra o sol branco.

– Veja isto, senhor. É uma relíquia do Império. Os bancos ornamentais, construídos para amantes, continuam frescos e úteis, enquanto as fábricas e os palácios desabam em ruínas esquecidas.

Ele se sentou, enquanto o secretário particular de Cleon II permaneceu em pé, ereto ao seu lado, e cortou as folhas acima com movimentos precisos de sua bengala de marfim.

Riose cruzou as pernas e ofereceu um cigarro para o outro. Ele próprio ficou rolando um entre os dedos enquanto falava:

– É o que se esperaria da sabedoria esclarecida de Sua Majestade Imperial, enviar um observador tão competente quanto o senhor. Alivia qualquer ansiedade que eu pudesse ter de que a pressão de negócios mais importantes e mais imediatos pudesse, talvez, obscurecer uma pequena campanha na Periferia.

– Os olhos do imperador estão em toda parte – Brodrig disse, mecanicamente. – Não subestimamos a importância da campanha; mas parece que uma ênfase grande demais está sendo dada à sua dificuldade. Certamente as minúsculas naves deles não são uma barreira tão grande para que devamos passar pela intricada manobra preliminar de um Cerco.

Riose ficou vermelho, mas manteve o equilíbrio.

– Não posso arriscar as vidas de meus homens, que são poucos, ou a destruição de minhas naves, que são insubstituíveis, num ataque muito arriscado. O estabelecimento de um Cerco reservará minhas baixas para o último ataque, por mais difícil que ele seja. As razões militares para isso, tomei a liberdade de explicar ontem.

– Bem, bem, eu não sou militar. Nesse caso, você me assegura que o que parece patente e obviamente certo é, na verdade, errado. Vamos aceitar isso. Mas sua cautela vai bem além. Em sua segunda comunicação, você solicitou reforços. E isso contra um inimigo pobre, pequeno e bárbaro, com o qual você não havia tido uma escaramuça sequer até então. Desejar mais forças sob tais circunstâncias teria um cheiro quase de incapacidade ou coisa pior, se sua carreira pregressa não tivesse dado prova suficiente de sua ousadia e imaginação.

– Eu lhe agradeço – o general disse com frieza –, mas lembraria ao senhor que existe uma diferença entre ousadia e cegueira. Há lugar para uma aposta decisiva quando se conhece o inimigo e pode-se calcular os riscos, pelo menos minimamente; mas mover-se contra um inimigo *desconhecido* é ousadia suficiente. Você poderia perguntar, também, por que o mesmo homem salta em segurança por obstáculos numa corrida durante o dia e tropeça em seus móveis à noite.

Brodrig dispensou as palavras do outro com um gesto curto dos dedos.

– Dramático, mas não satisfatório. Você mesmo já esteve nesse mundo bárbaro. Além disso, tem esse prisioneiro inimigo que fica paparicando, esse comerciante. Não existe nenhuma barreira separando-o do prisioneiro.

– Não? Rogo que o senhor se lembre de que um mundo que se desenvolveu em isolamento por dois séculos não pode ser interpretado, sob a perspectiva de ataque inteligente, a partir de uma visita de um mês. Eu sou um soldado, não um herói musculoso e de covinha no queixo de algum thriller tridimensional subetérico. Tampouco um único prisioneiro, e que é um membro obscuro de um grupo econômico que não tem ligação próxima com o mundo inimigo, me traria todos os segredos interiores da estratégia inimiga.

– Você o interrogou?

– Sim.

– E?

– Foi útil, mas não vital. A nave dele é minúscula, não conta. Ele vende brinquedinhos que são divertidos, e nada mais. Tenho alguns dos mais sofisticados, que pretendo enviar ao imperador como curiosidade. Naturalmente, há muita coisa sobre a nave e seu funcionamento que não compreendo, mas não sou técnico.

– Mas você tem técnicos entre os seus – Brodrig ressaltou.

– Também estou ciente disso – o general respondeu, num tom de voz levemente cáustico. – Mas os idiotas têm muito o que aprender antes de conseguirem atender às minhas necessidades. Eu já pedi homens mais inteligentes, que possam entender os estranhos circuitos de campo nuclear que a nave contém. Não recebi resposta.

– Homens desse tipo não podem ser desperdiçados, general. Certamente deve haver, em sua vasta província, um homem que entenda nucleônica.

– Se existisse um homem assim, ele já estaria consertando os motores quebrados e inválidos de duas naves da minha pequena frota. Duas naves do meu magro contingente de dez, que não podem lutar uma grande batalha por falta de suprimento de energia suficiente. Um quinto da minha força condenado à atividade carniceira de consolidar posições atrás das linhas.

Os dedos do secretário se moviam impacientes.

– Sua posição não é única nesse aspecto, general. O imperador tem problemas semelhantes.

O general jogou fora seu cigarro, amassado e não acendido, acendeu um outro e deu de ombros.

– Bem, não é a questão mais importante agora, essa falta de técnicos de primeira classe. Só que poderia ter feito mais progresso com meu prisioneiro se minha Sonda Psíquica estivesse funcionando.

O secretário ergueu as sobrancelhas.

– Você tem uma Sonda?

– Uma antiga. Superutilizada, que me falha toda vez que preciso. Eu a montei durante o sono do prisioneiro, mas não recebi nada. A Sonda, portanto, de nada valeu. Experimentei-a em meus próprios homens e a reação é bastante adequada, mas, mais uma vez, não existe um entre os técnicos de minha equipe que saiba me dizer por que, com o prisioneiro, ela fracassa. Ducem Barr, que é um teórico, embora não seja mecânico, diz que a estrutura psíquica do prisioneiro pode não ser afetada pela Sonda, já que, desde a infância, ele tem sido submetido a ambientes e estímulos neurais alienígenas. Não sei. Mas ele ainda pode ser útil. Tenho essa esperança com ele.

Brodrig apoiou-se em sua bengala.

– Verei se um especialista está disponível na capital. Enquanto isso, e esse outro homem que você acabou de mencionar, esse siwenniano? Você mantém inimigos demais em suas boas graças.

– Ele conhece o inimigo. Eu também o estou guardando para referência futura e pela ajuda que poderá me dar.

– Mas é um siwenniano, e filho de um rebelde proscrito.

– Ele é velho e indefeso, e sua família está como refém.

– Sei. Mas acho que eu devia falar pessoalmente com esse comerciante.

– Certamente.

– Sozinho – o secretário acrescentou, frio, deixando sua intenção clara.

– Certamente – Riose respondeu, neutro. – Como súdito leal do imperador, eu aceito seu representante pessoal como meu superior. Entretanto, como o comerciante está na base permanente, o senhor terá de deixar as áreas do front num momento conveniente.

– É mesmo? Conveniente de que maneira?

– Conveniente porque o Cerco se completa hoje. Conveniente porque, em uma semana, a Vigésima Frota da Fronteira avançará na direção do núcleo interno da resistência. – Riose sorriu e lhe deu as costas.

De um jeito vago, Brodrig se sentiu ferido.

07.
SUBORNO

O sargento Mori Luk dava um soldado ideal nas fileiras. Ele vinha dos imensos planetas agrícolas das Plêiades, onde somente a vida no exército conseguia romper os laços com o solo e a vida de trabalho duro e sem recompensas; e era típico daquela realidade. Suficientemente sem imaginação para enfrentar o perigo sem medo, era forte e ágil o suficiente para enfrentá-lo com sucesso. Aceitava ordens no mesmo instante, comandava seus homens de forma inflexível e tinha uma adoração inabalável por seu general.

E, mesmo assim, era de natureza alegre. Se matava um homem na linha de combate sem um mínimo de hesitação, era também sem um mínimo de animosidade.

Que o sargento Luk avisasse à porta antes de entrar era um sinal de tato, pois estaria bem dentro de seus direitos entrar sem avisar.

Os dois que estavam dentro levantaram a cabeça da refeição noturna, e um deles estendeu o pé para cortar a voz rachada que saía, vívida, do transmissor de bolso depauperado.

– Mais livros? – perguntou Lathan Devers.

O sargento estendeu o cilindro apertado de filme e coçou o pescoço.

– Ele pertence ao Engenheiro Orre, mas precisa ser devolvido. Ele vai enviá-lo aos filhos, sabem, como o que vocês poderiam chamar de lembrancinha, sabem.

Ducem Barr revirou o cilindro nas mãos, com interesse.

– E onde foi que o engenheiro conseguiu isso? Ele também não tinha um transmissor?

O sargento balançou a cabeça enfaticamente. Apontou para o remanescente amassado ao pé da cama.

– Este é o último do lugar. Esse camarada Orre, agora, conseguiu o livro de um desses mundos-chiqueiro que capturamos aqui fora. Eles o mantinham num grande prédio só para ele, e foi preciso matar alguns dos nativos, que tentaram impedi-lo de pegá-lo.

Ele olhou para o objeto com apreciação.

– É uma bela lembrancinha... para crianças.

Fez uma pausa e depois disse, discretamente:

– Grandes novidades flutuando por aí, a propósito. São só rumores, mas, mesmo assim, é bom demais para não contar. O general conseguiu novamente. – E ele assentiu de modo grave e solene.

– É mesmo? – perguntou Devers. – E o que foi que ele conseguiu?

– Terminou o Cerco, ora – o sargento riu, com um orgulho paternal. – Ele não é o máximo? Não fez tudo certinho? Um dos camaradas que gosta de falar difícil diz que tudo correu suave e tranquilo como a música das esferas, seja lá o que for isso.

– A grande ofensiva começa agora? – Barr perguntou, de mansinho.

– Espero que sim – foi a resposta firme. – Quero voltar à minha nave, agora que meu braço está inteiro novamente. Estou cansado de ficar sentado aqui, sem fazer nada.

– Eu também – resmungou Devers, de modo súbito e selvagem. Teve de se segurar para não falar mais nada.

O sargento olhou desconfiado para ele e disse:

– É melhor eu ir agora. A ronda do capitão é daqui a pouco e prefiro que ele não me pegue aqui.

Fez uma pausa à porta.

– A propósito, cavalheiro – disse, com uma súbita e estranha timidez para o comerciante. – Tive notícias de minha esposa. Ela disse que o pequeno freezer que você me deu para mandar pra ela funciona bem. Não custa nada a ela, e está sendo capaz de conservar o suprimento de um mês de comida completamente congelado. Muito obrigado.

– Tudo bem. Imagine.

A grande porta se fechou sem ruído atrás do sargento sorridente.

Ducem Barr se levantou da cadeira.

– Bem, ele nos dá um retorno justo pelo freezer. Vamos dar uma olhada neste novo livro. Ahh, o título sumiu.

Ele desenrolou cerca de um metro de filme e o olhou contra a luz. Então murmurou:

– Ora, raios que me partam, como diz o sargento. Este é o "Jardim da Suma", Devers.

– É mesmo? – perguntou o comerciante, sem interesse. Ele pôs de lado o que restou de seu jantar. – Sente-se, Barr. Escutar essa literatura antiga não está me fazendo bem algum. Você ouviu o que o sargento falou?

– Ouvi, sim. E daí?

– A ofensiva vai começar. E nós sentados aqui!

– Onde você quer se sentar?

– Você entendeu o que eu quis dizer. Não adianta ficar só esperando.

– Não? – Barr estava retirando cuidadosamente o filme velho do transmissor e instalando o novo. – Você me contou muito sobre a história da Fundação no último mês, e parece que os grandes líderes das crises passadas pouco fizeram além de sentar... e esperar.

– Ah, Barr, mas eles sabiam para onde estavam indo.

– Será mesmo? Suponho que tenham dito isso depois que tudo acabou e, até onde sei, talvez soubessem, mesmo. Mas não há provas de que as coisas não teriam funcionado tão bem quanto, ou melhor, se não soubessem para onde estavam indo. As forças econômicas e sociológicas mais profundas não são dirigidas por homens individuais.

Devers fez cara de desdém.

– Também não há como saber se as coisas não teriam sido piores. Seu argumento também funciona ao contrário – os olhos dele se perderam no espaço.

– E se eu o desintegrasse?

– Quem? Riose?

– Isso.

Barr deu um suspiro. Os olhos envelhecidos estavam preocupados com uma reflexão do passado longínquo.

– Assassinato não é a saída, Devers. Eu tentei uma vez, sob provocação, quando tinha vinte anos... mas não resolveu nada. Removi um vilão de Siwenna, mas não o jugo imperial; e era o jugo imperial, e não o vilão, que importava.

– Mas Riose não é apenas um vilão, velhinho. Ele é todo o maldito exército. O exército desmoronaria sem ele. Todos estão apegados a ele como bebês. O sargento lá fora baba toda vez que fala no homem.

– Mesmo assim. Existem outros exércitos e outros líderes. Você precisa ir mais fundo. Existe esse tal de Brodrig, por exemplo... ninguém mais do que ele pode influenciar o imperador. Ele poderia exigir centenas de naves onde Riose deve pelejar com dez. Conheço a reputação dele.

– É mesmo? E quanto a ele? – Os olhos do comerciante perderam em frustração o que ganharam em interesse aguçado.

– Quer um resumo? É um canalha de baixa extração que, graças à bajulação descarada, mexeu com os caprichos do imperador. É muito odiado pela aristocracia da corte, que também não passa de um bando de vermes pois não tem família nem humildade. É o conselheiro do imperador em todas as coisas e seu instrumento nas piores. É infiel por escolha, mas leal por necessidade. Não há um homem no Império tão sutil em vilania ou tão cru em seus prazeres. E dizem que não há como conseguir os favores do imperador senão por meio dele; e não há como conseguir os favores dele senão por meio da infâmia.

– Uau! – Devers puxou pensativo a barba bem aparada. – E ele é o velho moleque de recados que o imperador mandou para cá para ficar de olho em Riose. Sabe que tive uma ideia?

– Agora, sei.

– Suponha que este Brodrig passe a não gostar de nosso menino-prodígio do exército?

– Provavelmente já não gosta. Ele não é famoso pela capacidade de gostar das coisas.

– Suponha que a coisa fique ruim mesmo. O imperador poderia ouvir falar nisso e Riose poderia ter problemas.

– Sim, é bem provável. Mas como você propõe que isso aconteça?

– Não sei. Ele poderia ser subornado, talvez?

O patrício riu gentilmente.

– Sim, de certa forma, mas não da maneira como você subornou o sargento; não com um freezer portátil. E mesmo que você alcance a escala dele, não valeria a pena. Provavelmente não há ninguém que seja tão fácil de subornar, mas ele não tem sequer a honestidade fundamental da corrupção honrada. Ele não *permanece* subornado; por nenhuma quantia. Pense em outra coisa.

Devers cruzou as pernas e ficou balançando o dedão rapidamente e inquieto.

– Mas é um começo...

Ele parou; o sinal da porta estava piscando de novo e o sargento encontrava-se na entrada mais uma vez. Ele estava empolgado, e seu rosto largo estava vermelho e sério.

– Senhor – ele começou, numa tentativa agitada de deferência. – Sou-lhe muito grato pelo freezer e o senhor sempre falou comigo com muita educação, embora eu seja apenas o filho de um fazendeiro e os senhores sejam grandes lordes.

Seu sotaque das Plêiades havia ficado mais forte, quase forte demais para que fosse entendido com facilidade e, com a empolgação, o peso de sua origem camponesa apagou completamente a postura militar que ele cultivara por tanto tempo, e com tanto cuidado.

Barr perguntou suavemente:

– O que foi, sargento?

– Lorde Brodrig está vindo para ver os senhores. Amanhã! Eu sei disso porque o capitão mandou preparar meus homens para revista em uniforme completo amanhã para... para ele. Eu pensei... que poderia avisar vocês.

– Obrigado, sargento – disse Barr –, nós agradecemos. Mas está tudo certo, homem. Não há necessidade de...

Mas a expressão no rosto do sargento Luk agora era, inconfundivelmente, de medo. Ele falou, num sussurro rouco:

– Os senhores não ouviram as histórias que os homens contam a respeito dele. De que se vendeu para o demônio do espaço. Não, não riam. Existem histórias terríveis sobre ele. Dizem que tem homens com desintegradores que o seguem por toda parte, e, quando quer prazer, simplesmente manda que desintegrem qualquer um que encontrem. E fazem isso... e ele ri. Dizem que até mesmo o imperador tem pavor, que ele força o imperador a aumentar os impostos e não deixa que ouça as reclamações do povo. E ele odeia o general, é o que dizem. Dizem que adoraria matar o general, porque o nosso general é grande e sábio. Mas não pode, porque nosso general é páreo para qualquer um e sabe que lorde Brodrig é gente ruim.

O sargento piscou; sorriu, com uma timidez incongruente, de seu próprio desabafo. Recuou para a porta. Balançou a cabeça, nervoso.

– Prestem atenção. Olho nele.

E saiu rápido.

Devers levantou a cabeça, o olhar duro.

– Isso facilita as coisas para nós, não é, velhinho?

– Depende – Barr disse, seco – de Brodrig, não é?

Mas Devers não estava ouvindo, estava pensando.

Pensando furiosamente.

Lorde Brodrig abaixou a cabeça ao entrar nos aposentos da tripulação da nave comercial, e seus dois guardas armados o acompanharam rapidamente, com armas fora dos coldres e as caretas duras profissionais dos capangas contratados.

O secretário particular tinha pouco do olhar de alma perdida que lhe era atribuído. Se o demônio do espaço o havia comprado, não havia deixado nenhuma marca visível de posse. Em vez disso, Brodrig poderia ser visto como um sopro de frescor de moda da corte que chegara para aliviar a feiura dura e básica de uma base do exército.

As linhas duras e rígidas de seu traje brilhante e imaculado lhe davam a ilusão de altura, do topo da qual olhos frios e sem emoção miravam o comerciante por sobre um nariz longo. Os finos babados de madrepérola em seus pulsos borboletearam quando ele levou a bengala de marfim para o chão à sua frente e se inclinou sobre ela.

– Não – ele disse, com um pequeno gesto. – Você, fique aí. Esqueça seus brinquedos; não estou interessado neles.

Puxou uma cadeira, limpou-a cuidadosamente com o quadrado iridescente de tecido preso no alto da bengala branca e se sentou. Devers olhou de relance para a segunda cadeira, mas Brodrig disse, preguiçoso:

– Você ficará em pé na presença de um dos Pares do Reino.

Ele sorriu.

Devers deu de ombros.

– Se não está interessado em meu estoque, para que estou aqui?

O Secretário Particular esperou friamente e Devers acrescentou, devagar, um "senhor".

– Por privacidade – disse o secretário. – Agora, é provável que eu viesse duzentos parsecs através do espaço para inspecionar badulaques? É *você* que quero ver. – Extraiu um minúsculo tablete rosado de uma caixa marchetada e colocou-o delicadamente entre os dentes. Chupou-o lentamente, com apreciação.

– Por exemplo – disse ele. – Quem é você? Você é mesmo um cidadão desse mundo bárbaro que está provocando toda essa fúria de frenesi militar?

Devers assentiu, gravemente.

– E você foi realmente capturado *depois* do início dessa escaramuça que ele chama de guerra? Estou me referindo a nosso jovem general.

Devers assentiu, novamente.

– Certo! Muito bem, meu valioso Forasteiro. Vejo que sua fluência na fala é mínima. Vou facilitar as coisas para você. Parece que nosso general aqui está lutando uma guerra aparentemente sem sentido, com transportes horrendos de energia, e isso tem a ver com um mundinho vagabundo no fim do nada que, para um homem de lógica, não pareceria valer sequer um único disparo de arma. Mas o general não é um homem ilógico. Pelo contrário, eu diria que foi extremamente inteligente. Está me entendendo?

– Não acho que eu esteja, senhor.

O secretário inspecionou as unhas e disse:

– Então, escute melhor. O general não desperdiçaria seus homens e naves em um feito estéril de glória. Eu sei que ele *fala* de glória e de honra imperial, mas está bastante óbvio que a afetação de ser um dos temíveis antigos semideuses da Era Heróica não convence. Existe algo além de glória aqui... e ele toma cuidados estranhos e desnecessários com você. Agora, se você fosse *meu* prisioneiro e *me* dissesse o pouco que disse ao nosso general, eu abriria seu abdômen e o estrangularia com seus próprios intestinos.

Devers permaneceu paralisado como pedra. Os olhos dele se moveram ligeiramente, primeiro para um dos seguranças fortes do secretário, e depois, para o outro. Eles estavam preparados; ansiosamente preparados.

O secretário sorriu.

– Ora, ora, você é mesmo um sujeito silencioso. Segundo o general, nem mesmo uma Sonda Psíquica arrancou alguma coisa, e esse foi um erro da parte dele, a propósito, pois me convenceu de que nosso jovem prodígio militar estava mentindo. – Ele parecia de bom humor.

– Meu honesto comerciante – continuou –, eu tenho uma Sonda Psíquica própria, uma sonda que deverá ser bastante adequada para você. Veja isto...

E entre o polegar e o indicador, seguros de um modo negligente, estavam retângulos rosa e amarelos de design intricado, cuja identidade era definitivamente óbvia.

E Devers disse isso.

– Parece dinheiro – ele disse.

— E é dinheiro: o melhor dinheiro do Império, pois é patrocinado por minhas propriedades, que são mais extensas que as do próprio imperador. Cem mil créditos. Tudo aqui! Entre dois dedos! Tudo seu!

— Pelo quê, senhor? Eu sou um bom comerciante, mas todos os negócios têm mão dupla.

— Pelo quê? Pela verdade! Do que o general está atrás? Por que ele está lutando esta guerra?

Lathan Devers deu um suspiro e amaciou a barba, pensativo.

— Do que ele está atrás? — seus olhos seguiam os movimentos das mãos do secretário enquanto ele contava o dinheiro devagar, nota por nota. — Numa palavra, do Império.

— *Humf.* Que comum! As coisas sempre se resumem a isso, no fim das contas. Mas como? Qual é a estrada que leva da fronteira da Galáxia ao pico do Império de maneira tão ampla e convidativa?

— A Fundação — Devers disse, amargo — tem segredos. Eles possuem livros, livros antigos... tão antigos que a linguagem em que estão escritos é conhecida apenas por alguns dos homens de cargos mais altos. Mas os segredos estão guardados por rituais e religião, e ninguém pode usá-los. Eu tentei, e agora estou aqui... e existe uma sentença de morte esperando por mim, lá.

— Compreendo. E esses segredos antigos? Vamos, por cem mil eu mereço os detalhes mais secretos.

— A transmutação dos elementos — Devers disse, curto e grosso.

Os olhos do secretário se estreitaram e perderam um pouco de seu distanciamento.

— Disseram-me que a transmutação prática é impossível pelas leis da nucleônica.

— E é, se forem usadas forças nucleares. Mas os antigos eram rapazes espertos. Existem fontes de energia maiores que os núcleos, e mais fundamentais. Se a Fundação usou essas fontes, como sugeri...

Devers teve uma sensação suave de arrepio no estômago. A isca estava pendurada; o peixe estava quase mordendo.

– Continue – disse o secretário subitamente. – O general, tenho certeza, está ciente disso tudo. Mas o que ele pretende fazer, assim que terminar essa ópera-bufa?

Devers manteve a voz firme como rocha.

– Com a transmutação, ele controla a economia de toda a estrutura de seu Império. Recursos minerais não valerão nada quando Riose conseguir transformar alumínio em tungstênio e ferro em irídio. Todo um sistema de produção baseado na escassez de certos elementos e na abundância de outros será inteiramente desequilibrado. Haverá o maior desequilíbrio que o Império já viu e somente Riose será capaz de detê-lo. *E* há a questão dessa nova fonte de energia que mencionei, e que Riose não terá escrúpulos religiosos em usar. Não há nada que possa detê-lo agora. Ele pegou a Fundação pelo pescoço, e assim que terminar com ela, será imperador em dois anos.

– Então – Brodrig riu baixinho. – Ferro em irídio, foi o que você disse, não foi? Vou lhe contar um segredo de Estado. Você sabia que a Fundação já está se comunicando com o general?

Devers ficou rígido.

– Você parece surpreso. Por que não? Agora, parece lógico. Eles lhe ofereceram cem toneladas de irídio por ano, por um acordo de paz. Cem toneladas de *ferro* convertido para irídio em violação de seus princípios religiosos para salvar o pescoço deles. Muito justo, mas não é de se espantar que nosso general rígido e incorruptível tenha recusado... quando pode ter o irídio e, também, o Império. E o pobre Cleon, que o considera seu único general honesto. Meu comerciante atordoado, você fez por merecer seu dinheiro.

Ele o jogou e Devers correu atrás das notas voadoras.

Lorde Brodrig parou na porta e se virou.

– Um lembrete, comerciante. Meus colegas com as armas aqui não têm ouvidos, línguas, instrução nem inteligência. Eles não podem ouvir, falar, escrever e nem sequer conseguem fazer sentido para uma Sonda Psíquica. Mas são bastante experientes em execuções interessantes. Eu comprei você, homem, pelo preço de cem mil créditos. Você será uma mercadoria boa e valiosa.

Caso se esqueça de que foi comprado e tente... digamos... repetir nossa conversa para Riose, você será executado. Mas executado à minha maneira.

E, naquele rosto delicado, subitamente se formaram linhas duras de crueldade ansiosa que transformaram o sorriso estudado em uma careta de lábios vermelhos. Por um breve segundo, Devers viu o demônio do espaço que havia comprado seu comprador espreitando por trás dos olhos dele.

Silenciosamente, ele precedeu as duas armas desintegradoras dos "colegas" de Brodrig até seus aposentos.

E, quando Ducem Barr perguntou, ele disse, com satisfação e mau humor:

– Não, esta é a parte mais estranha. *Ele* me subornou.

Dois meses de uma guerra difícil haviam deixado sua marca em Bel Riose. Uma gravidade pesada o cercava; e ele estava de pavio curto.

Foi com impaciência que se dirigiu ao sargento Luk, que o venerava.

– Espere do lado de fora, soldado, e conduza estes homens de volta aos seus aposentos quando eu tiver acabado. Ninguém deve entrar até que eu chame. Ninguém, entendeu?

O sargento prestou continência, rígido, do lado de fora do aposento e Riose, resmungando seu desgosto, recolheu os papéis em sua mesa, jogou-os na gaveta de cima e fechou-a com estrépito.

– Sentem-se – ele disse, austero, para os dois que aguardavam. – Não tenho muito tempo. Estritamente falando, não deveria estar aqui, mas era necessário vê-los.

Virou-se para Ducem Barr, cujos dedos longos acariciavam com interesse o cubo de cristal onde estava embutido o simulacro do rosto enrugado e austero de Sua Majestade Imperial, Cleon II.

– Em primeiro lugar, patrício – disse o general –, seu Seldon está perdendo. Na verdade, ele batalha bem, mas esses homens da Fundação enxameiam como abelhas sem rumo e lutam como loucos. Cada planeta é defendido ferozmente e, uma vez tomado, cada planeta é tão sacudido por rebeliões que dá tanto trabalho para manter quanto deu para conquistar. Mas eles são conquistados e são mantidos. Seu Seldon está perdendo.

– Mas ainda não perdeu – Barr murmurou, educadamente.

– A Fundação propriamente dita é menos otimista. Eles me ofereceram milhões para que eu não fizesse esse Seldon passar pelo teste final.

– É o que ouvi dizer.

– Ah, os boatos me precedem? Você também já sabe da última?

– Qual é a última?

– Ora, que lorde Brodrig, o queridinho do imperador, é agora o segundo em comando, por sua própria solicitação?

Devers falou pela primeira vez.

– Por sua própria solicitação, chefe? Como é isso? Ou o senhor está começando a gostar do sujeito? – ele riu.

– Não, não posso dizer isso – Riose disse calmamente. – É só que ele comprou o posto a um preço que considero justo e adequado.

– E que é...?

– Um pedido de reforços para o imperador.

O sorriso de desprezo de Devers aumentou.

– Ele se comunicou com o imperador, hein? E eu aposto, chefe, que o senhor só está esperando esses reforços chegarem, mas eles vão chegar a qualquer dia. Certo?

– Errado! Eles já chegaram. Cinco naves da linha; velozes e fortes, com uma mensagem pessoal de parabéns do imperador, e mais naves a caminho. O que foi, comerciante? – ele perguntou, sarcástico.

Devers falou por lábios subitamente paralisados.

– Nada!

Riose se levantou de trás da mesa e encarou o comerciante, a mão na coronha de seu desintegrador.

– Repito: o que foi, comerciante? Parece que a notícia o perturbou. Certamente, você não tem nenhum interesse súbito na Fundação.

– Não tenho.

– Sim... há algumas coisas estranhas a respeito de você.

– É mesmo, chefia? – Devers sorriu tenso e fechou as mãos em punhos dentro dos bolsos. – É só colocá-las em fila que eu derrubo uma a uma para o senhor.

– Aqui estão. Você foi apanhado facilmente. Rendeu-se no primeiro golpe, com um escudo queimado. Está pronto para desertar de seu mundo e isso sem negociar um preço. Interessante tudo isso, não é?

– Eu quero estar do lado que ganhar, chefia. Sou um homem sensato; o senhor mesmo já me chamou disso.

Riose disse, com a garganta fechada:

– É verdade! Mesmo assim, nenhum comerciante jamais foi capturado desde então. Toda nave comercial, exceto a sua, teve a velocidade para escapar, se quisesse. Toda nave comercial, exceto a sua, tinha escudos que podiam suportar a surra que um cruzador ligeiro poderia lhe dar, caso escolhesse lutar. E todo comerciante, exceto você, lutou até a morte quando a ocasião exigiu. Rastreamos os comerciantes como líderes e instigadores da guerrilha em planetas ocupados, e dos ataques aéreos no espaço ocupado. E você é o *único* homem sensato, então? Nem luta nem foge, mas vira traidor sem precisar de estímulo. Você é especial, incrivelmente especial: na verdade, especial a ponto de me fazer desconfiar.

Devers disse, baixinho:

– Eu entendi o que o senhor disse, mas não tem nada contra mim. Já estou aqui há seis meses e tenho me comportado bem.

– É verdade, e eu o recompensei, dando-lhe um bom tratamento. Deixei sua nave intacta e o tratei com toda consideração. Mas você falhou. Informações oferecidas livremente, por exemplo, sobre seus dispositivos poderiam ter ajudado. Os princípios atômicos sobre os quais eles são construídos parecem ser usados em algumas das armas mais terríveis da Fundação. Certo?

– Eu sou apenas um comerciante – disse Devers –, e não um desses técnicos sabichões. Eu vendo coisas; não as fabrico.

– Bem, isso nós veremos em breve. Foi para isso que vim aqui. Por exemplo, sua nave será revistada em busca de um escudo de força pessoal. Você nunca usou um; mas todos os soldados da Fundação usam. Será uma prova significativa de que há informações que você optou por não me dar. Certo?

Não houve resposta. Ele continuou:

– E haverá evidências mais diretas. Eu trouxe comigo a Sonda Psíquica. Ela já falhou uma vez antes, mas o contato com o inimigo é uma boa educação.

Sua voz era suavemente ameaçadora e Devers sentiu a arma encostar com força em suas costas – a arma do general, que até então havia ficado dentro do coldre.

O general disse baixinho:

– Você irá retirar sua pulseira e qualquer outro ornamento de metal que usa e entregá-los a mim. Devagar! Campos atômicos podem ser distorcidos, você sabe, e Sondas Psíquicas, nesse caso, só sondarão estática. Isso mesmo. Eu fico com isso.

O receptor sobre a mesa do general estava brilhando, e uma cápsula de mensagem bateu no slot com um clique, perto de onde Barr estava, ainda segurando o busto imperial tridimensional.

Riose foi para trás da mesa, a arma desintegradora ainda apontada.

– Você também, patrício – disse a Barr. – Seu bracelete o condena. Você nos ajudou antes e não sou vingativo, mas julgarei o destino de sua família feita refém pelos resultados da Sonda Psíquica.

E, quando Riose se curvou para pegar a cápsula de mensagem, Barr ergueu o busto de Cleon, envolto por cristal, e silenciosa e metodicamente bateu com ele na cabeça do general.

Tudo aconteceu rápido demais para Devers apreender. Foi como se um demônio veloz tivesse crescido, de repente, dentro do velho.

– Fora! – disse Barr, num sussurro entre dentes. – Rápido! – Ele pegou o desintegrador que Riose deixara cair e o enfiou dentro da blusa.

O sargento Luk se virou quando eles surgiram da menor abertura possível da porta.

Barr disse, tranquilo:

– Vá na frente, sargento!

Devers fechou a porta ao passar.

O sargento Luk foi em silêncio até os aposentos deles e, então, com a pausa mais breve, continuou em frente, pois sentira o cano de um desintegrador empurrá-lo nas costas e uma voz dura em seus ouvidos, que disse:

– Para a nave comercial.

Devers deu um passo à frente para abrir a escotilha de ar, e Barr disse:

– Fique onde está, Luk. Você foi um homem decente e não vamos matá-lo.

Mas o sargento reconheceu o monograma na arma. Ele gritou, engasgando com fúria:

– Vocês mataram o general.

Com um brado selvagem e incoerente, atacou cegamente a fúria desintegradora da arma e desabou, numa ruína desintegrada.

A nave comercial elevava-se acima do planeta morto antes que as luzes de sinalização começassem seu fantasmagórico piscar e, contra a teia cremosa da grande Lente do céu que era a Galáxia, outras formas escuras surgiram.

– Segure firme, Barr – disse Devers, sombrio –, e vamos ver se eles têm uma nave que consiga me alcançar.

Ele sabia que não!

E, uma vez no espaço aberto, a voz do comerciante parecia perdida e morta quando disse:

– A isca que joguei para Brodrig foi um pouco boa demais. Parece que ele se uniu ao general.

Rapidamente, eles correram para as profundezas da massa estelar que era a Galáxia.

08.
PARA TRANTOR

Devers estava curvado sobre o pequeno globo morto, procurando um minúsculo sinal de vida. O controle direcional estava peneirando lenta e completamente o espaço com suas camadas finas de sinais.

Barr ficou olhando pacientemente de onde estava sentado, no catre baixo no canto.

– Não há mais sinais deles? – perguntou.

– Dos garotos do Império? Não – o comerciante grunhiu as palavras com evidente impaciência. – Despistamos os palhaços há muito tempo. Pelo espaço! Com os Saltos que demos às cegas pelo hiperespaço, temos sorte de não termos pousado na barriga de um sol. Eles não conseguiriam nos seguir mesmo se fossem mais velozes do que nós, coisa que não são.

Ele se recostou e afrouxou o colarinho com um puxão.

– Eu não sei o que aqueles garotos do Império fizeram aqui. Acho que algumas das fendas estão desalinhadas.

– Suponho, então, que você está tentando chegar à Fundação.

– Estou contatando a Associação... ou, pelo menos, tentando.

— A Associação? Quem são eles?

— A Associação de Comerciantes Independentes. Nunca ouviu falar, hein? Bem, você não é o único. Ainda não fizemos nossa grande estreia!

Durante um tempo fez-se um silêncio centrado no Indicador de Recepção inerte e Barr disse:

— Você está dentro do alcance?

— Não sei. Tenho apenas uma pequena noção de onde estamos, indo por voo cego. É por isso que tenho de usar controle direcional. Pode levar anos, sabe.

— Pode mesmo?

Barr apontou e Devers deu um pulo, ajustando seus fones de ouvido. Dentro da pequena esfera leitosa havia um minúsculo brilho branco.

Por meia hora, Devers acalentou o fio frágil de comunicação que se estendia pelo hiperespaço, para conectar dois pontos que a luz lenta levaria quinhentos anos para unir.

Então ele se recostou, sem esperanças. Levantou a cabeça e tirou os fones de ouvido.

— Vamos comer, velhinho. Há um chuveiro-agulha que você pode usar se quiser, mas maneire na água quente.

Agachou-se à frente de um dos armários que percorriam uma das paredes e começou a tatear, sentindo o conteúdo.

— Espero que você não seja vegetariano.

— Sou onívoro — disse Barr. — Mas e quanto à Associação? Você perdeu o contato com eles?

— Aparentemente, sim. Era de longo alcance, um pouco longo demais. Mas não importa. Já tenho tudo isso contado.

Ele se levantou e pôs os dois recipientes metálicos sobre a mesa.

— É só esperar cinco minutos, velhinho, depois abra apertando o contato. É prato, comida e garfo: coisas que vêm bem a calhar para quando você está com pressa, se não estiver interessado em adicionais como guardanapos. Suponho que queira saber o que consegui com a Associação.

— Se não for segredo.

Devers balançou a cabeça.

– Para o senhor, não. O que Riose disse era verdade.

– Sobre a oferta de tributos?

– Isso. Eles ofereceram *e* foi recusado. As coisas estão ruins. Há combates nos sóis exteriores de Loris.

– Loris fica perto da Fundação?

– Hein? Ah, você não sabe. É um dos Quatro Reinos originais. Você poderia dizer que faz parte da linha interna de defesa. Mas isso não é o pior. Eles têm combatido naves grandes que nunca foram vistas anteriormente. O que significa que Riose não estava nos dizendo a verdade. Ele tem recebido mais naves, *sim*. Brodrig *mudou* de lado e eu *baguncei* as coisas.

Seus olhos estavam vazios quando ele juntou os pontos de contato do recipiente de comida, que se abriu sem falhas. O prato, que lembrava um cozido, exalou um vapor cheiroso pelo aposento. Ducem Barr já estava comendo.

– Então – disse Barr –, os improvisos já eram. Não podemos fazer nada aqui; não podemos atravessar as linhas imperiais para retornar à Fundação; não podemos fazer nada a não ser o que é mais sensato: esperar pacientemente. Entretanto, se Riose tiver alcançado a linha interior, acredito que a espera não será longa.

E Devers colocou o garfo de lado.

– Esperar, é? – ele resfolegou, irritado. – Para *você* isso está muito bom. Você não tem nada a perder.

– Não tenho? – Barr deu um sorriso tênue.

– Não. Na verdade, eu vou lhe contar. – A irritação de Devers já estava passando da superfície. – Estou cansado de olhar para esse negócio todo como se fosse uma coisinha interessante numa lâmina de microscópio. Tenho amigos em algum lugar lá fora, morrendo; e um mundo inteiro lá fora, meu lar, morrendo também. Você é forasteiro. Você não sabe.

– Eu já vi amigos morrerem. – As mãos do velho estavam moles em seu colo e seus olhos estavam fechados. – Você é casado?

– Comerciantes não se casam – disse Devers.

– Bem, eu tenho dois filhos e um sobrinho. Eles foram avisados, mas, por várias razões, não conseguiram fazer nada. Nossa fuga significa a morte deles. Minha filha e meus dois netos, espero, deixaram o planeta antes disso, mas, mesmo excluindo-os, já arrisquei e perdi mais que você.

Devers estava cansado, mas irritado.

– Eu sei. Mas foi uma questão de escolha. Você poderia ter cooperado com Riose. Eu nunca lhe pedi para...

Barr balançou a cabeça.

– Não era questão de escolha, Devers. Fique com sua consciência tranquila; não arrisquei meus filhos por você. Cooperei com Riose enquanto me atrevi. Mas havia a Sonda Psíquica.

O patrício siwenniano abriu os olhos e eles estavam agudos de dor.

– Riose veio me procurar um dia; foi há mais de um ano. Ele falou de um culto centrado nos mágicos, mas não viu a verdade. Não era exatamente um culto. Sabe, faz quarenta anos que Siwenna foi apanhada no mesmo torniquete intolerável que ameaça seu mundo. Cinco revoltas foram esmagadas. Então, descobri os antigos registros de Hari Seldon... e agora este "culto" espera. Ele espera a vinda dos "mágicos" e está pronto para quando esse dia chegar. Meus filhos são líderes dos que esperam. É *esse* segredo que está na minha mente e que a Sonda jamais deverá tocar. Assim, eles deverão morrer como reféns; pois a alternativa é a morte como rebeldes, e a de metade de Siwenna com eles. Você vê? Não tive escolha! E não sou forasteiro.

Devers abaixou a cabeça e Barr continuou, suavemente:

– É de uma vitória da Fundação que as esperanças de Siwenna dependem. É por uma vitória da Fundação que meus filhos estão sendo sacrificados. E Hari Seldon não pré-calcula a salvação inevitável de Siwenna, como ele faz com a Fundação. Não tenho nenhuma certeza pelo *meu* povo... apenas esperanças.

– Mas o senhor ainda se satisfaz em esperar. Mesmo com a marinha imperial em Loris.

– Eu esperaria, com perfeita confiança – disse Barr, simplesmente –, mesmo se eles tivessem pousado no planeta Terminus.

O comerciante franziu a testa, sem esperanças.

– Eu não sei. Não consigo trabalhar assim; não como mágica. Psico-história ou não, eles são terrivelmente fortes e nós somos fracos. O que Seldon pode fazer a esse respeito?

– Não há nada a *fazer*. Já *foi feito*. Tudo está seguindo agora. O fato de você não ouvir as rodas girando e os gongos batendo não torna a coisa menos garantida.

– Talvez; mas gostaria que você tivesse rachado o crânio de Riose pra valer. Ele é mais nosso inimigo do que todo o seu exército.

– Rachado o crânio dele? Com Brodrig como segundo em comando? – O rosto de Barr ardia de ódio. – Toda Siwenna teria sido refém por minha causa. Brodrig já provou seu valor há muito tempo. Existe um mundo que há cinco anos perdeu um em cada dez homens... e simplesmente por não conseguir pagar impostos avassaladores. Esse mesmo Brodrig era o coletor de impostos. Não, Riose pode ficar vivo. Os castigos que ele impõe são atos de misericórdia, em comparação.

– Mas seis meses, *seis meses*, na base inimiga, sem nada para mostrar. – As mãos fortes de Devers agarraram uma a outra com força, tanto que os dedos estalaram. – Nada para mostrar!

– Ora, ora, espere um pouco. Você me lembrou de uma coisa... – Barr começou a mexer em seu bolso. – Talvez isto aqui valha de alguma coisa – e jogou a pequena esfera de metal sobre a mesa.

Devers a agarrou.

– O que é isso?

– A cápsula de mensagem. Aquela que Riose recebeu logo antes de eu nocauteá-lo. Isso não conta como alguma coisa?

– Não sei. Depende do que estiver dentro dela! – Devers se sentou e começou a girá-la cuidadosamente na mão.

Quando Barr saiu de sua ducha fria e, com prazer, entrou na corrente de ar morno do secador, encontrou Devers, silencioso e absorto, na bancada de trabalho.

O siwenniano bateu em seu corpo com um ritmo abrupto e disse, por sobre o som que pontuava sua fala:

– O que é que você está fazendo?

Devers levantou a cabeça. Gotas de transpiração reluziam em sua barba.

– Vou abrir esta cápsula.

– Você *consegue* abri-la sem a característica pessoal de Riose? – havia uma leve surpresa na voz do siwenniano.

– Se não conseguir, peço demissão da Associação e nunca mais comando uma nave na vida. Fiz uma análise eletrônica tripla do interior e tenho pequenos dispositivos dos quais o Império nunca ouviu falar, especialmente feitos para abrir cápsulas. Eu já fui um arrombador antes disso, sabe. Um comerciante tem de ser um pouco de tudo.

Curvou-se sobre a pequena esfera e um pequeno instrumento achatado sondou delicadamente, soltando fagulhas vermelhas a cada contato sutil.

– Esta cápsula é um trabalho tosco – ele disse –, de qualquer maneira. Esses garotos imperiais não conhecem os macetes do trabalho de precisão. Dá pra perceber. Já viu uma cápsula da Fundação? Ela tem metade do tamanho e é impermeável a análises eletrônicas, para começo de conversa.

E então ficou rígido, os músculos dos ombros sob a túnica enrijecendo-se visivelmente. Sua sonda minúscula pressionou lentamente...

Quando aconteceu, foi sem barulho, mas Devers relaxou e soltou um suspiro. Em sua mão estava a esfera brilhante com a mensagem desenrolada, como uma tira de pergaminho.

– É de Brodrig – ele disse. Então, com desprezo: – O meio da mensagem é permanente. Em uma cápsula da Fundação, a mensagem se oxidaria em gás num minuto.

Mas Ducem Barr fez um gesto para que se calasse. Leu a mensagem rapidamente.

DE: Ammel Brodrig, enviado extraordinário de Sua Majestade Imperial, secretário particular do conselho e par do reino.

PARA: Bel Riose, governador militar de Siwenna, general das forças imperiais e par do reino. Eu o saúdo.

O planeta nº 1120 não mais resiste. Os planos de ofensiva conforme delineados prosseguem sem problemas. O inimigo enfraquece visivelmente e os objetivos definitivos certamente serão alcançados.

Barr levantou a cabeça da escrita quase microscópica e gritou, amargo:

– O idiota! Esse calhorda maldito! *Essa* é que é a mensagem?

– Hein? – disse Devers. Estava vagamente decepcionado.

– Isso não diz nada – Barr resmungou. – Nosso cortesão puxa-saco está brincando de general. Com Riose fora, ele é o comandante de campo e precisa apaziguar o espírito cuspindo relatórios pomposos, tratando de questões militares com as quais nada tem a ver. "O planeta tal e tal não mais resiste." "A ofensiva continua." "O inimigo enfraquece." Esse pavão de cabeça de vácuo!

– Ora, espere um minuto. Fique calmo...

– Jogue isso fora – o velho virou de costas, mortificado. – A Galáxia sabe que nunca esperei que essa mensagem fosse incrivelmente importante, mas em tempos de guerra é razoável supor que até mesmo a ordem mais rotineira que não seja entregue possa atrasar as manobras militares e levar a complicações posteriores. Foi por isso que eu a peguei. Mas isto! Era melhor tê-la deixado lá. Teria desperdiçado um minuto do tempo de Riose que, agora, será usado de maneira mais construtiva.

Mas Devers havia se levantado.

– Quer se segurar e parar de jogar seu peso de um lado para o outro? Pelo amor de Seldon...

Ele estendeu a tira de mensagem diante do nariz de Barr.

– Agora leia isso novamente. O que ele quer dizer com "objetivos definitivos certamente serão alcançados"?

– A conquista da Fundação. Bem?

– Sim? E quem sabe ele esteja falando da conquista do Império? Você sabe que ele *acredita* que esse é o objetivo definitivo.

– E se ele acreditar?

– Se ele acreditar! – O sorriso torto de Devers se perdeu em sua barba. – Ora, veja só, eu vou lhe mostrar.

Com um dedo, a folha monogramática e rica do pergaminho da mensagem foi enfiada de volta no slot. Com uma nota suave, ela desapareceu e o globo voltou a ser um todo liso e sem fraturas. Em algum lugar no interior havia o giro lubrificado dos controles enquanto perdiam sua configuração por movimentos aleatórios.

– Bem, não existe maneira conhecida de abrir esta cápsula sem o conhecimento da característica pessoal de Riose, existe?

– Para o Império, não – disse Barr.

– Então, a evidência que ela contém é desconhecida para nós e absolutamente autêntica.

– Para o Império, sim – disse Barr.

– E o imperador pode abrir isso, não pode? Características pessoais de funcionários do governo devem estar arquivadas. Nós mantemos registros dos *nossos* funcionários na Fundação.

– Na capital imperial também – concordou Barr.

– Então, quando você, como patrício de Siwenna e par do Reino, contar a este Cleon, esse imperador, que seu papagaio de estimação favorito e seu general mais brilhante estão se juntando para derrubá-lo, e lhe entregar a cápsula como evidência, qual *ele* achará que é o "objetivo definitivo" de Brodrig?

Barr se sentou, fraco.

– Espere, não estou entendendo. – Ele passou a mão pelo rosto magro, e disse: – Você não está falando sério, está?

– Estou – Devers estava empolgado e zangado ao mesmo tempo. – Escute, nove dos últimos dez imperadores tiveram a garganta cortada ou as entranhas desintegradas por um ou outro de seus generais com ideias grandiosas na cabeça. Você mesmo me disse isso mais de uma vez. O velho imperador acreditaria em nós tão rápido que faria a cabeça de Riose girar.

– Ele está falando sério *mesmo* – Barr murmurou, mansamente. – Pelo amor da Galáxia, homem, você não pode derrotar uma crise Seldon com um esquema maluco, de livros de contos, sem o menor cabimento. Suponha que você nunca tivesse apanhado a cápsula. Suponha que Brodrig não tivesse usado a palavra "definitivo". Seldon não depende de sorte.

– Se a sorte vier em nossa direção, não existe lei de Seldon que diga que não podemos tirar vantagem.

– Certamente. Mas... mas... – Barr parou, e então falou com calma, mas com visível autocontrole. – Escute, em primeiro lugar, como é que você vai chegar ao planeta Trantor? Você não conhece a localização dele no espaço e eu certamente não me lembro das coordenadas, isso para não falar nas efemérides. Você nem sequer sabe sua própria posição no espaço.

– Não dá para se perder no espaço – sorriu Devers. Ele já estava nos controles. – Vamos descer no planeta mais próximo e voltar com provisões completas e os melhores mapas de navegação que cem mil créditos de Brodrig puderem comprar.

– *E* um tiro de desintegrador na barriga. Nossas descrições estão provavelmente em todos os planetas deste quadrante do Império.

– Velhinho – Devers disse, com paciência –, não seja estraga-prazeres. Riose disse que minha nave se rendeu muito facilmente e, irmão, ele não estava brincando. Esta nave tem poder de fogo suficiente e bastante energia em seu escudo para deter qualquer coisa que encontrarmos neste ponto da fronteira. E temos escudos pessoais também. Os garotos do Império nunca os acharam, sabe, mas eles não deveriam mesmo ser achados.

– Está certo – disse Barr. – Está certo. Suponha que cheguemos a Trantor. Como é que você vai ver o imperador, então? Acha que ele atende ao público no horário comercial?

– Suponha que nos preocupemos com isso quando chegarmos a Trantor – disse Devers.

E Barr resmungou, indefeso.

– Está certo novamente. Há cinquenta anos que quero mesmo ver Trantor antes de morrer. Faça como quiser.

O motor hipernuclear foi acionado. As luzes piscaram e eles sentiram aquele arranco interno leve que marcava a transição para o hiperespaço.

09.
EM TRANTOR

As estrelas eram tão espessas quanto arbustos num campo não cuidado e, pela primeira vez, Lathan Devers descobriu que as cifras à direita do ponto decimal eram de importância fundamental no cálculo dos Saltos entre as hiper-regiões. Havia uma sensação claustrofóbica na necessidade de Saltos de não mais de um ano-luz. Havia uma brutalidade assustadora em um céu que brilhava sem brechas em todas as direções. Era como estar perdido num mar de radiação.

E, no centro de um aglomerado aberto de dez mil estrelas, cuja luz rasgava em pedaços a fraca escuridão ao redor, circulava o imenso planeta imperial, Trantor.

Mas ele era mais que um planeta; era a pulsação viva de um Império de vinte milhões de sistemas estelares. Ele tinha apenas uma função, administração; um propósito, governo; e um bem manufaturado, a lei.

O mundo inteiro era uma distorção funcional. Não existia objeto vivo em sua superfície a não ser o homem, seus animais de estimação e seus parasitas. Nenhuma folha de relva ou fragmento de solo descoberto podia ser encontrado fora dos quase duzentos quilômetros quadrados do palácio imperial. Não havia água doce fora do terreno do palácio, a não ser nas vastas cisternas subterrâneas que continham o suprimento de água de um mundo.

O metal lustroso, indestrutível e incorruptível que compunha a superfície inteiriça do planeta era a fundação das imensas estruturas metálicas que cobriam o mundo num labirinto. Eram estruturas conectadas por passagens; entrelaçadas por corredores; fechadas por escritórios; alicerçadas pelos imensos centros varejistas que cobriam quilômetros e quilômetros quadrados; recobertas pelo reluzente mundo de diversão que brilhava e se acendia todas as noites.

Era possível caminhar por todo mundo de Trantor e nunca sair de um único prédio conglomerado, nem tampouco ver a cidade.

Uma frota de naves, maior em número do que todas as frotas de guerra que o Império já havia sustentado, pousava suas cargas em Trantor todos os dias, para alimentar os quarenta bilhões de humanos que não davam nada em troca a não ser a satisfação da necessidade de desembaraçar as miríades de fios que espiralavam para dentro da administração central do mais complexo governo que a Humanidade já havia conhecido.

Vinte mundos agrícolas eram o celeiro de Trantor. Um universo era seu serviçal...

Bem presa por imensos braços metálicos em ambos os lados, a nave comercial foi baixada suavemente na rampa enorme que levava para o hangar. Devers já tinha começado a ficar irritado com as múltiplas complicações de um mundo concebido por burocracia e dedicado ao princípio do formulário em quadruplicata.

Houve a parada preliminar no espaço, onde o primeiro do que depois seria uma centena de questionários fora preenchido. Houve uma centena de interrogatórios, a administração rotineira de uma simples Sonda, a fotografia da nave, a Análise de Características dos dois homens e a subsequente gravação das mesmas, a busca por contrabando, o pagamento do imposto de entrada... e, finalmente, a questão dos cartões de identidade e dos vistos de visitantes.

Ducem Barr era um siwenniano súdito do Império, mas Lathan Devers era um desconhecido sem os documentos necessários. O funcionário encarregado no momento ficou devastado de tristeza, mas Devers não podia entrar. Na verdade, ele teria de ficar detido para investigação oficial.

De algum lugar, cem créditos em notas estalando de novas, com o aval das propriedades de lorde Brodrig, apareceram, e mudaram de mãos discretamente. O funcionário fez uma cara de importante e a devastação de sua tristeza foi apaziguada. Um novo formulário apareceu no buraco apropriado. Foi preenchido rápida e eficientemente, com as características de Devers formal e adequadamente vinculadas.

Os dois homens, comerciante e patrício, entraram em Trantor.

No hangar, a nave comercial era outro veículo a ser guardado, fotografado, registrado, conteúdo anotado, cartões de identidade de passageiros copiados via fac-símile, serviço pelo qual uma taxa condizente foi paga, registrada e um recibo, gerado.

E então Devers estava em um enorme terraço sob o brilhante sol branco, ao longo do qual mulheres conversavam, crianças gritavam e homens tomavam drinques languidamente e ouviam enormes televisores que ficavam dando as notícias do Império.

Barr pagou um número exigido de moedas de irídio e se apropriou do exemplar mais alto de uma pilha de jornais. Era o *Notícias Imperiais* de Trantor, órgão oficial do governo. Na parte dos fundos da redação, havia o ruído dos cliques suaves das edições adicionais sendo impressas em comunicação de longa distância com as máquinas operosas da sede do *Notícias Imperiais*, a mais de quinze mil quilômetros de distância pelo corredor – dez mil por máquina aérea –, exatamente como dez milhões de conjuntos de exemplares estavam sendo impressos de modo similar, naquele momento, em dez milhões de outras redações em todo o planeta.

Barr olhou de relance para as manchetes e disse baixinho:

– O que faremos primeiro?

Devers tentou se sacudir para fora da depressão em que havia entrado. Ele estava em um universo muito distante do seu próprio, num mundo que o esmagava com sua complexidade, entre pessoas cujos afazeres eram incompreensíveis e cuja linguagem era quase isso. As torres metálicas brilhantes que o cercavam e prosseguiam sempre em frente, numa multiplicidade interminável, oprimiam-no; toda a vida ocupada e indiferente de uma metrópole-mundo o lançava na penumbra horrível do isolamento e de uma importância minúscula.

– É melhor eu deixar isso por sua conta, velhinho – ele disse.

A voz de Barr estava controlada e calma.

– Eu tentei lhe dizer, mas é difícil acreditar sem ver por si próprio, eu sei disso. Você sabe quantas pessoas querem ver o imperador todos os dias? Cerca de um milhão. Sabe quantas ele vê? Cerca de dez. Teremos de abrir caminho pelo funcionalismo público e isso torna a coisa mais difícil. Mas não teríamos como comprar a aristocracia.

– Temos quase cem mil.

– Um único par do Reino nos custaria isso, e seriam necessários pelo menos três ou quatro para formar uma ponte adequada que nos levasse ao imperador. Podem ser necessários cinquenta comissários-chefes e supervisores-seniores para fazer a mesma coisa, mas eles só nos custariam cem por cabeça, talvez. Eu me encarrego de conversar. Em primeiro lugar, eles não entenderiam seu sotaque e, em segundo, você não conhece a etiqueta do suborno imperial. É uma arte, eu lhe asseguro. Ah!

A página 3 do *Notícias Imperiais* tinha o que procurava e ele passou o jornal para Devers, que leu devagar. O vocabulário era estranho, mas ele entendia. Levantou a cabeça, e seus olhos ficaram nublados de preocupação. Ele bateu, zangado, com a mão na folha de notícias.

– Você acha que é possível confiar nisso?

– Dentro de determinados limites – Barr respondeu calmo. – É altamente improvável que a frota da Fundação tenha sido erradicada. Eles provavelmente já informaram *isso* muitas vezes, se estão usando a costumeira técnica de reportagem de guerra feita a partir de uma capital de mundo distante do cenário real das batalhas. O que isso significa, entretanto, é que Riose venceu mais uma batalha, o que não seria nem um pouco inesperado. Aqui diz que capturou Loris. Esse é o planeta capital do Reino de Loris?

– Sim – Devers disse, mal-humorado –, ou do que costumava ser o Reino de Loris. E não fica nem a vinte parsecs da Fundação. Velhinho, a gente precisa trabalhar rápido.

Barr deu de ombros.

– Não se pode andar rápido em Trantor. Se você tentar, o mais provável é que acabe na ponta de um desintegrador.

– Quanto tempo vai levar?

– Um mês, se tivermos sorte. Um mês e nossos cem mil créditos... se é que isso bastará. E desde que o imperador não decida, nesse meio-tempo, viajar para os Planetas de Verão, onde ele não vê nenhum solicitante.

– Mas a Fundação...

– ... Cuidará de si mesma, como tem feito até o momento. Vamos, há a questão do jantar. Estou faminto. E, depois, a noite é nossa e bem que podemos usá-la. Podemos nunca mais voltar a ver Trantor ou nenhum mundo parecido, sabe.

O comissário de Interior das Províncias Exteriores abriu as mãos gordinhas, indefeso, e olhou para os solicitantes com uma miopia de coruja.

– Mas o imperador está indisposto, cavalheiros. É realmente inútil levar a questão ao meu superior. Sua Majestade Imperial não tem visto ninguém há uma semana.

– Ele nos verá – disse Barr, com uma afetação de confiança. – É apenas uma questão de vermos um membro da equipe do secretário particular.

– Impossível – o comissário disse, enfático. – Tentar isso me custaria o emprego. Agora, se o senhor puder ser mais explícito com relação à natureza de seus negócios, estarei disposto a ajudá-lo, compreenda, mas naturalmente quero alguma coisa menos vaga, algo que possa apresentar ao meu superior como motivo para levar a questão adiante.

– Se meus negócios fossem do tipo que pudessem ser confiados para alguém que não o mais elevado – sugeriu Barr, suavemente –, dificilmente seriam importantes o bastante para merecer uma audiência com Sua Majestade Imperial. Proponho que o senhor se arrisque. Eu poderia lembrá-lo de que se Sua Majestade Imperial der aos nossos negócios a importância que garantimos que dará, o senhor certamente receberá as honras que merece por nos ter ajudado agora.

– Sim, mas... – e o comissário deu de ombros, sem uma palavra.

– É um risco – concordou Barr. – Naturalmente, um risco deve ter sua compensação. É, claro, um grande favor que lhe pedimos, mas já fomos grandemente agraciados com sua gentileza em nos oferecer essa oportunidade para explicar nosso problema. Mas se o senhor nos *permitisse* expressar nossa gratidão levemente...

Devers fez uma careta. Ele já havia ouvido esse discurso, com leves variações, umas vinte vezes no último mês. Ele terminava, como sempre, num rápido deslocamento das notas semiocultas. Mas ali o epílogo diferia. Normalmente as notas desapareciam de imediato; ali, elas permaneceram em plena vista, enquanto o comissário as contava lentamente, inspecionando-as dos dois lados.

Houve uma mudança súbita em sua voz.

– Com o aval do secretário particular, hein? Bom dinheiro!

– Voltando ao assunto anterior... – pediu Barr.

– Não, mas espere – interrompeu o comissário –, vamos voltar aos estágios iniciais. Eu realmente desejo saber qual poderia ser o seu negócio. Este dinheiro é novo em folha e vocês devem ter uma grande quantidade dele, porque me ocorre que viram outros funcionários antes de mim. Vamos lá, digam, o que está havendo?

– Não estou entendendo aonde o senhor quer chegar – disse Barr.

– Ora, veja aqui, poderíamos provar que vocês estão no planeta ilegalmente, já que os Cartões de Identificação e Entrada de seu amigo mudo certamente estão inadequados. Ele não é súdito do imperador.

– Eu nego isso.

– Não importa se você nega ou não – disse o comissário, com súbita grosseria. – O funcionário que assinou os cartões pela soma de cem créditos já confessou, sob pressão, e sabemos mais de vocês do que pensam.

– Se o senhor está insinuando que a soma que lhe pedimos para aceitar é inadequada em vista dos riscos...

O comissário sorriu.

– Pelo contrário, é mais do que adequada – ele jogou as notas de lado. – Para voltarmos ao que eu dizia, foi o próprio imperador que ficou interessado no caso de vocês. Não é verdade, senhores, que recentemente foram convidados do general Riose? Não é verdade que escaparam do meio do exército dele com, para usarmos um eufemismo, uma facilidade assustadora? Não é verdade que possuem uma pequena fortuna em notas com o aval das propriedades de lorde Brodrig? Resumindo, não é verdade que são uma dupla de espiões e assassinos enviados aqui para... Bem, vocês mesmos nos dirão quem lhes pagou e para quê!

– Sabe de uma coisa? – disse Barr, com raiva controlada. – Eu nego o direito de um comissariozinho nos acusar de crimes. Vamos embora.

– Vocês não vão embora. – O comissário se levantou, e seus olhos não pareciam mais míopes. – Não precisam responder questão alguma agora; isso será reservado para um momento posterior... e mais imperativo. Também não sou comissário; sou tenente da Polícia Imperial. Vocês estão presos.

Eles viram uma arma desintegradora brilhando eficientemente em sua mão quando ele sorriu.

– Homens maiores que vocês foram presos neste dia. Estamos limpando um vespeiro.

Devers grunhiu e levou a mão lentamente para sua própria arma. O tenente de polícia sorriu mais ainda e apertou os contatos. A linha de força da arma atingiu o peito de Devers numa explosão precisa de destruição – que foi defletida, sem causar dano, por seu escudo pessoal em reluzentes pontos de luz.

Então foi a vez de Devers disparar, e a cabeça do tenente caiu de um torso superior que havia desaparecido. Ela ainda sorria enquanto rolava para a faixa de luz do sol que penetrava pelo buraco recém-aberto na parede.

Saíram pela entrada dos fundos.

– Para a nave, rápido – Devers disse, sério. – Eles vão disparar o alarme daqui a pouco – soltou um palavrão num sussurro feroz. – É outro plano que saiu pela culatra. Eu podia jurar que o próprio demônio do espaço está contra mim.

Foi no espaço aberto que se deram conta das multidões que cercavam os imensos televisores. Não tinham tempo a perder; o rugido de palavras desconexas que chegava a eles foi desconsiderado. Mas Barr agarrou um exemplar do *Notícias Imperiais* antes de mergulhar no imenso celeiro do hangar, de onde a nave subiu rapidamente por uma cavidade gigantesca, queimada ferozmente no teto.

– Você consegue se livrar deles? – perguntou Barr.

Dez naves da polícia de trânsito seguiam, desesperadas, o veículo em fuga que havia irrompido para além do Caminho de Partida legal determinado por rádio e, então, quebrado cada lei de velocidade na criação. Ainda mais para trás, veículos esguios do Serviço Secreto elevavam-se em perseguição a uma nave cuidadosamente descrita, tripulada por dois assassinos completamente identificados.

– Fique olhando – disse Devers e passou selvagemente para o hiperespaço a três mil quilômetros acima da superfície de Trantor. A transição, tão próxima de uma massa planetária, significava inconsciência para Barr e uma névoa assustadora de dor para Devers, mas, anos-luz depois, o espaço acima deles estava limpo.

O orgulho sombrio de Devers por sua nave irrompeu à superfície. Ele disse:

– Não há uma nave imperial que possa me seguir para nenhum lugar. – E então, amargo: – Mas não há nenhum lugar para onde ir agora e não podemos lutar contra tantas naves. O que vamos fazer? O que qualquer um pode fazer?

Barr se movia, fraco, em seu catre. O efeito do hiperdeslocamento ainda não tinha passado, e cada um de seus músculos doía. Ele disse:

– Ninguém tem de fazer nada. Tudo acabou. Olhe aqui!

Ele passou o exemplar do *Notícias Imperiais* que ainda tinha nas mãos e as manchetes foram suficientes para o comerciante.

– Chamados de volta e presos, Riose e Brodrig – resmungou Devers. Ficou olhando para Barr, sem expressão. – Por quê?

– A matéria não diz, mas que diferença faz? A guerra com a Fundação acabou e, neste momento, Siwenna está se rebelando. Leia a matéria e veja. – Sua voz estava morrendo. – Vamos parar em alguma das províncias e descobrir os detalhes depois. Se você não se importa, vou dormir agora.

E dormiu.

Em saltos de gafanhoto de magnitudes cada vez maiores, a nave comercial atravessou a Galáxia em seu retorno para a Fundação.

10. TERMINA A GUERRA

    Lathan Devers se sentia definitivamente desconfortável e vagamente ressentido. Ele havia recebido sua própria condecoração e suportado com estoicismo mudo a oratória túrgida do prefeito que acompanhara a fita rubra. Isso havia encerrado sua parcela de cerimônias, mas, naturalmente, a formalidade o forçou a permanecer. E foi em grande parte a formalidade – o tipo que não podia permitir que ele bocejasse fazendo muito barulho ou balançasse os pés confortavelmente sob uma cadeira – que o fez desejar estar no espaço, que era seu lugar.

    A delegação siwenniana, com Ducem Barr como membro de honra, assinou a Convenção e Siwenna se tornou a primeira província a passar diretamente da esfera política do Império para a econômica da Fundação.

    Cinco naves imperiais da linha – capturadas quando Siwenna se rebelou atrás das linhas da Frota de Fronteira do Império – passaram voando sobre suas cabeças, imensas e maciças, detonando uma salva tonitruante ao sobrevoar a cidade.

    Nada a não ser beber, etiqueta e conversas sem importância agora...

Uma voz o chamou. Era Forell; o homem que, Devers percebeu com frieza, podia comprar vinte dele só com os lucros da manhã, mas um Forell que agora o chamava com uma condescendência amistosa.

Ele saiu para a varanda e o ar frio da noite; executou a mesura apropriada enquanto fazia uma careta por trás da barba que espetava. Barr também estava ali, sorrindo. Ele disse:

– Devers, você vai ter de vir em meu socorro. Estou sendo acusado de modéstia, um crime horrível e completamente antinatural.

– Devers – Forell retirou o charuto gordo da lateral da boca quando falou. – Lorde Barr afirma que sua viagem à capital de Cleon nada teve a ver com a reconvocação de Riose.

– Absolutamente nada, senhor – Devers disse, curto e grosso. – Nós nunca vimos o imperador. Os relatórios que apanhamos no caminho de volta, relacionados ao julgamento, mostraram que tudo foi a mais pura armação. Houve uma grande confusão sobre o general estar ligado a interesses subversivos no tribunal.

– E ele era inocente?

– Riose? – Barr interrompeu. – Sim! Pela Galáxia, sim. Brodrig era um traidor por princípio, mas nunca foi culpado das acusações específicas levantadas contra ele. Aquilo foi uma farsa judicial; mas uma farsa necessária, previsível, inevitável.

– Por necessidade psico-histórica, eu presumo – Forell enrolou a frase sonoramente, com a facilidade bem-humorada da longa familiaridade.

– Exatamente. – Barr ficou sério. – Eu não tinha me dado conta disso antes, mas depois que tudo acabou e pude... bem... olhar para as respostas no fim do livro, o problema se torna simples. *Agora* nós podemos ver que o histórico social do Império torna as guerras de conquista impossíveis para ele. Sob imperadores fracos, ele é dilacerado por generais que competem por um trono sem valor e, certamente, letal. Sob imperadores fortes, o Império fica congelado num rigor paralítico no qual a desintegração aparentemente cessa no momento, mas apenas com o sacrifício de todo o crescimento possível.

Forell grunhiu, seco, entre baforadas fortes:

– O senhor não está sendo claro, lorde Barr.

Barr sorriu devagar.

– Acho que não. É a dificuldade de não ter sido treinado em psico-história. Palavras são um substituto bastante impreciso para equações matemáticas. Mas vejamos agora...

Barr considerou, enquanto Forell relaxava, voltando a se recostar na balaustrada, e Devers olhava para o céu de veludo pensando nas maravilhas de Trantor.

Então, Barr disse:

– Mas vejam, o senhor... e Devers... e todo mundo, sem dúvida, tinha a ideia de que derrotar o Império significava primeiro afastar o imperador de seu general. O senhor, Devers e todos os outros estavam certos, certos o tempo todo, em relação ao princípio de desunião interna. Mas estavam errados em pensar que essa divisão interna era uma coisa a ser provocada por atos individuais, por inspirações do momento. Vocês tentaram subornos e mentiras. Apelaram para a ambição e para o medo. Mas não conseguiram nada, apesar de todo o esforço. Na verdade, as aparências ficavam piores após cada tentativa. E, através de todas essas pequenas ondas que fizemos, o tsunami Seldon continuou em frente, silencioso; mas irresistível.

Ducem Barr se virou e olhou por sobre a balaustrada para as luzes de uma cidade que celebrava. Ele disse:

– Havia uma mão morta nos empurrando a todos; o poderoso general e o grande imperador; meu mundo e o seu mundo... a mão morta de Hari Seldon. Ele sabia que um homem como Riose teria de fracassar, já que foi seu sucesso que provocou o fracasso; e quanto maior o sucesso, mais certo o fracasso.

– Não posso dizer que o senhor esteja sendo mais claro – Forell disse, seco.

– Um momento – Barr continuou. – Veja a situação. Um general fraco jamais poderia ter nos ameaçado, obviamente. Um general forte durante o reinado de um imperador fraco também nunca teria nos colocado em perigo, pois ele teria voltado seus exércitos na direção de um alvo muito mais frutífero. Os acontecimentos mostram que três quartos dos imperadores dos últimos dois séculos tinham sido generais rebeldes e vice-reis rebeldes antes de serem imperadores. Então é somente a combinação de um imperador forte *e* de um general forte que pode ameaçar a Fundação; pois um imperador forte não pode ser destronado com facilidade; e um general forte é forçado a se voltar para fora, passando pelas fronteiras. Mas *o que* mantém o imperador forte? O que manteve Cleon forte? É óbvio. Ele é forte porque não permite súditos fortes. Um cortesão que fica muito rico ou um general que se torna muito popular são perigosos. Toda a história recente do Império prova isso para qualquer imperador inteligente o bastante para ser forte. Riose obteve vitórias, então o imperador ficou desconfiado. Toda a atmosfera dos tempos o forçou a ter suspeitas. Riose recusou suborno? Muito suspeito; motivos ocultos. O seu cortesão mais confiável subitamente passou a ficar do lado de Riose? Muito suspeito; motivos ocultos. Não foram as ações individuais que foram dignas de desconfiança. Qualquer outra coisa teria servido – e é por isso que nossos planos individuais foram desnecessários e um tanto fúteis. Foi o *sucesso* de Riose que o tornou suspeito. Então ele foi chamado de volta e acusado, condenado, assassinado. A Fundação vence novamente. Escute, não há uma combinação concebível de acontecimentos que não resulte na vitória da Fundação. Era inevitável; o que quer que Riose fizesse, o que quer que nós fizéssemos.

O magnata da Fundação assentiu, de maneira ponderada.

– E daí? Mas e se o imperador e o general tivessem sido a mesma pessoa? Hein? E daí? Esse é um caso que você não cobriu, portanto, não provou sua questão.

Barr deu de ombros.

– Eu não posso provar nada; não tenho a matemática para isso. Mas apelo para sua razão. Com um Império no qual cada aristocrata, cada homem forte, cada pirata pode aspirar ao trono... e, como a história demonstra, frequentemente com sucesso... o que aconteceria até mesmo a um imperador forte que se preocupasse com guerras estrangeiras na ponta extrema da Galáxia? Quanto tempo ele teria para permanecer distante da capital antes que alguém erguesse o estandarte da guerra civil e o forçasse a voltar para casa? O ambiente social do Império encurtaria esse tempo. Uma vez eu disse a Riose que nem toda a força do Império poderia desviar a mão morta de Hari Seldon.

– Ótimo! Ótimo! – Forell estava expansivamente satisfeito. – Então você conclui que o Império jamais poderá nos ameaçar novamente.

– Assim me parece – concordou Barr. – Francamente, Cleon pode não viver até o final do ano e vai haver uma sucessão disputada quase como é habitual, o que pode significar a última guerra civil do Império.

– Então – disse Forell –, não existem mais inimigos.

Barr ficou pensativo.

– Existe uma Segunda Fundação.

– Na outra extremidade da Galáxia? Ainda irá demorar séculos.

Com isso, Devers se virou subitamente e seu rosto ficou sombrio quando encarou Forell.

– Talvez existam inimigos internos.

– É mesmo? – Forell perguntou, frio. – Quem, por exemplo?

– Por exemplo, pessoas que possam querer distribuir um pouco a riqueza e evitar que ela se concentre demais fora das mãos que trabalharam por ela. Entende o que eu digo?

Lentamente, o olhar de Forell perdeu seu desprezo e começou a emitir tanta raiva quanto os olhos de Devers.

—— O MULO...
   Sabe-se menos do "Mulo" do que de qualquer outro personagem de importância comparável para a história da Galáxia. Até mesmo o período de seu maior renome é conhecido para nós principalmente através dos olhos de seus antagonistas e, notadamente, dos de uma jovem recém-casada...

ENCICLOPÉDIA GALÁCTICA

11.
RECÉM-CASADOS

A primeira visão que Bayta teve de Refúgio foi totalmente o contrário de espetacular. Seu marido a apontou: uma estrela sem muito brilho, perdida no vazio da borda da Galáxia. Ela ficava além dos últimos aglomerados esparsos, onde pontos fracos de luz brilhavam solitários. E, mesmo entre eles, era pobre e discreta.

Toran estava ciente de que, como o primeiro prelúdio de sua vida de casados, a Anã Vermelha não era impressionante e seus lábios se curvaram numa cara meio envergonhada.

– Eu sei, Bay; não é exatamente uma mudança adequada, é? Quero dizer, da Fundação para isto.

– Uma mudança horrível, Toran. Eu nunca deveria ter me casado com você.

E quando o rosto dele assumiu momentaneamente um aspecto de mágoa, antes que se compusesse, ela disse com seu tom "aconchegante" especial:

– Tudo bem, seu bobo. Agora ajeite seu beicinho e me dê aquele olhar especial de pato morto: aquele que você costuma dar logo antes de enterrar a cabeça no meu ombro, enquanto faço carinho nos seus cabelos cheios de eletricidade estática. Você estava querendo alguma bobeira, não estava? Você esperava que eu dissesse "Eu seria feliz em qualquer lugar com você, Toran!" ou "As próprias profundezas estelares seriam meu lar, querido, se você estivesse comigo!" Confesse, vamos.

Ela apontou um dedo para ele e puxou-o um instante antes que ele o mordesse.

– Se eu me render, e confessar que você tem razão, você faz o jantar? – ele perguntou.

Ela concordou, contente. Ele sorriu, e ficou só olhando para ela.

Não era considerada linda pelos outros – isso ele admitia – mesmo que todos olhassem para ela duas vezes, quando passava. Tinha os cabelos pretos e lustrosos, ainda que lisos, e a boca era um pouco grande demais – mas suas sobrancelhas meticulosamente aparadas separavam uma testa branca e sem rugas dos olhos castanhos mais carinhosos que já se encheram de sorrisos.

E, por trás de uma fachada muito bem construída e defendida de praticidade, falta de romantismo e teimosia perante a vida, havia um minúsculo oásis de suavidade que nunca aparecia quando se procurava ativamente por ele, mas podia ser alcançado se você soubesse o jeito certo... e nunca deixasse explícito que estava atrás disso.

Toran ajustou os controles desnecessariamente e decidiu relaxar. Ele estava a um Salto interestelar e depois vários milimicroparsecs "em linha reta" antes que fosse necessário usar manualmente os controles. Recostou-se para olhar a sala de armazenamento, onde Bayta estava fazendo malabarismos com os recipientes apropriados.

Sua atitude para com Bayta era um tanto cheia de si – a emoção satisfeita que marca o triunfo de alguém que andou beirando o precipício de um complexo de inferioridade por três anos.

Afinal de contas, ele era um provinciano – e não meramente um provinciano, mas o filho de um comerciante renegado. Já ela era da própria Fundação – e, como se não bastasse, ainda descendia do próprio Mallow.

E, com tudo isso, no fundo ele tremia. Levá-la de volta a Refúgio, com seu mundo de rocha e cidades em cavernas, já era ruim o suficiente. Fazer com que ela enfrentasse a hostilidade tradicional dos comerciantes pela Fundação – nômades *versus* habitantes das cidades – era pior.

Mesmo assim... depois do jantar, o último Salto!

Refúgio era uma labareda rubra furiosa e o segundo planeta era uma mancha vermelha de luz com uma borda borrada pela atmosfera e uma meia-esfera de escuridão. Bayta se curvou sobre a imensa mesa de visualização com suas linhas cruzadas como uma teia de aranha, cujo centro se fechava exatamente sobre Refúgio II.

– Queria ter conhecido seu pai primeiro – ela disse, séria. – Se ele não gostar de mim...

– Então – Toran disse casualmente –, você teria sido a primeira garota bonita a inspirar *isso* nele. Antes de perder o braço e parar de atravessar a Galáxia, ele... Bem, se você lhe perguntar a respeito, ele falará sobre isso até suas orelhas ficarem dormentes. Depois de um tempo, comecei a pensar que ele estava inventando; porque nunca contou a mesma história duas vezes da mesma maneira...

Refúgio II estava se aproximando rápido, agora. O mar interno girava majestoso abaixo deles, cinzento na penumbra cada vez maior e se perdendo de vista, aqui e ali, entre os fiapos de nuvens. Montanhas se destacavam serrilhadas ao longo da costa.

O mar ficou enrugado quando chegaram perto, e quando se voltou para o horizonte, bem no fim, houve um relance de geleiras nas margens, que desapareceram rapidamente.

Toran grunhiu sob a desaceleração violenta.

– Seu traje está fechado?

O rosto fofo de Bayta estava arredondado e vermelho na espuma esponjosa do traje colante de aquecimento interno.

A nave desceu pesadamente no campo aberto, bem perto da subida do planalto.

Eles saíram desajeitadamente para a escuridão sólida da noite extragaláctica. Bayta perdeu o fôlego com o frio súbito e o vento fino girava em redemoinhos vazios. Toran a segurou pelo cotovelo e a guiou numa corrida desajeitada sobre o terreno plano e batido na direção das luzes artificiais a distância.

Os guardas avançados os encontraram no meio do caminho e depois de uma troca de palavras sussurradas, eles foram levados adiante. O vento e o frio desapareceram quando o portão de rocha se abriu e se fechou atrás deles. O interior quente, embranquecido pelas luzes de parede, estava cheio de um burburinho incongruente. Homens levantaram a cabeça de suas mesas e Toran apresentou documentos.

Foram empurrados para a frente depois de uma rápida olhada e Toran sussurrou para sua esposa:

– Papai deve ter acertado as preliminares. O lapso de tempo costumeiro aqui é de cerca de cinco horas.

Saíram para o espaço aberto e Bayta disse, subitamente:

– Oh, *meu*...

Era dia na cidade na caverna – o dia branco, luz de um sol jovem. Não que existisse um sol, naturalmente. O que deveria ter sido o céu perdia-se na emanação desfocada de um brilho geral. E o ar morno estava adequadamente espesso e perfumado com o cheiro de gramíneas.

– Toran, mas isso é lindo – disse Bayta.

Toran sorriu com deleite e ansiedade.

– Ora, Bay, não é nenhuma Fundação, claro, mas é a maior cidade de Refúgio II: vinte mil pessoas, sabia? Você vai gostar. Não tem nenhum palácio maravilhoso, receio, mas também não há polícia secreta.

– Oh, Torie, é igualzinho a uma cidade de brinquedo. É tudo branco e rosa... e tão limpinho.

– Bem... – Toran olhou para a cidade com ela. A maioria das casas tinha dois andares e era feita da rocha de veias suaves natural da região. Faltavam as espirais da Fundação e as colossais casas comunitárias dos Antigos Reinos... mas ali as coisas eram em tamanho menor e também havia individualidade; relíquias de iniciativa pessoal numa Galáxia de vida em massa.

Subitamente, ele voltou a ficar alerta.

– Bay... Olhe lá o papai! Bem ali... onde estou apontando, sua boba. Não está vendo?

Ela estava. Era apenas a impressão de um homem grande, acenando freneticamente, os dedos bem abertos como se estivesse tentando desesperadamente pegar alguma coisa no ar. O trovão profundo de um grito alto os alcançou. Bayta seguiu o marido e os dois desceram correndo até a grama cortada rente. Ela avistou um homem menor, de cabelos brancos, quase perdido de vista atrás do robusto maneta, que ainda acenava e gritava.

Toran gritou, olhando para trás.

– É o meio-irmão do meu pai. O que esteve na Fundação. Você sabe.

Encontraram-se na grama, rindo, sem falar coisa com coisa e o pai de Toran soltou um último grito de pura alegria. Ele puxou a jaqueta curta e ajustou o cinturão de metal que era sua única concessão ao luxo.

Seus olhos dançavam de um jovem para o outro e então disse, um pouco sem ar:

– Você escolheu um péssimo dia para voltar para casa, garoto!

– O quê? Ah, é aniversário de Seldon, não é?

– É. Precisei alugar um carro para fazer a viagem até aqui, e convocar Randu para dirigi-lo. Nem à mão armada se conseguiria pegar um veículo público.

Seus olhos agora estavam em Bayta e não a deixavam. Com ela, o homem falou mais suavemente.

– Eu tenho um cristal de você bem aqui... e é bom, mas dá para ver que o sujeito que o tirou era um amador.

Tirou o pequeno cubo transparente do bolso da jaqueta, e, na luz, o minúsculo rosto sorridente saltou à vida, colorido e vívido, com uma Bayta em miniatura.

– Ora, essa! – disse Bayta. – Por que será que Toran mandou ao senhor essa caricatura? Estou surpresa que o senhor tenha me deixado chegar perto.

– Está mesmo, agora? Me chame de Fran. Vamos deixar de bobagens. Acho que você pode me dar o braço e vamos para o carro. Até agora eu jamais havia pensado que meu garoto tivesse noção do que estava fazendo. Acho que vou ter de mudar de opinião. Acho que vou ter *mesmo* de mudar de opinião.

Toran disse carinhosamente para seu meio-tio:

– Como está o velho estes dias? Ele ainda fica correndo atrás de mulher?

O rosto de Randu se encheu de rugas quando ele riu.

– Quando ele pode, Toran, quando pode. Há momentos em que se lembra de que seu próximo aniversário será de sessenta anos e isso o deprime. Mas sufoca o pensamento ruim e volta a ser ele mesmo. Ele é um comerciante à moda antiga. Mas e você, Toran? Onde foi que encontrou uma esposa tão bonita?

O rapaz riu e deu o braço a ele.

– O senhor quer uma história de três anos num resumo rápido, tio?

Foi na pequena sala de estar da casa que Bayta retirou seu manto e capuz de viagem e soltou os cabelos. Sentou-se cruzando as pernas e retribuiu o olhar apreciativo do homenzarrão vermelho.

Ela disse:

– Eu sei o que o senhor está tentando estimar, e vou ajudá-lo: idade, vinte e quatro anos; altura, um metro e sessenta; peso, cinquenta quilos; especialização educacional, história. – Ela reparou que ele sempre sentava inclinado, como se quisesse esconder o braço que faltava.

Mas agora Fran se curvou para a frente e disse:

– Já que você mencionou... peso, cinquenta e cinco quilos.

Ele gargalhou alto quando ela enrubesceu. Então disse a todos ali:

– Sempre se pode dizer o peso de uma mulher pelo braço acima do cotovelo... com a devida experiência, é claro. Quer um drinque, Bay?

– Entre outras coisas – ela disse, e os dois saíram juntos, enquanto Toran se distraía nas estantes de livros, em busca de novas aquisições.

Fran voltou sozinho e disse:

– Ela vai descer mais tarde.

Ele desabou pesadamente na grande poltrona de canto e apoiou sua perna esquerda reumática na banqueta à frente. As risadas haviam abandonado seu rosto vermelho e Toran se voltou para encará-lo.

– Bem, você está em casa, garoto – disse Fran –, e estou feliz que esteja. Gosto de sua mulher. Ela não é nenhuma chorona.

– Eu me casei com ela – Toran disse, simplesmente.

– Bem, aí já é outra coisa completamente diferente, garoto. – Seus olhos nublaram. – É um jeito tolo de amarrar o futuro. Em minha vida mais longa, e mais experiente, jamais fiz tal coisa.

Randu interrompeu do canto onde estava parado quieto em pé.

– Ora, Franssart, que tipo de comparação você está fazendo? Até seu pouso forçado há seis anos, você nunca ficou no mesmo lugar tempo suficiente para estabelecer a residência necessária para casamento. E, desde então, quem é que vai querer você?

O homem de um braço ficou ereto em sua poltrona e respondeu irritado:

– Muitas, seu esclerosado...

Toran disse rápido, com tato.

– É basicamente uma formalidade jurídica, pai. A situação tem suas conveniências.

– Em grande parte, para a mulher – Fran resmungou.

– E, mesmo assim – concordou Randu –, cabe ao rapaz decidir. Casamento é um costume antigo entre os habitantes da Fundação.

– Os habitantes da Fundação não são modelos adequados para um comerciante honesto – Fran disse, zangado.

Toran voltou a interromper.

– Minha esposa é uma habitante da Fundação. – Ele olhou de um para o outro e então disse, baixinho: – Ela está vindo.

A conversa tomou um rumo genérico depois da refeição noturna, que Fran temperou com três histórias de nostalgia compostas de partes iguais de sangue, mulheres, lucros e exagero. O pequeno televisor estava ligado e algum drama clássico estava passando num sussurro a que ninguém dava a mínima. Randu havia se colocado numa posição mais confortável no sofá baixo e olhava, por entre a fumaça lenta de seu cachimbo comprido, para onde Bayta havia se ajoelhado, sobre a maciez do tapete de pelo branco adquirido havia muito tempo, em uma missão comercial, e agora estendido somente nas ocasiões mais cerimoniosas.

– Você estudou história, minha garota? – ele perguntou, num tom agradável de voz.

Bayta assentiu.

– Eu era o desespero dos meus professores, mas até que acabei aprendendo um pouco.

– Uma recomendação de bolsa de estudos – Toran disse, orgulhoso. – Só isso!

– E o que foi que você aprendeu? – Randu prosseguiu suavemente.

– Tudo? Agora? – a garota riu.

O velho sorriu gentil.

– Ora, o que você acha da situação galáctica?

– Acho – Bayta disse concisamente – que está chegando uma crise Seldon... e se não estiver, então é melhor jogar o Plano Seldon fora completamente. É um fracasso.

("Uau", murmurou Fran, de seu canto. "Que maneira de falar de Seldon." Mas não disse nada em voz alta.)

Randu ficou fumando seu cachimbo especulativamente.

– É mesmo? Por que você diz isso? Eu estive na Fundação quando jovem, sabe, e também tive grandes pensamentos dramáticos. Mas por que você diz isso agora?

– Bem – os olhos de Bayta ficaram nublados e pensativos enquanto ela curvava os dedos nus na suavidade branca do tapete e aninhava o queixo pequeno numa mão gordinha –, me parece que toda a essência do Plano Seldon era criar um mundo melhor do que o antigo do Império Galáctico. Aquele mundo estava caindo aos pedaços havia trezentos anos, quando Seldon criou a Fundação... e, se a história é verdadeira, ele estava desabando com a doença tripla da inércia, do despotismo e da má distribuição dos bens do universo.

Randu assentiu devagar, enquanto Toran olhava para sua esposa com olhos orgulhosos e luminosos, e Fran, no canto, estalava a língua e enchia cuidadosamente seu copo.

– Se a história de Seldon for verdade – ela continuou –, ele previu o colapso completo do Império por meio de suas leis da psico-história, e foi capaz de prever os necessários trinta mil anos de barbárie antes do estabelecimento de um novo Segundo Império para restaurar a civilização e a cultura para a humanidade. Foi todo o objetivo do trabalho da vida dele estabelecer condições para assegurar um rejuvenescimento mais rápido.

A voz profunda de Fran explodiu:

– E é por isso que ele estabeleceu duas Fundações, honrado seja seu nome.

– E foi por isso que ele estabeleceu as duas Fundações – concordou Bayta. – Nossa Fundação era um ajuntamento dos cientistas do Império moribundo com a intenção de levar a ciência e o aprendizado do homem a novas alturas. E a Fundação foi situada de tal forma no espaço, e o ambiente histórico era tal que, por intermédio dos cuidadosos cálculos de seu gênio, Seldon previu que em mil anos ela se tornaria um império novo e maior.

Fez-se um silêncio reverente.

A garota disse suavemente:

– É uma história velha. Vocês a conhecem. Por quase três séculos, todos os seres humanos da Fundação souberam disso. Mas eu achava que seria apropriado passar por isso... apenas rapidamente. Hoje *é* o aniversário de Seldon, sabem, e mesmo que eu *seja* da Fundação e vocês sejam de Refúgio, isso nós temos em comum...

Ela acendeu um cigarro devagar e ficou olhando, distraída, a ponta brilhante.

– As leis da história são tão absolutas quanto as leis da física, e se as probabilidades de erro são maiores, é apenas porque a história não lida com tantos humanos quanto a física com átomos, então variações individuais contam mais. Seldon previu uma série de crises através dos mil anos de crescimento, cada uma das quais forçaria uma nova virada de nossa história para um caminho previamente calculado. São essas crises que nos guiam... e, portanto, uma crise deve estar vindo agora. Agora! – ela repetiu, com força. – Já se passou quase um século desde a última, e nesse século cada um dos vícios do Império foi repetido na Fundação. Inércia! Nossa classe dominante conhece uma lei: nada de mudança. Despotismo! Eles conhecem uma regra: força. Má distribuição! Eles conhecem um desejo: manter o que é deles.

– Enquanto outros passam fome! – Fran rugiu, subitamente, com um poderoso soco no braço de sua poltrona. – Garota, suas palavras são pérolas. Os gordos, com seu dinheiro, arruínam a Fundação, ao passo que os bravos comerciantes ocultam sua pobreza em mundos arruinados como Refúgio. É uma desgraça para Seldon, como se lhe cuspissem na cara, lhe arrancassem a barba. – Ele levantou o braço alto e então seu rosto assumiu uma expressão triste. – Se eu tivesse meu outro braço! Se... por uma vez.. eles tivessem me ouvido!

– Pai – disse Toran –, calma.

– Calma. Calma – seu pai o imitou, irritado. – Vamos viver aqui e morrer aqui para sempre... e você me diz "calma".

– Este é o nosso moderno Lathan Devers – disse Randu, fazendo um gesto com o cachimbo. – Este nosso Fran. Devers morreu nas minas de escravos há oitenta anos, com o bisavô de seu marido, porque lhe faltava sabedoria, e não lhe faltava coragem...

– Sim, pela Galáxia, eu faria o mesmo se fosse ele – Fran disse, abalado. – Devers foi o maior comerciante da história: maior que aquele janota superestimado, Mallow, que o pessoal da Fundação venera. Se os degoladores que dominam a Fundação o mataram porque ele amava a justiça, maior é a dívida de sangue que têm para conosco.

– Continue, garota – disse Randu. – Continue, ou então ele vai falar a noite toda, e amanhã também.

– Não há o que continuar – ela disse, com uma melancolia súbita. – Deve haver uma crise, mas não sei como criar uma. As forças progressistas na Fundação estão sendo oprimidas demais. Vocês, comerciantes, podem ter a disposição, mas estão sendo caçados e estão desunidos. Se todas as forças de boa vontade dentro e fora da Fundação pudessem se juntar...

A gargalhada de Fran saiu rouca e debochada.

– Ouça só ela, Randu, ouça a ela. Dentro e fora da Fundação, ela diz. Garota, garota, não há esperança nos gordos flácidos da Fundação. Entre eles, alguns seguram o chicote e o resto é chicoteado... até a morte. Não sobrou coragem em todo aquele mundo podre para enfrentar um bom comerciante.

As interrupções que Bayta tentava fazer se chocavam, inúteis, contra o furacão de Fran.

Toran se inclinou para a frente e colocou uma mão sobre a boca dela.

– Pai – ele disse, frio –, você nunca esteve na Fundação. Não conhece nada a respeito. Eu lhe digo que a resistência clandestina lá é corajosa e ousada o bastante. Eu poderia lhe dizer que Bayta foi um membro...

– Tudo bem, garoto, sem ofensa. Agora, onde está o motivo dessa raiva? – Ele estava genuinamente perturbado.

Toran continuou, inflamado:

– O problema com você, pai, é que sua visão de mundo é provinciana. Você acha que, porque algumas centenas de milhares de comerciantes correm para se esconder em buracos de um planeta rejeitado no fim do nada, eles são um grande povo. Claro que qualquer coletor de impostos da Fundação que chegue aqui não volta mais, mas isso é heroísmo barato. O que você faria se a Fundação enviasse uma frota?

– Nós os destruiríamos – Fran disse, seco.

– E seriam destruídos... com o saldo a favor deles. Vocês estão em menor número, com menos armas, desorganizados... e assim que a Fundação achar que vale a pena, vão perceber isso. Então, é melhor procurar seus aliados: na própria Fundação, se puder.

– Randu – disse Fran, olhando para seu irmão como um grande touro indefeso.

Randu tirou o cachimbo dos lábios.

– O garoto tem razão, Fran. Quando você ouve os pensamentos lá no fundo, sabe que sim. Mas são pensamentos desconfortáveis, então você os afoga com esse seu rugido. Mas ainda estão lá. Toran, eu vou lhe dizer por que trouxe isso tudo à tona.

Soltou mais uma baforada, pensativo, depositou o cachimbo no descanso do cinzeiro, esperou o flash silencioso e o retirou limpo. Lentamente, tornou a enchê-lo com movimentos precisos de seu dedo mínimo.

– Sua pequena sugestão de que a Fundação estaria interessada em nós, Toran, é exata – ele disse. – Aconteceram duas visitas recentemente... por mo-

tivos de impostos. O perturbador foi que o segundo visitante veio acompanhado por uma pequena nave de patrulha. Eles pousaram na Cidade Gleiar... nos deixando em paz, para variar... e nunca mais decolaram, naturalmente. Mas, agora, certamente voltarão. Seu pai está ciente disso tudo, Toran, ele está mesmo. Olhe só para esse encrenqueiro teimoso. Ele sabe que Refúgio está em perigo e sabe que estamos indefesos, mas repete suas fórmulas. Isso o conforta e o protege. Mas, assim que diz o que quer e ruge desafiador, sente que se desobrigou de seu dever como homem e comerciante durão, ora. Ele é tão razoável quanto qualquer um de nós.

– De nós quem? – perguntou Bayta.

Ele sorriu para ela.

– Nós formamos um pequeno grupo, Bayta... bem aqui na nossa cidade. Não fizemos nada, ainda. Não conseguimos sequer entrar em contato com as outras cidades, mas já é um começo.

– Mas em direção a quê?

Randu balançou a cabeça.

– Não sabemos... ainda. Esperamos por um milagre. Decidimos que, como você diz, uma crise Seldon deve estar para acontecer. – Ele fez um gesto amplo para o alto. – A Galáxia está cheia dos destroços do Império partido. Os generais pululam. Você supõe que há de chegar o dia em que um deles vai ficar ousado?

Bayta parou para pensar e balançou a cabeça decisivamente, de modo que os longos cabelos lisos, com a única curva pra dentro perto das pontas, balançaram ao redor das orelhas.

– Não, nenhuma chance. Não há nenhum desses generais que não saiba que um ataque à Fundação é suicídio. Bel Riose, do antigo Império, era um homem melhor do que qualquer um deles, atacou com os recursos de uma galáxia e não conseguiu vencer o Plano Seldon. Existe algum general que não saiba disso?

– Mas, e se conseguirmos incitá-los?

– A quê? A pular numa fornalha atômica? Com o que você poderia incitá-los?

– Bem, existe um... um novo recurso. Nestes últimos anos, ouvimos notícias de um estranho homem a quem chamam de Mulo.

– O Mulo? – ela parou para pensar. – Já ouviu falar nele, Torie?

Toran negou com a cabeça. Ela disse:

– E o que tem ele?

– Não sei. Mas ele tem conseguido vitórias com, dizem, chances impossíveis. Os rumores podem ser exagerados, mas seria interessante, de qualquer maneira, que o conhecêssemos melhor. Nem todo homem com habilidade e ambição suficientes acreditará em Hari Seldon e suas leis da psico-história. Poderíamos incentivar essa descrença. Ele poderia atacar.

– E a Fundação venceria.

– Sim... mas não seria necessariamente fácil. Poderia ser uma crise e poderíamos tirar vantagem de uma crise dessas para forçar um acordo com os déspotas da Fundação. Na pior das hipóteses, eles nos esqueceriam por tempo o bastante para permitir que planejássemos mais adiante.

– O que você acha, Torie?

Toran deu um sorriso fraco e puxou um cacho castanho solto que caía sobre um dos olhos.

– Do jeito que ele descreve, não faria mal tentar. Mas quem é o Mulo? O que você sabe dele, Randu?

– Nada, ainda. Para isso, poderíamos usar você, Toran. E sua esposa, se ela estiver disposta. Seu pai e eu já falamos sobre isso. Falamos disso nos mínimos detalhes.

– De que maneira, Randu? O que você quer de nós? – o jovem lançou um rápido olhar inquisitivo para sua esposa.

– Vocês já tiveram uma lua de mel?

– Bem... sim... se você puder chamar a viagem da Fundação até aqui de lua de mel.

– Que tal uma melhor, em Kalgan? É semitropical... praias, esportes aquáticos, caça a pássaros... um local perfeito para férias. Fica a sete mil parsecs daqui; não é muito longe.

– O que há em Kalgan?

– O Mulo! Seus homens, pelo menos. Ele o tomou no mês passado e sem nenhuma batalha, embora o senhor da guerra de Kalgan tivesse transmitido a ameaça de explodir o planeta em poeira iônica antes de entregá-lo.

– Onde está o senhor da guerra agora?

– Não está – Randu disse, dando de ombros. – O que você diz?

– Mas o que vamos fazer?

– Não sei. Fran e eu somos velhos; somos provincianos. Os comerciantes de Refúgio são todos essencialmente provincianos. Até mesmo você diz isso. Nosso comércio é de um tipo muito restrito e não somos os aventureiros galácticos que nossos ancestrais eram. Cale a boca, Fran! Mas vocês dois conhecem a Galáxia. Especialmente Bayta, que fala com um belo sotaque da Fundação. Nós apenas desejamos o que quer que vocês consigam encontrar. Se puderem fazer contato... mas não esperamos isso. Suponha que vocês pensem a respeito. Podem conhecer todo o grupo se quiserem... ah, mas só na semana que vem. Vocês precisam de um tempo para recuperar o fôlego.

Fez-se uma pausa e depois Fran rugiu:

– Quem quer outra bebida? Digo, além de mim?

12.
CAPITÃO E PREFEITO

O capitão Han Pritcher não estava acostumado ao luxo dos aposentos em que se encontrava e não estava nem um pouco impressionado. De modo geral, ele desencorajava a autoanálise e todas as formas de filosofia e metafísica que não fossem diretamente ligadas ao seu trabalho.

Isso ajudava.

Seu trabalho consistia em grande parte no que o Departamento de Guerra chamava de "inteligência", os sofisticados, "espionagem", e os romancistas, "histórias de espião". E, infelizmente, apesar da propaganda luxuosa da televisão, "inteligência", "espionagem" e "histórias de espião" são, na melhor das hipóteses, um negócio sórdido de traição rotineira e má-fé. Isso é desculpado pela sociedade pois é feito "nos interesses do Estado", mas, como a filosofia parecia sempre levar o capitão Pritcher à conclusão de que, mesmo nesse interesse sacrossanto, é muito mais fácil apaziguar a sociedade que a consciência, ele não incentivava a filosofia.

E agora, no luxo da antessala do prefeito, seus pensamentos se voltavam para dentro, ainda que ele não quisesse.

Homens atrás dele na fila de promoção haviam sido promovidos primeiro várias vezes, embora tivessem menos capacidade; isso era admitido. Ele havia suportado uma chuva eterna de pontos negativos e reprimendas oficiais, e sobrevivera. E, teimosamente, continuara fazendo o que achava certo, na crença firme de que a insubordinação em nome desse mesmo sacrossanto "interesse do Estado" ainda acabaria sendo reconhecida como uma prestação de serviços.

Então ali estava ele, na antessala do prefeito, com cinco soldados como uma guarda respeitosa, e provavelmente uma corte marcial à sua espera.

As portas pesadas de mármore se afastaram suavemente, silenciosamente, revelando paredes acetinadas, um carpete de plástico vermelho e mais duas portas de mármore com detalhes em metal, lá dentro. Dois funcionários vestindo as roupas de linhas retas de três séculos atrás saíram e chamaram:

– Uma audiência para o capitão Han Pritcher, de Informações.

Recuaram com uma mesura cerimoniosa enquanto o capitão avançava. A escolta dele parou na porta exterior e ele adentrou sozinho.

Do outro lado das portas, num grande salão estranhamente simples, atrás de uma mesa enorme estranhamente angular, sentava-se um homem pequeno, quase perdido na imensidão.

O prefeito Indbur – sucessivamente, o terceiro com aquele nome – era neto do primeiro Indbur, que fora brutal e competente; que havia exibido a primeira qualidade espetacularmente, pela forma como tomara o poder, e a segunda, pela habilidade com que dera fim aos últimos vestígios farsescos das eleições livres e a habilidade, ainda maior, com que manteve um governo relativamente pacífico.

O prefeito Indbur era também filho do segundo Indbur, que havia sido o primeiro prefeito da Fundação a ascender ao posto por direito de nascença – e que era apenas metade do pai, pois havia sido meramente brutal.

Portanto, o prefeito Indbur era o terceiro do nome e o segundo na sucessão por direito de nascença, e era o menor dos três, pois não era nem brutal nem competente: meramente um excelente contador que nascera no lugar errado.

Indbur Terceiro era uma combinação peculiar de características de qualidade inferior para todos, exceto para si mesmo.

Para ele, um amor exagerado pela disposição geométrica dos objetos era "sistema", um interesse infatigável e febril pelas facetas mais mesquinhas da burocracia cotidiana era "industriosidade", indecisão quando estava certo era "cautela" e teimosia cega quando errado, "determinação".

Apesar disso, ele não desperdiçava dinheiro, não matava nenhum homem desnecessariamente e tinha a melhor das intenções.

Se os pensamentos melancólicos do capitão Pritcher iam nessas linhas enquanto permanecia respeitosamente em seu lugar perante a mesa enorme, o arranjo pétreo de suas feições não dava a perceber nada. Ele não tossiu, deslocou seu peso ou arrastou os pés até que o rosto magro do prefeito se levantasse lentamente, enquanto o *stylus* cessava sua tarefa de notações marginais, e uma folha de papel impresso em letras minúsculas era erguida de uma pilha reta e colocada sobre outra pilha reta.

O prefeito Indbur bateu palmas cuidadosamente à sua frente, evitando deliberadamente perturbar o cuidadoso arranjo dos acessórios da mesa.

Ele disse, reconhecendo a presença do outro:

– Capitão Han Pritcher, de Informações.

E, em estrita obediência ao protocolo, o capitão Pritcher dobrou um joelho quase até ao chão e curvou a cabeça até ouvir as palavras de liberação:

– Levante-se, capitão Pritcher!

O prefeito disse, com um ar de simpatia calorosa:

– Você está aqui, capitão Pritcher, devido a certas ações disciplinares tomadas contra o senhor por seu oficial superior. Os documentos relativos a tais ações chegaram, no decorrer natural dos acontecimentos, à minha atenção, e como nenhum acontecimento na Fundação é desinteressante para mim, dei-me ao trabalho de obter mais informações sobre seu caso. Espero que não esteja surpreso.

O capitão Pritcher disse, sem emoção:

– Não, Excelência. Sua justiça é proverbial.

– É mesmo? É mesmo? – seu tom era de agrado, e as lentes de contato escuras que usava captavam a luz de uma maneira que dava a seus olhos um brilho duro e seco. Meticulosamente, ele abriu, em leque, uma série de pastas metálicas diante de si. As folhas de pergaminho dentro estalaram quando ele as virou, seu dedo longo descendo a linha enquanto ele falava.

– Tenho sua ficha aqui, capitão... completa. Você tem quarenta e três anos e é oficial das forças armadas há dezessete. Nasceu em Loris, de pais anacreonianos, nenhuma doença séria na infância, uma crise de mio... bem, isso não importa.. educação pré-militar na Academia de Ciências, formado, hipermotores, distinção acadêmica... hum-m-m, muito bom, meus parabéns... entrou no exército como suboficial no centésimo segundo dia do ano 293 da Era da Fundação.

Levantou a cabeça por um momento enquanto fechava a primeira pasta e abria a segunda.

– Sabe – disse ele –, em minha administração, nada é deixado ao acaso. Ordem! Sistema!

Ele levou um glóbulo de geleia rosado e perfumado à altura dos lábios. Era seu único vício, mas só se rendia a ele com parcimônia. Por testemunha, o fato de que a mesa do prefeito não tinha aquele quase inevitável flash atômico do dispositivo de desintegração de tabaco apagado. Pois o prefeito não fumava.

Nem, claro, seus visitantes.

A voz do prefeito continuava no mesmo tom mecânico, metódico, arrastado, resmungando... de vez em quando intercalado por comentários sussurrados de elogios ou reprovações igualmente suaves e igualmente inúteis.

Lentamente, ele recolocou as pastas na posição original, numa única pilha bem arrumada.

– Bem, capitão – ele disse, bruscamente –, sua ficha é incomum. Sua habilidade é fenomenal, ao que parece, e seus serviços valiosos além de qualquer dúvida. Notei que foi ferido na linha de frente duas vezes e que recebeu a Ordem do Mérito por bravura além do chamado do dever. Esses fatos não devem ser postos de lado assim de qualquer maneira.

O rosto sem expressão do capitão Pritcher não se suavizou. Ele permanecia ereto e duro. O protocolo exigia que um súdito que recebesse a honra de uma audiência com o prefeito não pudesse se sentar... uma questão talvez desnecessariamente reforçada pelo fato de que só existia uma cadeira na sala, a que o prefeito estava usando. Além disso, o protocolo exigia que nada fosse dito além do necessário para se responder a uma pergunta direta.

Os olhos do prefeito desceram com dureza sobre o soldado e sua voz assumiu um tom mais sério e pesado.

– Entretanto, você não é promovido há dez anos e seus superiores relatam frequentemente a teimosia inflexível de seu caráter. Você é descrito como sendo cronicamente insubordinado, incapaz de manter uma atitude correta com relação a oficiais superiores, aparentemente sem o menor interesse em evitar fricção com seus colegas e um encrenqueiro incorrigível, além de tudo. Como explica isso, capitão?

– Excelência, eu faço o que me parece certo. Meus atos em benefício do Estado e meus ferimentos por essa causa são o testemunho de que o que me parece certo também é do interesse do Estado.

– Uma declaração de soldado, capitão, mas uma doutrina perigosa. Falaremos mais sobre isso depois. Especificamente, você foi acusado de recusar uma missão três vezes, em face de ordens assinadas por meus representantes legais. O que tem a dizer em relação a isso?

– Excelência, a missão não tem significado em um momento crítico, quando questões de importância fundamental estão sendo ignoradas.

– Ah, e quem lhe diz que essas questões das quais você fala são de importância fundamental, e, se são, quem lhe diz que estão sendo ignoradas?

– Excelência, essas coisas são bastante evidentes para mim. Minha experiência e meu conhecimento dos acontecimentos... cujo valor meus superiores não negam... tornam isso claro.

– Mas, meu bom capitão, você está cego para o fato de que, arrogando-se o direito de determinar a política da Inteligência, usurpa as tarefas de seu superior?

– Excelência, meu dever é em primeiro lugar para com o Estado, e não para com meu superior.

– Falacioso, pois seu superior tem o superior dele, e esse superior sou eu, e eu sou o Estado. Mas, vamos, você não terá motivos para reclamar desta minha justiça que diz ser proverbial. Diga, com suas próprias palavras, a natureza dessa quebra disciplinar que provocou tudo isso.

– Excelência, meu dever é em primeiro lugar para com o Estado e não viver a vida de um marinheiro mercante aposentado no mundo de Kalgan. Minhas instruções eram para dirigir as atividades da Fundação no planeta, aperfeiçoar uma organização para atuar na observação das atividades do senhor da guerra de Kalgan, particularmente em relação à política externa dele.

– Disso já tenho conhecimento. Continue!

– Excelência, meus relatórios têm ressaltado continuamente as posições estratégicas de Kalgan e dos sistemas que controla. Já informei sobre a ambição do senhor da guerra, os recursos que tem, a determinação em estender os próprios domínios e a postura fundamentalmente amistosa, ou, quem sabe, neutra, dele para com a Fundação.

– Eu já li seus relatórios por inteiro. Continue!

– Excelência, voltei há dois meses. Naquela época, não havia sinal de guerra no horizonte; nenhum sinal de nada a não ser um quase excesso de capacidade de repelir qualquer ataque concebível. Há um mês, um mercenário desconhecido tomou Kalgan sem uma luta sequer. O homem que um dia foi o senhor da guerra de Kalgan aparentemente não está mais vivo. Homens não falam de traição: eles só falam do poder e da genialidade desse estranho *condottiere*; este Mulo.

– Este o quê? – O prefeito se inclinou para a frente e pareceu ofendido.

– Excelência, ele é conhecido como o Mulo. Dele pouco se fala, em um sentido factual, mas coletei fragmentos de informação e filtrei os mais prováveis. Ele aparentemente é um homem que não tem nascimento nem posição nobres. Seu pai, desconhecido. Sua mãe, morta no parto. Sua criação, a de um vagabundo. Sua instrução, a dos mundos miseráveis e dos becos afastados do espaço. Ele não tem outro nome a não ser o de Mulo, um nome que os relatos dizem ter sido dado a ele por si próprio, e que significa, pela explicação popular, sua imensa força física além de teimosia em seus objetivos.

– Qual é a força militar dele, capitão? O físico dele não interessa.

– Excelência, os homens falam de frotas imensas, mas nisso podem estar sendo influenciados pela estranha queda de Kalgan. O território que ele controla não é grande, embora não seja possível determinar definitivamente os limites exatos. Não obstante, este homem precisa ser investigado.

– Hum-m-m. Então! Então! – O prefeito entrou num devaneio e lentamente, com vinte e quatro pancadinhas de seu *stylus*, desenhou seis quadrados em arranjos hexagonais na primeira folha em branco de um bloco de notas, que rasgou, dobrou em três partes perfeitas e enfiou no slot de papel usado à sua direita. Os papéis deslizaram para uma limpa e silenciosa desintegração atômica.

– Agora me diga, capitão, qual é a alternativa? Você me contou o que "deve" ser investigado. O que você foi *ordenado* a investigar?

– Excelência, existe um buraco de rato no espaço que, ao que parece, não paga seus impostos.

– Ah, e isso é tudo? Você não está ciente e não lhe disseram que esses homens, que não pagam os impostos, são descendentes dos comerciantes selvagens de nossos primeiros dias: anarquistas, rebeldes, maníacos sociais que afirmam ter ancestralidade da Fundação e renegam sua cultura? Você não está ciente, e não lhe disseram, que esse buraco de rato no espaço não é um, mas muitos? Que esses buracos de rato são em maior número do que sabemos? Que esses buracos de rato conspiram juntos, um com o outro, e tudo isso em conjunto com os elementos criminosos que ainda existem por todo o território da Fundação? Até mesmo aqui, capitão, até mesmo aqui!

O fogo momentâneo do prefeito se apagou rapidamente.

– Você não está ciente disso, capitão?

– Excelência, tudo isso me foi dito. Mas, como servo do Estado, devo servir fielmente... e aquele que serve mais fielmente é o que serve à Verdade. Sejam quais forem as implicações políticas dessa escória dos antigos comerciantes... os senhores da guerra que herdaram os fragmentos do antigo Império têm o poder. Os comerciantes não têm nem armas, nem recursos. Eles não têm sequer unidade. Eu não sou coletor de impostos para ser enviado numa tarefa infantil.

– Capitão Pritcher, você é um soldado, e calcula em termos de armas. Não é bom se permitir chegar a um ponto que envolva me desobedecer. Tome cuidado. Minha justiça não é simplesmente fraqueza. Capitão, já foi provado que os generais da Era Imperial e os senhores da guerra da presente época são igualmente impotentes contra nós. A ciência de Seldon que prevê o curso da Fundação é baseada não em heroísmo individual, como você parece crer, mas nas tendências sociais e econômicas da história. Nós já passamos com sucesso por quatro crises, não passamos?

– Passamos, Excelência. Mas a ciência de Seldon é conhecida... somente por Seldon. A nós mesmos, só nos ficou a fé. Nas três primeiras crises, como me ensinaram cuidadosamente, a Fundação foi liderada por homens sábios que previram a natureza das crises e tomaram as precauções adequadas. Caso contrário... quem pode dizer?

– Sim, capitão, mas você omite a quarta crise. Vamos, capitão, não tivemos liderança digna do nome então, e enfrentamos o oponente mais inteligente, o exército mais bem armado, a força mais forte de todas. Mas vencemos, pela inevitabilidade da história.

– Excelência, isso é verdade. Mas essa história que o senhor menciona só se tornou inevitável depois que lutamos desesperadamente por mais de um ano. A vitória inevitável nos custou quinhentas naves e meio milhão de homens. Excelência, o Plano Seldon ajuda a quem se ajuda.

O prefeito Indbur franziu a testa e ficou subitamente cansado de sua paciente exposição. Ocorreu-lhe que havia uma falácia na condescendência, já que ela estava sendo confundida com uma permissão para discutir eternamente; criar polêmica; mergulhar na dialética.

– Não obstante, capitão, Seldon garante a vitória sobre os senhores da guerra – ele disse, rígido –, e não posso, nesses tempos ocupados, me permitir uma dispersão de esforços. Esses comerciantes que você despreza são derivados da Fundação. Uma guerra com eles seria uma guerra civil. O Plano Seldon não traz garantias quanto a isso para nós... já que eles *e* nós somos da Fundação. Então, eles devem ser subjugados. Você tem suas ordens.

– Excelência...

– Não lhe foi feita nenhuma pergunta, capitão. Você tem suas ordens. Obedecerá essas ordens. Mais discordâncias de qualquer tipo, comigo mesmo ou com os que me representam, serão consideradas traição. Pode se retirar.

O capitão Han Pritcher voltou a se ajoelhar e saiu andando de costas, de frente para o prefeito, com passos lentos.

O prefeito Indbur, terceiro de seu nome e segundo prefeito na história da Fundação a ter esse título por direito de nascença, recuperou o equilíbrio e levantou outra folha de papel da pilha bem arrumada à sua esquerda. Era um relatório da economia de fundos gerada pela redução da quantidade de espuma de metal das bordas dos uniformes da força policial. O prefeito riscou uma vírgula supérflua, corrigiu um erro de digitação, fez três anotações marginais e o colocou em cima da pilha bem arrumada à sua direita. Ele levantou outra folha de papel da pilha bem arrumada à sua esquerda...

O capitão Han Pritcher, de Informações, encontrou uma Cápsula Pessoal esperando por ele quando retornou ao quartel. Ela continha ordens, secas e sublinhadas com tinta vermelha embaixo de um carimbo estampado URGENTE, o todo assinado por uma inicial, uma letra "I" maiúscula, escrita com precisão.

O capitão Han Pritcher estava recebendo ordens de ir para o "mundo rebelde chamado Refúgio" nos termos mais fortes.

O capitão Han Pritcher, sozinho em seu veículo leve de um só homem, ajustou o curso silenciosa e calmamente para Kalgan. Naquela noite, dormiu o sono de um homem teimosamente bem-sucedido.

13.
TENENTE E PALHAÇO

Se, a partir de uma distância de sete mil parsecs, a queda de Kalgan para os exércitos do Mulo havia produzido reverberações – que excitaram a curiosidade de um velho comerciante, a apreensão de um capitão obstinado e a irritação de um prefeito meticuloso –, para aqueles que viviam em Kalgan, não produziu nada e não excitou ninguém. É a invariável lição para a humanidade de que a distância no tempo, e também no espaço, dá mais foco às coisas. Falando nisso, não há registro de que a lição já tenha sido alguma vez aprendida de modo permanente.

Kalgan era... Kalgan. Ele sozinho, em todo aquele quadrante da Galáxia, parecia não saber que o Império havia caído, que os Stannell não governavam mais, que a grandeza havia acabado, e a paz, desaparecido.

Kalgan era o mundo de luxo. Com o edifício da humanidade ruindo, ele mantinha sua integridade como produtor de prazer, comprador de ouro e vendedor de diversão.

Escapara às vicissitudes mais duras da história, pois que conquistador destruiria, ou mesmo prejudicaria seriamente, um mundo tão cheio do dinheiro vivo pronto para comprar imunidade?

Mas mesmo Kalgan havia finalmente se tornado o quartel de um senhor da guerra, e sua suavidade havia sido temperada pelas exigências da guerra.

Suas selvas domadas, suas margens modeladas suavemente e suas cidades glamorosas ecoavam com a marcha de mercenários importados e cidadãos impressionados. Os mundos de sua província haviam sido armados e seu dinheiro investido em naves de batalha, em vez de propinas, pela primeira vez em sua história. Seu governante provara, além de qualquer dúvida, que estava determinado a defender o que era dele e ansioso para tomar o que era dos outros.

Ele era um dos grandes da Galáxia, fomentador de guerra e de paz, construtor de impérios, criador de dinastias.

E um desconhecido com um apelido ridículo o havia vencido – e vencido seus exércitos – e seu império em flor – e sem lutar sequer uma batalha.

Então Kalgan estava como antes e seus cidadãos uniformizados correram de volta para sua vida antiga, enquanto os profissionais estrangeiros da guerra se misturaram facilmente com os novos bandos que chegavam.

E novamente, como sempre, havia as elaboradas caçadas luxuosas pela vida animal cultivada das selvas que jamais tomavam vidas humanas; e a caçada de pássaros com *speedsters* no ar, que era fatal apenas para os grandes pássaros.

Nas cidades, os viajantes da Galáxia podiam obter as variedades de prazer mais adequadas aos seus bolsos, desde os etéreos palácios celestiais de espetáculo e fantasia que abriam suas portas para as massas pela bagatela de meio crédito, até os lugares que não constavam em mapas, que somente os de grande riqueza conheciam.

Para essa vasta inundação, Toran e Bayta não acrescentaram nem mesmo um fiozinho. Eles registraram sua nave no imenso hangar comum da Península Oriental e gravitaram até aquele local típico das classes médias, o Mar Interior – onde os prazeres ainda eram legais e até mesmo respeitáveis, e as multidões ainda não eram insuportáveis.

Bayta usava óculos escuros contra a luz e um fino roupão branco contra o calor. Braços bronzeados, mas não muito dourados pelo sol, abraçavam os joelhos e ela olhava de forma firme e abstraída para o corpo estendido de seu marido – quase reluzente no brilho do esplendor do sol branco.

– Não exagere – ela havia dito no começo, mas Toran vinha de uma estrela vermelha moribunda. Apesar de três anos na Fundação, a luz do sol era um luxo e, por quatro dias agora, a pele dele, tratada antes para a resistência aos raios, não havia sentido a aspereza do tecido, a não ser por um short ocasional.

Bayta se aconchegou junto a ele na areia e falaram em sussurros.

A voz de Toran tinha um tom grave, pois vinha de um rosto relaxado.

– Não, admito que não chegamos a parte alguma. Mas onde está ele? Quem é ele? Este mundo louco não diz nada sobre ele. Talvez nem exista.

– Ele existe – replicou Bayta, com lábios que não se moviam. – Ele é inteligente, apenas isso. E seu tio tem razão, ele é um homem que poderíamos usar... se houver tempo.

Uma pausa curta. Toran sussurrou:

– Sabe o que andei fazendo, Bay? Estou apenas sonhando acordado, num estupor provocado pelo sol. As coisas parecem se encaixar tão bem... tão docemente. – Sua voz quase morreu, então voltou. – Lembra de como o dr. Amann falava na faculdade, Bay? A Fundação jamais pode perder, mas isso não quer dizer que os *governantes* da Fundação não possam. A verdadeira história da Fundação não começou quando Salvor Hardin chutou os enciclopedistas e dominou o planeta Terminus, como seu primeiro prefeito? E então, no século seguinte, Hober Mallow não ganhou poder por métodos quase tão drásticos? Foram *duas vezes* em que os governantes foram derrotados. Então, a coisa pode ser feita. Por que não por nós?

– É o argumento mais antigo dos livros, Torie. Que desperdício de um bom devaneio.

– É mesmo? Siga-me, então. O que é Refúgio? Não é parte da Fundação? Se nos tornarmos os maiorais, ainda é a Fundação vencendo, e somente os atuais governantes perdendo.

– Muitas diferenças entre "podemos" e "faremos". Você só está falando blablablá.

Toran estremeceu.

– Droga, Bay, hoje você está num dos seus humores amargos. Para que você quer estragar a minha diversão? Vou dormir, se não se importa.

Mas Bayta estava esticando a cabeça e subitamente – o que não combinava com ela – deu uma risadinha, tirando os óculos para olhar a praia com apenas a mão cobrindo os olhos.

Toran levantou a cabeça, e depois se levantou, girando os ombros para acompanhar o olhar dela.

Aparentemente, ela estava olhando uma figura magérrima, com os pés para cima, equilibrando-se nas mãos para o divertimento de uma multidão caótica. Era um daqueles mendigos acrobatas que abundavam na praia, cujas articulações flexíveis dobravam e estalavam em troca de algumas moedas jogadas.

Um guarda de praia estava gesticulando para que ele fosse embora e, com surpreendente equilíbrio numa mão só, o palhaço levou um polegar ao nariz no gesto de cabeça para baixo. O guarda avançou ameaçador e recuou, com um pé no estômago. O palhaço se endireitou sem interromper o movimento do chute inicial e foi embora, enquanto o guarda, que espumava de raiva, era detido por uma multidão hostil.

O palhaço abriu caminho praia afora. Ele passou esbarrando em muita gente, hesitou muitas vezes, mas não parou em lugar algum. A multidão original havia se dispersado. O guarda havia partido.

– Que sujeito esquisito – disse Bayta, com divertimento, e Toran concordou, indiferente. O palhaço estava perto o bastante agora para ser visto com clareza. Seu rosto magro se esticava para a frente num nariz de generosas proporções e ponta carnuda, que parecia um bulbo. Seus membros compridos e magros e o corpo aracnídeo, acentuado pelo traje, se movia com facilidade e graça, mas com uma leve sugestão de ter sido montado aleatoriamente.

Olhar para ele era sorrir.

Subitamente, o palhaço pareceu se dar conta do olhar deles, porque parou depois de ter passado e, com uma virada súbita, se aproximou. Seus grandes olhos castanhos se fixaram em Bayta.

Ela se sentiu desconcertada.

O palhaço sorriu, mas isso só tornava seu rosto bicudo mais triste, e quando falou foi com o fraseado suave e elaborado dos Setores Centrais.

– Se eu usasse a inteligência que os bons Espíritos me concederam – disse ele –, então diria que esta senhora não pode existir... pois que homem são acharia que um sonho pode ser real? Mas preferia não ter sanidade e emprestar crença a olhos encantadores e encantados.

Os próprios olhos de Bayta se arregalaram e ela disse:

– Uau!

Toran riu:

– Ah, sua encantadora. Vamos, Bay, isso merece pelo menos uma moeda de cinco créditos. Dê a ele.

Mas o palhaço avançou com um salto.

– Não, minha dama, não me entenda mal. Não falei por dinheiro, mas por olhos brilhantes e por um rosto doce.

– Ora, *obrigada* – e depois, para Toran. – Nossa, você acha que o sol está batendo nos olhos dele?

– Mas não só por olhos e rosto – o palhaço balbuciava, enquanto suas palavras se atropelavam umas às outras, num frenesi –, mas também por uma mente clara e determinada... e gentil também.

Toran se levantou, estendeu a mão para pegar o roupão branco que havia carregado no braço por cerca de quatro dias e o vestiu.

– Agora, amigão – ele disse –, que tal você me dizer o que deseja e parar de perturbar a moça?

O palhaço recuou um passo, apavorado, o corpo magro estremecendo.

– Ora, eu certamente não lhe desejei mal algum. Sou um estrangeiro aqui e já se disse que sou de miolo mole; mas há algo nos rostos que consigo ler. Por trás da beleza desta moça, há um coração gentil que me ajudaria em meu problema, e é por isso que sou tão ousado ao falar.

– Cinco créditos resolvem seu problema? – perguntou Toran, seco, e estendeu a moeda.

Mas o palhaço não se moveu para pegá-la e Bayta disse:

— Deixe-me falar com ele, Torie — ela acrescentou rapidamente e em voz baixa. — Não há motivo para nos irritarmos com a maneira boba de ele falar. Isso é só o dialeto e nossa fala é provavelmente também muito estranha para ele.

— Qual é o seu problema? — ela perguntou. — Você não está preocupado com o guarda, está? Ele não vai incomodá-lo.

— Ah, não, ele não. Ele é só um ventinho que sopra a poeira sobre meus pés. Há outro do qual eu fujo e ele é uma tempestade que varre os mundos, jogando-os uns contra os outros. Há uma semana, eu fugi, tenho dormido nas ruas e me escondi em multidões na cidade. Procurei, em muitos rostos, ajuda na necessidade. Eu a encontrei aqui. — Ele repetiu a última frase num tom mais suave e ansioso, com olhos grandes, preocupados. — Eu a encontrei aqui.

— Ora — Bayta disse, racionalmente. — Eu gostaria de ajudá-lo, mas, falando sério, meu amigo, eu não sou proteção alguma contra uma tempestade que varre mundos. Para dizer a verdade, eu poderia usar...

E então ouviram chegar uma voz alta e poderosa.

— Ora, seu calhorda filho da lama...

Era o guarda de praia, com um rosto vermelho como o fogo, a boca numa careta, que se aproximava correndo. Ele apontava uma pistola de atordoar em potência baixa.

— Segurem ele, vocês dois. Não deixem que escape. — Sua mão pesada caiu sobre o ombro fino do palhaço, que soltou um gemido fino.

— O que foi que ele fez? — perguntou Toran.

— O que ele fez? O que ele fez? Ora, escute só, essa é boa! — O guarda enfiou a mão dentro do bolso preso ao seu cinto e retirou de lá um lenço roxo, com o qual enxugou a nuca pelada. Disse com satisfação: — Eu vou lhe dizer o que foi que ele fez. Ele é um fugitivo. A notícia já correu por toda Kalgan e eu o teria reconhecido antes se não estivesse de cabeça para baixo naquela hora — e sacudiu sua vítima com um bom humor feroz.

Bayta perguntou com um sorriso:

— E de onde ele fugiu, senhor?

O guarda levantou a voz. Uma multidão estava se reunindo, de olhos arregalados e fazendo um grande burburinho. O senso de importância do guarda cresceu em proporção direta ao aumento da plateia.

– De onde ele fugiu? – declamou, com grande sarcasmo. – Ora, suponho que você já tenha ouvido falar no Mulo.

Todo o burburinho cessou e Bayta sentiu um fio súbito de gelo descer por seu estômago. O palhaço só tinha olhos para ela e ainda estremecia enquanto o guarda o apertava com força.

– E quem – continuou o guarda duramente – este farrapo dos infernos seria, a não ser o próprio bobo da corte de sua alteza, que fugiu? – Ele balançou o preso com força. – Você confessa, bobo?

A única resposta foi um medo surdo e o sibilar sem som da voz de Bayta perto do ouvido de Toran.

Toran deu um passo adiante para o guarda de modo amigo.

– Ora, meu camarada, suponha que você tire a mão dele só um momentinho. Esse palhaço que você está segurando estava dançando para nós e ainda não fez por merecer seu pagamento...

– Escute! – a voz do guarda subiu, subitamente preocupada. – Existe uma recompensa...

– Você pode ficar com ela, se puder provar que ele é o homem que quer. Suponha que você se afaste dele enquanto isso. Sabe que está perturbando um turista, o que pode ser sério para você.

– Mas você está perturbando sua alteza e será sério para você – ele balançou o palhaço mais uma vez. – Devolva o dinheiro do homem, seu pedaço de carniça.

A mão de Toran se moveu com rapidez e a pistola de atordoar do guarda foi arrancada com tanta força que um dos dedos quase foi junto. O guarda uivou de dor e de raiva. Toran lhe deu um empurrão violento e o palhaço, libertado, se escondeu atrás dele.

A multidão, cujos limites agora se perdiam de vista, não prestou muita atenção ao que aconteceu por último. Houve entre eles um virar de cabeças e um movimento centrífugo, como se muitos tivessem decidido aumentar sua distância do centro da atividade.

Então aconteceu uma confusão e um tumulto a distância. Formou-se um corredor e dois homens passaram, chicotes elétricos de prontidão. Sobre cada blusão púrpura estava desenhado um relâmpago anguloso com um planeta rachado embaixo.

Um gigante, vestindo uniforme de tenente, os seguia; de pele negra, cabelos escuros e um humor sarcástico.

O homem negro falou com a suavidade perigosa que significava que tinha pouca necessidade de gritar para impor seus desejos.

– Você é o homem que nos notificou? – ele perguntou.

O guarda ainda estava segurando a mão machucada e, com um rosto distorcido de dor, murmurou:

– Eu peço a recompensa, poderoso, e acuso aquele homem...

– Você terá sua recompensa – disse o tenente, sem olhar para ele. Fez um gesto brusco para seus homens. – Levem-no.

Toran sentiu o palhaço agarrar-se a seu roupão, enlouquecido.

Ele levantou a voz e tentou evitar que ela tremesse.

– Desculpe, tenente, este homem é meu.

Os soldados ouviram a afirmação sem piscar. Um levantou o chicote displicentemente, mas uma ordem abrupta do tenente o impediu de usá-lo.

A autoridade girou para a frente e plantou as botas quadradas perante Toran.

– Quem é você?

E a resposta soou:

– Um cidadão da Fundação.

Funcionou – com a multidão, pelo menos. O silêncio acumulado irrompeu num zumbido intenso. O nome do Mulo podia dar medo, mas era, afinal de contas, um nome novo e não estava entranhado tão profundamente quanto o antigo da Fundação – que havia destruído o Império – e o medo de quem governava um quadrante da Galáxia com despotismo impiedoso.

O tenente não moveu um músculo da face.

– Está ciente da identidade do homem atrás de você? – disse.

– Foi-me dito que ele é um fugitivo da corte de seu líder, mas tudo o que sei com certeza é que ele é meu amigo. Você vai precisar de provas concretas da identidade dele para levá-lo.

Ouviram-se suspiros altos vindos da multidão, mas o tenente deixou isso passar.

– Você está com seus papéis de cidadania de Fundação?

– Na minha nave.

– Percebe que suas ações são ilegais? Eu poderia mandar executá-lo.

– Sem dúvida. Mas aí você teria executado um cidadão da Fundação e é bem provável que seu corpo fosse enviado para a Fundação... esquartejado... como parte da compensação. Isso já foi feito por outros senhores da guerra.

O tenente lambeu os lábios. Essa informação estava correta.

– Seu nome? – perguntou.

Toran decidiu manter a vantagem.

– Responderei mais perguntas em minha nave. Você pode pegar o número da célula no Hangar; está registrada sob o nome "Bayta".

– Você não entregará o fugitivo?

– Ao Mulo, talvez. Mande seu senhor!

A conversa havia degenerado em um sussurro e o tenente deu meia-volta, irritado.

– Dispersem a multidão! – ele disse a seus homens, tentando suprimir a ferocidade.

Os chicotes elétricos subiram e baixaram. Ouviram-se gritos e a multidão começou a fugir, alucinada.

Toran só interrompeu seu devaneio uma vez no caminho de volta para o Hangar. Disse, quase para si mesmo:

– Pela Galáxia, Bay, como eu me diverti! Eu estava tão apavorado...

– É – ela disse, com uma voz que ainda tremia e olhos que ainda mostravam algo próximo à veneração. – Nem parecia você.

– Bem, ainda não sei o que aconteceu. Simplesmente me levantei com uma pistola de atordoar que eu nem sabia ao certo se saberia usar e o enfrentei. Não sei por que fiz isso.

Olhou para o outro lado do corredor do veículo aéreo que os levava para fora da área de praia, para o banco onde o palhaço do Mulo dormia todo enrolado e acrescentou, com desgosto:

– Foi a coisa mais difícil que já fiz.

O tenente se levantou com respeito perante o coronel da guarnição, e este olhou para ele, dizendo:

– Muito bom. Sua parte acabou agora.

Mas o tenente não se retirou imediatamente.

– O Mulo passou vexame diante de uma multidão, senhor – ele disse, sombrio. – Será necessário efetuar ações disciplinares para restaurar uma atmosfera adequada de respeito.

– Essas medidas já foram tomadas.

O tenente começou a dar meia-volta então, mas em seguida disse, quase com ressentimento:

– Estou disposto a concordar, senhor, que ordens são ordens, mas ficar em pé na frente daquele homem, com sua pistola de atordoar, e engolir sua insolência foi a coisa mais difícil que já fiz.

14. O MUTANTE

O "hangar" em Kalgan é uma instituição peculiar em si mesma, nascida da necessidade de arrumar o vasto número de naves trazidas pelos visitantes de fora, e a simultânea, consequente e vasta necessidade de acomodações para os ditos visitantes. O brilhante gênio original que havia pensado na solução óbvia rapidamente se tornou um milionário. Seus herdeiros – por nascimento ou por investimento – figuravam tranquilamente entre os mais ricos de Kalgan.

O "hangar" se estende por um território de quilômetros quadrados, e "hangar" não descreve suficientemente o lugar. Ele é essencialmente um hotel – para naves. O viajante paga adiantado e sua nave ganha um lugar do qual ela pode decolar para o espaço a qualquer momento. Então o visitante vive em sua nave, como de costume. Os serviços costumeiros de um hotel, como fornecimento de comida e suprimentos médicos a taxas especiais, consertos simples da nave propriamente dita e transportes especiais dentro de Kalgan por uma soma nominal são postos na conta, claro.

Como resultado, o visitante combina as contas do espaço de hangar e do hotel numa coisa só, com economia. Os donos vendem uso temporário do espaço em solo com um lucro enorme. O governo recolhe altos impostos. Todo mundo se diverte. Ninguém perde. Simples!

O homem que desceu os corredores mal-iluminados que conectavam as múltiplas alas do "hangar" já havia, no passado, especulado sobre a novidade e a utilidade do sistema descrito acima, mas eram reflexões de momentos ociosos – nada adequadas ao momento presente.

As naves assomavam, colossais, ao longo das longas fileiras de células alinhadas cuidadosamente, e o homem descartou uma fila atrás da outra. Ele era um especialista no que estava fazendo agora, e se seu estudo preliminar do registro do hangar não havia conseguido lhe fornecer informações mais específicas que a indicação duvidosa de uma ala determinada – uma que continha centenas de naves –, seu conhecimento especializado poderia filtrar essas centenas numa só.

Ouviu-se o fantasma de um suspiro no silêncio quando o homem parou e desapareceu por uma das fileiras; um inseto se arrastando sem ser percebido pelos monstros arrogantes de metal que descansavam ali.

Aqui e ali o reluzir de luzes de uma escotilha indicava a presença de alguém que havia voltado cedo dos prazeres organizados para prazeres mais simples – ou mais privados – na própria nave.

O homem parou, e teria sorrido se fosse capaz de sorrir. Certamente as circunvoluções de seu cérebro executavam o equivalente mental de um sorriso.

A nave na qual ele parou era esguia e obviamente rápida. A peculiaridade de seu design era o que ele queria. Não era um modelo comum – e, naqueles dias, a maioria das naves do quadrante imitava o design da Fundação, ou era construída por técnicos da Fundação. Mas aquela nave ali era especial. Aquela era uma nave da Fundação – ainda que apenas por causa das minúsculas protuberâncias externas que eram os nós da tela protetora que somente uma nave da Fundação podia possuir. Havia outras indicações, também.

O homem não sentiu nenhuma hesitação.

A barreira eletrônica estendida pela fileira das naves, como uma concessão à privacidade por parte da administração, não era nem um pouco importante para ele. Ela se abriu facilmente, sem ativar o alarme, mediante o uso da força neutralizadora muito especial que ele tinha à sua disposição.

Então, o primeiro sinal, dentro da nave, de que havia um intruso fora foi o som casual e quase amigável da campainha em volume baixo na sala de estar da nave, que era o resultado de uma palma da mão colocada sobre a minúscula fotocélula bem ao lado da comporta de ar principal.

E enquanto essa busca bem-sucedida prosseguia, Toran e Bayta sentiam apenas a mais precária segurança dentro das paredes de aço da *Bayta*. O palhaço do Mulo, que havia relatado que, dentro do estreito perímetro de seu corpo guardava o senhorial nome de Magnífico Giganticus, sentava-se curvado à mesa, engolindo a comida posta à sua frente.

Seus olhos castanhos tristes se levantavam da refeição apenas para acompanhar os movimentos de Bayta no misto de despensa com cozinha onde ele comia.

– O agradecimento de um fraco não tem muito valor – ele murmurou –, mas você o tem, pois verdadeiramente, nesta semana que se passou, pouca coisa a não ser restos apareceram em meu caminho... e meu corpo é pequeno, mas meu apetite parece indecorosamente grande.

– Ora, então coma! – Bayta disse com um sorriso. – Não perca seu tempo agradecendo. Não existe um provérbio da Galáxia Central sobre gratidão que ouvi uma vez?

– Verdadeiramente existe, minha dama. Pois um homem sábio, me contaram, disse certa vez: "A gratidão é melhor e mais eficiente quando não se evapora em frases vazias". Mas, ai de mim, minha dama, nada sou senão uma massa de frases vazias, ao que parece. Quando minhas frases vazias agradavam ao Mulo, isso me garantia um traje para a corte e um grande nome... pois, veja a senhora, originalmente era apenas Bobo, um nome que não o agrada... e então, quando minhas frases vazias não o agradaram mais, ele começou a bater e chicotear meus pobres ossos.

Toran entrou, vindo da cabine do piloto.

– Nada a fazer agora a não ser esperar, Bay. Espero que o Mulo seja capaz de compreender que uma nave da Fundação é território da Fundação.

Magnífico Giganticus, que um dia se chamou Bobo, arregalou os olhos e exclamou:

– Como é grande a Fundação, diante da qual até mesmo os servos cruéis do Mulo tremem.

– Você também já ouviu falar da Fundação? – Bayta perguntou, com um sorrisinho.

– E quem não ouviu? – a voz de Magnífico era um sussurro misterioso. – Há aqueles que dizem que é um mundo de grande magia, de fogos que podem consumir planetas e segredos poderosos de força. Dizem que nem a mais alta nobreza da Galáxia poderia alcançar a honra e a deferência próprias de um simples homem que possa dizer "sou um cidadão da Fundação"; mesmo se ele fosse apenas um catador de sucata do espaço ou um nada, como eu.

– Ora, Magnífico – disse Bayta –, você jamais vai terminar se ficar fazendo discursos. Vou pegar um pouco de leite com sabor para você. É bom.

Ela colocou uma garrafa sobre a mesa e fez um gesto para que Toran saísse do aposento.

– Torie, o que vamos fazer agora a respeito dele? – e fez um gesto na direção da cozinha.

– Como assim?

– Se o Mulo vier, vamos entregá-lo?

– Bem, o que mais, Bay? – ele parecia incomodado e o gesto com o qual empurrou de volta o cacho úmido sobre a testa era testemunha disso.

Ele continuou, impaciente:

– Antes de eu vir para cá, tive uma espécie de vaga ideia de que tudo o que tínhamos de fazer era perguntar pelo Mulo e, em seguida, irmos logo ao que interessa: apenas negócios, você sabe, nada definido.

– Eu entendi o que você quer dizer, Torie. Não estava esperando ver o Mulo em pessoa, mas achei que poderíamos conseguir *alguma* informação em primeira mão dessa coisa toda e depois passá-la para pessoas que soubessem um pouco mais dessa intriga interestelar. Não sou espiã de romance.

– Nem eu, Bay – ele cruzou os braços e franziu a testa. – Que situação! Você jamais saberia que existe uma pessoa como o Mulo, a não ser por esse acontecimento estranho. Você acha que ele virá buscar o seu palhaço?

Bayta olhou para ele.

– Não sei se quero que ele faça isso. Não sei o que dizer ou fazer. Você sabe?

A campainha interna soou com seu ruído intermitente. Os lábios de Bayta se moveram sem fazer um som.

– O Mulo!

Magnífico já estava na porta, olhos arregalados, a voz um gemido:

– O Mulo?

– Tenho de deixá-lo entrar – Toran murmurou.

Um contato abriu a comporta de ar e a porta externa se fechou atrás do recém-chegado. O escâner mostrava apenas uma única figura nas sombras.

– É apenas uma pessoa – disse Toran, com alívio estampado na cara. Sua voz estava quase tremida quando ele se curvou para falar pelo tubo do sinal. – Quem é você?

– É melhor você me deixar entrar e descobrir, não é? – as palavras soaram finas pelo receptor.

– Informo a você que esta é uma nave da Fundação e, consequentemente, território da Fundação, por tratado internacional.

– Sei disso.

– Saia com os braços à mostra ou atiro. Estou bem armado.

– Negócio fechado!

Toran abriu a porta interna e fechou o contato de sua pistola desintegradora, o polegar pairando sobre o ponto de pressão. Ouviram o som de passos. Então a porta se abriu e Magnífico gritou:

– Não é o Mulo. É apenas um homem.

O "homem" fez uma mesura sombria para o palhaço.

– Muito preciso. Eu não sou o Mulo – ele abriu as mãos. – Não estou armado e vim numa tarefa de paz. Você pode relaxar e pôr a pistola desintegradora de lado. Sua mão não é firme o bastante para minha paz de espírito.

– Quem é você? – Toran perguntou bruscamente.

– Eu poderia perguntar isso a *você* – disse o estranho com frieza –, já que você é quem está viajando sob falso pretexto, e não eu.

– Como assim?

– Você é quem afirma ser cidadão da Fundação quando não existe um só comerciante autorizado no planeta.

– Não é verdade. Como você poderia saber?

– Sei porque *eu sou* um cidadão da Fundação e tenho meus documentos para provar. Onde estão os seus?

– Acho melhor você sair.

– Acho que não. Se conhece alguma coisa dos métodos da Fundação, e, apesar de ser um impostor, bem que poderia, sabe que se eu não voltar vivo à minha nave até uma hora específica, um sinal será enviado ao quartel-general mais próximo da Fundação. Então, duvido que suas armas façam muita diferença, falando de forma prática.

Fez-se um silêncio irresoluto e então Bayta disse, calmamente:

– Ponha o desintegrador de lado, Toran, e leve a sério o que ele diz. Parece que está dizendo a verdade.

– Obrigado – disse o estranho.

Toran colocou a arma na cadeira ao seu lado.

– Suponho que você irá explicar tudo isso agora.

O estranho permaneceu em pé. Tinha uma ossatura longa e braços e pernas compridos. Seu rosto consistia em planos achatados e duros e era, de algum modo, evidente que ele nunca sorria. Mas seus olhos não demonstravam dureza.

– As notícias viajam rápido – ele disse –, especialmente quando são aparentemente inacreditáveis. Não acho que exista uma pessoa em Kalgan que não saiba que os homens do Mulo tomaram uma surra hoje de dois turistas da Fundação. Eu já sabia dos detalhes importantes antes do fim da tarde e, como disse, não há nenhum turista da Fundação neste planeta além de mim. Nós sabemos dessas coisas.

– "Nós" quem?

– "Nós" somos... "nós"! Eu mesmo, por exemplo! Eu sabia que vocês estavam no Hangar: ouviram vocês dizerem isso. Tenho meios de verificar o registro e meios de encontrar a nave.

Virou-se subitamente para Bayta:

– Você é da Fundação... Por nascimento, não é?

– Sou?

– Você é membro da oposição democrática: chamam-na de "resistência". Não lembro de seu nome, mas reconheço o rosto. Você só saiu recentemente... e não teria saído, se fosse mais importante.

Bayta deu de ombros.

– Você sabe muito.

– Sei. Você fugiu com um homem. É este aqui?

– O que eu disser importa?

– Não. Só quero chegar a uma compreensão mútua completa. Acredito que a senha durante a semana na qual você partiu com tanta pressa era "Seldon, Hardin e Liberdade". Porfirat Hart era o líder da sua seção.

– Onde você conseguiu isso? – Bayta subitamente ficou uma fera. – A polícia o pegou? – Toran a segurou, mas ela se soltou e avançou.

O homem da Fundação disse, com calma:

– Ninguém o pegou. É só que a resistência se espalha bastante, e em lugares estranhos. Eu sou o capitão Han Pritcher, de Informações, e sou um líder de seção... não importa sob qual nome.

Ele esperou e então disse:

– Não, vocês não precisam acreditar em mim. Em nosso negócio é melhor exagerar nas suspeitas que no contrário. Mas é melhor passarmos das preliminares.

– Sim – disse Toran –, suponho que sim.

– Posso me sentar? Obrigado – O capitão Pritcher cruzou as pernas compridas e deixou um braço balançar solto nas costas da cadeira. – Vou começar dizendo que não sei do que isso tudo trata... do ponto de vista de vocês. Vocês dois não são da Fundação, mas não é difícil adivinhar que são de um dos mundos comerciais independentes. Isso não me incomoda muito. Mas, por curiosidade, o que querem com esse sujeito, esse palhaço, que vocês pegaram e trouxeram para um local seguro? Estão arriscando a vida mantendo-o aqui.

– Isso eu não posso lhe dizer.

– Hum-m-m. Bem, eu não achei que pudesse. Mas se estão esperando que o próprio Mulo apareça, atrás de uma fanfarra de trompetes, tambores e órgãos elétricos... relaxem! Não é assim que o Mulo trabalha.

– O quê? – Toran e Bayta disseram ao mesmo tempo e, no canto onde Magnífico espreitava com as orelhas quase visivelmente expandidas, houve um pulo repentino de alegria.

– Isso mesmo. Estive tentando entrar em contato com ele e fiz um trabalho mais completo do que vocês, amadores, poderiam. Não vai dar certo. O homem não faz aparições pessoais, não se permite ser fotografado ou simulado e só é visto por seus associados mais próximos.

– Isso deveria explicar seu interesse em nós, capitão? – Toran questionou.

– Não. Esse palhaço é a chave. Esse palhaço é um dos poucos que *já* o viram. Eu o quero. Ele pode ser a prova de que preciso: e preciso de alguma coisa, a Galáxia sabe, para acordar a Fundação.

– Ela precisa ser acordada? – Bayta interrompeu, com súbita agressividade. – Contra o quê? E em que papel você atua como despertador, o de democrata rebelde ou de polícia secreta e agente provocador?

O rosto do capitão se endureceu.

– Quando toda a Fundação está ameaçada, Madame Revolucionária, tanto democratas quanto tiranos perecem. Vamos salvar os tiranos de um outro maior, para depois podermos derrubá-los.

– Quem é o maior tirano de quem você fala? – Bayta perguntou, irritada.

– O Mulo! Eu conheço um pouco sobre ele, o suficiente para me custar a vida várias vezes, se tivesse sido menos capaz. Mandem o palhaço sair do aposento. Isto exigirá privacidade.

– Magnífico – disse Bayta, com um gesto, e o palhaço saiu sem fazer um ruído.

A voz do capitão era grave e intensa, e tão baixa que Toran e Bayta chegaram mais perto.

– O Mulo é um agente inteligente... – falou – e é astuto demais para não perceber a vantagem do magnetismo e do glamour da liderança pessoal. Se abre mão disso, é por algum motivo. Esse motivo deve ser o fato de que o contato pessoal revelaria algo que seja de importância fundamental *não* revelar.

Ele fez um gesto para que pusessem as perguntas de lado e continuou, mais rápido:

– Eu voltei ao local de nascimento dele para descobrir isso e interroguei pessoas que, por causa do que sabem, não viverão muito. Poucas ainda estão vivas. Elas se lembram do bebê nascido há trinta anos... da morte de sua mãe... de sua juventude estranha. *O Mulo não é um ser humano.*

E seus dois ouvintes recuaram, horrorizados, com as implicações nebulosas disso. Nenhum dos dois compreendeu de forma clara ou completa, mas a ameaça da frase era definitiva.

– Ele é um mutante – continuou o capitão –, e obviamente, por sua carreira subsequente, um mutante altamente bem-sucedido. Não sei quais são seus poderes ou a exata extensão em que ele corresponde ao que nossos filmes de ação chamariam de "super-homem", mas a ascensão do nada até conquistador do senhor da guerra de Kalgan, em dois anos, é reveladora. Vocês veem o perigo, não veem? Pode um acidente genético de propriedades biológicas imprevisíveis ser levado em conta no Plano Seldon?

Lentamente, Bayta falou:

– Não acredito nisso. É alguma espécie de prestidigitação complicada. Por que os homens do Mulo não nos mataram quando podiam, se ele é um super-homem?

– Eu disse a vocês que não conheço a extensão da mutação dele. Pode ser que ainda não esteja pronto para a Fundação, e seria um sinal da maior sabedoria resistir a provocações até estar pronto. Agora, deixem-me falar com o palhaço.

O capitão olhou para o trêmulo Magnífico, que obviamente não confiava naquele homem enorme e rígido que o encarava.

O capitão começou a falar, devagar:

– Você viu o Mulo com seus próprios olhos?

– Vi muito bem, respeitável senhor. E senti o peso de seu braço em meu próprio corpo, também.

– Disso não tenho dúvidas. Pode descrevê-lo?

– É assustador me lembrar dele, respeitável senhor. Ele é um homem de poderosa estrutura. Contra ele, até mesmo o senhor seria um graveto. Seus cabelos são de um rubro flamejante, e com toda a minha força e peso, eu não conseguia puxar-lhe o braço para baixo, uma vez estendido: nem a distância da espessura de um fio de cabelo. – A magreza de Magnífico parecia desabar em si mesma, numa confusão de braços e pernas. – Frequentemente, para divertir seus generais ou apenas a si mesmo, ele me suspendia, segurando-me com um dedo em meu cinto, de uma altura pavorosa, enquanto eu declamava poesia. Somente após o vigésimo verso eu era retirado, e cada verso tinha de ser improvisado e compor rimas perfeitas ou então ele começava tudo de novo. É um homem de poder aterrador, respeitável senhor, e cruel no uso de seu poder... e seus olhos, respeitável senhor, ninguém vê.

– O quê? O que foi que você disse por último?

– Ele usa óculos, respeitável senhor, de uma natureza curiosa. Dizem que são opacos e que ele vê através de uma poderosa magia que transcende em muito os poderes humanos. Ouvi dizer – e sua voz era pequena e misteriosa – que ver os olhos dele é ver a morte; que ele mata com os olhos, respeitável senhor.

Os olhos de Magnífico viraram rapidamente de um rosto para outro. Ele estremeceu:

– É verdade. Por minha vida, é verdade.

Bayta respirou fundo.

– Parece que você tem razão, capitão. Quer assumir o controle?

– Bem, vejamos a situação. Vocês não estão devendo nada aqui? A barreira do hangar acima está liberada?

– Posso partir a qualquer momento.

– Então, parta. O Mulo pode não desejar antagonizar a Fundação, mas ele corre um risco terrível ao deixar Magnífico escapar. Isso provavelmente está relacionado a toda a confusão e gritaria atrás do pobre diabo, em primeiro lugar. Então, pode haver naves esperando lá em cima. Se vocês se perderem no espaço, quem leva a culpa pelo crime?

– Tem razão – Toran concordou, cansado.

– Entretanto, vocês têm um escudo, e provavelmente são mais velozes que qualquer coisa que eles tenham, por isso, assim que saírem da atmosfera, façam o círculo em modo neutro até o outro hemisfério, e então simplesmente abram caminho para fora com aceleração máxima.

– Sim – Bayta disse, com frieza. – E quando voltarmos para a Fundação, o que acontecerá, capitão?

– Ora, vocês são cidadãos cooperativos de Kalgan, não são? Eu não sei de nada que prove o contrário, sei?

Nada foi dito. Toran se voltou para os controles. Sentiram um sacolejo imperceptível.

Foi quando Toran havia deixado Kalgan suficientemente para trás para tentar seu primeiro Salto interestelar que o rosto do capitão Pritcher se enrugou ligeiramente – pois nenhuma nave do Mulo tinha, em momento algum, tentado bloquear sua partida.

– Parece que ele está nos deixando levar Magnífico – disse Toran. – Não é tão bom para sua história.

– A menos – corrigiu o capitão –, que ele queira que nós o levemos e, nesse caso, isso não será tão bom para a Fundação.

Foi depois do último Salto, dentro de uma distância de voo neutro da Fundação, que a primeira transmissão de notícias de hiperondas alcançou a nave.

E havia uma notícia que mal fora mencionada. Parecia que um senhor da guerra – sem ser identificado pelo narrador entediado – havia enviado representações para a Fundação com relação à abdução forçada de um membro de sua corte. O locutor continuou, agora com o noticiário esportivo.

O capitão Pritcher disse, frio:

– Ele está um passo à nossa frente, afinal – pensativo, acrescentou. – Ele está pronto para a Fundação e usa isso como uma desculpa para a ação. Isso torna as coisas mais difíceis para nós. Teremos de agir antes de estarmos realmente prontos.

15.
O PSICÓLOGO

Havia motivos para o fato de o elemento conhecido como "ciência pura" ser a forma de vida mais livre na Fundação. Numa Galáxia onde a predominância – e até mesmo a sobrevivência – da Fundação ainda repousava na superioridade de sua tecnologia – até mesmo apesar de seu grande acesso à força física no último século e meio –, uma certa imunidade aderia ao cientista. Ele era necessário, e sabia disso.

Da mesma forma, havia motivos para o fato de que Ebling Mis – somente aqueles que não o conheciam acrescentavam títulos ao nome dele – era a mais livre forma de vida na "ciência pura" da Fundação. Num mundo onde a ciência era respeitada, ele era O Cientista – com letras maiúsculas e sem sorriso. Ele era necessário e sabia disso.

E então acontecia que, quando outros se ajoelhavam, ele se recusava e acrescentava em voz alta que seus ancestrais, em seu tempo, não se ajoelhavam a nenhum prefeitinho medíocre. E que no tempo de seus ancestrais o prefeito era eleito e chutado para fora à vontade, e que as únicas pessoas que herdavam alguma coisa por direito de nascença eram os idiotas congênitos.

E então acontecia também que, quando Ebling Mis decidia permitir que Indbur o honrasse com uma audiência, não esperava que a costumeira cadeia rígida de comando transmitisse sua solicitação e a resposta favorável, mas, depois de ter jogado o menos feio de seus dois paletós formais sobre os ombros e posto um estranho chapéu de design impossível inclinado sobre a cabeça, acendendo ainda um charuto proibido para piorar, passava por cima de dois guardas ineficientes que gritavam e entrava no palácio do prefeito.

A primeira notícia que sua excelência recebeu da intromissão foi quando, de seu jardim, ouviu os tumultos cada vez mais próximos de protesto e os xingamentos desarticulados rugidos em resposta.

Lentamente, Indbur colocou no chão sua pazinha de terra; lentamente, ele se levantou; e lentamente franziu a testa. Pois Indbur se permitia um momento de descanso diário de seu trabalho, e por duas horas, no começo da tarde, se o tempo permitisse, ele estava em seu jardim. Ali, as flores cresciam em quadrados e triângulos, entrelaçados em uma ordem severa de vermelho e amarelo, com pequenos toques de violeta nos ápices, e o verde cercando o todo em linhas rígidas. Ali, em seu jardim, ninguém o perturbava – *ninguém!*

Indbur tirou as luvas sujas de terra ao avançar na direção da portinha do jardim.

Inevitavelmente, disse:

– O que significa isso?

Era a pergunta exata, e a exata escolha de palavras que vinha sendo posta na atmosfera em tais ocasiões por uma incrível variedade de homens, desde que a humanidade fora inventada. Não há registro de que jamais tenha sido feita por outro propósito que não o de produzir a aparência de dignidade.

Mas a resposta desta vez foi literal, pois o corpo de Mis irrompeu com um urro e um balançar do punho para os que ainda seguravam farrapos de seu manto.

Indbur indicou, com um franzir de testa solene e desgostoso, que se afastassem e Mis se abaixou para apanhar o chapéu arruinado, limpou cerca de um quarto da terra acumulada sobre ele, enfiou-o debaixo do braço e disse:

– Escute aqui, Indbur, esses seus capachos impublicáveis vão receber a conta de um bom manto. Aquele manto ainda tinha muito para dar – ele bufou e limpou a testa com apenas um vestígio de teatralidade.

O prefeito ficou rígido de desgosto e disse, irritado, do alto de seu um metro e cinquenta:

– Não fui avisado, Mis, de que você tenha solicitado uma audiência. Você certamente não recebeu uma.

Ebling Mis olhou seu prefeito de cima a baixo com o que era, aparentemente, choque e descrença.

– Ga-LÁ-xia, Indbur, você não recebeu meu bilhete ontem? Eu o entreguei a uma besta de uniforme púrpura anteontem. Teria entregado pessoalmente, mas sei como você gosta de formalidade.

– Formalidade! – Indbur revirou olhos exasperados. Então, tenso. – Já ouviu falar numa organização apropriada? Daqui em diante você deverá enviar sua solicitação para audiência, preenchida adequadamente em triplicata, no escritório do governo criado para essa finalidade. Você então deverá esperar até que o curso normal dos acontecimentos traga a notificação do horário da audiência a ser concedida. Então deverá aparecer, adequadamente vestido... adequadamente vestido, entenda bem... e com respeito adequado, também. Pode ir embora.

– O que há de errado com as minhas roupas? – esquentado, Mis exigiu saber. – Era o melhor manto que eu tinha até que esses demônios impublicáveis pusessem as garras nele. Vou embora assim que entregar o que vim entregar. Ga-LÁ-xia, se não envolvesse uma crise Seldon, partiria agora mesmo.

– Crise Seldon! – Indbur deu a primeira mostra de interesse. Mis era *mesmo* um grande psicólogo. Um democrata, grosseirão e certamente rebelde, mas também um psicólogo. Em sua incerteza, o prefeito sequer conseguiu pôr em palavras a dor íntima que o apunhalou de repente quando Mis arrancou casualmente uma flor, levou-a às narinas com expectativa e, depois, jogou-a fora, torcendo o nariz.

Indbur disse, friamente:

– Quer me acompanhar? Este jardim não foi feito para uma conversa séria.

Ele se sentia melhor em sua cadeira elevada atrás de sua mesa imensa, de onde podia ver, de cima para baixo, os poucos cabelos que, de modo bastante ineficaz, ocultavam a pele do couro cabeludo rosado de Mis. Ele se sentiu muito melhor quando Mis lançou uma série de olhadas automáticas ao seu redor em busca de uma cadeira inexistente e, em seguida, permaneceu em pé, desconfortável. Sentiu-se melhor ainda quando, em resposta a uma cuidadosa pressão do contato correto, um criado de libré apareceu correndo, fazendo mesuras até chegar à mesa e colocou sobre ela um volume imenso, encadernado em metal.

– Agora – disse Indbur, mais uma vez senhor da situação –, para encurtar o máximo possível essa entrevista não autorizada, faça sua declaração com o menor número possível de palavras.

Ebling Mis disse, sem pressa:

– Você sabe o que venho fazendo ultimamente?

– Tenho seus relatórios aqui – respondeu o prefeito, com satisfação –, juntamente com resumos autorizados deles. Conforme entendi, suas investigações na matemática da psico-história tiveram a intenção de duplicar a obra de Hari Seldon e, um dia, traçar o curso projetado da história do futuro, para uso da Fundação.

– Exatamente – disse Mis, com secura. – Quando Seldon criou a Fundação, ele foi sábio o bastante para não incluir psicólogos entre os cientistas colocados aqui... para que a Fundação sempre trabalhasse às cegas pelo curso da necessidade histórica. No decorrer das minhas pesquisas, me baseei muito em pistas encontradas no Cofre do Tempo.

– Estou ciente disso, Mis. É um desperdício de tempo repetir.

– Não estou repetindo – gritou Mis –, porque o que vou lhe dizer não está em nenhum daqueles relatórios.

– Como assim, não está nos relatórios? – Indbur perguntou estupidamente. – Como pode...

– Ga-LÁ-xia! Deixe-me contar isso do meu jeito, sua criaturinha ofensiva. Pare de colocar palavras na minha boca e questionar toda afirmação minha, ou vou sair daqui e deixar tudo desabar ao seu redor. Lembre-se, seu tolo impublicável, a Fundação vai vencer porque deve, mas se eu sair daqui agora... *você* não vencerá.

Jogando o chapéu no chão, de forma que nuvens de terra se espalharam, ele subiu correndo as escadas do pedestal sobre o qual ficava a ampla mesa e, empurrando com violência a papelada, sentou-se num canto.

Indbur pensou freneticamente em chamar os guardas ou usar os desintegradores embutidos de sua mesa. Mas o rosto de Mis o encarava furioso de cima para baixo e não havia nada a fazer, a não ser tentar manter as aparências.

– Dr. Mis – ele começou, com uma formalidade fraca – o senhor deve...

– Cale a boca – Mis disse, feroz – e escute. Se esta coisa aqui – e a palma de sua mão desceu pesadamente sobre o metal dos dados encadernados – é uma maçaroca dos meus relatórios, jogue fora. Todo relatório que escrevo passa por uns vinte e tantos funcionários, chega a você e, depois, meio que volta por outros vinte. Até aí, tudo bem, se não há nada que você queira manter em segredo. Ora, tenho uma coisa confidencial aqui. É tão confidencial que até mesmo os rapazes que trabalham para mim não ficaram sabendo. Eles fizeram o trabalho, claro, mas cada um fez uma pequena parte não conectada... e eu juntei tudo. Você sabe o que é o Cofre do Tempo?

Indbur fez que sim com a cabeça, mas Mis continuou, desfrutando abertamente da situação.

– Bem, eu vou lhe dizer de qualquer maneira porque estive meio que imaginando essa situação impublicável por uma Ga-LÁ-xia de tempo; consigo ler seus pensamentos, sua fraude patética. Você está com a mão direita perto de um pequeno controle que pode chamar cerca de quinhentos homens armados para acabar comigo, mas tem medo do que sei... você tem medo de uma crise Seldon. Além do quê, se você tocar em qualquer coisa em sua mesa, vou arrancar sua cabeça impublicável antes que qualquer um entre aqui. Você, seu pai bandido e seu avô pirata têm sugado o sangue da Fundação há muito tempo, de qualquer modo.

– Isso é traição – Indbur gaguejou.

– Claro que é – Mis se gabou –, mas o que é que você vai fazer a respeito?

Deixe-me contar sobre o Cofre do Tempo. Esse Cofre do Tempo foi o que Hari Seldon colocou aqui no começo, para nos ajudar a passar pelas partes mais difíceis. Para cada crise, Seldon preparou um simulacro pessoal para ajudar... e explicar. Quatro crises até agora... quatro aparições. Na primeira vez, ele apareceu no auge da primeira crise. Na segunda, ele apareceu no momento imediatamente posterior à evolução bem-sucedida da segunda crise. Nossos ancestrais estavam lá para ouvi-lo, ambas as vezes. Na terceira e na quarta crises, ele foi ignorado... provavelmente porque não era necessário, mas investigações recentes... *não* incluídas nesses relatórios que estão com vocês... indicam que ele de fato apareceu, e nos momentos adequados. Entende?

Não esperou resposta. Seu charuto, uma ruína esfarrapada e apagada, finalmente foi jogado fora. Ele pegou um novo charuto e o acendeu. A fumaça veio em violentas baforadas.

– Oficialmente, andei tentando reconstruir a ciência da psico-história. Ora, nenhum homem vai fazer *isso*, e a coisa não seria feita em um só século, de qualquer maneira. Mas fiz avanços nos elementos mais simples e fui capaz de usá-la como uma desculpa para mexer no Cofre do Tempo. O que *eu fiz* envolve a determinação, com uma grande dose de certeza, da data exata da próxima aparição de Hari Seldon. Posso lhe dar a data exata, em outras palavras, de quando a próxima crise Seldon, a quinta, alcançará seu clímax.

– Daqui a quanto tempo? – Indbur exigiu saber, tenso.

E Mis explodiu sua bomba com tranquilidade animadora.

– Quatro meses – ele disse. – Quatro impublicáveis meses, menos dois dias.

– Quatro meses – disse Indbur, com uma veemência incomum. – Impossível.

– Impossível, meu olho impublicável.

– Quatro meses? Você compreende o que isso significa? Para uma crise chegar ao auge em quatro meses, isso quer dizer que ela está se preparando há anos.

– E por que não? Existe alguma lei da Natureza que exige que o processo mature à luz do dia?

– Mas não há nenhum sinal. Não existe nada nos ameaçando. – Indbur quase se retorcia de ansiedade. Com um súbito aumento espasmódico de ferocidade, ele gritou: – Quer *descer* da minha mesa e me deixar colocá-la em ordem? Como é que você espera que eu *pense*?

Espantado, Mis se levantou pesadamente e saiu de lado.

Indbur recolocou objetos em seus nichos apropriados com movimentos febris. Ele estava falando rapidamente:

– Você não tem o direito de aparecer aqui assim. Se tivesse apresentado sua teoria...

– Não é uma *teoria*.

– Pois digo que *é* uma teoria. Se você a tivesse apresentado juntamente com suas evidências e argumentos, de modo apropriado, ela teria ido para o Departamento de Ciências Históricas. Lá, poderia ter sido tratada adequadamente, a análise resultante submetida a mim e então, é claro, uma ação adequada teria sido efetuada. Assim, você me atrapalhou sem motivo. Ah, aqui está.

Ele pegou uma folha de papel prateado transparente, que balançou para o psicólogo bulboso a sua frente.

– Este é um pequeno sumário que preparo para mim mesmo... semanalmente... de questões estrangeiras em progresso. Escute: nós completamos negociações para um tratado comercial com Mores, continuamos negociações para um tratado com Lyonesse, enviamos uma delegação para uma comemoração qualquer em Bonde, recebemos uma reclamação qualquer de Kalgan e prometemos examiná-la, protestamos contra algumas práticas comerciais agressivas em Asperta e eles prometeram examinar isso... etc. etc. etc. – Os olhos do prefeito desceram rápidos pela lista de notações codificadas e então ele colocou cuidadosamente a folha em seu lugar adequado, na pasta adequada, no escaninho adequado.

– Eu lhe digo, Mis, não há uma coisa aqui que cheire a algo além de ordem e paz...

A porta na outra extremidade se abriu e, de forma por demais dramática e coincidente para sugerir outra coisa senão a vida real, um notável em trajes comuns entrou.

Indbur levantou metade do corpo. Ele tinha a sensação curiosamente vertiginosa de irrealidade que acomete aqueles dias em que muita coisa acontece.

Após a intromissão de Mis e toda a confusão que isso havia gerado, veio a intromissão igualmente inadequada, daí perturbadora, não anunciada, de seu secretário, que pelo menos conhecia as regras.

O secretário se ajoelhou.

Indbur disse bruscamente:

– Então?

O secretário falou para o chão:

– Excelência, o capitão Han Pritcher, de Informações, retornando de Kalgan, em desobediência às suas ordens, foi, segundo instruções anteriores... sua ordem x20-513... preso e aguarda execução. Os que o acompanham estão detidos para interrogatório. Um relatório completo foi preenchido.

Indbur, em agonia, disse:

– Um relatório completo foi recebido. *Então!*

– Excelência, o capitão Pritcher relatou, vagamente, planos perigosos de parte do novo senhor da guerra de Kalgan. Ele não recebeu, segundo instruções anteriores... sua ordem x20-651... nenhuma audiência formal, mas os comentários que fez foram gravados e um relatório completo, preenchido.

Indbur gritou:

– Um relatório completo foi recebido. *Então!*

– Excelência, foram recebidos relatórios no último quarto de hora da fronteira salinniana. Naves identificadas como kalganianas entraram em território da Fundação, sem autorização. As naves estão armadas. Houve luta.

O secretário estava curvado quase em dois. Indbur permaneceu em pé. Ebling Mis balançou a cabeça, foi até o secretário e bateu com força no ombro dele.

– É melhor você mandar soltar esse capitão Pritcher e trazê-lo aqui. Fora.

O secretário partiu e Mis se virou para o prefeito.

– Não seria melhor você colocar o maquinário para funcionar, Indbur? Quatro meses, sabe.

Indbur permaneceu em pé, os olhos vidrados. Apenas um dedo parecia vivo – e ele traçava rápidos triângulos espasmódicos no tampo liso da mesa a sua frente.

16.
CONFERÊNCIA

Quando os vinte e sete mundos comerciais independentes, unidos apenas pela desconfiança que tinham do planeta-mãe da Fundação, organizam uma assembleia entre si, cada um grandemente orgulhoso da própria pequenez, endurecido pela própria insularidade, amargurado pelo perigo eterno... há negociações preliminares a serem superadas de uma mesquinhez assustadora o bastante para enojar o mais perseverante.

Não basta determinar com antecedência detalhes como métodos de votação, tipo de representação – seja por mundo ou por população. Essas questões são de importância política. Não basta acertar questões de prioridade à mesa, tanto no conselho quanto ao jantar; essas são questões de importância social.

Era o local de encontro – já que era uma questão de um provincianismo esmagador. E, no fim, as rotas tortuosas da diplomacia levaram ao mundo de Radole, que alguns comentaristas haviam sugerido logo de início, por razão lógica de posicionamento central.

Radole era um mundo pequeno – e, em potencial militar, talvez o mais fraco dos vinte e sete. Isso, a propósito, era outro fator na lógica da escolha.

Era um mundo-faixa – do qual a Galáxia se gaba de ter o bastante, mas dentre os quais a variedade habitada é uma raridade, pois as exigências físicas são difíceis de cumprir. Era, em outras palavras, um mundo onde as duas metades enfrentam os extremos monótonos de calor e frio, enquanto a região de vida possível é a faixa circular da zona do crepúsculo.

Um mundo assim invariavelmente soa pouco convidativo para os que nunca o visitaram, mas existem pontos estrategicamente colocados – e a Cidade de Radole estava localizada em um deles.

Ela se espalhava ao longo das encostas suaves dos contrafortes diante das montanhas escarpadas que a protegiam ao longo da borda do hemisfério frio e mantinham afastado o gelo assustador. O ar seco e quente da metade ensolarada se derramava sobre a região, e das montanhas a água vinha encanada – e, entre os dois, a Cidade de Radole se tornava um jardim contínuo, nadando na manhã eterna de um verão eterno.

Cada casa ficava aninhada em meio a seu jardim florido, aberta para os elementos inofensivos. Cada jardim era uma horticultura, onde plantas luxuriantes cresciam em fantásticos padrões, para o bem do comércio exterior que geravam – até que Radole quase se tornou um mundo produtor, em vez de um típico mundo comerciante.

Assim, à sua maneira, a Cidade de Radole era um pequeno ponto de suavidade e luxo num planeta horrível – um pequeno fragmento do Éden – e isso, também, era um fator na lógica da escolha.

Os estrangeiros vinham de cada um dos vinte e seis outros mundos comerciantes: delegados, esposas, secretários, jornalistas, naves e tripulações – e a população de Radole quase dobrou e seus recursos foram forçados até o limite. Comia-se à vontade, bebia-se à vontade e não se dormia.

A despeito disso, eram poucos os farristas que não estavam intensamente cientes de que todo aquele volume da Galáxia queimava lentamente numa espécie de guerra sonolenta e silenciosa. E, dos que estavam cientes disso, havia três classes. Primeiro, havia os muitos que pouco sabiam e estavam muito confiantes...

Como o jovem piloto espacial que usava o símbolo de Refúgio na fivela do quepe, e que conseguia, segurando o copo diante de seus olhos, atrair os da garota radoliana que sorria de leve à sua frente. Ele estava dizendo:

– Viemos direto pela zona de guerra para chegar aqui... de propósito. Viajamos cerca de um minuto-luz mais ou menos, no modo neutro, passando direto por Horleggor...

– Horleggor? – interrompeu um nativo de pernas compridas, que estava atuando como anfitrião daquele convescote específico. – Foi onde o Mulo tomou uma surra na semana passada, não foi?

– Onde você ouviu que o Mulo tomou uma surra? – o piloto quis saber.

– Pelo rádio da Fundação.

– É mesmo? Bom, o Mulo *tomou* Horleggor. Nós quase demos de cara com um comboio de suas naves e era de lá que elas estavam vindo. Não é uma surra quando você fica onde lutou e quem bateu sai correndo.

Outra pessoa disse, em voz alta e meio bêbada:

– Não diga isso. A Fundação sempre leva umas pancadas de vez em quando. Fique só esperando; é só sentar e ver. A boa e velha Fundação sabe quando voltar. E então... *pou*! – a voz espessa concluiu e foi sucedida por um sorriso fraco.

– De qualquer maneira – disse o piloto de Refúgio, após uma pausa curta –, como eu disse, nós vimos as naves do Mulo e elas pareciam muito boas, muito boas. Eu vou lhe dizer uma coisa: elas pareciam novas.

– Novas? – o nativo disse, pensativo. – Eles mesmos as construíram? – Ele quebrou uma folha de um galho que pendia próximo, cheirou-a delicadamente e então começou a mastigá-la, fazendo os tecidos machucados da planta sangrarem verde e difundirem um odor mentolado. Continuou: – Você está tentando me dizer que eles derrotaram naves da Fundação com naves feitas em casa? Vai nessa.

– Nós as vimos, velhinho. E sei distinguir uma nave de um cometa também, sabia?

O nativo chegou mais perto.

– Você sabe o que eu acho. Escute, não se engane. Guerras não começam simplesmente sozinhas e temos um bando de caras experientes cuidando das coisas. Eles sabem o que estão fazendo.

O sujeito que tinha matado muito bem a própria sede disse, com uma voz subitamente alta:

– Cuidado com a velha Fundação. Eles esperam até o último minuto, e aí, *pou*! – Ele sorriu com a boca mole aberta para a garota, que se afastou.

O radoliano estava dizendo:

– Por exemplo, meu velho, você acha que talvez esse tal de Mulo esteja no comando das coisas. Na-na-na-não. – E ele balançou um dedo horizontalmente. – O que eu ouvi dizer, e lá do alto, veja bem, é que ele é dos nossos. Nós estamos pagando a ele, e provavelmente fomos nós quem construímos aquelas naves. Sejamos realistas: provavelmente fomos nós. Claro, ele não pode derrotar a Fundação a longo prazo, mas pode deixá-los bem abalados, e quando isso acontecer... *nós entramos*.

A garota disse:

– Isso é tudo de que você sabe falar, Klev? Da guerra? Você me cansa.

O piloto de Refúgio disse, num excesso de cavalheirismo:

– Mude de assunto. Não podemos cansar as garotas.

O bêbado pegou o refrão e começou a bater uma caneca no ritmo. Os pequenos pares que haviam se formado irromperam em riso e dança, e alguns pares semelhantes emergiram do solário aos fundos.

A conversa foi se tornando mais generalizada, mais variada, mais sem sentido...

Havia também os que sabiam um pouco mais e estavam menos confiantes.

Como o maneta Fran, cujo corpo maciço representava Refúgio como delegado oficial e que, em consequência disso, levava uma vida privilegiada, cultivando novas amizades – com mulheres, quando podia, e com homens, quando era obrigado.

Foi na plataforma para banho de sol da casa de um desses novos amigos, no alto de uma colina, que ele relaxou pela primeira vez do que acabou sendo um total de duas vezes de sua estadia em Radole. O novo amigo era Iwo Lyon, uma alma gêmea radoleana. A casa de Iwo ficava longe do grande aglomerado, aparentemente sozinha em um mar de perfume floral e ruído de insetos. A plataforma era uma faixa gramada em um ângulo de quarenta e cinco graus. Sobre ela Fran se espreguiçou e ficou tomando sol.

– Não temos nada parecido com isso em Refúgio – disse.

Iwo respondeu, sonolento:

– Já viu o lado frio? Há um ponto a uns quarenta quilômetros daqui onde o oxigênio corre feito água.

– Vai nessa.

– É um fato.

– Bem, vou lhe dizer, Iwo... Nos velhos tempos, antes do meu braço ser esmigalhado, eu dava minhas voltinhas, sabe... e você não vai acreditar nisso, mas... – A história que se seguiu era consideravelmente longa e Iwo não acreditou. Entre bocejos, ele disse:

– Não se fazem mais comerciantes como nos velhos tempos, a verdade é essa.

– Não, acho que não. Ah, o que é que há – Fran disparou –, não diga isso. Eu lhe contei sobre meu filho, não contei? *Ele* é da velha escola, acredite ou não. Dará um grande comerciante, raios. Ele é exatamente como o pai. Exatamente igual, com a diferença de que é casado.

– Quer dizer, contrato legal? Com uma garota?

– Isso mesmo. Não vejo o menor sentido nisso. E foram passar a lua de mel em Kalgan.

– Kalgan. *Kalgan*? Quando na Galáxia foi isso?

Fran deu um sorriso largo e disse bem devagar:

– Logo antes de o Mulo declarar guerra à Fundação.

– É mesmo?

Fran assentiu e fez um gesto para que Iwo aproximasse sua cabeça. Disse com a voz rouca:

– Na verdade, posso lhe dizer uma coisa, se você prometer não espalhar. Meu garoto foi enviado a Kalgan com um propósito. Agora, não gostaria de deixar vazar, sabe, qual era o propósito, naturalmente, mas olhe a situação agora e suponho que você possa formular um bom palpite. De qualquer modo, meu garoto era o homem para o serviço. Nós, comerciantes, precisamos de algum barulho – ele sorriu, ardiloso. – Eis aí. Não vou dizer como fizemos, mas... meu garoto foi para Kalgan e o Mulo enviou suas naves. Meu filho!

Iwo ficou devidamente impressionado. Por sua vez, também se abriu:

– Que bom. Sabe, estão dizendo que temos quinhentas naves, prontas para lançar na hora certa.

Fran disse, com autoridade:

– Mais que isso, talvez. Isso é que é estratégia de verdade. É assim que eu gosto. – Ele coçou com força a pele do abdômen. – Mas não se esqueça de que o Mulo é um sujeito inteligente também. O que aconteceu em Horleggor me preocupa.

– Ouvi dizer que ele perdeu cerca de dez naves.

– Claro, mas tinha outras cem e a Fundação teve que dar no pé. É muito bom acabar com esses tiranos, mas não tão depressa. – Ele balançou a cabeça.

– A pergunta que faço é: onde o Mulo consegue suas naves? Há um rumor bem disseminado de que nós é que as estamos construindo para ele.

– Nós? Os comerciantes? Refúgio tem as maiores fábricas de naves de qualquer um dos mundos independentes e não fizemos nenhuma para ninguém, a não ser nós mesmos. Você imagina que um mundo estaria construindo uma frota para o Mulo por conta própria, sem tomar o cuidado de uma ação conjunta? Isso é um... um conto de fadas.

– Bom, então onde ele as consegue?

E Fran deu de ombros.

– Acho que ele próprio as faz. Isso também me preocupa.

Fran piscou, incomodado com a luz do sol, e dobrou os dedos dos pés, esfregando-os pela madeira lisa do descanso polido. Lentamente, adormeceu e o ruído suave de sua respiração se misturou ao sibilar dos insetos.

Por fim, havia muito poucos que sabiam um bocado e não estavam nada confiantes.

Como Randu, que no quinto dia da convenção pancomercial entrou no

Salão Central e encontrou os dois homens que havia solicitado que estivessem lá, esperando por ele. Os quinhentos assentos estavam vazios... e assim permaneceriam.

Randu disse rapidamente, quase antes de se sentar:

– Nós três representamos cerca de metade do potencial militar dos Mundos Comerciais Independentes.

– Sim – disse Mangin, de Iss –, meu colega e eu já havíamos comentado esse fato.

– Estou preparado – disse Randu – para ser rápido e direto. Não estou interessado em negociações ou sutilezas. Nossa posição é radicalmente a pior.

– Como resultado de... – Ovall Gri, de Mnemon, insistiu.

– De acontecimentos da última hora. Por favor! Do começo. Primeiro, nossa posição não foi criada por nós e, sem dúvida, não está sob o nosso controle. Nossos acordos originais não eram com o Mulo, mas com vários outros; notavelmente, o ex-senhor da guerra de Kalgan, a quem o Mulo derrotou num momento um tanto inconveniente para nós.

– Sim, mas este Mulo é um substituto à altura – disse Mangin. – Não vou ficar me preocupando com detalhes.

– Você poderá se preocupar, quando conhecer *todos* os detalhes – Randu inclinou-se para a frente e colocou as mãos sobre a mesa, com as palmas para cima, num gesto de significado óbvio.

Ele continuou:

– Há um mês, eu enviei meu sobrinho e a esposa dele para Kalgan.

– Seu sobrinho! – Ovall Gri gritou surpreso. – Eu não sabia que ele era seu sobrinho.

– Com que propósito? – perguntou Mangin com secura. – Isto? – E seu polegar traçou um círculo no ar envolvendo todo o aposento.

– Não. Se você está falando da guerra do Mulo contra a Fundação, não. Como eu poderia mirar tão alto? O rapaz não sabia de nada; nem da nossa organização, nem de nossos objetivos. Foi dito a ele que eu era um membro pequeno de uma sociedade patriótica de Refúgio e que sua função em Kalgan não passaria da de um observador amador. Meus motivos eram, devo admitir, um tanto obscuros. Em grande parte, eu estava curioso a respeito do Mulo. Ele é um fenômeno estranho; mas isso é história antiga. Não vou entrar nesse porém. Em segundo lugar, seria um projeto de treinamento interessante e educativo para um homem que teve experiência com a Fundação e com a resistência na Fundação, que demonstrou potencial de futura utilidade para nós. Veja você...

O rosto comprido de Ovall assumiu linhas verticais quando ele mostrou os dentes grandes.

– Você deve ter ficado surpreso com o resultado, então, já que não há um mundo entre os comerciantes, acredito, que não saiba que esse seu sobrinho abduziu um serviçal do Mulo em nome da Fundação e forneceu um *casus belli*. Pela Galáxia, Randu, você está contando histórias. Acho difícil crer que não tenha parte nisso. Vamos lá, foi um trabalho bem-feito.

Randu balançou a cabeça branca.

– Não por mim. Nem por meu sobrinho, pelo menos não deliberadamente, pois ele agora é prisioneiro da Fundação e pode não viver para ver o término desse trabalho tão bem-feito. Acabei de ter notícias dele. A Cápsula Pessoal foi contrabandeada de algum modo, passou pela zona de guerra, foi até Refúgio e viajou de lá para cá. Passou um mês viajando.

– E...?

Randu deu um soco na palma da mão e disse, triste:

– Receio que estejamos para desempenhar o mesmo papel que o ex-senhor da guerra de Kalgan desempenhou. O Mulo é um mutante!

Houve uma dúvida momentânea; uma leve impressão de batimentos cardíacos acelerados. Randu poderia facilmente tê-los imaginado.

Quando Mangin falou, o tom neutro de sua voz não havia se alterado.

– Como você sabe?

– Só porque meu sobrinho disse, mas ele estava em Kalgan.

– Que tipo de mutante? Existem de todos os tipos, sabe.

Randu reprimiu sua impaciência crescente.

– Todos os tipos de mutantes, sim, Mangin. Todos os tipos! Mas só um tipo de Mulo. Que tipo de mutante começaria como um desconhecido, reuniria um exército, estabeleceria, dizem, um asteroide de quase dez quilômetros como base original, capturaria um planeta, depois um sistema, depois uma região... em seguida atacaria a Fundação e a *derrotaria* em Horleggor. *E tudo isso em dois ou três anos!*

Ovall Gri deu de ombros.

– Então, você acha que ele derrotará a Fundação?

– Não sei. E se derrotar?

– Desculpe, não consigo ir tão longe. *Ninguém* derrota a Fundação. Escute, não existe um fato novo que tenhamos de analisar a não ser as declarações de... bem, de um rapaz inexperiente. E se pusermos isso de lado por um tempo? Com todas as vitórias do Mulo, não estávamos preocupados até agora e, a menos que ele vá muito além do que já foi, não vejo motivo para mudar isso. Certo?

Randu franziu a testa e entrou em desespero com a textura fragilíssima de seu argumento. Disse aos dois:

– Já conseguimos fazer algum contato com o Mulo?

– Não – responderam ambos.

– Mas é verdade que tentamos, não é? É verdade que não há muito sentido em nossa reunião a menos que o contatemos, não é? É verdade que até o momento mais se bebeu aqui do que se pensou e mais se flertou do que se construiu... e tudo... cito um editorial da *Tribuna* de Radole... porque não conseguimos alcançar o Mulo. Cavalheiros, temos quase mil naves esperando o momento certo para assumir o controle da Fundação. Digo que devemos mudar isso. Digo: vamos jogar essas naves no tabuleiro agora... *contra o Mulo.*

– Você quer dizer, a favor do tirano Indbur e dos sanguessugas da Fundação? – Mangin exigiu saber, cheio de fúria silenciosa.

Randu levantou uma mão cansada.

– Poupe-me dos adjetivos. Contra o Mulo, eu digo, e não me interessa a favor de quem.

Ovall Gri se levantou.

– Randu, não tenho nada a ver com isso. Você que apresente isso ao plenário, nesta noite, se quer tanto assim um suicídio político.

Saiu sem dizer mais uma palavra e Mangin o acompanhou em silêncio, deixando Randu para uma solitária hora inteira de considerações intermináveis e insolúveis.

No plenário daquela noite, ele não disse nada.

Mas foi Ovall Gri quem forçou entrada em seus aposentos na manhã seguinte; um Ovall Gri que se vestira às pressas, e que não havia se barbeado nem penteado os cabelos.

Randu o encarou por sobre uma mesa do café, que ainda não havia sido tirada, com um olhar de surpresa tão tensa e evidente que o fez deixar cair o cachimbo.

Ovall disse, seco, sem meias palavras:

– Mnemon foi bombardeado do espaço por um ataque à traição.

Os olhos de Randu se estreitaram.

– A Fundação?

– O Mulo! – Ovall explodiu. – O Mulo! – ele falava apressado. – Foi um ataque deliberado e sem provocação. A maior parte de nossa frota se juntou à frota internacional. O pouco que havia ficado com a Esquadra Nacional era insuficiente e foi destruído. Ainda não houve nenhum pouso e pode ser que não haja nenhum, pois metade dos agressores foi destruída, pelos relatos... mas isso é guerra... e fiquei me perguntando qual seria a posição de Refúgio na questão.

– Refúgio, tenho certeza, irá aderir ao espírito da Carta da Federação. Mas você viu? Ele nos ataca também.

– Esse Mulo é um louco. Ele pode derrotar o universo? – Perdeu o fôlego e se sentou para segurar Randu pelo pulso. – Nossos poucos sobreviventes relataram que o Mu... o inimigo está de posse de uma nova arma. Um depressor de campo nuclear.

– Um o quê?

– A maioria de nossas naves se perdeu porque suas armas nucleares falharam – contou Ovall. – Não poderia ter acontecido por acidente ou sabotagem.

Deve ter sido uma arma do Mulo. Ela não funcionou com perfeição; o efeito foi intermitente; havia maneiras de neutralizá-lo; os despachos que recebi não estão detalhados. Mas você vê que uma ferramenta dessas mudaria a natureza da guerra e, possivelmente, tornaria toda a nossa frota obsoleta.

Randu se sentiu um homem muito, muito velho. Seu rosto desabou, desesperançado:

– Receio que um monstro tenha crescido, um monstro que irá nos devorar a todos. Mas, mesmo assim, precisamos combatê-lo.

17.
O VISI-SONOR

A casa de Ebling Mis, num bairro não tão pretensioso da Cidade de Terminus, era famosa para a *intelligentsia*, os literatos e os simplesmente cultos da Fundação. Suas características notáveis dependiam, subjetivamente, da fonte consultada. Para um biógrafo altamente educado, ela era "o símbolo de um refúgio da realidade não acadêmica", uma colunista social falou sedosamente sobre sua "atmosfera assustadoramente masculina de desordem descuidada", um Ph.D. de uma universidade a chamou bruscamente de "cheia de livros, mas desorganizada", um amigo não universitário disse: "boa para um drinque a qualquer hora e você pode pôr os pés no sofá", e um dinâmico programa de notícias, que procurava cor local, falou dos "espaços vitais rochosos, minimamente decorados e práticos do blasfemador, esquerdista e calvo Ebling Mis".

Para Bayta, que no momento não pensava por nenhuma plateia a não ser ela mesma e que tinha a vantagem de informações de primeira mão, era apenas desleixada.

A não ser pelos primeiros dias, sua prisão até que fora um fardo leve. Bem mais leve, ao que parecia, do que a meia hora de espera na casa do psicólogo – sob observação secreta, talvez? Ela estivera com Toran então, pelo menos...

Talvez ela tivesse ficado mais cansada por causa da tensão, não fosse o nariz comprido de Magnífico cair num gesto que demonstrava claramente sua própria tensão, bem maior.

As pernas de cachimbo de Magnífico estavam dobradas sob um queixo pontudo e caído, como se ele tentasse se enrolar numa bola até sumir de uma vez, e a mão de Bayta se estendeu num gesto gentil e automático de consolo. Magnífico fez uma careta e depois sorriu.

– Certamente, minha dama, parece que até mesmo meu corpo nega o conhecimento de minha mente e espera golpes das mãos dos outros.

– Não há necessidade de se preocupar, Magnífico. Estou com você e não vou deixar ninguém machucá-lo.

Os olhos do palhaço deslizaram na direção dela, e então se afastaram rapidamente.

– Mas eles me separaram da senhora antes... e de seu gentil esposo... e, por minha palavra, a senhora pode rir, mas senti-me solitário, pela ausência da amizade.

– Eu não riria disso. Também senti.

O semblante do palhaço se desanuviou e ele abraçou os joelhos com mais força.

– A senhora nunca viu esse homem que vai nos ver agora? – era uma pergunta cautelosa.

– Não. Mas ele é um homem famoso. Eu já o vi nos noticiários e ouvi falar muito dele. Acho que é um homem bom, Magnífico, que não deseja nos fazer mal.

– É mesmo? – o palhaço se mexeu, inquieto. – Pode até ser, minha dama, mas ele me interrogou antes e seus modos são de uma brusquidão e grosseria que me fazem tremer. Ele é cheio de palavras estranhas, de modo que as respostas às perguntas dele não conseguiam sair da minha garganta. Quase acreditei no romancista que um dia brincou com a minha ignorância com a história de que, em momentos assim, o coração se aloja na traqueia e impede a fala.

– Mas agora é diferente. Somos dois contra um e ele não será capaz de assustar a ambos, será?

– Não, minha dama.

Uma porta bateu em algum lugar e o rugido de uma voz entrou na casa. Logo do lado de fora do aposento, ela se coagulou em palavras com um feroz "Pela Ga-LÁ-xia, saiam daqui!" e dois guardas uniformizados se fizeram momentaneamente visíveis pela porta aberta, em rápida retirada.

Ebling Mis entrou franzindo a testa, depositou um pacote cuidadosamente embrulhado no chão e se aproximou para apertar a mão de Bayta com uma pressão descuidada. Bayta retribuiu o aperto vigorosamente, como um homem. Mis deu uma volta maior quando se virou para o palhaço e favoreceu a garota com um olhar mais demorado.

– Casada? – ele perguntou.

– Sim. Passamos pelas formalidades legais.

Mis fez uma pausa. Então:

– Feliz?

– Até agora.

Mis deu de ombros e se voltou novamente para Magnífico. Desembrulhou o pacote.

– Sabe o que é isso, garoto?

Magnífico praticamente se jogou para fora da cadeira e pegou o instrumento de múltiplas teclas. Ele dedilhou a miríade de botões de contato e deu uma súbita cambalhota para trás de alegria, quase provocando a destruição dos móveis mais próximos.

– Um Visi-Sonor... – gritou – e de um modelo capaz de destilar alegria do coração de um morto. – Seus dedos longos fizeram carícias suaves e lentas, pressionando os contatos de leve com um movimento de ondulação, repousando momentaneamente numa nota e depois em outra. E, no ar à frente deles, surgiu um brilho rosado suave, precisamente dentro do campo de visão.

Ebling Mis disse:

– Está certo, garoto, você disse que sabia tocar um desses dispositivos e aí está a sua chance. Mas é melhor afiná-lo. Ele saiu de um museu. – Então, num adendo para Bayta: – Até onde sei, ninguém na Fundação consegue fazê-lo funcionar direito.

Ele se inclinou mais para perto e disse rápido:

– O palhaço não vai falar sem você. Pode me ajudar?

Ela assentiu.

– Ótimo! – disse ele. – O estado de medo dele é quase fixo e duvido que sua força mental suporte uma Sonda Psíquica. Se eu quiser arrancar alguma coisa dele de outra forma, ele terá de se sentir absolutamente à vontade. Você entende?

Ela tornou a assentir.

– Este Visi-Sonor é a primeira etapa do processo. Ele diz que sabe tocá-lo e sua reação, agora, deixa bastante claro que esta é uma das grandes alegrias de sua vida. Então, se o que ele tocar for bom ou ruim, mostre-se interessada e apreciativa. Exiba amizade e confiança em mim. Acima de tudo, siga tudo o que eu disser – ele olhou rapidamente para Magnífico, encolhido num canto do sofá, fazendo ajustes rápidos no interior do instrumento. Ele estava completamente absorto.

Mis disse para Bayta, num tom de conversa casual:

– Já ouviu um Visi-Sonor antes?

– Uma vez – Bayta disse também casualmente. – Num concerto de instrumentos raros. Não me impressionou.

– Bem, duvido que você tenha ouvido uma boa execução. Existem realmente poucos instrumentistas bons. Não que exija coordenação física: um piano multibancada exige mais, por exemplo... mas um tipo determinado de mentalidade criativa. – E, baixando a voz: – É por isso que nosso esqueleto vivo ali pode ser melhor do que achamos. Com bastante frequência, bons instrumentistas costumam ser, de resto, idiotas. É uma dessas configurações estranhas que tornam a psicologia interessante.

E acrescentou, num esforço patente para fabricar uma conversação despojada:

– Sabe como essa coisa toda cheia de bolhas funciona? Eu fiz uma pesquisa para esta ocasião e tudo o que descobri, até agora, é que suas radiações estimulam o centro óptico do cérebro diretamente, sem nunca tocar o nervo óptico. É, na verdade, a utilização de um sentido nunca encontrado na natureza comum. Notável, quando se pensa a respeito. O que você ouve está certo. É comum. Tímpano, cóclea, tudo isso. Mas... *Shh!* Ele está pronto. Quer acionar aquele interruptor? Funciona melhor no escuro.

Na escuridão, Magnífico era um mero borrão; Ebling Mis, uma massa de respiração pesada. Bayta percebeu que estava apertando os olhos com ansiedade e, no começo, sem muito efeito. Havia uma ondulação leve no ar que foi aumentando de escala. Ela flutuou, caiu e tornou a se levantar, ganhou corpo e voou numa disparada tamanha que teve o efeito de um trovão sacudindo uma cortina de tecido finíssimo.

Um minúsculo globo pulsante cresceu em rajadas rítmicas e explodiu no meio do ar em gotas disformes que giravam alto e desciam como correntes curvas em padrões que se entrelaçavam. Elas se misturaram em pequenas esferas, cada uma de cor inteiramente diferente da outra... e Bayta começou a descobrir coisas.

Ela reparou que fechar os olhos tornava o padrão de cores mais claro ainda; que cada pequeno movimento de cor tinha seu próprio padrão de som; que ela não conseguia identificar as cores; e, por fim, que os globos não eram globos, mas figuras minúsculas.

Figuras minúsculas; pequenas chamas bamboleantes, que dançavam e piscavam em miríades; que desapareciam e retornavam do nada; que giravam uma ao redor da outra e se fundiam, então, numa nova cor.

De modo incongruente, Bayta pensou nas pequenas bolhas de cor que aparecem à noite quando se fecha as pálpebras até doer e fica-se olhando pacientemente. Havia o velho e familiar efeito dos pontinhos de cores em marcha, dos círculos concêntricos se contraindo, das massas disformes que estremecem por um instante. Tudo isso maior, multivariado... e cada pequeno ponto colorido, uma figura minúscula.

Elas dispararam em sua direção aos pares e ela levantou as mãos, engolindo em seco, mas as figuras caíram e, por um instante, Bayta foi o centro de uma nevasca brilhante, luz fria e branca, escorregando por seus ombros e descendo por seu braço num esqui luminoso, disparando por seus dedos estendidos e se encontrando, lentamente, num foco brilhante no meio do ar. Por baixo de tudo isso, o som de uma centena de instrumentos fluía em correntes líquidas até que ela não conseguisse mais distinguir o som da luz.

Ela se perguntou se Ebling Mis estava vendo a mesma coisa, e, se não, o que ele estaria vendo. A sensação de maravilha passou e então...

Ela estava observando novamente. As figuras minúsculas – eram mesmo figuras minúsculas? Mulherzinhas minúsculas com cabelos em chamas que se viravam e se curvavam rápido demais para que a mente se concentrasse? – pegavam uma à outra em grupos em forma de estrela que giravam.. e a música era feita de risos fraquinhos... risos de garotas que começavam dentro do ouvido.

As estrelas se aproximaram, faiscaram na direção umas das outras, foram crescendo devagar e formando uma estrutura... e, vindo por baixo, um palácio começou a se erguer em rápida evolução. Cada tijolo era uma cor minúscula, cada cor uma minúscula fagulha, cada fagulha uma luz perfurante que provocava o deslocamento de padrões e levava o olho para o alto, para vinte minaretes recobertos de joias.

Um tapete brilhante saiu de dentro dele, girando, tecendo uma teia insubstancial que engolfou todo o espaço e dele lianas luminosas disparavam para cima e se ramificavam em árvores que cantavam com uma música toda própria.

Bayta estava cercada por tudo isso. A música subia ao redor dela em voos líricos rápidos. Ela estendeu a mão para tocar uma árvore frágil e pontos floridos caíram flutuando e se desvaneceram, cada qual com seu tinido límpido e minúsculo.

A música irrompeu estourando em vinte címbalos, e à frente de Bayta uma área se inflamou num jorro e caiu em cascatas por degraus invisíveis sobre seu colo, onde se derramou e fluiu numa rápida corrente, levantando o reluzir feroz até a cintura dela, enquanto no seu colo estava uma ponte de arco-íris e em cima dela a figura minúscula...

Um palácio, um jardim, e homenzinhos e mulherzinhas em uma ponte, se estendendo até onde ela podia ver, nadando pelas grandes ondas de música de cordas que convergiam para cima dela...

E então... foi como se houvesse uma pausa apavorada, um movimento recolhido e hesitante, um colapso brusco. As cores fugiram, girando para dentro de um globo que encolheu, subiu e desapareceu.

E tudo ficou simplesmente escuro, outra vez.

Um pé pesado arranhou o pedal, alcançou-o e a luz se acendeu; a luz chapada de um sol insípido. Bayta piscou até lacrimejar, como se sentisse saudades do que havia desaparecido. Ebling Mis era uma massa gorda e inerte, com olhos ainda arregalados e a boca ainda aberta.

Somente o próprio Magnífico estava vivo e ele acariciava seu Visi-Sonor extasiado.

– Minha dama – ele disse sem fôlego –, é realmente de um efeito muito mágico. É de um equilíbrio e resposta quase além da esperança em sua delicadeza e estabilidade. Com isto, eu me sinto capaz de operar maravilhas. Gostou da minha composição, minha dama?

– Ela é sua? – Bayta disse, respirando fundo. – Sua própria?

Com o espanto dela, o rosto fino dele assumiu um tom vermelho incandescente na ponta de seu poderoso nariz.

– Minha própria, minha dama. O Mulo não gostava, mas muitas e muitas vezes eu a toquei para meu próprio divertimento. Foi um dia, em minha juventude, que vi o palácio: um lugar gigantesco de riquezas e joias que vi a distância em um dia de festa. Havia pessoas de um esplendor nunca sonhado... e magnificência maior do que jamais vi depois, mesmo a serviço do Mulo. Não criei senão um pobre esboço, mas a pobreza de minha mente impede mais. Eu a chamo de "Memória do Paraíso".

Agora, por entre as névoas da conversa, Mis balançou a cabeça e voltou à vida.

– Aqui – ele disse. – Aqui, Magnífico, você gostaria de fazer a mesma coisa para outros?

Por um momento, o palhaço recuou.

– Para outros? – sua voz estremeceu.

– Para milhares! – gritou Mis. – Nos grandes Salões da Fundação. Você gostaria de ser seu próprio mestre, homenageado por todos, rico, e... e... – sua imaginação falhou. – E tudo isso! Hein? O que você me diz?

– Mas como posso eu ser tudo isso, poderoso senhor, pois de fato nada sou senão um pobre palhaço não dado às grandezas do mundo?

O psicólogo estufou os lábios e passou as costas da mão na testa. Ele disse:

– Mas sua música, homem. O mundo é seu se você tocá-la para o prefeito e sua Diretoria de Comércio. Não gostaria disso?

O palhaço lançou um olhar breve para Bayta.

– *Ela* ficaria comigo?

Bayta riu.

– É claro que sim, seu bobinho. Você acha que eu o deixaria agora que está a ponto de ficar rico e famoso?

– Seria tudo seu – ele respondeu, sério – e certamente a riqueza da própria Galáxia seria sua antes que pudesse pagar minha dívida para com sua gentileza.

– Mas – disse Mis, casualmente –, se você primeiro me ajudasse...

– O que é?

O psicólogo fez uma pausa e sorriu.

– Uma pequena sonda de superfície que não machuca. Só tocaria a superfície do seu cérebro.

Os olhos de Magnífico emitiram um brilho de medo mortal.

– Sonda, não. Eu já a vi ser usada. Ela suga a mente e deixa um crânio vazio. O Mulo a usava em traidores e os deixava vagando sem mente pelas ruas, até que, por misericórdia, fossem mortos. – Ele estendeu a mão para empurrar Mis para longe.

– Aquela era uma Sonda Psíquica – explicou Mis, pacientemente –, e mesmo ela só machucaria uma pessoa se mal utilizada. Esta sonda que tenho aqui é uma sonda de superfície, que não machucaria um bebê.

– É isso mesmo, Magnífico – Bayta pediu. – É só para ajudar a derrotar o Mulo e mantê-lo longe. Assim que isso for feito, você e eu seremos ricos e famosos por toda a vida.

Magnífico estendeu uma mão trêmula.

– Então, você segura minha mão?

Bayta envolveu a mão dele com as suas e o palhaço viu a aproximação das placas metálicas dos terminais com olhos arregalados.

Ebling Mis repousava, largado, na poltrona fofa demais dos aposentos particulares do prefeito Indbur, numa ingratidão irredimível pela condescendência que lhe era concedida, e observou sem simpatia o prefeitinho inquieto. Jogou longe uma ponta de charuto e cuspiu um fragmento de tabaco.

– E, por acaso, se você quiser algo para seu próximo concerto no Salão Mallow, Indbur – ele disse –, pode jogar todos aqueles tocadores de dispositivos eletrônicos nos esgotos de onde eles vieram e fazer essa aberração tocar o Visi-Sonor para você. Indbur... não é deste mundo.

– Não chamei você aqui para ouvir suas palestras sobre música – Indbur disse, irritado. – E o Mulo? Diga-me isso. E o Mulo?

– O Mulo? Bem, eu lhe direi... Usei uma sonda de superfície e não consegui muito. Não posso usar a Sonda Psíquica porque a aberração tem um medo total dela, de modo que sua resistência provavelmente vai estourar de maneira impublicável seus fusíveis assim que o contato for feito. Mas é o que tenho, se você parar de ficar batucando suas unhas... Em primeiro lugar, desenfatize a força física do Mulo. Ele provavelmente é forte, mas a maior parte dos contos de fadas da aberração é consideravelmente exagerada por sua própria memória medrosa. Ele usa óculos esquisitos e seus olhos matam. Ele evidentemente tem poderes mentais.

– Isso nós já sabíamos desde o começo – comentou o prefeito, com amargura.

– Então a sonda confirma isso e, a partir daí, andei trabalhando matematicamente.

– E daí? E quanto tempo isso tudo vai levar? Seu palavrório ainda vai me ensurdecer.

– Cerca de um mês, eu diria, e posso ter algo para você. Mas pode ser também que não, claro. Mas, e daí? Se tudo isso está fora dos planos de Seldon, nossas chances são pouquíssimas, impublicavelmente poucas.

Indbur deu meia-volta e se virou para o psicólogo ferozmente:

– Agora eu peguei você, traidor. Mentira! Diga que não é um desses boateiros criminosos que estão espalhando o derrotismo e o pânico pela Fundação e fazendo meu trabalho dobrar.

– Eu? Eu? – Mis foi ficando com raiva.

Indbur gritou com ele:

– Porque, pelas nuvens de poeira do espaço, a Fundação vencerá: a Fundação *precisa* vencer.

– Apesar da derrota em Horleggor?

– Não foi uma derrota. Você também engoliu essa mentira deslavada? Nós estávamos em inferioridade numérica e fomos traídos...

– Por quem? – Mis quis saber, com desprezo.

– Pelos democratas peçonhentos da sarjeta – Indbur gritou de volta para ele. – Há muito tempo já sabia que a frota pululava de células democráticas. A maioria foi exterminada, mas permanecem células suficientes para a rendição inexplicável de vinte naves no centro mais denso do combate. O suficiente para forçar uma derrota aparente. Falando nisso, meu tolo patriota de língua afiada e epítome das virtudes primitivas, quais são suas próprias conexões com os democratas?

Ebling Mis deu de ombros.

– Você delira, sabia? E a retirada depois, e a perda de metade de Siwenna? Democratas, novamente?

– Não. Democratas não. – O homenzinho deu um sorriso vigoroso. – Nós recuamos... como a Fundação tem sempre recuado quando sob ataque, até a marcha inevitável da história virar a nosso favor. Já estou vendo o resultado. A chamada resistência dos democratas já tem enviado manifestos jurando auxílio e apoio ao governo. Pode ser um desvio, um embuste para uma traição maior, mas eu faço bom uso disso e a propaganda extraída daí terá seu efeito, seja qual for o esquema dos traidores rastejantes. E melhor que isso...

– Melhor até mesmo que isso, Indbur?

– Julgue por si mesmo. Há dois dias, a chamada Associação de Comerciantes Independentes declarou guerra ao Mulo e a frota da Fundação fica reforçada, de uma tacada só, por mil naves. Você vê, esse Mulo vai longe demais. Ele nos encontra divididos, discutindo entre nós mesmos e sob a pressão de seu ataque nos unimos e ficamos mais fortes. Ele *deve* perder. É inevitável... como sempre.

Mis ainda exalava ceticismo.

– Então você me diz que Seldon fez planos até mesmo para a ocorrência fortuita de um mutante.

– Um mutante! Não conseguiria distingui-lo de um humano, nem você, se não fosse pelos delírios de um capitão rebelde, alguns jovens estrangeiros e um malabarista e palhaço maluco. Você se esquece da evidência mais conclusiva de todas: a sua própria.

– Minha própria? – Por um instante, Mis ficou espantado.

– Sua própria – o prefeito disse com desdém. – O Cofre do Tempo se abrirá em nove semanas. E então? Ele se abre quando uma crise ocorre. Se esse ataque do Mulo não é a crise, onde é que está a crise "verdadeira" então, aquela para a qual o Cofre está se abrindo? Me responda, sua bola de banha.

O psicólogo deu de ombros.

– Tudo bem. Se você fica feliz assim. Mas me faça um favor. Apenas caso... Apenas caso o velho Seldon faça seu discurso e ele seja realmente amargo, suponha que você me deixe ir à Grande Abertura.

– Está certo. Fora daqui. E fique longe da minha vista por nove semanas.

– Com um prazer impublicável, vosso horror enrugado – Mis resmungou para si mesmo ao partir.

18. QUEDA DA FUNDAÇÃO

Havia um clima no Cofre do Tempo que desafiava qualquer tipo de definição em várias direções ao mesmo tempo. Não era um clima de decadência, pois ele estava bem iluminado e bem climatizado, com o esquema de cor das paredes bem vivo, as fileiras de cadeiras fixas confortáveis e aparentemente projetadas para uso eterno. Não era sequer antigo, pois três séculos não haviam deixado marcas óbvias. Certamente não houve esforços para a criação de temor ou reverência, pois a decoração era simples e cotidiana – quase inexistente, na verdade.

E, no entanto, depois que todos os termos negativos foram adicionados e a soma descartada, alguma coisa havia restado – e essa coisa estava centrada no cubículo de vidro que dominava metade do aposento com seu vazio claro. Quatro vezes em três séculos, o simulacro vivo do próprio Hari Seldon havia se sentado ali e falado. Por duas vezes, ele falara para plateia nenhuma.

Por três séculos e nove gerações, o velho que vira os grandes dias do Império universal projetara-se ali – ainda compreendia mais da galáxia de seus tatara-ultratataranetos do que eles próprios.

Pacientemente, o cubículo vazio esperava.

O primeiro a chegar foi o prefeito Indbur III, dirigindo seu carro terrestre cerimonial pelas ruas silenciosas e ansiosas. Junto dele vinha sua própria cadeira, mais alta e larga do que as que ali estavam. Ela foi colocada à frente de todas as outras e Indbur dominou tudo, menos o vidro vazio à sua frente.

O oficial solene à sua esquerda se curvou em reverência.

– Excelência, os arranjos foram completados para a maior transmissão subetérica possível para o anúncio oficial de Vossa Excelência esta noite.

– Ótimo. Enquanto isso, programas interplanetários especiais relativos ao Cofre do Tempo estão sendo exibidos. Não haverá, claro, previsões ou especulações de qualquer espécie sobre o assunto. A reação popular continua satisfatória?

– Muito, Excelência. Os rumores maldosos que vinham sendo veiculados ultimamente diminuíram. A confiança é ampla.

– Ótimo! – Ele fez um gesto para que o homem se retirasse e ajustou seu colar elaborado.

Faltavam vinte minutos para o meio-dia!

Um grupo seleto dos grandes pilares da Prefeitura – os líderes das grandes organizações de comércio – apareceu, individualmente ou aos pares, de acordo com o nível de pompa apropriado ao seu status financeiro e localização nas graças prefeiturais. Cada um se apresentou ao prefeito, recebeu uma ou duas palavras generosas e sentou-se em uma cadeira reservada.

Em algum lugar, incongruente em meio à cerimônia exagerada, Randu de Refúgio fez sua aparição e se esgueirou, sem ser anunciado, até a cadeira do prefeito.

– Excelência! – ele resmungou e fez uma mesura.

Indbur franziu a testa.

– Não lhe foi concedida uma audiência.

– Excelência, eu venho solicitando audiência há uma semana.

– Lamento que as questões de Estado envolvidas na aparição de Seldon...

– Excelência, também lamento, mas preciso lhe pedir para que rescinda sua ordem de que as naves dos comerciantes independentes sejam distribuídas entre as frotas da Fundação.

Indbur ficou vermelho com a interrupção.

– Não é hora de discussão.

– Excelência, é o único momento – Randu sussurrou com urgência. – Como representante dos Mundos Comerciais Independentes, eu lhe digo que uma ordem assim não pode ser obedecida. Ela precisa ser rescindida antes que Seldon resolva nosso problema por nós. Assim que a emergência tiver passado, será tarde demais para conciliação e nossa aliança será destruída.

Indbur encarou Randu friamente.

– Você percebe que sou chefe das forças armadas da Fundação? Tenho o direito de determinar a política militar ou não tenho?

– O senhor tem, Excelência, mas algumas coisas são inconvenientes.

– Não reconheço inconveniência. É perigoso permitir a seu povo frotas separadas nesta emergência. A ação dividida cai nas mãos do inimigo. Nós precisamos nos unir, embaixador, militarmente, assim como politicamente.

Randu sentiu os músculos da garganta se apertarem. Ele omitiu a cortesia do título de honra.

– Você se sente seguro agora que Seldon vai falar e se move contra nós. Há um mês, estava suave e flexível, quando nossas naves derrotaram o Mulo em Terel. Eu poderia lembrá-lo de que foi a Frota da Fundação a derrotada em batalha aberta cinco vezes e de que as naves dos Mundos Comerciais Independentes ganharam suas vitórias para você.

Indbur franziu a testa perigosamente:

– Você não é mais bem-vindo em Terminus, embaixador. Seu retorno será solicitado esta noite. Além do mais, sua ligação com as forças democráticas subversivas em Terminus serão... e vêm sendo... investigadas.

Randu respondeu:

– Quando eu partir, nossas naves irão comigo. Eu não sei nada sobre seus democratas. Só sei que as naves da sua Fundação se renderam para o Mulo pela traição de seus altos oficiais, não de seus marujos, democratas ou não. Eu digo que vinte naves da Fundação se renderam em Horleggor pelas ordens de seu almirante da retaguarda, quando estavam intactas e invictas. O almirante da retaguarda era seu próprio associado íntimo... ele presidiu o julgamento de meu sobrinho quando chegou de Kalgan. Não é o único caso de que temos conhecimento, e nossas naves e homens não correrão risco com traidores em potencial.

Indbur disse:

– Você será preso ao sair daqui.

Randu saiu sob os olhares fixos e silenciosos de desprezo do grupo dos governantes de Terminus.

Faltavam dez minutos para o meio-dia!

Bayta e Toran já haviam chegado. Eles se levantaram nas cadeiras de trás e chamaram Randu quando ele passou.

Randu sorriu gentilmente.

– Vocês estão aqui, afinal. Como conseguiram?

– Magnífico foi nosso político – sorriu Toran. – Indbur insiste em sua composição de Visi-Sonor baseada no Cofre do Tempo, consigo próprio, sem dúvida, como herói. Magnífico se recusou a vir sem nós e não houve como convencê-lo do contrário. Ebling Mis está conosco, ou estava. Ele está andando por aí em algum lugar. – Então, com um acesso súbito de gravidade ansiosa: – Ora, o que há de errado, tio? O senhor não parece bem.

Randu assentiu.

– Suponho que não. Estamos vivendo tempos difíceis, Toran. Quando se livrarem do Mulo, nossa hora chegará, receio.

Uma figura solene e ereta vestida de branco se aproximou, cumprimentando-os com uma mesura rígida.

Os olhos escuros de Bayta sorriram e ela estendeu a mão.

– Capitão Pritcher! O senhor está em missão no espaço, então?

O capitão tirou a mão e fez uma mesura ainda mais baixa.

– Nada disso. O dr. Mis, ao que entendi, foi instrumental para me trazer aqui, mas é apenas temporário. Volto à guarda amanhã. Que horas são?

Faltavam três minutos para as doze!

Magnífico era o quadro vivo de angústia e depressão. Seu corpo se curvava, em seu eterno esforço para passar despercebido. As narinas de seu nariz comprido contraíam-se e seus olhos grandes e abertos, inclinados para baixo, dardejavam, inquietos, de um lado para outro.

Ele agarrou a mão de Bayta e, quando ela se curvou, sussurrou:

– A senhora supõe, minha dama, que todos esses grandes homens estavam na plateia, talvez, quando eu... quando toquei o Visi-Sonor?

– Todos, tenho certeza – Bayta o reconfortou e o sacudiu com carinho. – E tenho certeza de que todos pensam que você é o mais maravilhoso músico da Galáxia, e que seu concerto foi o maior jamais visto, então endireite-se e sente-se corretamente. Precisamos ter dignidade.

Ele sorriu, fraco, com o franzir brincalhão de testa que ela lhe deu e desdobrou lentamente os braços e pernas compridos.

Era meio-dia...

... e o cubículo de vidro não estava mais vazio.

Dificilmente alguém teria testemunhado a aparição. Foi uma coisa rápida; num momento não estava lá e no outro, estava.

No cubículo encontrava-se uma figura numa cadeira de rodas, velha e enrugada, em cujo rosto vincado brilhavam olhos reluzentes, e cuja voz, como se viu, era a coisa mais viva nele. Um livro aberto estava virado para baixo sobre seu colo e a voz veio suavemente.

– Eu sou Hari Seldon!

Ele falou para o silêncio, trovejante em sua intensidade.

– Eu sou Hari Seldon! Não sei se existe alguém aqui por mera percepção sensorial, mas isso não importa. Tenho poucos temores de um colapso do Plano neste momento. Nos primeiros três séculos, a probabilidade de porcentagem de não desvio é de noventa e quatro ponto dois.

Fez uma pausa para sorrir e então disse, genialmente:

– A propósito, se algum de vocês estiver de pé, pode sentar-se. Se alguém quiser fumar, por favor, fique à vontade. Não estou aqui em carne e osso. Não exijo nenhuma cerimônia. Vamos abordar o problema do momento, então. Pela primeira vez, a Fundação está enfrentando, ou talvez esteja nos estágios finais do enfrentamento, de uma guerra civil. Até agora, os ataques de fora têm sido adequadamente batidos, e, inevitavelmente, de acordo com as leis rígidas da psico-história. O presente ataque é de um grupo exterior muito indisciplinado da Fundação contra o governo central autoritário demais. O procedimento foi necessário, o resultado, óbvio.

A dignidade da audiência bem-nascida estava começando a desabar. Indbur já estava quase descendo da cadeira.

Bayta se inclinou para a frente com olhos preocupados. Do que o grande Seldon estava falando? Ela havia perdido algumas palavras...

– ... que o acordo fechado é necessário em dois aspectos. A revolta dos comerciantes independentes introduz um elemento de nova incerteza em um governo que talvez tenha se tornado confiante demais. O elemento do esforço, da busca, é restaurado. Embora derrotado, um aumento saudável da democracia...

Agora vozes se levantavam. Sussurros haviam se transformado em clamores que chegavam à beira do pânico.

Bayta disse, no ouvido de Toran:

– Por que é que ele não fala do Mulo? Os comerciantes nunca se revoltaram.

Toran deu de ombros.

A figura sentada falava, animada, no meio da desorganização cada vez maior:

– ... uma coalizão governamental nova e mais firme era o resultado necessário e benéfico da guerra civil lógica imposta à Fundação. E agora somente os restos do velho Império estão no caminho de uma expansão maior e, com eles, pelos próximos anos, de qualquer maneira, não há problema. Naturalmente, não posso revelar a natureza do próximo prob...

No completo tumulto, os lábios de Seldon se moviam sem som.

Ebling Mis estava ao lado de Randu, o rosto vermelho. Ele estava gritando:

– Seldon está louco. Ele está falando da crise errada. Seus comerciantes estavam planejando uma guerra civil?

Randu disse sem convicção:

– Nós planejávamos uma, sim. Nós a cancelamos por causa do Mulo. Então o Mulo é um dado extra, para o qual a psico-história de Seldon não estava preparada. Agora, o que aconteceu?

No silêncio súbito e congelado, Bayta descobriu que o cubículo estava vazio mais uma vez. O brilho nuclear das paredes havia se apagado e a corrente suave de ar condicionado estava ausente.

Em algum lugar o som de uma sirene aguda subia e descia, e Randu formou as palavras com os lábios:

– Ataque espacial!

Ebling Mis levantou seu relógio de pulso até os olhos e gritou subitamente:

– Pela Ga-LÁ-xia, está parado! Existe algum relógio funcionando na sala? – Sua voz era um rugido.

Vinte pulsos subiram até vinte orelhas. E em bem menos de vinte segundos, todos tiveram certeza de que nenhum estava.

– Então – disse Mis, com um senso amargo e horrível de conclusão –, alguma coisa interrompeu toda a energia nuclear no Cofre do Tempo... e o Mulo está atacando.

O uivo de Indbur subiu acima do ruído.

– Sentem-se! O Mulo está a cinquenta parsecs de distância.

– Ele estava – Mis gritou de volta. – Há uma semana. Neste exato instante, Terminus está sendo bombardeada.

Bayta sentiu uma depressão profunda descer suavemente sobre si. Sentiu como se um cobertor a envolvesse com força até que a respiração só conseguisse sair dolorosamente pela garganta contraída.

O ruído externo de uma turba que se aglomerava era evidente. As portas foram escancaradas, uma figura assustada entrou e falou rapidamente com Indbur, que correra até ele.

– Excelência – ele sussurrou –, não há um veículo funcionando na cidade, nenhuma linha de comunicação com o exterior está aberta. Recebemos um relatório de que a Décima Frota foi derrotada e que as naves do Mulo estão logo além da atmosfera. O Estado-Maior...

Indbur desabou e era uma figura esmagada de impotência no chão. Em todo o salão, nenhuma voz se elevava. Até mesmo a crescente multidão do lado de fora estava com medo, mas silenciosa, e o horror do pânico frio pairava perigosamente.

Indbur foi levantado. Levaram vinho aos seus lábios. Seus lábios se moveram antes que os olhos se abrissem e a palavra que eles formaram foi "Rendição!"

Bayta percebeu que estava quase chorando – não por tristeza ou humilhação, mas simples e puramente por um vasto desespero aterrador. Ebling Mis puxou a manga da blusa dela.

– Venha, moça...

Ela foi puxada por inteiro de sua cadeira.

– Estamos indo embora – ele disse. – E traga seu músico com você. – Os lábios do cientista gordo tremiam sem cor.

– Magnífico – disse Bayta, quase desmaiando. O palhaço se encolheu horrorizado. Seus olhos estavam vidrados.

– O Mulo – ele gritou. – O Mulo está vindo me pegar!

Ele se debateu violentamente com o toque dela. Toran deu um pulo no meio dos dois e lhe deu um soco. Magnífico desabou inconsciente e Toran o carregou como se fosse um saco de batatas.

No dia seguinte, as feias naves do Mulo, escurecidas pela batalha, desceram sobre os campos de pouso do planeta Terminus. O general inimigo percorreu correndo a rua principal vazia da Cidade de Terminus em um carro terrestre estrangeiro que corria, onde toda uma cidade de carros atômicos ainda estava parada, inútil.

A proclamação de ocupação foi feita vinte e quatro horas depois do minuto exato em que Seldon aparecera perante os ex-poderosos da Fundação.

De todos os planetas da Fundação, apenas os comerciantes independentes ainda resistiam, e contra eles o poder do Mulo – conquistador da Fundação – agora se voltava.

19.
O INÍCIO DA BUSCA

O planeta solitário, Refúgio – único planeta de um único sol de um Setor Galáctico que se rarefazia em direção ao vácuo intergaláctico – estava sob cerco.

Num sentido estritamente militar, ele estava certamente sob cerco, já que nenhuma área do espaço do lado galáctico, para além de uma distância de vinte parsecs, estava fora do alcance das bases avançadas do Mulo. Nos quatro meses desde a queda arrasadora da Fundação, as comunicações de Refúgio haviam caído como uma teia de aranha sob o fio de uma navalha. As naves de Refúgio convergiram para o mundo natal e apenas o próprio planeta era, agora, uma base de combate.

E, sob outros aspectos, o cerco era ainda mais fechado, pois as mortalhas de desesperança e tragédia já haviam invadido...

Bayta abriu caminho pelo corredor rosa ondulado, passando pelas fileiras de mesas com tampo de plástico leitoso e encontrou sua cadeira às cegas. Ela se sentou na cadeira alta e sem braços, respondeu mecanicamente a saudações que mal ouviu, esfregou um olho cansado que coçava com as costas de uma mão cansada e estendeu a outra para o cardápio.

Teve tempo para registrar uma violenta reação mental de nojo à pronunciada presença de vários pratos à base de fungos cultivados, que eram considerados iguarias em Refúgio, e que seu paladar da Fundação achava altamente não comestível – então se deu conta dos soluços próximos e levantou a cabeça.

Até então, sua consciência da presença de Juddee, a loura aguada e inexpressiva de nariz de batata, na unidade de jantar diagonalmente à frente da sua, era superficial, a de uma desconhecida. E agora Juddee estava chorando, mordendo tristemente um lenço úmido e engolindo soluços até seu rosto ficar de um vermelho túrgido. Seu casaco disforme à prova de radiação estava jogado sobre os ombros e seu escudo facial transparente havia caído para a frente, em cima da sobremesa, e ali ficara.

Bayta se juntou às três garotas que estavam se revezando nos trabalhos eternamente usados e eternamente ineficazes dos tapinhas nos ombros, cafunés e murmúrios incoerentes.

– Qual é o problema? – ela perguntou, num sussurro.

Uma das garotas se voltou para ela e deu de ombros um discreto "Não sei". Então, sentindo a inadequação do gesto, levou Bayta para o lado.

– Ela teve um dia difícil, acho. E está preocupada com o marido.

– Ele está na patrulha espacial?

– Está.

Bayta estendeu uma mão amiga para Juddee.

– Por que é que você não vai para casa, Juddee? – A voz dela era uma intromissão vívida, porém neutra, sobre as banalidades suaves e insossas que haviam precedido.

Juddee levantou a cabeça, ressentida.

– Eu já saí de licença uma vez esta semana...

– Então, vai sair duas. Se tentar continuar, você sabe, ficará fora três dias na semana que vem... então, ir para casa agora significa patriotismo. Alguma de vocês, garotas, trabalha no departamento dela? Bem, então suponho que você cuide do cartão dela. Melhor ir primeiro ao lavatório, Juddee, para arrumar a maquilagem. Vá logo! Xô!

Bayta voltou à sua cadeira e pegou o cardápio novamente, com um alívio sombrio. Esses ataques eram contagiosos. Uma garota chorando podia levar seu departamento inteiro a um frenesi, naqueles dias de nervos à flor da pele.

Ela tomou uma decisão desagradável, apertou os botões corretos ao seu lado e colocou o cardápio de volta no nicho.

A garota alta e melancólica em frente a ela estava dizendo:

– Não podemos fazer muita coisa além de chorar, não é?

Seus lábios incrivelmente cheios mal se moviam e Bayta reparou que as pontas haviam sido cuidadosamente retocadas para exibir esse meio sorriso artificial que era a última palavra em sofisticação.

Bayta investigou a provocação insinuante contida nas palavras com olhos de cílios enormes e agradeceu a distração da chegada de seu almoço, quando o topo de sua unidade se moveu para dentro e a comida subiu. Ela rasgou cuidadosamente o invólucro dos talheres e os segurou, desajeitada, até eles esfriarem.

– Você *não consegue* pensar em outra coisa para fazer, Hella? – falou.

– Ah, sim – respondeu Hella. – Eu *consigo*! – e bateu as cinzas do cigarro com um movimento casual e treinado no pequeno recesso fornecido e o pequeno flash as apanhou antes que chegassem ao fundo.

– Por exemplo – e Hella fechou mãos magras e bem cuidadas sob o queixo –, acho que podíamos fazer um acordo muito bonito com o Mulo e acabar com toda essa bobagem. Mas eu não tenho os... ah... recursos para sair dos lugares rapidamente quando o Mulo invade.

A testa clara de Bayta permaneceu clara. Sua voz era leve e indiferente.

– Por acaso você não tem um irmão ou um marido nas naves de combate, tem?

– Não. E ainda assim não vejo motivo para o sacrifício dos irmãos e maridos de outras.

– O sacrifício virá, com mais certeza, em caso de rendição.

– A Fundação se rendeu e está em paz. Nossos homens estão fora, e a Galáxia está contra nós.

Bayta deu de ombros e disse, docemente:

– Receio que seja o primeiro do par que a incomoda. – Ela voltou ao seu prato de vegetais e começou a comê-lo com a percepção do silêncio pegajoso ao redor. Ninguém por perto havia se incomodado em responder ao cinismo de Hella.

Ela foi embora rapidamente, depois de apertar com força o botão que limpava sua unidade de jantar para a ocupante do próximo turno.

Uma nova garota, a três cadeiras de distância, sussurrou para Hella, num efeito teatral.

– Quem era ela?

Os lábios móveis de Hella se curvaram em indiferença.

– É a sobrinha de nosso coordenador. Não sabia?

– Mesmo? – Seus olhos procuraram o último vislumbre dela se afastando. – O que faz aqui?

– É só uma garota da linha de montagem. Não sabia que está na moda ser patriótica? É tudo tão democrático que me dá vontade de vomitar.

– Ora, Hella – disse a garota gordinha à sua direita. – Ela ainda não apelou para o tio por cima da gente. Por que é que você não dá um tempo?

Hella ignorou a vizinha com um revirar vítreo dos olhos e acendeu outro cigarro.

A nova garota estava ouvindo o matraquear da contadora de olhos brilhantes do outro lado. As palavras vinham rápidas:

– ... e dizem que ela estava no Cofre, no Cofre mesmo, sabem, quando Seldon falou, e dizem que o prefeito estava furioso, espumando pela boca, e houve tumultos, e todas essas coisas, sabem. Ela saiu antes de o Mulo pousar, e dizem que ela fez a fuga maaaais sen-sa-cio-nal, precisou passar pelo bloqueio, e tudo isso, e fico me perguntando por que ela não escreve um livro sobre isso, já que esses livros de guerra são tão populares hoje em dia, sabem. E dizem que ela também esteve nesse mundo do Mulo, Kalgan, sabem, e...

A campainha do horário soou aguda e a sala de jantar foi se esvaziando lentamente. A voz da contadora continuou zumbindo e a nova garota interrompia apenas com o convencional "É meeesmo?", de olhos arregalados.

As enormes luzes das cavernas estavam sendo escudadas na direção dos grupos, na descida gradual para a escuridão que significava sono para os justos e os que trabalham duro, quando Bayta voltou para casa.

Toran a encontrou na porta com uma fatia de pão com manteiga na mão.

– Por onde você andou? – ele perguntou com a boca cheia. Depois, com mais clareza: – Preparei um jantarzinho improvisado. Não é muita coisa, mas não me culpe.

Mas ela o estava cercando, os olhos arregalados.

– Torie? Cadê seu uniforme? O que você está fazendo em roupas civis?

– Ordens, Bay. Randu está enfurnado com Ebling Mis neste exato momento, mas do que estão tratando eu não sei. É tudo.

– E eu vou? – Ela foi, impulsivamente, na direção dele.

Ele a beijou antes de responder.

– Acredito que sim. Mas provavelmente será perigoso.

– E o que não é perigoso?

– Exatamente. Ah, sim, já mandei chamar Magnífico, então ele provavelmente virá conosco.

– Quer dizer que o concerto dele na Fábrica de Motores terá de ser cancelado.

– Obviamente.

Bayta passou para o aposento ao lado e sentou-se para comer uma refeição que, definitivamente, tinha sinais de ter sido "improvisada". Ela cortou os sanduíches em dois com rápida eficiência e disse:

– Que pena sobre o concerto. As garotas da fábrica estavam loucas para vê-lo. Magnífico também, por falar nisso – Ela balançou a cabeça. – Ele é tão estranho.

– Ele mexe com seu instinto materno, Bay, é isso o que ele faz. Um dia teremos um filho e aí você esquecerá Magnífico.

Bayta respondeu das profundezas de seu sanduíche:

– Ocorre-me que você é tudo o que meu instinto materno pode suportar.

E então ela colocou o sanduíche de lado, e ficou muito séria num momento.

– Torie?

– Hum-m-m?

– Torie, eu estive na Prefeitura, no Departamento de Produção. Por isso me atrasei tanto.

– O que você foi fazer lá?

– Bem... – ela hesitou, insegura. – A coisa tem crescido. Eu estava num tal ponto que não conseguia suportar mais a fábrica. O moral... simplesmente não existe. As garotas começam a chorar por qualquer coisa. As que não ficam doentes ficam deprimidas. Até as mais bobas ficam de bico. Na minha seção específica, a produção não é um quarto do que era quando cheguei e não há um dia em que tenhamos uma equipe completa de operárias.

– Está certo – disse Toran –, mas voltando ao começo. O que você foi fazer lá?

– Fazer algumas perguntas. E é assim, Torie, é assim em todo o Refúgio. Queda na produção, aumento na insubordinação e nas discussões. O chefe do departamento apenas deu de ombros... depois que fiquei sentada na antessala por uma hora para vê-lo, só consegui entrar porque era sobrinha do coordenador... e ele disse que não podia fazer nada. Francamente, acho que não estava dando a mínima.

– Também não exagere, Bay.

– Acho que ele não estava mesmo. – Ela estava tensa e furiosa. – Estou lhe dizendo, tem algo de errado. É a mesma frustração terrível que me atingiu no Cofre do Tempo quando Seldon nos abandonou. Você mesmo sentiu.

– Sim, senti.

– Bem, ela voltou – ela continuou, selvagem. – E nunca seremos capazes de resistir ao Mulo. Mesmo que tivéssemos material, não temos coração, espírito, vontade... Torie, não faz sentido lutar...

Bayta nunca havia chorado na memória de Toran e não chorou agora. Não realmente. Mas Toran colocou uma mão leve no ombro dela e sussurrou:

– E se você deixar isso de lado, meu amor? Eu sei o que você quer dizer. Mas não há nada...

– Sim, não há nada que possamos fazer! Todo mundo diz isso... e ficamos simplesmente sentados, esperando a faca descer.

Ela voltou ao que restou de seu sanduíche e chá. Silenciosamente, Toran arrumou as camas. Estava bem escuro lá fora.

Randu, como coordenador recém-nomeado – um posto de tempos de guerra – da confederação de cidades em Refúgio, fora designado, por solicitação própria, a um aposento num andar superior, de cuja janela pudesse olhar por cima dos telhados e do verde da cidade. Agora, no desvanecer das luzes da caverna, a cidade recuava para o nível de indefinição das sombras. Randu não gostava de meditar sobre esse simbolismo.

Disse a Ebling Mis, cujos olhinhos claros pareciam não se interessar por nada além da taça cheia de vinho em sua mão:

– Existe um ditado em Refúgio que diz que, quando as luzes da caverna se apagam, é hora de os justos e dos que trabalham duro dormirem.

– Tem dormido muito ultimamente?

– Não! Desculpe chamá-lo tão tarde, Mis. Mas é que gosto mais da noite, hoje em dia. Não é estranho? O povo de Refúgio se condicionou muito estritamente à falta de luz significar sono. Eu também. Mas agora é diferente...

– Você está se escondendo – Mis disse sem emoção. – Está cercado de gente durante o dia, sente os olhos deles e suas esperanças depositadas em você. E não está dando conta. No período de sono, você está livre.

– Então, você também sente isso? Esse senso miserável de derrota?

Ebling Mis assentiu devagar.

– Sinto. É uma psicose de massa, um pânico de massa impublicável. Ga-LÁ-xia, Randu, o que esperava? Aqui você tem toda uma cultura criada numa crença cega e boba de que um herói popular do passado tinha tudo já planejado e está cuidando de cada pecinha de suas vidas impublicáveis. O padrão de pensamento evocado tem características religiosas e você sabe o que isso significa.

– Nem um pouco.

Mis não ficou entusiasmado com a necessidade de explicação. Nunca ficava. Então grunhiu, ficou olhando o charuto comprido que rolava pensativo entre os dedos e disse:

– Caracterizado por fortes reações de fé. Crenças que não podem ser sacudidas, a não ser por um grande choque que, caso ocorra, resulta numa disrupção mental bastante completa. Casos brandos... histeria, um senso mórbido de insegurança. Casos avançados... loucura e suicídio.

Randu mordeu uma unha.

– Quando Seldon nos falha, em outras palavras, nossas muletas desaparecem, e nos acostumamos tanto a elas que nossos músculos ficam atrofiados a um ponto em que não conseguimos parar em pé sem isso.

– É isso. Uma metáfora meio desajeitada, mas é isso.

– E você, Ebling, e seus músculos?

O psicólogo filtrou uma longa baforada de ar pelo charuto e deixou a fumaça subir.

– Enferrujados, mas não atrofiados. Minha profissão resultou num pouco de pensamento independente.

– E você vê saída para isso?

– Não, mas deve haver uma. Talvez Seldon não tivesse pensado no Mulo. Talvez ele não garantisse nossa vitória. Mas, até aí, ele também não garantiu a derrota. Ele só está fora do jogo e estamos por conta própria. O Mulo pode ser derrotado.

– Como?

– Da única maneira pela qual qualquer um pode ser derrotado: atacando sua fraqueza com força. Escute aqui, Randu, o Mulo não é um super-homem. Se ele finalmente for derrotado, todos verão isso por si mesmos. A questão é que ele é uma incógnita e as lendas crescem rapidamente. Ele é, supostamente, um mutante. Bem, e daí? Um mutante significa um "super-homem" para os ignorantes da humanidade. Não é nada disso. Já foi estimado que todo dia nascem vários milhões de mutantes na Galáxia. Dos diversos milhões, apenas um ou dois por cento podem ser detectados por meio de microscópios e química. Desses, um ou dois por cento de macromutantes, isto é, aqueles com mutações detectáveis a olho nu ou à mente nua, todos menos um ou dois por cento são aberrações, adequadas para os centros de diversão, laboratórios e a morte. Dos poucos macromutantes cujas diferenças são vantajosas, quase todas são curiosidades inofensivas, incomuns em um único aspecto, normais... e, às vezes, subnormais... em muitos outros. Entendeu, Randu?

– Entendi. Mas e o Mulo?

– Supondo que o Mulo seja um mutante, então, podemos assumir que ele tenha algum atributo, sem dúvida mental, que pode ser usado para conquistar mundos. Em outros aspectos, ele sem dúvida tem seus defeitos, que devemos localizar. Ele não faria tanto segredo aos olhos dos outros se esses defeitos não fossem aparentes e fatais. Isso se ele for *mesmo* um mutante.

– Há alguma alternativa?

– Pode haver. Evidências de mutação estão depositadas no capitão Han Pritcher, que era do que costumava ser a Inteligência da Fundação. Ele tirou suas conclusões das poucas memórias dos que afirmaram conhecer o Mulo... de alguém que poderia ter sido o Mulo... quando bebê e no início da infância. Pritcher trabalhou com o pouco que tinha ali, e as evidências que ele encontrou poderiam facilmente ter sido plantadas pelo Mulo para servir a seus propósitos, pois é certo que o Mulo foi enormemente ajudado por sua reputação de super-homem mutante.

– Que interessante. Há quanto tempo você pensa nisso?

– Eu nunca pensei nisso, no sentido de acreditar. É tão-somente uma alternativa a ser considerada. Por exemplo, Randu, suponha que o Mulo tenha descoberto uma forma da radiação capaz de deprimir a energia mental, assim como ele está em posse de uma que anula as reações nucleares. E aí, hein? Será que isso não poderia explicar o que está nos afetando agora... e o que afetou a Fundação?

Randu pareceu submergir numa penumbra quase sem palavras.

– E suas próprias pesquisas com o palhaço do Mulo?

Agora foi Ebling Mis quem hesitou.

– Ainda inúteis. Falei bravamente com o prefeito antes do colapso da Fundação, principalmente para sustentar sua coragem... em parte, para manter a minha própria coragem lá no alto, também. Mas, Randu, se minhas ferramentas matemáticas estivessem à altura, só com o palhaço eu poderia analisar completamente o Mulo. Então ele estaria em nossas mãos. Então poderíamos solucionar as estranhas anomalias que me impressionam.

– Como, por exemplo?

– Pense, homem. O Mulo derrotou as marinhas da Fundação ao seu bel-prazer, mas não conseguiu, uma vez sequer, forçar as frotas bem mais fracas dos comerciantes independentes a recuar em combate aberto. A Fundação caiu com um só golpe; os comerciantes independentes se defenderam contra todas as forças dele. Ele começou a usar o Campo Extintor contra as armas nucleares dos comerciantes independentes de Mnemon. O elemento-surpresa fez com que perdessem aquela batalha, mas eles conseguiram anular o Campo. Ele nunca mais foi capaz de usá-lo com sucesso contra os independentes. Mas, inúmeras vezes, isso funcionou contra as forças da Fundação. Funcionou na própria Fundação. Por quê? Com nosso conhecimento atual, é tudo ilógico. Portanto, deve haver fatores dos quais não estamos cientes.

– Traição?

– Isso é uma grande bobagem, Randu. Bobagem impublicável. Não havia um homem na Fundação que não estivesse certo da vitória. Quem trairia um lado que estava com a vitória garantida?

Randu foi até a janela curva e olhou, sem ver, o que não podia mesmo ser visto. Ele disse:

– Mas nossa derrota agora é certa; se o Mulo tivesse mil fraquezas, se ele fosse uma rede de furos...

Ele não se virou. Era como se suas costas curvadas, e as mãos nervosas que procuravam uma à outra às suas costas, falassem. Continuou:

– Fugimos facilmente depois do episódio do Cofre do Tempo, Ebling. Outros também poderiam ter escapado. Alguns poucos conseguiram. A maioria, não. O Campo Extintor poderia ter sido anulado. Isso pedia engenhosidade e certa quantidade de trabalho. Todas as naves da marinha da Fundação poderiam ter voado até Refúgio, ou outros planetas próximos, para continuar a luta, como fizemos. Nem um por cento o fez. Na verdade, eles desertaram para o inimigo. A resistência da Fundação, na qual muita gente parece confiar tão fortemente, até agora não fez nada de útil. O Mulo tem sido bastante político para prometer salvaguardar a propriedade e os lucros dos grandes comerciantes, e eles passaram para o lado dele.

Ebling Mis disse, teimoso:

– Os plutocratas sempre estiveram contra nós.

– Eles sempre detiveram o poder também. Escute, Ebling. Temos motivos para acreditar que o Mulo, ou seus instrumentos, já estavam em contato com homens poderosos entre os comerciantes independentes. Pelo menos dez, dos vinte e sete Mundos Comerciais, ao que sabemos, passaram para o lado do Mulo. Talvez mais dez estejam vacilando. Há personalidades no próprio mundo de Refúgio que não ficariam infelizes com a dominação do Mulo. É, aparentemente, uma tentação inescapável abrir mão de um poder político ameaçado, se isso mantém seu domínio sobre as questões econômicas.

– Você não acha que Refúgio pode combater o Mulo?

– Acho que Refúgio não irá combater o Mulo. – Agora Randu virava seu rosto perturbado totalmente para o psicólogo. – Acho que Refúgio está esperando para se render. Foi para dizer isso que o chamei aqui. Quero que você deixe Refúgio.

Ebling Mis soltou uma baforada de ar pelas bochechas gordas, surpreso.

– Já?

Randu se sentia terrivelmente cansado.

– Ebling, você é o maior psicólogo da Fundação. Os verdadeiros mestres-psicólogos partiram com Seldon, mas você é o melhor de que dispomos. É a nossa única chance de derrotar o Mulo. Mas não pode fazer isso aqui; terá de ir para o que restou do Império.

– Para Trantor?

– Isso mesmo. O que um dia foi o Império não passa de um esqueleto hoje, mas ainda deve haver algo no centro. Eles têm os registros lá, Ebling. Você pode aprender mais de psicologia matemática; talvez o suficiente para interpretar a mente do palhaço. Ele irá com você, é claro.

Mis respondeu com secura.

– Duvido que esteja disposto, mesmo por medo do Mulo, a menos que sua sobrinha vá com ele.

– Eu sei disso. Toran e Bayta irão com você, por essa razão. E, Ebling, há outro objetivo, um objetivo maior. Hari Seldon criou duas Fundações há três séculos; uma em cada extremidade da Galáxia. *Você precisa encontrar a Segunda Fundação.*

20.
CONSPIRADOR

O palácio do prefeito – o que um dia havia sido o palácio do prefeito – era uma mancha imensa na escuridão. A cidade estava quieta sob a conquista e toque de recolher. O tom leitoso e enevoado da grande Lente Galáctica, com uma estrela solitária aqui e ali, dominava o céu da Fundação.

Em três séculos, a Fundação havia crescido de um projeto privado de um pequeno grupo de cientistas para um império comercial tentacular que se espalhava até as profundezas da Galáxia, e meio ano a arremessara das alturas para o status de outra província conquistada.

O capitão Han Pritcher se recusava a aceitar isso.

O silêncio soturno da noite da cidade, o palácio às escuras, ocupado por intrusos, era simbólico o bastante, mas o capitão Han Pritcher, logo do lado de dentro do portão externo do palácio, com a minúscula bomba nuclear debaixo da língua, se recusava a entender.

Uma forma se aproximou... o capitão abaixou a cabeça.

O sussurro era letalmente baixo.

– O sistema de alarme é como sempre foi, capitão. Prossiga! Ele não irá registrar nada.

Suavemente, o capitão passou pela arcada baixa e desceu o caminho ladeado por fontes até o que havia sido o jardim de Indbur.

Quatro meses antes ocorrera o dia do Cofre do Tempo e sua memória se retraía diante da plenitude da lembrança. As impressões voltavam, separadamente, indesejadas, sobretudo à noite.

O velho Seldon falando suas palavras benevolentes que estavam tão arrasadoramente erradas; a confusão toda; Indbur, com seu traje prefeitural incongruentemente brilhante em contraste com o rosto vermelho, inconsciente; as multidões apavoradas se reunindo rapidamente, aguardando sem fazer um ruído a palavra inevitável de rendição; o jovem, Toran, desaparecendo de vista por uma porta lateral, com o palhaço do Mulo pendurado no ombro.

E ele mesmo, de algum modo fora daquilo tudo, mais tarde, com seu carro sem funcionar.

Abrindo caminho à força pela multidão sem líder que já estava deixando a cidade... sem destino.

Correndo cegos para os diversos buracos de rato que foram – que um dia haviam sido – o quartel-general de uma resistência democrática que, por oitenta anos, vinha fracassando e definhando.

E os buracos de rato estavam vazios.

No dia seguinte, naves alienígenas pretas se fizeram momentaneamente visíveis no céu, afundando suavemente nos aglomerados de prédios da cidade mais próxima. O capitão Han Pritcher sentiu-se afogado no acúmulo de desamparo e desespero.

Ele começou suas viagens.

Em trinta dias, havia percorrido quase quinhentos quilômetros a pé, trocado de roupas para se passar por um operário das fábricas hidropônicas cujo corpo ele encontrara recém-morto à beira da estrada, deixara crescer uma barba feroz de intensidade ruiva...

E encontrara o que havia restado da resistência.

A cidade era Newton. O distrito, um residencial que um dia fora elegante e começara, lentamente, a descambar para a pobreza. A casa, uma unidade indistinta de uma fileira. E o homem, uma pessoa de olhos pequenos e ossos grandes, cujos punhos fechados marcavam o tecido dos bolsos e cujo corpo magro permanecia imóvel na porta.

O capitão murmurou:

– Eu venho de Miran.

O homem devolveu a senha, sombrio.

– Miran chegou cedo este ano.

Disse o capitão:

– Não mais cedo do que no ano passado.

Mas o homem não se moveu. Ele perguntou:

– Quem é você?

– Você não é o Raposa?

– Você sempre responde com perguntas?

O capitão respirou um pouco mais fundo, imperceptivelmente, e então disse, com calma:

– Eu sou Han Pritcher, capitão da Frota, e membro do Partido da Resistência Democrática. Você vai me deixar entrar?

Raposa abriu caminho. Ele disse:

– Meu verdadeiro nome é Orum Palley.

Ele estendeu a mão. O capitão a apertou.

O aposento estava bem preservado, mas não era luxuoso. Num canto ficava um projetor de livro-filmes decorativo, que, para os olhos militares do capitão, poderia facilmente ter sido um desintegrador camuflado, de calibre respeitável. A lente de projeção cobria a porta e podia ser controlada remotamente.

Raposa seguiu os olhos de seu convidado barbado e deu um sorriso tenso. Ele disse:

– Sim! Mas somente nos dias de Indbur e seus lacaios sanguessugas. Não seria muita coisa contra o Mulo, hein? Nada ajudaria contra o Mulo. Está com fome?

Os músculos dos maxilares do capitão apertaram sob a barba e ele assentiu.

– Vai levar um minuto se você não se importar de esperar. – Raposa retirou latas de um armário e colocou duas na frente do capitão Pritcher. – Mantenha o dedo nela e quebre-a quando estiver quente o bastante. Minha unidade de controle de aquecimento está enguiçada. Coisas assim é que lembram a você que está havendo uma guerra... ou estava, hein?

Suas palavras rápidas tinham um conteúdo jovial, mas não eram ditas nesse tom – e seus olhos eram friamente pensativos. Ele se sentou em frente ao capitão e disse:

– Não haverá nada aí no seu lugar a não ser uma mancha de queimado se houver alguma coisa em você de que eu não goste. Sabe disso?

O capitão não respondeu. As latas à sua frente se abriram com uma pressão. Raposa disse rapidamente:

– Cozido! Desculpe, capitão, mas a situação da comida é escassa.

– Eu sei – respondeu o capitão. Comeu rapidamente, sem olhar para cima. Raposa falou:

– Eu vi o senhor uma vez. Estou tentando me lembrar, mas a barba definitivamente não faz parte do quadro.

– Não me barbeio há trinta dias. – Então, ferozmente: – O que você quer? Eu usei as senhas corretas. Eu tenho identificação.

O outro fez um gesto de desprezo.

– Ah, eu sei que o senhor é o Pritcher. Mas há muitos que têm as senhas, as identificações e as *identidades*... que estão com o Mulo. Já ouviu falar de Levvaw, hein?

– Sim.

– Ele está com o Mulo.

– O quê? Ele...

– Sim. Ele era o homem a quem chamavam de "Sem Rendição" – os lábios de Raposa fizeram movimentos de risos, sem som nem humor. – E tem também o Willig. Com o Mulo! Garre e Noth. Com o Mulo! Por que não também Pritcher, hein? Como eu iria saber?

O capitão simplesmente balançou a cabeça.

– Mas não importa – Raposa disse, baixinho. – Eles devem ter meu nome, se Noth passou para o lado de lá... Então, se você é legítimo, está em mais apuros do que eu, com este nosso encontro.

O capitão havia terminado de comer. Ele se recostou.

– Se você não tem organização aqui, onde posso achar uma? A Fundação pode ter se rendido, mas eu não.

– Então! Você não pode ficar vagando por aí para sempre, capitão. Homens da Fundação devem ter permissões de viagem para irem de uma cidade à outra hoje em dia. Sabia disso? E também cartões de identidade. O senhor tem um? Além disso, todos os oficiais da velha marinha foram chamados para se reportar ao quartel-general da ocupação mais próximo. Isso é com o senhor, hein?

– É – a voz do capitão era dura. – Você acha que fugi de medo. Estive em Kalgan não muito *depois* de sua queda para o Mulo. Dentro de um mês, nenhum dos antigos senhores da guerra ainda reinava, pois eles eram os líderes militares naturais de qualquer revolta. Sempre foi do conhecimento da resistência que nenhuma revolução pode ser bem-sucedida sem o controle de pelo menos parte da marinha. O Mulo evidentemente sabe disso também.

Raposa assentiu, pensativo.

– Muito lógico. O Mulo pensa em tudo.

– Me desfiz do uniforme assim que pude. Deixei a barba crescer. Pode haver a chance de que outros tenham feito a mesma coisa.

– Você é casado?

– Minha esposa morreu. Não tenho filhos.

– Então, você é imune a reféns.

– Sou.

– Quer meu conselho?

– Se tiver algum.

– Não sei qual é a política do Mulo ou o que ele pretende, mas trabalhadores qualificados até agora não foram atacados. Os salários têm aumentado. A produção de todos os tipos de armas nucleares está crescendo enormemente.

– Mesmo? Parece uma ofensiva contínua.

– Não sei. O Mulo é um desgraçado sutil e ele pode estar só mimando os operários para que eles fiquem submissos. Se Seldon não conseguiu prevê-lo com toda a sua psico-história, eu é que não vou tentar. Mas você está usando roupas de trabalho. Isso sugere alguma coisa, hein?

– Não sou operário qualificado.

– Você teve um curso militar de nucleônica, não teve?

– Certamente.

– Isso basta. A Rolamentos de Campo Nuclear Ltda. fica aqui na cidade. Diga que você tem experiência. Os idiotas que costumavam dirigir a fábrica para Indbur ainda a dirigem... para o Mulo. Eles não farão perguntas, já que precisam de mais trabalhadores para ganhar seu dinheirinho. Eles lhe darão um cartão de identidade e você pode solicitar um quarto no distrito residencial da Corporação. Pode começar já.

Assim, o capitão Han Pritcher, da Frota Nacional, se tornou o especialista em escudos Lo Moro da Oficina 45 da Rolamentos de Campo Nuclear Ltda. E, de agente da Inteligência, ele desceu a escala social para virar um "conspirador" – uma vocação que o levou, meses mais tarde, ao que havia sido o jardim privado de Indbur.

No jardim, o capitão Pritcher consultou o radiômetro na palma de sua mão. O campo de aviso interno ainda estava em funcionamento e ele esperou. Ainda restava meia hora de vida na bomba nuclear em sua boca. Ele a rolava, cauteloso, com a língua.

O radiômetro se apagou para uma escuridão tenebrosa e o capitão avançou depressa.

Até agora, as coisas estavam andando bem.

Ele refletiu objetivamente que a vida da bomba nuclear era também a dele; que a morte dela era a sua morte... e a do Mulo.

E o grande clímax de uma guerra privada de quatro meses seria atingido; uma guerra que havia passado da fuga para uma fábrica de Newton...

Por dois meses, o capitão Pritcher usara aventais de chumbo e escudos faciais pesados, até que todas as coisas militares tivessem sido apagadas de sua postura e de sua aparência. Ele era um trabalhador, que recebia seu pagamento, passava as noites na cidade e nunca discutia política.

Por dois meses, não viu Raposa.

E então, certo dia, um homem passou por sua bancada, tropeçou, e ele sentiu um pedaço de papel entrar em seu bolso. A palavra "raposa" estava escrita. Jogou-o dentro da câmara nuclear, onde desapareceu com um puf invisível, emitindo a energia de um milimicrovolt – e voltou ao trabalho.

Naquela noite, ele estava na casa de Raposa, participando de uma rodada de cartas com dois outros homens que conhecia de reputação e outro, de nome e de rosto.

Sobre as cartas e as fichas, eles conversaram.

O capitão disse:

– É um erro fundamental. Vocês vivem no passado que já era. Por oitenta anos, nossa organização tem esperado o momento histórico correto. Fomos cegados pela psico-história de Seldon, e uma de suas primeiras proposições é que o indivíduo não conta, não faz história, e que complexos fatores sociais e econômicos o sobrepujam, fazem dele um títere. – Ajustou suas cartas com cuidado, apreciou o valor delas e disse, ao jogar uma ficha sobre a mesa: – Por que não matar o Mulo?

– Ora, e o que isso traria de bom? – quis saber o homem à sua esquerda, com grosseria.

– Sabe – disse o capitão, descartando duas cartas –, essa é a atitude. O que é um homem entre quatrilhões? A Galáxia não vai parar de girar porque um homem morre. Mas o Mulo *não é* um homem, ele é um mutante. Ele já desequilibrou o Plano Seldon e se vocês pararem para analisar as implicações, isso significa que ele... um homem... um mutante... desequilibrou toda a psico-história de Seldon. Se ele nunca tivesse vivido, a Fundação não teria caído. Se ele deixasse de viver, a Fundação não permaneceria caída. Ora, os democratas lutaram contra os prefeitos e os comerciantes por oitenta anos por meio de subterfúgios. Vamos tentar assassinato.

– Como? – interpôs Raposa, com um frio senso comum.

O capitão respondeu, devagar:

– Passei três meses pensando nisso sem solução. Cheguei aqui e descobri tudo em cinco minutos. – Ele olhou rapidamente para o homem cujo rosto grande e rosado, em forma de melão, sorria do lugar à sua direita. – Você foi camareiro do prefeito Indbur. Não sabia que era da resistência.

– Nem eu sabia de você.

– Bem, então, em sua função de camareiro, você checava periodicamente o funcionamento do sistema de alarme do palácio.

– Exato.

– E o Mulo ocupa o palácio agora.

– Assim foi anunciado... embora ele seja um conquistador modesto que não faz discursos, proclamações nem aparições públicas de qualquer espécie.

– Isso é história antiga e não altera nada. Você, meu ex-camareiro, é tudo de que precisamos.

As cartas foram abertas e Raposa recolheu as apostas. Lentamente, ele distribuiu uma nova rodada.

O homem que um dia fora camareiro apanhou suas cartas de uma vez só.

– Desculpe, capitão. Eu checava o sistema de alarme, mas isso era rotina. Não sei nada a respeito.

– Eu já esperava isso, mas sua mente carrega uma memória eidética dos controles se puder ser sondada o suficiente... com uma Sonda Psíquica.

O rosto avermelhado do camareiro ficou subitamente pálido e desanimado. As cartas em sua mão se amassaram de repente, sob uma violenta pressão do punho.

– Uma Sonda Psíquica?

– Não precisa se preocupar – o capitão disse, seco. – Eu sei usar uma sonda. Não vai machucá-lo, apenas enfraquecê-lo por alguns dias. E, se machucasse, é o risco que você corre e o preço que paga. Existem alguns de nós, sem dúvida, que, a partir dos controles do alarme, poderiam determinar a combinação de comprimento de onda. Existem alguns, entre nós, que poderiam fabricar uma pequena bomba com controle de tempo e eu mesmo a levarei até o Mulo.

Os homens se agruparam ao redor da mesa.

O capitão anunciou:

– Numa certa noite, um tumulto terá início na Cidade de Terminus, nas vizinhanças do palácio. Não haverá luta de verdade. Distúrbios... e depois fuga. Desde que a guarda palaciana seja atraída... ou, no mínimo, distraída...

A partir daquele dia, por um mês, as preparações prosseguiram e o capitão Han Pritcher, da Frota Nacional, depois de se tornar conspirador, desceu ainda mais na escala social e se tornou um "assassino".

Capitão Pritcher, assassino, estava no palácio propriamente dito e se descobriu amargamente satisfeito com sua psicologia. Um sistema de alarme completo do lado de fora significa poucos guardas do lado de dentro. No caso, significava guarda nenhum.

A planta do andar estava clara em sua mente. Ele era uma bolha que se movia sem fazer barulho, subindo a rampa bem acarpetada. No final, ele se colou à parede e esperou.

A pequena porta fechada de uma sala particular estava à sua frente. Atrás da porta devia estar o mutante que havia vencido o invencível. Ele havia chegado cedo: a bomba ainda tinha dez minutos de vida.

Cinco se passaram e ainda, no mundo todo, não havia som algum. O Mulo tinha cinco minutos de vida... e o capitão Pritcher também...

Ele deu um passo à frente, num impulso súbito. O plano não podia mais falhar. Quando a bomba fosse detonada, o palácio iria com ela – o palácio inteiro. Uma porta entre eles – a dez metros de distância – não era nada. Mas ele queria ver o Mulo no instante em que morressem juntos.

Num último gesto insolente, bateu com força na porta...

E ela se abriu e deixou uma luz ofuscante sair.

O capitão Pritcher cambaleou, mas conseguiu rapidamente se recuperar. O homem solene, em pé no centro do pequeno aposento à frente de um aquário de peixes suspenso, levantou a cabeça com tranquilidade.

Seu uniforme era de um preto sóbrio e, quando deu umas pancadinhas distraídas no aquário, a peça balançou um pouco e o peixe laranja e vermelho com barbatanas emplumadas lá dentro começou a nadar, desorientado.

– Entre, capitão! – falou.

Para a língua trêmula do capitão, o minúsculo globo de metal abaixo estava inchando de modo tenebroso... uma impossibilidade física, o capitão sabia. Mas aquele era seu último minuto de vida.

O homem de uniforme disse:

– É melhor você cuspir essa pelota besta para poder falar. Ela não vai explodir.

O minuto passou e, com um movimento lento e molhado, o capitão abaixou a cabeça e deixou o globo prateado cair na palma de sua mão. Com uma força furiosa ele a jogou contra a parede. Ela ricocheteou com um clangor minúsculo e agudo, brilhando sem provocar danos.

O homem de uniforme deu de ombros.

– Lá se vai ela. De qualquer maneira, isso não teria ajudado o senhor em nada, capitão. Eu não sou o Mulo. Você terá de se contentar com seu vice-rei.

– Como sabia? – murmurou o capitão, indignado.

– Culpe um eficiente sistema de contraespionagem. Posso dar o nome de cada membro de sua pequena gangue, cada etapa de seu planejamento...

– E você deixou a coisa chegar até este ponto?

– Por que não? Um de meus maiores propósitos aqui era encontrá-lo, e alguns outros. Particularmente você. Eu poderia tê-lo apanhado há alguns meses, enquanto ainda trabalhava na Rolamentos Newton, mas isto é bem melhor. Se não tivesse sugerido o plano geral, um dos meus próprios homens teria sugerido algo bem parecido para você. O resultado é bastante dramático, mas de um humor um tanto ácido.

Os olhos do capitão eram duros.

– Eu também acho. Tudo acabou agora?

– Apenas começou. Venha, capitão, sente-se. Vamos deixar o heroísmo para os tolos que ficam impressionados com isso. Capitão, o senhor é um homem capaz. Segundo as informações de que disponho, foi o primeiro da Fundação a reconhecer o poder do Mulo. Desde então, interessou-se, de modo um tanto ousado, pelos primórdios da vida do Mulo. Você foi um daqueles que levaram o palhaço dele, que, por acaso, ainda não foi encontrado e por quem ainda haverá um preço muito alto. Naturalmente, sua capacidade é reconhecida e o Mulo não é dos que temem a habilidade de seus inimigos, desde que possa convertê-la na habilidade de um novo amigo.

— É nisso que você está querendo chegar? Ah, não!

— Ah, sim! Foi o propósito da comédia de hoje. Você é um homem inteligente, mas suas pequenas conspirações contra o Mulo fracassam comicamente. Mal se consegue dignificar tudo isso com o nome de conspiração. É parte de seu treinamento militar desperdiçar naves em ações desesperadas?

— É preciso, antes, admitir que são desesperadas.

— Isso acontecerá — o vice-rei lhe assegurou, gentilmente. — O Mulo já conquistou a Fundação. Ela está sendo transformada rapidamente em um arsenal para a realização de seus objetivos maiores.

— Quais objetivos maiores?

— A conquista de toda a Galáxia. A reunião de todos os mundos destruídos em um novo império. A realização, seu patriota de mente embotada, do sonho de seu próprio Seldon setecentos anos antes que ele esperasse vê-la. E você pode nos ajudar nessa realização.

— Posso, sem dúvida. Mas não o farei, sem dúvida.

— Compreendo — raciocinou o vice-rei — que apenas três dos Mundos Comerciais Independentes ainda resistem. Eles não vão durar muito. Será o fim de todas as forças da Fundação. Você ainda resiste.

— Sim.

— Mas não resistirá. Um recruta voluntário é mais eficiente. Mas o outro tipo também serve. Infelizmente, o Mulo não está. Ele lidera a batalha, como sempre, contra os comerciantes que resistem. Mas está em constante contato conosco. Você não vai precisar esperar muito.

— Para quê?

— Para sua conversão.

— O Mulo — o capitão disse friamente — descobrirá que isso está além de sua capacidade.

— Mas não está. *Eu* não estava. Você não me reconhece? Ora, você esteve em Kalgan, então já me viu. Eu usava um monóculo, um manto escarlate forrado de pele e um chapéu alto...

O capitão ficou rígido de desgosto.

– Você era o senhor da guerra de Kalgan.

– Sim. E agora sou o leal vice-rei do Mulo. Viu? Ele é persuasivo.

21. INTERLÚDIO NO ESPAÇO

O bloqueio foi varado com sucesso. No vasto volume do espaço, nem todas as marinhas existentes podiam manter vigilância em grande proximidade. Bastavam uma única nave, um piloto habilidoso, um nível moderado de sorte e haveria furos de sobra para explorar.

Com calma e um olhar frio, Toran conduziu um veículo resmungão da vizinhança de uma estrela para a de outra. Se a vizinhança de grandes massas tornava um Salto interestelar errático e difícil, também tornava os dispositivos de detecção do inimigo inúteis, ou quase.

E assim que o cinturão de naves foi ultrapassado, a esfera interior de espaço morto, pelo subéter bloqueado da qual nenhuma mensagem passava, também foi ultrapassada. Pela primeira vez em mais de três meses, Toran se sentiu fora de isolamento.

Uma semana se passou antes que os noticiários do inimigo tratassem de alguma coisa além dos detalhes tediosos e cabotinos do crescente domínio sobre a Fundação. Foi uma semana na qual a nave comercial armada de Toran voou para o centro, a partir da Periferia, em Saltos apressados.

Ebling Mis gritou para a sala do piloto e Toran levantou a cabeça dos mapas, piscando os olhos cansados.

– Qual é o problema? – Toran desceu para a pequena câmara central que Bayta havia, inevitavelmente, transformado em uma sala de estar.

Mis balançou a cabeça:

– Sei lá eu. Os jornalistas do Mulo estão anunciando um boletim especial. Achei que você pudesse querer saber alguma coisa.

– Seria bom. Onde está Bayta?

– Montando a mesa na sala de jantar e selecionando um cardápio... ou algo do gênero.

Toran se sentou no catre que servia como cama para Magnífico e esperou. A rotina de propaganda dos "boletins especiais" do Mulo era monotonamente similar. Primeiro a música marcial e, então, a suavidade amanteigada do anunciante. Em seguida, as notícias menores, seguindo uma à outra em um ritmo constante e paciente. Então, a pausa. Em seguida, os trompetes e a crescente excitação e o clímax.

Toran suportou. Mis resmungou consigo mesmo.

O locutor narrou, na fraseologia convencional dos correspondentes de guerra, as palavras melosas que traduziam em som o metal derretido e a carne desintegrada de uma batalha no espaço.

"Esquadrões de cruzadores ligeiros sob o comando do tenente-general Sammin lançaram um duro contra-ataque hoje contra a força-tarefa vinda de Iss..."

O rosto cuidadosamente inexpressivo do locutor na tela se desvaneceu na escuridão de um espaço cortado pelas lâminas velozes de naves que giram no vazio em combate mortal. A voz continuava pelo trovão sem som...

"A ação mais impressionante da batalha foi o combate subsidiário do cruzador pesado *Cluster* contra três naves inimigas da classe 'Nova'..."

A visão da tela virou bruscamente e fechou em close. Uma grande nave soltou fagulhas e um dos atacantes frenéticos brilhou zangado, uma imagem retorcida e fora de foco, deu meia-volta e arremeteu. O *Cluster* desviou-se violentamente e sobreviveu ao golpe de raspão que jogou o agressor para longe, num reflexo distorcido.

A conversa suave e desapaixonada do locutor continuou até o último disparo e o último destroço.

Então uma pausa e uma grande voz-e-imagem semelhante à anterior, desta vez da luta nas adjacências de Mnemon, à qual foi acrescentada uma novidade: a extensa descrição de um pouso de ataque e fuga... a imagem de uma cidade destroçada... prisioneiros amontoados e cansados... e partindo novamente.

Mnemon não tinha mais muito tempo de vida.

A pausa novamente – e desta vez o som rascante dos metais já esperados. A tela se desvaneceu e abriu para o longo e impressionante corredor formado por soldados, pelo qual o porta-voz do governo, em uniforme de conselheiro, passeou rapidamente.

O silêncio era opressivo.

A voz que veio por fim era solene, lenta e dura:

– Por ordem do nosso soberano, anuncia-se que o planeta Refúgio, até então em oposição guerreira à sua vontade, se submeteu à aceitação da derrota. Neste momento, as forças do nosso soberano estão ocupando o planeta. A oposição foi dispersada, desorganizada e rapidamente esmagada.

A cena desvaneceu; o repórter original retornou para afirmar, em tom importante, que novos desdobramentos seriam transmitidos à medida que ocorressem.

Então música dançante começou a tocar e Ebling Mis acionou o escudo que cortava a energia.

Toran se levantou e saiu meio zonzo, sem dizer uma só palavra. O psicólogo não fez um movimento para impedi-lo.

Quando Bayta saiu da cozinha, Mis fez um sinal de silêncio.

– Tomaram Refúgio – ele falou.

E Bayta disse:

– Já? – seus olhos se arregalaram e ela ficou ali, com um súbito enjoo, sem conseguir acreditar.

– Sem um combate. Sem uma impu... – ele parou e engoliu em seco. – É melhor você deixar Toran sozinho. Não é agradável para ele. Talvez seja melhor comermos sem ele, desta vez.

Bayta olhou uma vez para a cabine do piloto e então deu meia-volta, desconsolada.

– Muito bem!

Magnífico estava sentado à mesa, sem ser notado. Ele não falou nem comeu, mas ficou olhando para a frente, com um medo concentrado que parecia drenar toda a vitalidade de seu fiapo de corpo.

Ebling Mis empurrou, ausente, sua sobremesa de frutas cristalizadas e disse, com dureza:

– Dois Mundos Comerciais lutam. Eles lutam, sangram, morrem e não se rendem. Só em Refúgio... assim como na Fundação...

– Mas por quê? Por quê?

O psicólogo balançou a cabeça.

– É tudo parte do mesmo problema. Cada estranha faceta é uma pista da natureza do Mulo. Primeiro, o problema de como ele pôde conquistar a Fundação, com pouco sangue e de um único golpe, essencialmente, enquanto os Mundos Comerciais Independentes se seguravam. A anulação das reações nucleares era uma arma ridícula... já discutimos isso tanto que estou até enjoado... e não funcionou em lugar nenhum, a não ser na Fundação.

– Randu sugeriu – e as sobrancelhas grisalhas de Ebling se juntaram – que poderia ter sido um Depressor-de-Vontade radiante. É o que poderia ter feito o serviço em Refúgio. Mas então, por que não foi usado em Mnemon e Iss, que mesmo agora estão lutando com intensidade tão demoníaca que está sendo necessária metade da frota da Fundação, além das forças do Mulo, para derrotá-los? Sim, eu reconheci naves da Fundação no ataque.

Bayta murmurou:

– A Fundação, depois Refúgio. O desastre parece nos acompanhar, sem nos tocar. Parece que sempre escapamos por um fio. Será que isso dura para sempre?

Ebling Mis não estava escutando. Para si mesmo, ele estava apontando uma coisa importante.

– Mas há outro problema... outro problema. Bayta, você se lembra da notícia de que o palhaço do Mulo não foi encontrado em Terminus? De que as suspeitas eram de que ele tivesse fugido para Refúgio ou sido levado para lá por seus sequestradores originais? Há uma importância ligada a ele, Bayta, que não some, e ainda não descobrimos qual é. Magnífico deve saber de algo que é fatal para o Mulo. Tenho certeza disso.

Magnífico, branco e tartamudo, protestou:

– Senhor... nobre lorde.... De fato, eu juro que transcende ao meu pobre tirocínio penetrar suas vontades. Já disse o que sei até os mais profundos limites e, com sua sonda, o senhor sugou de meu magro entendimento o que eu sabia, mas não sabia que sabia.

– Eu sei... Eu sei. É alguma coisa pequena. Uma pista tão pequena que nem você nem eu a reconhecemos. Mas precisamos encontrá-la: pois Mnemon e Iss cairão logo, e, quando isso acontecer, seremos os últimos remanescentes, as últimas gotas da Fundação independente.

As estrelas começam a se aglomerar mais quando o núcleo da Galáxia é penetrado. Campos gravitacionais começam a se sobrepor em intensidade suficiente para introduzir perturbações em um Salto interestelar que não podem ser ignoradas.

Toran se deu conta disso quando um Salto fez a nave parar à beira do brilho total de uma gigante vermelha, cuja força gravitacional agarrou-a violentamente e só esmoreceu, e a soltou, depois de doze horas insones e desesperadas.

Com mapas de alcance limitado e uma experiência não inteiramente desenvolvida, nem operacional nem matematicamente, Toran se resignou a dias de cálculos cuidadosos entre Saltos.

A coisa acabou virando uma espécie de projeto comunitário. Ebling Mis conferia a matemática de Toran e Bayta testava possíveis rotas, pelos vários métodos generalizados, para a presença de soluções reais. Até mesmo Magnífico foi colocado para trabalhar na máquina de calcular para fazer computações de rotina, um tipo de trabalho que, uma vez explicado, foi fonte de grande divertimento para ele e algo em que mostrou eficiência de modo surpreendente.

Então, ao final de um mês, ou quase isso, Bayta era capaz de inspecionar a linha vermelha que abria caminho pelo modelo tridimensional da Lente Galáctica da nave até metade do caminho para seu centro, e dizer com alívio satírico:

– Vocês sabem o que isso parece? Parece uma minhoca de três metros de comprimento com um caso terrível de indigestão. Acho que, no fim das contas, você vai acabar nos fazendo pousar de novo em Refúgio.

– E vou mesmo – rosnou Toran, mexendo ferozmente em seu mapa –, se você não calar a boca.

– E, já que estamos falando no assunto – continuou Bayta –, existe provavelmente uma rota bem direta, reta como um meridiano de longitude.

– É? Bem, em primeiro lugar, sua cretina, provavelmente foram necessárias quinhentas naves em quinhentos anos para descobrir essa rota por tentativa e erro, e meus mapas piolhentos de meio crédito não a mostram. Além disso, talvez essas rotas retas sejam uma boa coisa para se evitar. Elas provavelmente estão coalhadas de naves. E, além disso...

– Ah, pelo amor da Galáxia, pare de choramingar e de proclamar tanta indignação – as mãos dela estavam nos cabelos dele.

Ele deu um grito.

– Ai! Solta! – e segurou-a pelos pulsos, abaixando suas mãos; e Toran, Bayta e a cadeira se tornaram um emaranhado de três elementos no chão. A coisa degenerou em uma luta livre ofegante, composta, em sua maior parte, de risos abafados e socos de brincadeira.

Toran parou quando Magnífico entrou, sem fôlego.

– O que foi?

As rugas de ansiedade cobriam o rosto do palhaço e repuxavam a pele branca sobre a enorme ponta de seu nariz.

– Os instrumentos estão se comportando estranhamente, senhor. Sabendo como sou ignorante, em nada toquei...

Em dois segundos, Toran estava na cabine do piloto. Ele disse baixinho para Magnífico:

– Acorde Ebling Mis. Mande-o descer aqui.

Ele disse para Bayta, que estava tentando pôr uma ordem básica nos cabelos usando os dedos:

– Fomos detectados, Bay.

– Detectados? – Bayta deixou os braços caírem. – Por quem?

– Sabe lá a Galáxia – resmungou Toran –, mas imagino que seja por alguém com desintegradores já prontos e apontados.

Ele se sentou e, em voz baixa, enviava para o subéter o código de identificação da nave.

E quando Ebling Mis entrou, de robe e com cara de sono, Toran disse, com uma calma desesperada:

– Parece que estamos dentro das fronteiras de um Reino Interior local chamado Autarquia de Filia.

– Nunca ouvi falar – disse Mis, abruptamente.

– Bem, eu também não – replicou Toran –, mas estamos sendo parados por uma nave filiana mesmo assim, e não sei o que isso trará.

O capitão-inspetor da nave filiana entrou a bordo com seis homens armados atrás, lotando a nave. Ele era baixo, de cabelos e lábios finos, além da pele seca. Tossiu uma tosse aguda quando se sentou e abriu a pasta que trazia debaixo do braço numa página em branco.

– Seus passaportes e a liberação da nave, por favor.

– Não temos nada disso – disse Toran.

– Nada, hein? – Ele pegou um microfone suspenso de seu cinturão e falou nele rapidamente: – Três homens e uma mulher. Documentação irregular. – Fez uma anotação na pasta.

– De onde vocês são? – perguntou.

– Siwenna – Toran disse, cauteloso.

– Onde fica isso?

– Trinta mil parsecs, oitenta graus a oeste de Trantor, quarenta graus...

– Não importa, não importa! – Toran podia ver que seu inquisidor havia escrito: "Ponto de origem: Periferia".

O filiano continuou:

– Para onde estão indo?

– Setor de Trantor – disse Toran.

– Objetivo?

– Viagem de lazer.

– Carga?

– Nenhuma.

– Hum-m-m. Vamos checar isso – ele assentiu e dois homens pularam, prontos para a ação. Toran não moveu um dedo para interferir.

– O que traz vocês a território filiano? – Os olhos do filiano brilhavam de modo inamistoso.

– Não sabíamos que estávamos em território filiano. Meu mapa é antigo.

– Vocês terão de pagar cem créditos por isso... e, claro, as tarifas de costume necessárias para questões alfandegárias etc.

Tornou a falar ao microfone... mas ouviu mais do que falou. E então, para Toran:

– Entende alguma coisa de tecnologia nuclear?

– Um pouco – Toran respondeu, na defensiva.

– Mesmo? – O filiano fechou sua pasta e acrescentou: – Os homens da Periferia têm uma reputação boa nesse sentido. Coloque um traje e venha comigo.

Bayta deu um passo à frente.

– O que vai fazer com ele?

Toran a colocou gentilmente de lado e perguntou, friamente:

– Para onde querem que eu vá?

– Nossa usina nuclear precisa de uns pequenos ajustes. Ele irá com você. – Seu dedo apontou diretamente para Magnífico, cujos olhos castanhos se arregalaram, numa exibição de horror.

– O que é que ele tem a ver com isso? – Toran exigiu saber.

O oficial olhou friamente para ele.

– Fui informado de atividades piratas nestas vizinhanças. Uma descrição de uma das naves inimigas se parece com a sua. É puramente uma questão rotineira de identificação.

Toran hesitou, mas seis homens e seis desintegradores eram argumentos bem eloquentes. Ele foi até o armário para apanhar os trajes.

Uma hora depois, ele se levantou nas entranhas da nave filiana e disse, irritado:

– Não há nada de errado com os motores, até onde posso ver. Os barramentos estão firmes, os tubos-L estão se alimentando adequadamente e as análises de reação checam positivo. Quem é o encarregado aqui?

O engenheiro-chefe disse baixinho:

– Sou eu.

– Bom, deixe-me ir embora...

Foi levado até o nível dos oficiais e a pequena antessala tinha apenas um suboficial indiferente.

– Onde está o homem que veio comigo?

– Por favor, espere – disse o suboficial.

Só quinze minutos depois Magnífico foi levado até ali.

– O que fizeram a você? – Toran perguntou, rapidamente.

– Nada. Nada mesmo – a cabeça de Magnífico balançou numa negativa lenta.

Foram necessários duzentos e cinquenta créditos para cumprirem as exigências de Filia – dos quais cinquenta créditos para libertação instantânea – e voltaram ao espaço livre.

Bayta disse com uma risada forçada.

– Não merecemos nem uma escolta? Não recebemos o figurativo pé no traseiro até a fronteira?

E Toran respondeu, mal-humorado:

– Aquilo não era nave filiana... e não vamos a lugar nenhum por enquanto. Venha cá.

Eles se reuniram ao redor dele.

Ele disse, lívido:

– Aquela era uma nave da Fundação e o pessoal a bordo eram homens do Mulo. Ebling se curvou para pegar o charuto que havia deixado cair. Ele disse:

– Aqui? Estamos a quinze mil parsecs da Fundação.

– E *estamos* aqui. O que os impede de fazer a mesma viagem? Pela Galáxia, Ebling, não acha que eu sei distinguir as diferenças entre as naves? Vi os motores deles e isso para mim é o suficiente. Estou lhe dizendo que era um motor da Fundação, numa nave da Fundação.

– E como eles chegaram aqui? – perguntou Bayta, logicamente. – Quais são as chances de um encontro aleatório de duas determinadas naves no espaço?

– O que isso tem a ver? – Toran quis saber, esquentado. – Só demonstra que fomos seguidos.

– Seguidos? – Bayta gritou. – Pelo hiperespaço?

Ebling Mis interrompeu, cansado:

– Pode ser feito... desde que se tenha uma boa nave e um excelente piloto. Mas a possibilidade não me impressiona. Eu não estava mascarando minha trilha – insistiu Toran. – Estive aumentando a velocidade de partida em linha reta. Um cego poderia ter calculado nossa rota.

– Um raio que podia – Bayta gritou. – Com os Saltos erráticos que você está dando, observar nossa direção inicial não significa nada. Nós saímos do lado errado do Salto mais de uma vez.

– Estamos perdendo tempo – Toran disse, rangendo os dentes. – É uma nave da Fundação, sob o Mulo. Ela nos deteve. Ela nos procurou. Ela colocou Magnífico... sozinho... e eu como reféns, para manter o resto de vocês quietos, caso suspeitassem. E vamos queimá-la do espaço agora mesmo.

– Espere aí – Ebling Mis o segurou. – Você vai nos destruir por uma nave que acha que é inimiga. Pense, homem, esses sujeitos desprezíveis nos caçariam por uma rota impossível por metade dessa galáxia maldita, nos olhariam e *nos soltariam*?

– Eles ainda estão interessados em nosso destino.

– Então por que nos parar, deixando-nos de sobreaviso? Você não pode ter as duas coisas ao mesmo tempo, e sabe disso.

– Eu vou fazer isso do meu jeito. Solte-me, Ebling, ou vou te derrubar.

Magnífico se inclinou para a frente em sua cadeira predileta, onde estava encarapitado. Suas narinas enormes estavam dilatadas com empolgação.

– Imploro seu perdão pela minha interrupção, mas minha pobre mente está subitamente assombrada por um pensamento estranho.

Bayta antecipou o gesto de irritação de Toran e segurou Ebling também.

– Pode falar, Magnífico. Todos vamos ouvir atentamente.

E Magnífico disse:

– Em minha estada na nave deles, a pouca inteligência que possuo ficou abobalhada e pasma por um medo que vinha dos homens. Na verdade, tenho uma falta de memória da maioria do que aconteceu. Muitos homens me olhando e conversas que não compreendi. Mas quase ao final... como se um raio de luz do sol tivesse transpassado um rasgão nas nuvens... havia um rosto que conheci. Um relance, o mero brilho... e, no entanto, ele reluz em minha memória, cada vez mais forte e brilhante.

– Quem era? – perguntou Toran.

– Aquele capitão que ficou conosco tanto tempo atrás, quando vocês pela primeira vez me salvaram da escravidão.

Obviamente era a intenção de Magnífico criar uma sensação, e o sorriso de deleite que se curvava, amplo, à sombra de sua probóscide, atestava que reconhecia o sucesso da intenção.

– Capitão... Han... Pritcher? – Mis quis saber. – Tem certeza disso? Certeza mesmo?

– Senhor, eu juro – e pousou uma mão magra e ossuda sobre o próprio peito estreito. – Eu manteria minha palavra perante o Mulo e juraria em sua face, mesmo que todo o seu poder estivesse atrás dele para negá-la.

– Então, o que foi tudo isso? – Bayta perguntou totalmente surpresa.

O palhaço a encarou, ansioso.

– Minha dama, tenho uma teoria. Ela me ocorreu, prontinha, como se o Espírito Galáctico a tivesse colocado com gentileza em minha mente. – Ele chegou mesmo a levantar a voz sobre a objeção de Toran, que interrompia.

— Minha dama – ele se dirige exclusivamente a Bayta –, se esse capitão tivesse, assim como nós, escapado com uma nave; se ele, assim como nós, estivesse numa viagem para um propósito próprio; se ele tivesse dado conosco por acaso... suspeitaria que nós o estivéssemos seguindo, assim como *nós* suspeitamos que *ele* esteja fazendo conosco. Não seria de admirar que tivesse encenado essa comédia para entrar em nossa nave?

— Por que então ele iria nos querer na nave *dele*? – Toran quis saber. – Isso não faz sentido.

— Ora, pois faz sim – clamou o palhaço, com uma inspiração fluida. – Ele nos enviou um subalterno que não nos conhecia, mas que nos descreveu no microfone. O capitão, que o ouvia, teria ficado surpreso com minha pobre descrição... pois, verdade seja dita, não há muitos nesta grande Galáxia que tenham semelhança com minha exiguidade. Eu era a prova da identidade do resto de vocês.

— E então ele nos deixa livres?

— O que sabemos nós de sua missão e do sigilo dela? Ele não nos espionou como inimigo e, tendo feito isso, será que ainda pensa que é sábio arriscar seu plano se revelando?

Bayta disse devagar:

— Não seja teimoso, Torie. Isso *explica* as coisas.

— Poderia ser – concordou Mis.

Toran parecia indefeso em face da resistência unida. Alguma coisa nas explicações fluentes do palhaço o incomodava. Alguma coisa estava errada. Mas ele estava surpreso e, sem querer, sua raiva foi passando.

— Por um instante – ele murmurou –, pensei que pudéssemos ter tido uma das naves do Mulo.

E seus olhos ficaram nublados com a dor da perda de Refúgio.

Os outros entenderam.

—— NEOTRANTOR...
O pequeno planeta de Delicass, renomeado após o Grande Saque, foi, por quase um século, o centro da última dinastia do Primeiro Império. Era um mundo de sombras e um Império de Sombras, e sua existência é apenas de importância legalista. Sob o primeiro da dinastia neotrantoriana...
ENCICLOPÉDIA GALÁCTICA

22. MORTE EM NEOTRANTOR

Neotrantor era o nome! Novo Trantor! E quando você diz o nome, esgota, de uma só tacada, todas as semelhanças do Novo Trantor com o grande original. A dois parsecs de distância, o sol do Velho Trantor ainda brilhava e a capital imperial da Galáxia do século anterior ainda cortava o espaço na silenciosa e eterna repetição de sua órbita.

Até havia quem habitasse Velho Trantor. Não era muita gente... uns cem milhões talvez, onde, cinquenta anos antes, quarenta bilhões haviam enxameado. O imenso mundo metálico estava em pedaços. As imensas escarpas das multitorres da base única que abraçava o mundo estavam rasgadas e vazias – ainda mostrando os buracos originais de explosões e bombardeios –, fragmentos do Grande Saque de quarenta anos antes.

Era estranho que um mundo que tinha sido o centro da galáxia por dois mil anos – que havia governado o espaço ilimitado e sido lar de legisladores e governantes cujos caprichos cobriam parsecs – pudesse morrer em um mês. Era estranho que um mundo que havia permanecido intocado durante as vastas ondas de conquista e recuo de um milênio, e igualmente intocado pelas guerras civis e revoluções palacianas de outros milênios, pudesse morrer um dia. Era estranho que a Glória da Galáxia fosse um cadáver apodrecido.

E patético!

Pois séculos se passariam antes que as poderosas obras de cinquenta gerações de humanos apodrecessem a ponto de não poderem mais ser usadas. Somente as forças decadentes dos próprios homens as tornavam inúteis, agora.

Os milhões que ficaram depois que bilhões morreram rasgaram a base de metal brilhante do planeta e expuseram um solo que não sentira o toque do sol em mil anos.

Cercados pelas perfeições mecânicas dos esforços humanos, englobados pelas maravilhas industriais da humanidade libertada da tirania do meio ambiente... eles voltaram à terra. Nos imensos espaços liberados de tráfego, o trigo e o milho cresceram. À sombra das torres, ovelhas pastavam.

Mas Neotrantor existia: um obscuro planeta-vilarejo afogado nas sombras do poderoso Trantor, até que uma família real fugida às pressas do fogo e do tumulto do Grande Saque corresse para lá como seu último refúgio... e por ali resistisse, mal e mal, até que a onda estrondosa da rebelião acabasse. Lá, ela governou num esplendor fantasmagórico sobre um resto cadavérico do Império.

Vinte mundos agrícolas eram um Império Galáctico!

Dagobert IX, governante de vinte mundos de nobres meditabundos e camponeses mal-humorados, era imperador da Galáxia, Senhor do Universo.

Dagobert IX tinha vinte e cinco anos no dia sangrento em que chegara com seu pai a Neotrantor. Seus olhos e sua mente ainda estavam vivos com a glória e o poder do Império de outrora. Mas seu filho, que um dia poderia vir a ser Dagobert X, nascera em Neotrantor.

Vinte mundos eram tudo o que ele conhecia.

O carro aéreo aberto de Jord Commason era o primeiro veículo de seu tipo em toda a Neotrantor – e, afinal de contas, com justiça. Isso não se devia somente ao fato de que Commason era o maior dono de terras de Neotrantor. Começava por aí. Pois, nos primeiros dias, ele havia sido companheiro e gênio maligno de um jovem príncipe, que repousava inerte nas garras dominadoras de um imperador de meia-idade. E agora ele era o companheiro e ainda gênio maligno de um príncipe de meia-idade que odiava e dominava um velho imperador.

Então Jord Commason, em seu carro aéreo que, em acabamento de madrepérola e ornamentos de ouro e lumetron, não precisava de brasão de armas para identificar o proprietário, inspecionava as terras que eram suas, e os quilômetros de trigo que eram seus, e as imensas colheitadeiras e debulhadoras que eram suas, e os fazendeiros arrendatários e técnicos de maquinário que eram dele... e pensava cuidadosamente em seus problemas.

Ao seu lado, seu chofer curvado e envelhecido guiava a nave gentilmente por entre os ventos mais altos e sorria.

Jord Commason falava para o vento, o ar e o céu.

– Você lembra do que lhe falei, Inchney?

Os finos cabelos grisalhos de Inchney voavam levemente ao vento. Seu sorriso cheio de falhas aumentou ao estilo de seus lábios finos, e as rugas verticais das bochechas se aprofundaram, como se estivesse mantendo um segredo eterno de si mesmo. O sussurro de sua voz assoviava por entre os dentes.

– Eu me lembro, senhor, e pensei nisso.

– E o que você pensou, Inchney? – a pergunta demonstrava impaciência.

Inchney se lembrou de que já fora jovem e bonito, um lorde no Velho Trantor. Inchney se lembrou de que era um Ancião desfigurado em Neotrantor, que vivia por graça do Escudeiro Jord Commason e pagava pela graça emprestando sua astúcia quando solicitada. Suspirou muito suavemente.

E voltou a murmurar:

– Visitantes da Fundação, senhor, são uma coisa conveniente para se ter. Especialmente, senhor, quando vêm com uma única nave e um único guerreiro. Eles podem ser bem-vindos.

– Bem-vindos? – disse Commason, mal-humorado. – Talvez. Mas esses homens são mágicos e podem ser poderosos.

– *Puff* – resmungou Inchney –, as névoas da distância ocultam a verdade. A Fundação é apenas um mundo. Seus cidadãos são apenas homens. Se você os desintegra, eles morrem.

Inchney mantinha a nave em seu curso. Um rio era uma faixa brilhante e tortuosa lá embaixo. Ele sussurrou:

– E não existe um homem de quem eles falam agora, que mexe com os mundos da Periferia?

Commason subitamente ficou desconfiado.

– O que você sabe sobre isso?

Não havia sorriso no rosto de seu chofer.

– Nada, senhor. Foi apenas uma pergunta sem maldade.

A hesitação do escudeiro foi curta. Ele disse, de um jeito brusco e brutal:

– Nada que você pergunta é sem maldade e seu método de obter informações ainda vai colocar seu pescoço esquálido num pelourinho. Mas... eu já sei! Esse homem é chamado de Mulo e um de seus súditos esteve aqui há alguns meses, para... tratar de negócios. Eu espero outro... agora... para concluí-los.

– E esses recém-chegados? Será que eles não são aqueles que o senhor deseja?

– Eles não têm a identificação que deveriam ter.

– Há relatos de que a Fundação foi capturada...

– Eu não disse isso a você.

– Assim foi relatado – continuou Inchney, com tranquilidade –, e, se isso estiver correto, então eles podem ser refugiados da destruição e podem ser detidos para o homem do Mulo, por uma questão de amizade sincera.

– É mesmo? – Commason não tinha certeza quanto a isso.

– E, senhor, já que é sabido que o amigo de um conquistador é tão-somente a próxima vítima, isso seria uma medida de autodefesa honesta. Pois existem coisas como sondas psíquicas e aqui temos quatro cérebros da Fundação. Há muito sobre a Fundação que seria útil saber, muito até mesmo sobre o Mulo. E aí a amizade do Mulo seria um pouco menos opressiva.

Commason, no silêncio do ar superior, retornou com um estremecimento ao seu primeiro pensamento.

– Mas e se a Fundação não caiu? E se os relatórios forem falsos? Dizem que já foi previsto que ela não pode cair.

– Já passamos da era dos videntes, senhor.

– E, no entanto, se ela não caiu, Inchney? Pense! E se ela não caiu? O Mulo me fez promessas, é verdade... – ele havia ido longe demais e voltou no que estava dizendo. – Isto é, ele se gabou. Mas falar é fácil, fazer é complicado.

Inchney riu sem fazer barulho.

– Fazer é complicado, é verdade, até que comece a ser feito. Poucas coisas são mais temidas que uma Fundação no fim da galáxia.

– Ainda há o príncipe – Commason murmurou, quase para si mesmo.

– Então ele também lida com o Mulo, senhor?

Commason quase não conseguiu reprimir a mudança de sua expressão para uma de complacência.

– Não inteiramente. Não como *eu* lido. Mas está ficando mais louco, mais incontrolável. Está possuído por um demônio. Se eu agarrar essas pessoas e ele as levar para uso próprio... pois ele não deixa lá de ter uma certa astúcia... ainda não estou pronto para enfrentá-lo – franziu a testa, e suas bochechas pesadas caíram com desgosto.

– Eu vi esses estranhos por alguns momentos ontem – disse o chofer grisalho, de modo irrelevante. – Aquela é uma mulher estranha. Ela caminha com a liberdade de um homem e é de uma palidez impressionante contra o brilho dos cabelos pretos. – Havia quase um calor no sussurro rouco da voz envelhecida, o que fez com que Commason se virasse, surpreso, para ele.

Inchney continuou:

– A astúcia do príncipe, acho eu, não é imune a um acordo razoável. O senhor poderia ficar com o resto, se lhe deixasse a garota...

Uma luz se acendeu em Commason.

– Um pensamento! Um pensamento de verdade! Inchney, meia-volta! E, Inchney, se tudo correr bem, vamos discutir depois essa questão da sua liberdade.

Foi com um senso quase supersticioso de simbolismo que Commason encontrou uma Cápsula Pessoal esperando por ele em seu estúdio particular, quando retornou. Ela havia chegado por um comprimento de onda conhecido por poucos. Commason deu um sorriso enorme. O homem do Mulo estava chegando e a Fundação havia caído de fato.

As visões nebulosas de Bayta, quando ela as tinha, de um palácio imperial, não batiam com a realidade e, dentro dela, havia uma vaga sensação de decepção. O aposento era pequeno, quase simples, quase comum. O palácio não chegava nem aos pés da residência do prefeito na Fundação... e Dagobert IX...

Bayta tinha ideias *bem definidas* de como um imperador devia parecer. Ele *não devia* parecer o avô benevolente de ninguém. Ele não devia ser magro, branco e apagado... nem estar servindo xícaras de chá com suas próprias mãos, expressando ansiedade pelo conforto de seus visitantes.

Mas assim era.

Dagobert IX riu ao servir chá na xícara que ela estendia com o braço duro.

– É um grande prazer para mim, minha cara. É um momento distante de cerimônias e cortesãos. Já faz um bom tempo que não tenho a oportunidade de receber visitantes de minhas províncias exteriores. Meu filho cuida desses detalhes, agora que sou velho. Não conheceu meu filho? Um belo rapaz. Teimoso, talvez. Mas ele é jovem. Uma cápsula de sabor? Não?

Toran tentou uma interrupção.

– Vossa Majestade Imperial...

– Sim?

– Vossa Majestade Imperial, não foi nossa intenção invadirmos sua...

– Bobagem, não houve invasão alguma. Esta noite acontecerá a recepção oficial, mas até lá, estamos livres. Vamos ver, de onde vocês disseram que vieram? Me parece que há muito tempo não temos uma recepção oficial. Vocês disseram que eram da Província de Anacreon?

– Da Fundação, Vossa Majestade Imperial!

– Sim, a Fundação. Eu me lembro agora. Eu já a havia localizado. Ela fica na Província de Anacreon. Nunca estive lá. Meu médico proíbe viagens extensas. Não me recordo de ter recebido nenhum relatório recente de meu vice-rei em Anacreon. Como estão as condições lá?

– Senhor – Toran murmurou –, não trago reclamações.

– Isso é gratificante. Darei uma comenda ao meu vice-rei.

Toran olhou, indefeso, para Ebling Mis, cuja voz brusca se elevou.

– Senhor, foi-nos dito que é necessária vossa permissão para visitar a Biblioteca da Universidade Imperial em Trantor.

– Trantor? – o imperador questionou suavemente. – Trantor?

Então, uma expressão de dor e dúvida atravessou seu rosto magro.

– Trantor? – ele sussurrou. – Agora eu me lembro. Estou planejando agora retornar lá com uma frota imensa de naves atrás de mim. Vocês virão comigo. Juntos, destruiremos o rebelde Gilmer. Juntos, restauraremos o Império!

Suas costas curvadas haviam se endireitado. Por um momento seus olhos ficaram duros. Então, ele piscou e disse baixinho:

– Mas Gilmer está morto. Acho que me lembro... Sim. Sim! Gilmer está morto! Trantor está morto... Por um momento, me pareceu que... De onde foi que vocês disseram que vieram, mesmo?

Magnífico sussurrou para Bayta:

– Este é de fato um imperador? Pois de algum modo pensei que imperadores fossem maiores e mais sábios do que homens comuns.

Bayta fez um gesto para que se calasse.

– Se Vossa Majestade Imperial apenas assinasse uma ordem permitindo que fôssemos a Trantor – ela falou –, seria uma grande ajuda para a causa comum.

– Para Trantor? – O imperador parecia não compreender nada.

– Senhor, o Vice-rei de Anacreon, em cujo nome falamos, envia notícias de que Gilmer ainda vive.

– Vive! Vive! – trovejou Dagobert. – Onde? Vai haver guerra!

– Vossa Majestade Imperial, isso ainda não pode ser divulgado. A localização dele não é certa. O vice-rei nos enviou para avisá-lo do fato e é somente em Trantor que podemos localizar seu esconderijo. Uma vez descoberto...

– Sim, sim... Ele precisa ser encontrado... – O velho imperador caminhou com dificuldade até a parede e tocou a minúscula fotocélula com um dedo trêmulo. Ele resmungou, depois de uma pausa ineficiente: – Meus serviçais não vêm. Não posso esperar por eles.

Ele estava rabiscando em uma folha em branco e terminou com um floreado "D.".

– Gilmer ainda conhecerá o poder de seu imperador. De onde vocês vieram? Anacreon? Quais são as condições lá? O nome do imperador ainda é poderoso?

Bayta pegou o papel de seus dedos fracos.

– Vossa Majestade Imperial é amada pelo povo. Seu amor por eles é amplamente conhecido.

– Deveria visitar meu bom povo de Anacreon, mas meu médico diz... não me lembro o que ele diz, mas... – Levantou a cabeça, os velhos olhos cinzentos vívidos. – Vocês diziam alguma coisa sobre Gilmer?

– Não, Vossa Majestade Imperial.

– Ele não avançará mais. Voltem e digam isso a seu povo. Trantor resistirá! Meu pai lidera a frota agora e o verme rebelde Gilmer congelará no espaço com sua ralé regicida.

Sentou-se com dificuldade e seus olhos perderam o foco uma vez mais.

– O que eu estava dizendo?

Toran se levantou e se curvou numa grande mesura.

– Vossa Majestade Imperial foi gentil para conosco, mas o tempo que nos foi dado para esta audiência acabou.

Por um momento, Dagobert IX pareceu, de fato, um imperador ao se levantar e permanecer ereto enquanto, um a um, seus visitantes recuavam na direção da porta...

... onde vinte homens armados apareceram e formaram um círculo ao redor deles.

Uma arma de mão soltou um relâmpago...

Para Bayta, a consciência voltou devagar, mas sem a sensação de "onde estou?". Ela se lembrava claramente do estranho velho que se dizia imperador e dos outros homens que estavam esperando do lado de fora. O formigamento artrítico das juntas de seu dedo indicava o uso de uma pistola de atordoar.

Ela ficou de olhos fechados e ouviu as vozes com grande atenção.

Eram duas. Uma era lenta e cautelosa, com um tom traiçoeiro por baixo da obsequiosidade da superfície. A outra era rouca e espessa, quase úmida, emitida em jatos viscosos. Bayta não gostou de nenhuma.

A voz espessa era a predominante.

Bayta captou as últimas palavras:

– Ele vai viver para sempre, esse velho maluco. Isso me cansa. Isso me irrita. Commason, tenho de conseguir. Eu também estou ficando velho.

– Sua alteza, vamos primeiro ver de que utilidade essas pessoas são. Pode ser que tenhamos fontes de força além das que seu pai ainda oferece.

A voz espessa se perdeu num sussurro borbulhante. Bayta só pegou as palavras "a garota", mas a outra voz, mais untuosa, era um risinho baixo, mau e asqueroso, acompanhado por uma fala camarada, quase condescendente:

– Dagobert, você não envelhece. Quem diz que você não parece um jovem de vinte anos, mente.

Eles riram juntos e o sangue de Bayta gelou nas veias. Dagobert... Sua alteza... O velho imperador havia falado de um filho teimoso e a implicação dos sussurros agora calava fundo dentro dela. Mas essas coisas não aconteciam com as pessoas na vida real...

A voz de Toran surgiu em uma lenta e dura torrente de palavrões.

Ela abriu os olhos e os de Toran, que já a fixavam, demonstraram grande alívio. Ele disse, feroz:

– Este ato de banditismo será condenado pelo imperador. Libertem-nos!

Bayta percebeu então que seus pulsos e tornozelos estavam presos à parede e ao chão, por um campo atrator apertado.

O Voz-Espessa se aproximou de Toran. Ele era barrigudo, tinha olhos de peixe morto e os cabelos rareavam. Seu chapéu bicudo tinha uma pena alegre e o gibão tinha bordas de espuma de metal prateada.

Ele deu um sorriso desdenhoso, com uma grande diversão.

– O imperador? O pobre e louco imperador?

– Eu tenho o passe dele. Nenhum súdito pode nos prender.

– Mas eu não sou súdito, lixo do espaço. Eu sou o regente e príncipe, e como tal devo ser tratado. Quanto a meu pobre pai idiota, ver visitantes ocasionalmente o diverte. E nós lhe fazemos as vontades. Isso agrada a suas fantasias pseudoimperiais. Mas, naturalmente, não tem nenhum outro significado.

E então ele se colocou diante de Bayta, e ela olhou para ele com desprezo. Ele se inclinou para a frente e seu hálito tinha um frescor avassalador.

– Os olhos dela são bonitos, Commason. Ela é ainda mais bonita com eles abertos. Acho que vai servir. Será um prato exótico para um gosto enfastiado, hein?

Toran manifestou uma vontade louca e fútil de pular em cima do príncipe regente, que ele ignorou, e Bayta sentiu o gelo nas veias subir até a pele. Ebling Mis ainda estava desmaiado, a cabeça pendendo fraca sobre o peito, mas, com uma sensação de surpresa, Bayta reparou que os olhos de Magnífico estavam abertos, bem abertos, como se estivessem acordados há muitos minutos. Os grandes olhos castanhos giraram na direção de Bayta e a fitaram de dentro de um rosto inchado.

Ele gemeu e acenou com a cabeça na direção do príncipe.

– Aquele ali pegou meu Visi-Sonor.

O príncipe regente se virou subitamente, na direção da nova voz.

– Isto aqui é seu, monstro? – Ele tirou o instrumento que estava pendurado em seu ombro, suspenso por sua alça verde, e que até então não havia sido notado por Bayta.

Ele o dedilhou desajeitado, tentou tocar um acorde e o esforço não deu em nada.

– Você sabe tocar isto aqui, monstro?

Magnífico assentiu uma vez.

Toran disse, subitamente:

– Você sequestrou uma nave da Fundação. Se o imperador não nos vingar, a Fundação o fará.

Foi o outro, Commason, quem respondeu devagar:

– *Que* Fundação? Ou o Mulo não é mais o Mulo?

Para isso, não havia resposta. O sorriso do príncipe mostrava grandes dentes irregulares. O campo de força que prendia o palhaço rompeu-se e ele foi colocado em pé sem a menor gentileza. O Visi-Sonor foi empurrado para suas mãos.

– Toque para nós, monstro – disse o príncipe. – Toque para nós uma serenata de amor e beleza, para nossa dama estrangeira aqui. Diga a ela que a prisão do país de meu pai não é nenhum palácio, mas que posso levá-la a um onde ela poderá nadar em água de rosas... e conhecer o amor de um príncipe. Cante o amor de um príncipe, monstro.

Ele pôs uma coxa grossa em cima de uma mesa de mármore e ficou balançando a perna, distraído, enquanto seu olhar sorridente e apaixonado deixava Bayta com uma raiva cada vez maior. Toran quase distendeu os tendões contra o campo de força, num esforço que o fez suar e sentir dor. Ebling Mis se mexeu e gemeu.

Magnífico disse, sem fôlego:

– Meus dedos estão muito duros e inutilizados...

– Toque, monstro! – o príncipe rugiu. As luzes diminuíram a um gesto de Commason e, na penumbra, ele cruzou os braços aguardando.

Magnífico fez os dedos correrem em rápidos saltos rítmicos de uma ponta a outra do instrumento de multiteclado... e um arco-íris deslizante de luz surgiu subitamente na sala. Um tom baixo e suave soou... pulsante e triste. Ele se elevou numa gargalhada triste e, por baixo, um som de sinos graves.

A escuridão parecia ficar mais intensa e espessa. A música alcançava Bayta pelas camadas abafadas de cobertores invisíveis. Uma luz bruxuleante a alcançou das profundezas, como se uma única vela brilhasse no fundo de um poço.

Ela estreitou os olhos automaticamente. A luz aumentou de brilho, mas permaneceu borrada. Movia-se de modo irregular, em cores confusas, e a música subitamente ganhou o acompanhamento de metais, malignos, florindo num crescendo alto. A luz tremeluziu rapidamente, num rápido movimento que casava com o ritmo malicioso. Alguma coisa se contorcia dentro da luz. Alguma coisa com escamas metálicas venenosas contorcia-se e abria sua boca. A música se contorcia e abria sua boca junto.

Bayta lutou com uma estranha emoção e se conteve, num engasgo mental. Isso quase a lembrava daquele dia no Cofre do Tempo, daqueles últimos dias em Refúgio. Foi aquela horrível, grudenta, gosmenta teia de aranha de honra e desespero. Ela se encolheu sob essa teia, sentindo-se oprimida.

A música se banqueteava nela, gargalhando terrivelmente, e o terror que se contorcia na extremidade errada do telescópio, no minúsculo círculo de luz, se perdeu quando ela desviou o olhar, febril. Sua testa estava molhada e fria.

A música morreu. Deve ter durado quinze minutos e um imenso prazer por sua ausência preencheu Bayta por completo. As luzes se acenderam e o rosto de Magnífico estava próximo ao dela, suado, enlouquecido, lúgubre.

– Minha dama – ele disse sem fôlego –, como está?

– Bem o suficiente – ela sussurrou –, mas por que você tocou assim?

Ela então se deu conta dos outros que estavam no aposento. Toran e Mis estavam caídos indefesos contra a parede, mas seus olhos passaram rapidamente por eles. Mais adiante estava o príncipe, deitado estranhamente ao pé da mesa. E Commason, gemendo, dolorido, por uma boca aberta que babava.

Commason estremeceu e soltou um grito descerebrado quando Magnífico deu um passo em sua direção.

Magnífico se virou e, com um salto, soltou os outros.

Toran se levantou, ansioso, e agarrou o dono de terras pelo pescoço.

– Você vem conosco. Vem conosco... para garantir que chegaremos à nossa nave.

Duas horas mais tarde, na cozinha da nave, Bayta serviu uma torta caseira deliciosa, e Magnífico comemorou o retorno ao espaço atacando-a com uma magnífica desconsideração pelos modos à mesa.

– Está boa, Magnífico?

– Humm-m-m-m!

– Magnífico?

– Sim, minha dama?

– O que foi que você tocou lá?

O palhaço se remexeu, desconfortável.

– Eu... eu preferiria não falar. Aprendi isso uma vez e o Visi-Sonor é de um efeito muito profundo no sistema nervoso. Certamente foi uma coisa maligna e não para sua doce inocência, minha dama.

– Ah, ora bolas, diga logo, Magnífico. Não sou tão inocente assim. Não me galanteie. Eu vi alguma coisa do que *eles* viram?

– Espero que não. Eu toquei somente para eles. Se a senhora viu, foi tão somente uma borda... vista de longe.

– E foi o suficiente. Você sabia que nocauteou o príncipe?

Magnífico falou sombriamente, por entre um pedaço enorme de torta que enchia sua boca.

– Eu o *matei*, minha dama.

– O quê? – ela engoliu em seco, dolorosamente.

– Ele estava morto quando parei, ou eu teria continuado. Não me importei com Commason. Sua maior ameaça era morte ou tortura. Mas, minha dama, aquele príncipe olhava para a senhora com maldade, e... – ele engasgou numa mistura de indignação e vergonha.

Bayta sentiu pensamentos estranhos aparecerem e os reprimiu duramente.

– Magnífico, você tem uma alma galante.

– Oh, minha dama! – Ele abaixou um nariz vermelho e voltou a mergulhar na torta, mas, por algum motivo, não a comeu.

Ebling Mis olhava pela escotilha. Trantor estava próximo: seu lustro metálico era terrivelmente brilhante. Toran também estava ali e disse, com amargura:

– Viemos por nada, Ebling. O homem do Mulo nos precede.

Ebling Mis esfregou a testa com uma mão que parecia ter perdido a antiga camada de gordura. Sua voz era um murmúrio abstraído.

Toran estava irritado.

– Eu disse que aquelas pessoas sabem que a Fundação caiu. Eu disse...

– Hein? – Ebling Mis levantou a cabeça, intrigado. Então, colocou uma mão gentil no pulso de Toran, completamente esquecido de qualquer conversa anterior. – Toran, eu... eu estava olhando para Trantor. Sabe... tenho uma estranha sensação... desde que chegamos a Neotrantor. É uma necessidade urgente, algo que me move e que me impulsiona por dentro. Toran, posso fazer isso; sei que posso fazer isso. As coisas estão se tornando claras em minha mente: elas nunca estiveram tão claras.

Toran olhou para ele por um tempo... e deu de ombros. As palavras não lhe traziam confiança.

– Mis? – ele perguntou, curioso.

– Sim?

– Você não viu uma nave descer em Neotrantor quando partimos?

Ele pensou apenas por um instante.

– Não.

– Eu vi. Talvez seja imaginação, mas podia ter sido aquela nave filiana.

– Aquela com o capitão Han Pritcher?

– Aquela com sabe lá o espaço quem. As informações de Magnífico... ela nos seguiu até aqui, Mis.

Ebling Mis não disse nada.

– Há alguma coisa errada com você? – disse Toran, tenso. – Você não está bem?

Os olhos de Mis estavam pensativos, luminosos e estranhos. Ele não respondeu.

23. AS RUÍNAS DE TRANTOR

A localização de um objetivo sobre o grande mundo de Trantor representa um problema único na Galáxia. Não há continentes nem oceanos para se localizar a milhares de quilômetros de distância. Não há rios, lagos nem ilhas para avistar através das brechas por entre as nuvens.

O mundo coberto por metal foi – havia sido – uma única cidade colossal, e somente o velho palácio imperial podia ser prontamente identificado do espaço exterior por um forasteiro. O *Bayta* circulou o mundo quase à altura dos carros aéreos, numa repetida busca meticulosa.

Desde as regiões polares, onde a camada de gelo sobre as torres espiraladas de metal eram uma evidência sombria da destruição ou negligência do maquinário de condicionamento do clima, eles foram descendo para o sul. Ocasionalmente, podiam fazer experiências com as correlações – ou presumíveis correlações – entre o que viam e o que o mapa inadequado, obtido em Neotrantor, mostrava.

Mas, quando apareceu, foi inconfundível. A falha no revestimento metálico do planeta tinha setenta e cinco quilômetros. O verde incomum se espalhava por centenas de quilômetros quadrados, cercando a poderosa graciosidade das antigas residências imperiais.

O *Bayta* flutuou e lentamente se orientou. Havia somente as imensas superpassarelas para orientá-los. Setas longas e retas no mapa, faixas suaves e brilhantes lá embaixo.

O que o mapa indicava ser a área da Universidade foi alcançada por acaso e, sobre a área plana do que um dia devia ter sido um campo de pouso ativo e ocupado, a nave desceu.

Foi apenas quando eles submergiram na confusão de metal que a aparente beleza ininterrupta vista do ar se dissolveu nas ruínas quebradas e retorcidas que haviam ficado no rastro do Saque. Torres estavam truncadas, paredes lisas arrancadas e retorcidas, e apenas por um instante houve o vislumbre de uma área rapada de terra – talvez diversos hectares de extensão – escura e arada.

Lee Senter aguardou a nave pousar com cautela. Uma nave estranha, que não era de Neotrantor, e, por dentro, ele soltou um suspiro. Naves estranhas e negócios confusos com homens do espaço exterior podiam significar o fim dos curtos dias de paz, um retorno aos velhos e grandiosos tempos de batalhas e morte. Senter era líder do grupo; era o encarregado dos velhos livros e havia lido sobre os velhos dias. Ele não os queria.

Talvez dez minutos tivessem se passado enquanto a estranha nave se aninhava no terreno plano, mas longas memórias se desdobraram telescopicamente nesse tempo. Primeiro, a grande fazenda de sua infância – aquilo permanecia em sua mente apenas como multidões de pessoas ocupadas. Depois, a jornada das jovens famílias para novas terras. Ele tinha dez anos então; filho único, espantado e apavorado.

Depois, os novos prédios; as grandes placas de metal para serem desenraizadas e jogadas de lado; o solo exposto para ser revirado, renovado e revigorado; prédios vizinhos a serem feitos em pedaços e arrasados ao nível do chão; outros para serem transformados em aposentos.

Havia plantações a criar e colher; relações de paz com fazendas vizinhas a estabelecer...

Houve crescimento e expansão, e a quieta eficiência da autonomia. Houve a chegada de uma nova geração de jovens duros, nascidos no solo. Houve o grande dia em que ele fora escolhido líder do Grupo e, pela primeira vez desde seu décimo oitavo aniversário, não se barbeou e viu os primeiros folículos da Barba do Líder aparecerem.

E agora a Galáxia poderia se intrometer e dar fim ao breve idílio de isolamento...

A nave pousou. Ele viu, sem palavras, a porta se abrir. Quatro surgiram, cautelosos e vigilantes. Eram três homens, de tipos variados, velho, jovem, magro e narigudo. E uma mulher andando entre eles como uma igual. Sua mão deixou os dois tufos pretos vítreos da barba enquanto ele avançava.

Fez o gesto universal de paz. Ambas as mãos à frente; palmas duras e calosas para o alto.

O jovem deu dois passos e reproduziu o gesto:

– Venho em paz.

O sotaque era estranho, mas as palavras eram compreensíveis e bem-vindas. Ele respondeu, profundamente:

– Que seja em paz. Vocês são bem-vindos à hospitalidade do Grupo. Estão com fome? Comerão. Estão com sede? Beberão.

Lentamente, veio a resposta.

– Nós agradecemos sua gentileza e faremos um bom relatório de seu Grupo quando voltarmos ao nosso mundo.

Uma resposta estranha, mas boa. Atrás dele, os homens do Grupo estavam sorrindo e, dos recessos das estruturas ao redor, as mulheres surgiram.

Em seus próprios aposentos, ele removeu a caixa trancada, de laterais espelhadas, de seu esconderijo, e ofereceu a cada um dos convidados os charutos compridos e gordos que eram reservados para grandes ocasiões. Perante a mulher, hesitou. Ela havia tomado assento entre os homens. Os estranhos evidentemente permitiam, até mesmo esperavam esse tipo de afronta. Rígido, ofereceu a caixa.

Ela aceitou um charuto com um sorriso e puxou sua fumaça aromática, com todo o alívio que uma pessoa podia esperar. Lee Senter reprimiu uma emoção escandalizada.

A conversa desajeitada, antes da refeição, tocou educadamente no assunto das plantações em Trantor.

Foi o velho quem perguntou:

– Que tal hidropônica? Certamente, para um mundo como Trantor, a hidropônica seria a resposta.

Senter balançou devagar a cabeça. Sentia-se inseguro. Seu pouco conhecimento sobre a questão vinha dos livros que ele havia lido.

– Cultivar sobre uma base de produtos químicos, não é isso? Não, em Trantor, não. Esta hidroponia requer um mundo industrial; por exemplo, uma grande indústria química. E, em caso de guerra ou desastre, quando a indústria entra em colapso, as pessoas passam fome. Nem todo alimento pode ser cultivado artificialmente. Alguns perdem seu valor nutritivo. O solo é mais barato, ainda melhor... sempre mais confiável.

– E o suprimento de comida de vocês é suficiente?

– Suficiente; talvez monótono. Temos aves que fornecem ovos e animais de leite para nossos laticínios... mas nosso suprimento de carne depende de nosso comércio exterior.

– Comércio – o jovem pareceu ficar subitamente interessado. – Então vocês comerciam. Mas o que exportam?

– Metal – foi a resposta rápida. – Veja por si mesmo. Temos um suprimento infinito, já processado. Eles vêm de Neotrantor com naves, demolem uma área indicada... aumentando nossa área cultivável... e nos deixam em troca carne, frutas enlatadas, concentrados alimentares, maquinário agrícola e assim por diante. Eles levam o metal e os dois lados lucram.

Eles se banquetearam com pão e queijo, e um cozido de vegetais que estava absolutamente delicioso. Foi na hora da sobremesa de frutas cristalizadas, o único artigo importado do cardápio que, pela primeira vez, os Forasteiros se tornaram algo além de meros convidados. O jovem pegou um mapa de Trantor.

Calmamente, Lee Senter o estudou. Ele ouviu... e disse, gravemente:

— O terreno da Universidade é uma área estática. Nós, fazendeiros, não cultivamos nada lá. Se pudermos, nem sequer entramos lá. Ele é uma de nossas poucas relíquias de outro tempo que preferimos manter intacta.

— Nós buscamos conhecimento. Não perturbaríamos nada. Nossa nave ficaria aqui como refém — o velho ofereceu isso, ansioso, febril.

— Posso levar vocês até lá — disse Senter.

Naquela noite os estrangeiros dormiram e, naquela noite, Lee Senter enviou uma mensagem para Neotrantor.

24. CONVERTIDO

O tênue fio da vida em Trantor reduziu-se a nada quando eles entraram em meio aos prédios amplos do terreno da Universidade. Havia um silêncio solene e solitário ali.

Os estrangeiros da Fundação nada sabiam do turbilhão de dias e noites do sangrento Saque que havia deixado a Universidade intocada. Eles nada sabiam do tempo após o colapso do poderio imperial, quando os estudantes, com armas emprestadas e a bravura inexperiente nos rostos assustados, formaram um exército voluntário para proteger o templo central da ciência da Galáxia. Eles nada sabiam da Luta dos Sete Dias e do armistício que manteve a Universidade livre, quando até mesmo o palácio imperial ressoou sob as botas de Gilmer e seus soldados, durante o curto intervalo de seu reinado.

Aqueles da Fundação, que se aproximavam pela primeira vez, perceberam somente que, num mundo em transição de velho e saqueado para novo e esforçado, aquele era um museu silencioso e gracioso de antiga grandeza.

De certo modo, eles eram intrusos. O vazio os rejeitava. A atmosfera acadêmica ainda parecia viver e se mover, zangada com a perturbação.

A biblioteca era um prédio decepcionantemente pequeno que se ampliava vastamente para o subsolo, num volume gigantesco de silêncio e sonhos. Ebling Mis fez uma pausa diante dos murais elaborados da sala de recepção.

Ele sussurrou; era preciso sussurrar ali:

– Acho que passamos pelas salas de catálogos. Vou parar lá.

Sua testa estava vermelha, sua mão tremia.

– Eu não posso ser perturbado, Toran. Você pode trazer minhas refeições aqui?

– O que você quiser. Vamos fazer tudo o que pudermos para ajudar. Quer que trabalhemos sob a sua...

– Não, preciso ficar sozinho...

– Acha que vai conseguir o que quer?

E Ebling Mis respondeu, com uma certeza suave:

– Eu sei que sim!

Toran e Bayta chegaram mais perto da vida "caseira" normal do que em qualquer momento de seu ano de vida de casados. Era um tipo estranho de "cuidar de casa". Eles moravam no meio da grandeza com uma simplicidade inadequada. A comida deles vinha, em grande parte, da fazenda de Lee Senter e era paga com os pequenos dispositivos nucleares que podiam ser encontrados em qualquer nave comerciante.

Magnífico aprendeu sozinho a usar os projetores da sala de leitura da biblioteca e ficava vendo romances de aventura a ponto de quase se esquecer de comer e dormir, assim como Ebling Mis.

O próprio Ebling estava completamente soterrado. Ele havia insistido em que uma rede fosse pendurada para ele na Sala de Referência de Psicologia. Seu rosto foi ficando branco e afilado. Seu vigor de fala se perdeu e seus xingamentos prediletos morreram. Houve momentos em que até reconhecer Toran ou Bayta parecia uma luta.

Ele era mais ele mesmo com Magnífico, que lhe trazia as refeições e muitas vezes ficava sentado, olhando-o por horas a fio, com um estranho fascínio absorto, enquanto o velho psicólogo transcrevia equações infinitas, fazia referências cruzadas a livro-filmes sem fim, corria sem parar num esforço mental tremendo, para um fim que só ele via.

Toran foi até Bayta na sala escura e disse, com rispidez:

– Bayta?

Ela tomou um susto de quem tinha culpa.

– Sim? Você me chamou, Torie?

– Claro que chamei você. Por que, pelo espaço, estava sentada aí? Você tem agido toda estranha desde que chegamos a Trantor. Qual é o seu problema?

– Ah, Torie, pare – ela disse, cansada.

E "Ah, Torie, pare" ele imitou, impaciente. Então, com uma suavidade súbita:

– Por que não me diz o que está errado, Bay? Tem algo incomodando você.

– Não! Não é nada, Torie. Se você continuar me perturbando, vou acabar louca. Eu estou só... pensando.

– Pensando em quê?

– Em nada. Bom, sobre o Mulo e Refúgio e a Fundação e tudo. Sobre Ebling Mis e se ele irá encontrar alguma coisa sobre a Segunda Fundação, e se isso irá nos ajudar quando ele o fizer... e um milhão de outras coisas. Você está satisfeito? – a voz dela estava agitada.

– Se você está apenas devaneando, se importa de parar? Não é agradável, e não ajuda a situação.

Bayta se levantou e abriu um sorriso fraco.

– Tudo bem. Estou feliz. Viu, estou toda alegre e sorridente.

A voz de Magnífico era um grito agitado lá fora.

– Minha dama...

– O que foi? Venha...

A voz de Bayta engasgou agudamente quando a porta aberta revelou a forma grande e o rosto duro de...

– Pritcher! – gritou Toran.

Bayta perdeu o fôlego.

– Capitão! Como nos achou?

Han Pritcher entrou. Sua voz era clara e tranquila, e profundamente morta de sentimentos.

– Meu posto agora é de coronel... sob o comando do Mulo.

– Sob o... Mulo! – a voz de Toran se perdeu. Eles formavam um quadro vivo ali, os três parados.

Magnífico olhava em pânico, e se encolheu atrás de Toran. Ninguém parou para reparar nele.

Bayta disse, as mãos tremendo, tentando segurar uma à outra.

– Você está nos prendendo? Você realmente passou para o lado dele?

O coronel respondeu rapidamente:

– Não vim prendê-los. Minhas instruções não os mencionam. Com relação a vocês, sou livre, e escolho exercer nossa antiga amizade, se me permitirem.

O rosto de Toran era uma expressão distorcida de fúria.

– Como foi que você nos encontrou? Você estava na nave filiana, não estava? Você nos seguiu?

A falta de expressão pétrea no rosto de Pritcher poderia ter piscado de vergonha.

– Eu estava na nave filiana! Encontrei vocês pela primeira vez... bem... por acaso.

– É um acaso matematicamente impossível.

– Não. Simplesmente um tanto improvável, então minha declaração terá de servir. De qualquer maneira, você admitiu aos filianos... não existe, é claro, nenhuma nação chamada Filia atualmente... que estava se dirigindo para o setor de Trantor, e, como o Mulo já tinha seus contatos em Neotrantor, foi fácil fazê-los ficarem detidos ali. Infelizmente, vocês escaparam antes que eu chegasse, mas não muito antes. Tive tempo de mandar as fazendas de Trantor relatarem sua chegada. Isso foi feito, e estou aqui. Posso me sentar? Vim em amizade, acreditem em mim.

Ele se sentou. Toran abaixou a cabeça e pensou futilmente. Com uma falta de emoção anestesiada, Bayta preparou chá.

Toran levantou a cabeça, com um olhar duro.

– Bem, o que você está esperando... *Coronel*? Qual é a sua amizade? Se não é prisão, o que é então? Custódia protetora? Chame seus homens e dê suas ordens.

Pacientemente, Pritcher balançou a cabeça.

– Não, Toran. Vim de vontade própria para falar com vocês, persuadi-los da inutilidade do que estão fazendo. Se eu fracassar, partirei. Isso é tudo.

– Isso é tudo? Bem, então faça sua propaganda, dê o seu discurso e parta. Não quero chá, Bayta.

Pritcher aceitou uma xícara, com uma palavra solene de agradecimento. Ele olhou para Toran com uma força evidente ao tomar suavemente o chá. Então disse:

– O Mulo *é* um mutante. Ele não pode ser derrotado na própria natureza da mutação...

– Por quê? Qual é a mutação? – perguntou Toran, com humor ácido. – Acho que agora você pode nos contar, não é?

– Sim, vou contar. O fato de vocês saberem não irá prejudicá-lo. Vejam bem... Ele é capaz de ajustar o equilíbrio emocional dos seres humanos. Parece um truquezinho, mas é bastante imbatível.

Bayta interrompeu:

– Equilíbrio emocional? – ela franziu a testa. – Quer explicar isso? Não entendi direito.

– Quero dizer que é muito fácil para ele inculcar num general competente, digamos, a emoção de uma profunda lealdade ao Mulo e a completa crença em sua vitória. Seus generais são controlados emocionalmente. Eles não podem traí-lo; não podem enfraquecer... e o controle é permanente. Seus inimigos mais competentes se tornam seus subordinados mais fiéis. O senhor da guerra de Kalgan rendeu seu planeta e se tornou o vice-rei da Fundação.

– E você – Bayta acrescentou, amarga – traiu sua causa e se tornou o enviado do Mulo a Trantor. Estou vendo!

– Não terminei ainda. O dom do Mulo funciona de forma contrária e é ainda mais eficiente. O desespero é uma emoção! No momento crucial, homens-chave da Fundação... homens-chave em Refúgio... entraram em desespero. Seus mundos caíram sem muita luta.

– Você quer dizer – tensa, Bayta exigiu saber – que o sentimento que tive no Cofre do Tempo era o Mulo mexendo com meu controle emocional?

– O meu também. O de todo mundo. Como foi em Refúgio, perto do fim?

Bayta lhe deu as costas.

O coronel Pritcher continuou honestamente:

– Assim como funciona para mundos, também funciona para indivíduos. Vocês podem combater uma força que os faz se renderem de boa vontade, quando ela desejar? Que pode reduzir vocês a servos fiéis quando desejar?

Toran disse, devagar:

– Como é que posso saber que isso é a verdade?

– Pode explicar a queda da Fundação e de Refúgio de outra forma? Pode explicar... minha conversão de outra forma? Pense, homem! O que você... ou eu... ou toda a galáxia conseguiu contra o Mulo nesse tempo todo? O que, minimamente?

Toran sentiu o desafio.

– Pela Galáxia, posso, sim! – com um súbito toque de satisfação feroz, gritou. – Seu maravilhoso Mulo tinha contatos em Neotrantor que você diz que deveriam nos ter detido, não é? Esses contatos estão mortos ou coisa pior. Nós matamos o príncipe e deixamos o outro um idiota balbuciante. O Mulo não nos deteve ali e isso foi feito.

– Ora, não, nem um pouco. Aqueles não eram nossos homens. O príncipe era um bêbado medíocre. O outro homem, Commason, é fenomenalmente estúpido. Ele era uma potência em seu mundo, mas isso não o impediu de ser feroz, maligno e completamente incompetente. Não tivemos nada a ver com eles. De certa forma, eles foram meras distrações...

– Foram eles que nos detiveram ou tentaram.

– Não, eu repito. Commason tinha um escravo pessoal... um homem chamado Inchney. Detenção era a política *dele*. Ele é velho, mas servirá ao nosso objetivo temporário. Você não o teria matado, sabia?

Bayta se virou para ele. Ela não tocou em sua xícara de chá.

– Mas por essa sua própria declaração, suas próprias emoções foram adulteradas. Você tem fé e acredita no Mulo, uma fé antinatural e *doente* no Mulo. De que valem suas opiniões? Você perdeu todo o poder de pensamento objetivo.

– Você está errada – lentamente, o coronel balançou a cabeça. – Somente minhas emoções foram manipuladas. Minha razão está como sempre esteve. Ela pode ser influenciada em certa direção por minhas emoções condicionadas, mas não é forçada. E há algumas coisas que posso ver com mais clareza, agora que fui libertado de minha tendência emocional anterior. Posso ver que o programa do Mulo é inteligente e valioso. Nesse tempo, desde que fui... convertido, tenho acompanhado sua carreira desde o começo, há sete anos. Com seu poder mental mutante, ele começou conquistando um líder mercenário e seu bando. Com isso... e seu poder... ele conquistou um planeta. Com isso... e seu poder... ele estendeu seu alcance até derrubar o senhor da guerra de Kalgan. Cada passo seguiu o outro logicamente. Com Kalgan em seu bolso, ele tinha uma frota de primeira classe, e com isso... e seu poder... pôde atacar a Fundação. A Fundação é a chave. Ela é a maior área de concentração industrial na galáxia e agora que as técnicas nucleares da Fundação estão em suas mãos, ele é o verdadeiro senhor da galáxia. Com essas técnicas... e seu poder... ele pode forçar os remanescentes do Império a reconhecerem seu domínio, e no fim das contas... com a morte do velho imperador, que está louco e não vive mais na realidade... para coroá-lo imperador. Ele então terá o título de direito, assim como já o tem de fato. Com isso... e seu poder... onde está o mundo na galáxia que pode se opor a ele? Nestes últimos sete anos, ele estabeleceu um novo império. Em sete anos, em outras palavras, ele terá conseguido o que toda a psico-história de Seldon não poderia ter feito em pelo menos mais setecentos. A galáxia finalmente terá paz e ordem. E vocês não podem detê-lo... assim como não podem impedir um planeta de girar usando os músculos das costas.

Um longo silêncio se seguiu ao discurso de Pritcher. O que restava de seu chá esfriara. Ele esvaziou sua xícara, tornou a enchê-la e bebeu lentamente. Toran mordia uma unha. O rosto de Bayta estava frio, distante e pálido.

Então Bayta disse, com um fio de voz:

– Não estamos convencidos. Se o Mulo desejar isso, que venha até aqui e nos condicione ele mesmo. Você o combateu até o último instante de sua conversão, imagino, não foi?

– Sim – disse o coronel Pritcher, solenemente.

– Então, nos permita o mesmo privilégio.

O coronel Pritcher se levantou. Com um ar de finalização, disse:

– Então, partirei. Como disse antes, minha missão atual não tem nada a ver com vocês. Logo, não acho que seja necessário relatar a presença de vocês aqui. Isso não é uma grande gentileza. Se o Mulo desejar que vocês parem, ele sem dúvida tem outros homens designados para o serviço e vocês serão detidos. Mas, se vale dizer isso, não contribuirei mais do que me for exigido.

– Obrigada – Bayta disse, cansada.

– Quanto a Magnífico, onde está ele? Venha, Magnífico. Não vou machucá-lo...

– O que tem ele? – Bayta exigiu saber, com súbita animação.

– Nada. Minhas instruções também não o mencionam. Ouvi dizer que ele está sendo procurado, mas o Mulo o encontrará quando for adequado. Não direi nada. Apertamos as mãos?

Bayta balançou a cabeça. Toran fuzilou-o com desprezo e frustração.

Os ombros de ferro do coronel caíram de modo quase imperceptível. Ele andou até a porta, virou-se e disse:

– Uma última coisa. Não pensem que não sei da fonte de sua teimosia. É sabido que vocês buscam a Segunda Fundação. O Mulo, em seu devido tempo, tomará suas medidas. Nada ajudará vocês... Mas eu os conheci em outros tempos. Talvez haja algo em minha consciência que tenha me atraído a isto; de qualquer forma, tentei ajudá-los e afastá-los do perigo final antes que fosse tarde demais. Adeus.

Prestou continência – e foi embora.

Bayta se virou para um Toran silencioso e murmurou:

– Eles sabem até sobre a Segunda Fundação.

Nos recessos da biblioteca, Ebling Mis, sem saber do que estava se passando, curvava-se sobre uma fagulha de luz no meio dos espaços turvos e murmurava, triunfante, para si mesmo.

25. MORTE DE UM PSICÓLOGO

Depois disso, Ebling Mis só teve mais duas semanas de vida.

E, nessas duas semanas, Bayta estivera com ele três vezes. A primeira foi na noite após o encontro com o coronel Pritcher. A segunda foi uma semana depois. E a terceira foi novamente uma semana mais tarde, no último dia, o dia em que Mis morreu.

Primeiro, houve a noite do encontro com o coronel Pritcher, a primeira hora vivida por um casal nervoso, em um carrossel de emoções desagradáveis.

– Torie, vamos contar a Ebling – disse Bayta.

– Acha que ele pode ajudar? – perguntou Toran, cansado.

– Somos só dois. Precisamos tirar um pouco do peso de nossas costas. Talvez ele *possa* ajudar.

– Ele mudou. Perdeu peso – comentou Toran. – Ele está um pouco leve; um pouco aéreo. – Seus dedos agarraram o ar, metaforicamente. – Às vezes, não acho que ele vá nos ajudar muito.... nunca. Às vezes, acho que nada irá nos ajudar.

– Não diga isso! – A voz de Bayta ficou esganiçada, prendeu-se num engasgo e voltou: – Torie, não! Quando você diz isso, acho que o Mulo está nos alcançando. Vamos contar a Ebling, Torie... agora!

Ebling Mis levantou a cabeça da mesa comprida e olhou para eles quando se aproximaram. Seus cabelos finos estavam desgrenhados e ele estalava os lábios num som sonolento.

– Hein? – ele disse. – Alguém me quer?

Bayta se ajoelhou.

– Nós acordamos você? Devemos ir embora?

– Embora? Quem é? Bayta? Não, não, fiquem! Não há cadeiras? Eu as vi... – Seu dedo apontava vagamente.

Toran empurrou duas para a frente. Bayta se sentou e pegou uma das mãos flácidas do psicólogo.

– Podemos falar com o senhor, doutor? – Ela raramente usava o título.

– Aconteceu algo de errado? – Uma pequena fagulha voltou aos seus olhos abstraídos. Suas bochechas caídas recuperaram um toque de cor. – Aconteceu algo de errado?

Bayta disse:

– O capitão Pritcher esteve aqui. Deixe que *eu* falo, Torie. O senhor se lembra do capitão Pritcher, não lembra, doutor?

– Sim... sim... – Seus dedos beliscaram os lábios e os soltaram. – Homem alto. Democrata.

– Sim, ele mesmo. Ele descobriu a mutação do Mulo. Ele esteve aqui, doutor, e nos contou.

– Mas isso não é nada de novo. A mutação do Mulo já foi descoberta – com uma surpresa honesta. – Eu não lhes contei? Eu me esqueci de contar a vocês?

– Esqueceu de nos contar o quê? – Toran acrescentou rapidamente.

– Sobre a mutação do Mulo, é claro. Ele mexe com emoções. Controle emocional! Não lhes falei? Mas o que me fez esquecer isso? – Lentamente, ficou chupando o próprio lábio, pensativo.

Então, devagar, sua voz se encheu de vida e suas pálpebras se arregalaram, como se seu cérebro lento tivesse deslizado dentro de uma única pista bem lubrificada. Ele falou num sonho, olhando entre seus dois ouvintes, em vez de direto para eles.

– É tão simples, na verdade. Não requer nenhum conhecimento especializado. Na matemática da psico-história, é claro, funciona imediatamente, numa equação de terceiro grau que não envolve nada mais. Não importa. Isso pode ser colocado em palavras comuns e fazer sentido, o que não é comum em fenômenos psico-históricos. Perguntem a si mesmos: o que pode desequilibrar o cuidadoso esquema histórico de Hari Seldon, hein? – Ele olhava de um para o outro, com uma ansiedade leve e questionadora. – Quais foram as suposições originais de Seldon? Primeiro, de que não aconteceria nenhuma mudança fundamental na sociedade humana ao longo dos próximos mil anos. Por exemplo, suponhamos que existisse uma grande mudança na tecnologia da Galáxia, como a descoberta de um novo princípio para a utilização de energia ou o aperfeiçoamento do estudo da neurobiologia eletrônica. Mudanças sociais tornariam as equações originais de Seldon obsoletas. Mas isso não aconteceu, aconteceu? Ou suponhamos que uma nova arma fosse inventada por forças de fora da Fundação, capaz de resistir a todos os armamentos da Fundação. *Isso* poderia provocar um desvio ruinoso, embora menos certo. Mas nem isso aconteceu. O depressor de campo nuclear do Mulo era uma arma desajeitada e podia ser combatida. E essa foi a única novidade que ele apresentou, mesmo sendo pobre como era. Mas existe uma segunda suposição, mais sutil! Seldon supunha que a reação humana a estímulos permaneceria constante. Garantindo que a primeira suposição fosse verdadeira, *então a segunda deve ter sido quebrada*! Algum fator deve estar distorcendo e quebrando as reações emocionais dos seres humanos, ou Seldon não poderia ter falhado, e a Fundação não poderia ter caído. E qual outro fator a não ser o Mulo? Não estou certo? Existe alguma falha nesse raciocínio?

A mão gordinha de Bayta deu palmadinhas gentis na dele.

– Nenhuma falha, Ebling.

Mis estava feliz como uma criança.

– Isto e mais coisas vêm tão facilmente. Eu lhe digo que às vezes me pergunto o que acontece dentro de mim. Parece que me lembro dos tempos em que tantas coisas eram um mistério para mim e, agora, as coisas são tão claras. Os problemas inexistem. Eu me deparo com o que poderia ser um e, de algum modo, dentro de mim, vejo e compreendo. E minhas suposições, minhas teorias, sempre parecem nascer do nada. Algo me impulsiona... sempre para diante.... e não consigo parar... e não quero comer nem dormir... mas sempre seguir em frente... e em frente... e em...

Sua voz era um murmúrio; sua mão devastada, cheia de veias azuis, repousava trêmula sobre a testa. Havia um frenesi em seus olhos que desvanecia e desaparecia.

Ele disse, mais baixinho:

– Então nunca contei a vocês sobre os poderes mutantes do Mulo, não é? Mas então... você disse que já sabiam disso?

– Foi o capitão Pritcher, Ebling – disse Bayta. – Lembra?

– Ele contou a vocês? – Havia um vestígio de ultraje em seu tom de voz. – Mas como ele descobriu?

– Ele foi condicionado pelo Mulo. Ele é um coronel agora, um homem do Mulo. Veio nos aconselhar a nos rendermos ao Mulo e nos disse... o que você nos falou.

– Então o Mulo sabe que estamos aqui? Preciso correr... Onde está Magnífico? Ele não está com vocês?

– Magnífico está dormindo – Toran disse, impaciente. – Passou da meia-noite, sabe.

– É mesmo? Então... eu estava dormindo quando vocês entraram?

– Você estava – Bayta disse, decisivamente –, e não vai voltar ao trabalho, também. Vá para a cama. Vamos lá, Torie, me ajude. E pare de me empurrar, Ebling, porque você tem sorte de que não o enfio num chuveiro antes. Tire os sapatos dele, Torie, e amanhã você vai voltar aqui embaixo e arrastá-lo para céu aberto antes que ele desapareça completamente. Olhe para você, Ebling, está deixando crescer teias de aranha. Está com fome?

Ebling Mis balançou a cabeça e levantou-se de seu catre, numa confusão irritada.

– Quero que você mande Magnífico para cá amanhã – ele resmungou.

Bayta arrumou o lençol no pescoço dele.

– Você vai fazer com que *eu* desça amanhã, com roupas limpas. Vai tomar um bom banho e então sair para visitar a fazenda, para tomar um pouquinho de sol.

– Não vou, não – Mis disse, fraco. – Está me ouvindo? Estou ocupado demais.

Os cabelos esparsos dele se espalharam no travesseiro como uma franja prateada em sua cabeça. A voz era um sussurro confidencial.

– Você quer essa Segunda Fundação, não quer?

Toran virou-se rapidamente e se agachou no catre ao lado dele.

– E o que tem a Segunda Fundação, Ebling?

O psicólogo libertou um braço de debaixo do lençol e seus dedos agarraram a manga de Toran.

– As Fundações foram criadas em uma grande Convenção de Psicologia presidida por Hari Seldon. Toran, eu localizei as atas publicadas dessa Convenção. Vinte e cinco filmes enormes. Já olhei por vários sumários.

– E?

– Bem, você sabia que é muito fácil encontrar a partir delas a exata localização da Primeira Fundação, se entende alguma coisa de psico-história? Ela recebe menções frequentes, quando você entende as equações. Mas, Toran, ninguém menciona a Segunda Fundação. Não há referência a ela em parte alguma.

As sobrancelhas de Toran se franziram.

– Ela não existe?

– É claro que existe – Mis gritou, zangado. – Quem disse que não? Mas não se fala dela. Seu significado... e tudo a seu respeito... está bem escondido, bem obscurecido. Não está vendo? Ela é a mais importante das duas. Ela é a central; *a que conta*! E consegui as atas da Convenção de Seldon. O Mulo ainda não venceu...

Bayta desligou as luzes silenciosamente.

— Vá dormir!

Sem falar, Toran e Bayta subiram para seus próprios aposentos.

No dia seguinte, Ebling Mis tomou banho e se vestiu, viu o sol e sentiu o vento de Trantor pela última vez. No fim do dia, ele já estava mais uma vez submerso nos gigantescos recessos da biblioteca, de onde nunca mais saiu.

Na semana que se seguiu, a vida voltou a entrar nos eixos. O sol de Neotrantor era uma estrela tranquila e brilhante no céu noturno de Trantor. A fazenda estava ocupada com o plantio de primavera. O terreno da Universidade estava silencioso em sua desertificação. A galáxia parecia vazia. Era como se o Mulo nunca tivesse existido.

Bayta estava pensando nisso enquanto via Toran acender cuidadosamente seu charuto e olhar para as partes de céu azul visíveis entre as espirais de metal que fechavam o horizonte.

— É um dia bonito — disse ele.

— É sim. Você colocou tudo na lista, Toric?

— Claro. Duzentos e cinquenta gramas de manteiga, uma dúzia de ovos, feijão... Está tudo aqui, Bay. Coloquei tudo certinho.

— Ótimo. E certifique-se de que os vegetais sejam da última colheita, não relíquias de museu. Você viu Magnífico em algum lugar, a propósito?

— Não, desde o café da manhã. Acho que está lá embaixo com Ebling, vendo algum livro-filme.

— Tudo bem. Não perca tempo, porque vou precisar dos ovos para o jantar.

Toran saiu, olhando pra trás para lançar um sorriso e um aceno.

Bayta se virou quando Toran saiu de vista entre os labirintos de metal. Ela hesitou perante a porta da cozinha, virou-se lentamente e entrou na coluna que levava ao elevador que ia até os recessos lá no fundo.

Ebling Mis estava lá, a cabeça abaixada sobre os visores do projetor, imóvel, um corpo congelado, questionador. Ao lado dele, Magnífico, todo enroscado numa cadeira, os olhos atentos, observando; um saco de membros desconjuntados com um nariz enfatizando o rosto magérrimo.

Bayta disse, baixinho:

– Magnífico...

Magnífico deu um pulo e ficou de pé. Sua voz era um sussurro ansioso!

– Minha dama!

– Magnífico – disse Bayta –, Toran saiu para a fazenda e vai demorar um pouco. Você pode me fazer um favor e ir atrás dele com um recado que vou escrever para você?

– Com prazer, minha dama. Meus pequenos serviços são ansiosamente seus, para as minúsculas utilidades que puder encontrar para eles.

E ela ficou a sós com Ebling Mis, que não havia se movido. Com firmeza, Bayta colocou a mão em seu ombro.

– Ebling...

O psicólogo levou um susto e deu um grito.

– O que foi? – enrugou a testa. – É você, Bayta? Onde está Magnífico?

– Mandei-o embora. Quero ficar sozinha com você um instante – ela enunciou as palavras com distinção exagerada. – Quero falar com você, Ebling.

O psicólogo fez um movimento para voltar ao projetor, mas a mão dela em seu ombro era firme. Ela sentiu nitidamente o osso sob a roupa. A carne parecia ter se derretido desde sua chegada a Trantor. O rosto dele estava fino, amarelado e tinha uma barba de meia semana. Seus ombros estavam visivelmente curvados, mesmo sentado.

– Magnífico não está incomodando você, está, Ebling? – perguntou Bayta. – Ele parece estar aqui embaixo noite e dia.

– Não, não, não! Nem um pouco. Ora, não me incomoda. Ele fica quieto e nunca me perturba. Às vezes carrega os filmes para mim; parece saber o que quero sem que eu diga. Deixe-o em paz.

– Muito bem... Mas, Ebling, ele não faz você ficar intrigado? Está me ouvindo, Ebling? Ele não intriga você?

Ela puxou uma cadeira mais perto dele e ficou encarando-o como se quisesse puxar a resposta dos olhos dele.

Ebling Mis balançou a cabeça.

– Não. O que você quer dizer?

– Quero dizer que o coronel Pritcher e você dizem que o Mulo pode condicionar as emoções dos seres humanos. Mas têm certeza disso? Será que o próprio Magnífico não é uma falha nessa teoria?

Fez-se silêncio.

Bayta suprimiu um forte desejo de sacudir o psicólogo.

– O que há de *errado* com você, Ebling? Magnífico foi o palhaço do Mulo. Por que ele não foi condicionado a sentir amor e fé? Por que ele, dentre todos os que tiveram contato com o Mulo, o odeia tanto?

– Mas... mas ele *foi* condicionado. Certamente. Bay! – Ele parecia estar reunindo suas certezas enquanto falava. – Você acha que o Mulo trata seu palhaço do jeito que trata seus generais? Ele precisa de fé e de lealdade nesses últimos, mas, em seu palhaço, só precisa de medo. Você nunca notou que o perpétuo estado de pânico de Magnífico é de natureza patológica? Você acha que é natural para um ser humano ficar tão apavorado como ele fica o tempo todo? O medo, a um ponto desses, torna-se cômico. Era provavelmente cômico para o Mulo... e também ajuda, uma vez que obscurece qualquer tipo de informação que pudéssemos ter tirado antes de Magnífico.

– Você quer dizer que as informações de Magnífico sobre o Mulo eram falsas?

– Eram enganadoras. Elas foram coloridas pelo medo patológico. O Mulo não é o gigante físico que Magnífico pensa que é. Mais provável que seja um homem comum por fora, tirando seus poderes mentais. Mas era divertido parecer um super-homem aos olhos do pobre Magnífico... – o psicólogo deu de ombros. – De qualquer maneira, as informações de Magnífico não têm mais importância.

– O que é, então?

Mas Mis se soltou e voltou ao seu projetor.

– O que é, então? – ela repetiu. – A Segunda Fundação?

Os olhos do psicólogo se voltaram para ela, subitamente.

– Eu já havia lhe falado alguma coisa a esse respeito? Não me lembro de ter dito nada. Ainda não estou pronto. O que falei?

– Nada – Bayta disse, intensamente. – Ah, pela Galáxia, você não me disse nada, mas gostaria que me dissesse, porque estou tão cansada. Quando isso tudo vai acabar?

Ebling Mis olhou de relance para ela, com uma leve mágoa.

– Bem, agora, minha... minha cara, eu não queria magoá-la. Às vezes me esqueço... de quem são meus amigos. Às vezes me parece que não devo falar sobre nada disso. Há necessidade de segredo... mas para com o Mulo, não para com você, minha cara. – Ele deu umas palmadinhas fracas e gentis no ombro dela.

– E quanto à Segunda Fundação? – ela perguntou.

A voz dele era automaticamente um sussurro, fino e sibilante.

– Você sabe com que perfeição Seldon cobriu seus rastros? Os procedimentos da Convenção de Seldon não teriam sido de muita utilidade para mim há um mês, antes desse estranho insight. Mesmo agora, ele parece... tênue. Os documentos da Convenção muitas vezes parecem não estar relacionados uns aos outros; são sempre obscuros. Mais de uma vez, eu me perguntei se os membros da Convenção sabiam tudo o que se passava na mente de Seldon. Às vezes, acho que usou a Convenção apenas como uma gigantesca fachada e construiu sozinho a estrutura...

– Das Fundações? – Bayta estava ansiosa.

– Da Segunda Fundação! Nossa Fundação foi simples. Mas a Segunda Fundação era apenas um nome. Ela foi mencionada, mas, se houve alguma elaboração, estava oculta, muito fundo dentro da matemática. Ainda há muito que nem sequer comecei a compreender, mas, por sete dias, as peças têm se juntado e começado a formar um quadro vago. A Fundação Número Um era um mundo de ciências exatas. Ela representava uma concentração da ciência moribunda da Galáxia, sob as condições necessárias para fazer com que tornasse a viver. Nenhum psicólogo foi incluído. Era uma distorção peculiar e deve ter tido um objetivo. A explicação costumeira era que a psico-história de Seldon funcionava melhor onde as unidades de trabalho individuais... os seres humanos... não tinham conhecimento do que estava vindo e podiam, portanto, reagir naturalmente a todas as situações. Está me entendendo até agora, minha cara?

– Sim, doutor.

– Então, escute com cuidado. A Fundação Número Dois era um mundo de ciências mentais. Era o espelho de nosso mundo. Psicologia, não física, era o que dominava – disse, triunfante. – Entendeu?

– Não.

– Mas pense, Bayta, use a cabeça. Hari Seldon sabia que sua psico-história podia prever apenas probabilidades, não certezas. Sempre havia uma margem de erro e, à medida que o tempo passa, essa margem aumenta em proporção geométrica. Seldon naturalmente se protegeu da melhor forma que pôde contra isso. Nossa Fundação era cientificamente vigorosa. Ela podia conquistar exércitos e armas. Podia jogar uma força contra outra. Mas, e o ataque mental de um mutante, como o Mulo?

– Isso seria para os psicólogos da Segunda Fundação! – Bayta sentiu a empolgação crescer.

– Sim, sim, sim. Certamente!

– Mas eles não fizeram nada, até agora.

– Como sabe que não fizeram?

Bayta parou para pensar nisso.

– Não sei. Você tem evidências de que tenham feito algo?

– Não. Existem muitos fatores que desconheço totalmente. A Segunda Fundação não poderia ter sido estabelecida por inteiro logo de cara, assim como a nossa não o foi. Nós nos desenvolvemos lentamente e nossa força foi crescendo aos poucos; com eles, deve ter sido o mesmo. Sabem lá as estrelas em que estágio a força deles está agora. São fortes o bastante para lutar contra o Mulo? Será que estão cientes do perigo, em primeiro lugar? Eles têm líderes competentes?

– Mas se seguiram o Plano Seldon, então o Mulo *deve* ser derrotado pela Segunda Fundação.

– Ah – e o rosto fino de Ebling Mis se enrugou pensativo –, isso de novo? Mas a Segunda Fundação foi um trabalho bem mais difícil do que a Primeira. Sua complexidade é imensamente maior; e, consequentemente, sua possibilidade de erro, também. E se a Segunda Fundação não puder derrotar o Mulo, é ruim... definitivamente ruim. É o fim, talvez, da raça humana como a conhecemos.

– Não.

– Sim. Se os descendentes do Mulo herdarem seus poderes mentais... está vendo? O *Homo sapiens* não conseguiria competir contra eles. Surgiria uma nova raça dominante... uma nova aristocracia... com o *Homo sapiens* rebaixado para o trabalho escravo, como uma raça inferior. Não é verdade?

– Sim, é verdade.

– E mesmo se, por algum acaso, o Mulo não estabelecesse uma dinastia, ainda assim estabeleceria um novo império distorcido, apoiado exclusivamente em seu próprio poder pessoal. Ele morreria com a sua morte. A galáxia voltaria ao ponto em que estava antes de seu aparecimento, só que não existiriam mais Fundações ao redor das quais um Segundo Império verdadeiro e sadio pudesse se formar. Isso significaria milhares de anos de barbárie. Isso significaria nenhuma luz no fim do túnel.

– O que podemos fazer? Podemos avisar a Segunda Fundação?

– Precisamos, ou eles podem cair por ignorância, o que não podemos arriscar. Mas não há como avisá-los.

– Não há como?

– Eu não sei onde estão localizados. Eles estão "na outra extremidade da galáxia", mas isso é tudo e existem milhões de mundos para procurar.

– Mas, Ebling, eles não dizem? – Ela apontou vagamente para os filmes que cobriam a mesa.

– Não, não dizem. Não onde eu consiga encontrar... ainda. O sigilo deve significar alguma coisa. Deve haver algum motivo... – Uma expressão intrigada voltou aos seus olhos. – Mas eu gostaria que você fosse embora. Já perdi muito tempo e ele está acabando... ele está acabando.

Ele se soltou, petulante, franzindo a testa.

Magnífico se aproximou, com seus passos suaves.

– Seu marido está em casa, minha dama.

Ebling Mis não cumprimentou o palhaço. Havia voltado ao projetor.

Naquela noite, Toran, depois de ouvir tudo, falou:

– E você acha que ele tem razão mesmo, Bay? Você não acha que ele pode estar... – Hesitou.

– Ele tem razão, Torie. Está doente, eu sei. A mudança que tomou conta dele, a perda de peso, a maneira como fala... ele está doente. Mas, assim que o assunto do Mulo ou da Segunda Fundação ou qualquer coisa na qual ele esteja trabalhando aparece, você precisa ouvi-lo. Ele fica lúcido e claro como o céu do espaço exterior. Sabe do que está falando. Eu acredito nele.

– Então há esperança – era metade de uma pergunta.

– Eu... eu não descobri. Talvez! Talvez não! Estou carregando um desintegrador de agora em diante. – A arma de cano brilhante estava em sua mão, enquanto ela falava. – Por via das dúvidas, Torie, por via das dúvidas.

– Por via de que dúvidas?

Bayta riu com um toque de histeria.

– Deixe pra lá. Talvez eu esteja um pouco louca também... assim como Ebling Mis.

Naquele momento, Ebling Mis ainda tinha sete dias de vida e os sete dias passaram depressa, um depois do outro, silenciosamente.

Para Toran, todos eles estavam tomados por um certo estupor. Os dias quentes e o silêncio cobriam-no de letargia. Toda a vida parecia ter perdido sua qualidade de ação e se transformado num infinito mar de hibernação.

Mis era uma entidade oculta cujo trabalho de perfuração não produzia nada e não se deixava conhecer. Ele havia construído uma barricada ao redor de si mesmo. Nem Toran nem Bayta podiam vê-lo. Apenas as características de leva-e-traz de Magnífico eram evidência de sua existência. Magnífico, que se tornara quieto e pensativo, com as bandejas de comida levadas na ponta dos pés e seu testemunho silencioso e alerta na penumbra.

Bayta era cada vez mais uma criatura ensimesmada. A vivacidade morreu, e a competência cheia de autoestima balançava. Ela também buscava a própria companhia, preocupada e absorta; uma vez Toran a havia encontrado e ela apontara o desintegrador. Ela o colocou de lado rapidamente e forçou um sorriso.

– O que você está fazendo com isso, Bay?

– Segurando. É um crime?

– Você vai estourar sua cabeça idiota.

– Então eu estouro. Grande perda seria!

A vida de casado havia ensinado Toran a futilidade de discutir com uma mulher de mau humor. Deu de ombros e deixou-a em paz.

No último dia, Magnífico correu sem fôlego para a presença deles. Ele os agarrou, apavorado.

– O erudito doutor chama por vocês. Ele não está bem.

E não estava bem. Estava na cama, os olhos anormalmente grandes, anormalmente brilhantes. Estava sujo e irreconhecível.

– Ebling! – gritou Bayta.

– Deixe-me falar – o psicólogo sussurrou, levantando seu peso e apoiando-o num cotovelo fino com esforço. – Deixe-me falar. Estou acabado; passo o trabalho a vocês. Não deixei anotações; destruí as cifras que escrevi. Ninguém mais pode saber. Tudo tem de ficar em suas mentes.

– Magnífico – Bayta disse com rispidez. – Vá para cima!

Com relutância, o palhaço se levantou e deu um passo para trás. Seus olhos tristes estavam voltados para Mis.

Mis fez um gesto fraco.

– Ele não importa; deixe-o ficar. Fique, Magnífico.

O palhaço voltou rapidamente a se sentar. Bayta olhou para o chão. Devagar, devagar, seu lábio inferior prendeu em seus dentes.

Mis disse, num sussurro rouco:

– Estou convencido de que a Segunda Fundação pode vencer, se não for capturada prematuramente pelo Mulo. Ela conseguiu se manter em sigilo; o sigilo precisa ser preservado; ele tem um objetivo. Vocês precisam ir até lá; suas informações são vitais... podem fazer toda a diferença. Estão me ouvindo?

Toran gritou quase em agonia:

– Sim, sim! Diga-nos como chegar até lá, Ebling! Onde fica ela?

– Eu posso lhes dizer – disse a voz fraca.

Nunca disse.

Bayta, o rosto congelado e branco, ergueu o desintegrador e disparou, com um ruído trovejante. Da cintura para cima, não restara nada de Mis e havia um buraco na parede atrás. Com os dedos entorpecidos, Bayta deixou o desintegrador cair no chão.

26.
O FIM DA BUSCA

Não havia uma palavra a ser dita. Os ecos do disparo percorreram os aposentos externos e penetraram as câmaras inferiores, até virarem um sussurro rouco e moribundo. Antes de sua morte, ele havia abafado o clamor agudo do desintegrador de Bayta ao cair no chão, tampado o grito agudo de Magnífico, afogado o rugido desarticulado de Toran.

Fez-se um silêncio de agonia.

A cabeça de Bayta estava abaixada na escuridão. Uma gota se iluminou ao cair no chão. Bayta jamais havia chorado desde a infância.

Os músculos de Toran quase estalaram com seus espasmos, mas ele não relaxou: sentia como se nunca mais fosse destrincar os dentes novamente. O rosto de Magnífico era uma máscara desvanecida e sem vida.

Finalmente, por entre dentes ainda apertados, Toran deixou escapar numa voz irreconhecível:

– Então você é uma mulher do Mulo. Ele pegou você!

Bayta levantou a cabeça, e sua boca se retorceu com uma ironia dolorida:

– Eu, mulher do Mulo? Que irônico.

Ela sorriu – com grande esforço – e jogou os cabelos para trás. Devagar, a voz voltou ao normal ou algo próximo disso.

– Está tudo acabado, Toran; agora eu posso falar. Se vou sobreviver, não sei. Mas posso começar a falar...

A tensão de Toran havia perdido parte de seu peso e se tornou flácida.

– Falar do quê, Bay? O que há para se falar?

– Da calamidade que nos acompanhou. Já falamos sobre isso antes, Torie. Você não se lembra? Como a derrota sempre mordeu nossos calcanhares e nunca conseguiu de fato nos pegar? Nós estávamos na Fundação e ela desabou enquanto os comerciantes independentes ainda lutavam... mas *nós* fugimos a tempo de ir para Refúgio. Nós estávamos em Refúgio e ele desabou enquanto os outros ainda lutavam... e mais uma vez escapamos a tempo. Fomos para Neotrantor, que agora, sem a menor dúvida, se juntou ao Mulo.

Toran parou para ouvir e balançou a cabeça.

– Não estou entendendo.

– Torie, essas coisas não acontecem na vida real. Nós somos pessoas insignificantes; não caímos de um turbilhão político para o outro constantemente no espaço de um ano... a menos que levemos o turbilhão conosco. *A menos que levemos a fonte da infecção conosco!* Agora você entende?

Os lábios de Toran se apertaram. Seu olhar se fixou horrivelmente nos restos ensanguentados do que antes fora um humano e seus olhos ficaram enojados.

– Vamos sair daqui, Bay. Vamos para céu aberto.

Lá fora, o céu estava nublado. O vento soprava por eles em rajadas fracas e desarrumou os cabelos de Bayta. Magnífico havia se esgueirado atrás deles e agora estava ali, meio que flutuando nas bordas da conversa deles.

Toran disse firme:

– Você matou Ebling Mis porque acreditava que *ele* era a fonte da infecção? – Alguma coisa nos olhos dela o atingiu. Ele murmurou: – Ele era o Mulo? – ele não podia... não queria... acreditar nas implicações de suas próprias palavras.

Bayta deu um riso agudo.

– O coitado do Ebling, o Mulo? Pela Galáxia, não! Eu não poderia tê-lo matado se ele fosse o Mulo. Ele teria detectado a emoção acompanhando o movimento e mudado para amor, devoção, adoração, terror, o que quer que o satisfizesse. Não, eu matei Ebling porque ele *não era* o Mulo. Eu o matei porque ele sabia onde estava a Segunda Fundação e, em dois segundos, teria contado ao Mulo o segredo.

– Teria contado ao Mulo o segredo – Toran repetiu estupidamente. – Teria contado ao Mulo...

E então emitiu um grito agudo e se virou para olhar horrorizado o palhaço, que parecia estar agachado ali sem a menor ideia do que havia acabado de ouvir.

– Magnífico? – Toran sussurrou a pergunta.

– Escute! – disse Bayta. – Você se lembra do que aconteceu em Neotrantor? Ah, pense por si mesmo, Torie...

Mas ele balançou a cabeça e murmurou para ela.

Ela continuou, cansada:

– Um homem morreu em Neotrantor. Um homem morreu sem que ninguém tocasse nele. Não é verdade? Magnífico tocou seu Visi-Sonor e, quando acabou, o príncipe estava morto. Isso não é estranho? Não é bizarro que uma criatura que tem medo de tudo e fica aparentemente indefesa de terror tenha a capacidade de matar à vontade?

– A música e os efeitos de luz – disse Toran – têm um profundo efeito emocional...

– Sim, um *efeito emocional*. E dos grandes. Efeitos emocionais, por acaso, são a especialidade do Mulo. Isso, suponho, pode ser considerado uma coincidência. E uma criatura que pode matar por sugestão é medonha. Bem, o Mulo mexeu com a mente dele, supostamente, então isso pode ser explicado. Mas, Toran, eu captei um pouco daquela seleção do Visi-Sonor que matou o príncipe. Só um pouco... mas foi o suficiente para me dar a mesma sensação de desespero que tive no Cofre do Tempo e em Refúgio. Não tenho como esquecer essa sensação em especial.

O rosto de Toran estava ficando sombrio.

– Eu... eu senti isso também. Eu esqueci. Nunca havia pensado...

– Foi aí que a coisa me ocorreu pela primeira vez. Era apenas uma vaga sensação... intuição, chame do que quiser. Eu não tinha nenhuma pista. E então Pritcher nos contou do Mulo e de sua mutação, e tudo ficou claro num instante. Foi o Mulo quem criou o desespero no Cofre do Tempo; foi Magnífico quem havia criado o desespero em Neotrantor. Era a mesma emoção. Logo, o Mulo e Magnífico eram a mesma pessoa. Isso não funciona direitinho, Torie? Não é exatamente como um axioma de geometria: quando duas coisas são iguais a uma terceira, são também iguais entre si?

Ela estava à beira da histeria, mas voltou com esforço à sobriedade por pura força de vontade. Continuou:

– A descoberta me matou de medo. Se Magnífico era o Mulo, ele podia saber minhas emoções... e curá-las para seus próprios objetivos. Eu ousei não deixá-lo saber. Eu o evitei. Por sorte, ele também me evitou; estava por demais interessado em Ebling Mis. Planejei matar Mis antes que ele pudesse falar. Planejei tudo em segredo... do modo mais secreto que pude... tão secreto que não ousava dizer isso nem a mim mesma. Se pudesse ter matado o Mulo... mas não podia me arriscar. Ele teria notado e eu teria perdido tudo.

Ela parecia drenada de emoções.

Toran disse duro e com objetividade:

– É impossível. Veja só essa criatura miserável. *Ele*, o Mulo? Ele não está sequer ouvindo o que estamos dizendo.

Mas quando seus olhos seguiram o dedo que apontava, Magnífico estava ereto e alerta, os olhos vívidos e emitindo um brilho escuro. Sua voz não tinha um vestígio de sotaque:

– Eu ouço, meu amigo. Ocorre simplesmente que estava sentado aqui e meditando sobre o fato de que, com toda a minha inteligência e capacidade de previsão, fui capaz de cometer um erro e de perder tanto.

Toran cambaleou para trás como se tivesse medo de que o palhaço pudesse tocá-lo, ou que a respiração dele pudesse contaminá-lo.

Magnífico assentiu e respondeu à pergunta que não fora feita.

– Eu sou o Mulo.

Ele não parecia mais uma criatura grotesca; os membros longilíneos e o nariz bicudo perderam as qualidades humorísticas. Seu medo havia desaparecido; a postura era firme.

Ele assumiu o comando da situação com a desenvoltura que nasce do hábito. Disse, com tolerância:

– Sentem-se. Vão em frente; podem até se deitar e ficar bem à vontade. O jogo acabou e eu gostaria de lhes contar uma história. É uma fraqueza minha: quero que as pessoas me compreendam.

E seus olhos, quando olhou para Bayta, ainda eram os mesmos olhos velhos, tristes e castanhos de Magnífico, o palhaço.

– Não há nada em minha infância – ele começou, mergulhando de corpo em uma fala rápida e impaciente – que eu queira recordar. Talvez isso vocês possam compreender. Minha magreza é glandular; meu nariz, nasci com ele. Não era possível para mim levar uma infância normal. Minha mãe morreu antes de me ver. Não conheço meu pai. Cresci solto no mundo, ferido e torturado em minha mente, cheio de autopiedade e ódio pelos outros. Eu era conhecido, então, como uma criança esquisita. Todos me evitavam; a maioria por nojo; uns, por medo. Incidentes estranhos aconteciam... ora, isso não importa! Aconteceram coisas suficientes para que o capitão Pritcher, em sua investigação de minha infância, percebesse que eu era um mutante, coisa que *eu mesmo* só fui perceber depois dos vinte anos de idade.

Toran e Bayta escutavam distantes. A maré de sua voz quebrava por cima deles, sentados no chão, quase sem ser notada. O palhaço – ou o Mulo – andava diante deles com passos pequenos, falando para baixo, para os próprios braços dobrados.

– Toda a ideia de meu poder incomum parece ter brotado em mim tão devagar, de forma tão lenta. Mesmo no fim, eu não conseguia crer nisso. Para mim, as mentes dos homens são seletores, com ponteiros que indicam a emoção que prevalece naquele instante. É uma imagem pobre, mas de que outra forma eu posso explicar? Lentamente, fui percebendo que eu podia entrar naquelas mentes e girar o ponteiro para o ponto que desejasse, que eu podia travá-lo ali para sempre. E depois, levei ainda mais tempo para perceber que os outros não conseguiam fazer o mesmo. Mas a consciência do poder veio e, com ela, o desejo de compensar a posição miserável de minha vida pregressa. Talvez isso vocês possam compreender. Talvez isso vocês possam tentar compreender. Não é fácil ser uma aberração: ter uma mente, uma inteligência e ser uma aberração. Risos e crueldade! Ser diferente! Ser um forasteiro! Vocês nunca passaram por isso!

Magnífico olhou para o céu e balançou nos calcanhares, pétreo em suas reminiscências.

– Mas eu acabei aprendendo e decidi que a Galáxia e eu podíamos jogar um jogo. Ora, eles já tinham tido suas rodadas, e eu fora paciente... por vinte e dois anos. Agora era a minha vez! Era a vez de vocês me aguentarem! E as chances seriam justas o bastante para a Galáxia. De mim, apenas um. Deles, quatrilhões!

Parou para olhar rapidamente para Bayta.

– Mas eu tinha uma fraqueza. Sozinho, não era nada. Se conseguisse poder, isso só poderia acontecer por intermédio de outros. O sucesso vinha a mim por intermediários. Sempre! Era como Pritcher disse. Por meio de um pirata, obtive minha primeira base de operações em um asteroide. Por intermédio de um industrial, consegui minha primeira base em um planeta. Por intermédio de uma série de outros, terminando com o senhor da guerra de Kalgan, ganhei o próprio Kalgan e consegui uma marinha. Depois disso, foi a Fundação... e vocês dois entraram na história. A Fundação – ele disse, suavemente – foi a tarefa mais difícil que já enfrentei. Para derrotá-la, eu teria de vencer, quebrar ou inutilizar uma extraordinária proporção de sua classe dominante. Eu poderia tê-lo feito passo a passo... mas era possível usar um atalho, e procurei esse atalho. Afinal, se um homem forte consegue levantar duzentos quilos, não quer dizer que ele esteja ansioso para continuar fazendo isso para sempre. Meu controle emocional não é uma tarefa fácil; prefiro não o usar onde não seja inteiramente necessário. Então, aceitei aliados em meu primeiro ataque à Fundação. Como meu palhaço, procurei o agente, ou agentes, da Fundação que deviam inevitavelmente ser enviados a Kalgan para investigar meu humilde ser. Hoje sei que era Han Pritcher que eu estava procurando. Por um golpe de sorte, acabei achando vocês. Eu *sou* um telepata, mas não um telepata completo e, minha dama, você era da Fundação. Isso me desviou do caminho. Não foi fatal, já que Pritcher se juntou a nós depois, mas foi o ponto de partida de um erro que *foi* fatal.

Toran se mexeu pela primeira vez. Ele falou num tom de voz ultrajado:

– Agora espere um pouco. Você quer dizer que, quando eu enfrentei aquele tenente em Kalgan apenas com uma pistola de atordoar e o resgatei... que você havia me controlado emocionalmente para isso? – ele estava gaguejando. – Você quer dizer que mexeu comigo o tempo todo?

Um pequeno sorriso se esboçou no rosto de Magnífico.

– Por que não? Você não acha que isso era provável? Pergunte a si mesmo então... Você teria arriscado sua vida por um estranho grotesco que nunca havia visto antes, se estivesse em seu juízo perfeito? Imagino que tenha ficado surpreso com os eventos depois, com a cabeça fria.

– Sim – Bayta disse, distante. – Ele ficou. É bem claro.

– Mas, do jeito que as coisas andaram – continuou o Mulo –, Toran não sofreu perigo algum. O tenente tinha suas próprias instruções estritas de nos deixar partir. Então, nós três e Pritcher fomos para a Fundação... e vimos como minha campanha tomou corpo instantaneamente. Quando Pritcher foi levado à corte marcial e estávamos presentes, eu estava ocupado. Os juízes militares daquele julgamento, mais tarde, comandaram seus esquadrões na guerra. Eles se renderam com muita facilidade e minha marinha ganhou a batalha de Horleggor, além de outras questões menores. Por intermédio de Pritcher, conheci o dr. Mis, que me trouxe um Visi-Sonor, inteiramente por vontade própria, e simplificou imensamente minha tarefa. Só que não foi *inteiramente* por vontade própria.

Bayta interrompeu.

– Aqueles concertos! Eu estive tentando encaixá-los. Agora vejo.

– Sim – disse Magnífico. – O Visi-Sonor age como um dispositivo de foco. De certa forma, ele já é mesmo um dispositivo primitivo para controle emocional. Com ele, posso lidar com pessoas em quantidade, e mais intensamente com indivíduos. Os concertos que dei em Terminus antes de sua queda e em Refúgio antes que *ele* caísse contribuíram para o derrotismo generalizado. Eu podia ter feito o príncipe de Neotrantor ficar muito doente sem o Visi-Sonor, mas não poderia tê-lo matado. Vocês entendem? Mas foi Ebling Mis a minha descoberta mais importante. Ele poderia ter sido... – Magnífico disse isso com desgosto, mas depois se apressou. – Há uma faceta especial no controle emocional que vocês não conhecem. Intuição, insight ou tendência a descobrir pistas, seja lá como vocês queiram chamar isso, pode ser tratada como uma emoção. Pelo menos eu posso tratá-la assim. Vocês não estão entendendo, estão?

Ele não esperou uma negativa.

– A mente humana trabalha em um nível baixo de eficiência. Vinte por cento é o número normalmente dado. Quando, por um momento, existe um flash de um poder maior, isso é denominado palpite, insight ou intuição. Descobri cedo que podia induzir um uso contínuo de alta eficiência cerebral. É um processo letal para a pessoa afetada, mas é útil... o depressor de campo nuclear que usei na guerra contra a Fundação foi o resultado de fazer uma alta pressão num técnico de Kalgan. Mais uma vez, trabalhei por intermédio de outros. Ebling Mis foi na mosca. Suas potencialidades eram altas e eu precisava dele. Mesmo antes que minha guerra com a Fundação tivesse começado, já havia enviado delegados para negociar com o Império. Foi nessa época que comecei minha busca pela Segunda Fundação. Naturalmente, não a encontrei. Naturalmente, sabia que devia encontrá-la... e Ebling Mis era a resposta. Com sua mente em alta eficiência, ele poderia ter reproduzido o trabalho de Hari Seldon. Em parte, foi o que ele fez. Eu o levei até o limite extremo. O processo foi impiedoso, mas tinha de ser completado. No fim, ele estava morrendo, mas viveu... – Mais uma vez a tristeza o interrompeu. – Ele *teria vivido* o bastante. Juntos, nós três poderíamos ter ido em frente até a Segunda Fundação. Teria sido a última batalha... a não ser por um erro meu.

Toran conseguiu levantar a voz rouca.

– Por que você está estendendo tanto isso? Qual foi o seu erro, e... e acabe logo o seu discurso.

– Ora, sua mulher foi o erro. Sua esposa era uma pessoa incomum. Eu nunca havia encontrado ninguém como ela em minha vida. Eu... eu... – subitamente, a voz de Magnífico parou. Ele custou muito a se recuperar. Continuou com a voz amarga. – Ela gostou de mim sem que eu precisasse ter mexido com as emoções dela. Ela não se sentiu repelida nem se divertiu às minhas custas. Ela *gostou* de mim! Não entendem? Não conseguem ver o que isso significava para mim? Nunca antes alguém havia... Bem, eu... Gostei disso. Minhas próprias emoções me traíram, embora fosse senhor de todas as outras. Fiquei fora da mente dela, entendem? Não mexi com ela. Eu gostava demais da sensação *natural*. Foi meu erro... o primeiro. Você, Toran, estava sob controle. Nunca suspeitou de mim; nunca me questionou; nunca viu nada de peculiar ou estranho a meu respeito. Como, por exemplo, quando a nave "filiana" nos parou. Eles sabiam nossa localização, a propósito, porque eu estava em comunicação com eles, assim como permaneci em comunicação com meus generais o tempo todo. Quando eles nos detiveram, fui levado a bordo para ajustar Han Pritcher, que estava ali como prisioneiro. Quando parti, ele era coronel, um homem do Mulo e no comando. Todo o procedimento foi aberto demais até mesmo para você, Toran. Mas você aceitou minha explicação do assunto, que estava cheia de falácias. Entende o que digo?

Toran deu um sorriso amargo e o desafiou.

– Como você conseguiu conservar as comunicações com seus generais?

– Não havia dificuldade para isso. Transmissores de hiperonda são fáceis de lidar e eminentemente portáteis. Tampouco eu poderia ser detectado de maneira real! Qualquer um que me pegasse no ato ficaria com uma fatia a menos de sua memória. Já aconteceu antes. Em Neotrantor, minhas próprias emoções me traíram novamente. Bayta não estava sob meu controle, mas mesmo assim jamais teria suspeitado de mim se eu tivesse mantido a cabeça fria em relação ao príncipe. As intenções dele para com Bayta... me irritaram.

Eu o matei. Foi um gesto tolo. Uma simples fuga teria servido. E ainda suas suspeitas não teriam sido certezas, se eu tivesse detido Pritcher em seu balbuciar bem-intencionado ou prestado menos atenção a Mis e mais a você...
– Deu de ombros.

– Acabou? – perguntou Bayta.

– Acabei.

– E agora?

– Vou continuar com meu programa. Duvido muito que encontre alguém tão bem treinado e tão inteligente quanto Ebling Mis nestes dias degenerados. Terei de buscar a Segunda Fundação de outro jeito. De certa forma, você me derrotou.

E agora Bayta está em pé, triunfante.

– De certa forma? Somente de certa forma? Nós derrotamos você *totalmente*! Todas as suas vitórias fora da Fundação não valem de nada, já que a Galáxia é um vácuo de barbárie agora. A Fundação propriamente dita é apenas uma pequena vitória, já que ela não foi criada para impedir uma crise do seu tipo. É a Segunda Fundação que você deve derrubar... a *Segunda Fundação*... e é a Segunda Fundação que irá derrotá-lo. Sua única chance era localizá-la e derrotá-la antes que ela estivesse preparada. Você não fará isso agora. A cada minuto de agora em diante, eles estarão cada vez mais prontos para você. Neste momento, *neste exato momento*, o maquinário já pode ter começado a funcionar. Você saberá: quando o atingir, seu curto intervalo de poder terá acabado, e você será apenas mais um conquistador barato, cujo governo não terá passado de um relâmpago no rosto ensanguentado da história.

Ela estava respirando com dificuldade, quase perdendo o fôlego de tanta veemência.

– E nós derrotamos você, Toran e eu. Estou satisfeita em morrer.

Mas os olhos castanhos e tristes do Mulo eram os olhos castanhos, tristes e amorosos de Magnífico.

– Eu não a matarei, nem a seu marido. Afinal de contas, é impossível que me firam mais; e matá-los não trará Ebling Mis de volta. Meus erros foram só meus e assumo a responsabilidade por eles. Você e seu marido podem partir! Vão em paz, pelo que chamo de... amizade.

Então, com um toque súbito de orgulho:

– E, enquanto isso, ainda sou o Mulo, o homem mais poderoso da Galáxia, e *ainda* derrotarei a Segunda Fundação.

E Bayta disparou sua última flechada com uma certeza firme e calma:

– Não vai! Eu ainda tenho fé na sabedoria de Seldon. Você será o último governante de sua dinastia, bem como o primeiro.

Alguma coisa atingiu Magnífico.

– De minha dinastia? Sim, eu já havia pensado nisso, com frequência. Que poderia estabelecer uma dinastia. Que poderia ter uma consorte adequada.

Bayta subitamente compreendeu o significado da expressão nos olhos dele e ficou paralisada de horror.

Magnífico balançou a cabeça.

– Eu sinto sua repulsa, mas isso é uma bobagem. Se as coisas fossem diferentes, poderia fazê-la feliz com muita facilidade. Seria um êxtase artificial, mas não haveria diferença entre ele e a emoção genuína. Mas as coisas *não são* diferentes. Eu me chamo Mulo... mas não por causa de minha força... obviamente...

Ele os deixou, sem jamais olhar para trás.

Livro III.
SEGUNDA FUNDAÇÃO

Em memória de
John W. Campbell, Jr.
(1910-1971)

PRÓLOGO

O Primeiro Império Galáctico durou dezenas de milhares de anos. Ele incluiu todos os planetas da Galáxia em um domínio centralizado, às vezes tirânico, às vezes benevolente, sempre disciplinado. Os seres humanos tinham esquecido que qualquer outra forma de existência era possível.

Todos, menos Hari Seldon.

Hari Seldon foi o último grande cientista do Primeiro Império. Foi ele quem desenvolveu completamente a ciência da psico-história, que pode ser considerada a quintessência da sociologia; era a ciência do comportamento humano reduzido a equações matemáticas.

O ser humano individual é imprevisível, mas as reações das multidões humanas, descobriu Seldon, poderiam ser tratadas estatisticamente. Quanto maior a multidão, maior a precisão que poderia ser atingida. E o tamanho das massas humanas com as quais Seldon trabalhava era nada menos que a população da Galáxia que, no tempo dele, era contada em quintilhões.

Foi Seldon, então, quem previu, contra todo o bom senso e as crenças populares, que o brilhante Império que parecia tão forte estava em um estado de decadência irremediável e declínio. Ele previu (ou resolveu suas equações e interpretou seus símbolos, o que dá no mesmo) que, sem nenhuma intervenção, a Galáxia passaria por um período de 30 mil anos de miséria e anarquia, antes do surgimento de um novo governo unificado.

Ele começou a tentar remediar a situação, criando um conjunto de condições que restauraria a paz e a civilização em apenas mil anos. Cuidadosamente, criou duas colônias de cientistas que chamou de "Fundações". Deliberadamente, ele as criou "em extremos opostos da Galáxia". Uma Fundação foi criada abertamente, com toda a publicidade. A existência da outra, a Segunda Fundação, foi mergulhada em silêncio.

Em *Fundação* e *Fundação e Império*, vimos os três primeiros séculos da história da Primeira Fundação. Ela começou como uma pequena comunidade de enciclopedistas, perdida no vazio da periferia externa da Galáxia. Periodicamente, enfrentava crises nas quais as variáveis das relações humanas, das correntes sociais e econômicas da época se fechavam sobre ela. Sua liberdade de movimento se restringia a uma só linha e, quando ela caminhava naquela direção, um novo horizonte de desenvolvimento se abria. Tudo tinha sido planejado por Hari Seldon, há muito tempo falecido.

A Primeira Fundação, com sua ciência superior, dominou os planetas bárbaros que a rodeavam. Ela enfrentou os anárquicos senhores da guerra que haviam se separado do Império moribundo, e os derrotou. Enfrentou os vestígios do próprio Império, sob o domínio do último imperador forte e seu último general forte, e os derrotou.

Então precisou enfrentar algo que Hari Seldon não conseguiu prever, o impressionante poder de um único ser humano, um mutante. A criatura conhecida como o Mulo nascera com a capacidade de moldar as emoções dos homens e configurar suas mentes. Seus piores oponentes se transformavam nos servos mais devotados. Exércitos não poderiam, não *iriam* lutar contra ele. Perante o Mulo, a Primeira Fundação caiu e os planos de Seldon ficaram parcialmente em ruínas.

Restava a misteriosa Segunda Fundação, o objetivo de todas as buscas. O Mulo deve encontrá-la para completar sua conquista da Galáxia. Os fiéis do que sobrara da Primeira Fundação devem encontrá-la por uma razão bem diferente. Mas onde está? Isso, ninguém sabe.

Esta, então, é a história da busca pela Segunda Fundação!

PARTE 1

A BUSCA DO MULO

—— O MULO...

Foi depois da queda da Primeira Fundação que os aspectos construtivos do regime do Mulo ganharam forma. Depois do desmoronamento definitivo do primeiro Império Galáctico, foi ele quem primeiro apresentou à história um volume unificado de espaço de alcance verdadeiramente imperial. O império comercial anterior, da Fundação derrotada, havia sido diverso e pouco centralizado, apesar do apoio impalpável das previsões da psico-história. Não pode ser comparado com a "União dos Mundos" rigidamente controlada sob o Mulo, principalmente durante a era da chamada Busca...

ENCICLOPÉDIA GALÁCTICA

01.
DOIS HOMENS E O MULO

A Enciclopédia tem muito mais a falar sobre o Mulo e seu império, mas quase nada está vinculado à questão imediata, e a maior parte é consideravelmente seca demais para nossos propósitos, de qualquer forma. Principalmente, o verbete se ocupa, nesse momento, das condições econômicas que levaram à ascensão do "Primeiro Cidadão da União" – o título oficial do Mulo – e com as consequências econômicas daí resultantes.

Se, em qualquer momento, o redator do verbete ficou ligeiramente espantado com a colossal velocidade com que o Mulo foi do nada a seu vasto domínio em cinco anos, ele dissimula muito bem. Se ficou ainda mais surpreso com a repentina parada no processo de expansão, em favor de uma consolidação dos territórios por cinco anos, esconde o fato.

Nós, portanto, abandonamos a Enciclopédia e continuamos em nosso próprio caminho, atrás de nossos próprios propósitos, e retomamos a história do Grande Interregno – entre o Primeiro e o Segundo Impérios Galácticos – no final dos cinco anos de consolidação.

Politicamente, a União está calma. Economicamente, é próspera. Poucos prefeririam trocar a paz do pulso firme do Mulo pelo caos que o precedera. Nos mundos que, cinco anos antes, haviam conhecido Fundação, poderia haver um pesar nostálgico, mas não mais. Os líderes da Fundação estavam mortos, se eram inúteis; e haviam sido convertidos, se fossem úteis.

E, entre os convertidos, o mais útil de todos era Han Pritcher, agora tenente-general.

Nos dias da Fundação, Han Pritcher tinha sido capitão e membro da Oposição Democrática clandestina. Quando a Fundação caiu sem luta frente ao Mulo, Pritcher guerreou contra ele. Quer dizer, até ser convertido.

A conversão não era o processo normal, provocado pela força de um argumento superior. Han Pritcher sabia disso muito bem. Ele tinha sido mudado porque o Mulo era um mutante com poderes mentais, capaz de alterar os seres humanos normais da forma que lhe fosse mais conveniente. Mas isso o satisfazia completamente. Era assim que deveria ser. O próprio contentamento com a conversão era um sintoma importante, mas Han Pritcher já nem sentia curiosidade a respeito.

E, agora que estava voltando de sua quinta grande expedição à vastidão da Galáxia externa à União, era algo que se aproximava de uma alegria ingênua que o veterano piloto espacial e agente da Inteligência considerava sua futura audiência com o "Primeiro Cidadão". Seu rosto duro, que parecia entalhado em madeira escura e maciça, incapaz de sorrir sem quebrar, não mostrava – mas as indicações externas eram desnecessárias. O Mulo conseguia ver as emoções internas, até a menor, da mesma forma como um homem comum conseguiria ver o movimento de uma sobrancelha.

Pritcher deixou seu carro aéreo nos antigos hangares dos vice-reis e entrou no palácio a pé, como era exigido. Ele caminhou um quilômetro e meio pela estrada sinalizada com setas – que estava vazia e silenciosa. Pritcher sabia que, nos vários quilômetros quadrados do terreno do palácio, não havia nenhum guarda, nenhum soldado, nenhum homem armado.

O Mulo não precisava de proteção.

O Mulo era seu próprio protetor, o melhor e mais poderoso.

Os passos de Pritcher soavam macios em seus ouvidos, com o palácio brilhando, as paredes metálicas incrivelmente leves e incrivelmente fortes à sua frente, nos arcos atrevidos, pretensiosos e quase agitados que caracterizavam a arquitetura do império morto. Ele se erguia, poderoso, sobre o terreno vazio, sobre a cidade cheia de gente no horizonte.

Dentro do palácio estava aquele homem – sozinho –, de cujos atributos mentais inumanos dependiam a nova aristocracia e toda a estrutura da União.

A enorme porta lisa abriu-se com a aproximação do general e ele entrou. Deu um passo na rampa ampla e vasta que se movia, para cima, debaixo de seus pés. Ele ascendeu rapidamente pelo elevador silencioso. Parou em frente à porta simples do quarto do Mulo, no ponto mais alto e brilhante das torres do palácio.

A porta se abriu.

Bail Channis era jovem e não era um convertido. Quer dizer, em linguagem simples, que sua estrutura emocional não tinha sido desajustada pelo Mulo. Permanecia exatamente como tinha sido formada pela hereditariedade original e pelas subsequentes modificações do ambiente. E isso o deixava bastante satisfeito, também.

Sem ter chegado aos trinta anos, ele era muito bem-visto na capital. Era bonito e tinha um senso de humor afiado – portanto, bem-sucedido na sociedade. Era inteligente e dono de si – assim, fazia sucesso com o Mulo. E estava feliz com os dois sucessos.

E agora, pela primeira vez, o Mulo o convocara para uma audiência pessoal.

Suas pernas o carregaram pela estrada longa e brilhante que levava às torres de alumínio que já tinham sido a residência do vice-rei de Kalgan, que governava em nome dos últimos imperadores; depois, tinha sido a residência dos príncipes independentes de Kalgan, que haviam governado em nome de si mesmos; e agora era a residência do Primeiro Cidadão da União, que governava todo um império só seu.

Channis cantarolou baixinho. Ele não tinha dúvidas sobre o que era a reunião. A Segunda Fundação, naturalmente! O fantasma que estava em toda parte, cuja mera consideração tinha levado o Mulo a trocar sua política de expansão ilimitada por uma de cautela estática. O termo oficial era "consolidação".

Agora havia rumores – é impossível impedir os rumores. O Mulo iria voltar à ofensiva. O Mulo tinha descoberto a localização da Segunda Fundação e iria atacar. O Mulo tinha chegado a um acordo com a Segunda Fundação e dividido a Galáxia. O Mulo tinha decidido que a Segunda Fundação não existia, e iria tomar toda a Galáxia.

Não é necessário listar todas as versões que se ouviam nas antessalas. Não era nem a primeira vez que esses rumores circulavam. Mas agora eles pareciam ter mais consistência, e todas as almas livres e expansivas que vibravam com a guerra, as aventuras militares e o caos político, que pareciam murchar em tempos de estabilidade e paz estagnada, estavam radiantes.

Bail Channis era um desses. Ele não temia a misteriosa Segunda Fundação. Aliás, não temia o Mulo e gabava-se. Alguns, talvez, que desaprovavam uma pessoa ao mesmo tempo tão jovem e tão bem de vida, esperavam secretamente pelo acerto de contas com o alegre mulherengo que empregava abertamente seu humor afiado às custas da aparência física e da vida isolada do Mulo. Ninguém ousava acompanhá-lo em suas piadas e poucos ousavam rir, mas, quando nada aconteceu com ele, sua reputação cresceu de acordo. Channis estava improvisando palavras para a melodia que cantarolava. Palavras sem sentido com um refrão recorrente: "Segunda Fundação ameaça a Nação e toda a Criação".

Ele estava no palácio.

A enorme porta lisa se abriu quando ele se aproximou, permitindo sua entrada. O rapaz começou a caminhar na rampa que subia embaixo de seus pés. Ascendeu rapidamente pelo elevador silencioso. Parou na frente da pequena porta simples dos aposentos do Mulo, no ponto mais alto e brilhante das torres do palácio.

Ela se abriu...

O homem que não tinha outro nome a não ser Mulo e nenhum título a não ser Primeiro Cidadão olhava, através das paredes que eram como espelhos de face única, para a cidade brilhante e nobre no horizonte.

No fim de tarde, as estrelas surgiam e não havia nenhuma que não devesse obediência.

Ele sorriu com uma amargura fugaz, perante o pensamento. Elas deviam obediência a uma personalidade que poucos haviam visto.

Ele não era um homem para ser contemplado, o Mulo – não era um homem para ser contemplado sem desdém. Pouco mais de 50 quilos esticados em 1,70 m. Seus membros eram como pequenos caules ossudos que saíam de seu corpo esquelético em ângulos pouco graciosos. E seu rosto magro estava quase tomado pela proeminência de um bico carnudo que se projetava, chegando a sete centímetros.

Somente seus olhos desmentiam a comédia geral que era o Mulo. Na suavidade – algo estranho de se encontrar no maior conquistador da Galáxia – de seus olhos, a tristeza nunca estava de todo apagada.

Na cidade, encontrava-se toda a alegria de uma capital luxuosa de um mundo luxuoso. Ele poderia ter estabelecido sua capital na Fundação, o mais forte entre todos os seus inimigos conquistados, mas ela estava muito longe, na borda da Galáxia. Kalgan, mais centralmente localizada, com uma longa tradição de parque de diversões da aristocracia, servia melhor – estrategicamente.

Mas, em sua tradicional alegria, aumentada por uma prosperidade nunca antes vista, ele não encontrava paz.

Eles o temiam, obedeciam e, talvez, até respeitassem – de uma boa distância. Mas quem poderia olhar para ele sem desdém? Somente os que tinham sido convertidos. E de que valia essa lealdade artificial? Não tinha sabor. Ele poderia ter adotado títulos, imposto um ritual e inventado elaborações, mas mesmo isso não teria mudado nada. Melhor – ou menos pior – ser simplesmente o Primeiro Cidadão – e se esconder.

Houve uma repentina onda de rebelião dentro dele – forte e brutal. Nenhuma porção da Galáxia deveria ser negada a ele. Por cinco anos, permanecera silencioso e enterrado aqui em Kalgan por causa da ameaça eterna, mística, espalhada pelo espaço da nunca vista, nunca ouvida, nunca conhecida Segunda Fundação. Ele tinha trinta e dois anos. Não era velho – mas se sentia velho. Seu corpo, quaisquer que fossem seus poderes mentais mutantes, era fisicamente fraco.

Todas as estrelas! Todas as estrelas que ele podia ver – e todas as estrelas que não conseguia ver. Tudo devia ser dele!

Vingança contra todos. Contra uma humanidade da qual não fazia parte. Contra uma Galáxia onde não se encaixava.

O alarme de luz piscou. Ele conseguia seguir o progresso do homem que tinha entrado no palácio e, simultaneamente, como se o seu sentido mutante tivesse se ampliado e ficado mais sensível no crepúsculo solitário, sentiu uma onda de contentamento emocional tocar as fibras de seu cérebro.

Ele reconheceu a identidade sem esforço. Era Pritcher.

O capitão Pritcher da antiga Fundação. O capitão Pritcher que tinha sido ignorado e preterido pelos burocratas daquele governo decadente. O capitão Pritcher, cujo emprego como um espião menor ele havia eliminado e a quem tinha tirado da lama. O capitão Pritcher a quem tinha promovido primeiro para coronel e depois, general; cujas atividades ele havia levado a toda a Galáxia.

O agora general Pritcher que era completamente leal, apesar de ter sido um rebelde de ferro no início. E, mesmo assim, não era leal por causa dos benefícios ganhos, nem por gratidão, nem por justiça – mas era leal somente por causa dos artifícios da conversão.

O Mulo tinha consciência daquela forte camada superficial inalterável de lealdade e amor que coloria todos os redemoinhos e turbilhões da emotividade de Han Pritcher – a camada que ele mesmo tinha implantado havia cinco anos. Bem mais embaixo estavam os traços originais da individualidade teimosa, impaciência com os governantes, idealismo – mas mesmo ele quase não conseguia mais detectá-los.

A porta se abriu e ele se virou. A transparência da parede dissolveu-se em opacidade e a luz púrpura do entardecer deu lugar ao brilho esbranquiçado da energia nuclear.

Han Pritcher sentou-se na cadeira indicada. Não era preciso se inclinar, ajoelhar, nem o uso de títulos em audiências privadas com o Mulo. Era simplesmente o "Primeiro Cidadão". Deveria ser tratado por "senhor". Qualquer um pode se sentar na sua presença e até dar as costas a ele, se fosse o caso.

Para Han Pritcher essas eram todas evidências do poder seguro e confiante do homem. Ele ficava bastante satisfeito com isso.

O Mulo falou:

– Seu relatório final chegou ontem. Não posso negar que o achei de certo modo deprimente, Pritcher.

As sobrancelhas do general se tocaram:

– Sim, imaginei... mas não vejo a que outras conclusões poderia chegar. Não existe nenhuma Segunda Fundação, senhor.

E o Mulo pensou e devagar começou a balançar a cabeça, como já tinha feito muitas vezes antes:

– Há a evidência de Ebling Mis. Sempre há a evidência de Ebling Mis.

Não era uma história nova. Pritcher falou sem reservas:

– Mis pode ter sido o maior psicólogo da Fundação, mas era um bebê se comparado a Hari Seldon. Quando investigou os trabalhos de Seldon, estava sob o estímulo artificial do seu controle cerebral. Você pode ter forçado demais. Ele poderia estar errado. Senhor, ele *deve* ter errado.

O Mulo suspirou, seu rosto lúgubre se projetou sobre o pescoço fino.

– Se ele tivesse vivido só mais um minuto. Estava a ponto de me dizer onde estava a Segunda Fundação. Ele *sabia*, estou dizendo. Não precisaria ter recuado. Não precisaria ter ficado esperando e esperando. Tanto tempo perdido. Cinco anos se passaram para nada.

Pritcher não poderia criticar o fraco anseio de seu governante; o controle mental o impedia. Ficou perturbado em vez disso; vagamente intranquilo. Ele falou:

– Mas qual explicação alternativa pode existir, senhor? Por cinco vezes, viajei. O senhor mesmo marcou as rotas. E não deixei de visitar nenhum asteroide. Foi há trezentos anos que Hari Seldon do antigo Império supostamente estabeleceu duas Fundações para agirem como os núcleos de um novo Império, que substituiria o antigo, moribundo. Cem anos depois de Seldon, a Primeira Fundação... a que conhecemos tão bem... era conhecida por toda a Periferia. Cento e cinquenta anos depois de Seldon... na época da última batalha com o antigo Império... era conhecida por toda a Galáxia. E agora já se passaram trezentos anos... e onde estaria essa misteriosa Segunda? Em nenhum canto da Galáxia se ouviu falar dela.

– Ebling Mis disse que ela se mantinha secreta. Somente o segredo pode transformar sua fraqueza em força.

– Um segredo tão profundo como esse é impossível, se não estiver associado à inexistência.

O Mulo olhou para cima com seus grandes olhos cautelosos.

– Não. Ela *existe* – apontou com um dedo ossudo. – Vai haver uma pequena mudança de tática.

Pritcher franziu a testa.

– O senhor planeja viajar? Eu não recomendaria.

– Não, claro que não. Você terá de viajar novamente... mais uma vez. Mas com outra pessoa dividindo o comando.

Houve um silêncio e a voz de Pritcher saiu dura:

– Quem, senhor?

– Há um jovem aqui em Kalgan. Bail Channis.

– Nunca ouvi falar dele, senhor.

– Não, imaginei que não. Mas ele possui uma mente ágil, é ambicioso... e ele *não* é um convertido.

O longo queixo de Pritcher tremeu por um mero instante.

– Não vejo vantagem nisso.

– Há uma, Pritcher. Você é um homem empreendedor e experiente. Vem me prestando bons serviços. Mas é um convertido. Sua motivação é simplesmente uma lealdade a mim que lhe foi imposta e contra a qual nada pode fazer. Quando perdeu sua motivação natural, perdeu algo, um impulso sutil, que eu não poderia repor.

– Não sinto isso, senhor – disse Pritcher, com uma voz desalentada. – Sinto-me tão bem como nos dias em que era seu inimigo. Não me sinto nem um pouco inferior.

– Claro que não – e a boca do Mulo se contorceu num sorriso. – Seu julgamento nessa questão dificilmente poderia ser considerado objetivo. Esse Channis, no entanto, é ambicioso.... para si mesmo. Ele é completamente de confiança... mas só para si mesmo. Sabe que precisa se agarrar a mim para crescer e faria qualquer coisa para aumentar meu poder, para que a viagem seja longa e o destino, cheio de glórias. Se ele for com você, haverá esse impulso extra por trás da busca *dele*... esse impulso egoísta.

– Então – falou Pritcher, ainda insistindo –, por que não remover minha própria conversão, se acha que isso irá me aperfeiçoar? Seria difícil desconfiar de mim a esta altura.

– Isso nunca, Pritcher. Enquanto você estiver perto o bastante para me tocar com as mãos, ou com um desintegrador, vai permanecer firmemente preso à conversão. Se eu o libertasse neste minuto, no próximo estaria morto.

As narinas do general se dilataram:

– Fico ofendido que pense assim.

– Não quero ofendê-lo, mas é impossível para você perceber quais seriam seus sentimentos se eles pudessem se formar livremente, seguindo as linhas da sua motivação natural. A mente humana ressente o controle. O hipnotizador humano normal não consegue hipnotizar uma pessoa contra sua vontade por essa razão. Eu consigo, porque não sou um hipnotizador e, acredite-me, Pritcher, o ressentimento que você não consegue expor e nem sabe que tem é algo que eu não gostaria de enfrentar.

Pritcher inclinou a cabeça. A futilidade o arrebatou e deixou abatido. Ele falou com esforço:

– Mas como o senhor pode confiar nesse homem? Quero dizer, completamente... como confia em mim, com minha conversão.

– Bom, eu acho que não posso. Não completamente. É por isso que você deve ir com ele. Veja, Pritcher – e o Mulo se afundou na grande poltrona na qual ele parecia um palito animado –, se ele *encontrasse* a Segunda Fundação, *poderia* pensar que um acordo com eles seria mais lucrativo do que comigo... entende?

Uma luz de satisfação brilhou nos olhos de Pritcher:

– Assim é melhor, senhor.

– Exatamente. Mas lembre-se, ele deve ter o máximo possível de liberdade.

– Certamente.

– E... hã... Pritcher. O jovem é bonito, agradável e extremamente charmoso. Não se deixe enganar. Ele tem um caráter perigoso e inescrupuloso. Não fique no caminho dele, a não ser que esteja preparado para enfrentá-lo. Isso é tudo.

O Mulo estava sozinho novamente. Deixou que as luzes morressem e a parede na sua frente se tornou transparente de novo. O céu agora estava roxo e a cidade era um borrão de luz no horizonte.

Para que tudo isso? E se ele *fosse* o mestre de tudo que existia – e daí? Isso realmente impediria homens como Pritcher de serem eretos e altos, autoconfiantes, fortes? Bail Channis perderia sua bela aparência? Ele próprio seria diferente?

Ele amaldiçoou suas dúvidas. O que procurava?

A luz de alarme começou a piscar. Ele podia seguir o progresso do homem que tinha entrado no palácio e, quase contra sua vontade, sentiu a doce onda de contentamento emocional tocando as fibras de seu cérebro.

Reconheceu a identidade sem esforço. Era Channis. Aqui o Mulo não viu nenhuma uniformidade, mas a diversidade primitiva de uma mente forte, intocada e que não fora moldada, exceto pelas múltiplas desorganizações do universo. Ela se retorcia em fluxos e ondas. Havia um cuidado na superfície, uma camada fina, um efeito tranquilizador, mas com toques de humor cínico em pequenos redemoinhos. E, por baixo, havia uma forte corrente de autointeresse e narcisismo, com um jorro de humor cruel aqui e ali; e um lago profundo e parado de ambição na base de tudo.

O Mulo sentiu que poderia alcançar e represar a corrente, arrancar o lago de seu leito e pô-lo em curso, secar um fluxo e começar outro. Mas, e daí? Se ele pudesse torcer a cabeça cacheada de Channis até chegar a uma profunda adoração, isso mudaria seu próprio aspecto grotesco, que o fazia repudiar o dia e adorar a noite, que o tornava um recluso dentro de um império que era incondicionalmente seu?

A porta se abriu e ele se virou. A transparência da parede deu lugar à opacidade, e a escuridão abriu caminho para o brilho artificial da energia nuclear.

Bail Channis sentou-se rápido e disse:

– Essa não é uma honra inesperada, senhor.

O Mulo coçou sua probóscide com todos os quatro dedos ao mesmo tempo e soou um pouco irritado em sua resposta:

– Por quê, jovem?

– Um palpite, acho. A menos que eu queira admitir que estive ouvindo rumores.

– Rumores? A quais das várias dezenas de variedades você está se referindo?

– Àquelas que dizem que uma renovação da Ofensiva Galáctica está sendo planejada. É um desejo meu que isso seja verdade, e que eu possa desempenhar um papel apropriado.

– Então, você acha que *existe* uma Segunda Fundação?

– Por que não? Tornaria tudo tão mais interessante.

– E você acha isso interessante também?

– Certamente. O próprio mistério! Que melhor assunto poderia haver para especulações? Os suplementos dos jornais não trazem mais nada ultimamente... o que é, provavelmente, algo significativo. Um dos principais redatores do *Cosmos* criou uma história estranha sobre um mundo que consiste em seres de pura mente... a Segunda Fundação, veja você... que desenvolveu uma força mental a um nível de energia capaz de competir com qualquer ciência física conhecida. Espaçonaves poderiam ser destruídas a anos-luz de distância, planetas poderiam ser tirados de suas órbitas.

– Interessante. Sim. Mas *você* tem alguma noção do assunto? Acredita nessa noção de poder da mente?

– Pela Galáxia, não! Você acha que criaturas como essas ficariam em seu próprio planeta? Não, senhor. Acho que a Segunda Fundação permanece escondida porque é mais fraca do que pensamos.

– Nesse caso, posso me explicar bem facilmente. Você gostaria de encabeçar uma expedição para localizar a Segunda Fundação?

Por um momento, Channis pareceu pego numa repentina torrente de eventos só um pouco mais rápida do que estava preparado para enfrentar. Sua língua ficou muda por um bom tempo.

O Mulo disse, secamente:

– E então?

Channis enrugou a testa:

– Certamente. Mas para onde vou? Você tem alguma informação disponível?

– O general Pritcher irá com você...

– Então eu *não* irei encabeçá-la?

– Julgue por si mesmo quando terminar. Ouça, você não é da Fundação. É um nativo de Kalgan, não? Sim. Bem, então, seu conhecimento do Plano Seldon pode ser vago. Quando o Primeiro Império Galáctico estava desmoronando, Hari Seldon e um grupo de psico-historiadores, analisando o curso futuro da história com ferramentas matemáticas não mais disponíveis nesses tempos degenerados, criou duas Fundações, uma em cada extremo da Galáxia, de tal forma que as forças econômicas e sociológicas que evoluíam lentamente fariam com que elas servissem como focos para o Segundo Império. Hari Seldon fez planos para conseguir isso em mil anos... e teria demorado 30 mil sem as Fundações. Mas ele não podia contar *comigo*. Sou um mutante e imprevisível pela psico-história, que só pode lidar com as reações médias das massas. Você entende?

– Perfeitamente, senhor. Mas como eu me envolvo nisso?

– Você vai entender logo. Pretendo unir toda a Galáxia agora... e cumprir o objetivo de mil anos do Seldon em trezentos. Uma Fundação... o mundo das ciências exatas... ainda está florescendo, sob *mim*. Sob a prosperidade e ordem da União, as armas nucleares que eles desenvolveram são capazes de lidar com qualquer coisa na Galáxia... exceto, talvez, a Segunda Fundação. Então, devo saber mais sobre isso. O general Pritcher é um dos que tem a opinião definitiva de que ela não existe. Eu tenho certeza do contrário.

Channis falou delicadamente:

– Como o senhor sabe?

E as palavras do Mulo, de repente, transbordavam de indignação:

– Porque as mentes sob meu controle sofreram interferências. Delicadamente! Sutilmente! Mas não tão sutilmente que não pudesse perceber. E essas interferências estão aumentando e atingindo homens valiosos, em momentos importantes. Você imagina por que uma certa discrição me manteve parado durante esses anos? Essa é a importância que você tem. O general Pritcher é o melhor homem que me restou, então não é mais seguro. É claro, não sabe disso. Mas *você* é um não convertido e, assim, não é instantaneamente detectável como homem do Mulo. Você pode enganar a Segunda Fundação por mais tempo do que qualquer um dos meus homens... talvez só o suficiente. Entende?

– Hã-hã. Sim. Mas perdoe-me, senhor, se eu o questiono. Como esses seus homens são perturbados, para que eu possa detectar alguma mudança no general Pritcher, caso isso ocorra? Eles são desconvertidos? Eles se tornam desleais?

– Não. Eu falei que era algo sutil. É mais perturbador do que isso, porque é mais difícil de detectar e às vezes eu preciso esperar antes de agir, sem ter certeza se um homem importante está agindo normalmente de forma errática ou foi atacado. A lealdade deles permanece intacta, mas a iniciativa e a engenhosidade são apagadas. Sou deixado com uma pessoa perfeitamente normal, aparentemente, mas completamente inútil. No ano passado, seis passaram por isso. Seis dos meus melhores. – Levantou o canto da boca. – Eles estão responsáveis pelas bases de treinamento agora... e desejo muito que não tenham de enfrentar emergências nas quais precisem tomar decisões.

– Suponha, senhor... suponha que não tenha sido a Segunda Fundação. E se há outro, como o senhor... outro mutante?

– O planejamento é muito cuidadoso, muito a longo prazo. Um único homem teria mais pressa. Não, é um mundo, e você será minha arma contra ele.

Os olhos de Channis brilharam quando ele disse:

– Estou encantado com a oportunidade.

Mas o Mulo deteve a súbita erupção emocional. Disse:

– Sim, aparentemente lhe ocorre que você irá realizar um serviço fantástico, merecedor de uma recompensa fantástica... talvez, até mesmo, ser o meu sucessor. É possível. Mas há punições fantásticas, também, sabe. Minha ginástica emocional não está confinada somente à criação de lealdade.

E o pequeno sorriso em seus lábios finos tornou-se sinistro, enquanto Channis saltava da poltrona, horrorizado.

Apenas por um instante, só um rápido instante, Channis sentiu a ferroada de uma aflição incrível abatendo-se sobre ele, acompanhada de uma dor física que obscurecera sua mente de forma insuportável, desaparecendo em seguida. Agora, nada restava a não ser uma forte onda de raiva.

O Mulo disse:

– Raiva não servirá de nada... sim, você está tentando escondê-la, não? Mas eu consigo ver. Então, lembre-se... *esse* tipo de coisa pode se tornar mais intenso, e permanente. Já matei homens por meio do controle emocional, e não há morte mais cruel. – Ele fez uma pausa. – É tudo.

O Mulo estava sozinho novamente. Ele deixou as luzes se apagarem e a parede na sua frente tornou-se transparente de novo. O céu estava escuro e o corpo crescente da Lente Galáctica espalhava seu brilho estrelado pelas profundezas aveludadas do espaço.

Toda aquela confusão de nebulosa era uma massa de estrelas tão numerosas que se fundiam uma à outra e só deixavam uma nuvem de luz.

E tudo aquilo seria dele...

E agora só havia mais uma coisa a fazer, e ele poderia dormir.

PRIMEIRO INTERLÚDIO

O Conselho Executivo da Segunda Fundação estava reunido. Para nós, são apenas vozes. Nenhuma cena exata da reunião e nem a identidade dos presentes são essenciais neste momento.

Nem, estritamente falando, podemos considerar uma reprodução exata de qualquer parte da sessão – a menos que queiramos sacrificar completamente até mesmo o mínimo de compreensibilidade que temos direito de esperar.

Lidamos aqui com psicólogos – e não meros psicólogos. Digamos, em vez disso, que são cientistas com uma orientação psicológica. Isto é, homens cuja concepção fundamental da filosofia científica está apontada para uma direção completamente diferente de todas as direções que conhecemos. A "psicologia" dos cientistas treinados nos axiomas deduzidos a partir dos hábitos observacionais da ciência física tem uma vaga relação com a PSICOLOGIA.

O que é o mesmo que explicar a cor para um cego – sendo eu mesmo tão cego quanto a audiência.

O que estamos dizendo é que as mentes reunidas entendiam perfeitamente o funcionamento umas das outras, não só pela teoria geral mas por uma aplicação específica, por um longo período, dessas teorias a indivíduos particulares. A fala, como nós a conhecemos, era desnecessária. Um fragmento de sentença equivalia quase a uma redundância prolixa. Um gesto, um resmungo, a curva de uma linha facial – mesmo uma pausa significativa – produziam muita informação.

Tomamos a liberdade, assim, de traduzir livremente uma pequena parte da conferência para as combinações de palavras extremamente específicas necessárias para mentes orientadas desde a infância para uma filosofia da ciência física, mesmo correndo o risco de perdermos as nuances mais delicadas. Havia uma "voz" predominante e ela pertence ao indivíduo conhecido simplesmente como Primeiro Orador.

Ele disse:

– Aparentemente, agora está muito claro o que deteve o Mulo em sua primeira investida. Não posso dizer que haja algum crédito para... bem, para a forma como organizamos a situação. Aparentemente, ele quase nos localizou, por meio do fortalecimento artificial do que eles chamam de "psicólogo" na Primeira Fundação. Esse psicólogo foi morto pouco antes de conseguir comunicar sua descoberta ao Mulo. Os eventos que levaram a essa morte foram completamente fortuitos para todos os cálculos abaixo de Fase Três. Suponho que queira continuar.

A inflexão da voz indicava o Quinto Orador. Ele falou, em tom sombrio:

– É certo que a situação foi mal conduzida. Somos, é claro, altamente vulneráveis a um ataque maciço, principalmente um ataque liderado por um fenômeno mental como é o Mulo. Logo depois que ele ficou famoso em toda a Galáxia com a conquista da Primeira Fundação, seis meses para ser mais exato, já estava em Trantor. Dentro de outro meio ano, ele estaria aqui e as probabilidades estariam absurdamente contra nós... 96,3 mais ou menos 0,05%, para ser exato. Gastamos tempo considerável analisando as forças que o fizeram parar. Sabemos, é claro, o que o impelia em primeiro lugar. As ramificações internas de sua deformidade física e sua singularidade mental são óbvias para todos nós. No entanto, foi só por meio da entrada na Fase Três que pudemos determinar... *depois do fato*... a possibilidade de sua ação anômala na presença de outro ser humano que tivesse uma afeição honesta por ele. E, como tal ação anômala dependeria da presença desse outro ser humano no momento apropriado, nesse aspecto todo o caso foi fortuito. Nossos agentes estão certos de que foi uma mulher que matou o psicólogo do Mulo... uma mulher por quem o Mulo desenvolveu uma confiança sentimental e a quem, portanto, não controlou mentalmente... simplesmente porque ela gostava dele. Desde o evento... e para aqueles que querem os detalhes, um tratamento matemático do assunto foi elaborado na Biblioteca Central... que nos avisou, temos mantido o Mulo distante usando métodos não ortodoxos com os quais arriscamos diariamente todo o esquema da história de Seldon. Isso é tudo.

O Primeiro Orador fez uma pausa breve para permitir que os indivíduos reunidos absorvessem todas as implicações. Ao final, disse:

– A situação é altamente instável. Com o esquema original de Seldon torcido a ponto de se romper... e devo enfatizar que erramos muito em toda a questão, em nossa terrível falta de visão... estamos perante um colapso irreversível do Plano. O tempo está correndo. Acho que só há uma solução... e mesmo essa é arriscada. Devemos permitir que o Mulo nos encontre... em certo sentido.

Outra pausa, na qual ele tomou conhecimento das reações:

– Repito: em certo sentido!

02.
DOIS HOMENS SEM O MULO

A nave estava quase pronta. Não faltava nada, a não ser o destino. O Mulo tinha sugerido um retorno a Trantor – o mundo que era a carcaça de uma metrópole incomparável do maior império que a humanidade já tinha conhecido –, o mundo morto que havia sido a capital de todas as estrelas.

Pritcher desaprovou. Era um caminho antigo – que já tinha dado tudo o que tinha para dar.

Ele encontrou Bail Channis na sala de navegação da nave. O cabelo encaracolado do jovem estava suficientemente desalinhado para permitir a existência de um único cacho pendurado em cima da testa – como se ele tivesse sido cuidadosamente colocado ali – e os dentes se abriam num sorriso que combinava. Vagamente, o rígido oficial sentiu uma certa animosidade contra o outro.

O entusiasmo de Channis era evidente:

– Pritcher, é muita coincidência.

O general respondeu friamente:

– Não estou ciente do assunto desta conversa.

– Oh, bem, então arraste uma cadeira, meu velho, e vamos ver isso. Estou repassando suas notas. São excelentes.

– Muito... ah... obrigado.

– Mas estive pensando se você chegou às mesmas conclusões que eu. Já tentou analisar o problema de forma dedutiva? Quero dizer, está ótimo vasculhar as estrelas aleatoriamente, e conseguir tudo o que você fez em cinco expedições foi um trabalho enorme. Isso é óbvio. Mas já calculou quanto demoraria para revisar cada mundo conhecido nesse passo?

– Sim. Muitas vezes – Pritcher não sentia nenhuma necessidade de facilitar a vida para o jovem, mas era importante tirar o máximo da mente do outro; a mente não controlada, portanto imprevisível, do outro.

– Bem, então, vamos supor que somos analíticos e tentar decidir exatamente o que estamos procurando?

– A Segunda Fundação – falou Pritcher, mal-humorado.

– Uma Fundação de psicólogos – corrigiu Channis –, que é tão fraca em ciências físicas como a Primeira Fundação era fraca em psicologia. Bem, você é da Primeira Fundação, eu não. As implicações são provavelmente óbvias para você. Devemos encontrar um mundo que é governado pela virtude das habilidades mentais e que seja bastante atrasado cientificamente.

– É necessariamente assim? – questionou Pritcher, em voz baixa. – Nossa própria "União dos Mundos" não é atrasada cientificamente, apesar de nosso governante dever sua força a seus poderes mentais.

– Porque ele se baseia nos conhecimentos da Primeira Fundação – foi a resposta um pouco impaciente. – E esse é o único reservatório de conhecimento na Galáxia. A Segunda Fundação deve viver entre as migalhas secas do Império Galáctico. Não há outra alternativa.

– Então você está dizendo que eles possuem poder mental suficiente para dominar um grupo de mundos e impotência física, ao mesmo tempo?

– Impotência física *comparativamente*. Contra as áreas vizinhas decadentes, eles são competentes para se defender. Contra as forças renascentes do Mulo, com a base de uma economia nuclear madura, eles não podem resistir.

Se não fosse por isso, por que teriam sido tão bem escondidos, tanto no começo, pelo fundador, Hari Seldon, como agora, por si mesmos? Sua própria Primeira Fundação não tornou sua existência um segredo nem quando era uma única cidade em um planeta solitário, há trezentos anos.

As linhas suaves do rosto de Pritcher se retorceram de forma sarcástica.

– E agora que você terminou sua profunda análise, gostaria de uma lista de todos os reinos, repúblicas, planetas-estado e ditaduras de um tipo ou de outro na selvageria política que existe lá fora, correspondendo a sua descrição e a outros vários fatores?

– Tudo isso já foi considerado, então? – Channis não perdeu a impertinência.

– Você não encontrará aqui, naturalmente, mas temos um guia completo das unidades políticas da Periferia Oposta. Realmente, você achou que o Mulo iria trabalhar de forma aleatória?

– Bom, então – e a voz do jovem se elevou com energia –, o que você acha da Oligarquia de Finstrel?

Pritcher coçou a orelha, pensativamente:

– Finstrel? Oh, acho que sei. Eles não estão na Periferia, estão? Parece que estão a um terço do caminho em direção ao centro da Galáxia.

– Sim. E daí?

– Os registros que temos colocam a Segunda Fundação no outro extremo da Galáxia. O espaço sabe que essa é nossa única pista. Por que falar de Finstrel? Seu desvio angular do raio da Primeira Fundação está somente a cento e dez ou cento e vinte graus, de qualquer forma. Nem perto de cento e oitenta.

– Há um outro ponto nos registros. A Segunda Fundação foi estabelecida no "Fim da Estrela".

– Essa região nunca foi localizada na Galáxia.

– Porque era um nome local, suprimido depois, para guardar o segredo. Ou talvez tenha sido inventado por Seldon e seu grupo. Mas parece haver alguma semelhança entre "Fim da Estrela" e "Finstrel", não acha?

– Uma vaga similaridade fonética? Insuficiente.

– Já esteve lá?

– Não.

– Mas aparece nos seus registros.

– Onde? Oh, sim, mas foi só para conseguir comida e água. Não havia nada muito importante nesse mundo.

– Você pousou no planeta principal? O centro do governo?

– Não saberia dizer.

Channis meditou sob o olhar frio do general. Então disse:

– Você olharia para a Lente comigo por um momento?

– Certamente.

A Lente era talvez o mais novo recurso dos cruzadores interestelares da época. Na verdade, era um computador complicado que poderia jogar, em uma tela, uma reprodução do céu noturno como visto de qualquer ponto da Galáxia.

Channis ajustou os pontos de coordenada e as luzes da parede da sala de navegação se apagaram. Sob a tênue luz vermelha no painel de controle da Lente, o rosto de Channis brilhou, corado. Pritcher sentou na cadeira do piloto, as longas pernas cruzadas, o rosto perdido na penumbra.

Lentamente, depois que o período de inicialização terminou, os pontos de luz brilharam na tela. E foram ficando densos e brilhantes com o grupo de estrelas populosas no centro da Galáxia.

– Isso – explicou Channis – é o céu da noite de inverno em Trantor. Esse é o ponto importante que, até onde sei, foi negligenciado na sua busca. Toda orientação inteligente deve começar tendo Trantor como ponto zero. Trantor foi a capital do Império Galáctico. Ainda mais científica e culturalmente do que politicamente. E, portanto, o significado de qualquer nome descritivo deve vir, em 90% dos casos, de uma orientação trantoriana. Quanto a isso, você irá se lembrar de que, apesar de Seldon ser de Helicon, que está na direção da Periferia, seu grupo trabalhou em Trantor.

– O que você está tentando me mostrar? – A voz gelada de Pritcher contrastava com o entusiasmo do outro.

– O mapa irá explicar. Você vê a nebulosa escura? – A sombra de seu braço marcou a tela, que havia assumido a majestade da Galáxia. O dedo indicador terminava numa pequena mancha de escuridão que parecia um buraco no tecido de luz.

– Os registros estelográficos chamam de Nebulosa de Pellot. Preste atenção. Vou expandir a imagem.

Pritcher tinha visto o fenômeno da expansão da imagem da Lente antes, mas ainda perdia o fôlego. Era como estar olhando pela visitela de uma nave viajando por uma Galáxia terrivelmente apinhada sem entrar no hiperespaço. As estrelas divergiam na direção deles vindas de um centro comum, brilhavam e caíam para fora da tela. Pontos individuais tornavam-se duplos, depois globulares. Áreas nebulosas se dissolviam em uma miríade de pontos. E sempre, a ilusão de movimento.

Channis falava enquanto isso:

– Você perceberá que estamos nos movendo numa linha reta entre Trantor e a Nebulosa de Pellot, assim, efetivamente, ainda estamos olhando de uma orientação estelar equivalente à de Trantor. Há, provavelmente, um pequeno erro por causa do desvio gravitacional da luz que eu não tenho a matemática para calcular, mas tenho certeza de que não pode ser muito significativo.

A escuridão estava se espalhando pela tela. À medida que a taxa de magnificação diminuía, as estrelas deslizavam pelos quatro cantos da tela como se acenassem, arrependidas em partir. Nas bordas da crescente nebulosa, o universo de estrelas brilhou abruptamente, numa amostra da luz escondida atrás de um redemoinho de fragmentos de átomos de sódio e cálcio não irradiantes que preenchiam parsecs cúbicos de espaço.

E Channis apontou novamente:

– Isso foi chamado de "A Boca" pelos habitantes dessa região do espaço. E é significativo porque só a partir de uma orientação trantoriana que ele se parece com uma boca. – O que ele indicava era uma falha no corpo da Nebulosa, com o formato de uma boca num esgar desigual, de perfil, contornada pela glória esplendorosa da luz estelar com a qual era preenchida.

– Siga "A Boca" – disse Channis. – Siga "A Boca" até a garganta enquanto ela se estreita numa fina linha de luz.

Novamente, a tela se expandiu um pouco até que a Nebulosa se esticou para além da "Boca", bloqueando tudo que estava na tela, menos aquele fiozinho estreito. O dedo de Channis seguiu-o silenciosamente até o fim e continuou ainda a se mover até um ponto onde uma única estrela brilhava solitária; e lá o dedo parou, pois tudo além era escuridão, impenetrável.

– O "Fim da Estrela" – disse o jovem, simplesmente. – O tecido da Nebulosa é fino ali, e a luz daquela única estrela consegue abrir caminho em apenas uma direção... para brilhar em Trantor.

– Você está querendo me dizer que ... – a voz do general do Mulo morreu, desconfiada.

– Não estou tentando. Aquilo *é* Finstrel... o Fim da Estrela.

As luzes se acenderam. A Lente desligou. Pritcher se aproximou de Channis em três longos passos:

– O que o fez pensar nisso?

E Channis se esticou em sua cadeira com uma expressão estranhamente misteriosa.

– Foi acidental. Gostaria de ter o crédito intelectual disso, mas foi apenas um acidente. De qualquer forma, independente de como foi, funciona. De acordo com nossas referências, Finstrel é uma oligarquia que governa vinte e sete planetas habitados. Não é avançada cientificamente. E, o que é mais importante, é um mundo obscuro que aderiu a uma neutralidade estrita na política local daquela região estelar e não é expansionista. Acho que deveríamos dar uma olhada.

– Você informou o Mulo sobre isso?

– Não. Nem vamos. Estamos no espaço, a ponto de fazer o primeiro Salto.

Pritcher, sentindo um horror repentino, saltou até a visitela. O frio espaço foi o que viu depois de ajustá-lo. Ele fixou os olhos na vista, depois se virou. Automaticamente, sua mão encontrou a curva confortável da coroa do desintegrador.

– Com ordem de quem?

– Minha, general. – Era a primeira vez que Channis usava o título do outro. – Enquanto estávamos aqui. Você provavelmente não sentiu a aceleração porque ela ocorreu no momento em que eu estava expandindo o campo da Lente e você, sem dúvida, imaginou que era uma ilusão do aparente movimento das estrelas.

– Por quê? O que você exatamente está fazendo? Qual foi o objetivo dessa besteira sobre Finstrel, então?

– Não foi besteira. Estou falando bastante sério. Estamos indo para lá. Partimos hoje porque estávamos agendados para viajar daqui a três dias. General, você não acredita que exista uma Segunda Fundação; eu, sim. *Você* está apenas seguindo as ordens do Mulo, sem fé; *eu* reconheço um perigo sério. A Segunda Fundação teve cinco anos para se preparar. Como eles fizeram isso, não sei, mas e se eles tiverem agentes em Kalgan? Se eu carrego na minha mente o conhecimento da localização da Segunda Fundação, eles podem descobrir. Minha vida poderia estar em perigo, e tenho grande afeição por minha vida. Mesmo numa possibilidade fraca e remota como essa, prefiro jogar seguro. Então ninguém sabe de Finstrel a não ser você. E, mesmo assim, só depois de já estarmos no espaço. Mesmo assim, há a questão da tripulação. – Channis estava sorrindo de novo, ironicamente, obviamente com o controle completo da situação.

A mão de Pritcher soltou o desintegrador, e por um momento um vago desconforto o atingiu. O que o *impedia* de agir? O que o *entorpecia*? Houve um tempo em que ele era um capitão rebelde e preterido em promoções do império comercial da Primeira Fundação, quando então seria *ele* e não esse Channis que tomaria iniciativas rápidas e ousadas como essa. O Mulo estaria certo? Sua mente controlada estaria tão preocupada em obedecer a ponto de perder a iniciativa? Ele sentiu um forte abatimento levando-o a um estranho cansaço.

– Muito bom! – falou. – No entanto, você irá me consultar no futuro, antes de tomar decisões dessa natureza.

O sinal piscante chamou sua atenção.

– É a sala de máquinas – disse Channis, casualmente. – Eles tiveram cinco minutos pra preparar tudo, e pedi que me avisassem se houvesse algum problema. Quer cuidar do comando?

Pritcher concordou com um gesto e refletiu, na solidão repentina, sobre os males de chegar aos cinquenta anos. A visitela estava esparsamente estrelada. O corpo principal da Galáxia estava enevoado em um dos extremos. E se ele fosse livre da influência do Mulo...

Mas fugiu horrorizado do pensamento.

O engenheiro-chefe Huxlani olhou diretamente para o jovem sem farda que andava com a segurança de um oficial da armada, e parecia estar em posição de autoridade. Huxlani, que era membro da armada desde sempre, geralmente confundia autoridade com insígnias específicas.

Mas o Mulo tinha indicado esse homem, e o Mulo tinha, é claro, a última palavra. A única palavra que importava. Nem mesmo subconscientemente ele poderia questionar. O controle emocional era profundo.

Ele entregou o pequeno objeto oval a Channis sem dizer uma palavra.

Channis o levantou e sorriu com simpatia.

– Você é um homem da Fundação, não é, chefe?

– Sim, senhor. Servi na armada da Fundação por dezoito anos, antes de o Primeiro Cidadão assumir.

– Treinamento em engenharia?

– Técnico Qualificado, Primeira Classe... Escola Central de Anacreon.

– Muito bom. E você achou isso no circuito de comunicação, onde eu pedi para procurar?

– Sim, senhor.

– Isso é parte do equipamento?

– Não, senhor.

– O que é isso?

– Um hipertransmissor, senhor.

– Explique melhor. Não sou um homem da Fundação. O que é isso?

– É um aparelho que permite que a nave seja seguida através do hiperespaço.

– Em outras palavras, podemos ser seguidos a qualquer lugar?

– Sim, senhor.

– Certo. Essa versão é um avanço recente, não? Foi desenvolvida por um dos Institutos de Pesquisa criados pelo Primeiro Cidadão, não foi?

– Acredito que sim, senhor.

– E seu funcionamento é um segredo do governo. Certo?

– Acredito que sim, senhor.

– E aparece aqui. Intrigante.

Channis jogou o hipertransmissor metodicamente, de uma mão para a outra, por alguns segundos. Então, bruscamente, parou:

– Leve-o e coloque-o de volta, exatamente onde encontrou e como estava. Entendeu? E depois esqueça o incidente. Completamente!

O chefe reprimiu uma continência quase automática, virou-se e saiu.

A nave saltava pela Galáxia, seu caminho uma linha de pontos afastados no espaço interestelar. Os pontos referidos eram os poucos trechos de 10 a 60 segundos-luz gastos no espaço normal e, entre eles, os vazios de muitos parsecs que representavam os Saltos pelo hiperespaço.

Bail Channis sentou-se ao painel de controle da Lente e sentiu novamente a onda involuntária de quase-adoração ao contemplar o aparelho. Ele não era um homem da Fundação, e a interação de forças no giro de uma manivela ou no corte de um contato não era algo familiar.

Não que a Lente fosse algo comum, mesmo para um homem da Fundação. Dentro de seu corpo incrivelmente compacto existiam circuitos suficientes para localizar com precisão cem milhões de estrelas separadas na posição relativa exata de uma com a outra. E, como se isso não fosse suficiente, era ainda capaz de traduzir qualquer porção do Campo Galáctico de acordo com qualquer um dos três eixos espaciais ou rotacionar qualquer porção do Campo a partir de um centro.

Foi por causa disso que a Lente tinha realizado uma quase-revolução nas viagens interestelares. Nos primeiros dias dessas viagens, os cálculos de cada

Salto através do hiperespaço significavam uma boa quantidade de trabalho que podia durar um dia ou uma semana... e a maior parte do trabalho era o cálculo mais ou menos preciso da "Posição da Nave" na escala Galáctica de referência. Essencialmente, isso significava a observação precisa de pelo menos três estrelas grandes cujas posições, em referência ao triplo zero Galáctico, fossem conhecidas.

E é a palavra "conhecida" o verdadeiro problema. Para qualquer um que conheça o campo estelar bem, a partir de um ponto de referência, as estrelas são tão individuais quanto as pessoas. Salte dez parsecs, no entanto, e nem seu próprio sol será reconhecido. Pode nem ser visível.

A resposta era, é claro, a análise espectroscópica. Por séculos, o principal objeto da engenharia interestelar fora a análise da "assinatura de luz" de cada vez mais estrelas em cada vez maior detalhe. Com isso, e com a crescente precisão do próprio Salto, as rotas padronizadas de viagem através da Galáxia foram adotadas e a viagem interestelar se tornou menos uma arte e mais uma ciência.

Mesmo assim, mesmo sob a Fundação com computadores melhores e um novo método de escaneamento mecânico do campo estelar atrás de uma "assinatura de luz" conhecida, às vezes ainda demorava dias para localizar três estrelas e depois calcular a posição em regiões com as quais o piloto não estava familiarizado.

Foi a Lente que mudou tudo isso. Primeiro, porque só exige uma única estrela conhecida. Segundo, mesmo um principiante como Channis consegue operá-la.

A estrela importante mais próxima, no momento, era Vincetori, de acordo com os cálculos do Salto. Ela aparecia na visitela, uma estrela brilhante bem no centro. Channis esperava que fosse Vincetori.

A tela do campo da Lente estava projetada bem ao lado visitela e, com dedos cuidadosos, Channis inseriu as coordenadas de Vincetori. Ele fechou um transmissor e o campo estelar surgiu, brilhante. Nele, também, uma estrela brilhante estava centralizada, mas parecia não haver ligação entre as duas. Ele ajustou a Lente ao longo do Eixo-Z e expandiu o Campo para onde o fotômetro mostrava as duas estrelas centralizadas com brilho igual.

Channis procurava uma segunda estrela, de brilho razoável, na visitela e encontrou uma correspondente na tela do campo. Ele rotacionou, lentamente, a tela para uma deflexão angular semelhante. Retorceu a boca e rejeitou o resultado com uma careta. Rotacionou novamente, e outra estrela brilhante surgiu, depois uma terceira. Então, sorriu. Era isso. Talvez um especialista com treinamento em percepção de relações poderia ter achado na primeira tentativa, mas ele estava feliz com três.

Esse era o ajuste. No passo final, os dois campos se sobrepunham e se mesclavam em um mar de não-tanta-certeza. A maioria das estrelas tinha duplos quase perfeitos. Mas o ajuste fino não demorou muito. As estrelas duplas se uniram, um campo permaneceu, e a "Posição da Nave" poderia agora ser lida diretamente nos mostradores. Todo o procedimento tomara menos de meia hora.

Channis encontrou Han Pritcher em seus aposentos. O general estava aparentemente se preparando para dormir. Ele levantou os olhos.

– Novidades?

– Nada em especial. Estaremos em Finstrel em outro Salto.

– Eu sei.

– Não quero incomodá-lo se você pretende descansar, mas deu uma olhada no filme que conseguimos em Cil?

Han Pritcher olhou com desprezo para o objeto em questão, que estava numa caixa preta sobre uma estante baixa de livros:

– Sim.

– E o que achou?

– Acho que, se já existiu uma ciência da História, ela se perdeu nesta região da Galáxia.

Channis abriu um sorriso:

– Entendo o que está falando. Bastante estéril, não?

– Não, se você gostar de crônicas pessoais dos governantes. Provavelmente nada muito confiável, eu diria, nas duas direções. Onde a história se preocupa principalmente com as personalidades, os esboços podem ser tanto positivos quanto negativos, de acordo com os interesses do escritor. Acho isso tudo bastante inútil.

— Mas há uma parte sobre Finstrel. Foi isso que quis mostrar quando lhe entreguei o filme. É o único que pude encontrar que cita o planeta.

— Certo. Eles têm bons e maus governantes. Conquistaram alguns planetas, venceram algumas batalhas, perderam outras poucas. Não há nada especial neles. Não acredito muito na sua teoria, Channis.

— Mas você deixou passar alguns pontos. Não percebe que eles nunca formaram coalizões? Sempre permaneceram completamente fora da política desse canto das estrelas. Como você disse, eles conquistaram alguns planetas, mas depois pararam... e isso sem terem sofrido nenhuma derrota importante. É como se tivessem se expandido o suficiente para se proteger, mas não o suficiente para atrair atenção.

— Muito bem — veio a resposta isenta de emoções. — Não tenho nenhuma objeção a pousarmos lá. No pior dos casos, será um tempo perdido.

— Oh, não. No pior, será uma derrota completa. Se *for* a Segunda Fundação. Lembre-se de que seria um mundo de sabe o espaço quantos Mulos.

— O que você pretende fazer?

— Pousar em algum planeta menos importante. Descobrir tudo sobre Finstrel primeiro, depois improvisar.

— Certo. Nenhuma objeção. Se não se importa agora, eu *gostaria* de apagar a luz. — Channis saiu com um aceno de mão.

E, na escuridão de um pequeno quarto em uma ilha de metal perdida na vastidão do espaço, o general Han Pritcher permaneceu acordado, seguindo os pensamentos que o levaram a viagens tão fantásticas.

Se tudo que tinha concluído tão dolorosamente fosse verdade — e como todos os fatos estavam começando a se encaixar —, então Finstrel *era* a Segunda Fundação. Não havia saída. Mas como? Como?

Poderia ser Finstrel? Um mundo comum? Sem nenhuma distinção? Uma favela perdida no meio dos restos de um império? Uma farpa em meio a fragmentos? Ele se lembrava, como se a distância, do rosto seco e da voz fina do

Mulo, quando falava sobre o velho psicólogo da Fundação, Ebling Mis, o homem que tinha – talvez – descoberto o segredo da Segunda Fundação.

Pritcher lembra-se da tensão nas palavras do Mulo:

– Foi como se o assombro tivesse tomado Mis. Era como se algo sobre a Segunda Fundação tivesse superado suas expectativas, o tivesse levado para uma direção completamente diferente da que ele tinha imaginado. Se eu pudesse ler seus pensamentos em lugar de suas emoções. Mas as emoções estavam evidentes... e sobre todo o resto, estava essa imensa surpresa.

Surpresa dava o tom. Algo supremamente assombroso! E agora chegava esse rapaz, esse jovem sorridente, tranquilamente alegre com Finstrel e sua medíocre subnormalidade. E ele devia estar certo. Ele *tinha* de estar. De outro modo, nada faria sentido.

O último pensamento consciente de Pritcher tinha um toque sombrio. Aquele hiper-rastreador dentro do tubo Etérico ainda estava ali. Ele tinha checado uma hora antes, quando Channis estava longe.

SEGUNDO INTERLÚDIO

Foi um encontro casual na antessala da Câmara do Conselho – apenas momentos antes de passar para a Câmara para tratar dos assuntos do dia – e os poucos pensamentos se projetavam de um lado para o outro com rapidez.

– Então, o Mulo está a caminho.

– Foi o que eu ouvi, também. Arriscado! Muito arriscado!

– Não se os assuntos seguirem as funções montadas.

– O Mulo não é um homem comum... e é difícil manipular seus instrumentos sem que ele detecte. As mentes controladas são difíceis de tocar. Dizem que ele descobriu em alguns casos.

– Sim, não vejo como isso possa ser evitado.

– Mentes não controladas são mais fáceis. Mas tão poucas estão em posição de autoridade no governo dele...

Eles entraram na Câmara. Outros da Segunda Fundação os seguiram.

03. DOIS HOMENS E UM CAMPONÊS

Rossem é um desses mundos marginais normalmente negligenciados na história Galáctica, e que pouco se intromete na atenção de homens da miríade de planetas mais felizes.

Nos últimos dias do Império Galáctico, uns poucos prisioneiros políticos tinham habitado suas vastidões, enquanto que um observatório e uma pequena guarnição naval serviam para evitar o abandono completo. Mais tarde, nos piores dias da confusão, mesmo antes da época de Hari Seldon, o tipo mais fraco de homem, cansado das décadas periódicas de insegurança e perigo; farto de planetas saqueados e de uma sucessão fantasmagórica de imperadores efêmeros que abriam caminho para o trono por alguns poucos anos ruins e infrutíferos – esses homens fugiram dos centros populosos e procuraram abrigo nos cantos vazios da Galáxia.

Ao longo das vastidões frias de Rossem, as vilas se apinham. O sol deles era uma pequena estrela fraca que preferia guardar os restos de calor para si mesma, enquanto a neve caía sobre o planeta durante nove meses do ano. O resistente cereal nativo permanece dormente no solo durante esses meses nevados, depois cresce e amadurece rápido, quase em pânico, quando a fraca radiação do sol eleva as temperaturas para quase 10 graus.

Pequenos animais, parecidos com cabras, pastavam a relva, chutando a fina neve com pequenos pés de três cascos.

Os homens de Rossem tinham, assim, o pão e o leite – e, quando conseguiam abrir mão de um animal, até a carne. As florestas escuras e sinistras que cobriam quase metade da região equatorial do planeta forneciam uma madeira pesada e com veio fino para as casas. Essa madeira, junto com certas peles e minerais, era boa até para exportação, e as naves do Império chegavam de tempos em tempos e traziam, em troca, máquinas agrícolas, aquecedores nucleares, até mesmo televisores. O último item não era absurdo, já que o longo inverno impunha uma hibernação solitária aos camponeses.

A história imperial passava longe dos camponeses de Rossem. As naves de comércio podiam trazer notícias em jorros impacientes; ocasionalmente, novos fugitivos chegavam – uma vez, um grupo relativamente grande chegou de uma vez e permaneceu – e esses normalmente traziam notícias da Galáxia.

Era então que os rossemitas ficavam sabendo de batalhas dramáticas e populações dizimadas, ou de imperadores tirânicos e vice-reis rebeldes. E eles suspiravam e sacudiam a cabeça, ajustavam as peles mais perto de seus rostos barbudos quando se sentavam nas praças das vilas sob o sol fraco e filosofavam sobre a maldade dos homens.

Então, depois de um tempo, as naves comerciais pararam de chegar e a vida ficou mais complicada. Suprimentos de comida estrangeira, tabaco e máquinas pararam. Palavras vagas de fragmentos de transmissões da hiperbanda captadas em seus televisores traziam notícias cada vez mais perturbadoras. E, finalmente, eles souberam que Trantor tinha sido saqueada. A grande capital de toda a Galáxia, o lar esplêndido, lendário, inacessível e incomparável dos imperadores havia sido destruído, arruinado e levado à completa destruição.

Era algo inconcebível e, para muitos dos camponeses de Rossem, enquanto aravam seus campos, parecia realmente que o fim da Galáxia estava próximo.

Então, num dia não muito diferente dos demais, uma nave voltou a chegar. Os velhos de cada vila balançaram a cabeça com sabedoria e ergueram suas velhas pálpebras para sussurrar que assim tinha sido no tempo de seus pais – mas não era a mesma coisa, na verdade.

Essa nave não era imperial. A reluzente Espaçonave-e-Sol do Império tinha desaparecido da proa. Era um negócio estranho feito dos restos de velhas naves – e os homens dentro dela chamavam a si mesmos de soldados de Finstrel.

Os camponeses ficaram confusos. Nunca tinham ouvido falar em Finstrel, mas receberam os soldados, mesmo assim, com a tradicional hospitalidade. Os recém-chegados perguntaram muitas coisas sobre a natureza do planeta, o número de habitantes, o número de cidades – uma palavra que os camponeses confundiram com "vilas", o que confundiu todos os envolvidos –, o tipo de economia e assim por diante.

Outras naves vieram e proclamações foram feitas por toda parte de que Finstrel agora era o mundo governante, que estações de coleta de impostos seriam estabelecidas em toda a faixa do equador – a região habitada –, que porcentagens de grãos e de peles, de acordo com certas fórmulas matemáticas, seriam coletadas anualmente.

Os rossemitas piscaram solenemente, incertos do significado da palavra "impostos". Quando chegou a época da coleta, muitos pagaram ou ficaram confusos enquanto os estrangeiros uniformizados carregavam o cereal colhido e as peles em grandes carros terrestres.

Em vários lugares, camponeses indignados se juntaram e pegaram as velhas armas de caça – mas isso não deu em nada. Eles debandaram resmungando quando os homens de Finstrel chegaram e, consternados, viram que a dura luta pela existência tinha endurecido um pouco mais.

Mas um novo equilíbrio foi alcançado. O governador finstreliano vivia de forma austera na vila de Gentri, de onde todos os rossemitas foram expulsos. Ele e os oficiais sob sua direção eram estrangeiros que quase nunca impunham sua presença aos rossemitas. Os coletores de impostos, rossemitas empregados por Finstrel, vinham periodicamente, mas eram criaturas de hábito – e o camponês tinha aprendido a esconder os grãos, a levar o gado para a floresta e evitava melhorar muito sua cabana para não parecer ostensivamente próspero. Assim, com uma expressão indiferente, como se não compreendesse nada, ele respondia a todas as perguntas sobre seus bens apontando meramente para o que podia ser visto.

Mesmo isso diminuiu em frequência e os impostos baixaram, quase como se Finstrel tivesse se cansado de extorquir centavos de um mundo desse tipo.

O comércio cresceu, e talvez Finstrel achasse isso bem mais lucrativo. Os homens de Rossem não recebiam mais as criações finas do Império, mas até mesmo as máquinas e as comidas finstrelianas eram melhores que as nativas. E havia roupas para mulheres de outras cores além do cinza da lã local, o que era algo importante.

Então, mais uma vez, a história Galáctica passou por eles pacificamente, e os camponeses continuaram a arrancar a vida do solo duro.

Narovi assoprou a barba enquanto saía de sua cabana. Os primeiros flocos de neve estavam se espalhando pelo chão duro e o céu estava nublado, sem brilho, um pouco cor-de-rosa. Ele olhou cuidadosamente para o alto e decidiu que não havia nenhuma tempestade séria à vista. Poderia viajar para Gentri sem problema e se livrar do excedente de grão em troca de comida enlatada suficiente para enfrentar o inverno.

Ele gritou para trás, em direção à porta, aberta apenas com uma pequena fresta para dar passagem à voz:

– O tanque do carro está cheio, rapaz?

Uma voz gritou dentro da casa e o filho mais velho de Narovi, com a barba rala e vermelha ainda não completamente fechada, se juntou ao pai.

– O carro – ele disse, de maneira fria – está cheio e anda bem, a não ser pela má condição do eixo. E isso não é culpa minha. Eu já disse que ele precisa de um especialista.

O velho se voltou e olhou seu filho de cima a baixo, projetando o queixo barbudo para a frente:

– E a culpa é minha? Onde, e de que maneira, vou conseguir um especialista? A colheita não foi pouca nos últimos cinco anos? Meus animais escaparam da peste? As peles surgem sozinhas...

– *Narovi!* – a bem conhecida voz vinda de dentro da cabana fez com que parasse no meio da frase.

Ele resmungou:

– Bem, bem... e agora sua mãe precisa se meter nos assuntos de pai e filho. Traga o carro e verifique se os reboques de estocagem estão bem presos.

Ele juntou as mãos enluvadas e olhou para cima de novo. As nuvens ligeiramente avermelhadas estavam se juntando e o céu cinzento que aparecia entre as fendas não emanava nenhum calor. O sol estava escondido.

Ele estava a ponto de desviar a vista quando viu algo e seu dedo apontou quase que automaticamente para o alto enquanto a boca se abria em um grito, em total desprezo pelo ar frio.

– Mulher – ele gritou, vigorosamente. – Velha... venha aqui.

Uma cabeça indignada apareceu na janela. Os olhos da mulher seguiram seu dedo, boquiaberta. Com um grito, ela desceu as escadas de madeira, pegando, enquanto corria, um velho agasalho e um lenço. Apareceu com o lenço, amarrado às pressas, cobrindo sua cabeça e orelhas, e o agasalho sobre os ombros, falando baixinho:

– É uma nave do espaço exterior.

E Narovi comentou, impaciente:

– E o que mais poderia ser? Temos visitantes, velha, visitantes!

A nave estava descendo lentamente para pousar no campo nevado na parte norte da fazenda de Narovi.

– Mas o que devemos fazer? – gritou a mulher. – Podemos oferecer nossa hospitalidade a essa gente? Vamos oferecer o chão sujo de nossa casinha e os restos de comida da semana passada?

– Eles deveriam ir, então, para a casa dos nossos vizinhos? – Narovi enrubesceu para além da roxidão causada pela temperatura baixa enquanto seus braços, em sua cobertura lisa de peles, projetavam-se para a frente e agarravam os ombros fortes da mulher.

– Esposa de minha alma – ele ronronou –, você vai pegar as duas cadeiras de nosso quarto e trazê-las para baixo; vai pegar uma cria bem gorda e matá-la, cozinhar com tubérculos; vai preparar um pão fresco. Agora eu vou receber esses homens poderosos do espaço exterior... e... e... – ele fez uma pausa, colocou seu chapéu de lado e coçou a cabeça, hesitante. – Sim, vou trazer uma jarra de cereais fermentados. Uma bebida forte é sempre agradável.

A boca da mulher tinha se mantido aberta durante esse discurso. Nada saía. E, quando a confusão acabou, ela só conseguiu emitir um gemido agudo de discordância.

Narovi levantou um dedo:

– Mulher, o que foi que os Anciãos da vila disseram algumas noites atrás? Hã? Puxe pela memória. Os Anciãos foram de fazenda em fazenda (eles próprios! Imagine a importância disso!) para nos pedir que, se qualquer nave do espaço exterior pousasse, eles fossem avisados imediatamente *por ordem do governador*. E agora eu não vou aproveitar a oportunidade de ganhar as boas graças dos que estão no poder? Olhe aquela nave. Já viu algo assim? Esses homens dos mundos exteriores são ricos, poderosos. O próprio governador manda mensagens tão urgentes sobre eles que os Anciãos andam de fazenda em fazenda no frio. Talvez a mensagem seja enviada por todo Rossem de que esses homens são esperados pelos Senhores de Finstrel... e é na *minha* fazenda que eles pousaram.

Ele estava agitado e ansioso.

– A hospitalidade apropriada agora... a menção de meu nome ao governador... quanto poderemos ganhar?

A mulher percebeu, de repente, o frio que estava sentindo por causa de suas roupas finas. Correu para a porta, gritando por cima do ombro:

– Então, vá logo!

Mas ela estava falando com um homem que já corria em direção ao segmento do horizonte no qual pousava a nave.

Nem o frio do mundo, nem seus espaços inóspitos e vazios preocupavam o general Han Pritcher. Nem a pobreza dos arredores, nem o camponês que transpirava. O que o incomodava era a questão da sabedoria de suas táticas. Ele e Channis estavam sozinhos aqui.

A nave, deixada no espaço, poderia se virar em circunstâncias normais, mas, mesmo assim, ele se sentia inseguro. Era Channis, claro, o responsável pela jogada. Ele olhou para o jovem e o pegou piscando alegremente para o vão por entre as peles por onde os olhos e a boca de uma mulher apareceram por um instante.

Channis, ao menos, parecia completamente à vontade. Esse fato Pritcher saboreou com uma satisfação azeda. O jogo dele não tinha muito mais tempo para seguir exatamente como desejara. Mas, enquanto isso, seus transmissores de pulso eram a única conexão com a nave.

E o camponês que os recebeu deu um grande sorriso e inclinou a cabeça várias vezes, dizendo numa voz pastosa cheia de respeito:

– Nobres Senhores, anseio dizer-lhes que meu filho mais velho... um rapaz bom e valoroso a quem minha pobreza me impediu de educar como sua sabedoria merece... informou-me que os Anciãos logo chegarão. Confio que sua estadia aqui tenha sido o mais prazerosa que minhas humildes posses, (porque sou muito pobre, apesar de ser um fazendeiro trabalhador, honesto e humilde, como qualquer um pode confirmar), poderiam tornar possível.

– Anciãos? – disse Channis, rápido. – Os chefes dessa região?

– Assim são, Nobres Senhores, e homens honestos e valorosos... todos eles, porque toda a nossa vila é conhecida em todo o Rossem como um lugar justo e correto... apesar de que a vida é dura, e o lucro do campo e das florestas, magro. Talvez os senhores possam mencionar aos Anciãos, Nobres Senhores, o meu respeito e honra para com os viajantes e isso possa fazer com que eles peçam um novo carro motorizado para nossa casa, já que o velho mal consegue rastejar e nossa sobrevivência depende do que resta dele.

Ele olhou humilde e ansioso, e Han Pritcher meneou a cabeça com a condescendência própria do papel de "Nobres Senhores" outorgada a eles.

– Um relato da sua hospitalidade chegará aos ouvidos de seus Anciãos.

Pritcher aproveitou os momentos seguintes de isolamento para falar com o aparentemente sonolento Channis.

— Não estou particularmente feliz com esse encontro com os Anciãos — ele disse. — Pensou no assunto?

Channis pareceu surpreso:

— Não. O que o preocupa?

— Parece que temos coisas melhores a fazer do que chamar atenção por aqui.

Channis falou apressadamente, em um tom de voz baixo e monótono:

— Pode ser necessário nos arriscarmos a chamar muito mais atenção em nossos próximos movimentos. Não vamos encontrar o tipo de homens que queremos, Pritcher, simplesmente enfiando a mão numa sacola e puxando. Homens que governam por meio de truques da mente não precisam ser, necessariamente, os que estão obviamente no poder. Em primeiro lugar, os psicólogos da Segunda Fundação são, provavelmente, uma minoria muito pequena da população, assim como na sua própria Primeira Fundação, na qual os técnicos e cientistas formavam uma minoria. Os habitantes comuns são provavelmente isso... gente comum. Os psicólogos podem até mesmo se esconder bem e os homens nas aparentes posições de poder podem honestamente achar que são os verdadeiros senhores. Nossa solução para esse problema pode ser encontrada aqui, neste pedaço congelado de planeta.

— Não entendo isso, de nenhuma maneira.

— Por quê? Veja bem, é bastante óbvio. Finstrel é provavelmente um mundo enorme, com milhões ou centenas de milhões. Como poderíamos identificar os psicólogos entre eles e sermos capazes de informar o Mulo de que localizamos a Segunda Fundação? Mas aqui, neste pequeno mundo camponês, um planeta dominado, todos os governantes finstrelianos, nosso anfitrião nos informa, estão concentrados na vila central de Gentri. Pode haver somente algumas centenas deles, Pritcher, e entre eles *deve* ter um ou mais homens da Segunda Fundação. Chegaremos lá, no final, mas vamos nos encontrar com os Anciãos primeiro... é um passo lógico.

Eles se separaram quando o anfitrião barbudo voltou à sala, obviamente agitado.

– Nobres Senhores, os Anciãos estão chegando. Eu imploro mais uma vez que mencionem uma palavra a meu favor... – Ele quase se dobrou ao meio, num exagero de adulação.

– Certamente, lembraremos de você – disse Channis. – Esses são seus Anciãos?

Aparentemente eram. Estavam em três.

Um deles se aproximou inclinando a cabeça com um respeito digno:

– Estamos honrados. O transporte já foi providenciado, respeitáveis senhores, e esperamos ter o prazer da companhia de vocês em nossa Sala de Reuniões.

TERCEIRO INTERLÚDIO

O Primeiro Orador olhou melancolicamente para o céu noturno. Nuvens pequenas se moviam depressa, cobrindo o brilho das estrelas. O espaço parecia hostil. Era frio e terrível, no melhor dos casos, mas agora ainda continha aquela estranha criatura, o Mulo, e esse conteúdo parecia tornar o céu mais escuro e espesso, e transformá-lo numa ameaça.

A reunião acabara. Não fora muito longa. Houve dúvidas e questionamentos inspirados pelo difícil problema matemático de lidar com uma mente mutante de funcionamento incerto. Todas as permutações extremas deveriam ser consideradas.

Eles estavam, mesmo assim, certos? Em algum lugar, nessa região do espaço – dentro de uma distância possível de ser alcançada, considerados os espaços Galácticos –, estava o Mulo. O que ele estaria fazendo?

Era muito fácil cuidar de seus homens. Eles reagiam... estavam reagindo... de acordo com plano.

Mas, e o próprio Mulo?

04.
DOIS HOMENS E OS ANCIÃOS

Os Anciãos dessa região em particular de Rossem não eram exatamente o que alguém poderia esperar. Não eram uma mera extrapolação do campesinato; mais velhos, mais autoritários, menos amigáveis.

Nem um pouco.

A dignidade que os tinha marcado no primeiro encontro havia crescido na impressão até atingir a marca de ser a característica predominante deles.

Os Anciãos se sentaram à mesa oval como se fossem pensadores graves e de movimentos lentos. A maioria já tinha deixado o auge do vigor físico para trás, mas os poucos que tinham barba usavam-na curta e cuidadosamente aparada. Mesmo assim, vários pareciam ter menos de quarenta anos, tornando bastante óbvio que "Anciãos" era um termo de respeito, mais do que uma descrição literal de idade.

Os dois homens do espaço exterior estavam na ponta da mesa, e, no silêncio solene que acompanhava a refeição leve que parecia cerimoniosa em vez de nutritiva, absorviam a atmosfera nova e contrastante.

Depois da refeição e de um ou dois comentários respeitosos – muito curtos e simples para serem chamados de discursos – terem sido feitos pelo Ancião mais estimado, uma informalidade tomou conta da reunião.

Foi como se a dignidade de saudar personalidades estrangeiras tivesse finalmente aberto caminho para as qualidades amáveis e rústicas da curiosidade e da simpatia.

Eles se juntaram ao redor dos dois estrangeiros e começou uma enxurrada de perguntas.

Perguntaram se era difícil pilotar uma nave espacial, quantos homens eram necessários, se seus carros terrestres poderiam ter melhores motores, se era verdade que raramente nevava em outros mundos, como parecia ser o caso em Finstrel, quantas pessoas viviam no mundo deles, se era tão grande quanto Finstrel, se era distante, do que eram feitas suas roupas e o que as deixava com esse brilho metálico, por que eles não usavam peles, se se barbeavam todos os dias, que tipo de pedra havia no anel de Pritcher... a lista não diminuía.

E, quase sempre, as questões eram dirigidas a Pritcher, como se, por ser o mais velho, eles automaticamente o vissem como o homem de autoridade maior.

Pritcher se viu forçado a responder a cada vez mais perguntas. Era como um mergulho no meio de uma multidão de crianças. As perguntas eram de uma ingenuidade que desarmava. A vontade de saber era completamente irresistível e não poderia ser negada.

Pritcher explicou que naves espaciais não eram difíceis de pilotar e que as tripulações variavam de acordo com o tamanho, de um a muitos, que ele não conhecia detalhes dos motores dos carros, mas que sem dúvida poderiam ser melhorados, que os climas dos mundos variavam quase que infinitamente, que muitas centenas de milhões viviam em seu mundo, mas que ele era muito menor e mais insignificante do que o grande império de Finstrel, que suas roupas eram feitas de plástico de silicone no qual o brilho metálico era artificialmente produzido pela orientação apropriada das moléculas da superfície e que elas poderiam ser aquecidas artificialmente, assim as peles eram desnecessárias, que eles se barbeavam diariamente, que a pedra em seu anel era ametista. A lista continuava. Ele acabou se abrindo, contra a vontade, para com esses provincianos ingênuos.

E sempre que ele respondia algo havia uma conversa rápida entre os Anciãos, como se debatessem a informação recebida. Era difícil seguir essas discussões internas porque eles conversavam numa versão própria da língua Galáctica universal e que, por causa da longa separação das correntes principais da fala, tinha ficado arcaica.

Quase, é possível dizer, os breves comentários entre eles ficavam bem perto da zona de compreensão, mas conseguiam escapar sem serem entendidos.

Até que finalmente Channis interrompeu para dizer:

– Caros senhores, vocês devem responder nossas perguntas agora, porque somos estrangeiros e seria muito interessante saber tudo o que pudermos sobre Finstrel.

E o que aconteceu em seguida foi que caiu um grande silêncio sobre a mesa e sobre cada um dos Anciãos. As mãos, que se movimentavam rápida e delicadamente, acompanhando as palavras deles como se isso lhes desse maior alcance e variadas nuances de sentido, de repente perderam as forças. Eles olharam furtivamente entre si, aparentemente querendo que alguém tomasse a iniciativa.

Pritcher interveio rapidamente:

– Meu companheiro pergunta isso de forma amigável, porque a fama de Finstrel se espalha pela Galáxia e nós, é claro, devemos informar o governador da lealdade e amor dos Anciãos de Rossem.

Nenhum suspiro de alívio se ouviu, mas rostos brilharam. Um Ancião coçou a barba, alisando-a, e disse:

– Somos servos fiéis dos Senhores de Finstrel.

O aborrecimento de Pritcher com a pergunta grosseira de Channis diminuiu. Ficou aparente, pelo menos, que a idade que ele sentia como um peso não tinha diminuído sua capacidade de atenuar os erros dos outros.

Ele continuou:

– Não conhecemos, em nossa parte distante do universo, muito sobre o passado dos Senhores de Finstrel. Presumimos que eles governem de forma benevolente, aqui, há muito tempo.

O mesmo Ancião que falara antes respondeu. De uma forma doce e automática, ele se tornara o porta-voz.

– Nem o avô do mais velho pode se lembrar de um tempo no qual os Senhores estivessem ausentes.

– Foi uma época de paz?

– Foi uma época de paz! – ele hesitou. – O governador é um Senhor forte e poderoso, que não hesitaria em punir traidores. Nenhum de nós é um traidor, é claro.

– Ele puniu alguns no passado, imagino, como mereciam.

Novamente, um momento de hesitação:

– Ninguém aqui já foi traidor, nem nossos pais ou os pais de nossos pais. Mas em outros mundos já existiram, e a morte chegou rapidamente para eles. Não é bom pensar nisso para nós, que somos homens simples, fazendeiros pobres e não nos preocupamos com a política.

A ansiedade em sua voz e a preocupação universal nos olhos de todos eram óbvias.

Pritcher falou com calma:

– Vocês poderiam nos informar como podemos conseguir uma audiência com o governador de vocês?

E, instantaneamente, um elemento de repentino desconcerto entrou na conversa.

Depois de um longo instante, o Ancião falou:

– Mas vocês não sabiam? O governador estará aqui amanhã. Ele os esperava. Foi uma grande honra para nós. Nós... nós esperamos que vocês informem como somos leais a ele.

O sorriso de Pritcher se apagou:

– Esperando por nós?

Os Anciãos trocaram olhares intrigados.

– Mas... faz uma semana que estamos esperando por vocês.

Seus aposentos eram inquestionavelmente luxuosos para esse mundo. Pritcher já tinha vivido em piores. Channis só mostrou indiferença.

Mas havia um elemento de tensão entre eles, diferente da que existira até então. Pritcher sentiu que o tempo se aproximava para uma decisão definitiva, mas ainda havia o desejo de esperar mais. Ver o governador primeiro seria aumentar a aposta a dimensões perigosas e, mesmo assim, vencer a aposta poderia dobrar várias vezes os ganhos. Ele sentiu uma onda de raiva ao ver a ruga na testa de Channis, a delicada incerteza mostrada pela forma como mordia os lábios. Ele detestava a inútil dissimulação, e queria que ela terminasse.

Acabou falando:

– Parece que fomos previstos.

– Sim – disse Channis, simplesmente.

– Só isso? Não tem mais nada a dizer? Chegamos aqui e descobrimos que o governador nos espera. Provavelmente, vamos descobrir, pelo governador, que Finstrel também já nos esperava. Como isso serve à nossa missão?

Channis olhou para o alto, sem tentar esconder o tom cansado em sua voz:

– O fato de estarem nos esperando é uma coisa; outra é se eles sabem quem somos e para que viemos.

– Você espera esconder essas coisas dos homens da Segunda Fundação?

– Talvez. Por que não? Você está pronto para se entregar? Suponha que nossa nave tenha sido detectada no espaço. É incomum um reino manter postos de observação na fronteira? Mesmo se fôssemos estrangeiros comuns, eles teriam interesse em nós.

– Interesse suficiente para um governador vir até nós, em vez de irmos até ele?

Channis deu de ombros:

– Vamos tratar dessa questão mais tarde. Vejamos como é esse governador.

Pritcher fez uma careta. A situação estava ficando ridícula.

Channis continuou com uma animação que parecia artificial:

– Pelo menos sabemos uma coisa. Finstrel é a Segunda Fundação, ou um milhão de pistas estão apontando para a direção errada. Como você interpreta o óbvio terror que esses nativos sentem em relação a Finstrel? Não vejo nenhum sinal de dominação política. O grupo de Anciãos aparentemente se reúne livremente e sem interferência de nenhum tipo. Os impostos do qual falam não parecem ser nem um pouco exagerados, e nem são coletados de modo eficiente. Os nativos falam muito de pobreza, mas parecem fortes e bem alimentados. As casas são grosseiras, e as vilas, rudes, mas obviamente adequadas para o objetivo. Na verdade, esse mundo me fascina. Nunca vi nenhum tão hostil, mas estou convencido de que a população não vive sofrendo e que suas vidas descomplicadas conseguem conter uma felicidade bem equilibrada, algo que falta nas populações sofisticadas dos centros avançados.

– Você, agora, é um admirador das virtudes rurais?

– Pelo amor das estrelas! – Channis parecia abismado com a ideia. – Só estou mostrando o significado de tudo isso. Aparentemente, Finstrel é um administrador eficiente... eficiência em um sentido bem diferente da que tinha o velho Império ou a Primeira Fundação, mesmo nossa própria União. Todos esses trouxeram eficácia mecânica a seus cidadãos, ao custo de valores mais intangíveis. Finstrel traz felicidade e suficiência. Não vê que toda a orientação do domínio deles é diferente? Não é físico, é psicológico.

– Realmente? – Pritcher se permitiu alguma ironia. – E o terror com o qual os Anciãos falaram da punição para os traidores por esses adoráveis administradores psicólogos? Como isso se encaixa na sua tese?

– Eles receberam a punição? Falam da punição de outros. É como se o conhecimento da punição estivesse tão bem implantado neles que a punição, em si, nunca tivesse sido usada. As atitudes mentais apropriadas estão de tal modo inseridas em suas mentes que tenho certeza de que não existe nenhum soldado finstreliano no planeta. Você não consegue *ver* tudo isso?

– Verei, talvez – respondeu Pritcher, friamente –, quando me encontrar com o governador. E se, por acaso, *nossas* mentalidades estiverem sendo manipuladas?

Channis respondeu com um desprezo brutal:

– *Você* deveria estar acostumado com *isso*.

Pritcher ficou visivelmente pálido e, com esforço, afastou-se. Eles não trocaram nenhuma outra palavra durante todo o dia.

Foi na noite silenciosa e fria, enquanto ouvia os movimentos calmos do seu companheiro adormecido, que Pritcher ajustou silenciosamente seu transmissor de pulso para a região de ultraondas para a qual o de Channis não poderia ser ajustado e, com toques silenciosos da ponta dos dedos, contatou a nave.

A resposta chegou em pequenas vibrações que quase não eram sentidas.

Duas vezes Pritcher perguntou:

– Alguma comunicação?

Duas vezes a resposta foi a mesma:

– Nenhuma. Continuamos esperando.

Ele se levantou. Fazia frio no quarto, e ele se enrolou no cobertor de peles quando se sentou na poltrona e ficou olhando para a grande quantidade de estrelas, tão diferentes, em brilho e complexidade de arranjos, do nevoeiro uniforme da Lente Galáctica que dominava o céu noturno de sua Periferia nativa.

Em algum lugar entre as estrelas estava a resposta para as complicações que o abatiam, e ele sentiu uma forte vontade de que a solução chegasse logo e acabasse com tudo.

Por um momento, ele se perguntou novamente se o Mulo estaria certo – se a conversão teria lhe tirado o gume firme e afiado da autoconfiança. Ou era simplesmente a idade e as flutuações de todos esses últimos anos?

Ele realmente não se importava.

Estava cansado.

O governador de Rossem chegou com pouca ostentação. Seu único companheiro era o homem uniformizado que dirigia o carro.

O veículo tinha um design exuberante, mas para Pritcher parecia ineficiente. Era lento ao fazer curvas; mais de uma vez parou no que poderia ter sido uma troca rápida de marchas. Era óbvio, pelo design, que seu combustível era químico, não nuclear.

O governador finstreliano caminhou rapidamente pela fina camada de neve e avançou entre duas linhas de Anciãos respeitosos. Não olhou para eles, mas entrou rapidamente. Eles o seguiram.

Dos aposentos designados, os dois homens da União do Mulo assistiam a tudo. Ele – o governador – era bem gordo, baixo, pouco impressionante.

Mas, e daí?

Pritcher se amaldiçoou pela falta de coragem. Seu rosto, para ser claro, permanecia rigidamente calmo. Não sentia nenhuma humilhação visível para Channis – mas sabia muito bem que sua pressão sanguínea tinha subido, e a garganta estava seca.

Não era o caso de medo físico. Ele não era um desses homens de mente fraca, sem imaginação, pedaços de carne sem nervos – estúpidos demais para sentir medo –, mas o medo físico era algo que podia entender e descartar.

Mas isso era diferente. Era outro medo.

Ele olhou rapidamente para Channis. O jovem observava com os olhos vazios as unhas de uma mão, procurando alguma irregularidade.

Algo dentro de Pritcher ficou muito indignado. O que Channis tinha a temer da manipulação mental?

Pritcher prendeu uma respiração mental e tentou se lembrar do passado. Como tinha sido antes de o Mulo convertê-lo do democrata tenaz que fora, era difícil lembrar. Ele não conseguia se localizar mentalmente. Não conseguia quebrar as correntes que o prendiam emocionalmente ao Mulo. Intelectualmente, podia se lembrar que já tentara assassinar o Mulo, mas não conseguia se lembrar, de jeito nenhum, de suas emoções na época. Isso poderia ser um processo de autodefesa da própria mente, no entanto, porque, ao imaginar intuitivamente o que aquelas emoções poderiam ser – sem perceber os detalhes, mas somente compreendendo o fluxo disso –, sentia um enjoo no estômago.

E se o governador interferisse com sua mente?

E se os tentáculos etéreos de um homem da Segunda Fundação se insinuassem pelas fendas emocionais de sua composição e as abrissem e voltassem a juntá-las...

Não houve nenhuma sensação na primeira vez. Não houve nenhuma dor, nenhum golpe mental – nem mesmo uma sensação de descontinuidade. Ele sempre havia amado o Mulo. Se houve algum tempo antes – uns cinco curtos anos antes, quando pensou que não o havia amado, que o odiava –, isso era apenas uma terrível ilusão. Pensar na ilusão o deixava embaraçado.

Mas não houvera dor nenhuma.

Será que encontrar o governador duplicaria isso? Será que tudo aquilo pelo que passara... todo o tempo de serviço ao Mulo... toda a orientação de sua vida iria se juntar ao sonho vago, que parecia de outra vida... que ostentava aquela palavra, democracia? O Mulo também seria um sonho e a lealdade dele, dirigida somente a Finstrel...

Abruptamente, ele se virou.

Sentiu uma forte contração no estômago.

E nesse momento a voz de Channis chocou-se contra seu ouvido:

– Acho que chegou o momento, general.

Pritcher se voltou mais uma vez. Um Ancião tinha aberto a porta silenciosamente e parado, com um respeito calmo e digno, no umbral.

Ele falou:

– Sua Excelência, o governador de Rossem, em nome dos Senhores de Finstrel, tem o prazer de conceder uma audiência e solicita a presença dos senhores.

– Claro. – Channis apertou o cinto com um puxão e ajustou o capuz rossemita na cabeça.

Pritcher mordeu forte. *Esse* era o começo do verdadeiro jogo.

O governador de Rossem não tinha uma aparência formidável. Por um lado, ele estava com a cabeça descoberta e os cabelos ralos, castanho-claros tendendo para o cinza, davam-lhe um ar bondoso. Sua testa de ossos proeminentes voltou-se pra eles, e os olhos, cercados por rugas, pareciam calculistas, mas seu queixo, com a barba recém-aparada, era suave e pequeno e, por convenção universal dos seguidores da pseudociência da leitura das estruturas ósseas faciais, ele parecia "fraco".

Pritcher evitou os olhos e mirou no queixo. Ele não sabia se isso poderia funcionar – se algo funcionaria.

A voz do governador era aguda, indiferente:

– Bem-vindos a Finstrel. Saudamos em paz. Vocês já comeram?

QUARTO INTERLÚDIO

Os dois Oradores se cruzaram na estrada e pararam.
— Tenho um comunicado do Primeiro Orador.
Houve uma piscada meio apreensiva nos olhos do outro:
— Ponto de intersecção?
— Sim! Que possamos viver para ver a alvorada!

05. UM HOMEM E O MULO

Não havia nenhum sinal, nas ações de Channis, de que ele tivesse consciência de qualquer mudança sutil na atitude de Pritcher e no relacionamento entre ambos. Ele se inclinou no banco de madeira e esticou as pernas.

– O que você achou do governador?

Pritcher deu de ombros:

– Nada. Ele certamente não me pareceu nenhum gênio. Um espécime muito pobre da Segunda Fundação, se é isso o que ele deveria ser.

– Não acho que fosse, sabe. Não tenho certeza do que pensar. Suponha que você fosse da Segunda Fundação – Channis ficou pensativo. – O que *você* faria? Suponha que soubesse do nosso objetivo aqui. Como lidaria conosco?

– Conversão, é claro.

– Como o Mulo? – Channis olhou para o alto, subitamente. – Nós saberíamos se eles *tivessem* nos convertido? Eu me pergunto. E se eles fossem simples psicólogos, só que bastante espertos?

– Nesse caso, eu nos mataria logo.

— E nossa nave? Não — Channis negou com um dedo. — Estamos jogando contra blefadores, Pritcher, meu velho. Só pode ser um blefe. Mesmo se eles possuírem o controle emocional, nós... você e eu... somos somente a ponta-de-lança. É o Mulo contra quem eles devem lutar, e estão sendo tão cuidadosos conosco como somos com eles. Estou assumindo que sabem quem somos.

Pritcher deu um olhar frio:

— E o que você vai fazer?

— Esperar — a palavra saiu em voz baixa. — Deixe que eles venham até nós. Estão preocupados, talvez por causa da nave, mas provavelmente pelo Mulo. Eles blefaram com o governador. Não funcionou. Ficamos tranquilos. A próxima pessoa que eles vão mandar *será* alguém da Segunda Fundação, e ele vai propor algum tipo de acordo.

— E então?

— Então faremos um acordo.

— Acho que não.

— Porque você acha que isso será trair o Mulo? Não será.

— Não, o Mulo pode lidar bem com traições, qualquer uma que você inventar. Mas continuo achando que não.

— Porque você acha que não conseguiríamos trair a Fundação?

— Talvez não. Mas essa também não é a razão.

Channis deixou que seu olhar caísse sobre o que o outro tinha na mão e disse, de mau humor:

— Então *essa* é a razão.

Pritcher acariciou seu desintegrador:

— Exato. Você está preso.

— Por quê?

— Por traição contra o Primeiro Cidadão da União.

Channis mordeu os lábios:

— O que está acontecendo?

— Traição! Como falei. E correção da situação, da minha parte.

— Quais são suas provas? Ou evidências, suposições, divagações? Ficou louco?

– Não. E você? Acha que o Mulo envia jovens ainda nem desmamados para missões de aventura ridículas, espionagem e intriga a troco de nada? Achei isso muito estranho, na hora. Mas perdi tempo duvidando de mim mesmo. Por que ele mandaria *você*? Porque sorri e se veste bem? Porque tem vinte e oito anos?

– Talvez porque sou confiável. Ou você não se interessa por razões lógicas?

– Ou talvez porque você não é confiável. O que é bastante lógico, no final das contas.

– Estamos comparando paradoxos ou é só um jogo de palavras para ver quem pode dizer menos com mais palavras?

E o desintegrador avançou, com Pritcher logo atrás. Ele parou na frente do jovem:

– De pé!

Channis se levantou sem muita pressa e sentiu o cano do desintegrador tocar seu cinto sem tremerem os músculos do estômago.

Pritcher disse:

– O que o Mulo queria era encontrar a Segunda Fundação. Ele falhou e eu falhei, e o segredo que nenhum de nós consegue encontrar está muito bem escondido. Então havia uma incrível possibilidade... que era encontrar alguém que já conhecesse o esconderijo.

– E esse sou eu?

– Aparentemente, era. Eu não sabia na época, é claro, mas, apesar de minha mente estar ficando mais lenta, ela ainda aponta para a direção correta. Como foi fácil, para nós, encontrar o Fim da Estrela! Como foi milagroso seu exame da correta Região do Campo da Lente, entre um número infinito de possibilidades! E tendo feito isso, como encontramos perfeitamente o ponto correto para observar! Seu tolo! Você me subestimou tanto que achou que nenhuma combinação de golpes de sorte seria exagerada demais, que eu nunca desconfiaria?

– Você quer dizer que eu fui bem-sucedido demais?

– Bem-sucedido demais para qualquer homem leal.

– Porque os padrões de sucesso que você esperava de mim eram muito baixos?

E a pressão do desintegrador aumentou, *apesar* de que no rosto que confrontava Channis somente o brilho frio dos olhos traía a raiva crescente:

– Porque você está sendo pago pela Segunda Fundação.

– Pago – com um desprezo infinito. – Prove.

– Ou sob a influência mental deles.

– Sem o conhecimento do Mulo? Ridículo.

– *Com* o conhecimento do Mulo. Exatamente o que estou dizendo, jovem tolo. *Com* o conhecimento do Mulo. Você acha que de outra forma ganharia uma nave para brincar? Você nos trouxe até a Segunda Fundação, como deveria fazer.

– Estou pegando algo que preste no que você está falando. Posso perguntar por que eu faria tudo isso? Se fosse um traidor, por que os levaria à Segunda Fundação? Por que não ir de um lado para o outro da Galáxia, navegando feliz, sem encontrar nada além do que vocês já descobriram?

– Pela nave. E porque os homens da Segunda Fundação precisam, obviamente, de armas nucleares para autodefesa.

– Terá de explicar melhor que isso. Uma nave não significará nada para eles, e se acham que aprenderão ciência a partir dela e construirão usinas nucleares no ano que vem, são muito, muito ingênuos. No mesmo nível da sua simplicidade, devo dizer.

– Você terá a oportunidade de explicar isso para o Mulo.

– Vamos voltar a Kalgan?

– Ao contrário. Vamos ficar aqui. E o Mulo virá se encontrar conosco em quinze minutos... mais ou menos. Você acha que ele não nos seguiu, seu montinho de inteligência aguçada e mente ágil, cheio de autoadmiração? Você jogou muito bem a isca ao contrário. Pode não ter levado nossas vítimas para nós, mas nos levou a nossas vítimas.

– Posso me sentar – disse Channis – e explicar algo para você com desenhos? Por favor.

– Você vai ficar em pé.

– Sendo assim, posso dizer isso em pé. Você acha que o Mulo nos seguiu por causa do hipertransmissor no circuito de comunicação?

O desintegrador pode ter vacilado. Channis não poderia jurar. Ele continuou:

– Você não parece surpreso. Mas eu não perderia tempo duvidando de que se sente surpreso. Sim, eu sabia. E agora, tendo mostrado que sabia de algo que você não achava que eu sabia, vou lhe contar algo que *você* não sabe, que sei que não sabe.

– Você se permite muitas preliminares, Channis. Eu deveria pensar que seu sentido de invenção estivesse funcionando melhor.

– Não há nenhuma invenção nisso. *Deve* haver traidores, é claro, ou agentes inimigos, se preferir o termo. Mas o Mulo sabia disso de uma forma muito curiosa. Parece, veja, que alguns dos convertidos foram manipulados.

O desintegrador se moveu dessa vez. Com certeza.

– Eu enfatizo isso, Pritcher. Foi por isso que ele precisava de mim. Eu era um não convertido. Ele não enfatizou para você que precisava de um não convertido? Será que ele lhe deu a verdadeira razão para isso?

– Tente outra coisa, Channis. Se eu estivesse contra o Mulo, saberia. – Em silêncio e rapidamente, Pritcher estava sentindo sua mente. Sentia-se o mesmo. Sentia-se o mesmo. Obviamente, o homem estava mentindo.

– Você quer dizer que se sente leal ao Mulo. Talvez. A lealdade não foi manipulada. Ela é facilmente detectada, disse o Mulo. Mas como você se sente mentalmente? Lento? Desde que começou a viagem, sentiu-se sempre normal? Ou se sentiu estranho algumas vezes, como se não fosse você mesmo? O que está tentando fazer, cavar um buraco em mim sem atirar?

Pritcher afastou o desintegrador uns centímetros:

– O que está querendo dizer?

– Digo que você foi manipulado. Completamente. Não viu o Mulo instalar aquele hipertransmissor. Não viu ninguém fazer isso. Simplesmente o encontrou, suponho, como eu também, e assumiu que foi o Mulo quem o colocou ali, e desde então assumiu que ele nos seguia. Claro, o transmissor de pulso que você está usando contata a nave numa ultraonda que o meu não capta. Você acha que eu não sabia disso? – Ele estava falando rápido agora, com raiva. Sua capa de indiferença tinha se dissolvido em selvageria. – Mas não é o Mulo que está vindo em nossa direção. Não é o Mulo.

– Quem, então?

– Bom, quem você acha? Descobri o hipertransmissor no dia em que partimos. Mas não achei que fosse o Mulo. *Ele* não tinha razão para usar meios indiretos naquele momento. Não vê a falta de sentido nisso? Se eu fosse um traidor e ele soubesse disso, poderia ter sido convertido tão facilmente quanto você foi, e ele arrancaria o segredo da localização da Segunda Fundação da minha mente sem me fazer viajar por metade da Galáxia. *Você* consegue esconder um segredo do Mulo? E se eu *não* soubesse, então não poderia levá-lo. Então, por que me enviar mesmo assim? Obviamente, aquele hipertransmissor deve ter sido colocado ali por um agente da Segunda Fundação. *Ela* é que está vindo em nossa direção. E você teria sido enganado se sua preciosa mente não tivesse sido manipulada? Que tipo de normalidade é a sua, que imagina que tamanha besteira seja sabedoria? *Eu*, trazer uma nave até a Segunda Fundação? O que eles fariam com uma nave? É *você* que eles querem, Pritcher. Você sabe mais sobre a União do que qualquer um além do Mulo, e não é perigoso para eles como o Mulo. É por isso que colocaram a direção da busca na minha mente. É claro, para mim seria completamente impossível encontrar Finstrel através de buscas aleatórias na Lente. Eu sabia disso. Mas sabia que a Segunda Fundação estaria atrás de nós, e sabia que eles fariam tudo isso. Por que não entrar no jogo deles? Era um jogo de blefes. Eles nos queriam e eu queria a localização deles... e o espaço carregue quem não conseguir blefar mais que o outro. Mas somos nós que iremos perder enquanto você segurar o desintegrador contra mim. Obviamente isso não é ideia sua. É deles. Dê-me o desintegrador, Pritcher. Sei que parece errado para você, mas não é a sua mente falando, é a Segunda Fundação dentro de você. Dê-me o desintegrador, Pritcher, e iremos enfrentar o que vier em seguida, juntos.

Pritcher enfrentava sua crescente confusão com horror. Plausibilidade! Ele poderia estar tão errado? Por que essa eterna dúvida sobre si mesmo? Por que ele não tinha certeza? O que fazia com que Channis parecesse tão plausível?

Plausibilidade!

Ou era sua própria mente torturada, lutando contra a invasão do alienígena. Ele estava dividido em dois?

Via vagamente Channis parado na sua frente, a mão esticada – e, de repente, sabia que iria entregar o desintegrador.

E, quando os músculos de seu braço estavam a ponto de contraírem-se da maneira apropriada para fazer isso, a porta se abriu, sem pressa, atrás dele – o que o fez girar.

Talvez existam homens na Galáxia que possam ser confundidos com outros, mesmo por homens de mente tranquila e com tempo para longa consideração. Da mesma forma, podem existir condições na mente em que pares improváveis podem ser confundidos. Mas o Mulo se eleva acima de qualquer combinação desses dois fatores.

Nem toda a agonia de Pritcher evitou o fluxo mental instantâneo de vigor refrescante que o engolfou.

Fisicamente, o Mulo não poderia dominar nenhuma situação. Nem essa.

Ele era uma figura bastante ridícula, em camadas de roupas que o tornavam mais espesso, mas sem permitir que alcançasse dimensões normais. Seu rosto estava todo coberto e o nariz se destacava com uma cor avermelhada.

Provavelmente, como visão de salvação, não havia nenhuma incongruência pior.

O Mulo falou:

– Fique com seu desintegrador, Pritcher.

Virou-se para Channis, que encolheu os ombros e se sentou:

– O contexto emocional aqui parece bastante confuso e consideravelmente em conflito. Que história é essa de que alguma outra pessoa, além de mim, estaria seguindo vocês?

Pritcher interveio imediatamente:

– O hipertransmissor foi colocado na nossa nave por ordem sua, senhor?

O Mulo fixou seus olhos frios nele:

– Certamente. Você acha provável que qualquer outra organização na Galáxia, a não ser a União dos Mundos, tivesse acesso a um desses?

– Ele falou...

– Bom, ele está aqui, general. Citações indiretas não são necessárias. Você estava dizendo algo, Channis?

– Sim. Mas eram equívocos, aparentemente, senhor. Foi minha opinião que o hipertransmissor havia sido colocado ali por alguém pago pela Segunda Fundação, e que tínhamos sido trazidos para cá por algum objetivo deles, que eu estava preparado para combater. Eu achava que o general estava dominado por eles.

– Parece que você não acredita mais nisso.

– Acho que não. Ou não seria o senhor na porta.

– Bom, então vamos colocar tudo isso em pratos limpos. – O Mulo tirou as camadas exteriores de suas roupas eletricamente aquecidas. – Você se importa se eu me sentar também? Agora... estamos seguros aqui, e perfeitamente livres de qualquer perigo de intromissão. Nenhum nativo deste pedaço de gelo irá sentir vontade de se aproximar deste lugar. Garanto isso. – Havia muita seriedade na insistência com que mencionava seus poderes.

Channis mostrou seu desgosto

– Para que a privacidade? Alguém está vindo nos servir chá e trazendo as dançarinas?

– Difícil. Qual era essa teoria sua, jovem? Alguém da Segunda Fundação estava seguindo vocês com um aparelho que só eu tenho e... como você disse que encontrou esse lugar?

– Aparentemente, senhor, parece óbvio, levando-se em conta os fatos conhecidos, que certas noções foram colocadas na minha cabeça...

– Por essas pessoas da Segunda Fundação?

– Mais ninguém poderia, acho.

– Então, você não pensou que se alguém da Segunda Fundação pudesse forçá-lo, atraí-lo ou enganá-lo para ir até a Segunda Fundação com objetivos próprios... e eu assumo que você imaginou que ele usou métodos similares aos meus, embora, lembre-se, consigo implantar somente emoções, não ideias... não lhe ocorreu que se ele pudesse fazer isso, seria de pouca utilidade colocar um hipertransmissor em vocês?

Channis olhou bruscamente para cima e encontrou, assustado, os grandes olhos do Mulo. Pritcher murmurou algo, e seus ombros ficaram visivelmente relaxados.

– Não – disse Channis –, isso não me ocorreu.

– Ou que, se eles fossem obrigados a segui-lo, não poderiam se sentir capazes de dirigi-lo e que, sem ser manipulado, você teria uma pequena, preciosa chance de encontrar seu caminho para cá, como fez. *Isso* lhe ocorreu?

– Nem isso.

– Por que não? Seu nível intelectual diminuiu a esse patamar?

– A única resposta é uma pergunta, senhor. O senhor concorda com o general Pritcher na acusação de traidor?

– Você teria alguma defesa contra tal acusação de minha parte?

– Somente a que apresentei ao general. Se fosse um traidor e soubesse a localização da Segunda Fundação, o senhor poderia me converter e aprender o conhecimento diretamente. Se sentisse a necessidade de me seguir, então eu não teria o conhecimento antecipadamente, e não seria um traidor. Então, respondo a seu paradoxo com outro.

– E sua conclusão?

– Que não sou um traidor.

– Com a qual devo concordar, já que seu argumento é irrefutável.

– Então, posso perguntar por que o senhor nos seguiu secretamente?

– Porque para todos os fatos há uma terceira explicação. Tanto você como Pritcher explicaram alguns fatos, cada um de seu jeito, mas não todos. Eu... se posso tomar um pouco do tempo de vocês... explicarei tudo. E em pouco tempo, o que não os deixará entediados. Sente-se, Pritcher, e dê-me seu desintegrador. Não há nenhum perigo de ataque contra nós. Nem daqui, nem de lá. Nem mesmo da Segunda Fundação, na verdade. Graças a você, Channis.

O quarto estava iluminado à moda rossemita, com fios aquecidos eletricamente. Uma única lâmpada estava suspensa do teto e sob seu fraco brilho amarelo, os três projetavam sombras individuais.

O Mulo continuou:

– Como senti a necessidade de seguir Channis, era óbvio que esperava ganhar algo com isso. Como ele se dirigiu à Segunda Fundação com rapidez impressionante, podemos assumir de forma razoável que isso era o que eu esperava que acontecesse. Como não recebi esse conhecimento diretamente dele, algo deve ter me impedido. Esses são os fatos. Channis, é claro, sabe a resposta. Eu também. Você está entendendo, Pritcher?

E Pritcher respondeu, de má vontade:

– Não, senhor.

– Então, explico. Somente um tipo de homem pode, ao mesmo tempo, saber a localização da Segunda Fundação e evitar que eu saiba. Channis, acho que você não é, na verdade, um traidor; é mais provável que seja um membro da Segunda Fundação.

Channis cravou os cotovelos nos joelhos quando se inclinou para a frente. Através de lábios tensos e com raiva, ele falou:

– Qual é a prova direta? A dedução já falhou duas vezes hoje.

– Há uma prova direta, também, Channis. Foi muito fácil. Eu contei que meus homens tinham sido manipulados. O manipulador deveria ser, óbvio, alguém que a) fosse um não convertido e b) estivesse razoavelmente perto do centro das coisas. O campo era grande, mas não completamente ilimitado. Você era alguém muito bem-sucedido, Channis. As pessoas gostavam muito de você. Progrediu muito. Fiquei admirado... E eu o indiquei a essa expedição e você não se assustou. Observei suas emoções. Isso não o incomodou. Você exagerou na confiança, Channis. Nenhum homem realmente competente poderia ter evitado um pingo de incerteza em um empreendimento como esse. O fato de conseguir evitar isso era porque ou você era um tolo ou alguém controlado. Foi fácil testar as alternativas. Tomei sua mente em um momento em que estava relaxado e a enchi com dor por um instante, e depois remo-

vi. Você ficou bravo depois, com uma arte tão completa que poderia jurar que era uma reação natural, se não fosse o que aconteceu antes. Porque, quando toquei suas emoções, só por um instante, por um ridículo instante antes de você perceber, sua mente resistiu. Era tudo que eu precisava saber. Ninguém poderia resistir a mim, mesmo por um mínimo instante, sem um controle parecido com o meu.

A voz de Channis saiu baixa e dura:

– Bem, então? E agora?

– Agora você morre... como um membro da Segunda Fundação. É necessário, como acho que percebe.

E mais uma vez, Channis olhou para o cano de um desintegrador. Mas agora não estava sob o controle de uma mente, como a de Pritcher, passível de manipulação improvisada, e sim por uma mente madura como a sua e capaz de resistir, como a sua.

E o período de tempo que ele tinha para corrigir os eventos era pequeno.

O que se seguiu é difícil de descrever por alguém com o complemento normal de sentidos e a incapacidade normal de controle emocional.

Essencialmente, foi isso que Channis percebeu no pequeno espaço de tempo compreendido até que o dedo do Mulo entrasse em contato com o gatilho.

A base emocional do Mulo, naquele momento, era de uma determinação dura e decidida, sem nenhuma sombra de hesitação. Se Channis tivesse se interessado em calcular o tempo envolvido desde a determinação de atirar até a chegada das energias desintegradoras, poderia ter percebido que sua liberdade de ação era de aproximadamente 1/5 de segundo.

Era um tempo absurdamente curto.

O que o Mulo percebeu naquele mesmo espaço exíguo de tempo foi que o potencial emocional do cérebro de Channis tinha crescido repentinamente sem que sua própria mente sentisse qualquer impacto e que, simultaneamente, um fluxo de ódio puro e impressionante caiu sobre ele, vindo de uma direção inesperada.

Foi esse novo elemento emocional que tirou seu polegar do gatilho. Nada mais poderia tê-lo obrigado a isso e, quase junto com essa mudança de ação, chegou a compreensão completa da nova situação.

Era uma cena que comportava bem menos do que deveria, do ponto de vista dramático, dada a importância do que continha. Havia o Mulo, com o polegar afastado do gatilho, olhando intensamente para Channis. Havia Channis, tenso, ainda não ousando respirar. E havia Pritcher, sofrendo convulsões na sua cadeira; cada músculo passando por um espasmo terrível; cada tendão se retorcendo em um esforço para se lançar à frente; seu rosto se contorcia como uma máscara mortuária de ódio horrível; e seus olhos estavam voltados completamente para o Mulo.

Somente uma ou duas palavras foram trocadas entre Channis e o Mulo – somente uma palavra ou duas que revelavam o fluxo de consciência emocional que permanece, sempre, o verdadeiro jogo de compreensão entre homens como eles. Por causa dos nossos próprios limites, é necessário traduzir em palavras o que se deu então, e o que veio depois.

Channis disse, tenso:

– Você está entre dois fogos, Primeiro Cidadão. Não consegue controlar duas mentes simultaneamente, não quando uma delas é a minha... então, precisa escolher. Pritcher está livre da sua conversão, agora. Eu cortei as ligações. Ele é o velho Pritcher; aquele que já tentou matá-lo uma vez; aquele que acha que você é o inimigo de tudo que é livre, correto e sagrado; e também sabe que você o reduziu a uma adulação abjeta por cinco anos. Estou segurando o general, suprimindo sua vontade, mas, se me matar, isso acaba, e muito antes de você conseguir girar seu desintegrador ou mesmo sua vontade... ele o matará.

O Mulo já tinha percebido isso. Ele não se moveu.

Channis continuou:

– Se tentar controlá-lo, matá-lo, fazer qualquer coisa, não será rápido o suficiente para me impedir.

O Mulo ainda não se movia. Somente um suspiro de compreensão.

– Então – continuou Channis –, jogue fora o desintegrador e permanecemos quites. Poderá recuperar Pritcher.

– Cometi um erro – disse o Mulo, finalmente. – Foi errado ter uma terceira pessoa presente quando o confrontei. Isso introduziu muitas variáveis. É um erro pelo qual devo pagar, acho.

Ele colocou o desintegrador no chão e chutou-o para o outro lado do quarto. No mesmo momento, Pritcher caiu em um sono profundo.

– Ele estará normal quando acordar – disse o Mulo, indiferente.

Toda a negociação, a partir do momento em que o dedo do Mulo começou a apertar o gatilho até o momento em que jogou o desintegrador, ocupou um tempo inferior a um segundo e meio.

Mas por baixo das fronteiras da consciência, por um momento pouco mais do que o detectável, Channis capturou um brilho emocional de relance na mente do Mulo. E era de confiança e triunfo.

06.
UM HOMEM, O MULO – E OUTRO

Dois homens, aparentemente relaxados e inteiramente à vontade, fisicamente muito diferentes – mas com todos os nervos que serviam como detectores emocionais tremendo com a tensão.

O Mulo, pela primeira vez em muitos anos, não tinha certeza suficiente de suas ações. Channis sabia que, apesar de conseguir se proteger no momento, era um esforço – e que o ataque sobre ele não era difícil para seu oponente. Em um teste de resistência, Channis sabia que iria perder.

Mas era letal pensar nisso. Entregar ao Mulo sua fraqueza emocional seria o mesmo que lhe entregar uma arma. Já havia aquela rápida visão de algo – como uma vitória – na mente do Mulo.

Ganhar tempo...

Por que os outros demoravam? Era essa a fonte da confiança do Mulo? O que seu oponente sabia que ele não? A mente que ele espreitava não mostrava nada. Se conseguisse ler pensamentos. E, mesmo assim...

Channis deteve bruscamente seu redemoinho mental. Só havia isso; ganhar tempo... Ele acabou falando:

– Como foi decidido, e não negado depois de nosso rápido duelo em torno de Pritcher, que sou da Segunda Fundação, suponho que me dirá por que vim a Finstrel.

– Oh, não – e o Mulo riu, com confiança. – Não sou Pritcher. Não preciso explicar-lhe nada. Você teve o que imaginou serem as suas razões. Independentemente de quais sejam, suas ações me serviram bem, então não questiono mais nada.

– Deve haver buracos como esse na sua concepção da história. Será que Finstrel é a Segunda Fundação que você esperava encontrar? Pritcher falou muito de outra tentativa de encontrá-la e do seu psicólogo, Ebling Mis. Ele balbuciou bastante sob meu... ah... leve encorajamento. Pense em Ebling Mis, Primeiro Cidadão.

– Por que deveria? – Confiança!

Channis sentia que a confiança estava se fortalecendo, como se, com a passagem do tempo, qualquer ansiedade que o Mulo pudesse ter sentido estivesse desaparecendo.

Ele falou, impedindo firmemente o fluxo de desespero:

– Não tem curiosidade, então? Pritcher me falou da grande surpresa de Mis com *algo*. Havia uma insistência terrível, drástica, na rapidez, para avisar a Segunda Fundação. Por quê? Por quê? Ebling Mis morreu. A Segunda Fundação não foi avisada. E mesmo assim ela existe.

O Mulo sorriu, satisfeito e com um repentino e surpreendente surto de crueldade que Channis sentiu avançar e, repentinamente, desaparecer:

– Mas, aparentemente, a Segunda Fundação *foi* avisada. De outra forma, como e por que um Bail Channis chegou a Kalgan para manipular meus homens e assumir a ingrata tarefa de me enganar? O aviso veio muito tarde, só isso.

– Então – e Channis permitiu que a piedade surgisse –, você nem sabe o que é a Segunda Fundação, ou algo sobre o sentido mais profundo de tudo que aconteceu?

Ganhar tempo!

O Mulo sentiu a piedade do outro e seus olhos transmitiram hostilidade instantânea. Ele esfregou o nariz com seu conhecido gesto de quatro dedos e disse:

– Divirta-se, então. O que *tem* a Segunda Fundação?

Channis falou deliberadamente, em palavras, em vez de simbologia emocional:

– Do que ouvi, foi o mistério que circundava a Segunda Fundação que mais intrigou Mis. Hari Seldon fundou suas duas unidades de forma muito diferente. A Primeira Fundação era uma ostentação que, em dois séculos, deslumbrava metade da Galáxia. E a Segunda era um abismo escuro. Você não entenderá por que foi assim, a menos que possa sentir a atmosfera intelectual do Império em decadência. Era um tempo de absolutos, de grandes generalidades finais, pelo menos no pensamento. Era um sinal de cultura decadente, claro, barragens erguidas contra o desenvolvimento das ideias. Foi sua revolta contra essas represas que tornaram Seldon famoso. Foi essa última centelha de criação juvenil presente nele que acendeu o Império em um brilho de crepúsculo e serviu como um fraco presságio do nascer do sol do Segundo Império.

– Muito dramático. E daí?

– Então, ele criou suas Fundações de acordo com as leis da psico-história, mas ninguém sabia, mais do que ele, que até essas leis são relativas. *Ele* nunca criou um produto finalizado. Produtos finalizados são para mentes decadentes. Ele tinha um mecanismo em desenvolvimento e a Segunda Fundação era o instrumento dessa evolução. *Nós*, Primeiro Cidadão da sua União Temporária dos Mundos, *nós* somos os guardiões do Plano Seldon. Somente nós!

– Você está tentando injetar coragem em si mesmo – perguntou o Mulo depreciativamente – ou está tentando me impressionar? Porque a Segunda Fundação, o Plano Seldon, o Segundo Império, nada disso me impressiona nem um pouco, nem me traz um pingo de compaixão, simpatia, responsabilidade ou qualquer outra ajuda emocional que você possa estar querendo extrair de mim. E, de qualquer forma, pobre tolo, fale da Segunda Fundação no passado, porque ela foi destruída.

Channis sentiu o potencial emocional que pressionava sua mente a crescer em intensidade quando o Mulo se levantou e se aproximou. Lutou furiosamente, mas algo rastejava implacavelmente para dentro dele, batendo e torcendo sua mente – para trás.

Ele sentiu a parede às suas costas e o Mulo o encarou, com os braços ossudos na cintura, um sorriso medonho por baixo da montanha de nariz.

O Mulo disse:

– O seu jogo acabou, Channis. O jogo de todos vocês... de todos os homens do que costumava ser a Segunda Fundação. Do que era! *Do que era!* O que você estava fazendo aqui sentado todo esse tempo, falando besteira com Pritcher, quando poderia ter pegado seu desintegrador com pouco esforço físico? Estava esperando por mim, não é? Esperando para me receber em uma situação que não despertaria minhas suspeitas. Uma pena para você que não precisavam ser despertadas. Eu o conhecia. Conhecia muito bem, Channis da Segunda Fundação. Mas o que você está esperando agora? Ainda joga palavras desesperadamente em minha direção, como se o mero som de sua voz pudesse me congelar. E durante todo o tempo, algo em sua mente está esperando e esperando, e ainda espera. Mas ninguém virá. Nenhum daqueles que você espera... nenhum dos seus aliados. Você está sozinho aqui, Channis, e permanecerá sozinho. Sabe por quê? Porque sua Segunda Fundação me subestimou completamente. Eu sabia do plano deles desde o começo. Eles achavam que eu o seguiria até aqui e me tornaria carne para o cozido deles. Você foi uma isca, na verdade... uma isca para o pobre e estúpido mutante, tão obcecado por controlar um império que cairia fácil em uma armadilha tão óbvia. Mas me tornei o prisioneiro? Fico pensando se ocorreu a eles que dificilmente eu viria sem minha frota, cuja artilharia, em apenas uma unidade, é superior a eles? Pensaram que eu iria fazer uma pausa, para discutir ou esperar eventos? Minhas naves foram lançadas contra Finstrel há doze horas e já cumpriram perfeitamente a missão. Finstrel está em ruínas; seus centros populacionais foram destruídos. Não houve resistência. A Segunda Fundação já não existe, Channis... e eu, o grotesco, o horrível fracote, sou o governante da Galáxia.

Channis só poderia balançar a cabeça debilmente:

– Não... Não...

– Sim... Sim... – imitou o Mulo. – E se você é o último deles vivo, e pode bem ser, isso não irá durar muito.

E se seguiu uma pausa curta e eloquente. Channis quase uivou com a repentina dor da penetração dos tecidos mais profundos de sua mente.

O Mulo se afastou e murmurou:

– Não é o suficiente. Você não passou no teste, afinal. Seu desespero é fingido. Seu medo não é o amplo e devastador que acompanha a destruição de um ideal, mas o débil choro da destruição pessoal.

E a mão fraca do Mulo apertou a garganta de Channis num aperto débil, mas que Channis era incapaz de evitar.

– Você é meu seguro, Channis. Minha direção e minha salvaguarda contra qualquer subestimação que possa cometer. – Os olhos do Mulo tentavam penetrá-lo. Insistentes... Exigentes... – Eu calculei corretamente, Channis? Fui mais esperto que os homens da Segunda Fundação? Finstrel *está* destruída, Channis, completamente destruída; então, por que o desespero fingido? Onde está a realidade? Quero a realidade e a verdade! Fale, Channis, fale. Eu não penetrei, então, fundo o bastante? O perigo ainda existe? *Fale, Channis.* Onde errei?

Channis sentiu as palavras escaparem da sua boca. Elas não saíram por livre vontade. Ele fechou a boca para evitar. Mordeu a língua. Todos os músculos de sua garganta ficaram tensos.

Mas elas saíram – aos bocados – arrancadas à força e rasgando sua garganta, língua e dentes no caminho.

– A verdade – ele gemeu –, a verdade...

– Sim, a verdade. O que resta fazer?

– Seldon fundou a Segunda Fundação aqui. Aqui, como falei. E não estou mentindo. Os psicólogos chegaram e tomaram o controle da população nativa.

– De Finstrel? – O Mulo mergulhou profundamente na tortura das emoções do outro, rasgando-as brutalmente. – É Finstrel que destruí. Sabe o que quero. Entregue-me.

– Finstrel, *não*. Eu *disse* que os homens da Segunda Fundação podem não ser aqueles que parecem estar no poder; Finstrel é decorativo... – as palavras estavam quase irreconhecíveis, formando-se contra a vontade de cada átomo do homem da Segunda Fundação. – Rossem... Rossem... *Rossem é o mundo...*

O Mulo afrouxou a mão e Channis caiu, dolorido e torturado.

– E você achou que podia me enganar? – disse o Mulo, em voz baixa.

– Você *foi* enganado. – Era o último traço de resistência de Channis.

– Mas não por muito tempo, para você e os seus. Estou me comunicando com minha frota. Depois de Finstrel, pode vir Rossem. Mas primeiro...

Channis sentiu a excruciante escuridão se fechar contra ele e o braço que levantou automaticamente para proteger os olhos não pôde evitá-la. Era uma escuridão que estrangulava, e, enquanto sentia sua mente ferida e machucada recuar, sumindo para uma escuridão eterna, surgiu uma última imagem do Mulo triunfante – uma figura ridícula, com seu nariz comprido, carnudo, tremendo com suas gargalhadas.

O som desapareceu. A escuridão o abraçou carinhosamente.

Ela terminou com uma sensação repentina que era como o brilho de uma luz piscando, e Channis voltou lentamente à terra enquanto sua visão retornava dolorosamente, em uma transmissão borrada por olhos cheios de lágrimas.

Sua cabeça doía muito e era só com uma agonia, que parecia uma facada, que ele era capaz de mover o braço para tocá-la.

Obviamente, estava vivo. Calmamente, como plumas erguidas por um remoinho que já passava, seus pensamentos começaram a se assentar. Ele se sentiu tomado por um conforto externo. Vagarosamente, de forma torturante, moveu o pescoço – e o alívio era uma pontada aguda.

A porta estava aberta; e o Primeiro Orador parado justamente na entrada. Ele tentou falar, gritar, avisar – mas sua língua congelou, e ele sabia que uma parte da poderosa mente do Mulo ainda o prendia e impedia de falar.

Ele moveu o pescoço mais uma vez. O Mulo ainda estava no quarto. Estava bravo, e com os olhos brilhando. Não estava mais rindo, mas seus dentes estavam à mostra em um sorriso feroz.

Channis sentiu a influência mental do Primeiro Orador movendo-se gentilmente sobre sua mente com um toque de cura e, depois, uma sensação paralisante quando entrou em contato com a defesa do Mulo por um instante de luta, e desistiu.

O Mulo disse com raiva, com uma fúria que era grotesca em seu exíguo corpo:

– Então outro veio me cumprimentar. – Sua mente ágil alcançou a parte de fora do quarto... – Você está sozinho.

E o Primeiro Orador o interrompeu, concordando:

– Realmente, estou sozinho. É necessário que esteja sozinho, já que fui eu quem errou os cálculos sobre o seu futuro, há cinco anos. Eu ficaria bem satisfeito se conseguisse corrigir essa questão sem nenhuma ajuda. Infelizmente, não contava com a força do seu Campo de Repulsa Emocional que circundava esse lugar. Demorei a entrar. Dou os parabéns pela habilidade com a qual foi construído.

– Obrigado por nada – foi a resposta hostil. – Não me dirija elogios. Você veio juntar a migalha de seu cérebro ao daquele pobre pilar quebrado de seu reino?

O Primeiro Orador sorriu:

– Ah, o homem que você chama de Bail Channis realizou sua missão muito bem, ainda mais porque ele não poderia se igualar a você de jeito nenhum. Posso ver, é claro, que você o maltratou, mas é possível que ainda possamos restaurá-lo completamente. Ele é um homem corajoso, senhor. Foi voluntário para essa missão, apesar de termos sido capazes de calcular matematicamente as grandes chances de dano à sua mente... uma alternativa mais assustadora do que mutilação física.

A mente de Channis pulsou de forma fútil com o que queria dizer, mas não conseguia; o aviso que desejava gritar e era incapaz. Ele só conseguia emitir aquela contínua onda de medo... medo...

O Mulo estava calmo.

– Você sabe, é claro, da destruição de Finstrel.

– Sei. O assalto da sua frota foi previsto.

Sinistro, o Mulo continuou:

– Sim, acredito. Mas não evitado, não é?

– Não, não foi evitado – a simbologia emocional do Primeiro Orador era bastante simples. Quase como um auto-horror; um completo autodesgosto. – E a culpa é muito mais minha do que sua. Quem poderia ter imaginado os seus poderes cinco anos atrás? Suspeitamos desde o início... do momento em que você capturou Kalgan... que tinha o poder do controle emocional. Isso não foi muito surpreendente, Primeiro Cidadão, como posso explicar. O contato emocional como nós possuímos não é um desenvolvimento muito novo. Na verdade, é implícito no cérebro humano. A maioria dos humanos consegue ler as emoções de uma forma bem primitiva, associando-as pragmaticamente a expressões faciais, tons de voz e assim por diante. Uma boa parte dos animais possui a faculdade em um grau mais alto; eles usam o sentido do olfato e as emoções envolvidas são, é claro, bem menos complexas. Na verdade, os humanos são capazes de muito mais, porém, a faculdade de direcionar o contato emocional tendeu à atrofia com o desenvolvimento da fala, há um milhão de anos. Foi o maior avanço da nossa Segunda Fundação que esse sentido esquecido tenha sido restaurado para, pelo menos, algumas das suas potencialidades. Mas não nascemos para usá-lo por completo. Um milhão de anos de decadência é um obstáculo formidável, e devemos educar o sentido, exercitá-lo como exercitamos nossos músculos. E aí está nossa principal diferença. *Você* nasceu com isso. Até aí, conseguimos calcular. Também conseguimos calcular o efeito de um sentido assim em uma pessoa no meio de um mundo de homens que não o possuíam. O homem com visão no reino dos cegos... calculamos a extensão da megalomania que tomaria conta de você e pensávamos que estávamos preparados. Mas, por dois fatores, não estávamos. O primeiro foi a grande extensão de seu sentido. *Nós* podemos induzir o contato emocional somente quando temos contato visual, que é o motivo pelo qual somos mais indefesos contra armas físicas do que você poderia imaginar. A visão desempenha um papel muito importante. Não é o mesmo com você, que sabemos conseguir controlar muitos homens e ter contato emocional íntimo com eles sem precisar ser visto ou ouvido. Isso foi descoberto tarde demais. Em segundo lugar, não sabíamos dos seus problemas físicos, principalmente o que parece ser tão importante para você, a ponto de ter adotado o nome de Mulo. Não previmos que você não só era um mutante, mas um mutante estéril, e a distorção psíquica do seu complexo de inferioridade nos escapou. Só levamos em conta a megalomania... não uma intensa paranoia psicótica também. Eu tenho a responsabilidade de ter deixado isso passar, porque era o líder da Segunda Fundação quando você capturou Kalgan. Quando destruiu a Primeira Fundação, nós descobrimos... mas era muito tarde... e por essa falha milhões morreram em Finstrel.

– E você vai corrigir as coisas agora? – Os lábios do Mulo se abriram, a mente dele pulsava de ódio. – O que vai fazer? Me engordar? Restaurar meu vigor masculino? Apagar do meu passado a longa infância em um ambiente estranho? Você lamenta os *meus* sofrimentos? Lamenta a *minha* infelicidade? Não tenho nenhum remorso pelo que fiz quando tive necessidade. Deixe que a Galáxia se proteja o melhor que puder, porque não recebi nenhuma proteção quando precisei.

– As suas emoções são, é claro – disse o Primeiro Orador –, produto do seu passado e não podem ser condenadas... somente modificadas. A destruição de Finstrel era inevitável. A alternativa teria sido uma destruição muito maior por toda a Galáxia, por um período de séculos. Fizemos o melhor que pudemos de acordo com nossos limites. Retiramos o máximo de homens de Finstrel. Descentralizamos o resto do mundo. Infelizmente, nossas medidas foram bem abaixo do necessário. Milhões ficaram para morrer... você não se arrepende disso?

– Nem um pouco, não mais do que me arrependo das centenas de milhares que devem morrer em Rossem, em menos de seis horas.

– Em Rossem? – perguntou o Primeiro Orador, rapidamente.

Ele se voltou para Channis, que tinha se forçado a ficar numa postura meio sentada, e sua mente exerceu sua força. Channis sentiu o duelo de mentes sobre ele, houve uma ligeira quebra das correntes e as palavras começaram a sair de sua boca:

– Senhor, eu falhei completamente. Ele me forçou, dez minutos antes de sua chegada. Não consegui resistir e não tenho desculpas para isso. Ele sabe que Finstrel não é a Segunda Fundação. Sabe que Rossem é.

E as correntes se fecharam novamente.

O Primeiro Orador franziu a testa:

– Entendo. O que você planeja fazer?

– Você realmente duvida? Realmente acha difícil entender o óbvio? Todo esse tempo em que você me deu uma aula sobre a natureza do contato emocional... todo esse tempo em que você me jogou palavras como megalomania e paranoia, eu estive trabalhando. Estive em contato com minha frota e dei ordens. Em seis horas, a menos que eu, por algum motivo, mude minhas ordens, eles bombardearão Rossem, exceto esta vila e uma área de cento e cinquenta quilômetros quadrados ao redor. Eles vão completar o trabalho e depois vão pousar aqui. Você tem seis horas e, nesse período, não conseguirá derrotar minha mente, nem salvar o resto de Rossem.

O Mulo abriu os braços e riu novamente enquanto o Primeiro Orador parecia encontrar dificuldades em absorver a nova situação.

Por fim, disse:

– Qual é a alternativa?

– Por que deveria dar uma alternativa? Não tenho nada a ganhar com uma alternativa. É com as vidas em Rossem que devo ser cauteloso? Talvez, se você permitir que minhas naves pousem e todos vocês se rendam... todos os homens da Segunda Fundação... a um controle mental que eu aprove, posso modificar as ordens de bombardeio. Pode valer a pena colocar tantos homens de grande inteligência sob meu controle. Mas, por outro lado, seria um esforço considerável e talvez não valesse a pena, afinal, então não estou particularmente interessado em que você concorde com isso. O que diz, homem da Segunda Fundação? Qual arma tem contra minha mente que é tão forte quanto a sua, no mínimo, e contra minhas naves, que são mais fortes do que qualquer coisa que você já sonhou possuir?

– O que eu tenho? – repetiu o Primeiro Orador, devagar. – Bem, nada... exceto um pequeno grão... um grão de conhecimento tão pequeno que nem você possui.

– Fale rapidamente – riu o Mulo. – Seja inventivo. Não importa o quanto você se contorça, não há saída.

– Pobre mutante – disse o Primeiro Orador. – Eu não tenho por que fugir. Pergunte a si mesmo: por que Bail Channis foi enviado a Kalgan como isca? Bail Channis que, embora jovem e corajoso, é quase tão inferior mentalmente, em comparação a você, quanto esse seu oficial dorminhoco, esse Han Pritcher. Por que não fui eu, ou outro dos nossos líderes, alguém que estaria mais à sua altura?

– Talvez – veio a resposta de uma confiança suprema – vocês não tenham sido suficientemente tolos, já que provavelmente nenhum está à minha altura.

– A verdadeira razão é mais lógica. Você sabia que Channis era da Segunda Fundação. Ele não tinha a capacidade de esconder isso. E sabia, também, que era superior a ele, então não teve medo de seguir o jogo, como ele queria. Se eu tivesse ido para Kalgan, você teria me matado porque saberia que eu era um perigo real ou, se eu tivesse evitado a morte, escondendo minha identidade, ainda assim teria falhado e não o convenceria a me seguir pelo espaço. Foi o conhecimento da inferioridade dele que o atraiu. E se você tivesse permanecido em Kalgan, nem todas as forças da Segunda Fundação poderiam feri-lo, cercado como estava por seus homens, suas máquinas e seu poder mental.

– Meu poder mental ainda está comigo – disse o Mulo. – E meus homens e máquinas não estão longe.

– Verdade, mas você não está em Kalgan. Está aqui no Reino de Finstrel, logicamente apresentado a você como a Segunda Fundação... muito logicamente apresentado. Precisava ser assim, porque você é um homem inteligente, Primeiro Cidadão, e só seguiria a lógica.

– Correto, e foi uma vitória momentânea para o seu lado, mas ainda tive tempo de arrancar a verdade do seu homem, Channis, e ainda tive sabedoria para perceber que tal verdade poderia existir.

– E do nosso lado, Ó, criatura Não-tão-suficientemente-sutil, houve a percepção de que você poderia dar um passo além, e assim Bail Channis estava preparado para você.

– O que ele certamente não estava, porque estripei todo o seu cérebro, como uma galinha depenada. Ele tremeu, nu, abriu a mente, e, quando disse que Rossem era a Segunda Fundação, era a verdade básica, porque eu o havia esmagado e polido a um ponto em que não haveria fenda ou irregularidade onde o menor grão de mentira pudesse se esconder.

– Bastante verdade. Tanto melhor que fizemos boas previsões. Porque eu já disse que Bail Channis era voluntário. Você sabe que tipo de voluntário? Antes de deixar nossa Fundação para Kalgan e você, ele se submeteu a uma cirurgia emocional de natureza drástica. Você acha que seria suficiente enganá-lo? Acha que Bail Channis, mentalmente intocado, conseguiria mentir para você? Não, Bail Channis foi ele mesmo enganado, por necessidade e voluntariamente. Na profundeza de sua mente, Bail Channis honestamente acredita que Rossem seja a Segunda Fundação. E, por três anos, nós da Segunda Fundação construímos essa aparência aqui, no Reino de Finstrel, preparando-nos e esperando por você. E fomos bem-sucedidos, não? Você penetrou em Finstrel e, além disso, em Rossem, mas, além disso, não conseguiu ir.

O Mulo estava de pé:

– Você ousa me contar que Rossem, também, não é a Segunda Fundação?

Channis, do chão, sentiu suas correntes se arrebentarem completamente, sob um fluxo de força mental vindo do lado do Primeiro Orador, e se endireitou. Ele deixou escapar um grito longo e incrédulo:

– Quer dizer que Rossem *não* é a Segunda Fundação?

As memórias da vida, o conhecimento de sua mente – tudo entrava num redemoinho de confusão.

O Primeiro Orador sorriu:

– Vê, Primeiro Cidadão. Channis está tão perturbado quanto você. É claro, Rossem não é a Segunda Fundação. Somos loucos, então, para levá-lo, nosso maior, mais poderoso inimigo, ao nosso próprio mundo? Oh, não! Deixe que sua frota bombardeie Rossem, Primeiro Cidadão, se pretende deixar as coisas seguirem desse jeito. Porque, no máximo, eles podem matar Channis e a mim mesmo... e isso não melhorará nem um pouco sua situação. Porque a Expedição da Segunda Fundação para Rossem, que está aqui há três anos e funcionou, temporariamente, como os Anciãos nessa vila, embarcou ontem e está voltando para Kalgan. Eles irão evitar sua frota, claro, e chegarão a Kalgan pelo menos um dia antes de você, e essa é a razão pela qual eu lhe conto isso. A menos que eu envie ordens em contrário, quando retornar, você encontrará um império em revolta, um reino desintegrado, e somente os homens com você, em sua frota aqui, permanecerão leais. Eles estarão em completa minoria. Além do mais, os homens da Segunda Fundação estarão com sua frota doméstica e garantirão que você não consiga reconverter ninguém. Seu império está terminado, mutante.

Vagarosamente, o Mulo abaixou a cabeça, porque a raiva e o desespero dominavam sua mente por completo:

– Sim. Muito tarde. Muito tarde. Agora eu vejo.

– Agora você vê – concordou o Primeiro Orador. – E agora, não.

No desespero do momento, quando a mente do Mulo se abriu, o Primeiro Orador – pronto para aquele momento e certo de sua natureza – entrou rapidamente. Foi preciso apenas uma insignificante fração de segundo para consumar a mudança completamente.

O Mulo olhou para cima e disse:

– Então, devo retornar a Kalgan?

– Certamente. Como se sente?

– Excelente – piscou os olhos. – Quem é você?

– Isso é importante?

– É claro que não – ele descartou o assunto e tocou o ombro de Pritcher.

– Acorde, Pritcher, estamos indo para casa.

Duas horas depois, Bail Channis sentiu-se forte o suficiente para andar sozinho. Ele comentou:

– Ele não irá se lembrar?

– Nunca. Ele retém seu poder mental e seu império... mas suas motivações agora são inteiramente diferentes. A noção de uma Segunda Fundação é um branco para ele, que se tornou um homem de paz. Ele será um homem muito mais feliz de agora em diante, também, durante os poucos anos de vida que ainda lhe restam, por causa de seu físico mal ajustado. E então, depois de sua morte, o Plano Seldon continuará... de alguma forma.

– E é verdade – perguntou Channis –, é verdade que Rossem não é a Segunda Fundação? Eu poderia jurar... digo que *sei* que é. Não estou louco.

– Você não está louco, Channis; simplesmente, como eu falei, foi modificado. Rossem *não* é a Segunda Fundação. Venha! Nós também estamos indo para casa.

ÚLTIMO INTERLÚDIO

Bail Channis sentou-se na pequena sala branca e permitiu que sua mente relaxasse. Ele estava satisfeito de viver no presente. Havia as paredes e a janela e a grama do lado de fora. Elas não tinham nomes. Elas eram somente coisas. Havia uma cama e uma cadeira e livros que iam avançando na tela ao pé da sua cama. Havia uma enfermeira que trazia a comida.

No começo ele tinha feito esforços para juntar os pedaços de tudo que ouvia. Por exemplo, esses dois homens conversando.

Um tinha dito:

– Afasia completa agora. Está limpo e acho que sem danos. Somente será necessário retornar a gravação da composição de ondas cerebrais original.

Ele se lembrou dos sons mecanicamente, e por alguma razão eles pareceram bem peculiares – como se significassem algo. Mas por que se importar?

Melhor assistir à linda mudança de cores na tela aos pés da coisa sobre a qual ele está deitado.

Então, alguém entrou e fez coisas com ele e, por um bom tempo, ele dormiu.

E, quando aquilo passou, a cama de repente virou uma cama, ele sabia que estava no hospital e as palavras de que se lembrava faziam sentido.

Ele se sentou:

– O que está acontecendo?

O Primeiro Orador estava ao seu lado:

– Você está na Segunda Fundação e recuperou sua mente; sua mente original.

– Sim! *Sim!* – Channis percebeu que ele era *ele mesmo* e havia triunfo e alegria nisso.

– Agora, diga-me – falou o Primeiro Orador –, agora você sabe onde está a Segunda Fundação?

E a verdade chegou em uma tremenda onda e Channis não respondeu. Como Ebling Mis antes dele, foi tomado por uma vasta e paralisante surpresa.

Até que finalmente ele balançou a cabeça e falou:

– Pelas Estrelas da Galáxia, agora eu sei.

PARTE 2.

A BUSCA DA FUNDAÇÃO

—— DARELL, ARKADY...

Romancista, nascida em 11, 5, 362 E.F., falecida em 1, 7, 443 E.F. Apesar de ser principalmente uma escritora de ficção, Arkady Darell é mais conhecida pela biografia de sua avó, Bayta Darell. Baseada em informações em primeira mão, serviu durante séculos como uma fonte primária de informação sobre o Mulo e sua época... Como *Memórias Escancaradas*, seu romance *Tempo e Tempo e Além* é uma reflexão comovente da brilhante sociedade kalganiana do começo do Interregno, baseada, diz-se, em uma visita a Kalgan em sua juventude...

ENCICLOPÉDIA GALÁCTICA

07.
ARCÁDIA

Arcádia Darell declamou firmemente no microfone de seu transcritor:

– O futuro do Plano Seldon, por A. Darell – e pensou tristemente que algum dia, quando fosse uma grande escritora, escreveria todas as suas obras-primas sob o pseudônimo de Arkady. Só Arkady. Nenhum sobrenome.

"A. Darell" *seria* somente o tipo de coisa que ela colocaria em todas as redações de sua aula de Composição e Retórica – tão sem graça. Todas as outras crianças tinham de fazer o mesmo, exceto Olynthus Dam, porque toda a turma riu quando ele falou seu nome pela primeira vez. E "Arcádia" era nome de menininha, que ela tinha herdado de sua bisavó; os pais dela não tinham *nenhuma* imaginação.

Agora que tinha catorze anos e dois dias, era de se esperar que os pais reconhecessem o simples fato de que já era uma adulta e passassem a chamá-la de Arkady. Seus lábios se apertaram quando pensou em seu pai desviando os olhos de seu leitor de livros tempo suficiente para dizer:

– Mas se você vai fingir que tem dezenove, Arcádia, o que irá fazer quando tiver vinte e cinco e todos os rapazes acharem que tem trinta?

Deitada na poltrona especial, ela conseguia ver o espelho do guarda-roupa. Seu pé atrapalhava um pouco a vista porque o chinelo estava pendurado pelo dedão. Então ela o calçou e sentou-se com uma rigidez pouco natural que, de alguma forma, ela sentia que lhe encompridava o pescoço em uns majestosos e elegantes cinco centímetros.

Por um momento, considerou seu rosto pensativamente – muito gordo. Ela abriu a boca um pouco, mantendo os lábios fechados, e observou os traços resultantes de magreza antinatural por todos os ângulos. Passou a língua pelos lábios, deixando-os macios e úmidos. Depois deixou as pálpebras caírem de uma forma cansada – oh, céus, se essas bochechas não fossem dessa ridícula cor *rosa*.

Ela tentou colocar os dedos nos cantos externos de seus olhos e puxou as pontas um pouco para conseguir aquele olhar lânguido e misterioso das mulheres dos sistemas estelares internos, mas suas mãos estavam na frente e ela não conseguia ver o rosto muito bem.

Então, ela levantou o queixo, ficou meio de perfil e, com os olhos um pouco torcidos por olhar pelos cantos e os músculos do pescoço doloridos, disse, em uma voz uma oitava abaixo de seu tom natural:

– Realmente, pai, se você acha que faz uma *partícula* de diferença para mim o que alguns estúpidos *garotos* pensam, você só...

E então se lembrou de que ainda estava com o transmissor ligado na mão e disse, chateada:

– Ah, droga – e desligou-o.

O papel ligeiramente violeta, com as margens alaranjadas no lado esquerdo, mostrava o seguinte:

O FUTURO DO PLANO SELDON, POR A. DARRELL

"Realmente, pai, se você acha que faz uma *partícula* de diferença para mim o que alguns estúpidos *garotos* pensam, você só..."

"Ah, droga."

———

Ela puxou, aborrecida, a folha de papel da máquina e outra apareceu no lugar com um clique.

Mas seu rosto ficou mais tranquilo, mesmo assim, e sua pequena boca se esticou em um sorriso satisfeito. Ela cheirou o papel com delicadeza. Exato. O toque exato de elegância e charme. E a caligrafia era mesmo a mais moderna.

A máquina tinha sido entregue dois dias antes em seu primeiro aniversário adulto. Ela dissera:

– Mas pai, todo mundo... absolutamente *todo mundo* na minha classe com menor pretensão de *ser* alguém tem uma. Ninguém, a não ser alguns velhos sonsos, usam máquinas com teclas...

O vendedor tinha dito:

– Não há outro modelo tão compacto, por um lado, e adaptável, pelo outro. Ela irá seguir a ortografia e a pontuação corretas de acordo com o sentido da sentença. Naturalmente, é uma grande ajuda para a educação, porque encoraja o usuário a empregar enunciação cuidadosa e pausada para garantir a ortografia correta, sem falar da exigência de uma pronúncia elegante e apropriada para a correta pontuação.

Mesmo assim, seu pai tentou comprar uma geringonça para digitação, como se ela fosse uma professora velha, seca e solteirona.

Mas, quando foi entregue, era o modelo que ela queria... obtido, talvez, com um pouco mais de choro e reclamação do que se esperava de uma adulta de catorze anos... e o texto saía numa letra feminina charmosa, com as mais lindas letras maiúsculas que alguém já havia visto.

Mesmo a frase "Ah, droga" de alguma forma tinha glamour quando era feita pelo transcritor.

Mas ela tinha de completar a tarefa, então sentou-se direito na poltrona, colocou seu rascunho na frente, de forma séria, e recomeçou, com esmero e clareza; seu abdome reto, o peito levantado, e a respiração, cuidadosamente controlada. Ela usava entonação, com fervor dramático:

– O Futuro do Plano Seldon. A história do passado da Fundação é, tenho certeza, bem conhecida por todos nós, que tivemos a sorte de sermos educados no sistema escolar do nosso planeta, que é eficiente e conta com bons funcionários.

(Pronto! Isso seria uma boa forma de começar com a srta. Erlking, aquela bruxa velha.)

– Aquela história é, em grande parte, a história do grande Plano de Hari Seldon. Os dois são o mesmo. Mas a questão, na mente da maioria das pessoas hoje, é se esse Plano continuará em toda sua grande sabedoria ou se será destruído ou, talvez, já tenha sido destruído. Para entender isso, pode ser melhor revisar rapidamente alguns dos pontos principais do Plano, como foi revelado para a humanidade até o momento.

(Essa parte era fácil porque ela tinha tido História Moderna no semestre anterior.)

– Nos dias, quase quatro séculos atrás, em que o Primeiro Império Galáctico estava caindo na paralisia que precedeu sua morte final, um homem... o grande Hari Seldon... previu que o fim se aproximava. Através da ciência da psico-história, cuja matemática intrinquada está esquecida há muito tempo...

(Ela fez uma pausa porque ficou com uma pequena dúvida. Tinha certeza de que "intricada" se pronunciava com *c* e a ortografia não parecia certa. Oh, bem, a máquina não poderia estar errada...)

– ... ele, e os homens que trabalhavam com ele, foram capazes de prever o curso das grandes correntes sociais e econômicas que varriam a Galáxia na época. Era possível perceber que, deixado por si, o Império iria se dissolver e que, depois, haveria pelo menos trinta mil anos de caos anárquico antes do estabelecimento de um novo Império. Era muito tarde para evitar a grande Queda, mas ainda possível, pelo menos, diminuir o período intermediário de caos. O plano era, assim, fazer com que apenas um milênio separasse o Segundo Império do Primeiro. Estamos terminando o quarto século daquele milênio, e muitas gerações de homens viveram e morreram enquanto o Plano continuou seu funcionamento inexorável. Hari Seldon estabeleceu duas Fundações nos extremos opostos da Galáxia, de uma maneira e sob tais circunstâncias que produzissem a melhor solução matemática para seu problema psico-histórico. Em uma delas, *nossa* Fundação, estabelecida aqui em Terminus, ficou concentrada a ciência física do Império e, por meio da posse daquela ciência, a Fundação foi capaz de resistir aos ataques dos reinos bárbaros que tinham se separado e se tornado independentes, nas fronteiras do Império. A Fundação, de fato, foi capaz de conquistar, por sua vez, esses reinos de vida curta, através da liderança de uma série de homens sábios e heróicos, como Salvor Hardin e Hober Mallow, que foram capazes de interpretar o Plano de forma inteligente e guiar nossa terra através de suas...

(Ela tinha escrito "intricadas" aqui também, mas decidiu não arriscar uma segunda vez.)

– ... complicações. Todos os nossos planetas ainda reverenciam suas memórias, apesar dos séculos que se passaram. No final, a Fundação estabeleceu um sistema comercial que controlou uma grande parte dos setores siwenniano e anacreoniano da Galáxia e até derrotou o que restava do velho Império sob seu último grande general, Bel Riose. Parecia que nada poderia impedir o funcionamento do Plano Seldon. Todas as crises que Seldon tinha planejado haviam acontecido no momento apropriado e tinham sido resolvidas; e, a cada solução, a Fundação tinha dado um passo gigante para o Segundo Império e para a paz. E então, ...

(Ela ficou sem fôlego e teve de assoprar as palavras por entre os dentes, mas o transmissor as escreveu da mesma forma, calma e graciosamente.)

– ... com os últimos vestígios do Primeiro Império destruídos e com apenas senhores da guerra ineficazes dominando os dissidentes e remanescentes do colosso decadente,...

(Ela tinha tirado *essa* frase de um filme na semana passada, mas a velha srta. Erlking só ouvia sinfonias e palestras, então *ela* não saberia.)

– ... surgiu o Mulo. Esse estranho homem não tinha espaço no Plano. Ele era um mutante, cujo nascimento não poderia ter sido previsto. Tinha um poder estranho e misterioso de controlar e manipular as emoções humanas. Dessa maneira, podia fazer qualquer homem seguir a vontade dele. Com rapidez de tirar o fôlego, ele se tornou um conquistador e criador de um império, até que, finalmente, derrotou a própria Fundação. Mas nunca obteve o domínio universal, já que em sua primeira investida foi detido pela sabedoria e ousadia de uma grande mulher...

(Agora havia aquele velho problema. Seu pai *iria* insistir para que ela nunca trouxesse à tona o fato de que era neta de Bayta Darell. Todo mundo sabia disso, e Bayta era simplesmente a mulher mais importante que já existira, e ela *tinha* parado o Mulo sozinha.)

– ... de uma maneira cuja verdadeira história só é completamente conhecida por poucos.

(Pronto! Se ela tivesse de ler isso na sala, aquela última parte poderia ser dita em uma voz sombria, alguém certamente perguntaria qual era a verdadeira história, e então... bem, então ela não poderia *evitar* contar a verdade se eles pedissem, poderia? Em sua mente, já estava tendo de se explicar, magoada e eloquente, a seu pai severo e curioso.)

– Depois de cinco anos de um governo ditatorial, outra mudança aconteceu, sem causa conhecida, e o Mulo abandonou todos os planos de conquista. Seus últimos cinco anos foram os de um déspota esclarecido. Dizem alguns que a mudança no Mulo aconteceu por intervenção da Segunda Fundação. No entanto, ninguém descobriu a exata localização dessa outra Fundação, nem sabe sua função exata, então essa teoria permanece sem provas. Toda uma geração se passou desde a morte do Mulo. E o futuro, então, agora que ele surgiu e desapareceu? Ele interrompeu o Plano Seldon e parece tê-lo fragmentado, mas, assim que morreu, a Fundação voltou a crescer, como uma nova que se levanta das cinzas de uma estrela morta.

(Ela tinha inventado essa sozinha.)

– Mais uma vez, o planeta Terminus abriga o centro de uma federação comercial quase tão grande e rica quanto antes da conquista, e até mesmo mais pacífica e democrática. Isso foi o planejado? Será que o grande sonho de Seldon ainda está vivo e um Segundo Império Galáctico será formado daqui a seiscentos anos? Eu acredito nisso, porque...

(Essa era a parte importante. A srta. Erlking sempre colocava esses grandes riscos em tinta vermelha que diziam: "Mas isso é só descritivo. Quais são suas reações pessoais? Pense! Expresse sua opinião! Penetre em sua própria alma! Penetre em sua própria alma". Como se *ela* soubesse muito de alma, com aquela cara de limão que nunca deu um sorriso na vida...)

– ... a situação política nunca foi tão favorável. O velho Império está completamente morto, e o período de domínio do Mulo colocou um fim na era de senhores da guerra que o precedeu. A maior parte da Periferia da Galáxia está civilizada e pacífica. Além do mais, a saúde interna da Fundação é melhor do que nunca. Os tempos despóticos, dos prefeitos hereditários pré-Conquista, deram lugar às eleições democráticas dos primeiros tempos. Não há mais mundos dissidentes dos comerciantes independentes; não há mais as injustiças e deslocamentos que acompanharam o acúmulo de grande riqueza nas mãos de poucos. Não há razão, assim, para temer o fracasso, a menos que seja verdade que a própria Segunda Fundação represente um perigo. Aqueles que pensam assim não têm provas para bancar essa afirmação, mas somente temores vagos e superstições. Acho que a confiança em nós mesmos, em nossa nação e no grande Plano de Hari Seldon deveria tirar de nossos corações e mentes todas as incertezas e...

(Hum-m-m. Isso foi muito brega, mas algo assim é esperado no final.)

– ... então eu digo...

"O Futuro do Plano Seldon" só chegou até aqui naquele momento, porque houve um suave toque na janela e, quando Arcádia se levantou sobre o braço da poltrona, confrontou um rosto sorridente do outro lado do vidro, sua simetria de traços acentuada de forma interessante pela linha curta e vertical de um dedo entre os lábios.

Com a pausa rápida necessária para assumir uma atitude de perplexidade, Arcádia saiu da poltrona, andou até o sofá em frente à grande janela onde estava a aparição e, ajoelhando-se, olhou, pensativa.

O sorriso no rosto do homem desapareceu logo. Enquanto os dedos de uma mão se agarravam ao parapeito até ficarem brancos, a outra fazia um gesto rápido. Arcádia obedeceu calmamente e tocou o contato que moveu o terço inferior da janela até a parede, permitindo que o vento morno da primavera interferisse nas condições internas.

– Você não pode entrar – disse, satisfeita. – As janelas estão todas monitoradas e programadas somente para as pessoas que moram aqui. Se você entrar, todos os tipos de alarmes irão disparar. – Uma pausa, então acrescentou: – Você parece meio tonto se balançando nessa saliência embaixo da janela. Se não for cuidadoso, vai cair, quebrar seu pescoço e muitas flores valiosas.

– Nesse caso – disse o homem na janela, que tinha pensado na mesma coisa, com um ligeiro arranjo diferente de adjetivos –, por que você não desliga os monitores e me deixa entrar?

– Não tenho por que fazer isso – disse Arcádia. – Você provavelmente está pensando em uma casa diferente, porque não sou o tipo de menina que deixa um estranho entrar em seus... em seu quarto a essa hora da noite. – Seus olhos, enquanto ela falava, assumiram uma sensualidade de cílios compridos, ou uma cópia absurda disso.

Todos os traços de humor desapareceram do rosto do jovem estranho. Ele murmurou:

– Essa é a casa do dr. Darell, não é?

– Por que deveria contar?

– Oh, Galáxia... Adeus...

– Se você pular, jovem, soarei pessoalmente o alarme. – (Isso teve a intenção de ser refinado e irônico, já que, para os olhos iluminados de Arcádia, o intruso era um homem obviamente maduro, com trinta anos, pelo menos – bem velho, na verdade.)

Uma boa pausa. Depois, ele disse:

– Bom, agora olhe aqui, garotinha, se não quer que eu fique e não quer que eu vá, o que *quer* que eu faça?

– Você pode entrar, eu acho. O dr. Darell *vive* aqui. Vou desligar os monitores agora.

Com receio, depois de um olhar inquisidor, o jovem enfiou o dedo pela janela, depois se curvou para cima e a atravessou. Ele limpou os joelhos com um gesto raivoso e virou o rosto vermelho para ela.

– Você tem certeza de que seu caráter e reputação não sofrerão se me encontrarem aqui?

– Não tanto quanto o seu, porque, assim que eu ouvir passos do lado de fora, vou gritar e dizer que você entrou aqui à força.

– Sim? – ele respondeu, com cortesia forçada. – E como pretende explicar os monitores desligados?

– Puf! Essa seria fácil. Não existe nenhum, para começar.

Os olhos do homem se abriram com desgosto.

– Foi um blefe? Quantos anos você tem, menina?

– Considero essa uma pergunta muito impertinente, meu jovem. E não estou acostumada a ser tratada como "menina".

– Não me admira. Você é provavelmente a avó do Mulo disfarçada. Você se importa se eu sair agora antes que você arranje um linchamento, comigo como estrela principal?

– É melhor você não ir embora... porque meu pai o espera.

O olhar do homem ficou cauteloso, novamente. Uma sobrancelha se levantou quando disse, com voz baixa:

– Oh? Seu pai está com alguém?

– Não.

– Alguém ligou para ele, ultimamente?

– Só vendedores... e você.

– Algo estranho aconteceu?

– Somente você.

– Esqueça de mim, certo? Não, não se esqueça de mim. Diga-me, como sabia que seu pai estava me esperando?

– Oh, isso foi fácil. Na semana passada, recebeu uma Cápsula Pessoal, com uma chave especial para ele, com uma mensagem auto-oxidante, sabe. Ele jogou a cápsula no Desintegrador de Lixo, e ontem deu a Poli... nossa empregada, sabe... um mês de férias, para que ela pudesse visitar a irmã na Cidade de Terminus e, hoje à noite, preparou a cama no quarto de hóspedes. Então, eu sabia que ele esperava alguém e que eu não deveria saber nada a respeito. Normalmente, ele me conta tudo.

– Verdade! Estou surpreso que faça isso. Acho que você sabe tudo antes de ele contar.

– Normalmente, sei – e riu. Ela estava começando a se sentir mais calma. O visitante era mais velho, porém muito elegante, com cabelos castanhos enrolados e olhos bem azuis. Quem sabe ela pudesse encontrar alguém como ele, de novo, algum dia, quando ficasse mais velha?

– E exatamente como – ele perguntou – você sabia que ele *me* esperava?

– Bem, quem mais *poderia* ser? Ele estava esperando alguém de forma tão secreta, se é que você me entende... e de repente você aparece esgueirando-se pela janela, em vez de entrar pela porta da frente, do jeito que deveria, se tivesse algum juízo. – Ela se lembrou de sua frase favorita e usou-a no ato: – Os homens são tão estúpidos!

– Bem segura de si, não, menina? Quero dizer, senhorita. Você poderia estar errada, sabe. E se lhe dissesse que tudo isso é um mistério para mim e que, até onde sei, seu pai está esperando outra pessoa?

– Oh, acho que não. Não permiti que você entrasse antes que deixasse cair sua pasta.

– Minha o quê?

– Sua pasta, meu jovem. Não sou cega. Você não a derrubou por acidente, porque olhou para baixo *primeiro*, para ter certeza de que ela cairia no lugar certo. Então, deve ter percebido que ela cairia atrás da sebe e não seria vista, então deixou que ela caísse e *não* olhou para baixo depois. Agora, como você entrou pela janela em vez de pela porta da frente, deve significar que tinha um pouco de medo de entrar numa casa antes de investigar o lugar. E, depois de ter alguns problemas comigo, cuidou da sua pasta antes de cuidar de si, o que significa que você considera o que está na pasta mais valioso do que sua própria segurança e *isso* significa que, enquanto estiver aqui e a pasta lá fora (e sabemos que está lá fora), você está provavelmente bastante desamparado.

Ela fez uma pausa para respirar e o homem comentou, irritado:

– Exceto que acho que vou estrangulá-la até que fique meio morta e sairei daqui, *com* a pasta.

– Exceto, meu jovem, que tenho um taco de beisebol embaixo da minha cama, que posso alcançar em dois segundos de onde estou sentada, e sou bem forte para uma menina.

Impasse. Finalmente, com uma cortesia forçada, o "jovem" disse:

– Devo me apresentar, já que nos tornamos amigos. Sou Pelleas Anthor. E você?

– Sou Arca.. Arkady Darell. Prazer em conhecê-lo.

– E agora, Arkady, você poderia ser uma boa menininha e chamar seu pai?

Arcádia ficou brava:

– Não sou uma menininha. E acho que você é muito mal-educado, principalmente quando está pedindo um favor.

Pelleas Anthor deu um suspiro.

– Muito bem. Você poderia ser uma boa, doce, querida, pequena velha senhora e chamar seu pai?

– Não era o que eu esperava também, mas vou chamá-lo. Só que não vou tirar meus olhos de *você*, meu jovem. – E começou a bater os pés no chão.

Logo ouviram o som de passos no corredor e a porta se abriu.

– Arcádia... – Houve uma pequena explosão de ar exalado e o dr. Darell perguntou: – Quem é você, senhor?

Pelleas se endireitou com um óbvio alívio.

– Dr. Toran Darell? Sou Pelleas Anthor. Você foi avisado a meu respeito, acho. Pelo menos, sua filha diz que sim.

– Minha *filha* diz que sim? – Olhou inquisitivo para ela, que respondeu com uma expressão de inocência.

Finalmente, o dr. Darell falou:

– Eu *realmente* estou esperando o senhor. Gostaria de descer comigo, por favor? – E parou ao captar um pequeno movimento, fato percebido simultaneamente por Arcádia.

Ela tentou pular até o transcritor, mas era inútil, já que seu pai estava parado bem ao lado dele. Seu pai, com voz doce, disse:

– Você o deixou ligado o tempo todo, Arcádia.

– Pai – ela gaguejou, angustiada –, é pouco cavalheiresco ler a correspondência particular de outra pessoa, principalmente quando é uma conversa.

– Ah – disse o pai –, mas conversas com estranhos em seu quarto! Como pai, Arcádia, devo protegê-la contra o mal.

– Ah, droga, não foi nada *disso*.

Pelleas riu de repente.

– Oh, mas foi, dr. Darell. A jovem ia me acusar de todo o tipo de coisa e devo insistir que leia, pelo menos para limpar *meu* nome.

– Oh... – Arcádia segurou as lágrimas com esforço. Seu próprio pai não confiava nela. E aquele maldito transcritor. Se aquele tonto não tivesse vindo se arrastando pela janela, fazendo com que ela se esquecesse de desligar. E agora seu pai ficaria dando sermões sobre o que jovens garotas não deveriam fazer. Não havia nada que elas *deveriam* fazer, parece, a não ser se afogar e morrer, talvez.

– Arcádia – disse o pai, gentilmente –, é impressionante que uma jovem...

Ela sabia. Ela sabia.

– ... seja assim tão impertinente com homens mais velhos.

– Bom, e o que ele queria espionando assim pela minha janela? Uma jovem tem direito à privacidade... Agora, terei de refazer toda a droga da redação.

– Você não deve questionar os modos dele ao entrar pela sua janela. Deveria simplesmente não o ter deixado entrar. Deveria ter me chamado no mesmo instante... principalmente se achou que eu o estava esperando.

Ela respondeu, mal-humorada:

– Dava no mesmo se não o tivesse visto... uma grande besteira. Ele vai acabar estragando tudo se continuar entrando por janelas, em vez de portas.

– Arcádia, ninguém quer sua opinião sobre assuntos dos quais você nada sabe.

– Eu sei, na verdade. É a Segunda Fundação, é sobre isso.

Houve um silêncio. Mesmo Arcádia sentiu-se um pouco nervosa.

Dr. Darell falou, com voz doce:

– Onde você ouviu isso?

– Em nenhum lugar, mas o que mais poderia ser tão secreto? E você não precisa se preocupar, que não vou contar para ninguém.

– Sr. Anthor – disse o dr. Darell –, devo me desculpar por tudo isso.

– Oh, está tudo bem – foi a resposta apagada de Anthor. – Não é sua culpa se ela se vendeu para as forças das trevas. Mas o senhor se importa se eu fizer uma pergunta a ela antes de irmos? Senhorita Arcádia...

– O que você quer?

– Por que você acha que é estúpido entrar pelas janelas, em vez das portas?

– Porque mostra o que está tentando esconder, bobo. Se tenho um segredo, não coloco uma fita na boca e deixo que todo mundo *saiba* que tenho um segredo. Falo exatamente de forma normal, mas sobre outras coisas. Você nunca leu nenhuma das frases de Salvor Hardin? Ele foi nosso primeiro prefeito, sabe.

– Sim, eu sei.

– Bem, ele costumava dizer que somente uma mentira que não tem vergonha de si mesma poderia ser bem-sucedida. Ele também dizia que nada tinha de *ser* verdade, mas tudo tinha de *soar* como a verdade. Bem, quando você entra por uma janela, é uma mentira que tem vergonha de si mesma e não soa como a verdade.

– Então, o que você teria feito?

– Se quisesse ver meu pai e tratar de assuntos secretíssimos, teria dado um jeito de conhecê-lo abertamente e de me encontrar com ele para tratar de todos os tipos de coisas estritamente legítimas. E depois, quando todo mundo soubesse tudo sobre você e o conectasse com meu pai, poderia tratar de tudo que é secreto e ninguém teria por que questionar isso.

Anthor olhou para a garota de forma estranha e depois para o dr. Darell, até falar:

– Vamos. Tenho uma pasta que quero pegar no jardim. Espere! Uma última questão. Arcádia, você não tem um bastão de beisebol sob a cama, tem?

– Não! Não tenho.

– Ah. Achei que não tivesse.

Dr. Darell parou na porta:

– Arcádia – ele falou –, quando reescrever sua composição sobre o Plano Seldon, não precisa ser desnecessariamente misteriosa sobre sua avó. Não há necessidade alguma de mencionar aquela parte.

Ele e Pelleas desceram as escadas em silêncio. Então, o visitante perguntou, em uma voz forçada:

– Importa-se de me dizer, senhor, quantos anos ela tem?

– Catorze, cumpridos anteontem.

– *Catorze?* Grande Galáxia... Diga-me, ela já falou que pretende se casar um dia?

– Não, não falou. Pelo menos, não para mim.

– Bem, se ela falar, atire nele. No pretendente, quero dizer. – Ele olhou fundo nos olhos do velho. – Falo sério. Não pode haver horror maior na vida do que viver com o que ela será aos vinte anos. Não quero ofendê-lo, é claro.

– Não me ofende. Acho que sei o que você quer dizer.

No andar de cima, o objeto dessa doce análise encarou o transcritor com um desânimo revoltado e disse, chateada:

– Ofuturodoplanoseldon.

O transcritor, com elegância, traduziu isso em complicadas letras maiúsculas de caligrafia para:

"O Futuro do Plano Seldon".

MATEMÁTICA...

A síntese do cálculo de n-variáveis e de geometria n-dimensional é a base do que Seldon chamou uma vez de "minha pequena álgebra da humanidade"...

ENCICLOPÉDIA GALÁCTICA

08. O PLANO SELDON

Pense numa sala!

A localização da sala não é importante no momento. É suficiente dizer que naquela sala, mais do que em qualquer outro lugar, a Segunda Fundação existe.

Era uma sala que, através dos séculos, tinha sido a morada da ciência pura – mesmo assim, não possuía nenhum dos aparelhos que, através de uma associação milenar, sempre haviam sido considerados sinônimos de conhecimento científico. Era uma ciência, em vez disso, que lidava somente com conceitos matemáticos, de uma maneira similar à especulação praticada pelas raças muito antigas nos dias primitivos, pré-históricos, antes que a tecnologia surgisse; antes que o Homem tivesse se espalhado além de um único, agora desconhecido, mundo.

Por um lado, havia naquela sala – protegida por uma ciência mental ainda inexpugnável pelo poder físico combinado do resto da Galáxia – o Primeiro Radiante, que mantinha em suas entranhas o Plano Seldon – completo.

Por outro, havia um homem, também, naquela sala – o Primeiro Orador.

Ele era o décimo segundo na linha de guardiães-chefe do Plano, e seu título não tinha nenhum outro significado além de, nas reuniões dos líderes da Segunda Fundação, ele falar primeiro.

Seu predecessor tinha derrotado o Mulo, mas os destroços daquela luta gigantesca ainda atrapalhavam o caminho do Plano... Por vinte e cinco anos, ele e seu governo vinham tentando forçar uma Galáxia de seres humanos cabeças-duras e estúpidos a voltar ao caminho... Era uma tarefa difícil.

O Primeiro Orador olhou para a porta que se abria. Enquanto isso, na solidão de sua sala, ele considerava esse quarto de século de esforços que agora se aproximavam, vagarosa e inevitavelmente, do clímax; apesar de estar tão focado, a mente dele pensava no recém-chegado com uma expectativa gentil. Um jovem, um estudante, um dos que poderiam sucedê-lo, no futuro. O jovem parou incerto na porta, e o Primeiro Orador teve de caminhar até ele e puxá-lo, com uma mão amigável no ombro.

O Estudante sorriu, envergonhado, e o Primeiro Orador respondeu, dizendo:

– Primeiro, devo dizer-lhe por que você está aqui.

Eles se encaravam, por cima de uma mesa. Nenhum deles falava de qualquer forma conhecida por qualquer homem na Galáxia que não fosse, ele mesmo, um membro da Segunda Fundação.

A fala, originalmente, era o mecanismo pelo qual o Homem aprendia, de modo imperfeito, a transmitir os pensamentos e emoções de sua mente. Ao criar sons arbitrários e combinações de sons para representar certas nuances mentais, ele desenvolveu um método de comunicação – mas um que era tão desajeitado e tão inadequado que degenerou toda a delicadeza da mente em sinais rudes e guturais.

Cada vez mais fundo, os resultados podiam ser vistos; e todo o sofrimento que a humanidade já conhecera podia remontar ao fato de que nenhum homem na história da Galáxia – até o surgimento de Hari Seldon e poucos homens depois – jamais pôde entender seu semelhante. Todo ser humano vive por trás de uma parede impenetrável de névoa asfixiante dentro da qual só ele existe.

Ocasionalmente, surgiam os vagos sinais de dentro da caverna onde localizava-se outro homem – para que cada um pudesse caminhar, tateando, na direção do outro. Mas, como não se conheciam e não ousavam confiar um no outro, e sentiam desde a infância os terrores e inseguranças daquele isolamento completo... havia o medo de um homem contra o outro, a avidez selvagem de um homem contra o outro.

Os pés, por dezenas de milhares de anos, patinavam e se arrastavam na lama – retendo as mentes que, durante este tempo, já estavam prontas para as estrelas.

De forma implacável, o Homem instintivamente procurou superar as barras da prisão do discurso comum. Semântica, lógica simbólica, psicanálise – todas tinham sido instrumentos através dos quais o discurso poderia ser tanto refinado quanto evitado.

A psico-história tinha sido o desenvolvimento da ciência mental, a matematização dela, na verdade, que havia finalmente obtido sucesso. Por meio do desenvolvimento da matemática necessária para entender os fatos da fisiologia neural e da eletroquímica do sistema nervoso, que em si mesmas tinham de ser, *tinham* de ser, rastreadas até as forças nucleares, tornou-se, pela primeira vez, possível desenvolver verdadeiramente a psicologia. E, por meio da generalização do conhecimento psicológico do indivíduo para o grupo, a sociologia também foi matematizada.

Os grupos maiores; os bilhões que ocupavam os planetas; os trilhões que ocupavam Setores; os quatrilhões que ocupavam toda a Galáxia, tornaram-se, não simplesmente seres humanos, mas forças gigantescas, suscetíveis ao tratamento estatístico – de forma que, para Hari Seldon, o futuro se tornou claro e inevitável, e o Plano pôde ser criado.

Os mesmos desenvolvimentos básicos da ciência mental, que trouxeram o desenvolvimento do Plano Seldon, tornaram desnecessário que o Primeiro Orador usasse palavras para conversar com o Estudante.

Cada reação a um estímulo, por menor que fosse, era um indicador completo de cada mudança insignificante, de todas as correntes temporárias que se moviam na mente do outro. O Primeiro Orador não poderia sentir o conteúdo emocional do Estudante instintivamente, como o Mulo teria sido capaz de fazer – já que o Mulo era um mutante com poderes que nenhum humano seria capaz de compreender inteiramente, nem mesmo um membro da Segunda Fundação –, mas ele deduzia, como resultado de um treinamento intensivo.

Como, entretanto, é inerentemente impossível, em uma sociedade baseada no discurso, indicar verdadeiramente o método de comunicação dos membros da Segunda Fundação entre si, toda essa questão será ignorada daqui por diante. O Primeiro Orador será representado como se falasse da maneira comum, e, se a tradução não for sempre válida, ela será o melhor que se pode fazer, sob tais circunstâncias.

Fingiremos, portanto, que o Primeiro Orador *realmente* falou com palavras em vez de *só* sorrir e levantar, *com exatidão*, um dedo. Ele disse:

– Primeiro, devo lhe dizer por que você está aqui. Você estudou muito a ciência mental por toda a vida. Absorveu tudo o que seus professores lhe ensinaram. Está na hora de você, e outros como você, começarem o aprendizado para se tornarem Oradores.

Houve uma agitação do outro lado da mesa.

– Não... agora você deve aceitar isso de forma fleumática. Você teve esperanças de que iria se classificar. Temeu que não conseguisse. Na verdade, tanto esperança quanto medo são fraquezas. Você *sabia* que se classificaria, e hesitou em admitir o fato porque tal conhecimento poderia marcá-lo como convencido e, portanto, inadequado. Besteira! O homem mais estúpido é o que não sabe o quanto é sábio. É parte da sua qualificação *saber* que você se classificaria.

Descontração do outro lado da mesa.

– Exatamente. Agora você se sente melhor e sua guarda está baixa. Encontra-se mais capaz de se concentrar e de entender. Lembre-se: para ser verdadeiramente eficiente não é necessário esconder a mente sob uma barreira controlada que, para uma análise inteligente, é tão informativa quanto uma mentalidade nua. Em vez disso, é melhor cultivar a inocência, uma consciência de si e uma não consciência desinteressada de si, o que leva a não ter nada a esconder. Minha mente está aberta para você. Deixe que isso seja igual para os dois – ele continuou. – Não é fácil ser um Orador. Não é fácil ser um psico-historiador, em primeiro lugar; e nem mesmo o melhor psico-historiador necessariamente está qualificado para ser um Orador. Há uma diferença aqui. Um Orador deve conhecer não só os problemas matemáticos do Plano Seldon; ele deve ter simpatia por ele e por seus fins. Ele deve *amar* o Plano; para ele, deve ser vida e respiração. Mais do que isso, deve ser como um amigo vivo. Você sabe o que é isso?

A mão do Primeiro Orador passou gentilmente sobre o cubo preto e brilhante que estava no meio da mesa. Ele era completamente liso.

– Não, Orador, não sei.

– Já ouviu falar no Primeiro Radiante?

– Isso? – Espanto.

– Você esperava algo mais nobre e intimidante? Bem, é natural. Ele foi criado nos dias do Império, por homens do tempo de Seldon. Por quase quatrocentos anos, serviu a nossos propósitos perfeitamente, sem exigir reparos ou ajustes. E, felizmente, já que ninguém da Segunda Fundação está qualificado para lidar com ele, de forma técnica – ele sorriu gentilmente. – Os da Primeira Fundação poderiam ser capazes de duplicá-lo, mas nunca devem saber de sua existência, claro.

Ele puxou uma alavanca do seu lado da mesa e a sala ficou no escuro. Mas só por um momento, já que, aos poucos, as duas grandes paredes da sala começaram a ganhar vida. Primeiro, um branco perolado, contínuo, depois um traço de escuro tênue aqui e ali, e, finalmente, as equações impressas em preto, com uma ocasional linha vermelha que ondulava no meio da floresta escura como um estranho canal.

– Venha, meu rapaz, para a frente da parede. Você não criará nenhuma sombra. Essa luz não irradia do Radiante em forma comum. Para dizer a verdade, não tenho nem ideia de como esse efeito é produzido, mas você não criará sombra. Isso posso garantir.

———

Eles se juntaram perto da luz. Cada parede tinha quase dez metros de comprimento e três de altura. Os números eram pequenos e cobriam cada centímetro.

– Esse não é o Plano completo – disse o Primeiro Orador. – Para caber nas duas paredes, as equações individuais deveriam ser reduzidas a um tamanho microscópico, mas isso não é necessário. O que você está vendo representa as principais partes do Plano, até agora. Você estudou isso, não?

– Sim, Orador.

– Reconhece alguma parte?

Silêncio. O Estudante apontou o dedo e, quando fez isso, a linha das equações caminhou pela parede, até que a série de funções nas quais ele tinha pensado – dificilmente se poderia considerar o gesto rápido e genérico do dedo como suficientemente preciso – ficou ao nível do olho.

O Primeiro Orador riu:

– Você vai descobrir que o Primeiro Radiante está afinado com sua mente. Pode esperar mais surpresas do pequeno aparelho. O que você ia dizer sobre a equação que escolheu?

– Ela – vacilou o Estudante – é uma integral rigelliana, usando uma distribuição planetária de uma tendência, indicando a presença de duas classes econômicas centrais sobre o planeta, ou pode ser um setor, mas um padrão emocional instável.

– O que isso significa?

– Representa o limite da tensão, já que temos aqui – ele apontou e, novamente, as equações giraram – uma série convergente.

– Muito bem – disse o Primeiro Orador. – E, diga-me, o que você acha de tudo isso? Uma obra-prima finalizada, não?

– Exato!

– Errado! Não é. – E completou, áspero: – Esta é a primeira lição que você deve desaprender. O Plano Seldon não está nem completo, nem correto. Em vez disso, é meramente o melhor que poderia ter sido feito em seu tempo. Cerca de uma dúzia de gerações de homens estudou essas equações, trabalhou sobre elas, separou-as até o último decimal e as reagrupou. Eles fizeram mais do que isso.

Eles assistiram à passagem de quatrocentos anos, checaram as previsões e equações contra a realidade e aprenderam. Aprenderam mais do que Seldon jamais soube e, se com o conhecimento acumulado dos séculos, pudéssemos repetir a obra de Seldon, faríamos um trabalho muito melhor. Você entende isso?

O Estudante parecia um pouco chocado.

– Antes de se tornar um Orador – continuou o Primeiro Orador –, você precisa fazer uma contribuição original para o Plano. Isso não é uma blasfêmia. Toda marca vermelha que você vê na parede é a contribuição de um homem que viveu desde Seldon. Onde... onde... – ele olhava para cima. – Ali!

Toda a parede pareceu girar sobre ele.

– Isso – ele falou – é meu.

Uma linha fina vermelha marcou, com um círculo, duas flechas de bifurcação e incluiu quase dois metros quadrados de deduções junto a cada caminho. Entre ambos havia uma série de equações em vermelho.

– Não parece – disse o Orador – muita coisa. Está num ponto do Plano que ainda não alcançaremos por muito tempo, tanto quanto já se passou. Está no período de união, quando o Segundo Império que virá estiver ameaçado por personalidades rivais que ameaçarão dividi-lo, se a luta for muito equilibrada, ou o levar à rigidez, se for muito desequilibrada. As duas possibilidades são consideradas aqui, seguidas, e o método de evitar as duas, indicado. Mas tudo é uma questão de probabilidades, e um terceiro caminho pode existir. É uma das possibilidades comparativamente mais baixas... 12,64%, para ser exato... mas mesmo possibilidades menores *já* aconteceram e o Plano só está quarenta por cento completo. Essa terceira probabilidade consiste em considerar um possível acordo entre duas ou mais personalidades em conflito. Isso, eu mostrei, primeiro congelaria o Segundo Império em um modelo inútil e então, no final, leva a mais danos através de guerras civis do que se um acordo não fosse feito no começo. Felizmente, isso também pode ser evitado. E essa foi minha contribuição.

– Se puder interrompê-lo, Orador... Como é feita uma mudança?

– Por meio do Radiante. Você vai descobrir em seu próprio caso, por exemplo, que sua matemática será rigorosamente checada por cinco diferentes bancas; e que você deverá defendê-la contra um ataque coletivo e impiedoso. Dois anos então se passarão e seu desenvolvimento será revisado. Já aconteceu, mais de uma vez, de um trabalho aparentemente perfeito mostrar seus erros somente depois de um período de indução de meses, ou anos. Às vezes, aquele que contribuiu descobre sozinho o erro. Se, depois de dois anos, outro exame, não menos detalhado do que o primeiro, aprová-lo e... melhor ainda... se nesse meio-tempo, o jovem cientista conseguiu juntar mais detalhes e evidências subsidiárias, a contribuição será adicionada ao Plano. Foi o clímax da minha carreira; será o clímax da sua. O Primeiro Radiante pode ser ajustado à sua mente, e todas as correções e adições podem ser feitas pela conexão mental. Não haverá nada que indique que a correção ou adição é sua. Em toda a história do Plano, nunca houve nenhuma personalização. É, em vez disso, uma criação conjunta de todos. Você entende?

– Sim, Orador!

– Então, chega disso. – Alguns passos em direção ao Radiante e as paredes ficaram vazias novamente, a não ser pela região de luz junto às laterais do teto. – Sente-se aqui na minha mesa e vamos conversar. É suficiente para um psico-historiador conhecer sua bioestatística e sua eletromatemática neuroquímica. Alguns não sabem mais nada e só podem ser técnicos estatísticos. Mas um Orador deve ser capaz de discutir o Plano sem matemática. Se não o Plano em si, pelo menos sua filosofia e seus objetivos. Primeiro de tudo, qual é o objetivo do Plano? Por favor, diga-me em suas próprias palavras... e não fique procurando lindas palavras. Você não será julgado por polidez e suavidade, eu garanto.

Foi a primeira chance do Estudante de dizer mais de uma sentença, e ele hesitou antes de mergulhar no espaço cheio de expectativas que se abriu à sua frente. Começou a falar, com modéstia:

– Como resultado do que aprendi, acredito que seja a intenção do Plano estabelecer uma civilização humana baseada em uma orientação inteiramente diferente de qualquer coisa que já existiu antes. Uma orientação na qual, de acordo com as descobertas da psico-história, nunca poderia *espontaneamente* chegar a existir...

– Pare! – insistiu o Primeiro Orador. – Você não deve falar "nunca". Essa é uma difamação preguiçosa dos fatos. Na verdade, a psico-história prevê somente probabilidades. Um evento em particular pode ser infinitesimalmente provável, mas a probabilidade é sempre maior do que zero.

– Sim, Orador. A orientação desejada, se posso me corrigir, então, sabe-se muito bem que não possui nenhuma probabilidade significativa de acontecer espontaneamente.

– Melhor. Qual é a orientação?

– É a de uma civilização baseada na ciência mental. Em toda a história conhecida da Humanidade, avanços foram feitos primeiramente na tecnologia física; na capacidade de lidar com o mundo inanimado. O controle do ego e da sociedade foi deixado ao acaso, ou aos esforços vagos de sistemas éticos intuitivos baseados na inspiração e na emoção. Como resultado, jamais existiu uma cultura com estabilidade maior do que 55%, e mesmo estas foram resultado de uma grande miséria humana.

– E por que a orientação da qual estamos falando é não espontânea?

– Porque uma grande minoria de seres humanos está mentalmente equipada para participar dos avanços na ciência física, e todos recebem os benefícios crus e visíveis desses avanços. Somente uma minoria insignificante, no entanto, é intrinsecamente capaz de levar o Homem através de um envolvimento maior com a Ciência Mental; e os benefícios derivados disso, apesar de durarem mais, são mais sutis e menos aparentes. Além disso, já que tal orientação levaria ao desenvolvimento de uma ditadura benevolente dos que são mentalmente superiores... virtualmente, uma subdivisão superior da Humanidade... isso causaria muito ressentimento e não seria estável sem a aplicação de uma força que deprimiria o resto da Humanidade para o nível da brutalidade. Tal desenvolvimento é repugnante para nós, e deve ser evitado.

– Qual, então, é a solução?

– A solução é o Plano Seldon. As condições foram organizadas e mantidas de forma que, em um milênio a partir de seu começo... seiscentos anos contando a partir de agora... um Segundo Império Galáctico terá sido estabelecido, no qual a Humanidade estará pronta para a liderança da Ciência Mental. Nesse mesmo intervalo, a Segunda Fundação, em *seu* desenvolvimento, terá criado um grupo de psicólogos pronto para assumir a liderança. Ou, como eu sempre penso, a Primeira Fundação fornece a estrutura física de uma única unidade política, e a Segunda Fundação fornece a estrutura mental de uma classe dominante já pronta.

– Estou vendo. Bastante adequado. Você acha que *qualquer* Segundo Império, mesmo se formado na época prevista por Seldon, completaria seu Plano?

– Não, Orador, não acho. Há vários possíveis Segundos Impérios que podem ser formados no período de tempo que vai dos novecentos aos 1.700 anos depois do princípio do Plano, mas somente um desses é *o* Segundo Império.

– E, em vista de tudo isso, por que é necessário que a existência da Segunda Fundação fique escondida... sobretudo, da Primeira Fundação?

O Estudante procurou um sentido oculto na questão, mas não conseguiu encontrá-lo. Estava preocupado com sua resposta:

– Pela mesma razão que os detalhes do Plano, como um todo, devem ser escondidos da Humanidade em geral. As leis da psico-história são estatísticas por natureza, e se tornam inúteis se as ações de indivíduos não são aleatórias por natureza. Se um grupo grande de seres humanos aprender os detalhes-chave do Plano, suas ações serão governadas por aquele conhecimento e não serão mais aleatórias no sentido dos axiomas da psico-história. Em outras palavras, eles não serão mais perfeitamente previsíveis. Perdoe-me, Orador, mas sinto que a resposta não é satisfatória.

– E faz bem em se sentir assim. Sua resposta é bastante incompleta. É a própria Segunda Fundação que deve ser escondida, não simplesmente o Plano. O Segundo Império ainda não foi formado. Ainda temos uma sociedade que se ressentiria de uma classe dominante de psicólogos, que temeria seu desenvolvimento e lutaria contra ela. Você entende isso?

– Sim, Orador, entendo. A questão nunca foi desenvolvida...

– Não minimize. Nunca foi apresentada... na sala de aula, apesar de que você deveria ser capaz de deduzi-la sozinho. Isso, e muitos outros pontos que vamos apresentar agora e no futuro próximo durante seu aprendizado. Vamos nos encontrar novamente, daqui a uma semana. Aí, gostaria de ouvir comentários seus sobre um certo problema que vou apresentar. Não quero um tratamento matemático completo e rigoroso. Isso tomaria um ano inteiro de um especialista, e não só uma semana de você. Mas quero uma indicação em relação a tendências e direções... Você tem, aqui, uma bifurcação no Plano em um período de tempo de meio século atrás. Os detalhes necessários estão incluídos. Você vai notar que o caminho seguido pela realidade assumida diverge de todas as previsões traçadas; sua probabilidade sendo menos de 1%. Você irá estimar por quanto tempo a divergência pode continuar antes de se tornar incorrigível. Estime também o fim provável, se não for corrigida, e um método razoável de correção.

O Estudante mexeu no visor ao acaso e olhou impassivelmente para as passagens mostradas na pequena tela.

– Por que esse problema em particular, Orador? – perguntou. – Ele obviamente tem algum outro significado, que não acadêmico.

– Obrigado, rapaz. Você é tão rápido como eu esperava. O problema não é uma mera suposição. Quase meio século atrás, o Mulo surgiu na história Galáctica e, por dez anos, foi o mais importante fator do universo. Ele não foi previsto, não havia como calculá-lo. Ele distorceu o Plano seriamente, mas não fatalmente. Para impedi-lo antes que se tornasse fatal, no entanto, fomos forçados a assumir um papel ativo contra ele. Revelamos nossa existência e, infinitamente pior, uma parte de nosso poder. A Primeira Fundação soube de nós e suas ações, agora, levam aquele conhecimento em conta. Observe no problema apresentado. Aqui. E aqui. Naturalmente, você não pode falar disso com ninguém.

Houve um silêncio consternado, enquanto o Estudante começou a entender:

– Mas, então, o Plano Seldon falhou!

– Ainda não. Ele meramente *pode* ter falhado. As probabilidades de sucesso *ainda* são de 21,4%, segundo o último cálculo.

09.
OS CONSPIRADORES

Para o dr. Darell e Pelleas Anthor, as noites passaram em conversas amigáveis; os dias, em trivialidades agradáveis. Poderia ser mesmo uma visita comum. O dr. Darell apresentou o jovem como um primo que vinha do espaço, e o interesse foi diminuído pelo clichê.

De alguma forma, no entanto, durante a conversa ligeira, um nome poderia ser mencionado. Poderia haver alguma consideração. O dr. Darell poderia dizer: "Não". Ou ele poderia dizer: "Sim". Uma chamada aberta no comunicador mostrava um convite casual: "Quero que conheça meu primo".

E os preparativos de Arcádia ocorriam de sua própria maneira. Na verdade, suas ações poderiam ser consideradas as menos diretas de todas.

Por exemplo, ela induziu Olynthus Dam, na escola, a doar-lhe um receptor de som, feito em casa, valendo-se de métodos que indicavam um futuro no qual ela seria perigosa para todos os seres do sexo masculino com os quais entrasse em contato. Para evitar detalhes, ela meramente exibiu um certo interesse no hobby preferido de Olynthus, que ele mesmo divulgava – sua oficina doméstica –, combinado com uma transferência bem modulada desse interesse para as características gorduchas de Olynthus, de forma que o infeliz jovem se encontrou: 1) discursando por um tempo bom e animado sobre os princípios do motor de hiperonda; 2) tomando cada vez mais consciência dos grandes e absorventes olhos azuis que se concentravam nele; e 3) entregando nas mãos dela sua última grande criação, o supramencionado receptor de som.

Arcádia cultivou Olynthus em um grau menor depois disso, por tempo suficiente para remover todas as suspeitas de que o receptor de som tinha sido a causa da amizade. Por vários meses depois disso, Olynthus recordaria aquele curto período de tempo em sua vida; até que, finalmente, por falta de novos acréscimos, desistiu, e a memória desapareceu.

Quando chegou a sétima noite, e cinco homens sentaram-se na sala de estar de Darell, com barriga cheia e tabaco no ar, a mesa de Arcádia no andar de cima foi ocupada por esse quase irreconhecível aparelho caseiro, fruto da engenhosidade de Olynthus.

Eram cinco homens. O dr. Darell, é claro, com seu cabelo grisalho e a roupa meticulosa, parecia, de alguma forma, mais velho do que seus quarenta e dois anos. Pelleas Anthor, sério e perspicaz, parecia jovem e inseguro. E os três novos homens: Jole Turbor, produtor de televisão, grande e de lábios grossos; dr. Elvett Semic, professor-emérito de física da Universidade, magro e cheio de rugas, as roupas bem mais largas do que o necessário; Homir Munn, bibliotecário, desengonçado e terrivelmente incomodado.

O dr. Darell falava calmamente, em um tom bastante normal:

– Essa reunião não foi organizada, senhores, apenas por razões sociais. Vocês já devem ter imaginado. Como foram deliberadamente escolhidos por causa de suas formações, podem também imaginar o perigo envolvido. Não vou minimizá-lo, mas vou mostrar que somos todos homens condenados, de qualquer forma. Percebam que nenhum de vocês foi convidado secretamente. Não foi solicitado que viessem de forma escondida. As janelas não estão ajustadas para esconder o interior da casa. Nenhum escudo protege a sala. Só precisamos atrair a atenção do inimigo para sermos arruinados; e a melhor forma de atrair essa atenção é assumir um segredo falso e teatral.

(*Arrá*, pensou Arcádia, inclinando-se sobre as vozes chegando – um pouco esganiçadas – da caixinha.)

– Vocês entendem isso?

Elvett Semic moveu o lábio inferior e mostrou os dentes, num gesto que sempre precedia todas as suas sentenças:

– Oh, deixe disso. Conte-nos quem é o jovem.

– Pelleas Anthor é seu nome – falou o dr. Darell. – Ele era estudante de meu velho colega, Kleise, que morreu no ano passado. Kleise me enviou o padrão cerebral de Anthor até o quinto subnível, antes de morrer; padrão que foi checado contra o do homem que está perante vocês. É claro que todos sabem que um padrão cerebral não pode ser duplicado até este ponto, mesmo pelos homens da Ciência da Psicologia. Se não sabem disso, terão de acreditar na minha palavra.

– Devemos começar por algum lugar – disse Turbor, franzindo os lábios. – Acreditamos na sua palavra, sobretudo porque você é o maior eletroneurologista na Galáxia, agora que Kleise está morto. Pelo menos, é como eu o descrevi em meu programa de TV, e acredito nisso. Quantos anos você tem, Anthor?

– Vinte e nove, sr. Turbor.

– Hummm. E você é um eletroneurologista também? Um dos bons?

– Só um estudante da ciência. Mas gosto de me dedicar, e tive o benefício de passar pelo treinamento de Kleise.

Munn interrompeu. Ele gaguejava um pouco quando estava sob tensão:

– Eu... Eu espero que você... comece logo. Acho que todos estão fa... falando muito.

O dr. Darell levantou uma sobrancelha ao olhar na direção de Munn.

– Você está certo, Homir. Comece, Pelleas.

– Ainda não – disse Pelleas Anthor, devagar. – Porque, antes de começarmos, apesar de apreciar o que sente o sr. Munn, devo exigir os dados de ondas cerebrais de vocês.

Darell franziu a testa:

– O que é isso, Anthor? A quais dados de ondas cerebrais você está se referindo?

– Os padrões de todos vocês. Viram os meus, dr. Darell. Devo verificar os seus e de todo o resto. E devo tirar eu mesmo as medidas.

– Não há motivo para ele confiar em nós, Darell – disse Turbor. – O jovem está correto.

– Obrigado – respondeu Anthor. – Se vocês se encaminharem ao laboratório, então, dr. Darell, podemos continuar. Tomei a liberdade de checar seu aparato nesta manhã.

A ciência da eletroencefalografia era, ao mesmo tempo, nova e velha. Era velha no sentido de que o conhecimento das microcorrentes geradas pelas células nervosas dos seres humanos pertencia àquela imensa categoria de conhecimento humano cuja origem estava completamente perdida. Era um conhecimento que se esticava até os primeiros vestígios da história humana...

E mesmo assim era nova, também. O fato da existência de microcorrentes dormiu durante dezenas de milhares de anos do Império Galáctico como um dos itens vívidos e caprichosos, mas bastante inúteis, do conhecimento humano. Alguns tentaram formar classificações de ondas como acordadas e dormentes, calmas e excitadas, sãs e doentias – mas mesmo os conceitos mais amplos tinham suas hordas de exceções que os invalidavam.

Outros tentaram mostrar a existência de grupos de ondas cerebrais, análogos ao bem conhecido grupo sanguíneo, e demonstrar que o ambiente externo não era o fator de definição. Essas eram as pessoas que pensavam em raças e que afirmavam que a humanidade poderia ser dividida em subespécies. Mas tal filosofia não poderia avançar contra o esmagador impulso ecumênico da realidade do Império Galáctico – uma unidade política cobrindo vinte milhões de sistemas estelares, envolvendo toda a humanidade desde o mundo central de Trantor – agora uma memória linda e impossível do grande passado – até o asteroide mais solitário na Periferia.

E novamente, em uma sociedade entregue, como era a do Primeiro Império, às ciências físicas e à tecnologia inanimada, havia uma vaga, mas poderosa, força sociológica que afastava o estudo da mente. Era menos respeitável porque menos imediatamente útil; e era menos financiada, já que menos lucrativa.

Depois da desintegração do Primeiro Império, veio a fragmentação da ciência organizada, que regrediu bastante – abaixo até mesmo dos fundamentos do poder nuclear, em direção à energia química do carvão e do petróleo. A única exceção a isso, é claro, foi a Primeira Fundação, onde a centelha da ciência foi revitalizada e cresceu mais intensamente, sendo mantida e alimentada até virar chama. Mesmo assim, também lá, foi o físico que dominou e o cérebro, exceto no caso de cirurgias, foi negligenciado.

Hari Seldon foi o primeiro a expressar o que depois foi aceito como verdade.

– As microcorrentes neurais – ele falou uma vez – carregam dentro delas a faísca de todo impulso variável e a resposta, consciente e inconsciente. As ondas cerebrais gravadas em papéis quadriculados em picos e depressões tremulantes são o espelho dos impulsos-pensamentos combinados de bilhões de células. Teoricamente, a análise deveria revelar os pensamentos e emoções do sujeito, até o último e menos importante. Diferenças que não sejam causadas somente por defeitos físicos horríveis, herdados ou adquiridos, deveriam ser detectadas, além de mudanças de estados emocionais, avanço na educação e na experiência, até algo tão sutil como uma mudança na filosofia de vida da pessoa.

Mas mesmo Seldon não poderia deixar de apenas especular.

E agora, por quase cinquenta anos, os homens da Primeira Fundação estavam lutando neste vasto e complicado mundo do novo conhecimento. A abordagem, naturalmente, era feita por meio de novas técnicas – como, por exemplo, o uso de eletrodos em suturas no crânio por métodos recém-desenvolvidos que permitiam que o contato fosse feito diretamente com as células cinzentas, sem nem mesmo a necessidade de rapar o crânio. E então, havia um aparelho de gravação que automaticamente gravava os dados da onda cerebral como um total geral, e como funções separadas de seis variáveis independentes.

O mais significativo, talvez, foi o crescente respeito que a encefalografia e os encefalógrafos receberam. Kleise, o maior deles, participava das convenções científicas no mesmo nível de um físico. O dr. Darell, apesar de não estar mais ativo na ciência, era conhecido por seus brilhantes avanços na análise encefalográfica quase tanto quanto pelo fato de ser o filho de Bayta Darell, a grande heroína da geração anterior.

E agora, o dr. Darell se sentava em sua própria cadeira, com o delicado toque de eletrodos mal dando sinal da grande pressão sobre seu crânio, enquanto as agulhas presas no vácuo moviam-se para lá e para cá. Estava de costas para o gravador – ou, como era bem sabido, a visão das curvas se movendo induzia um esforço inconsciente de controlá-las, com resultados notáveis –, mas sabia que o quadrante central estava mostrando uma curva Sigma fortemente marcada e com pouca variação, o que era esperado de sua mente desenvolvida e disciplinada. Seria fortalecida e purificada no quadrante subsidiário que lidava com a onda cerebelar. Haveria os saltos agudos e quase descontínuos do lóbulo frontal e as instabilidades tênues das regiões sob a superfície, com sua limitada escala de frequências...

Ele conhecia seu próprio padrão de ondas cerebrais tanto quanto um artista estaria perfeitamente consciente da cor de seus olhos.

Pelleas Anthor não fez nenhum comentário quando Darell se levantou da cadeira reclinada. O jovem olhou distraído os sete registros, com os olhos rápidos de quem sabe exatamente qual a faceta minúscula que busca.

– Se não se importa, dr. Semic.

O rosto envelhecido de Semic estava sério. A eletroencefalografia era uma ciência da qual pouco conhecia; algo que encarava com ressentimento. Ele sabia que estava velho e que o padrão de ondas iria mostrar isso. As rugas no rosto mostravam – mas *elas* falavam somente de seu corpo. Os padrões de ondas cerebrais poderiam mostrar que sua mente estava velha, também. Uma invasão embaraçosa e injustificada da última fortaleza de um homem, sua própria mente.

Os eletrodos foram ajustados. O processo não machucava, claro, do começo ao fim. Havia somente aquele pequeno formigamento, bem abaixo do limiar da sensação.

E, então, chegou a vez de Turbor, que se sentou tranquilamente e sem emoções durante todo o processo de quinze minutos; e Munn, que deu um pulo ao primeiro toque dos eletrodos e, depois, passou a sessão girando os olhos como se quisesse virá-los para trás e olhar através de um buraco no osso occipital.

– E agora... – disse Darell, quando tudo tinha acabado.

– E agora – disse Anthor, em tom de desculpa –, há mais uma pessoa na casa.

– Minha filha? – disse Darell, franzindo a testa.

– Sim, eu sugeri que ela ficasse em casa hoje, se o senhor se lembra.

– Para uma análise encefalográfica? Para quê?

– Não posso continuar sem isso.

Darell deu de ombros e subiu as escadas. Arcádia, avisada, tinha desligado o receptor de som quando ele entrou; seguiu-o obediente. Era a primeira vez em sua vida – exceto pela análise básica quando criança, para objetivos de identificação e registro – que ela se encontrava sob os eletrodos.

– Posso ver? – ela pediu, quando tinha acabado, esticando a mão.

– Você não entenderia, Arcádia – disse o dr. Darell. – Não está na hora de ir para a cama?

– Está bem, papai – ela disse, reservadamente. – Boa noite a todos.

Subiu correndo e se enfiou na cama de qualquer jeito. Com o receptor de som de Olynthus ao lado do travesseiro, ela se sentia como um personagem de um livro-filme, e o apertava a todo momento perto do peito, em um êxtase de "coisa de espião".

As primeiras palavras que ouviu eram de Anthor e foram:

– As análises, senhores, são todas satisfatórias. A da criança também.

Criança, ela pensou com desgosto, e ficou brava com Anthor na escuridão.

Anthor tinha aberto sua pasta e dela tirado várias dúzias de registros de ondas cerebrais. Eles não eram originais. Nem a pasta tinha uma fechadura comum. Se a chave estivesse em poder de qualquer outra mão que não a sua, os conteúdos teriam oxidado, silenciosa e instantaneamente, até as cinzas. Uma vez removidos da pasta, os registros se desintegrariam depois de meia hora.

Mas, durante essa curta vida, Anthor falou rapidamente:

– Tenho aqui os registros de vários membros secundários do governo, em Anacreon. Esse é de um psicólogo na Universidade de Locris; esse de um industrial em Siwenna. O resto, vocês mesmos podem ver.

Eles se aproximaram. Para todos, menos para Darell, eram apenas riscos no papel. Para Darell, eles falavam com milhares de línguas.

Anthor apontou levemente:

– Chamo a atenção do senhor, dr. Darell, para a região do planalto entre as ondas tauianas secundárias no lóbulo frontal, que é o que todos esses registros possuem em comum. O senhor usaria minha Régua Analítica, para checar minha declaração?

A Régua Analítica poderia ser considerada um parente distante – como um arranha-céus e uma cabana – daquele brinquedo de jardim de infância, a Régua de Cálculo logarítmica. Darell a usava com destreza. Ele fez desenhos à mão livre do resultado e, como Anthor afirmava, havia planaltos evidentes nas regiões do lóbulo frontal, onde grandes ondas deveriam ser esperadas.

– Como o senhor interpretaria isso, dr. Darell? – perguntou Anthor.

– Não tenho certeza. De pronto, não vejo como isso é possível. Mesmo em casos de amnésia, há uma supressão, mas não remoção. Cirurgia cerebral drástica, talvez?

– Oh, algo foi cortado – gritou Anthor, impaciente –, sim! Não no sentido físico, no entanto. Vocês sabem, o Mulo poderia ter feito isso. Ele poderia ter suprimido completamente todo o potencial para certa emoção ou atitude mental e deixado somente algo insípido. Ou...

– Ou a Segunda Fundação poderia ter feito isso. É o que está dizendo? – perguntou Turbor, com um sorriso lento.

Não havia uma necessidade real de responder àquela pergunta retórica.

– O que o fez suspeitar, sr. Anthor? – perguntou Munn.

– Não fui eu. Foi o dr. Kleise. Ele coletou padrões de ondas cerebrais, assim como faz a Polícia Planetária, mas em linhas diferentes. Ele se especializou em intelectuais, membros do governo e líderes empresariais. Vejam, é bastante óbvio que se a Segunda Fundação está dirigindo o curso histórico da Galáxia...

de nós... eles devem fazer isso sutilmente, e de uma forma mínima. Se trabalharem através de mentes, como devem, são as mentes das pessoas com influência; cultural, industrial ou política. E com aqueles que importam.

– Sim – objetou Munn. – Mas existe alguma corroboração? Como essas pessoas agem... quero dizer, aqueles com o planalto? Talvez seja tudo um fenômeno perfeitamente normal. – Ele olhou, sem esperança, para os outros com seus olhos azuis, de alguma forma infantis, mas ninguém o encorajou.

– Eu deixo isso com o dr. Darell – disse Anthor. – Perguntem a ele quantas vezes viu esse fenômeno em seus estudos gerais, ou em casos registrados na literatura durante a última geração. Depois, perguntem sobre as chances de ser descoberto em quase um entre cada mil casos nas categorias que o dr. Kleise estudou.

– Suponho que não haja dúvida – comentou Darell, pensativo – de que são mentalidades artificiais. Elas foram manipuladas. De certa forma, suspeitei disso...

– Sei disso, dr. Darell – falou Anthor. – Também sei que o senhor já trabalhou com o dr. Kleise. Gostaria de saber por que parou.

Não havia hostilidade na pergunta. Talvez nada mais do que cuidado; mas, em qualquer medida, ela resultou em uma longa pausa. Darell olhou para cada um de seus convidados; depois falou, bruscamente:

– Porque não havia sentido na batalha de Kleise. Estava competindo com um adversário muito mais forte do que ele. Estava detectando o que nós... eu e ele... sabíamos que iria detectar... que não éramos senhores de nós mesmos. *E eu não queria saber.* Tinha minha autoestima. Gostava de pensar que nossa Fundação era comandante de sua alma coletiva; que nossos fundadores não tinham lutado e morrido por nada. Achei que seria mais simples virar o rosto enquanto não tinha certeza. Não precisava de meu cargo, já que a pensão perpétua paga à família da minha mãe cobriria minhas poucas necessidades. Meu laboratório doméstico seria suficiente para evitar o tédio, e a vida chegaria algum dia ao fim... Então Kleise morreu...

Semic mostrou os dentes e disse:

- Esse Kleise; não o conheço. Como ele morreu?

- Ele *morreu* - interveio Anthor. - Ele achou que iria morrer. Ele me falou seis meses antes que estava chegando muito perto...

- Agora *nós estamos* muito p... perto, também, não? - sugeriu Munn, com a boca seca, enquanto seu pomo-de-adão oscilava.

- Sim - disse Anthor, com força. - Mas já estávamos, de qualquer forma... todos nós. É por isso que os senhores foram escolhidos. Sou estudante de Kleise. O dr. Darell foi seu colega. Jole Turbor tem denunciado nossa fé cega na mão salvadora da Segunda Fundação no ar, até que o governo o tirou do ar... por meio de, devo mencionar, um poderoso financista cujo cérebro mostra o que Kleise costumava chamar de o Platô de Manipulação. Homir Munn tem a maior coleção particular de Muliana que existe - se posso usar a palavra para falar dos dados coletados a respeito do Mulo - e publicou alguns artigos contendo especulações sobre a natureza e a função da Segunda Fundação. O dr. Semic contribuiu tanto quanto qualquer um para a matemática da análise encefalográfica, apesar de eu não acreditar que ele tenha percebido que sua matemática poderia ser aplicada dessa forma.

Semic abriu os olhos e sorriu, espantado:

- Não, jovem. Estive analisando os movimentos intranucleares... o problema dos n-corpos, sabe. Não entendo a encefalografia.

- Então, sabemos onde estamos. O governo pode, é claro, não fazer nada sobre isso. Se o prefeito ou alguém na administração está consciente da seriedade da situação, não sei. Mas isso é o que sei... nós cinco não temos nada a perder e muito a ganhar. Com todo o aumento em nosso conhecimento, podemos ampliar nossa ação para direções mais seguras. Estamos apenas no começo, entendem?

- Até que ponto está disseminada - perguntou Turbor - esta infiltração da Segunda Fundação?

- Não sei. Há uma resposta direta. Todas as infiltrações que descobrimos estavam na periferia da nação. A capital pode ainda estar limpa, apesar de que mesmo isso não é uma certeza... ou eu não os teria testado. O senhor parecia mais suspeito, dr. Darell, já que abandonou a pesquisa com Kleise. Ele nunca o perdoou, sabe. Pensei que talvez a Segunda Fundação o tivesse corrompido, mas Kleise sempre insistiu que o senhor era um covarde. Perdoe-me, dr. Darell, se explico isso para deixar clara a minha posição. Eu, pessoalmente, acho que entendo sua atitude e, se foi covardia, creio que foi desculpável.

Darell suspirou antes de responder:

– Eu fugi! Chame como quiser. Tentei manter nossa amizade, no entanto, mas ele nunca escreveu ou me ligou até o dia em que me mandou suas ondas cerebrais, e isso foi pouco mais de uma semana antes de morrer...

– Se não se importa – interrompeu Homir Munn, com um ataque de eloquência nervosa –, eu... não entendo o que você acha que está fazendo. Somos um p... pobre bando de conspiradores, se vamos ficar sentados falando e f... falando. E não vejo o que mais podemos fazer, de qualquer forma. Isso é m... muito infantil. O... ondas-cerebrais e besteiras e tudo isso. Você pretende *fazer* algo?

– Sim, pretendo. – Os olhos de Pelleas Anthor brilhavam. – Precisamos de mais informações sobre a Segunda Fundação. É a necessidade mais básica. O Mulo gastou os primeiros cinco anos de seu domínio só na busca de informações, e falhou... ou é o que fomos levados a acreditar. Mas, depois, parou de procurar. Por quê? Porque falhou? Ou porque foi bem-sucedido?

– M... mais conversa – disse Munn, amargo. – Como vamos saber?

– Se você me ouvir... A capital do Mulo era em Kalgan, que não fazia parte da esfera comercial de influência da Fundação antes do Mulo, e continua não fazendo, agora. Kalgan é dominada, no momento, por um homem, Stettin, a menos que haja outra revolta palaciana amanhã. Stettin chama a si mesmo de Primeiro Cidadão e se considera o sucessor do Mulo. Se há alguma tradição naquele mundo, ela se baseia na super-humanidade e grandeza do Mulo... uma tradição quase supersticiosa em sua intensidade. Como resultado, o velho palácio do Mulo é mantido como um santuário. Nenhuma pessoa não autorizada pode entrar; nada dentro dele foi tocado.

– E?

– E por que isso? Em tempos como estes, nada acontece sem motivo. E se não for somente a superstição que deixa o palácio do Mulo inviolado? E se a Segunda Fundação organizou essa questão? Resumindo: e se os resultados da busca de cinco anos do Mulo estão lá dentro...

– Oh, b... besteira.

– Por que não? – exigiu Anthor. – Através da história, a Segunda Fundação se escondeu e interferiu nos negócios galácticos o mínimo possível. Sei que para nós pareceria mais lógico destruir o palácio ou, pelo menos, remover os dados. Mas vocês devem considerar a psicologia desses mestres psicólogos. Eles são Seldons; são Mulos e funcionam de forma indireta, através da mente. Eles nunca destruiriam ou removeriam, quando poderiam alcançar seus objetivos criando um estado mental. Não?

Não houve nenhuma resposta imediata, e Anthor continuou:

– E você, Munn, é exatamente quem pode conseguir a informação de que precisamos.

– *Eu?* – foi um grito estupefato. Munn olhou todos os participantes rapidamente. – Não posso fazer isso. Não sou um homem de ação; nenhum herói de telenovela. Sou um bibliotecário. Se puder ajudar dessa forma, certo, e correrei o risco de aparecer para a Segunda Fundação, mas não vou sair pelo espaço em uma coisa q... quixotesca como essa.

– Agora, olhe – disse Anthor, pacientemente. – O dr. Darell e eu concordamos que você é a pessoa certa. É a única forma de fazê-lo naturalmente. Você diz que é um bibliotecário. Certo! E qual é o seu principal campo de interesse? Muliana! Você já tem a maior coleção de material sobre o Mulo na Galáxia. É natural que queira mais; mais natural para você do que qualquer outro. *Você* poderia pedir para entrar no palácio de Kalgan sem levantar suspeitas de motivos ocultos. Poderiam recusar, mas você não pareceria suspeito. Além do mais, tem um iate próprio. É conhecido por visitar planetas estrangeiros durante suas férias anuais. Até já esteve em Kalgan antes. Não entende que só precisa continuar fazendo o que é normal para você?

– Mas eu não posso só dizer: "V... você poderia ser gentil e me deixar entrar no santuário sagrado, s... sr. Primeiro Cidadão?".

– Por que não?

– Porque, pela Galáxia, ele não vai me deixar!

– Certo, então. Ele não vai deixar. Então você volta para casa e nós pensamos em outra coisa.

Munn olhou para todos, em uma rebelião desesperançada. Ele sentia que estava sendo levado a fazer algo que odiava. Ninguém se ofereceu para ajudá-lo.

Então, no final, duas decisões foram tomadas na casa do dr. Darell. A primeira foi um acordo relutante por parte de Munn, para viajar pelo espaço assim que começassem suas férias de verão.

A outra era uma decisão altamente não autorizada de parte de um membro não oficial da reunião, feita quando ela desligou o receptor de som e mergulhou num sono tardio. Essa segunda decisão ainda não nos diz respeito.

10. UMA CRISE SE APROXIMA

Uma semana tinha se passado na Segunda Fundação, e o Primeiro Orador sorria, mais uma vez, para o Estudante.

– Você deve estar trazendo resultados interessantes, ou não estaria tão cheio de raiva.

O Estudante colocou a mão sobre a pilha de papel de cálculo que tinha trazido e disse:

– Tem certeza de que o problema é factual?

– As premissas são verdadeiras. Não distorci nada.

– Então, *devo* aceitar os resultados, mas não quero.

– Naturalmente. Mas o que sua vontade tem a ver com isso? Bem, diga-me o que o perturba tanto. Não, não, coloque suas derivações de lado. Vou analisá-las mais tarde. Enquanto isso, *converse* comigo. Quero julgar sua compreensão.

– Bem, então, Orador... Fica aparente que aconteceu uma mudança muito grande na psicologia básica da Primeira Fundação. Enquanto eles sabiam da existência do Plano Seldon, sem saber qualquer detalhe dele, estavam confiantes, mas incertos. Sabiam que seriam bem-sucedidos, mas não quando, ou como. Havia, portanto, uma atmosfera contínua de tensão e esforço... que era o que Seldon desejava. Poderíamos contar, em outras palavras, com que a Primeira Fundação trabalhasse em seu potencial máximo.

– Uma metáfora duvidosa – disse o Primeiro Orador –, mas eu o entendo.

– Mas agora, Orador, eles sabem da existência de uma Segunda Fundação de um modo que é equivalente a conhecê-la em detalhes, em vez de apenas como uma declaração vaga e antiga de Seldon. Eles intuem sua função como guardiã do Plano. Sabem que existe uma organização que acompanha todos os seus passos e não irá deixá-los cair. Por isso, abandonaram seu passo firme e deixam-se carregar em uma liteira. Outra metáfora, temo.

– Continue, mesmo assim.

– E esse abandono do esforço; essa crescente inércia; essa queda para a suavidade e para uma cultura decadente e hedonista significa a ruína do Plano. Eles *devem* ter um impulso próprio.

– Isso é tudo?

– Não, há mais. A reação da maioria é como descrevi. Mas existe uma grande probabilidade de uma reação minoritária. O conhecimento de nossa tutela e de nosso controle irá instigar, em uma minoria, não complacência, mas hostilidade. Isso vem do Teorema de Korillov...

– Sim, sim. Conheço o teorema.

– Desculpe, Orador. É difícil evitar a matemática. Em todo caso, o efeito é não só a diluição dos esforços da Fundação, mas parte deles se volta contra nós, ativamente contra nós.

– E *isso* é tudo?

– Ainda permanece outro fator, cuja probabilidade é moderadamente baixa...

– Muito bom. E qual é?

– Enquanto as energias da Primeira Fundação eram direcionadas somente para o Império; enquanto seus únicos inimigos eram naves enormes e ultrapassadas que restavam dos escombros do passado, eles só se preocupavam com as ciências físicas. *Conosco* formando uma nova e grande parte do ambiente deles, uma mudança de perspectiva pode muito bem se impor, e eles podem tentar se tornar psicólogos...

– Esta mudança – disse o Primeiro Orador, friamente – já ocorreu.

Os lábios do Estudante se comprimiram formando uma linha pálida.

– Então está tudo terminado. É a incompatibilidade básica do Plano. Orador, eu saberia disso se vivesse... fora?

O Primeiro Orador falou, sério:

– Você se sente humilhado, meu jovem, porque, pensando ter entendido tudo tão bem, de repente descobre que muitas coisas muito aparentes lhe eram desconhecidas. Pensou que era um dos Senhores da Galáxia; de repente descobre que está próximo da destruição. Naturalmente, vai se ressentir da torre de marfim na qual viveu; a reclusão na qual foi educado; as teorias com as quais foi criado. Já senti isso. É normal. Mas era necessário que, em seus anos de formação, você não tivesse contato direto com a Galáxia; que você permanecesse *aqui*, onde todo o conhecimento é filtrado pra você, e sua mente, cuidadosamente aguçada. Poderíamos ter mostrado isto, esse fracasso parcial do Plano, antes, e evitado o choque agora, mas você não teria entendido o significado apropriado, como agora compreendeu. Então, não encontrou nenhuma solução para o problema?

O Estudante balançou a cabeça e disse, desesperançado:

– Nenhuma!

– Bom, não é surpreendente. Ouça, jovem. Existe um curso de ação que foi seguido por mais de uma década. Não é um curso normal, mas um que tivemos de adotar contra nossa vontade. Ele envolve baixas probabilidades, suposições perigosas... Fomos até forçados a lidar com reações individuais por momentos, porque era o único caminho, e você sabe que a psicoestatística, por sua própria natureza, não tem significado quando aplicada numa escala inferior à planetária.

– Estamos sendo bem-sucedidos? – perguntou o Estudante.

– Não há como saber ainda. Conseguimos manter a situação estável até o momento... mas, pela primeira vez na história do Plano, é possível que as ações inesperadas de um único indivíduo destruam tudo. Ajustamos um número mínimo de estrangeiros para um estado mental necessário; temos nossos agentes... mas seus caminhos são planejados. Eles não ousam improvisar. Isso deve ser óbvio para você. E não vou ocultar o pior... se formos descobertos, aqui, nesse mundo, não só o Plano será destruído, mas nós mesmos, fisicamente. Então, veja, nossa solução não é muito boa.

– Mas o pouco que você descreveu não parece uma solução, mas um palpite desesperado.

– Não. Digamos, um palpite inteligente.

– Quando é a crise, Orador? Quando saberemos se fomos bem-sucedidos ou não?

– Dentro de um ano, sem dúvida.

O Estudante considerou isso e balançou a cabeça. Apertou a mão do Orador:

– Bem, é bom saber.

Ele saiu.

O Primeiro Orador olhou silenciosamente para fora enquanto a janela ganhava transparência. Passou pelas gigantescas estruturas até as estrelas que se aglomeravam, silenciosas.

Um ano passaria rapidamente. Algum deles, algum dos herdeiros de Seldon, estaria vivo ao final dele?

11. CLANDESTINA

Ainda faltava pouco mais de um mês para o começo do verão. Começo, quer dizer, no sentido de que Homir Munn teria escrito seu último informe financeiro do ano fiscal, para que o bibliotecário substituto indicado pelo governo estivesse a par de todas as sutilezas do posto (o homem do ano passado havia sido bem insatisfatório) e preparado seu pequeno iate, o *Unimara* (cujo nome homenageava um episódio terno e misterioso que acontecera havia vinte anos), tirando-o de seu refúgio de inverno.

Ele partiu de Terminus deprimido. Ninguém estava no porto para vê-lo ir embora. Isso era natural, já que ninguém jamais tinha ido antes. Ele sabia muito bem que era importante fazer a viagem da mesma forma que as anteriores, mas se sentiu tomado por um vago ressentimento. Ele, Homir Munn, estava arriscando o próprio pescoço em uma proeza das mais exorbitantes, e estava sozinho.

Pelo menos, era o que pensava.

E foi por ter pensado errado que o dia seguinte foi bastante confuso, tanto no *Unimara* quanto no lar suburbano do dr. Darell.

A confusão atingiu primeiro o lar do dr. Darell, em escala de tempo, por meio de Poli, a empregada, cujo mês de férias agora era uma coisa do passado. Ela desceu correndo as escadas, agitada e gaguejando.

O bom doutor foi a seu encontro e ela tentou inutilmente transformar emoções em palavras, mas acabou empurrando uma folha de papel e um objeto cúbico na direção dele.

Ele os pegou sem vontade e disse:

– O que está errado, Poli?

– Ela *sumiu*, doutor.

– Quem?

– Arcádia!

– O que você está dizendo? Para onde? Do que você está falando?

E ela bateu o pé:

– *Eu* não sei. Ela sumiu, e uma mala e algumas roupas sumiram com ela, e aqui está a carta. Por que o senhor não a lê, em vez de ficar parado aí? Vocês, *homens*!

O dr. Darell deu de ombros e abriu o envelope. A carta não era longa e, exceto pela assinatura angular, "Arkady", estava com a letra do transcritor de Arcádia.

Caro Pai:
Seria simplesmente muito triste dizer adeus pessoalmente. Teria chorado como uma menininha, e você ficaria com vergonha de mim. Então, em vez disso, escrevo uma carta para dizer que sentirei sua falta, mesmo indo passar umas férias de verão maravilhosas com tio Homir. Vou me cuidar, e não demorarei em voltar para casa. Enquanto isso, estou deixando algo que é só meu. Você pode ficar com ele, agora.

Sua amada filha,
Arkady

Ele leu várias vezes, com uma expressão que perdia brilho a cada vez. Acabou dizendo, com rigidez:

– Você leu esta carta, Poli?

Poli ficou instantaneamente na defensiva.

– Certamente não posso ser acusada por isso, doutor. O envelope tem "Poli" escrito do lado de fora, e não tinha como saber que havia uma carta para o senhor dentro. Não sou uma intrometida, doutor, e nos anos em que estou com...

Darell levantou uma mão apaziguadora:

– Muito bem, Poli. Não é importante. Eu só queria ter certeza de que você entendia o que aconteceu.

Ele estava pensando rapidamente. Não valia a pena pedir para que ela esquecesse o acontecido. Em relação ao inimigo, "esquecer" era uma palavra sem sentido; e o conselho ajudava a tornar o assunto mais importante, tendo, assim, o efeito contrário.

Em vez disso, ele falou:

– Ela é uma garotinha muito peculiar, você sabe. Muito romântica. Desde que organizamos tudo para que fizesse uma viagem espacial neste verão, ela tem estado muito animada.

– E por que ninguém *me* falou nada sobre essa viagem espacial?

– Foi organizada enquanto você estava fora, e nós esquecemos. Nada mais que isso.

As emoções originais de Poli agora se concentravam em uma forte indignação.

– Simples, é? A pobre menina viajou com uma mala só, sem um guarda-roupas decente, e sozinha. Quanto tempo ficará fora?

– Ora, não quero que você se preocupe com isso, Poli. Há muitas roupas para ela na nave. Tudo foi organizado. Você pode dizer ao sr. Anthor que quero vê-lo? Ah, e antes: esse foi o objeto que Arcádia deixou para mim? – Ele o virou em sua mão.

Poli balançou a cabeça:

– Tenho certeza de que não sei. A carta estava sobre isso e é tudo que posso falar. Perdoe-me por dizer isso, mas se a mãe dela estivesse viva...

Darell fez um gesto para que ela saísse:

– Por favor, chame o sr. Anthor.

———

O ponto de vista de Anthor quanto à questão diferia radicalmente do ponto de vista do pai de Arcádia. Ele enfatizou suas afirmações iniciais com punhos fechados e puxões do próprio cabelo e, a partir daí, chegou à total amargura.

– Grande Espaço, o que você está esperando? O que nós dois estamos esperando? Ligue para o espaçoporto e entre em contato com o *Unimara*.

– Calma, Pelleas, ela é a *minha* filha.

– Mas não é a sua Galáxia.

– Ora, espere aí. Ela é uma garota inteligente, Pelleas, e pensou muito bem nisso. É melhor seguirmos seus pensamentos enquanto está tudo fresco. Você sabe que coisa é esta?

– Não. Por que isso importa?

– Porque é um receptor de som.

– Essa coisa?

– Caseiro, mas funciona. Testei. Não vê? Ela está tentando nos dizer que participou de nossas conversas. Sabe onde Homir Munn está indo, e para quê. Ela decidiu que seria emocionante ir junto.

– Oh, Grande Espaço – lastimou o jovem. – Outra mente para a Segunda Fundação arrombar.

– Exceto pelo fato de que não há motivo para que a Segunda Fundação deva, *a priori*, suspeitar que uma garota de catorze anos seja um perigo... *a menos* que façamos tudo para chamar a atenção sobre ela, como ligar para uma nave no espaço só para tirá-la de lá. Você se esquece de com quem estamos lidando? Como é estreita a margem que nos separa de sermos descobertos? Como estaremos indefesos a partir de então?

– Mas não podemos depender de uma criança doida.

– Ela não é doida, e não temos escolha. Ela não precisava ter escrito a carta, mas fez isso para evitar que fôssemos à polícia por causa do seu sumiço. Sua carta sugere que transformemos toda a questão em uma oferta amigável da parte de Munn para levar a filha de um velho amigo para umas curtas férias. E por que não? Ele é meu amigo há quase vinte anos. Ele a conhece desde que ela tinha três anos, quando eu a trouxe de Trantor. É algo perfeitamente natural e, na verdade, deve diminuir as suspeitas. Um espião não levaria uma sobrinha de catorze anos junto.

– Então. O que Munn irá fazer quando a encontrar?

O dr. Darell piscou os olhos uma vez:

– Não sei dizer... mas acho que ela o convencerá.

Mas a casa ficou bastante vazia à noite, e o dr. Darell descobriu que o destino da Galáxia importava muito pouco quando a vida de sua filha doida estava em perigo.

O entusiasmo no *Unimara*, apesar de envolver menos pessoas, foi consideravelmente mais intenso.

No compartimento de bagagens, Arcádia se viu, em primeiro lugar, ajudada pela experiência e, em segundo, atrapalhada pela falta dela.

Assim, ela encarou a aceleração inicial com calma; e á náusea mais sutil que acompanhou o primeiro Salto através do hiperespaço, enfrentou com estoicismo. Ambas já tinham sido experimentadas em Saltos espaciais anteriores, e ela estava preparada. Sabia também que o compartimento de bagagens estava incluído no sistema de ventilação da nave e que havia até mesmo luz nas paredes. Esse último recurso, no entanto, ela excluiu por ser muito pouco romântico. Permaneceu na escuridão, como uma conspiradora, respirando muito de leve e ouvindo a miscelânea de ruídos que fazia Homir Munn.

Eram sons indistinguíveis, do tipo feito por um homem sozinho. O arrastar de sapatos, o raspar de roupas contra o metal, o rangido de uma cadeira se adaptando ao peso, o clique agudo de uma unidade de controle ou o suave pouso de uma palma sobre uma célula fotoelétrica.

Ainda assim, no final, foi a falta de experiência que entregou Arcádia. Nos filmes-livros e nos vídeos, os clandestinos pareciam ter uma capacidade infinita para aguentar a escuridão. É claro, sempre havia o perigo de tropeçar em algo que iria cair, fazendo barulho, ou de espirrar... nos vídeos, eles sempre espirravam; era uma coisa aceita. Ela sabia de tudo isso, e foi cuidadosa. Havia também a certeza de que a sede e a fome poderiam atacar. Para isso, ela foi preparada com comida enlatada tirada da despensa. Mas ainda havia coisas que nunca eram mencionadas nos filmes, e foi um choque para Arcádia perceber, apesar das melhores intenções do mundo, que só poderia ficar escondida no armário por um período limitado de tempo.

E, num iate esportivo para apenas uma pessoa, como era o *Unimara*, o espaço consistia, essencialmente, em um único aposento, então não havia chance de sair escondida do compartimento enquanto Munn estivesse ocupado em outro lugar.

Ela esperou, desesperada, os sons do sono surgirem. Se soubesse se ele roncava... Pelo menos sabia onde estava a cama e poderia reconhecer o rangido, quando ele se deitasse. Houve uma respiração demorada e um bocejo. Ela esperou durante um tempo silencioso, pontuado pelo barulho de alguém se virando ou mudando de posição.

A porta do compartimento de bagagens se abriu facilmente com a pressão de seu dedo e ela esticou o pescoço...

Havia um som, definitivamente humano, que parou de repente.

Arcádia ficou parada. Silêncio! Ainda o silêncio!

Ela tentou olhar para fora sem mexer a cabeça, mas não conseguiu. A cabeça seguia os olhos.

Homir Munn estava acordado, é claro – lendo na cama, iluminado pela luz indireta, olhando na escuridão, com os olhos bem abertos e com a mão embaixo do travesseiro.

A cabeça de Arcádia se moveu rapidamente para trás. Então, as luzes se acenderam totalmente e a voz de Munn disse, com rispidez:

– Tenho um desintegrador e vou atirar, pela Galáxia...

E Arcádia gemeu:

– Sou só eu. Não atire.

É impressionante como a aventura é uma flor frágil. Um desintegrador numa mão nervosa pode estragar tudo.

As luzes se acenderam – por toda a nave – e Munn estava sentado na cama. Os pelos, um pouco grisalhos, em seu peito magro e a barba de um dia davam-lhe uma aparência, totalmente falsa, de decadência e devassidão.

Arcádia saiu, puxando seu casaco de metallene que deveria ser à prova de amassados.

Depois de um momento maluco no qual ele quase pulou da cama, Munn caiu em si, puxou o lençol até os ombros e gaguejou:

– O.. o q... O quê...

Era impossível compreender o que dizia.

Arcádia falou, mansa:

– Você me daria um minuto? Preciso lavar as mãos. – Ela conhecia a geografia da nave e desapareceu rapidamente. Quando voltou, com a coragem restaurada, Homir Munn estava de pé, com um roupão de banho desbotado por fora e uma fúria brilhante por dentro.

– O que, pelos buracos negros do espaço, você está f... fazendo a bordo desta nave? C... como você entrou aqui? O que você a... acha que eu devo fazer com você? O que está *acontecendo* aqui?

Ele poderia ter feito perguntas indefinidamente, mas Arcádia o interrompeu com suavidade:

– Eu só queria ir junto, tio Homir.

– *Por quê*? Eu não estou indo para lugar nenhum.

– Você está indo para Kalgan, atrás de informações da Segunda Fundação.

Munn deu um uivo selvagem e perdeu o controle. Por um terrível momento, Arcádia achou que ele iria, histericamente, bater a cabeça contra a parede. Ainda estava com o desintegrador na mão, e o estômago dela ficou gelado ao perceber isso.

– Cuidado... Vá com calma... – foi o que ela conseguiu pensar em falar.

Mas ele lutou para reconquistar a normalidade relativa, e jogou o desintegrador na cama com uma força que deveria tê-lo feito disparar e abrir um buraco no casco da nave.

– Como você conseguiu entrar? – ele perguntou devagar, como se estivesse soltando cada palavra por entre os dentes com bastante cuidado, evitando que elas tremessem antes de sair.

– Foi fácil. Só cheguei ao hangar com minha mala e disse: "A bagagem do sr. Munn!", e o homem só apontou para a nave, sem nem olhar para mim.

– Vou ter de levá-la de volta, sabe – disse Homir, e houve um súbito alívio dentro dele com o pensamento. Pelo espaço, não tinha sido culpa dele.

– Você não pode – disse Arcádia, calmamente. – Atrairia muita atenção.

– O quê?

– *Você* sabe disso. Todo o propósito de *sua* viagem para Kalgan foi porque era natural para você viajar e pedir permissão para olhar os registros do Mulo. E você precisa ser natural para não atrair nenhuma atenção. Se voltar com uma garota clandestina, pode até sair nos telejornais.

– Onde o... obteve essas noções sobre Kalgan? Essas... hã... besteiras... – Ele soava pedante demais para convencer, é claro, mesmo alguém que soubesse menos que Arcádia.

– Eu ouvi – ela não pôde evitar totalmente o orgulho –, com um gravador. Sei tudo, então você *precisa* me deixar ir junto.

– E o seu pai? – ele disse, como se tivesse um trunfo. – Para ele, você pode ter sido sequestrada... morta.

– Eu deixei um bilhete – ela disse, rebatendo. – E ele provavelmente sabe que não deve fazer nenhum escândalo ou coisa do gênero. Você provavelmente receberá um espaçograma dele.

Para Munn, a única explicação era a bruxaria, porque o sinal de recepção tocou forte uns dois segundos depois que ela terminou de falar.

– Aposto que é meu pai – disse ela. E era.

A mensagem não era longa e estava dirigida a Arcádia. Dizia: "Obrigado por seu adorável presente, que tenho certeza de que você usou bem. Divirta-se".

– Está vendo? – disse ela. – São instruções.

Homir acabou se acostumando a ela. Depois de um tempo, estava feliz por tê-la ali. No final, se perguntava como teria se virado sem ela. A menina falava sem parar! Estava animada! Mais do que tudo, não tinha nenhuma preocupação. Sabia que a Segunda Fundação era o inimigo, mas isso não a preocupava.

Sabia que, em Kalgan, ele deveria lidar com uma burocracia hostil, mas ela mal podia esperar.

Talvez tudo isso fizesse parte de ter catorze anos.

De qualquer forma, a viagem de uma semana agora queria dizer conversa, em vez de introspecção. Para falar a verdade, não era uma conversa muito inspirada, já que tinha a ver, quase que inteiramente, com as noções da garota sobre como melhor lidar com o Senhor de Kalgan. Uma deliberação divertida e sem sentido, mas apresentada com seriedade.

Homir descobriu-se capaz de sorrir enquanto ouvia e se perguntava de qual tesouro da ficção histórica ela tinha obtido tantas noções distorcidas sobre o grande universo.

Era a noite anterior ao último Salto. Kalgan era uma estrela brilhante no vazio dos espaços exteriores da Galáxia. O telescópio da nave a mostrava como uma bolha brilhante de diâmetro quase imperceptível.

Arcádia sentava-se, com as pernas cruzadas, na cadeira de comando. Estava usando calças folgadas e uma camisa pouco espaçosa que pertencia a Homir. Suas roupas mais femininas tinham sido lavadas e passadas para o desembarque.

– Sabe – falou –, vou escrever romances históricos.

Ela estava bem feliz com a viagem. O tio Homir não se importava em ouvi-la, e era muito mais agradável quando se conversava com uma pessoa realmente inteligente que levava a sério o que você dizia.

– Eu li muitos livros – ela continuou – sobre todos os grandes homens da história da Fundação. Sabe, como Seldon, Hardin, Mallow, Devers e todo o resto. Eu até li a maioria dos que você escreveu sobre o Mulo, mas não é muito legal ler aquelas partes sobre quando a Fundação é derrotada. Você não preferiria ler uma história sem as partes bobas e trágicas?

– Sim, gostaria – Munn garantiu, sério. – Mas não seria uma história verdadeira, seria, Arkady? Você nunca ganhará o respeito acadêmico, a menos que conte toda a história.

– Ah, besteira. Quem se importa com respeito acadêmico? – Ela o achava encantador. Ele não tinha deixado de chamá-la de Arkady durante todo o tempo. – Meus romances serão interessantes e vão vender, e serei famosa. Qual o sentido de escrever livros, se não for para vendê-los e se tornar bem conhecida? Não quero que somente alguns velhos professores me conheçam. Precisa ser todo mundo.

Seus olhos se nublaram com o prazer do pensamento e ela se esticou para ficar numa posição mais confortável.

– Na verdade, assim que eu convencer meu pai, vou visitar Trantor, para conseguir material sobre o Primeiro Império, sabe. Eu nasci em Trantor; sabia disso?

Ele sabia, mas perguntou:

– Verdade? – e colocou a quantidade certa de espanto na voz. Foi recompensado com algo entre um sorriso e um raio de luz.

– Ahã. Minha avó... você sabe, Bayta Darell, você ouviu falar *dela*... estava em Trantor uma vez, com meu avô. Na verdade, foi onde eles conseguiram parar o Mulo, quando toda a Galáxia estava aos pés dele; e meu pai e minha mãe foram para lá quando se casaram. Nasci lá. Vivi ali até minha mãe morrer, quando tinha apenas três anos, e não me lembro muito sobre isso. Você já esteve em Trantor, tio Homir?

– Não, não posso dizer que já estive. – Ele se encostou no anteparo frio e ficou ouvindo. Kalgan estava muito perto e ele sentiu a intranquilidade voltar.

– Não é simplesmente o mundo mais *romântico*? Meu pai diz que sob Stannel v, ele tinha mais pessoas que *dez mundos* de hoje. Ele diz que era um único mundo de metal... uma gigantesca cidade... que era a capital de toda a Galáxia. Ele me mostrou fotos que tirou em Trantor. Está tudo em ruínas agora, mas ainda é *estupendo*. Eu *adoraria* revê-la. Na verdade... Homir!

– Sim?

– Por que não vamos lá, quando terminarmos em Kalgan?

O medo tomou conta de seu rosto:

– O quê? Agora, nem comece com isso. Essa viagem é de negócios, não de prazer. Lembre-se disso.

– Mas *são* negócios – ela falou. – Pode haver uma quantidade incrível de informações em Trantor. Não acha?

– Não. – Ele se levantou. – Agora, saia da frente do computador. Precisamos fazer o último Salto e depois pousar.

Uma coisa boa de pousar era que ele estava cansado de tentar dormir de sobretudo no chão frio.

Os cálculos não eram difíceis. O *Guia de Bolso das Rotas Espaciais* era bastante explícito sobre a rota Fundação-Kalgan. Houve o tique momentâneo da passagem através do hiperespaço e o último ano-luz ficou para trás.

O sol de Kalgan era um sol agora – grande, brilhante e amarelo-esbranquiçado; invisível por trás das escotilhas que tinham se fechado automaticamente no lado iluminado.

Kalgan estava a somente uma noite de distância.

12. LORDE

De todos os mundos da Galáxia, Kalgan sem dúvida tinha uma história única. A do planeta Terminus, por exemplo, era de ascensão quase ininterrupta. A de Trantor, que já fora a capital da Galáxia, era de queda quase ininterrupta. Mas Kalgan...

Ele primeiro ganhou fama como o centro de prazer da Galáxia, dois séculos antes do nascimento de Hari Seldon. Era um mundo de prazeres, no sentido de que construiu uma indústria – e muito lucrativa, pode-se dizer – a partir da diversão.

E era uma indústria estável. Era a mais estável da Galáxia. Quando toda a civilização se deteriorou, pouco a pouco, isso quase não teve nenhuma influência em Kalgan. Não importava como a economia e a sociologia dos setores vizinhos da Galáxia mudassem, sempre havia uma classe dominante; e é uma característica dela ver o lazer como *a* grande recompensa de se pertencer a elite.

Kalgan estivera a serviço, portanto, sucessivamente – e com sucesso – dos *dandies* afetados e perfumados da corte imperial, com suas damas brilhantes e libidinosas; dos rudes e ruidosos senhores de guerra que dominavam, com mão de ferro, os mundos que tinham conquistado com sangue, acompanhados de suas mulheres lascivas e insolentes; dos gordos e luxuriosos homens de negócio da Fundação, com suas amantes exuberantes e cruéis.

Também não discriminava ninguém, se tivessem dinheiro. E, como Kalgan servia a todos e não barrava ninguém; como sua mercadoria estava em demanda constante; como tinha a sabedoria de não interferir na política e não questionar a legitimidade de ninguém, prosperou quando ninguém mais conseguia, e permaneceu gordo quando todos emagreciam.

Quer dizer, até o Mulo. Então, de alguma forma, Kalgan caiu, também, perante um conquistador que era insensível à diversão ou a qualquer outra coisa que não fosse a conquista. Para ele, todos os planetas eram iguais, até mesmo Kalgan.

Assim, por uma década, o planeta se viu no estranho papel de metrópole galáctica; amante do maior império desde o fim do próprio Império Galáctico.

E então, com a morte do Mulo, rápida como havia sido a ascensão, veio a queda. A Fundação se libertou. Com ela, e depois dela, a maior parte dos domínios do Mulo. Cinquenta anos mais tarde, não havia nada além da memória daquele curto espaço de poder, como um sonho de ópio. Kalgan nunca se recuperou. Talvez nunca voltasse a ser o mundo de prazer despreocupado que já havia sido, porque o encanto do poder nunca desaparece completamente. Ele vivia, em vez disso, sob uma sucessão de homens que a Fundação chamava de Senhores de Kalgan, mas que se referiam a si mesmos como Primeiros Cidadãos da Galáxia, em imitação ao único título do Mulo, e que mantinham a ficção de que eram conquistadores também.

O atual Senhor de Kalgan estava naquela posição havia cinco meses. Ele a conquistara originalmente em virtude de sua posição como chefe da marinha kalganiana, e de uma lamentável falta de cuidado por parte do senhor anterior. Mesmo assim, ninguém em Kalgan era estúpido o suficiente para questionar sua legitimidade por muito tempo, ou de muito perto. Essas coisas aconteciam, e era melhor aceitá-las.

Mas esse tipo de sobrevivência do mais apto, além de premiar o mais sanguinário e maldoso, ocasionalmente permitia que os mais hábeis se destacassem, também. Lorde Stettin era bastante competente e difícil de manipular.

Difícil para Sua Eminência, o primeiro-ministro, que, com imparcialidade, tinha servido ao último senhor assim como ao atual; e que, se vivesse o suficiente, serviria ao próximo também.

Difícil também para lady Callia, que era mais do que uma amiga para Stettin, mas menos do que esposa.

Nos aposentos particulares de lorde Stettin, os três estavam sozinhos naquela noite. O Primeiro Cidadão, volumoso e brilhante na farda de almirante que gostava de usar, franziu a testa na poltrona em que se sentava tão rigidamente quanto o plástico da qual ela era composta. Seu primeiro-ministro, Lev Meirus, o encarava com indiferença distante, seus dedos longos e nervosos alisando ritmicamente a linha curva que ia do nariz adunco por toda a face magra e afundada, até o queixo quase pontudo com barba grisalha. Lady Callia se dispôs graciosamente sobre a manta bem macia que cobria o sofá de espuma, seus lábios tremendo um pouco, sem que ninguém prestasse atenção.

— Senhor — disse Meirus: era o único título que cabia a um lorde que se chamava somente de Primeiro Cidadão. — Falta ao senhor uma certa visão da continuidade da história. Sua própria vida, com suas tremendas revoluções, o leva a pensar no curso da civilização como algo igualmente suscetível a mudanças súbitas. Mas não é.

— O Mulo provou o contrário.

— Mas quem pode seguir seus passos? Ele era mais do que um homem, lembre-se. E ele também não foi completamente bem-sucedido.

— Cãozinho... — queixou-se lady Callia, de repente, e se encolheu diante do gesto furioso do Primeiro Cidadão.

Lorde Stettin disse, duro:

— Não interrompa, Callia. Meirus, estou cansado da falta de ação. Meu predecessor passou a vida afiando a marinha em um instrumento de funcionamento perfeito, sem igual na Galáxia. E morreu com uma máquina magnífica como essa parada. Devo continuar assim? Eu, o Almirante da marinha? Quanto tempo vai demorar até que a máquina enferruje? — ele continuou. — No momento, ela só gasta o dinheiro do Tesouro e não traz nenhum retorno. Seus oficiais anseiam por dominar; seus homens, por saquear. Toda a Kalgan deseja o retorno do Império e da glória. Consegue entender isso?

— Essas palavras que o senhor usa são só palavras — disse Meirus —, mas capto o sentido. Domínio, saque, glória... agradáveis quando obtidos, mas o processo de obtê-los é frequentemente arriscado e sempre desagradável. O primeiro fluxo de sorte pode não continuar. E, em toda história, nunca foi sábio atacar a Fundação. Mesmo o Mulo teria sido mais sábio se tivesse refreado...

Havia lágrimas nos olhos azuis e vazios de lady Callia. Ultimamente, seu Cãozinho quase não prestava atenção nela e, agora, quando tinha prometido passar a noite com ela, esse homem horrível, magro e cinzento, que sempre parecia olhar através das pessoas, tinha forçado uma audiência. E seu Cãozinho tinha *deixado*. Ela não ousava dizer nada; tinha medo até que um soluço escapasse.

Mas Stettin estava falando agora com a voz que ela odiava, duro e impaciente. Ele dizia:

— Você é um escravo do passado longínquo. A Fundação é maior em volume e população, mas é uma federação frouxa e cairá com um golpe. O que os une nestes dias é simplesmente a inércia; uma inércia que sou forte o bastante para esmagar. Você está hipnotizado pelo passado, quando somente a Fundação tinha energia nuclear. Eles foram capazes de evitar os golpes finais do Império moribundo e, depois, só encararam a anarquia descerebrada dos senhores da guerra que só podiam se defender das naves nucleares da Fundação com velharias e relíquias. Mas o Mulo, meu querido Meirus, mudou isso. Ele espalhou o conhecimento que a Fundação havia reservado para si por metade da Galáxia, e o monopólio da ciência acabou para sempre. Podemos enfrentá-los.

— E a Segunda Fundação? — questionou Meirus, friamente.

— E a Segunda Fundação? — repetiu Stettin também friamente. — *Você* sabe das intenções dela? Ela demorou cinco anos para parar o Mulo, se é que, na verdade, esse foi o motivo, o que muitos duvidam. Você não sabe que uma boa quantidade de psicólogos e sociólogos tem a opinião de que o Plano Seldon foi completamente destruído desde os dias do Mulo? Se o Plano acabou, então existe um vácuo que posso preencher tão bem quanto qualquer outro.

– Nosso conhecimento sobre essas questões não é grande o suficiente para garantir a aposta.

– *Nosso* conhecimento, talvez, mas temos um visitante da Fundação no planeta. Sabia disso? Um Homir Munn... que, pelo que entendi, escreveu artigos sobre o Mulo e expressou exatamente essa opinião, de que o Plano Seldon não existe mais.

O primeiro-ministro concordou:

– Ouvi falar dele ou, pelo menos, de seus escritos. O que ele quer?

– Ele pede permissão pra entrar no palácio do Mulo.

– Sério? Seria inteligente recusar. Não é bom perturbar as superstições que sustentam o planeta.

– Vou pensar nisso... e vamos nos falar novamente.

Meirus fez uma mesura e saiu.

Lady Callia falou, com a voz chorosa:

– Você está bravo comigo, Cãozinho?

Stettin voltou-se para ela, selvagem:

– Já não falei para não me chamar com esse apelido ridículo na presença de outros?

– Você gostava *antes*.

– Bom, não gosto mais, e isso não deve acontecer de novo.

Ele olhou para ela de forma sombria. Era um mistério como continuava a tolerá-la. Ela era uma coisa doce e de cabeça vazia, agradável ao toque, com uma afeição flexível que era uma faceta conveniente para uma vida dura. Ainda assim, mesmo essa afeição estava se tornando cansativa. Ela sonhava com o casamento, queria ser a primeira-dama.

Ridículo!

Ela tinha servido bem quando ele era somente um almirante – mas agora, como Primeiro Cidadão e futuro conquistador, precisava de mais. Ele precisava de herdeiros que pudessem unir seus futuros domínios, algo que o Mulo nunca tivera, e que fora o motivo pelo qual seu império não sobreviveu à sua estranha vida não humana. Ele, Stettin, precisava de alguém das grandes famílias históricas da Fundação com quem pudesse fundir dinastias.

Ele se perguntava, irritado, por que não se livrava de Callia agora. Não seria nenhum problema. Ela iria chorar um pouco... Ele espantou o pensamento. Ela tinha alguns pontos bons, de vez em quando.

Callia estava feliz agora. A influência do barba grisalha tinha desaparecido, e o rosto frio de seu Cãozinho estava ficando mais suave. Ela se levantou em um movimento fluido e se derreteu em cima dele.

– Você não vai me repreender, vai?

– Não. – Ele fez um carinho nela, sem prestar muita atenção. – Agora fique quietinha por um momento, sim? Quero pensar.

– Sobre o homem da Fundação?

– Sim.

– Cãozinho? – ela disse, depois de uma pausa.

– O quê?

– Cãozinho, você disse que o homem tem uma garotinha com ele. Lembra-se? Eu poderia vê-la? Eu nunca...

– Agora, por que você acha que eu quero que ele traga a pirralha aqui? A minha sala de audiência é um jardim da infância? Basta de bobagens, Callia.

– Mas eu vou cuidar dela, Cãozinho. Você nem vai ter de se incomodar. É que dificilmente vejo crianças, e você sabe como eu as adoro.

Ele olhou com sarcasmo. Ela nunca se cansava disso. Ela adorava crianças; quer dizer, os filhos *dele*; quer dizer, seus filhos *legítimos*; quer dizer, casamento. Ele riu.

– Essa pequenina em especial – ele falou. – É uma garota de catorze ou quinze anos. Ela é provavelmente tão alta quanto você.

Callia ficou indignada:

– Bom, mas eu poderia, da mesma forma? Ela poderia me contar sobre a Fundação. Eu sempre quis ir lá, sabe. Meu avô era um homem da Fundação. Você nunca vai me levar lá, Cãozinho?

Stettin sorriu com o pensamento. Talvez levasse, como conquistador. O bom humor que o pensamento lhe trouxe se transformou em palavras:

– Vou, vou. E você pode ver a garota e conversar sobre a Fundação o quanto quiser. Mas não perto de mim, entenda.

– Não vou atrapalhá-lo, sério. Vou levá-la para meus aposentos.

Ela tinha ficado feliz novamente. Não era muito frequente, nos últimos tempos, que tivesse a permissão de fazer o que queria. Colocou os braços ao redor do pescoço dele e, depois de uma rápida hesitação, sentiu que ele relaxava, e a grande cabeça deitou em seu ombro.

13.
LADY

Arcádia se sentiu triunfante. Como a vida havia mudado desde que Pelleas Anthor tinha colocado a cara boba na janela – e tudo porque ela teve a visão e a coragem para fazer o que era necessário.

Agora estava em Kalgan. Tinha visitado o grande Teatro Central – o maior da Galáxia – e visto *ao vivo* algumas das cantoras que eram famosas até mesmo na distante Fundação. Ela tinha feito compras, por conta própria, por todo o Caminho Florido, centro da moda do mundo mais divertido do espaço. E tinha escolhido tudo sozinha, porque Homir não entendia nada disso. A vendedora não achou nenhum problema no vestido longo e brilhante com aquelas listras verticais que a deixavam mais alta – e o dinheiro da Fundação durava muito. Homir tinha lhe dado uma nota de dez créditos e, quando ela a trocou por "kalganidos" kalganianos, recebeu uma bolada gorda.

Ela tinha até arrumado o cabelo – deixado meio curto atrás, com duas espirais brilhantes sobre cada têmpora. E foi tratado para que ficasse mais dourado do que nunca; ela simplesmente *brilhava*.

Mas *isto*; isto era o melhor de tudo. Para dizer a verdade, o palácio de lorde Stettin não era tão grande e luxuoso como os teatros, ou tão misterioso e histórico como o antigo palácio do Mulo – do qual, até o momento, eles só tinham conseguido ver rapidamente as torres solitárias, no voo panorâmico ao redor do planeta –, mas, imaginem, um verdadeiro lorde. Ela estava fascinada com tanta glória.

E não só isso. Ela estava, na verdade, frente a frente com a Amante dele. Em sua mente, Arcádia colocou a palavra em letra maiúscula, porque sabia o papel que tais mulheres tinham desempenhado na história; sabia do glamour e do poder delas. Na verdade, ela tinha pensado frequentemente em ser, ela mesma, uma dessas criaturas poderosas e brilhantes, mas, por algum motivo, as amantes estavam fora de moda na Fundação e, além disso, seu pai provavelmente não permitiria.

É claro, lady Callia não estava à altura da fantasia de Arcádia. Por um lado, ela era um tanto gordinha e não parecia má ou perigosa. Estava mais para murchinha e míope. Sua voz era aguda, também, em vez de gutural, e...

– Você gostaria de mais chá, minha criança? – perguntou Callia.

– Vou querer outra taça, obrigada, Vossa Graça (ou seria Alteza?).

Arcádia continuou com uma condescendência de conhecedor:

– Que adoráveis pérolas a senhora está usando, milady (no geral, "milady" parecia melhor).

– Oh? Você acha? – Callia parecia vagamente agradecida. Ela tirou o colar e o ficou balançando. – Quer para você? Pode ficar, se quiser.

– Oh, meu... Você está falando sério... – ela sentiu as pérolas na mão e, repelindo-as, aflita, falou: – Meu pai não gostaria disso.

– Ele não gostaria de pérolas? Mas elas são tão bonitas.

– Ele não gostaria que eu as aceitasse, quero dizer. Você não deve aceitar presentes caros de outras pessoas, ele sempre diz.

– Não deve? Mas... quero dizer, foi um presente do Cã... do Primeiro Cidadão. Isso foi errado, então?

Arcádia ficou vermelha:

– Não quis dizer...

Mas Callia tinha se cansado do assunto. Ela deixou as pérolas caírem no chão e disse:

– Você ia me contar sobre a Fundação. Por favor, faça isso agora.

E Arcádia não soube, de repente, o que dizer. O que alguém pode dizer sobre um mundo terrivelmente chato? Para ela, a Fundação era uma cidade de subúrbio, uma casa confortável, as necessidades chatas de educação, as eternidades pouco interessantes de uma vida em silêncio. Ela disse, incerta:

– É como se vê nos livros-filmes, acho.

– Oh, você vê livros-filmes? Eles me dão tanta dor de cabeça quando tento. Mas sabe que sempre adorei as video-histórias de seus comerciantes... homens tão grandes e selvagens. É sempre tão excitante. O seu amigo, sr. Munn, é um deles? Ele não parece muito selvagem. A maioria dos comerciantes tinha barba, e vozes bem graves, e eram tão dominadores com as mulheres... você não acha?

Arcádia sorriu:

– Isso é só parte da história, milady. Quero dizer, quando a Fundação era jovem, os comerciantes eram os pioneiros que empurravam as fronteiras e levavam a civilização para o resto da Galáxia. Aprendemos sobre isso na escola. Mas aquela época passou. Não temos mais comerciantes; somente corporações e essas coisas.

– Sério? Que pena. Então o que faz o sr. Munn? Quero dizer, se ele não é um comerciante.

– Tio Homir é bibliotecário.

Callia colocou a mão nos lábios e riu, nervosa:

– Você quer dizer que ele cuida de livros-filmes. Oh, puxa! Parece algo tão tolo para um homem crescido fazer.

– Ele é um ótimo bibliotecário, milady. É uma ocupação muito valorizada na Fundação – disse, enquanto colocava a pequena e iridescente xícara de chá sobre a superfície de metal branca da mesa.

Sua anfitriã ficou preocupada:

– Mas, minha querida criança, nunca quis lhe ofender. Ele deve ser um homem muito *inteligente*. Pude ver isso em seus olhos, assim que o encontrei.

Eles eram tão... tão *inteligentes*. E ele deve ser corajoso, também, para querer ver o palácio do Mulo.

– Corajoso? – A consciência interna de Arcádia mudou. Isso era o que ela estava esperando. Intriga! Intriga! Com grande indiferença, perguntou, olhando perdida para o dedão: – Por que alguém precisa ser corajoso para ver o palácio do Mulo?

– Não sabia? – Seus olhos estavam bem abertos e sua voz tinha sumido. – Há uma maldição sobre ele. Quando morreu, o Mulo disse que ninguém deveria entrar lá até que o Império da Galáxia fosse estabelecido. Ninguém em Kalgan ousaria entrar naquele lugar.

Arcádia absorveu isso.

– Mas é superstição...

– Não diga isso – Callia ficou brava. – O Cãozinho sempre diz isso. Ele diz que é útil afirmar isso, no entanto, para manter seu controle sobre as pessoas. Mas eu percebi que ele nunca foi lá sozinho. E nem Thallos, que era o Primeiro Cidadão antes do Cãozinho. – Um pensamento cruzou sua cabeça, e ela ficou toda curiosa novamente. – Mas por que o sr. Munn quer ver o palácio?

E era aqui que o plano cuidadoso de Arcádia poderia ser colocado em ação. Ela sabia bem, por meio dos livros que tinha lido, que a amante de um governante era o real poder por trás do trono, que era a verdadeira fonte de influência. Portanto, se o tio Homir fracassasse com lorde Stettin – e tinha certeza de que fracassaria –, ela poderia reverter o fracasso com lady Callia. Para falar a verdade, lady Callia era como um quebra-cabeças. Ela não parecia *nem um pouco* inteligente. Mas, bem, toda história provava...

– Há uma razão, milady – Arcádia falou –, mas a senhora poderia mantê-la em segredo?

– Juro pelo meu coração – disse Callia, fazendo o gesto apropriado sobre o peito macio e branco.

Os pensamentos de Arcádia mantiveram-se uma sentença à frente de suas palavras:

– O tio Homir é uma grande autoridade sobre o Mulo, sabe. Ele escreveu muitos livros a respeito, e acha que toda a história galáctica foi mudada desde que o Mulo conquistou a Fundação.

– Oh, puxa.

– Ele acha que o Plano Seldon...

Callia bateu palmas:

– Eu conheço o Plano Seldon. Os vídeos sobre os comerciantes falavam sempre do Plano Seldon. Supostamente, ele fazia com que a Fundação sempre ganhasse. A ciência tinha algo a ver com isso, apesar de eu nunca ter entendido como. Sempre fico cansada quando tenho de ouvir explicações. Mas siga em frente, querida. É diferente quando você explica. Faz tudo parecer tão claro.

– Bem, você entende, então – Arcádia continuou –, que, quando a Fundação foi derrotada pelo Mulo, o Plano Seldon não funcionou e não tem funcionado desde então. Assim, quem vai formar o Segundo Império?

– O Segundo Império?

– Sim, um deve ser formado algum dia, mas como? Esse é o problema, entende. E há a Segunda Fundação.

– A *Segunda* Fundação? – Ela estava completamente perdida.

– Sim, eles são os planejadores da história que estão seguindo os passos de Seldon. Eles pararam o Mulo porque ele era prematuro, mas, agora, podem estar apoiando Kalgan.

– Por quê?

– Porque Kalgan pode agora oferecer a melhor chance de ser o núcleo de um novo império.

Sutilmente, lady Callia parecia entender:

– Você quer dizer que o *Cãozinho* vai criar um novo império.

– Não podemos ter certeza. O tio Homir acha isso, mas precisa ver os registros do Mulo para descobrir.

– É tudo muito complicado – disse lady Callia, duvidando.

Arcádia desistiu. Tinha dado o melhor de si.

Lorde Stettin estava num humor mais ou menos selvagem. A sessão com o fracote da Fundação não tinha dado muitos frutos. Tinha sido pior; embaraçosa. Ser o governante absoluto de vinte e sete mundos, mestre da maior máquina militar da Galáxia, proprietário da maior ambição do universo – e obrigado a discutir besteiras com um antiquário.

Maldição!

Ele iria violar os costumes de Kalgan, não? Permitiria que o palácio do Mulo fosse saqueado para que um tolo pudesse escrever outro livro? Pela causa da ciência! O conhecimento sagrado! Grande Galáxia! Essas palavras podiam ser jogadas na sua cara com toda aquela seriedade? Além disso – e sua pele se arrepiou um pouco –, havia a maldição. Ele não acreditava nela; nenhum homem inteligente poderia. Mas, se iria desafiá-la, deveria ter uma razão melhor do que a que aquele tonto tinha apresentado.

– O que *você* quer? – falou, bruscamente, e lady Callia se encolheu visivelmente na porta.

– Está ocupado?

– Estou, sim.

– Mas não há ninguém aqui, Cãozinho. Não poderia falar com você por um minuto?

– Oh, Galáxia! O que você quer? Seja rápida.

Suas palavras saíram atropeladas.

– A garotinha me falou que eles iam até o palácio do Mulo. Achei que poderíamos ir com eles. Deve ser lindo lá dentro.

– Ela falou isso, é? Bem, ela não vai, nem nós. Agora vá cuidar dos seus assuntos. Já me cansou.

– Mas, Cãozinho, por que não? Não vai deixá-los? A garotinha disse que você ia construir um império!

– Não me importa o que ela disse... Como é que é? – Ele caminhou até Callia e a agarrou firmemente pelos cotovelos, os dedos afundando na carne macia. – O que ela contou?

– Você está me machucando. Não vou conseguir me lembrar se você continuar me olhando assim.

Ele a soltou e ela ficou massageando, em vão, as marcas vermelhas. Lady Callia se queixou:

– A garotinha me fez prometer que não iria contar.

– Que pena. Conte-me! *Agora*!

– Bem, ela disse que o Plano Seldon tinha mudado e que havia outra Fundação em algum lugar, que estava trabalhando para que você construísse um império. Isso é tudo. Ela disse que o sr. Munn era um cientista muito importante e que o palácio do Mulo teria provas de tudo isso. Isso é tudo que ela falou. Está bravo?

Mas Stettin não respondeu. Saiu do quarto, rapidamente, com o olhar bovino de Callia a acompanhá-lo. Duas ordens foram enviadas com o selo oficial do Primeiro Cidadão antes que uma hora se passasse. Uma teve como efeito o envio de quinhentas naves para o espaço naquilo que era oficialmente chamado de "treinamento de guerra". A outra teve como efeito confundir um homem.

Homir Munn interrompeu seus preparativos para viajar quando a segunda ordem chegou. Era, é claro, uma permissão oficial para entrar no palácio do Mulo. Ele leu várias vezes, com todos os sentimentos, menos alegria.

Mas Arcádia estava encantada. Ela sabia o que tinha acontecido.

Ou, naquele momento, achava que sabia.

14.
ANSIEDADE

Poli colocou o café da manhã na mesa, mantendo um olho no noticiário com os boletins do dia. Ela conseguia ler as notícias sem perder um pingo de eficiência. Como todos os itens de comida eram empacotados de forma esterilizada em embalagens que serviam como unidades descartáveis, seus deveres com o café da manhã consistiam em nada mais do que escolher o menu, colocar os itens na mesa e remover os resíduos ao final.

Ela deu um grito baixinho com o que viu, e gemeu enquanto se recordava.

– Oh, as pessoas são tão perversas – disse, e Darell simplesmente grunhiu em resposta.

Sua voz adotou o tom agudo que ela assumia sempre que ia falar do mal do mundo.

– Agora, por que esses terríveis kalganianos – ela acentuou a segunda sílaba e falou um longo "a" – fazem isso? Você acha que eles se preocupam com a paz. Mas não, é só problema, problema, todo o tempo. Agora, veja essa manchete: "Multidões Protestam na Frente do Consulado da Fundação". Oh, eu gostaria de falar umas poucas e boas para eles, se pudesse. É o problema com as pessoas; elas simplesmente não se lembram. Eles realmente *não* se lembram, dr. Darell... nenhuma memória. Veja a última guerra, depois que o Mulo morreu... é claro que eu era uma garotinha na época... e oh, a confusão e os problemas. Meu tio morreu, sendo que só tinha vinte e poucos anos e estava casado havia dois, com uma filhinha. Ainda me lembro dele... tinha o cabelo loiro e uma covinha no queixo. Tenho um cubo tridimensional dele em algum lugar... E agora essa garotinha tem um filho na marinha, e se algo acontecer... E tínhamos as patrulhas de bombardeio e todos os velhos se revezando na defesa estratosférica... eu podia imaginar o que eles poderiam ter feito se os kalganianos tivessem chegado até aqui. Minha mãe costumava contar às crianças sobre o racionamento de comida, os preços e os impostos. Um corpo nunca conseguia se alimentar direito... É de se imaginar que, se tivessem bom senso, as pessoas nunca iriam recomeçar algo assim. E acho que não são as pessoas que fazem isso, também; acho que até os kalganianos prefeririam sentar-se em casa com suas famílias e não se enfiar em naves e morrer. É aquele terrível homem, Stettin. É impressionante como deixam uma pessoa assim viver. Ele mata o velho... qual o nome dele... Thallos, e agora está querendo ser o chefe de tudo. E por que quer lutar conosco, não sei. Está destinado a perder... como sempre acontece. Talvez esteja tudo no Plano, mas, às vezes, tenho certeza de que deve ser um Plano horroroso para precisar de tanta luta e matança, apesar de que, para falar a verdade, eu não tenho nada a dizer sobre Hari Seldon, que, tenho certeza, sabe muito mais disso do que eu; e talvez eu seja uma tonta para questioná-lo. E a *outra* Fundação também tem culpa. *Eles* poderiam parar Kalgan *agora* e deixar tudo bem. Eles vão fazer isso no final, e deveriam fazer isso antes que haja qualquer problema.

O dr. Darell levantou a cabeça:

– Você disse algo, Poli?

Os olhos de Poli se abriram e depois se fecharam com raiva.

– Nada, doutor, nada mesmo. Não tenho nada a dizer. Alguém poderia morrer nesta casa que ninguém iria perceber. Ir para lá e para cá, tudo bem, mas é só tentar falar algo... – e ela saiu, batendo o pé.

Sua saída causou tão pouca impressão em Darell quanto seu discurso.

Kalgan! Besteira! Um mero inimigo físico! Sempre foram derrotados!

Mas ele não conseguia se desvincular da atual crise boba. Sete dias antes, o prefeito tinha pedido que ele fosse o Administrador de Pesquisa e Desenvolvimento. Ele tinha prometido responder hoje.

Bem...

Agitou-se. Por que ele? Mas poderia recusar? Pareceria estranho, e não ousava parecer estranho. Afinal, não se preocupava com Kalgan. Para ele, era somente outro inimigo. Sempre tinha sido.

Quando sua esposa estava viva, ele era muito feliz fugindo da missão; escondendo-se. Aqueles longos e silenciosos dias em Trantor, com as ruínas do passado protegendo-os! O silêncio de um mundo naufragado e o esquecimento de tudo!

Mas ela tinha morrido. Menos de cinco anos, ao todo, aquilo tinha durado; e depois, sabia que só poderia viver se lutasse contra aquele inimigo vago e assustador que o privara da dignidade humana, ao controlar seu destino; que tornava sua vida uma luta miserável contra um final predeterminado; que fazia com que todo o universo se transformasse em um jogo de xadrez odioso e letal.

Chame de sublimação; ele mesmo chamava assim – mas a luta dava sentido à sua vida.

Primeiro, na Universidade de Santanni, onde havia se juntado ao dr. Kleise. Foram cinco anos bem aproveitados.

Mas Kleise era apenas um coletor de dados. Ele não poderia ser bem-sucedido na tarefa real – e, quando Darell teve essa certeza, soube que era hora de ir embora.

Kleise pode ter trabalhado em segredo, mas precisaria ter homens trabalhando com e para ele. Tinha homens cujos cérebros sondava. Tinha uma Universidade que o apoiava. Tudo isso eram pontos fracos.

Kleise não conseguia entender isso; e ele, Darell, não conseguia explicar. Eles se tornaram inimigos. Estava bem; precisavam ser. Ele *tinha* de ir embora como se estivesse se rendendo – caso alguém estivesse observando.

Onde Kleise trabalhava com gráficos, Darell trabalhava com conceitos matemáticos nos recessos de sua mente. Kleise trabalhava com muitos; Darell, com ninguém. Kleise, em uma universidade; Darell, no silêncio de uma casa de subúrbio.

E ele estava quase lá.

Um membro da Segunda Fundação não é humano no que diz respeito a seu cérebro. O fisiólogo mais inteligente, o neuroquímico mais sutil não poderiam detectar nada – mas a diferença devia estar ali. E como a diferença estava na mente, era *lá* que deveria ser detectada.

Pegue um homem como o Mulo – e não havia dúvida de que os membros da Segunda Fundação tinham os poderes do Mulo, inatos ou adquiridos –, com o poder de detectar e controlar as emoções humanas; extraia disso o circuito eletrônico necessário e deduza os últimos detalhes do encefalograma por meio do qual a detecção desse poder seria inevitável.

E agora Kleise tinha voltado à sua vida, na figura desse ardente jovem seguidor, Anthor.

Tolo! Tolo! Com seus gráficos e tabelas de pessoas que tinham sido alteradas. Ele havia aprendido a detectar isso anos atrás, mas de que servia? Ele queria o braço; não a ferramenta. Mas tinha de concordar em se juntar a Anthor, já que esse era o caminho mais silencioso.

Assim como agora se tornaria Administrador de Pesquisa e Desenvolvimento. Era o caminho mais silencioso! E, então, mantinha a conspiração dentro da conspiração.

O pensamento em Arcádia o atrapalhou por um momento e ele o espantou. Se estivesse sozinho, isso nunca teria acontecido. Sozinho, ninguém estaria em perigo, a não ser ele mesmo. Sozinho...

Sentiu a raiva crescendo – contra o falecido Kleise, o vivo Anthor, todos os tolos bem-intencionados...

Bem, ela podia cuidar de si mesma. Era uma garota bem madura.

Ela podia cuidar de si mesma!

Era um sussurro em sua mente...

Mas podia mesmo?

No momento em que o dr. Darell se convencia, triste, de que ela conseguiria, Arcádia estava sentada na antessala, friamente austera, do Escritório Executivo do Primeiro Cidadão da Galáxia. Já estava sentada ali havia meia hora, seus olhos deslizando lentamente pelas paredes. Havia dois guardas armados na porta quando ela entrou com Homir Munn. Eles não tinham estado lá das outras vezes.

A menina estava sozinha, agora, mas sentia a hostilidade dos móveis da sala. Pela primeira vez.

Agora, por que isso?

Homir estava com lorde Stettin. Bem, havia algo de errado?

Isso a deixou furiosa. Em situações similares nos livros-filmes e nos vídeos, o herói previa a conclusão, estava preparado para o que viesse, e ela... ela só podia ficar sentada ali. *Qualquer coisa* podia acontecer. *Qualquer coisa*! E ela só ficava sentada ali.

Bom, vamos repassar tudo. Mais uma vez. De repente, podia surgir algo.

Por duas semanas, Homir tinha quase vivido dentro do palácio do Mulo. Ele a havia levado uma vez, com a permissão de Stettin. O palácio era grande e maciço de um jeito triste, afastando-se do toque da vida para dormir com suas memórias, respondendo aos passos com um estrondo oco ou um estrépito selvagem. Ela não tinha gostado dali.

Melhor as grandes e alegres avenidas da capital; os teatros e espetáculos de um mundo essencialmente mais pobre do que a Fundação, mas que gastava mais na aparência.

Homir voltava à noite, espantado...

– É um mundo de sonhos para mim – ele sussurrava. – Se eu pudesse enviar o palácio, pedra a pedra, camada a camada de espuma de alumínio. Se pudesse levá-lo para Terminus... Que grande museu daria.

Ele parecia ter perdido a relutância inicial. Em vez disso, estava ansioso; entusiasmado. Arcádia sabia disso por um sinal claro: ele praticamente não gaguejou durante todo o período.

Um vez, ele disse:

– Há resumos dos registros do general Pritcher...

– Eu o conheço. Ele foi um renegado da Fundação que procurou a Segunda Fundação por toda a Galáxia, não foi?

– Não exatamente um renegado, Arkady. O Mulo o converteu.

– Oh, é a mesma coisa.

– Galáxia, essa busca da qual você fala foi uma tarefa inútil. Os registros originais da Convenção de Seldon que estabeleceram as duas Fundações, há quinhentos anos, só fazem uma referência à Segunda Fundação. Eles dizem que ela está localizada "no outro extremo da Galáxia, no Fim da Estrela". Isso é tudo que o Mulo e Pritcher tinham para começar. Eles não tinham nenhum método para reconhecer a Segunda Fundação, mesmo se a encontrassem. Que loucura!

– Eles têm registros – ele estava falando sozinho, mas Arcádia ouvia, ansiosa – que devem cobrir quase mil mundos, mas o número de mundos disponíveis para estudo deve chegar perto de um milhão. E não estamos muito melhores...

– *Shhhhiiii* – Arcádia fez, ansiosa.

Homir congelou e se recuperou, em silêncio:

– Melhor não falar nisso – murmurou.

E agora, Homir estava com lorde Stettin e Arcádia esperava do lado de fora e sentia o coração apertado, sem motivo aparente. Isto era o que a deixava mais assustada: o fato de que parecia não haver razão.

Do outro lado da porta, Homir também estava vivendo em um mar de gelatina. Ele lutava, com intensidade furiosa, para não gaguejar e, é claro, por causa disso só conseguia falar claramente duas palavras de cada vez.

Lorde Stettin estava com seu uniforme completo em seu quase um metro e noventa de altura, o queixo grande soltava palavras duras. Seu punho fechado e arrogante marcava o ritmo poderoso de suas sentenças.

– Bem, você já teve duas semanas e não tem nada para me contar. Vamos, senhor, pode me contar o pior. Minha marinha será cortada em pedaços? Terei de lutar contra os fantasmas da Segunda Fundação bem como contra os homens da Primeira?

– Eu... eu repito, meu senhor, não sou um adi.. adi... adivinho. Eu... eu estou completamente... perdido.

– Ou você quer voltar para avisar seus conterrâneos? Para o espaço profundo com sua encenação! Quero a verdade, ou vou arrancá-la junto com metade das suas tripas.

– Eu estou fa... falando somente a verdade e terei de lem... lembrá-lo, meu s... senhor, que sou um cidadão da Fundação. O s... senhor não pode me tocar sem esperar m... m... mais do que pode enfrentar.

O Senhor de Kalgan riu muito alto:

– Uma ameaça de uma criança assustada. Um horror para repelir idiotas. Vamos, sr. Munn, já fui paciente com o senhor. Ouvi, por vinte minutos, enquanto o senhor detalhava besteiras sem sentido para mim, que deve ter passado várias noites inventando. Foi um esforço inútil. Sei que o senhor está aqui para varrer as cinzas mortas do Mulo e tirar algo daí... veio aqui para mais do que está admitindo. Não é verdade?

Homir Munn não conseguiu evitar o horror que crescia em seus olhos, naquele momento. Lorde Stettin viu isso e deu um tapa no ombro do homem da Fundação, de forma que ele e a cadeira onde estava sentado cambalearam com o impacto.

– Bom. Agora, vamos ser francos. Você está investigando o Plano Seldon. Sabe que ele não funciona mais. Sabe, talvez, que *eu* sou o vencedor inevitável agora; eu e meus herdeiros. Bem, homem, que importa quem vai estabelecer o Segundo Império, se ele for criado? A história não tem favoritos, certo? Está com medo de me contar? Veja que sei tudo sobre sua missão.

Munn disse de maneira densa:

– O que v... você q... quer?

– Sua presença. Não gostaria que o Plano desse errado por excesso de confiança. Você entende mais dessas coisas do que eu; pode detectar pequenos erros que eu poderia deixar passar. Vamos, você será recompensado no final;

terá uma parte justa do butim. O que espera da Fundação? Evitar uma derrota talvez inevitável? Prolongar a guerra? Ou é somente um desejo patriótico de morrer por seu país?

– E... eu... – ele finalmente ficou em silêncio. Não conseguia dizer mais nenhuma palavra.

– Você vai ficar – disse o Senhor de Kalgan, confiante. – Não tem escolha. Espere. – Um pensamento quase esquecido. – Tenho a informação de que sua sobrinha é da família de Bayta Darell.

Homir tomou um susto:

– Sim. – Ele não confiava mais em sua capacidade de mentir.

– É uma família notável na Fundação?

Homir concordou:

– E certamente não tolerariam que se... se fizesse algo de ruim contra eles.

– De ruim! Não seja bobo, homem; estou pensando exatamente no contrário. Quantos anos ela tem?

– Catorze.

– Isso! Bem, nem mesmo a Segunda Fundação ou o próprio Hari Seldon poderiam parar o tempo e evitar que as garotas virassem mulheres.

Com isso, ele se virou e se dirigiu a uma porta camuflada que se abriu violentamente.

Ele falou alto:

– Para quê, espaço!, você arrastou sua carcaça patética até aqui?

Lady Callia piscou para ele e disse num sussurro:

– Não sabia que estava com alguém.

– Bem, estou. Vou falar com você mais tarde sobre isso, mas agora vá embora, rápido.

Seus passos desapareceram no corredor.

Stettin voltou:

– Ela é uma reminiscência de um interlúdio que durou muito tempo. Vai acabar logo. Catorze, você disse?

Homir olhou para ele com o horror renovado.

Arcádia se assustou com a abertura silenciosa de uma porta – pulou com o barulho metálico do movimento que percebeu com o canto do olho. O dedo que a chamava ansiosamente não a fez se mover por algum tempo, mas, depois, como se fosse uma resposta à cautela reforçada pela visão daquela figura branca e trêmula, caminhou até a porta.

Seus passos eram como um sussurro no corredor. Era lady Callia, é claro, que apertava tanto sua mão que machucava e, por alguma razão, não via problema em segui-la. De lady Callia, pelo menos, ela não tinha medo.

Agora, por que tudo isso?

Elas estavam num quarto agora, todo cor-de-rosa e algodão-doce. Lady Callia ficou parada contra a porta.

– Esse era o nosso caminho particular para nos en... – ela disse. – Para o meu quarto, sabe, do escritório dele. Dele, você sabe – e apontou com o dedão, como se até pensar nele enchesse sua alma de medo.

– É tanta sorte... tanta sorte... – Suas pupilas dilatadas tinham escurecido o azul dos olhos.

– Pode me dizer... – começou Arcádia timidamente.

E Callia entrou em pânico.

– Não, criança, não. Não há tempo. Tire suas roupas. Por favor. Por favor. Vou lhe dar outras, e ninguém vai reconhecê-la.

Ela estava enfiada num armário, jogando peças inúteis no chão, procurando, desesperada, algo que a garota pudesse usar sem se tornar um convite aberto a cantadas.

– Aqui, isso serve. Tem de servir. Você tem dinheiro? Aqui, pegue tudo isso... e isso. – Ela estava tirando anéis e brincos. – Agora vá para casa... vá para sua Fundação.

– Mas Homir... meu tio – ela protestou em vão, através das coisas que estavam sendo colocadas em seus braços.

– Ele não vai partir. O Cãozinho irá deixá-lo aqui para sempre, mas você não deve ficar. Oh, querida, você não entende?

– Não – Arcádia forçou uma parada. – Eu *não* estou entendendo.

Lady Callia apertou as mãos.

– Você deve voltar para avisar seu povo de que haverá guerra. Não está claro isso? – O terror absoluto parecia, paradoxalmente, ter trazido uma lucidez a seus pensamentos e palavras, algo que parecia completamente estranho a ela. – Agora, venha!

Saindo por outro caminho! Passando por empregados que olhavam, mas não viam nenhuma razão para parar alguém que somente o Senhor de Kalgan poderia parar e seguir impune. Os guardas apresentavam armas enquanto elas cruzavam portas.

Arcádia respirou somente em algumas ocasiões durante essa viagem que pareceu durar anos – apesar de que, desde o momento em que viu o dedo branco até o momento em que chegou ao portão externo, com pessoas e barulho e trânsito a distância, só tinham se passado vinte e cinco minutos.

Ela olhou para trás com uma súbita pena amedrontada.

– Eu... eu... não sei por que você está fazendo isso, milady, mas obrigada... O que vai acontecer com o tio Homir?

– Não sei – lamentou a outra. – Vá logo embora. Direto para o espaçoporto. Não espere. Ele pode já estar procurando por você.

E mesmo assim Arcádia insistiu. Ela estava abandonando Homir; e, tardiamente, agora que sentia o ar fresco, tinha ficado com suspeitas:

– Mas o que isso importa para você?

– Não posso explicar para uma garotinha como você – Lady Callia mordeu o lábio e murmurou. – Seria impróprio. Bem, você vai crescer e eu... eu conheci o Cãozinho quando tinha dezesseis. Não posso deixar que isso aconteça com você, sabe. – Havia uma hostilidade meio envergonhada em seus olhos.

As implicações congelaram Arcádia.

– O que ele fará quando descobrir? – ela sussurrou.

– Não sei – queixou-se Callia e segurou a cabeça, enquanto corria de volta para a mansão do Senhor de Kalgan.

Mas por um eterno segundo Arcádia não se moveu, porque, naquele último momento, antes de lady Callia ir embora, a menina havia visto algo. Aqueles olhos amedrontados e desesperados tinham momentaneamente – apenas um instante – se acendido com uma velha alegria.

Uma alegria vasta e inumana.

Era muito para se ver em um breve lampejo de um par de olhos, mas Arcádia não tinha dúvida do que havia visto.

Ela estava correndo agora – correndo muito –, procurando loucamente por uma cabine pública livre, na qual pudesse pedir um transporte público.

Ela não estava fugindo de lorde Stettin; nem dele, nem de qualquer um que ele pudesse mandar segui-la – nem de todos seus vinte e sete mundos transformados em um único gigantesco fenômeno, fechando-se sobre ela.

Arcádia fugia de uma única e frágil mulher que a ajudara a escapar. De uma criatura que tinha lhe dado dinheiro e joias; que tinha arriscado sua vida para salvá-la. De uma entidade que ela sabia, com certeza, ser uma mulher da Segunda Fundação.

Um táxi-aéreo desceu suavemente. O vento de sua descida bateu no rosto de Arcádia e fez voar o cabelo debaixo do capuz que Callia lhe havia dado.

– Para onde vamos, senhorita?

Ela lutou, desesperadamente, para fazer uma voz mais velha.

– Quantos espaçoportos há na cidade?

– Dois. Para qual você quer ir?

– Qual é o mais próximo?

Ele olhou para ela:

– O Kalgan Central, senhorita.

– O outro, então, por favor. Tenho dinheiro.

Ela tinha uma nota de vinte kalganidos na mão. Mostrar a nota fez com que o taxista sorrisse apreciativamente.

– O que quiser, senhorita. Os táxis-aéreos levam para todos os lugares.

Ela esfriou o rosto no estofado um pouco malcheiroso. As luzes da cidade se moviam lentamente embaixo dela.

O que faria? *O que faria?*

Foi naquele momento que ela soube que era uma garotinha estúpida, *muito estúpida*, longe de seu pai e com medo. Seus olhos estavam cheios de lágrimas e, no fundo da garganta, havia um pequeno e silencioso grito que machucava.

Ela não tinha medo de que lorde Stettin a pegasse. Lady Callia cuidaria disso. Lady Callia! Velha, gorda, estúpida, mas cuidaria de seu senhor, de alguma forma. Oh, tudo tinha ficado tão claro, agora. *Tudo* estava claro.

Aquele chá com Callia, no qual ela tinha sido tão esperta. A espertinha Arcádia! Algo dentro dela a estrangulava com ódio de si mesma. Aquele chá tinha sido uma manobra, e então Stettin tinha, provavelmente, sido manobrado para que Homir pudesse inspecionar o palácio. *Ela*, a tonta Callia, queria isso, e fez com que a espertinha Arcádia desse uma desculpa, uma que não levantasse nenhuma suspeita na mente das vítimas e envolvesse um mínimo de interferência da parte dela.

Então, por que ela estava livre? Homir era prisioneiro, claro...

A menos...

A menos que ela voltasse para a Fundação como uma isca – uma isca para levar os outros para as mãos de.... *deles*.

Então, ela não devia voltar à Fundação...

– O espaçoporto, senhorita. – O táxi-aéreo tinha parado. Estranho! Ela nem tinha percebido.

Que mundo de sonhos era esse?

– Obrigada. – Ela entregou a nota sem ver o preço e, tropeçando, abriu a porta, saindo correndo pelo pavimento.

Luzes. Homens e mulheres despreocupados. Grandes painéis brilhantes, com os dedos que seguiam todas as espaçonaves que chegavam e partiam.

Aonde ela estava indo? Não importava. Só sabia que não iria para a Fundação! Qualquer outro lugar serviria.

Oh, graças a Seldon, por aquele momento esquecido – aquele último segundo quando Callia, cansada de interpretar porque estava só diante de uma criança, havia deixado seu regozijo aparecer.

E então, algo mais ocorreu a Arcádia, algo que se movia na base de seu cérebro desde que a fuga tivera início – algo que matou para sempre sua adolescência.

E ela sabia que *tinha* de escapar.

Isso, acima de tudo. Mesmo que localizassem todos os conspiradores da Fundação; mesmo que capturassem seu pai; ela não poderia, não ousaria, se arriscar a avisá-los. Ela não poderia arriscar a própria vida – de nenhuma forma –, nem por toda a riqueza de Terminus. Ela era a pessoa mais importante da Galáxia. Ela era a *única* pessoa importante na Galáxia.

Soube disso enquanto estava parada na frente da máquina de passagens e se perguntava para onde ir.

Porque em toda a Galáxia, ela, e somente ela – exceto *eles*, eles mesmos – sabia a localização da Segunda Fundação.

—— TRANTOR...

Pelo meio do Interregno, Trantor era uma sombra. No meio de suas ruínas colossais, vivia uma pequena comunidade de fazendeiros...

ENCICLOPÉDIA GALÁCTICA

15.
PELA GRADE

Não há nada, nunca houve nada parecido com um espaçoporto lotado na periferia da capital de um planeta populoso. Estão lá as grandes máquinas descansando, poderosas, em seus espaços. Se você escolher bem a hora, há a visão impressionante dos gigantes descendo para o descanso ou, algo ainda mais emocionante, a decolagem veloz das bolhas de aço. Todos os processos envolvidos são quase totalmente silenciosos. A força motriz é o surto silencioso de núcleons mudando para arranjos mais compactos...

Em termos de área, noventa e cinco por cento do porto é dedicado a isso. Quilômetros quadrados são reservados às máquinas e aos homens que cuidam delas, e para os calculadores que servem aos dois.

Somente cinco por cento do porto é entregue às ondas humanas, para quem esta é a estação de trânsito para todas as estrelas da Galáxia. É verdade que bem poucas cabeças param e consideram a malha tecnológica que liga os caminhos espaciais. Talvez algumas delas possam se impressionar ocasionalmente com o pensamento dos milhares de toneladas representados pelo aço aterrissando, que parece tão pequeno a distância. Um desses cilindros ciclópicos poderia, concebivelmente, perder o raio piloto e cair a um quilômetro do ponto de aterrissagem esperado – pelo teto de vidro da imensa sala de espera –, de forma que somente um vapor orgânico e algum fosfato em pó restassem para marcar o falecimento de milhares de homens.

Isso nunca poderia acontecer, no entanto, com os equipamentos de segurança em uso; e somente o pior neurótico consideraria seriamente essa possibilidade.

Então, no que *eles* pensam? Não é só uma multidão, vejam. É uma multidão com um objetivo. Esse objetivo paira sobre o lugar e deixa a atmosfera mais pesada. Formam-se filas; pais cuidam dos filhos; a bagagem é manobrada em massas precisas – as pessoas estão *indo* para algum lugar.

Considere então o completo isolamento psíquico de uma única unidade dessa multidão, com intenções perfeitamente definidas, que não sabe para onde ir; mas que sente, mais intensamente do qualquer um dos outros, a necessidade de ir para algum lugar; qualquer lugar! Ou quase qualquer lugar!

Mesmo sem telepatia ou qualquer um dos métodos grosseiramente definidos para uma mente tocar outra, há suficiente conflito na atmosfera, em humor intangível, que basta para levar ao desespero.

Basta? Transborda, encharca e afoga.

Arcádia Darell, vestida com roupas emprestadas, parada em um planeta emprestado em uma situação emprestada de uma vida que também parecia emprestada, queria ardentemente a segurança do útero. Ela não sabia que era isso o que queria. Ela só sabia que a própria abertura do mundo aberto era um grande perigo. Ela queria um ponto fechado em algum lugar... algum lugar distante... em algum canto inexplorado do universo... onde ninguém a procuraria.

E lá estava ela, pouco mais de catorze anos, cansada como se tivesse mais de oitenta, amedrontada como se tivesse menos de cinco.

Quais estranhos, entre as centenas que passavam por ela – tão próximos que lhes sentia o toque – eram da Segunda Fundação? Que estranho poderia não a ajudar, mas instantaneamente destruí-la por causa de seu conhecimento culpado – seu conhecimento único – de onde estava a Segunda Fundação?

E a voz que se dirigiu a ela foi como um trovão que gelou o grito em sua garganta.

– Ei, senhorita – disse a voz, irritada –, você vai usar a máquina ou vai ficar aí parada?

Só então ela percebeu que estava parada na frente da máquina de vender passagens. Você coloca uma nota de valor alto na abertura e ela some de vista. Você aperta o botão embaixo do seu destino e uma passagem sai, junto com o troco correto, tal como determinado pelo aparelho de escaneamento eletrônico que nunca erra. Era uma coisa bastante comum e não havia motivo para alguém ficar parado na frente dela por cinco minutos.

Arcádia enfiou uma nota de 200 créditos na abertura e, de repente, ficou consciente do botão marcado "Trantor". Trantor, capital morta do Império morto – o planeta no qual ela havia nascido. Ela apertou o botão como se sonhasse. Nada aconteceu, exceto que as letras vermelhas brilharam, mostrando 172,18... 172,18... 172,18...

Era a quantia que faltava. Outra nota de 200 créditos. A passagem foi emitida. Saiu fácil na mão dela e o troco caiu depois.

Ela o pegou e correu. Sentia o homem atrás dela chegando perto, ansioso por sua chance de usar a máquina, mas se livrou dele e não olhou para trás.

No entanto não havia nenhum lugar para onde fugir. Todos eram seus inimigos.

Sem perceber, ela estava olhando o sinal gigantesco e brilhante que flutuava no ar: *Steffani, Anacreon, Fermus...* Havia até mesmo um com *Terminus*, e ela queria muito segui-lo, mas não ousava...

Por uma pequena quantia, ela poderia ter alugado um notificador que estaria programado para qualquer destino que quisesse, e que, quando colocado em sua bolsa, seria ouvido somente por ela, quinze minutos antes da hora de embarque. Mas tais aparelhos eram para pessoas que estão razoavelmente seguras; que conseguem parar para pensar neles.

E então, tentando olhar para os dois lados simultaneamente, ela correu direto para uma barriga macia. Sentiu o gemido assustado e a falta de ar, e uma mão segurou seu braço. Ela se retorceu desesperada, mas não tinha ar para fazer mais do que soltar um pequeno gemido.

Seu captor segurou-a firmemente e esperou. Devagar, ela conseguiu olhar para ele. Era um pouco gordo e baixo. Seu cabelo era branco e abundante, penteado para trás, para dar um ar de nobreza que não combinava muito com o rosto redondo e rubro, que entregava sua origem campestre.

– Qual é o problema? – ele falou finalmente, com uma curiosidade franca. – Você parece amedrontada.

– Me desculpe – murmurou Arcádia, em pânico. – Preciso ir. Me perdoe.

Mas ele ignorou isso completamente e disse:

– Cuidado, garotinha. Vai deixar cair sua passagem. – Ele a tirou de seus dedos, que não resistiram, e olhou com muita satisfação.

– Eu imaginei – ele disse, e depois berrou com uma voz que parecia de um touro. – *Mama!*

Uma mulher estava quase instantaneamente a seu lado, um pouco mais baixa, um pouco mais redonda, um pouco mais vermelha. Ela enrolou uma mecha de cabelo grisalho e a enfiou embaixo de um chapéu fora de moda.

– Papa – ela disse, com voz reprovadora –, por que está gritando assim no meio da multidão? As pessoas ficam olhando como se você fosse louco. Acha que está na fazenda?

E ela sorriu para a calada Arcádia e acrescentou:

– Ele tem as maneiras de um urso. – E bruscamente: – Papa, solte a garotinha. O que está fazendo?

Mas Papa simplesmente entregou a passagem para ela:

– Veja – falou. – Ela está indo para Trantor.

O rosto de Mama se iluminou.

– Você é de Trantor? Solte o braço dela, estou dizendo, Papa.

A mulher deixou a mala lotada que estava carregando ao seu lado e forçou Arcádia a se sentar com uma pressão gentil, mas inflexível.

– Sente-se – disse. – E descanse um pouco os pés. Ainda vai demorar uma hora para a nave sair, e os bancos estão lotados com folgados dorminhocos. Você é de Trantor?

Arcádia deu um longo suspiro e desistiu. Com uma voz grave, falou:

– Nasci lá.

E Mama bateu palmas, feliz.

– Estamos aqui há um mês e até agora não tínhamos conhecido ninguém de lá. Isso é ótimo. Seus pais... – ela olhou ao redor.

– Não estou com meus pais – disse Arcádia, cuidadosa.

– Sozinha? Uma garotinha como você? – Mama falou, misturando indignação e simpatia. – Como pode?

– Mama – Papa bateu em seu ombro –, deixe-me falar. Há algo errado. Acho que ela está assustada. – Sua voz, embora tivesse a óbvia intenção de ser um sussurro, era plenamente audível para Arcádia. – Ela estava correndo... eu a observei... e nem olhava para onde estava indo. Antes que pudesse sair do caminho, ela se chocou comigo. E sabe o quê? Acho que ela está com problemas.

– Então fique quieto, Papa. Em você, qualquer um poderia se chocar. – Mas ela se sentou junto com Arcádia na mala, que afundou um pouco sob o peso extra, e colocou um braço ao redor do ombro trêmulo da menina. – Você está fugindo de alguém, minha querida? Não fique com medo de me contar. Eu vou ajudá-la.

Arcádia olhou para os gentis olhos cinzentos da mulher e sentiu seus lábios tremendo. Uma parte de seu cérebro dizia que aqui estavam pessoas de Trantor, com quem ela poderia viajar, que poderiam ajudá-la a permanecer no planeta até que pudesse decidir o que fazer em seguida, para onde ir. E outra parte de seu cérebro, muito mais alta, falava incoerentemente que ela não se lembrava de sua mãe, que ela estava mortalmente cansada de lutar contra o universo, que só queria ser abraçada por braços fortes e gentis, que, se sua mãe estivesse viva, ela poderia... poderia...

E, pela primeira vez naquela noite, ela estava chorando; chorando como um bebê e feliz por isso; agarrada ao vestido fora de moda e molhando-o por completo em um canto, enquanto braços macios a seguravam e uma mão gentil acariciava seu cabelo.

Papa ficou olhando para a dupla sem saber o que fazer, procurando inutilmente um lenço que, quando encontrado, foi arrancado de sua mão. Mama lançou-lhe um olhar de advertência. As multidões passavam pelo pequeno grupo com a verdadeira indiferença das multidões desconectadas em todos os lugares. Eles estavam, para todos os efeitos, sozinhos.

Finalmente, o choro se tornou um soluço e Arcádia deu um sorriso fraco enquanto limpava os olhos vermelhos com o lenço.

– Que coisa – ela sussurrou –, eu...

– *Shhhi. Shhhi*. Não fale – disse Mama –, só fique sentada e descanse um pouco. Recupere o fôlego. Depois nos conte o que está errado e, vai ver, vamos resolver e ficará tudo bem.

Arcádia juntou o que sobrava de sua esperteza. Ela não podia contar a verdade. Não poderia contar para ninguém... E estava muito cansada para contar uma mentira que prestasse. Falou, com um sussurro:

– Estou melhor, agora.

– Bom – disse Mama. – Agora, diga-me por que está em apuros. Fez algo errado? É claro, não importa o que fez, vamos ajudá-la; mas diga a verdade.

– Por uma amiga de Trantor, qualquer coisa – acrescentou Papa, expansivo. – Não, Mama?

– Cale a boca, Papa – foi a resposta, sem rancor.

Arcádia estava vasculhando sua bolsa. Isso, pelo menos, ainda era dela, apesar da rápida troca de roupas forçada nos aposentos de lady Callia. Ela encontrou o que estava procurando e entregou a Mama.

– Esses são meus documentos – falou, timidamente. Era um papel brilhante e sintético que lhe havia sido dado pelo embaixador da Fundação no dia de sua chegada, e que tinha sido assinado pelo funcionário kalganiano apropriado. Era largo, rebuscado e impressionante. Mama olhou para ele sem entender e passou para Papa, que absorveu seu conteúdo com um tremor impressionante dos lábios.

– Você é da Fundação? – ele perguntou.

– Sim. Mas nasci em Trantor. Veja que...

– Ahã. Parece que está tudo bem. Seu nome é Arcádia, certo? É um bom nome trantoriano. Mas onde está seu tio? Aqui diz que você veio na companhia de Homir Munn, tio.

– Ele foi preso – disse Arcádia, com voz triste.

– Preso! – disseram, os dois ao mesmo tempo. – Por quê? – perguntou Mama. – Ele fez alguma coisa?

– Não sei. – A menina balançou a cabeça. – Estávamos só visitando. Tio Homir tinha negócios a resolver com lorde Stettin, mas... – ela não precisou se esforçar para fingir um calafrio. Era verdadeiro.

Papa estava impressionado.

– Com lorde Stettin. Hummmm, seu tio deve ser um homem importante.

– Não sei sobre o que era, mas lorde Stettin queria que *eu* ficasse... – Ela estava lembrando as últimas palavras de lady Callia, que tinham sido parte de uma peça interpretada para enganá-la. Como Callia, agora ela sabia, era uma especialista, a história poderia colar de novo.

Ela fez uma pausa e Mama perguntou, interessada:

– E por que você?

– Não tenho certeza. Ele... ele queria jantar sozinho comigo mas eu disse não, porque queria que o tio Homir estivesse junto. Ele me olhou de um jeito estranho e ficou segurando meu ombro.

A boca de Papa estava um pouco aberta, mas Mama ficou subitamente vermelha e brava:

– Quantos anos você tem, Arcádia?

– Catorze e meio, quase.

Mama deu um suspiro fundo e disse:

– É incrível que deixem esse tipo de pessoa viver. Os cães de rua são melhores. Você está fugindo dele, querida, não está?

Arcádia assentiu.

– Papa, vá direto para Informações e descubra exatamente quando a nave para Trantor estará no portão – disse Mama. – Rápido!

Mas Papa deu um passo e parou. Palavras metálicas estavam saindo fortes dos alto-falantes e cinco mil pares de olhos se voltaram, assustados, para cima.

– Homens e mulheres – disse a voz, com força. – O espaçoporto será vasculhado em busca de uma perigosa fugitiva e está cercado. Ninguém pode entrar ou sair. A busca será, no entanto, realizada rapidamente e nenhuma nave pousará ou deixará o lugar durante o intervalo, então ninguém perderá sua nave. Repito, ninguém perderá sua nave. A grade irá descer. Nenhum de vocês poderá se mover para fora do seu quadrado até que a grade seja removida, ou seremos forçados a usar nossos chicotes neurônicos.

Durante o minuto, ou menos, no qual a voz dominou o vasto domo da sala de espera do espaçoporto, Arcádia não conseguiu se mover, como se todo o mal na Galáxia tivesse se concentrado em uma bola e saltado sobre ela.

Só podiam estar falando dela. Não era nem necessário formular a ideia. Mas por quê...

Callia tinha armado sua fuga. E Callia era da Segunda Fundação. Por que, então, a busca agora? Callia tinha falhado? Callia *podia* falhar? Ou isso era parte do plano, cujas complicações ela não conseguia entender?

Por um momento vertiginoso, ela quis pular e gritar que desistia, que ela iria com eles, que... que...

Mas a mão de Mama estava em seu pulso.

– Rápido! Rápido! Vamos para o banheiro feminino antes que comecem.

Arcádia não entendeu. Ela simplesmente seguiu sem questionar. Elas se esgueiravam pela multidão, congelada em pequenos aglomerados, com a voz ainda retumbando suas últimas palavras.

A grade já estava descendo e Papa, com a boca aberta, olhava-a. Ele tinha ouvido e lido sobre ela, mas nunca vira o objeto em si. Ela brilhava no alto, somente uma série de feixes de radiação estreitos e cruzados que fazia o ar brilhar, em uma rede inofensiva de luzes piscantes.

Era sempre arranjada de forma a vir lentamente de cima, com o objetivo de representar uma rede caindo, com todas as terríveis implicações psicológicas de ser preso em uma armadilha.

Estava no nível da cintura agora, três metros separando as linhas brilhantes em cada direção. Em seus nove metros quadrados, Papa estava sozinho, mas os quadrados próximos estavam lotados. Ele sentiu que, isolado, chamava atenção, mas sabia que tentar se mover para o anonimato maior de um grupo significaria cruzar as linhas brilhantes, disparando um alarme e atraindo o chicote neurônico.

Ele esperou.

Conseguia ver, por sobre as cabeças da multidão quieta e na espera, a agitação distante que era a linha de policiais cobrindo a vasta área, quadrado iluminado por quadrado iluminado.

Passou um bom tempo antes que um uniforme pisasse dentro de seu quadrado e cuidadosamente anotasse suas coordenadas num caderno oficial.

– Documentos!

Papa os entregou e eles foram examinados de forma profissional.

– Você é Preem Palver, nativo de Trantor, em Kalgan há um mês, voltando a Trantor. Responda sim ou não.

– Sim, sim.

– O que veio fazer em Kalgan?

– Sou o representante comercial de nossa cooperativa. Vim negociar com o Departamento de Agricultura de Kalgan.

– Hã, hã. Sua esposa está com você? Onde está? Ela aparece em seus documentos.

– Por favor. Minha esposa está no... – ele apontou.

– Hanto – chamou o policial. Outro uniformizado se juntou a ele.

O primeiro disse, seco:

– Outra dama no banheiro, pela Galáxia. O lugar deve estar explodindo com tantas. Anote o nome dela. – Ele indicou o campo nos documentos.

– Mais alguém com você?

– Minha sobrinha.

– Ela não aparece nos documentos.

– Veio separadamente.

– Onde está? Não importa, já sei. Escreva o nome da sobrinha, também, Hanto. Qual é o nome dela? Escreva Arcádia Palver. Fique aqui, Palver. Vamos cuidar das mulheres antes de irmos.

Papa aguardou, numa espera interminável. E então, muito tempo depois, Mama surgiu marchando em sua direção, a mão de Arcádia firmemente na dela, os dois policiais logo atrás.

Eles entraram no quadrado de Papa e um deles disse:

– Essa velha barulhenta é a sua esposa?

– Sim, senhor – disse Papa, apaziguador.

– Então é melhor avisá-la de que pode ter problemas se continuar falando assim com a polícia do Primeiro Cidadão. – Ele endireitou os ombros, com raiva. – Essa é sua sobrinha?

– Sim, senhor.

– Quero os documentos dela.

Olhando direto para seu marido, Mama balançou a cabeça, de forma quase imperceptível, mas vigorosa.

Uma curta pausa e Papa disse, com um sorriso fraco:

– Acho que não posso fazer isso.

– O que quer dizer com não pode? – O policial esticou a mão. – Entregue-os para mim.

– Imunidade diplomática – disse Papa, calmamente.

– O que quer dizer?

– Disse que sou representante comercial de minha cooperativa. Estou credenciado junto ao governo kalganiano como um representante estrangeiro, e meus documentos provam isso. Mostrei-os ao senhor, e agora não quero mais ser incomodado.

Por um momento, o policial ficou desconcertado.

– Preciso ver seus documentos. São ordens.

– Vão embora – falou Mama, de repente. – Quando quisermos vocês, nós os chamaremos seus, seus... seus *vagabundos*.

O policial mordeu os lábios.

– Fique de olho neles, Hanto. Vou buscar o tenente.

– Boa sorte! – falou Mama quando ele se virou. Alguém riu, mas parou de repente.

A busca estava se aproximando do fim. A multidão ficava cada vez mais impaciente. Quarenta e cinco minutos tinham se passado desde que a grade começara a descer, e isso era muito tempo, para todos os efeitos. O tenente Dirige abriu caminho com pressa, portanto, rumo ao centro da multidão.

– Essa é a garota? – ele perguntou, cansado. Olhou para ela que, obviamente, combinava com a descrição. Tudo isso por uma criança.

– Os documentos dela, por favor? – pediu.

– Eu já expliquei... – começou Papa.

– Sei o que o senhor explicou, e peço perdão – disse o tenente –, mas tenho minhas ordens e não posso mudá-las. Se o senhor quiser, pode protestar depois. Enquanto isso, se necessário, devo usar a força.

Houve uma pausa e o tenente esperou, pacientemente.

Então Papa falou, firme:

– Dê-me seus documentos, Arcádia.

Ela balançou a cabeça, em pânico, mas Papa disse:

– Não tenha medo. Entregue-os para mim.

Indefesa, ela entregou os documentos, que mudaram de mãos. Papa os abriu e olhou cuidadosamente, depois os entregou. O tenente, por sua vez, olhou cuidadosamente. Por um longo momento, ele levantou os olhos e mirou Arcádia. Depois fechou a caderneta.

– Tudo em ordem – falou. – Certo, homens.

Ele saiu e, em dois minutos, talvez um pouco mais, a grade tinha desaparecido e a voz no alto sinalizou a volta ao normal. O barulho da multidão, repentinamente liberada, ergueu-se.

– Como... como... – disse Arcádia.

– *Shiii*. Não diga nada – falou Papa. – Melhor entrarmos na nave. Ela já vai estar na plataforma.

Eles entraram na nave. Tinham uma cabine privativa e uma mesa na sala de jantar. Dois anos-luz já os separavam de Kalgan e Arcádia finalmente ousou trazer o assunto novamente.

– Mas eles *estavam* atrás de mim, sr. Palver – ela falou –, e eles deviam ter minha descrição e todos os detalhes. Por que ele me deixou ir?

E Papa abriu um grande sorriso sobre seu rosbife.

– Bem, Arcádia, minha criança, foi fácil. Quando você está lidando com agentes, compradores e concorrentes, aprende alguns truques. Em vinte anos, aprendi alguns. Veja, criança, quando o tenente abriu seus documentos, encontrou uma nota de quinhentos créditos dentro, bem dobrada. Simples, não?

– Vou lhe pagar... Sério, tenho bastante dinheiro.

– Bem... – O rosto largo de Papa deu um sorriso embaraçado, ao recusar. – Para uma garota do campo...

Arcádia desistiu.

– Mas e se ele tivesse ficado com o dinheiro e me prendido do mesmo jeito? E ainda o acusado de suborno?

– E desistir de quinhentos créditos? Conheço essa gente melhor do que você, garota.

Mas Arcádia sabia que ele *não* conhecia as pessoas melhor. Não *essas* pessoas. Em sua cama aquela noite, ela pensou cuidadosamente e *sabia* que nenhum suborno teria impedido um tenente de prendê-la, a menos que isso tivesse sido planejado. Eles *não* queriam capturá-la, mas tinham feito toda a pantomima.

Por quê? Para garantir que ela fosse embora? E para Trantor? Será que o casal obtuso e de bom coração com quem estava agora era apenas um instrumento nas mãos da Segunda Fundação, tão indefesos quanto ela mesma?

Eles devem ser!

Ou não?

Tudo era tão inútil. Como poderia lutar contra eles? Qualquer coisa que fizesse, poderia ser exatamente o que aqueles terríveis onipotentes queriam.

Mas precisava enganá-los. Precisava. Precisava! *Precisava!*

16.
COMEÇO DA GUERRA

Por razão ou razões desconhecidas para os membros da Galáxia no momento da era em questão, a Hora-padrão Intergaláctica define sua unidade fundamental, o segundo, como o tempo no qual a luz viaja 299.776 quilômetros; 86.400 segundos são definidos, arbitrariamente, como um Dia-padrão Intergaláctico; e 365 desses dias formam um Ano-padrão Intergaláctico.

Por que 299.776? Ou 86.400? Ou 365?

Tradição, dizem os historiadores, num raciocínio circular. Por causa de certas e várias relações numéricas misteriosas, dizem os místicos, ocultistas, numerólogos, metafísicos. Porque o planeta natal da humanidade tinha certos períodos naturais de rotação e revolução, dos quais essas relações poderiam ser derivadas, dizem uns poucos.

Ninguém realmente sabia.

Mesmo assim, a data em que o cruzador da Fundação, o *Hober Mallow*, encontrou o esquadrão kalganiano, liderado pelo *Destemido*, e que foi destruído depois de recusar autorização para que uma equipe de busca subisse a bordo, era 185; 11692 E.G. Quer dizer, era o 185º dia do 11.692º ano da Era Galáctica, que começara a ser contada com a ascensão do primeiro imperador da tradicional dinastia Kamble. Era também 185; 455 E.S. – se contarmos desde o nascimento de Seldon – ou 185; 376 E.F. – se contados desde o estabelecimento da Fundação. Em Kalgan, era 185; 76 P.C. – porque contavam desde o estabelecimento do posto de Primeiro Cidadão pelo Mulo. Em cada caso, é claro, por conveniência, o ano era arrumado para coincidir com o dia, independente do dia real em que a era havia começado.

E, além disso, para todos os milhões de mundos da Galáxia, havia milhões de horas locais, baseadas no movimento de cada vizinhança celeste particular.

Mas qualquer um que se escolher, 185; 11692-455-376-76, será o dia que os historiadores, mais tarde, apontariam como o começo da guerra stettiniana. No entanto, para o dr. Darell, não era nenhum desses. Era simples e precisamente o trigésimo segundo dia desde que Arcádia tinha saído de Terminus.

O que custava a Darell manter-se firme por esses dias não era óbvio para todos.

Mas Elvett Semic achava que podia adivinhar. Ele era um velho e gostava de dizer que seus neurônios tinham se calcificado a ponto de tornar seus processos mentais rígidos e pouco maleáveis. Ele estimulou e quase deu boas-vindas à subestimação universal de suas capacidades decadentes, ao ser o primeiro a rir delas. Mas seus olhos não pareciam nem um pouco apagados; sua mente não deixara de ser experiente e sábia, só porque não era mais tão ágil.

Semic simplesmente torceu os lábios e disse:

– Por que você não faz algo a respeito?

O som foi um choque para Darell, que estremeceu. Ele disse, mal-humorado:

– Onde estávamos?

Semic o mirou com olhos fundos:

– Você deveria fazer algo a respeito da menina. – Seus dentes, amarelos e esparsos, apareciam numa boca que estava aberta, inquisitorialmente.

Mas Darell respondeu, frio:

– A questão é: dá para conseguir um Ressonador Symes-Molff na escala necessária?

– Bem, eu disse que sim e você não estava ouvindo...

– Desculpe, Elvett. É assim. O que estamos fazendo agora pode ser mais importante para todos, na Galáxia, do que o problema da segurança de Arcádia. Pelo menos, para todos menos para Arcádia e para mim, e quero seguir a maioria. Que tamanho deveria ter o Ressonador?

– Não sei – Semic parecia duvidar. – Você pode descobrir em algum dos catálogos.

– Qual tamanho? Uma tonelada? Meio quilo? Um quarteirão de largura?

– Oh, pensei que você queria o tamanho exato. É um dedal. – Ele indicou a primeira junta do polegar. – Desse tamanho.

– Certo. Você consegue fazer algo assim? – Ele desenhou rapidamente sobre o bloco que tinha no colo, depois passou para o velho físico, que deu uma olhada duvidosa, depois riu.

– Sabe, o cérebro fica calcificado quando se está tão velho. O que você está tentando fazer?

Darell hesitou. Ele ansiava desesperadamente, no momento, pelo conhecimento físico guardado no cérebro do outro, pois assim não precisaria se expressar em palavras. Mas a ansiedade era inútil, e ele explicou.

Semic balançou a cabeça.

– Você precisaria de hipertransmissores. As únicas coisas que seriam rápidas o suficiente. Muitos deles.

– Mas pode ser construído?

– Bem, claro.

– Você conseguiria todas as peças? Quero dizer, sem causar muitos comentários, junto com seu trabalho geral?

Semic levantou o lábio superior.

– Se consigo cinquenta hipertransmissores? Não usaria tantos em toda a minha vida.

– Estamos num projeto de defesa, agora. Não consegue pensar em algo inofensivo para o qual ele serviria? Temos o dinheiro.

– Hummm. Talvez consiga pensar em algo.

– Qual o menor tamanho com que você consegue fazer o aparelho?

– Hipertransmissores podem ser micros... fios... chips... Pelo espaço, você tem algumas centenas de circuitos aqui.

– Eu sei. De que tamanho?

Semic indicou com as mãos.

– Muito grande – disse Darell. – Preciso colocá-lo no meu cinto.

Devagar, ele estava amassando seu esboço até chegar a uma bola bem apertada. Quando parecia uma uva amarela e dura, ele o jogou no cinzeiro e, com o brilho esbranquiçado da decomposição molecular, a bolinha desapareceu.

– Quem está na porta? – perguntou.

Semic se inclinou sobre a mesa, na direção da pequena tela branca sobre o sinal da porta.

– O jovem Anthor – falou. – Alguém com ele, também.

Darell empurrou a cadeira.

– Não fale nada sobre isso para os outros, Semic, ainda. É um conhecimento letal, se *eles* descobrirem, e duas vidas em risco já bastam.

Pelleas Anthor era um vórtex pulsante de atividade no escritório de Semic, que, de alguma forma, partilhava da idade avançada de seu ocupante. Na lenta rigidez da sala silenciosa, as mangas soltas da túnica de Anthor pareciam ainda tremer com o vento externo.

– Dr. Darell, dr. Semic... – ele falou. – Orum Dirige.

O outro homem era alto. Um longo nariz reto que emprestava ao rosto uma aparência melancólica. O dr. Darell estendeu a mão.

Anthor sorriu ligeiramente.

– Tenente da Polícia Dirige – ele complementou significativamente –, de Kalgan.

E Darell se virou para olhar com força para o jovem.

– Tenente de Polícia Dirige de Kalgan – ele repetiu, claramente. – E você o traz aqui. Por quê?

– Porque ele foi o último homem em Kalgan a ver sua filha. Calma, homem.

O olhar de triunfo de Anthor transformou-se, subitamente, em preocupação, e ele estava entre os dois, lutando violentamente com Darell. Devagar, e não muito gentilmente, forçou o homem mais velho a se sentar.

– O que você está tentando fazer? – Anthor tirou um pedaço da franja da testa, sentou-se sobre a mesa e balançou uma perna, pensativo. – Pensei que lhe trazia boas notícias.

Darell perguntou direto ao policial:

– O que ele quer dizer com o último homem a ver minha filha? Ela está morta? Por favor, diga-me logo. – Seu rosto estava branco e apreensivo.

O tenente Dirige disse, com o rosto inexpressivo:

– "Último homem em Kalgan" foi a frase. Ela não está mais em Kalgan. Não tenho nenhum conhecimento do que aconteceu depois.

– Aqui – interrompeu Anthor –, deixe-me explicar. Perdão se exagerei no drama, doutor. Em primeiro lugar, o tenente Dirige é um dos nossos. Ele nasceu em Kalgan, mas seu pai era da Fundação, levado para aquele planeta para servir ao Mulo. Eu garanto a lealdade do tenente para com a Fundação. Agora, entrei em contato com ele um dia depois de pararmos de receber o informe diário de Munn...

– Por quê? – interrompeu Darell, feroz. – Pensei que tínhamos decidido que não faríamos nenhuma jogada. Você estava arriscando a vida deles, e as nossas.

– Porque – foi a resposta, igualmente feroz – estou envolvido nesse jogo há mais tempo do que você. Porque tenho certos contatos em Kalgan, dos quais você nada sabe. Porque ajo com conhecimento de causa, entende?

– Acho que você está completamente louco.

– Vai me ouvir?

Uma pausa, e os olhos de Darell se abaixaram.

Os lábios de Anthor se moveram num meio sorriso.

– Certo, doutor. Dê-me uns poucos minutos. Conte, Dirige.

– Até onde sei, dr. Darell – Dirige falou com uma voz tranquila –, sua filha está em Trantor. Pelo menos, ela tinha uma passagem para Trantor no Espaçoporto Oriental. Ela estava com um representante comercial daquele planeta, que dizia que era sua sobrinha. Sua filha parece ter uma estranha coleção de parentes, doutor. Foi o segundo tio em um período de duas semanas, não? O trantoriano até tentou me subornar. Provavelmente, acha que foi assim que conseguiu fugir. – Ele sorriu com amargura ao pensamento.

– Como estava?

– Não estava machucada, até onde pude ver. Amedrontada. Não a culpo. Todo o departamento estava em sua captura. Ainda não sei o motivo.

Darell respirou pelo que parecia ser a primeira vez em vários minutos. Estava consciente do tremor em suas mãos, e as controlava com esforço.

– Então, ela está bem. Esse representante comercial, quem era ele? Volte a ele. Que papel ele tem nisso tudo?

– *Eu* não sei. Você sabe algo sobre Trantor?

– Já vivi lá.

– Agora é um mundo agrícola. Exporta forragem de animal e grãos, principalmente. Alta qualidade! Eles vendem por toda a Galáxia. Há uma ou duas dúzias de cooperativas agrícolas por todo o planeta, e cada uma tem representantes no exterior. Uns malditos astutos, também... Eu conhecia os registros desse. Ele já tinha estado em Kalgan antes, geralmente com a esposa. Completamente honesto. Completamente inofensivo.

– Hu-hum – disse Anthor. – Arcádia nasceu em Trantor, não foi, doutor?

Darell assentiu.

– Isso se explica, vejam. Ela queria ir embora... depressa e para longe... e Trantor era uma sugestão muito forte. *Vocês* não acham?

– Por que não voltar para cá? – disse Darell.

– Talvez ela estivesse sendo perseguida e achasse que deveria tentar despistar, não?

O dr. Darell não tinha vontade de perguntar mais. Bem, então, deixem-na segura em Trantor, ou tão segura quanto se poderia estar nessa Galáxia escura e horrível. Ele caminhou até a porta, sentiu o toque leve de Anthor em seu braço e parou, mas não se virou.

– Se importa que eu vá para casa com o senhor, doutor?

– Claro que não – foi a resposta automática.

À noite, os aspectos mais exteriores da personalidade do dr. Darell, aqueles que faziam contato imediato com as outras pessoas, tinham se consolidado uma vez mais. Ele tinha se recusado a jantar e voltara, com uma insistência febril, aos lentos avanços da matemática intricada da análise encefalográfica.

Foi só perto da meia-noite que ele voltou à sala de estar.

Pelleas Anthor ainda estava lá, brincando com os controles do vídeo. Os passos às suas costas fizeram com que olhasse por sobre o ombro.

– Oi. Ainda não está na cama? Estou há horas olhando o vídeo, tentando encontrar algo diferente nesses boletins. Parece que o *N.F. Hober Mallow* perdeu o curso e não foi mais contatado.

– Sério? Do que eles suspeitam?

– O que você acha? Alguma maldade kalganiana? Há informes de que naves kalganianas foram vistas no setor do espaço no qual o *Hober Mallow* foi contatado pela última vez.

Darell deu de ombros, e Anthor esfregou a testa, em dúvida.

– Ouça, doutor – falou. – Por que você não vai para Trantor?

– Por que deveria?

– Porque você não serve para nós aqui. Não está na sua melhor forma. Não poderia estar. E cumpriria um propósito ao ir para Trantor, também. A velha Biblioteca Imperial com os registros completos dos Procedimentos da Comissão Seldon estão lá...

– Não! A Biblioteca foi revirada, e não ajudou ninguém.

– Ajudou Ebling Mis, uma vez.

– Como você sabe? Sim, ele *disse* que encontrou a Segunda Fundação e minha mãe o matou cinco segundos mais tarde, como a única forma de evitar que revelasse, sem perceber, sua localização ao Mulo. Mas, ao fazer isso, ela também, você entende, impediu até mesmo que soubéssemos se Mis realmente *sabia* a localização. Afinal, mais ninguém foi capaz de deduzir a verdade a partir dos registros.

– Ebling Mis, se você se lembrar, estava trabalhando sob o impulso condutor da mente do Mulo.

– Sei disso, também, mas a mente de Mis estava, por causa disso, trabalhando em um estado anormal. Nós dois sabemos algo sobre as propriedades de uma mente sob o controle emocional de outro; sobre suas capacidades e defeitos? De qualquer forma, não vou para Trantor.

Anthor franziu a testa.

– Bem, por que a veemência? Eu meramente sugeri... bom, pelo espaço, não o entendo. Parece dez anos mais velho. Está, obviamente, passando por um momento horrível. Não está fazendo nada valioso aqui. Se fosse você, iria atrás da menina.

– Exatamente! É o que quero fazer, também. *É por isso que não vou*. Veja, Anthor, e tente entender. Você está jogando... nós dois estamos jogando... com algo completamente além da nossa capacidade de combate. Mantenha o sangue-frio, se for capaz, saberá que é assim, apesar desses arroubos de quixotismo. Por cinquenta anos, soubemos que a Segunda Fundação é a descendente verdadeira e pupila da matemática seldoniana. O que isso significa, e você sabe disso também, é que nada na Galáxia acontece que não faça parte do cálculo deles. Para nós, toda a vida é uma série de acidentes, a ser enfrentada com improvisações. Para eles, toda vida tem um propósito e deve ser enfrentada com cálculos antecipados. Mas tem suas fraquezas. O trabalho deles é estatístico e somente a ação da humanidade é verdadeiramente inevitável. Agora, como *eu* faço a minha parte, como indivíduo, no curso previsto da história, não sei. Talvez não tenha um papel definido, já que o Plano permite a indeterminação e o livre-arbítrio dos indivíduos. Mas sou importante e eles... *eles*, você entende... podem, pelo menos, ter calculado minha provável reação. Então, desconfio de meus impulsos, meus desejos, minhas prováveis reações. Devo, no entanto, responder a eles com uma reação *improvável*. Vou ficar aqui, apesar de querer desesperadamente partir. Não! *Porque* quero desesperadamente partir.

O homem mais jovem sorriu, amargo.

– Você não conhece sua mente tão bem quanto *eles* podem conhecer. Suponha que... conhecendo você... eles possam contar com o que você acha, meramente *acha*, que seja a reação improvável, simplesmente sabendo, antecipadamente, qual seria sua linha de raciocínio.

– Nesse caso, não há como escapar. Porque se eu seguir o raciocínio que você sublinhou e for para Trantor, eles podem prever isso, também. Há um ciclo infinito de deduzo-que-deduzem-que-deduzo... Não importa até onde siga nesse ciclo, só posso ir ou ficar. A peça intricada de arrastar minha filha por meio da Galáxia não pode ter o sentido de me obrigar a ficar onde estou. Já deveria certamente ter ficado, se não tivessem feito nada. Só pode ser para fazer com que me mova, então vou ficar. Além disso, Anthor, nem tudo está ligado à Segunda Fundação; nem todos os eventos são resultado de suas manobras. Eles podem não ter tido nada a ver com a fuga de Arcádia, e ela poderá estar segura em Trantor, quando todos nós estivermos mortos.

– Não – disse Anthor, duro. – Agora você está exagerando.

– Você tem uma interpretação alternativa?

– Tenho, se quiser ouvir.

– Oh, vá em frente. Não me falta paciência.

– Bom, então... quanto você conhece sua filha?

– Quanto um indivíduo pode conhecer outro? Obviamente, meu conhecimento é inadequado.

– Da mesma forma é o meu, nesse sentido, talvez ainda mais... mas, pelo menos, eu consigo vê-la com um olhar mais puro. Item um: ela é uma pequena romântica feroz, a filha única de um acadêmico recluso, crescendo num mundo irreal de aventuras em vídeo ou livro-filme. Ela vive em uma estranha fantasia pessoal de espionagem e intriga. Item dois: ela é inteligente; o suficiente para nos enganar, de qualquer forma. Ela planejou cuidadosamente a espionagem da nossa primeira conferência e conseguiu. Ela planejou cuidadosamente a viagem para Kalgan com Munn e conseguiu. Item três: ela tem uma adoração profana pela heroína que foi sua avó... a sua mãe, doutor... que derrotou o Mulo. Estou certo até aqui, não? Tudo bem, então. Agora, ao contrário de você, recebi um relatório completo do tenente Dirige e, além disso, minhas fontes em Kalgan são bastante completas e todas as fontes concordam entre si. Sabemos, por exemplo, que Homir Munn, em conferência com o Senhor de Kalgan, teve sua admissão ao palácio do Mulo recusada, e que essa recusa mudou subitamente depois que Arcádia falou com lady Callia, uma grande amiga do Primeiro Cidadão.

– E como você sabe de tudo isso? – Darell interrompeu.

– Por um lado, porque Munn foi interrogado por Dirige como parte da campanha policial para localizar Arcádia. Naturalmente, temos uma transcrição completa das perguntas e respostas. E veja a própria lady Callia. Há um rumor de que Stettin perdeu o interesse nela, mas o rumor não é corroborado pelos fatos. Ela não só permanece sem substituta; não só consegue transformar a recusa do lorde em aceitação, mas consegue até organizar abertamente a fuga de Arcádia. Ora, uma dúzia de soldados na mansão executiva de Stettin testemunhou ter visto as duas juntas na última noite. Mesmo assim, não foi punida. Isso, a despeito do fato de a busca por Arcádia ter sido feita aparentando o máximo de diligência.

– Mas quais são suas conclusões de toda essa corrente de conexões estranhas?

– Que a fuga de Arcádia foi arranjada.

– Como eu disse.

– Com uma coisa a acrescentar. Que Arcádia deve ter percebido isso; que Arcádia, a garotinha muito inteligente que vê conspirações em todo lugar, viu essa também e seguiu seu próprio tipo de raciocínio. Eles queriam que ela voltasse para a Fundação, então, ela foi para Trantor, em vez disso. Mas por que Trantor?

– Bem, por quê?

– Porque é para onde Bayta, sua avó idolatrada, foi quando *ela* estava fugindo. Conscientemente ou não, Arcádia imitou isso. Eu me pergunto, então, se Arcádia estava fugindo do mesmo inimigo.

– Do Mulo? – perguntou Darell, com educado sarcasmo.

– É claro que não. Quero dizer, por inimigo, um poder mental contra o qual ela não conseguiria lutar. Ela estava fugindo da Segunda Fundação, ou da influência dela em Kalgan.

– De qual influência você está falando?

– Você acha que Kalgan está imune a esta ameaça ubíqua? Nós dois chegamos à conclusão, de alguma forma, de que a fuga de Arcádia foi planejada. Certo? Ela foi procurada e encontrada, mas propositalmente liberada por Dirige. Por Dirige, você entende? Mas como isso aconteceu? Porque ele era nosso homem. Mas como eles sabiam disso? Claramente, eles deveriam saber que ele era um traidor. Não, doutor?

– Agora você está dizendo que eles honestamente queriam recapturá-la. Francamente, você está me cansando um pouco, Anthor. Diga o que tem a dizer; quero ir para a cama.

– Vou terminar logo. – Anthor pegou um pequeno grupo de fotogravações do bolso. Eram os riscos familiares de uma encefalografia. – As ondas cerebrais de Dirige – falou, casualmente –, tiradas desde o seu retorno.

Era bastante visível para os olhos de Darell, e seu rosto estava pálido quando olhou para cima:

– Ele está controlado.

– Exatamente. Ele permitiu que Arcádia escapasse não por ser nosso homem, mas porque estava controlado pela Segunda Fundação.

– Mesmo depois que soube que ela estava indo para Trantor, e não para Terminus.

Anthor deu de ombros:

– Ele tinha sido programado para deixá-la ir. *Ele* não tinha como modificar isso. Era apenas um instrumento, veja bem. A questão é que Arcádia seguiu o curso menos provável e, portanto, com uma grande probabilidade de estar segura. Ou, pelo menos, segura até o momento em que a Segunda Fundação conseguir modificar os planos para levar em conta essa mudança...

Ele fez uma pausa. O pequeno sinal luminoso no aparelho de vídeo estava piscando. Em um circuito independente, isso significava a presença de notícias de emergência. Darell viu, também, e, com um movimento mecânico do hábito, ligou o vídeo. Eles pegaram a frase no meio, mas, antes de seu final, sabiam que o *Hober Mallow*, ou o que sobrara dele, tinha sido encontrado e que, pela primeira vez em quase meio século, a Fundação estava novamente em guerra.

O queixo de Anthor estava duro.

– Certo, doutor, você ouviu. Kalgan atacou; e Kalgan está sob controle da Segunda Fundação. Você seguirá sua filha e se mudará para Trantor?

– Não. Vou correr os riscos. Aqui.

– Dr. Darell. O senhor não é tão inteligente quanto sua filha. Eu me pergunto até onde posso confiar no senhor. – Deu um longo olhar em direção a Darell e então, sem nenhuma palavra, saiu.

E Darell foi deixado com a incerteza e – quase – com o desespero.

Sem que ninguém prestasse atenção, o vídeo era uma mistura de sons e imagens empolgantes, com a descrição, em detalhes nervosos, da primeira hora da guerra entre Kalgan e a Fundação.

17.
GUERRA

O prefeito da Fundação penteava, sem sucesso, o cabelo eriçado que cobria seu crânio. Ele deu um suspiro.

– Os anos que perdemos; as chances que jogamos fora. Não faço nenhuma recriminação, dr. Darell, mas merecemos uma derrota.

– Não vejo nenhuma razão – Darell falou, baixinho – para essa falta de confiança nos eventos, senhor.

– Falta de confiança! Falta de confiança! Pela Galáxia, dr. Darell, no que deveria me basear para ter outra atitude? Venha aqui...

Ele meio convidou, meio forçou Darell até um objeto em forma de ovo amparado graciosamente em seu pequeno suporte de campo de força. A um toque da mão do prefeito, ele brilhou internamente – um modelo tridimensional preciso da espiral dupla galáctica.

– Em amarelo – disse o prefeito, animado –, temos a região do espaço sob controle da Fundação; em vermelho, a de Kalgan.

O que Darell viu foi uma esfera vermelha dentro de um revestimento amarelo que o cercava por todos os lados, menos em direção ao centro da Galáxia.

– A galactografia – disse o prefeito – é nosso maior inimigo. Nossos almirantes não escondem nossa posição estratégica quase sem esperanças. Observe. O inimigo possui linhas de comunicação interna. Ele está concentrado; pode nos alcançar de todos os lados com igual facilidade. Pode se defender com força mínima. Nós estamos expandidos. A distância média entre sistemas habitados dentro da Fundação é quase três vezes a de Kalgan. Para ir de Santanni a Locris, por exemplo, significa uma viagem de 2.500 parsecs para nós, mas somente 800 parsecs para eles, se permanecermos dentro de nossos respectivos territórios...

– Entendo tudo isso, senhor – disse Darell.

– E você não entende que isso pode significar nossa derrota.

– Há mais do que distâncias em uma guerra. Digo que não podemos perder. É quase impossível.

– E por que você diz isso?

– Por causa da minha própria interpretação do Plano Seldon.

– Oh – o prefeito torceu os lábios, e as mãos nas suas costas se agitaram –, então o senhor se baseia na ajuda mística da Segunda Fundação.

– Não. Meramente na ajuda da inevitabilidade... e da coragem e da persistência.

Mesmo assim, por trás dessa fácil confiança, ele se perguntava...

E se...

Bem... E se Anthor estivesse certo e Kalgan fosse uma ferramenta direta dos magos mentais? E se era objetivo deles derrotar e destruir a Fundação? Não! Não fazia sentido!

Mesmo assim...

Ele deu um sorriso fraco. Sempre o mesmo. Sempre se esforçando para ver através do granito opaco que, para o inimigo, era tão transparente.

As verdades da galactografia também não tinham passado despercebidas para Stettin.

O Senhor de Kalgan estava parado na frente de um modelo idêntico ao que o prefeito e Darell tinham inspecionado. Exceto que, onde o prefeito se mostrava preocupado, Stettin sorria.

Sua farda de almirante brilhava, imponente, sobre sua figura maciça. A faixa vermelha da Ordem do Mulo, recebida do antigo Primeiro Cidadão que ele tinha substituído, seis meses depois, de uma forma um tanto quanto forçada, cruzava o peito em diagonal, do ombro direito até a cintura. A Estrela Prateada, com Cometas Duplos e Espadas, brilhava no ombro esquerdo.

Ele se virou para os seis homens da sua equipe de generais, cujas fardas só eram menos grandiloquentes do que a dele, e para seu primeiro ministro também, magro e cinzento – uma teia de aranha sombria, perdida no meio de tanto brilho.

– Acho que as decisões estão claras – disse Stettin. – Podemos esperar. Para eles, cada dia de atraso será outro golpe no moral. Se tentarem defender todas as porções de seus domínios, precisarão se espalhar e poderemos atacar através de dois pontos simultâneos... aqui e aqui. – Ele indicou as direções no modelo galáctico, duas lanças de explosões brancas dentro do entorno amarelo, vindas da bola vermelha, cortando Terminus em um arco apertado. – Desta maneira, podemos dividir a esquadra deles em três partes que podem ser derrotadas completamente. Se se concentrarem, abrirão mão de dois terços de seus domínios voluntariamente, e correrão o risco de sofrer rebeliões.

A fina voz do primeiro-ministro se fez ouvir através do silêncio que se seguiu.

– Em seis meses – ele falou –, a Fundação ficará mais forte. Seus recursos são maiores, como sabemos; sua marinha é numericamente mais forte; sua mão-de-obra é virtualmente inesgotável. Talvez um ataque rápido fosse mais seguro.

A dele era, certamente, a voz menos influente na sala. Lorde Stettin sorriu e fez um gesto largo com a mão.

– Os seis meses... ou um ano, se for necessário... não nos custarão nada. Os homens da Fundação não conseguirão se preparar; são ideologicamente incapazes disso. É parte da filosofia deles acreditar que a Segunda Fundação irá salvá-los. Mas não desta vez, certo?

Os homens na sala se agitaram.

– Falta confiança em vocês, acredito – disse Stettin, frio. – É necessário, mais uma vez, descrever os informes de nossos agentes no território da Fundação, ou repetir as descobertas do sr. Homir Munn, o agente da Fundação a nosso... hã... serviço? Senhores, voltaremos a nos reunir mais tarde.

Stettin retornou a seus aposentos privados com um sorriso fixo no rosto. Ele às vezes se perguntava sobre Homir Munn. Um homem estranho e fraco que, com certeza, não havia estado à altura do que parecera prometer inicialmente. Mesmo assim, ele mostrava informações interessantes que apresentava com grande convicção – principalmente quando Callia estava presente.

Seu sorriso se ampliou. Aquela gorda tonta tinha serventia, afinal. Pelo menos, ela conseguia tirar mais da boca de Munn do que ele, e com menos dificuldade. Por que não dá-la para Munn? Ele franziu a testa. Callia. Ela e seu ciúme estúpido. Pelo espaço! Se ele ainda tivesse a garota Darell... Por que não tinha arrebentado a cabeça de Callia por aquilo?

Ele não conseguia apontar um motivo.

Talvez porque ela se dava bem com Munn. E ele precisava de Munn. Era Munn, por exemplo, quem havia demonstrado que, pelo menos na cabeça do Mulo, não havia nenhuma Segunda Fundação. Seus almirantes precisavam dessa segurança.

Ele teria gostado de apresentar em público essas descobertas, mas era melhor deixar a Fundação acreditar na ajuda inexistente. Foi, na verdade, Callia que tinha mostrado isso? É verdade. Ela tinha dito que...

Oh, besteira! Ela não poderia ter dito nada.

E mesmo assim...

Ele balançou a cabeça para esquecer, e continuou.

18.
UM MUNDO FANTASMA

Trantor era um mundo de restos e renascimentos. Como uma joia sem brilho no meio de uma desconcertante multidão de sóis no centro da Galáxia – entre os muitos e pródigos grupos de estrelas –, ele sonhava, alternadamente, com o passado e o futuro.

Já fazia tempo que suas fitas insubstanciais de controle tinham se esticado desde o revestimento metálico até os domínios mais distantes das estrelas. Trantor tinha sido uma única cidade, abrigando quatrocentos bilhões de administradores; a mais poderosa capital que já havia existido.

Até que a decadência do Império, no final, o alcançou e, no Grande Saque de um século atrás, suas forças haviam sido repelidas e quebradas para sempre. Nas ruínas da morte, a camada de metal que circulava o planeta se enrugara numa dolorosa paródia de sua própria grandeza.

Os sobreviventes rasgaram o revestimento de metal e venderam-no a outros planetas em troca de sementes e gado. O solo estava descoberto mais uma vez, e o planeta voltou ao princípio. Na disseminação das áreas de agricultura primitiva, ele esquecia seu passado intricado e colossal.

Ou teria esquecido, se não fossem os ainda poderosos fragmentos com suas ruínas maciças que subiam até o céu em um silêncio amargo e digno.

Arcádia olhava a linha metálica no horizonte com um aperto no coração. A vila onde os Palvers viviam era apenas um amontoado de casas para ela – pequeno e primitivo. Os campos que a circundavam eram amarelo-ouro, semeados de trigo.

Mas ali, logo depois do horizonte, estava a memória do passado, ainda brilhando num esplendor sem ferrugem e queimando como fogo onde os raios do sol de Trantor refletiam-se das alturas reluzentes. Ela já tinha ido lá uma vez desde que chegara a Trantor, alguns meses atrás. Tinha subido no pavimento macio e sem emendas e se aventurado nas estruturas silenciosas e empoeiradas, onde a luz entrava por buracos na parede.

Tinha sentido uma tristeza muito pesada. Havia sido uma blasfêmia.

Ela saíra, pisando no metal – correndo até seu pé tocar novamente na maciez da terra.

E, desde então, só conseguia olhar para trás com uma espécie de saudade. Não ousou perturbar aquela melancolia imponente de novo.

Ela tinha nascido, sabia, em algum lugar desse mundo – perto da velha Biblioteca Imperial, que era o que fazia Trantor ser Trantor. Era o mais sagrado do sagrado; o sanctum sanctorum! Do mundo todo, só ela havia sobrevivido ao Grande Saque e, por um século, tinha permanecido completa e intocada, desafiando o universo.

Ali, Hari Seldon e seu grupo tinham montado essa teia inimaginável. Ali, Ebling Mis tinha penetrado o segredo e sentado, perdido em sua vasta surpresa, até ter sido morto para evitar que o segredo se espalhasse.

Ali, na Biblioteca Imperial, seus avós tinham vivido por dez anos, até que o Mulo morreu, e então puderam retornar à Fundação renascida.

Ali, na Biblioteca Imperial, seu pai voltara, com a noiva dele, para encontrar a Segunda Fundação novamente, mas falhara. Ali ela tinha nascido e ali morrera sua mãe.

Ela gostaria de visitar a Biblioteca mais uma vez, mas Preem Palver balançou a cabeça.

— Está a milhares de quilômetros, Arkady, e há muito a ser feito aqui. Além disso, não é bom ficar fuçando por lá. Sabe, é um santuário...

Mas Arcádia sabia que ele não tinha nenhuma vontade de visitar a Biblioteca; que era como no caso do palácio do Mulo. Existiam esses medos supersticiosos por parte dos pigmeus do presente, em relação às relíquias dos gigantes do passado.

Porém teria sido horrível sentir algum rancor para com esse homenzinho engraçado por isso. Ela já estava em Trantor havia mais de três meses e, em todo esse tempo, ele e ela — Papa e Mama — tinham sido maravilhosos...

E como ela retribuía? Ora, envolvendo-os na sua ruína. Ela os avisara de que estava marcada para a destruição, talvez? Não! Deixou que eles assumissem o papel fatal de protetores.

Sua consciência doía de remorso — mas que alternativa tinha?

Ela desceu, relutante, as escadas para tomar café. Ouviu as vozes.

Preem Palver tinha enfiado o guardanapo no colarinho da camisa com um movimento do pescoço gordo e atacava o ovo cozido com uma satisfação desinibida.

— Eu fui até a cidade ontem, Mama — ele disse, brandindo seu garfo e quase afogando as palavras com um enorme bocado de comida.

— E quais são as novidades, Papa? — perguntou Mama, indiferente, sentada, olhando inquiridora para a mesa e se levantando para pegar o sal.

— Ah, não muito boas. Chegou uma nave de Kalgan com jornais de lá. Estão em guerra.

— Guerra! Então! Bem, deixe que quebrem as cabeças, se não têm mais bom senso. Seu pagamento já chegou? Papa, estou falando mais uma vez. Avise esse velho Cosker que esta não é a única cooperativa no mundo. Já é ruim eles pagarem um salário que me dá vergonha de contar às minhas amigas, mas pelo menos poderia ser no dia!

– Ah, besteira – disse Papa, irritado. – Olha, não quero falar disso no café da manhã, vai me fazer engasgar com cada pedaço. – E estraçalhou uma torrada com manteiga enquanto falava. Acrescentou, um pouco mais moderado:
– A luta é entre Kalgan e a Fundação, e já dura dois meses.

Suas mãos se chocaram uma com a outra numa representação de uma luta espacial.

– Hum-m-m. E o que está acontecendo?

– Está mau para a Fundação. Bem, você viu Kalgan; só soldados. Eles estavam prontos. A Fundação não, então... *puf*!

E, de repente, Mama abaixou o garfo e deu uma bronca:

– Seu tonto!

– Hã?

– Bobo! Você sempre dá com a língua nos dentes.

Ela apontou rapidamente e, quando Papa olhou para trás, ali estava Arcádia, parada na porta.

– A Fundação está em guerra? – ela perguntou.

Papa olhou desconsolado para Mama, depois concordou.

– E estão perdendo?

Novamente, ele balançou a cabeça.

Arcádia sentiu um aperto insuportável na garganta e lentamente se aproximou da mesa.

– Já terminou? – ela sussurrou.

– Terminou? – repetiu Papa, com falsa sinceridade. – Quem disse que tinha terminado? Na guerra, muitas coisas podem acontecer. E... e...

– Sente-se, querida – falou Mama, com voz doce. – Ninguém deveria conversar essas coisas antes do café. Ninguém pensa direito com o estômago vazio.

Mas Arcádia a ignorou.

– Os kalganianos estão em Terminus?

– Não – disse Papa, sério. – As notícias são da semana passada, e Terminus ainda estava lutando. Estou sendo honesto. Estou falando a verdade. E a Fundação ainda está bem forte. Quer ver os jornais?

– Sim!

Ela leu enquanto tomava o café da manhã, e seus olhos se encheram de lágrimas. Santanni e Korell tinham caído – sem luta. Uma esquadra da marinha da Fundação caíra numa armadilha no setor Ifni, que tinha sóis esparsos, e havia sido destruída até quase a última nave.

E, agora, a Fundação estava reduzida ao núcleo dos Quatro Reinos – o domínio original construído sob o governo de Salvor Hardin, o primeiro prefeito. Mas ainda lutava – e ainda poderia haver uma chance –, e, independentemente do que acontecesse, ela devia informar seu pai. Ela devia, de alguma forma, enviar-lhe uma mensagem. Ela *tinha*!

Mas como? Com uma guerra no meio do caminho...

Ela perguntou a Papa depois do café:

– O senhor está indo a alguma nova missão logo, sr. Palver?

Papa estava sentado numa grande cadeira na varanda, tomando um pouco de sol. Um charuto gordo ardia entre seus dedos gordos, e ele parecia um buldogue feliz.

– Missão? – ele repetiu, preguiçoso. – Quem sabe? Estou aproveitando minhas férias. Por que falar em novas missões? Está impaciente, Arkady?

– Eu? Não, gosto daqui. Vocês são muito bons para mim, você e a sra. Palver.

Ele fez um gesto, como se espantasse as palavras dela.

– Estava pensando na guerra – continuou Arcádia.

– Mas não pense nisso. O que *você* pode fazer? Se é algo que não pode mudar, por que se flagelar por isso?

– Mas eu estava pensando que a Fundação perdeu a maior parte dos seus mundos agrícolas. Provavelmente há racionamento de comida lá.

Papa olhou, desconfortável.

– Não se preocupe. Vai dar tudo certo.

Ela nem ouviu.

– Queria poder levar comida para eles, isso, sim. O senhor sabe que depois que o Mulo morreu e a Fundação se rebelou, Terminus ficou da mesma forma, isolado por um tempo, e o general Han Pritcher, que sucedeu o Mulo por um tempo, sitiou o planeta. A comida estava muito escassa, e meu pai contou que o pai *dele* falou que só tinham aminoácidos secos concentrados, com um gosto horrível. Claro, um ovo custava duzentos créditos. E eles conseguiram romper o cerco bem na hora, e as naves com comida vieram de Santanni. Deve ter sido uma época horrível. Provavelmente, tudo está acontecendo de novo, agora.

Houve uma pausa, e então Arcádia falou:

– Sabe, aposto que a Fundação está aceitando pagar preços de contrabando por comida agora. O dobro ou o triplo, ou mais. Nossa, se alguma cooperativa, por exemplo, daqui de Trantor, assumisse o trabalho, ela poderia perder algumas naves, mas aposto que se tornariam milionários de guerra antes de tudo acabar. Os comerciantes da Fundação, no passado, faziam isso o tempo todo. Se havia uma guerra, eles vendiam tudo o que era mais necessário e corriam riscos. Puxa, eles costumavam ganhar até dois milhões de créditos em uma viagem... *de lucro*. Isso só com a carga de uma única nave, também.

Papa se agitou. Seu charuto tinha se apagado e ele nem notara.

– Um acordo para venda de alimentos, hein? Hummm... Mas a Fundação é tão longe.

– Oh, eu sei. Aposto que nem conseguiriam levar daqui. Se pegasse uma linha regular, provavelmente o senhor não chegaria nem em Massena ou Smushyk, e depois disso teria de alugar uma pequena escolta ou algo assim, para atravessar as linhas de combate.

A mão de Papa se moveu no ar, como se estivesse fazendo cálculos.

Duas semanas mais tarde, os arranjos para a missão estavam completos. Mama reclamou o tempo todo – primeiro, pela incurável obstinação com que ele procurava missões suicidas. Depois, pela incrível obstinação com a qual se recusava a permitir que ela o acompanhasse.

– Mama, por que você age como uma velha? – disse Papa. – Não posso levá-la. É trabalho de homem. O que você acha que é uma guerra? Diversão? Brincadeira de criança?

– Então, por que *você* vai? *Você* é um homem, seu velho tonto... que já está com uma perna e meio braço na cova. Deixe que algum dos jovens vá... não um gordo careca como você.

– Não estou careca – respondeu Papa, com dignidade. – Ainda tenho muito cabelo. E por que não deveria ganhar a comissão? Por que um dos jovens? Ouça, isso pode significar milhões.

Ela sabia disso, e não disse nada.

Arcádia o viu mais uma vez antes da partida.

– O senhor está indo para Terminus? – perguntou.

– Por que não? Você mesma disse que eles precisam de pão, arroz e batatas. Bem, vou fazer um negócio e eles terão essas mercadorias.

– Bem, então... só uma coisa. Se está indo para Terminus, poderia... ver meu pai?

O rosto de Papa se enrugou, e parecia derreter-se em simpatia:

– Oh... e você acha que precisa me pedir? Claro que o procurarei. Vou contar que você está segura, que tudo está bem, e que, quando a guerra acabar, vou levá-la de volta.

– Obrigada. Vou mostrar como o senhor pode encontrá-lo. Seu nome é dr. Toran Darell, e ele vive em Stanmark. É nos arredores da Cidade de Terminus e o senhor pode pegar um pequeno carro aéreo para chegar lá. Estamos na Estrada do Canal 55.

– Espere, vou anotar isso.

– Não, não. – O braço de Arcádia se levantou. – O senhor não deve anotar nada. Deve se lembrar e encontrá-lo sem a ajuda de ninguém.

Papa estranhou. Depois, deu de ombros.

– Certo, então. É na Estrada do Canal 55 em Stanmark, arredores da Cidade de Terminus, e você chega lá de carro aéreo. Certo?

– Mais uma coisa.

– Sim?

– O senhor diria uma coisa para ele, por mim?

– Claro.

– Quero falar em sua orelha.

Ele aproximou o rosto rechonchudo na direção dela e o som de um sussurro passou de um para o outro.

Os olhos de Papa se abriram.

– É isso que você quer que diga? Mas não faz sentido.

– Ele saberá o significado. É só dizer que eu falei e ele entenderá. E diga exatamente como eu falei. Nenhuma palavra diferente. Não vai esquecer?

– Como posso esquecer? Cinco palavrinhas. Veja...

– Não, não – ela se agitou de emoção. – Não repita. Nunca repita para ninguém. A não ser para meu pai. Prometa.

Papa deu de ombros novamente.

– Eu prometo. Certo!

– Certo – ela disse, triste, e, quando ele cruzou o jardim até onde o táxi aéreo esperava para levá-lo ao espaçoporto, ela se perguntou se havia assinado a sentença de morte dele. Se o veria novamente.

Mal teve coragem de voltar para casa para encarar a boa e doce Mama. Talvez, quando tudo terminasse, ela devesse se matar por tudo o que tinha feito para eles.

── **QUORISTON, BATALHA DE. ...**
Travada em 1, 3, 377 E.F. entre as forças da Fundação e as de lorde Stettin de Kalgan, foi a última batalha importante durante o Interregno...

ENCICLOPÉDIA GALÁCTICA

19.
FIM DA GUERRA

Jole Turbor, em seu novo papel de correspondente de guerra, viu a massa de seu corpo dentro de uma farda naval e até que gostou. Gostava de estar de volta ao ar, e a impotência feroz da batalha fútil contra a Segunda Fundação o abandonou, em meio à animação com outro tipo de luta, com naves substanciais e homens comuns.

Para ser exato, a luta da Fundação não tinha sido marcada por vitórias, mas ainda era possível ser filosófico sobre a questão. Depois de seis meses, o núcleo central da Fundação mantinha-se intocado, e o núcleo central de sua marinha ainda existia. Com as novas aquisições desde o começo da guerra, era quase tão forte, numérica e tecnicamente, quanto antes da derrota em Ifni.

E, enquanto isso, as defesas planetárias foram fortalecidas; as forças armadas, mais bem-treinadas; a eficiência administrativa estava crescendo – e uma boa parte da frota de conquista kalganiana estava sendo desviada pela necessidade de ocupar os territórios "conquistados".

No momento, Turbor estava com a Terceira Frota na periferia do setor anacreoniano. Alinhado com sua política de transformar essa guerra na do "homem comum", ele estava entrevistando Fennel Leemor, engenheiro de terceira classe, voluntário.

– Fale um pouco sobre você, marinheiro – disse Turbor.

– Não há muito para falar. – Leemor arrastou o pé e permitiu que um sorriso tímido e envergonhado cobrisse seu rosto, como se conseguisse ver os milhões que, inquestionavelmente, estavam olhando para ele no momento. – Sou locriano. Trabalho na fábrica de carros aéreos; chefe de seção, com um bom salário. Sou casado; tenho duas filhas, duas meninas. Posso dar um alô para elas, eu poderia... caso elas estejam ouvindo.

– Vá em frente, marinheiro. O vídeo é todo seu.

– Nossa, obrigado – ele balbuciou. – Olá, Milla, caso você esteja ouvindo. Estou bem. Tudo bem com a Sunni? E Tomma? Penso em vocês o tempo todo, e pode ser que eu volte para uma licença depois de chegarmos ao porto. Recebi seu pacote de comida, mas estou mandando de volta. Está um tanto confuso aqui, mas dizem que os civis estão um pouco apertados. Acho que é tudo.

– Vou procurá-la da próxima vez que estiver em Locris, marinheiro, e garantir que não lhe falte comida. Certo?

O jovem sorriu e balançou a cabeça:

– Obrigado, sr. Turbor. É muita gentileza.

– Certo. Você poderia nos contar agora... É um voluntário, não?

– Claro que sou. Se alguém começa uma briga comigo, não preciso esperar ninguém me arrastar. Eu me alistei no dia em que ouvi o que aconteceu com o *Hober Mallow*.

– Um espírito maravilhoso. Você viu muita ação? Percebo que está usando duas estrelas de batalhas.

– *Pfff* – cuspiu o marinheiro. – Aquelas não foram batalhas, foram caçadas. Os kalganianos não lutam, a menos que estejam com uma vantagem de cinco para um, ou mais, em favor deles. Mesmo assim, ficam de longe e então atacam nave por nave. Um primo meu estava em Ifni numa nave que escapou, a velha *Ebling Mis*. Ele diz que foi o mesmo lá. Tinham a armada principal deles contra somente uma divisão dos nossos e até quando ficamos só com cinco naves, eles continuavam só à espreita, em vez de lutar. Acabamos com o dobro de naves deles *naquela* batalha.

– Então, você acha que vamos ganhar a guerra?

– Pode ter certeza, agora que não estamos recuando. Mesmo se as coisas ficarem ruins, é quando eu espero que a Segunda Fundação apareça. Ainda temos o Plano Seldon... e *eles* sabem disso, também.

Os lábios de Turbor se retorceram um pouco.

– Você está contando com a Segunda Fundação, então?

A resposta veio com uma surpresa honesta:

– Bom, não estamos todos?

O oficial subalterno Tippellum entrou no quarto de Turbor depois da transmissão. Ele deu um cigarro ao correspondente e levantou seu boné até alcançar um equilíbrio instável na nuca.

– Fizemos um prisioneiro – ele falou.

– Sim?

– Meio louco. Afirma ser neutro, ter imunidade diplomática, só isso. Não acho que saibam o que fazer com ele. O nome dele é Palvro, Palver, algo assim, e ele diz que é de Trantor. Não sei o que, pelo espaço!, está fazendo numa zona de guerra.

Mas Turbor tinha se sentado ereto e já havia esquecido a soneca que iria tirar. Lembrava-se muito bem de seu último encontro com Darell, no dia seguinte à declaração de guerra, antes de sua partida.

– Preem Palver – ele disse. Era uma declaração.

Tippellum fez uma pausa e deixou que a fumaça escapasse pelos cantos da boca.

– Sim – falou –, como, no espaço, você sabia?

– Não importa. Posso vê-lo?

– Espaço, *eu* não sei dizer. O velho o está interrogando. Todo mundo acha que ele é um espião.

– Diga ao velho que eu o conheço, se ele for quem diz ser. Assumirei a responsabilidade.

O capitão Dixyl, no comando da Terceira Frota, olhava incansavelmente para o Grande Detector. Nenhuma nave poderia evitar ser uma fonte de radiação nuclear – nem mesmo se estivesse parada como uma massa inerte –, e cada ponto focal de tal radiação era um pequeno brilho no campo tridimensional.

Cada uma das naves da Fundação estava marcada e nenhuma centelha era ignorada, agora que o pequeno espião que afirmava ser neutro tinha sido capturado. Por um momento, a nave estrangeira havia criado uma comoção na sala de comando. As táticas tiveram de ser mudadas rapidamente. Como se fossem...

– Tem certeza de que compreendeu? – ele perguntou.

O comandante Cenn assentiu.

– Vou levar meu esquadrão pelo hiperespaço: raio, 10,00 parsecs; teta, 268,52 graus; phi, 84,15 graus. Retornar à origem em 1330. Ausência total, 11,83 horas.

– Certo. Agora vamos contar com um retorno exato em termos de espaço e tempo. Entendeu?

– Sim, capitão. – Ele olhou para o relógio de pulso. – Minhas naves estarão prontas a 0140.

– Ótimo – disse o capitão Dixyl.

A esquadra kalganiana não estava dentro da amplitude de detecção no momento, mas logo estaria. Havia informações independentes que confirmavam a posição deles. Sem a esquadra de Cenn, as forças da Fundação estariam em ampla minoria, mas o capitão estava bastante confiante. *Bastante* confiante.

Preem Palver lançou um olhar triste ao redor. Primeiro, para o almirante alto e magro; depois para os outros, todos de farda; e agora para o último, grande e corpulento, com a camisa aberta e sem gravata – diferente do resto –, dizendo que queria falar com ele.

Jole Turbor estava falando:

– Tenho plena noção, almirante, das sérias possibilidades envolvidas aqui, mas vou lhe dizer que, se puder conversar com ele por alguns minutos, serei capaz de acabar com as incertezas atuais.

– Há alguma razão para que isso não aconteça na minha frente?

Turbor pressionou os lábios e persistiu.

– Almirante – ele falou –, desde que fui ligado a suas naves, a Terceira Frota tem recebido uma excelente cobertura. Pode deixar homens postados do lado de fora da porta, se quiser, e pode voltar em cinco minutos. Mas, enquanto isso, dê-me um pouco de liberdade, e suas relações públicas não sofrerão nada. Está me entendendo?

Estava.

Então Turbor, no isolamento que se seguiu, virou-se para Palver e disse:

– Rápido: qual é o nome da garota que você sequestrou?

E Palver só conseguiu abrir bem os olhos e balançar a cabeça.

– Sem besteira – disse Turbor. – Se não responder, será considerado espião, e espiões são desintegrados sem julgamento em época de guerra.

– Arcádia Darell – soltou Palver.

– *Muito bem*! Certo, então. Ela está bem?

Palver assentiu.

– É melhor isso ser verdade, ou você vai se dar mal.

– Ela está bem de saúde, perfeitamente segura – disse Palver, palidamente.

O almirante retornou:

– Então?

– O homem, senhor, não é espião. Pode acreditar no que ele diz. Eu respondo por ele.

– É isso? – o almirante franziu a testa. – Então ele representa uma cooperativa agrícola de Trantor que quer fazer um tratado comercial com Terminus para a distribuição de grãos e batatas. Bem, certo, mas ele não pode sair daqui agora.

– Por que não? – perguntou Palver, rápido.

– Porque estamos no meio de uma batalha. Depois que ela terminar – se ainda estivermos vivos –, nós o levaremos a Terminus.

A frota kalganiana que se espalhava pelo espaço detectou as naves da Fundação a uma distância incrível, e foi também detectada. Tal como pequenos vaga-lumes nos respectivos Grandes Detectores, elas se aproximaram, cruzando o vazio.

O almirante da Fundação franziu a testa e disse:

– Isso deve ser o avanço principal deles. Veja a quantidade. – E completou: – Eles não vão nos enfrentar, no entanto; não se pudermos contar com o destacamento de Cenn.

O comandante Cenn tinha partido horas antes – ao primeiro sinal de detecção do inimigo que se aproximava. Não havia forma de alterar o plano agora. Ele funcionaria ou não, mas o almirante sentia-se bastante confortável. Assim como os oficiais. Do mesmo jeito que os homens.

Novamente, olharam para os vaga-lumes.

Como um balé mortal, em formações precisas, eles brilhavam.

A frota da Fundação ia vagarosamente para trás. Passaram-se horas e a frota se afastava lentamente, provocando os inimigos, que avançavam, saindo um pouco fora do curso, cada vez mais.

Nas mentes dos criadores do plano de batalha, haveria um certo volume de espaço que deveria ser ocupado pelas naves kalganianas. Para fora daquele volume, saíam as naves da Fundação; e nele entravam os kalganianos. Quem o ultrapassava era atacado, súbita e violentamente. Quem ficava dentro permanecia intocado.

Tudo dependia da relutância das naves de lorde Stettin em tomar a iniciativa – de sua vontade de permanecer onde ninguém os atacasse.

O capitão Dixyl olhou friamente para seu relógio de pulso. Era 1310.

– Temos vinte minutos – ele falou.

O tenente a seu lado assentiu, tenso.

– Parece tudo bem até o momento, capitão. Temos mais de 90% deles encurralados. Se pudermos mantê-los assim...

– Sim! *Se...*

As naves da Fundação estavam se movendo outra vez – muito lentamente. Não rápido o bastante para levar a uma fuga kalganiana, e só rápido o suficiente para desencorajar um avanço dos inimigos. Eles preferiram esperar.

E os minutos passavam.

A 1325, a campainha do almirante tocou em setenta e cinco naves da Fundação e elas se prepararam para uma aceleração máxima em direção à linha de frente da frota kalganiana, que contava, no total, com cerca de trezentas naves. Os escudos kalganianos entraram em ação e vastos raios de energia cruzaram o espaço. Cada uma das trezentas naves se concentrou na mesma direção, voltando-se para os loucos que os atacavam sem piedade, descuidadamente, e...

A 1330, cinquenta naves sob direção do comandante Cenn apareceram do nada, em um único Salto através do hiperespaço para um ponto calculado em um momento calculado – e atacaram, com fúria destruidora, os kalganianos despreparados.

A armadilha funcionou perfeitamente.

Os kalganianos ainda tinham os números ao seu lado, mas nenhuma vontade de ficar contando. O primeiro esforço deles foi para fugir, e a formação, uma vez quebrada, era ainda mais vulnerável, com as naves inimigas cruzando o caminho umas das outras.

Depois de um tempo, a batalha chegou à proporção de uma corrida de gato e rato.

Das trezentas naves kalganianas, o núcleo central e orgulho da frota, menos de sessenta, muitas em estado quase irrecuperável, alcançaram Kalgan. A perda da Fundação tinha sido de oito naves de um total de cento e vinte e cinco. Era o terceiro dia do novo ano de 377.

Preem Palver chegou a Terminus no auge da celebração. Ele achou que todo o furor distraía muito, mas, antes de ir embora do planeta, tinha conseguido duas coisas e recebido um pedido.

As duas coisas que ele tinha conseguido foram: 1) a conclusão de um acordo no qual a cooperativa de Palver deveria entregar vinte cargas de certos alimentos por mês pelo próximo ano, a preços de época de guerra, sem, graças à recente batalha, o correspondente risco; e 2) a transferência, para o dr. Darell, das cinco palavrinhas de Arcádia.

Por um momento de espanto, Darell tinha olhado para ele com os olhos abertos, e então havia feito seu pedido. Era para levar uma resposta de volta a Arcádia. Palver gostou; era uma resposta simples e fazia sentido. Era: "Pode voltar agora. Não haverá mais perigo".

Lorde Stettin estava frustrado e furioso. Assistir a cada uma de suas armas quebrar-se em suas mãos; sentir o firme tecido de seu poderio militar se rasgar como as tiras podres que de repente se tornaram – havia transformado a fleuma em lava fervente. Estava desamparado e sabia disso.

Ele não dormia muito bem fazia semanas. Não se barbeava havia três dias. Tinha cancelado todas as audiências. Seus almirantes estavam abandonados à própria sorte e ninguém sabia melhor do que o Senhor de Kalgan que se passaria pouco tempo, e não seriam necessárias novas derrotas, antes de que tivesse de lidar com rebeliões internas.

Lev Meirus, primeiro-ministro, não era de muita ajuda. Permanecia ali, calmo e indecentemente velho, seu dedo fino e nervoso seguindo, como sempre, a linha enrugada que ia do nariz ao queixo.

– Bem – Stettin gritou para ele –, contribua com algo. Estamos aqui, derrotados, você entende? *Derrotados!* E por quê? Não sei o porquê. Aí está você. Não sei o porquê. *Você* sabe?

– Acho que sim – disse Meirus, calmamente.

– Traição! – a palavra saiu calma e outras a seguiram no mesmo tom. – Você sabia da traição e ficou quieto. Você serviu ao louco que expulsei do cargo de Primeiro Cidadão e acha que pode servir a qualquer rato fétido que me substituir. Se tiver agido assim, vou extrair suas entranhas e queimá-las na frente de seus olhos ainda vivos.

Meirus não se comoveu.

– Tentei mostrar-lhe minhas próprias dúvidas, não uma vez, mas várias. Tentei fazer com que me ouvisse e o senhor preferiu o conselho de outros, porque inflavam melhor o seu ego. As questões terminaram não como eu temia, mas muito piores. Se o senhor não quiser me ouvir agora, diga, que me retirarei e negociarei com seu sucessor, cujo primeiro ato, sem dúvida, será assinar um tratado de paz.

Stettin encarou-o com os olhos vermelhos, os enormes punhos se abrindo e fechando.

– Fale, sua lesma cinzenta. *Fale!*

– Já falei várias vezes que o senhor não é o Mulo. Pode controlar naves e armas, mas não consegue controlar as mentes de seus homens. Tem consciência, senhor, de contra quem está lutando? Luta contra a Fundação, que nunca é derrotada... a Fundação, que é protegida pelo Plano Seldon... a Fundação, que está destinada a formar um novo império.

– Não há Plano. Não existe mais. Munn disse isso.

– Então Munn está errado. E se estivesse certo, e daí? Nós, senhor, não somos o povo. Os homens e mulheres de Kalgan e seus mundos subjetivos acreditam profundamente no Plano Seldon, assim como todos os habitantes desse extremo da Galáxia. Quase quatrocentos anos de história nos mostram que a Fundação não pode ser derrotada. Nem os reinos, nem os senhores de guerra, nem o próprio velho Império Galáctico conseguiu.

– O Mulo conseguiu.

– Exatamente, e ele estava fora dos cálculos... e o senhor, não. O que é pior, as pessoas sabem que não está. Então, suas naves entraram na batalha temendo a derrota, que viria de alguma forma desconhecida. O tecido insubstancial do Plano paira sobre elas, por isso os homens são cautelosos e pensam antes de atacar, talvez até demais. Enquanto, por outro lado, o mesmo tecido insubstancial enche o inimigo de confiança, remove o medo, mantém o moral em face de derrotas prévias. Por que não? A Fundação sempre foi derrotada primeiro, e sempre ganhou no fim. E seu moral, senhor? O senhor está em toda parte nos territórios inimigos. Seus próprios domínios não foram invadidos; ainda não estão em perigo de invasão... mesmo assim, está derrotado. Não acredita na possibilidade de vitória, porque sabe que não existe. Curve-se, então, ou será derrotado até ficar de joelhos. Curve-se voluntariamente à derrota e poderá salvar o restante. O senhor se apoiou no metal e na força, e eles o sustentaram até onde puderam. O senhor ignorou a mente e o moral, e o abandonaram. Agora, ouça meu conselho. O senhor tem o homem da Fundação, Homir Munn. Liberte-o. Envie-o a Terminus e ele levará sua oferta de paz.

Os dentes de Stettin apareceram por trás dos lábios pálidos. Mas que outra escolha ele tinha?

No oitavo dia do novo ano, Homir Munn deixou Kalgan. Mais de seis meses haviam se passado desde que deixara Terminus e, nesse ínterim, uma guerra ganhara fúria e atingira seu clímax.

Ele chegara sozinho, mas saía escoltado. Tinha vindo como um homem simples; saía com o cargo não oficial, mas mesmo assim verdadeiro, de enviado da paz.

Porém, o que mais tinha mudado nele era sua antiga preocupação com a Segunda Fundação. Ele riu ao pensar naquilo: e imaginou, em luxuosos detalhes, a revelação final para o dr. Darell, para o jovem enérgico e competente, Anthor, para todos eles...

Ele sabia. Ele, Homir Munn, finalmente sabia a verdade.

20.
"EU SEI..."

Os dois meses finais da guerra kalganiana passaram-se rápido para Homir. Em seu posto incomum de Mediador Extraordinário, ele se viu no centro de negócios interestelares, um papel de que não podia deixar de gostar.

Não houve outras grandes batalhas – alguns poucos combates acidentais que nem poderiam ser levados em consideração –, e os termos do tratado foram fechados com pouca necessidade de concessões por parte da Fundação. Stettin reteve seu cargo, mas pouco mais do que isso. Sua marinha foi desmantelada; suas possessões, fora do sistema doméstico, ganharam autonomia e decidiram no voto se queriam voltar ao status anterior, ganhar independência completa ou participar da confederação da Fundação, como quisessem.

A guerra foi formalmente encerrada em um asteroide no próprio sistema estelar de Terminus: o lugar da base naval mais antiga da Fundação. Lev Meirus assinou por Kalgan, e Homir foi um espectador interessado.

Durante todo esse período, ele não viu o dr. Darell, nem nenhum dos outros. Mas isso pouco importava. Suas notícias seriam importantes – e, como sempre, ele sorriu com o pensamento.

O dr. Darell voltou a Terminus algumas semanas depois do dia da vitória, 62;377, e, naquela mesma noite, sua casa serviu como ponto de reunião para os cinco homens que, dez meses antes, tinham estabelecido os primeiros planos.

Eles tinham jantado e bebido vinho, como se hesitassem em voltar ao velho assunto.

Foi Jole Turbor que, olhando diretamente para as profundezas púrpuras da taça de vinho com um olho, murmurou, em vez de falar:

– Bem, Homir, você é um homem importante agora, estou vendo. Resolveu as coisas muito bem.

– Eu? – Munn riu alto e com força. Por alguma razão, ele não gaguejava havia meses. – Não tive nada a ver com isso. Foi Arcádia. E por falar nisso, Darell, como ela está? Está voltando de Trantor, ouvi dizer.

– Ouviu corretamente – disse Darell, com voz baixa. – A nave dela deve pousar em uma semana. – Ele olhou para os outros, mas eles só deram exclamações confusas e amorfas de prazer. Nada mais.

– Então, acabou, de verdade – disse Turbor. – Quem teria previsto tudo isso na última primavera? Munn ter ido até Kalgan e voltado. Arcádia ter ido a Kalgan e Trantor, e depois voltado. Entramos numa guerra e ganhamos, pelo espaço. Dizem que vastos trechos da história podem ser previstos, mas não parece concebível que tudo isso que acabou de acontecer, com essa confusão absoluta que tomou conta dos que participaram dos eventos, pudesse ser previsto.

– Besteira – disse Anthor, ácido. – O que o faz se sentir tão triunfante, de qualquer forma? Você fala como se tivéssemos realmente ganhado a guerra, quando, na verdade, nós só ganhamos uma briguinha que serviu para distrair nossas mentes do verdadeiro inimigo.

Houve um desconfortável silêncio, no qual somente o leve sorriso de Homir Munn destoava.

E Anthor bateu no braço da cadeira com um punho fechado e cheio de fúria:

– Sim, eu me refiro à Segunda Fundação. Ninguém a menciona e, se julgo corretamente, todo esforço não deu em nada. É porque essa falsa atmosfera de vitória que paira sobre este mundo de idiotas é tão atrativa que vocês sentem que devem participar? Por que não saem dando cambalhotas, subindo as paredes, dando palmadinhas nas costas dos outros e jogando confete pela janela? Façam o que quiserem, desde que ponham tudo para fora... e, quando estiverem satisfeitos e voltarem ao juízo normal, venham aqui e vamos discutir aquele problema que ainda existe, da mesma forma que existia na última primavera, quando vocês se sentaram olhando por cima dos ombros, por medo de algo que não sabiam o que era. Vocês realmente acham que os mestres da mente da Segunda Fundação devem ser menos temidos porque vocês derrubaram um tonto com umas espaçonaves?

Ele fez uma pausa, tinha o rosto vermelho.

Munn, falou, com calma:

– Você pode ouvir o que *eu* tenho a dizer agora, Anthor? Ou prefere continuar seu papel de conspirador maluco?

– Pode falar, Homir – disse Darell –, mas vamos evitar esse tipo de linguagem. É algo que pode ser bom no momento certo, mas agora só atrapalha.

Homir Munn se inclinou para trás e cuidadosamente encheu sua taça com a garrafa que estava perto de seu cotovelo.

– Fui enviado a Kalgan – ele começou – para descobrir o que conseguisse nos registros contidos no palácio do Mulo. Passei vários meses fazendo isso. Não quero créditos por isso. Como indiquei, foi Arcádia, com sua engenhosa intermediação, que obteve a entrada. Mesmo assim, o fato permanece de que ao meu conhecimento original sobre a vida e a época do Mulo que, admito, não era pequeno, acrescentei os frutos de muito trabalho entre as evidências primárias que não estão disponíveis para mais ninguém. Estou, assim, numa posição única para estimar o verdadeiro perigo da Segunda Fundação; muito mais que nosso amigo empolgado aqui.

– E – chiou Anthor –, qual é sua estimativa desse perigo?

– Ora, zero.

Uma curta pausa, e Elvett Semic perguntou, com um ar de descrença e surpresa:

– Você quer dizer, perigo zero?

– Certamente. Amigos, *não existe nenhuma Segunda Fundação!*

As pálpebras de Anthor se fecharam lentamente e ele ficou ali sentado, o rosto pálido e sem expressão.

Munn continuou, sendo o centro das atenções e adorando:

– E digo mais, nunca houve.

– Em que – perguntou Darell – você se baseia para chegar a essa surpreendente conclusão?

– Eu nego – disse Munn – que seja surpreendente. Vocês todos conhecem a história da busca do Mulo pela Segunda Fundação. Mas o que sabem sobre a intensidade da busca... da firmeza dela? Ele tinha recursos tremendos à sua disposição e não poupou nenhum deles. Estava determinado e, mesmo assim, fracassou. Nenhuma Segunda Fundação foi encontrada.

– Ninguém esperava que fosse – apontou Turbor, inquieto. – Ela tinha meios de se proteger contra mentes inquiridoras.

– Mesmo quando a mente que está perguntando é a mentalidade mutante do Mulo? Acho que não. Mas, vamos, vocês não esperam que eu resuma cinquenta volumes de informes em cinco minutos. Todos eles, pelos termos do tratado de paz, serão parte do Museu Histórico Seldon no futuro, e vocês serão livres para fazer a mesma análise que eu. Encontrarão as declarações dele bem evidentes, no entanto, e como eu acabei de falar. Não há e nunca houve qualquer Segunda Fundação.

Semic se interpôs:

– Bem, então o que parou o Mulo?

– Grande Galáxia, o *que* você acha que o fez parar? A morte; como vai parar todos nós. A maior superstição da era é que o Mulo foi parado, de alguma forma, em sua carreira de conquistador, por algumas misteriosas entidades superiores até a ele mesmo. É o resultado de olharmos para tudo com o foco errado. Certamente, todos na Galáxia sabem que o Mulo era estranho, tanto física quanto mentalmente. Ele morreu aos trinta e poucos anos, porque seu corpo mal ajustado não conseguia mais manter a máquina funcionando. Por vários anos, antes de sua morte, foi um inválido. Seu melhor estado de saúde nunca foi mais do que a debilidade de um homem comum. Certo, então. Ele conquistou a Galáxia e, no curso normal da natureza, seguiu até morrer. É incrível que tenha durado tanto. Amigos, está muitíssimo claro. Só é preciso ter paciência. Só precisam tentar olhar para todos os fatos a partir de um novo foco.

— Bom, vamos tentar isso, Munn — disse Darell, pensativo. — Seria uma tentativa interessante e, se não der em nada, pelo menos ajudará a desenferrujar nossos pensamentos. Esses homens alterados... os registros que Anthor trouxe para nós há quase um ano, como os explica? Ajude-nos a ver em foco.

— Fácil. Qual a idade da ciência de análise encefalográfica? Ou, colocando de outra forma, quão bem desenvolvido está o estudo dos neurônios?

— Estamos começando. Com certeza — disse Darell.

— Certo. Que nível de certeza podemos ter, então, da interpretação do que eu ouvi Anthor e você mesmo chamarem de Platô de Manipulação? Vocês têm suas teorias, mas até onde chega a certeza? Certeza suficiente para considerar isso base firme para a existência de uma força poderosa, para a qual todas as outras provas são negativas? É sempre fácil explicar o desconhecido postulando uma vontade sobre-humana e arbitrária. É um fenômeno muito humano. Já houve casos, por toda a história da Galáxia, em que sistemas planetários isolados se reverteram à selvageria, e o que aprendemos disso? Em todos os casos, tais selvagens atribuíam a eles forças da Natureza incompreensíveis... tempestades, pestes, secas... a seres inteligentes mais poderosos e mais arbitrários do que os homens. Isso se chama antropomorfismo, creio, e, a esse respeito, somos selvagens e caímos nisso. Ao saber pouco sobre a ciência mental, atribuímos tudo que não entendemos a super-homens... os da Segunda Fundação nesse caso, baseando-nos numa frase indireta jogada sobre nós por Seldon.

— Oh — interrompeu Anthor —, então você *se lembra* de Seldon. Achei que tivesse esquecido. Seldon falou que havia uma Segunda Fundação. Mantenha *isso* em foco.

— E *você* sabe, então, quais eram todos os objetivos de Seldon? Sabe quais necessidades estavam envolvidas em seus cálculos? A Segunda Fundação pode ter sido um espantalho muito necessário, com um objetivo bastante específico em vista. Como derrotamos Kalgan, por exemplo? O que você estava dizendo na última série de seus artigos, Turbor?

Turbor esticou o corpo.

– Sim, vejo para onde está indo. Estive em Kalgan, no final, Darell, e era bastante óbvio que o moral do planeta estava incrivelmente baixo. Procurei nos arquivos de notícias e... bem, eles esperavam a derrota. Na verdade, estavam completamente dominados pelo pensamento de que, no fim, a Segunda Fundação entraria em cena, do lado da Primeira, naturalmente.

– Exato – disse Munn. – Eu estive lá por toda a guerra. Falei a Stettin que não havia nenhuma Segunda Fundação e ele acreditou em mim. *Ele* se sentiu seguro. Mas não houve forma de fazer com que as pessoas, de repente, deixassem de acreditar no que acreditaram toda a vida. Por isso, o mito serve a um objetivo muito útil no xadrez cósmico de Seldon.

Mas os olhos de Anthor se abriram, muito repentinamente, e se fixaram sarcásticos no semblante de Munn.

– *Eu digo que você está mentindo.*

Homir ficou pálido.

– Não vejo por que tenho de aceitar, muito menos responder, a uma acusação dessa natureza.

– Digo isso sem qualquer intenção de ofendê-lo pessoalmente. Você não consegue evitar a mentira; não percebe que está fazendo isso. Mas mente, da mesma forma.

Semic colocou uma mão sobre o braço do jovem.

– Respire fundo, meu jovem.

Anthor afastou o braço, pouco gentil, e continuou:

– Perdi a paciência com todos vocês. Não vi esse homem mais de meia dúzia de vezes na minha vida, mas percebo que a mudança nele é inacreditável. O resto de vocês o conhece há anos, mas não vê nada. É o suficiente para deixar qualquer um louco. Vocês chamam esse homem de Homir Munn? Ele não é o Homir Munn que *eu* conheci.

Uma mistura de choque, sobre a qual a voz de Munn gritou:

– Você afirma que sou um impostor?

– Talvez não no sentido comum – gritou Anthor, sobre a confusão. – Mas um impostor da mesma forma. Quietos, todos! Eu exijo ser ouvido.

Seu rosto feroz fez com que todos ficassem em silêncio.

– Algum de vocês se lembra do Homir Munn como eu: o bibliotecário introvertido que nunca falava sem ficar obviamente embaraçado; o homem de voz tensa e nervosa, que gaguejava suas frases incertas? *Esse* homem se parece com ele? Ele é fluente, confiante, está cheio de teorias e, pelo espaço, ele não gagueja. *Será* que ele é a mesma pessoa?

Até Munn parecia confuso, e Pelleas Anthor continuou:

– Bom, vamos fazer o teste com ele?

– Como? – perguntou Darell.

– *Você* pergunta como? Há uma forma óbvia. Você tem o registro encefalográfico dele de dez meses atrás, não tem? Vamos refazer o teste e comparar.

Ele apontou para o bibliotecário com a cara fechada e disse, violentamente:

– Eu o desafio a se recusar a fazer a análise.

– Não tenho objeções – disse Munn, desafiador. – Sou o mesmo homem de sempre.

– Será que *você* pode saber? – disse Anthor, com desdém. – Vou mais fundo. Não confio em ninguém aqui. Quero que todos passem por uma análise. Houve uma guerra. Munn esteve em Kalgan; Turbor esteve a bordo de naves e por várias áreas de guerra. Darell e Semic também se ausentaram... não tenho ideia de aonde foram. Somente eu permaneci aqui, recluso e seguro, e não confio mais em nenhum de vocês. E, para ser justo, também me submeterei ao teste. Concordamos, então? Ou vou embora agora e sigo meu caminho?

– Não tenho nenhuma objeção – Turbor deu de ombros.

– Eu já disse que não tem problema – disse Munn.

Semic moveu a mão em um consentimento silencioso e Anthor esperou por Darell. Finalmente, o doutor assentiu.

– Eu vou primeiro – disse Anthor.

As agulhas fizeram seus delicados traços pelas folhas quadriculadas enquanto o jovem neurologista sentava-se, congelado, na cadeira reclinada, com os olhos bem fechados. Dos arquivos, Darell removeu a pasta contendo o antigo registro de Anthor. Ele os mostrou.

– Essa é sua assinatura, não?

– Sim, sim. Esse é o meu registro. Faça a comparação.

O scanner jogou os dois registros na tela. Todas as seis curvas em cada registro estavam ali e, na escuridão, a voz de Munn soou com um dura clareza.

– Bom, agora, olhe ali. Há uma mudança.

– Aquelas são as ondas primárias do lóbulo frontal. Não quer dizer nada, Homir. Aquelas fases adicionais que você está apontando são só raiva. São as outras que contam.

Ele tocou um controle e os seis pares se fundiram em um só e coincidiram. Só a amplitude mais profunda das primárias apresentava duplicação.

– Satisfeito? – perguntou Anthor.

Darell concordou secamente e se sentou. Semic o seguiu e, depois, Turbor. Silenciosamente, as curvas foram coletadas; silenciosamente, foram comparadas.

Munn foi o último a se sentar. Por um momento, hesitou; depois, com um toque de desespero na voz, disse:

– Bem, vejam, sou o último e estou tenso. Espero que o desconto devido seja dado por isso.

– Será – garantiu Darell. – Nenhuma emoção consciente irá afetar além das primárias, e elas não são importantes.

Poderiam ter se passado horas, no forte silêncio que se seguiu...

E então, na escuridão da comparação, Anthor disse, com a voz rouca:

– Claro, claro, é só o começo de um complexo. Não foi isso que ele nos contou? Não existe essa bobagem de manipulação; é só uma tola noção antropomórfica... mas olhe para isso! Uma coincidência, suponho.

– Qual é o problema? – gritou Munn.

A mão de Darell estava segurando forte o ombro do bibliotecário.

– Silêncio, Munn, você foi manipulado; foi ajustado por *eles*.

Então a luz se acendeu e Munn estava olhando para eles com o olhar alterado, fazendo uma terrível tentativa de sorrir.

– Vocês não podem estar falando sério, claro. Há um objetivo nisso tudo. Vocês estão me testando.

Mas Darell somente balançou a cabeça.

– Não, não, Homir. É verdade.

Os olhos do bibliotecário se encheram de lágrimas, repentinamente.

– Não me sinto diferente. Não posso acreditar nisso. – E com súbita convicção, disse: – Vocês todos estão metidos nisso. É uma conspiração.

Darell tentou um gesto apaziguador e sua mão foi afastada com violência.

– Vocês estão planejando me matar – rosnou Munn. – Pelo espaço, vocês estão planejando me matar.

Com uma arremetida, Anthor já estava sobre ele. Houve um choque forte de osso contra osso e Homir ficou no chão, sem forças, com um olhar de medo congelado no rosto.

Anthor se levantou, cambaleando.

– É melhor amarrá-lo e amordaçá-lo. Mais tarde, podemos decidir o que fazer – disse, enquanto arrumava seus longos cabelos escuros.

– Como você adivinhou – perguntou Turbor – que havia algo de errado com ele?

Anthor se virou sarcástico para ele:

– Não foi difícil. *Acontece que sei onde está realmente a Segunda Fundação.* Choques sucessivos têm um efeito decrescente...

Foi com uma verdadeira suavidade que Semic perguntou:

– Tem certeza? Quero dizer, nós acabamos de passar por esse negócio com o Munn...

– Não é a mesma coisa – respondeu Anthor. – Darell, no dia em que a guerra começou, eu falei com você muito seriamente. Tentei fazer com que você deixasse Terminus. Eu teria lhe contado, então, o que vou contar agora, se pudesse confiar em você.

– Você quer dizer que sabia a resposta há seis meses? – sorriu Darell.

– Eu sei desde que Arcádia foi para Trantor.

E Darell ficou de pé com uma súbita consternação.

– O que Arcádia tem a ver com isso? O que você está querendo dizer?

– Absolutamente nada que não esteja muito evidente em face de todos os eventos que conhecemos tão bem. Arcádia vai para Kalgan e foge, aterrorizada, para o centro tradicional da Galáxia, em vez de voltar para casa. O tenente Dirige, nosso melhor agente em Kalgan, é manipulado. Homir Munn vai para Kalgan e *ele* é manipulado. O Mulo conquistou a Galáxia, mas, estranhamente, fez de Kalgan seu quartel-general, e me ocorre perguntar se ele era um conquistador ou, talvez, uma ferramenta. A cada volta, nos encontramos com Kalgan. Kalgan... nada mais que Kalgan, o mundo que, de alguma forma, sobreviveu intocado a todas as lutas dos senhores da guerra por mais de um século.

– Sua conclusão, então.

– É óbvio – os olhos de Anthor estavam intensos. – A Segunda Fundação está em Kalgan.

– Eu estive em Kalgan, Anthor – Turbor interrompeu. – Estive lá na semana passada. Se houvesse uma Segunda Fundação lá, eu estaria louco. Pessoalmente, acho que você está louco.

O jovem girou para ele, selvagemente.

– Então, você é um gordo palerma. O que espera que seja a Segunda Fundação? Uma escola de gramática? Você acha que há Campos Radiantes formados por raios escrevendo "Segunda Fundação" em verde e roxo perto das rotas das espaçonaves? *Ouça-me*, Turbor. Onde estiverem, eles formam uma oligarquia fechada. Devem estar bem escondidos no mundo onde vivem, assim como esse mundo, na Galáxia.

Os músculos do pescoço de Turbor ficaram tensos.

– Não gosto da sua atitude, Anthor.

– Isso certamente me deixa muito preocupado – foi a resposta sarcástica. – Dê uma olhada aqui em Terminus. Estamos no centro, no núcleo da origem da Primeira Fundação, com todo seu conhecimento de ciência física. Bem, quantos da população são cientistas físicos? *Você* consegue operar uma Estação de Transmissão de Energia? O que *você* sabe sobre a operação de um motor hipernuclear? Hã? O número de cientistas de verdade em Terminus... mesmo em Terminus... pode ser avaliado em menos de 1% da população. E o que dizer da Segunda Fundação, onde o segredo deve ser preservado? Haverá ainda menos conhecedores, e estes estarão escondidos até mesmo do próprio mundo.

– Diga – disse Semic, cuidadoso. – Acabamos de derrotar Kalgan...

– Isso mesmo, isso mesmo – disse Anthor, sarcástico. – Oh, vamos celebrar a vitória. As cidades ainda estão iluminadas; ainda estão soltando fogos de artifício; ainda estão gritando para os televisores. Mas agora, *agora*, quando a busca pela Segunda Fundação voltar, onde será o último lugar em que procuraremos; onde é o último lugar em que qualquer um procurará? Certo? Kalgan! Nós não os destruímos, vejam; não mesmo. Destruímos algumas naves, matamos alguns milhares, destruímos o império deles, diminuímos um pouco do poder comercial e econômico... mas tudo isso não significa nada. Aposto que nenhum membro da verdadeira classe dominante de Kalgan está sequer incomodado. Pelo contrário, eles agora estão mais protegidos da curiosidade. Mas não da *minha* curiosidade. O que você tem a dizer, Darell?

Darell deu de ombros.

– Interessante. Estou tentando ligar isso à mensagem que recebi de Arcádia dois meses atrás.

– Oh, uma mensagem? – perguntou Anthor. – E o que dizia?

– Bem, não estou certo. Cinco palavras curtas. Mas é interessante.

– Vejam – interrompeu Semic, com um interesse preocupado –, há algo que *eu* não entendo.

– O que é?

Semic escolheu as palavras cuidadosamente, seu velho lábio superior soltando cada palavra como se ele as abandonasse de forma relutante.

– Bem, agora há pouco Homir Munn estava dizendo que Hari Seldon estava nos enganando quando disse que havia estabelecido uma Segunda Fundação. Agora vocês estão dizendo que não é assim; que Seldon não estava fingindo, certo?

– Certo, ele não estava fingindo. Seldon disse que tinha estabelecido uma Segunda Fundação, e foi o que fez.

– Certo, então, mas ele disse algo mais, também. Disse que tinha estabelecido as duas Fundações em extremos opostos da Galáxia. Agora, jovem, *isso* foi uma mentira... porque Kalgan não está no extremo oposto da Galáxia.

Anthor parecia perturbado.

– Esse é um ponto menor. Essa parte pode ter sido uma cobertura para protegê-los. Mas, afinal, pense... Que utilidade teriam os mestres da mente se estivessem no extremo oposto da Galáxia? Qual seria a função deles? Ajudar a preservar o Plano. Quem são os principais jogadores do Plano? Nós, a Primeira Fundação. Onde eles poderiam nos observar melhor, então, e servir ao seu objetivo? No extremo oposto da Galáxia? Ridículo! Eles estão razoavelmente perto, na verdade, e isso seria bem mais sensato.

– Gosto desse argumento – disse Darell. – Faz sentido. Vejam aqui, Munn está consciente faz algum tempo e proponho que o soltemos. Ele não pode nos fazer mal, na verdade.

Anthor não concordou, mas Homir estava mexendo a cabeça com força. Cinco segundos depois, ele esfregava os pulsos vigorosamente.

– Como se sente? – perguntou Darell.

– Quebrado – disse Munn, mal-humorado –, mas tudo bem. Há algo que quero perguntar a esse jovem brilhante aqui. Eu ouvi o que disse e gostaria de perguntar o que fazer depois.

Houve um silêncio estranho e incongruente.

– Bem, suponhamos que Kalgan *seja* a Segunda Fundação – Munn sorriu, amargo. – *Quem* em Kalgan faz parte? Como vamos achá-los? Como vamos enfrentá-los *se* os encontrarmos, hã?

– Ah – disse Darell. – Posso responder a isso, por mais estranho que pareça. Posso contar o que eu e Semic estivemos fazendo nesses últimos seis meses? Pode lhe dar outra razão, Anthor, para eu ter ficado em Terminus todo esse tempo.

―――

– Em primeiro lugar – continuou –, estive trabalhando em análises encefalográficas com outros objetivos, dos quais vocês nem suspeitam. Detectar mentes da Segunda Fundação é um pouco mais sutil do que simplesmente encontrar um Platô de Manipulação... e não consegui, na verdade. Mas cheguei perto o suficiente. Vocês sabem, qualquer um, como funciona o controle emocional? Foi um assunto popular entre os escritores de ficção, desde o tempo do Mulo, e muita besteira foi escrita, falada e gravada sobre o assunto. Na maior parte das vezes, foi tratado como algo misterioso e oculto. É claro que não é. Que o cérebro é a fonte de uma miríade de pequenos campos eletromagnéticos, todos sabem. Toda emoção efêmera faz variar esses campos de formas mais ou menos intricadas, e todos devem saber disso, também. Agora, é possível conceber uma mente capaz de sentir a flutuação desses campos e, até, entrar em ressonância com eles. Quero dizer, pode existir um órgão especial do cérebro capaz de assumir qualquer padrão de campo que possa detectar. Exatamente como faria isso, não tenho ideia, mas não importa. Se fosse cego, por exemplo, eu ainda poderia aprender o significado dos fótons e do quantum de energia e poderia ser razoável, para mim, que a absorção de um fóton de tal energia pudesse criar mudanças químicas em alguns órgãos do corpo, de forma que sua presença fosse detectável. Mas, é claro, eu não seria capaz de entender as cores. Vocês acompanham?

Anthor assentiu com firmeza; os outros duvidaram um pouco.

– Tal Órgão de Ressonância da Mente hipotético, ao se ajustar aos campos emitidos por outras mentes, poderia realizar o que é popularmente conhecido como "leitura de emoção" ou mesmo "leitura da mente", o que é, na verdade, algo ainda mais sutil. É um passo fácil imaginar um órgão similar que poderia, na verdade, forçar um ajuste na mente de outra pessoa. Poderia orientar, com seu campo mais forte, o mais fraco... assim como o magneto forte irá orientar os dipolos atômicos em uma barra de ferro e deixá-la magnetizada. Eu resolvi a matemática da Segunda Fundação na medida em que criei uma função que prevê a combinação necessária de caminhos neurônicos que permitiriam a formação de um órgão como o que acabei de descrever... mas, infelizmente, a função é muito complicada para ser resolvida por qualquer uma das ferramentas matemáticas conhecidas no presente. Isso é muito ruim, porque significa que não posso detectar um manipulador de mentes só pelo seu padrão encefalográfico. Mas poderia fazer algo mais. Poderia, com a ajuda de Semic, construir o que vou descrever como um aparelho de Estática Mental. Não está além da capacidade da ciência moderna criar uma fonte de energia que irá duplicar um padrão de campo eletromagnético do tipo encefalográfico. Além do mais, isso pode ser feito para mudar aleatoriamente, criando, no que diz respeito a esse sentido da mente, um tipo de "ruído" ou "estática" que mascara outras mentes com as quais ele possa estar em contato. Ainda me acompanham?

Semic riu. Ele tinha ajudado a criar aquilo, sem saber o objetivo, mas havia adivinhado e acertado. O velho ainda tinha uns truques na manga...

– Acho que sim – disse Anthor.

– O aparelho – continuou Darell – é relativamente simples de ser produzido e eu tinha todos os recursos da Fundação sob meu controle, quando assumi o comando da pesquisa de guerra. E, agora, os escritórios do prefeito e das assembleias legislativas estão cercados de Estática Mental. Assim como as principais fábricas. Assim como esta casa. Todos estão, de alguma forma, obscurecidos. No fim, qualquer lugar que quisermos pode se tornar absolutamente livre da Segunda Fundação, ou de qualquer futuro Mulo. E é isso.

Ele terminou de forma simples com um gesto da mão.

Turbor parecia espantado.

– Então terminou, Grande Seldon, tudo terminado.

– Bem – disse Darell –, não exatamente.

– Como, não exatamente? Há algo mais?

– Sim, não localizamos a Segunda Fundação ainda!

– O quê? – gritou Anthor. – Você está tentando dizer...

– Sim, estou. Kalgan não é a Segunda Fundação.

– Como *você* sabe?

– É fácil – resmungou Darell. – *Acontece que eu sei onde está realmente a Segunda Fundação.*

21. A RESPOSTA SATISFATÓRIA

Turbor riu de repente – riu em gargalhadas sonoras e tempestuosas que ressoavam pela parede e morriam fracas. Ele balançou um pouco a cabeça e disse:

– Grande Galáxia, isso continuará a noite toda. Um depois do outro, apresentamos nossos espantalhos para que sejam abatidos. Estamos nos divertindo, mas não saímos do lugar. Espaço! Pode ser que todos os planetas sejam a Segunda Fundação. Talvez não tenham planeta, somente homens importantes espalhados por todos os planetas. E o que importa, se Darell diz que temos a defesa perfeita?

Darell sorriu, mas continuou sério.

– A defesa perfeita não é suficiente, Turbor. Meu aparelho de Estática Mental está longe de ser perfeito e, mesmo se fosse, só é algo que nos mantém no mesmo lugar. Não podemos permanecer para sempre, com os punhos fechados, olhando freneticamente para todos os lados, esperando o inimigo desconhecido. Devemos saber não só *como* vencer, mas a quem derrotar. E *há* um mundo específico no qual se concentra o inimigo.

– Vamos logo ao ponto – disse Anthor, cansado. – Qual é a sua informação?

– Arcádia – disse Darell – me enviou uma mensagem e, até recebê-la, eu não tinha visto o óbvio. Provavelmente nunca teria visto. Mas era uma mensagem simples que dizia: "Um círculo não tem fim". Estão vendo?

– Não – disse Anthor com teimosia, e obviamente ele falava pelos outros.

– Um círculo não tem fim – repetiu Munn, pensativo, e sua testa se enrugou.

– Bem – disse Darell, impaciente –, ficou bastante claro para mim... Qual é o fato absoluto que sabemos sobre a Segunda Fundação, hein? Vou contar! Sabemos que Hari Seldon a localizou no extremo oposto da Galáxia. Homir Munn teorizou que Seldon mentiu sobre a existência da Fundação. Pelleas Anthor teorizou que Seldon havia dito a verdade até um ponto, mas mentiu sobre a localização da Fundação. No entanto eu digo que Hari Seldon não mentiu em nada; que ele falou a verdade absoluta. *Mas o que é a extremidade oposta?* A Galáxia é um objeto achatado em forma de lente. Um corte transversal ao longo da sua forma achatada é um círculo, e um círculo não tem fim... como Arcádia percebeu. Nós... *nós*, a Primeira Fundação... estamos localizados em Terminus, na borda deste círculo. Estamos num extremo da Galáxia, por definição. Agora, sigam a borda deste círculo e encontrem o outro extremo. Sigam, sigam, sigam e não encontrarão outro extremo. Vocês simplesmente voltam ao ponto inicial... E *lá* encontrarão a Segunda Fundação.

– Lá? – repetiu Anthor. – Você quer dizer *aqui*?

– Sim, quero dizer aqui! – gritou Darell, com energia. – Ora, onde mais poderia ser? Você mesmo disse que, se os membros da Segunda Fundação fossem os guardiões do Plano Seldon, era improvável que se localizassem no chamado outro extremo da Galáxia, onde estariam isolados demais. Você achou que a distância de Kalgan era mais sensata. Eu digo que isso é ainda muito longe. Nenhuma distância é algo muito mais sensato. E onde estariam mais a salvo? Quem procuraria por eles aqui? É um velho princípio que o lugar mais óbvio é o menos suspeito. Por que o pobre Ebling Mis ficou tão surpreso e paralisado por sua descoberta da localização da Segunda Fundação? Lá estava ele, procurando desesperadamente por ela para avisá-la da chegada do Mulo, só para descobrir que o mutante tinha capturado as duas Fundações em um só golpe. E por que o próprio Mulo fracassou em sua busca? Por que não? Se alguém está procurando por uma ameaça inconquistável, dificilmente iria olhar entre os inimigos já conquistados. Então, os mestres da mente, em seu tempo livre, poderiam montar seus planos para deter o Mulo, e conseguiram. Ó, é absurdamente simples. Porque *aqui* estamos nós com nossos planos e esquemas, pensando que estamos mantendo o segredo... quando, o tempo todo, estamos no próprio coração e núcleo da fortaleza do inimigo. É engraçado.

Anthor não tirou o ceticismo do rosto:

– Você honestamente acredita nessa teoria, dr. Darell?

– Eu acredito honestamente nela.

– Então qualquer um dos nossos vizinhos, qualquer homem que passa na rua pode ser um super-homem da Segunda Fundação, com a mente dele espionando a nossa e sentindo o pulso dos nossos pensamentos?

– Exatamente.

– E nós tivemos a permissão de continuar todo esse tempo, sem sermos molestados?

– Sem sermos molestados? Quem disse que não fomos molestados? Você mesmo mostrou que Munn foi alterado. O que o faz pensar que nós o mandamos a Kalgan, em primeiro lugar, inteiramente por nossa própria vontade... ou que Arcádia nos ouviu e o seguiu por sua própria vontade? Ah! Nós fomos molestados sem parar, provavelmente. E, no final, por que deveriam fazer mais do que fizeram? É muito mais benéfico para eles nos enganar do que apenas nos deter.

Anthor se enterrou na meditação e emergiu de lá com uma expressão insatisfeita:

– Bem, então, não gosto disso. Sua estática mental não vale um pensamento. Não podemos ficar em casa para sempre e, assim que sairmos, estamos perdidos, com o que agora achamos que sabemos. A menos que você consiga comprar uma pequena máquina para cada habitante da Galáxia.

– Sim, mas não estamos tão desprevenidos, Anthor. Esses homens da Segunda Fundação têm um sentido especial que nos falta. É a força deles, e também a fraqueza. Por exemplo, há alguma arma de ataque que seja eficiente contra um homem normal, com visão, mas que é inútil contra um cego?

– Claro – disse Munn, rápido. – Luz nos olhos.

– Exato – disse Darell. – Uma boa e forte luz cegante.

– Bem, e daí? – perguntou Turbor.

– Mas a analogia é clara. Tenho um aparelho de Estática Mental. Ele cria um padrão eletromagnético artificial, o que para a mente de um homem da Segunda Fundação seria como um raio de luz para nós. Mas o aparelho de Estática Mental é caleidoscópico. Ele muda de modo rápido e contínuo, mais rápido do que a mente receptora pode seguir. Certo, então pensem em luz piscante; do tipo que nos daria dor de cabeça, se continuasse por muito tempo. Agora, intensifiquem a luz ou o campo eletromagnético até cegar... e se tornar uma dor, uma dor insuportável. Mas somente para aqueles com o sentido apropriado; *não* para os insensíveis.

– Sério? – disse Anthor, começando a ficar entusiasmado. – Você já testou?

– Em quem? É claro que não testei. Mas vai funcionar.

– Bem, onde estão os controles do campo que cerca a casa? Gostaria de vê-los.

– Aqui. – Darell enfiou a mão no bolso. Era uma coisa pequena, pouco sobressaía no bolso. Ele entregou o cilindro preto para o outro.

Anthor o inspecionou cuidadosamente, e deu de ombros.

– Não me diz nada olhar para isso. Diga, Darell, o que não devo mexer? Não quero desligar a defesa da casa por acidente, sabe.

– Não vai – disse Darell, indiferente. – Este controle está travado – e apertou um botão que não fez nada.

– E o que é essa alavanca?

– Ela muda a taxa de variação do padrão. Aqui... essa varia a intensidade. É ao que estou me referindo.

– Posso... – perguntou Anthor, com seu dedo na alavanca de intensidade. Os outros estavam ao redor.

– Por que não? – deu de ombros Darell. – Não irá nos afetar.

Devagar, quase com dor, Anthor girou a alavanca, primeiro em uma direção, depois em outra. Turbor estava com os dentes cerrados, enquanto

Munn piscava os olhos rapidamente. Era como se estivessem afiando seus equipamentos sensoriais inadequados para localizar esse impulso que não poderia afetá-los.

Finalmente, Anthor deu de ombros e jogou a caixa de controle de volta para Darell.

– Bem, suponho que possamos acreditar em sua palavra. Mas é certamente difícil imaginar que qualquer coisa aconteceu quando eu girei a alavanca.

– Mas naturalmente, Pelleas Anthor – disse Darell, com um sorriso. – Aquela que eu lhe entreguei era falsa. Veja, eu tenho outra... – Ele abriu o casaco e mostrou uma réplica da caixa de controle que Anthor havia investigado, pendurada em seu cinto.

– Veja – disse Darell, e, com um gesto, girou a alavanca de intensidade para o máximo.

E, com um grito inumano, Pelleas Anthor caiu no chão. Ele rolava, agonizante; ficou branco, os dedos agarrando e arrancando inutilmente o cabelo.

Munn ficou de pé, para evitar o contato com o corpo retorcido, e seus olhos mostravam todo o horror que sentia. Semic e Turbor eram como um par de moldes de gesso; duros e brancos.

Darell, sombrio, girou a alavanca novamente. E Anthor se agitou mais uma ou duas vezes e ficou parado. Estava vivo, a respiração fazendo o corpo estremecer.

– Levantem-no até o sofá – disse Darell, agarrando a cabeça do jovem. – Ajudem-me aqui.

Turbor pegou os pés. Eles poderiam estar levantando um saco de farinha. Depois de longos minutos, a respiração ficou mais calma e os olhos de Anthor piscaram e se abriram. Seu rosto estava terrivelmente amarelo, o cabelo e o corpo estavam molhados de transpiração, e a voz, quando falou, era rouca e irreconhecível.

– Não – ele murmurou –, não! Não faça isso de novo! Você não sabe... Você não sabe... Oh-h-h. – Era um longo e trêmulo gemido.

– Não vamos fazer de novo – disse Darell –, se você nos disser a verdade. É um membro da Segunda Fundação?

– Preciso beber um pouco de água – pediu Anthor.

– Vá buscar, Turbor – disse Darell –, e traga a garrafa de uísque.

Ele repetiu a questão depois de tomar um trago de uísque e dar dois copos de água para Anthor. Algo pareceu relaxar no jovem...

– Sim – ele disse, cansado –, sou um membro da Segunda Fundação.

– Que está localizada – continuou Darell – em Terminus; aqui?

– Sim, sim. Você está certo em todos os aspectos, dr. Darell.

– Ótimo! Agora, explique o que aconteceu nos últimos seis meses. Conte-nos!

– Eu gostaria de dormir! – sussurrou Anthor.

– Mais tarde! Fale agora!

Um suspiro trêmulo. Depois palavras, baixas e corridas. Os outros se inclinaram para captar o som.

– A situação estava ficando muito perigosa. Sabíamos que Terminus e seus cientistas físicos estavam se interessando por padrões de ondas cerebrais e que o tempo estava maduro para o desenvolvimento de algo como o aparelho de Estática Mental. E havia uma inimizade crescente em relação à Segunda Fundação. Precisávamos parar isso, sem arruinar o Plano Seldon. Nós... nós tentamos controlar o movimento. Tentamos ser parte dele. Para afastar de nós a suspeita e seus esforços. Vimos que a declaração de guerra de Kalgan seria uma distração. Por isso enviei Munn para Kalgan. A suposta amante de Stettin era uma de nós. Ela garantiu que Munn fizesse as jogadas apropriadas...

– Callia é... – gritou Munn, mas Darell mandou que fizesse silêncio.

Anthor continuou, sem prestar atenção na interrupção:

– Arcádia o seguiu. Não tínhamos contado com isso... não podemos prever tudo... então Callia a manobrou para Trantor, para evitar interferência. É tudo. Exceto que perdemos.

– Você tentou me fazer ir para Trantor, não? – perguntou Darell.

Anthor assentiu.

– Precisava tirá-lo do caminho. O seu crescente triunfo mental era evidente. Estava resolvendo os problemas do aparelho de Estática Mental.

– Por que não tentou me controlar?

– Não podia... não podia. Tinha minhas ordens. Estávamos trabalhando de acordo com um Plano. Se improvisasse, teria estragado tudo. O Plano somente prevê probabilidades... sabe disso... como o Plano Seldon – ele falava de forma angustiada e quase incoerente. Sua cabeça girava de um lado para o outro, com uma febre que não diminuía. – Trabalhamos com indivíduos... não grupos... poucas probabilidades, envolvidas... perdidos. Além disso... se eu o controlar... algum outro inventará o aparelho... inútil... precisava controlar os *tempos*... mais sutil... o plano do próprio Primeiro Orador... não conheço todos os ângulos... exceto... não funcionou, ahhhh. – Ele desmaiou.

Darell o chacoalhou com força.

– Você ainda não pode dormir. Quantos de vocês estão aqui?

– Hã? Oquevoudizer... oh... não muitos... ficaria surpreso... cinquenta... não é preciso de mais.

– Todos aqui em Terminus?

– Cinco... seis no espaço... como Callia... preciso dormir.

Ele se esticou de repente, como se fosse um esforço gigantesco, e sua expressão ficou mais clara. Era uma última tentativa de justificar-se, de reduzir o impacto da derrota.

– Quase o peguei no final. Teria desligado as defesas e o agarrado. Teria visto quem era o mestre. Mas você me deu os controles falsos... suspeitava de mim desde o começo...

E, finalmente, dormiu.

Turbor falou, pasmo:

– Há quanto tempo você suspeitava dele, Darell?

– Desde que chegou aqui – foi a resposta calma. – Ele chegou mandado por Kleise, foi o que me disse. Mas eu conhecia Kleise; e sabia em que condição nós brigamos. Ele era um fanático no assunto da Segunda Fundação, e eu o desertei. Minhas razões foram razoáveis, já que pensei que seria melhor e mais seguro ir atrás de minhas ideias sozinho. Mas não poderia dizer isso a Kleise; e ele não teria ouvido. Para ele, eu era um covarde e um traidor, talvez até mesmo um agente da Segunda Fundação. Era um homem que não perdoava, e daquele momento, até quase o dia da sua morte, nunca mais falou comigo. Então, de repente, em suas últimas semanas de vida, ele me escreve... como um velho amigo... para apresentar seu melhor e mais promissor aluno como um colega, e recomeçar as velhas pesquisas. Não tinha nada a ver com seu caráter. Como ele poderia fazer isso, sem estar sob uma influência externa? E comecei a questionar se o único objetivo não seria me induzir a confiar num verdadeiro agente da Segunda Fundação. Bem, era isso...

Ele suspirou e fechou os olhos por um momento.

Semic falou, hesitante.

– O que faremos com eles... as pessoas da Segunda Fundação?

– Não sei – disse Darell, triste. – Poderíamos exilá-los, acho. Há Zoranel, por exemplo. Eles podem ser colocados ali, e o planeta, saturado com Estática Mental. Os sexos podem ser separados, ou, melhor ainda, eles podem ser esterilizados... e, em cinquenta anos, a Segunda Fundação será uma coisa do passado. Ou talvez uma morte silenciosa para todos fosse mais gentil.

– Você acha – disse Turbor – que poderíamos aprender a usar esse sentido que eles têm? Ou nasceram assim, como o Mulo?

– Não sei. Acho que é desenvolvido por meio de um longo treinamento, já que há indicadores, na encefalografia, de que as potencialidades estão latentes na mente humana. Mas para que você quer esse sentido? Não *os* ajudou.

Darell franziu a testa.

Apesar de não ter dito nada, seus pensamentos estavam gritando.

Tinha sido muito fácil... muito fácil. Eles haviam caído, esses invencíveis, caídos como vilões de um livro de aventuras, e ele não estava gostando.

Galáxia! Quando um homem pode saber com certeza que não é uma marionete? *Como* um homem pode saber que não é uma marionete?

Arcádia estava voltando para casa e seus pensamentos recuaram, trêmulos, daquilo que ele teria de encarar no final.

———

Ela já estava em casa havia uma semana, depois duas, e ele não conseguia se livrar daqueles pensamentos. Como poderia? Ela tinha mudado de criança para uma jovem mulher durante a ausência, por meio de uma estranha alquimia. Ela era a ligação dele com a vida; sua ligação com um casamento agridoce que durara pouco mais que a lua de mel.

E então, uma noite, ele perguntou, com o tom mais casual que pôde:

– Arcádia, o que a fez decidir que Terminus continha as duas Fundações?

Eles tinham ido ao cinema; nas melhores cadeiras, com visores tridimensionais privados para cada um. Seu vestido era novo para a ocasião, e ela estava feliz.

Ela o olhou por um momento, depois soltou:

– Oh, não sei, pai. Simplesmente me ocorreu.

Uma camada de gelo tomou o coração de dr. Darell.

– Pense – ele disse, intenso. – É importante. O que a fez decidir que as duas Fundações estava em Terminus?

Ela deu de ombros, levemente.

– Bem, havia lady Callia. Eu sabia que *ela* era da Segunda Fundação. Anthor disse isso, também.

– Mas ela estava em Kalgan – insistiu Darell. – *O que a fez se decidir por Terminus?*

Arcádia esperou por vários minutos antes de responder. O que a *tinha* feito decidir? O que a tinha feito decidir? Ela teve a terrível sensação de algo escapando por entre os dedos.

– Ela sabia de coisas – acabou falando. – Lady Callia, quero dizer, e devia receber suas informações de Terminus. Isso não parece correto, pai?

Mas ele balançou a cabeça para ela.

– Pai – ela chorou –, eu *sabia*. Quanto mais pensava, mais certa estava. A coisa toda fazia *sentido*.

O pai tinha um olhar perdido.

– Isso não é nada bom, Arcádia. Nada bom. A intuição é algo suspeito quando estamos falando da Segunda Fundação. Você entende isso, não? *Poderia* ter sido a intuição... e poderia ter sido o controle deles!

– Controle! Você quer dizer que eles me modificaram? Oh, não. Não, não é possível. – Ela se afastava. – Mas Anthor não disse que eu estava certa? Ele admitiu. Admitiu tudo. E você descobriu todo o grupo, bem aqui em Terminus. Não descobriu? Não descobriu? – Ela respirava depressa.

– Eu sei, mas... Arcádia, você me deixaria fazer uma análise encefalográfica do seu cérebro?

Ela girou a cabeça violentamente:

– Não, não! Tenho muito medo.

– De mim, Arcádia? Não há nada para temer. Mas precisamos saber. Você entende isso, não?

Ela o interrompeu somente uma vez, depois disso. Ela agarrou o braço dele pouco antes que o último controle fosse ligado.

– E se eu *estiver* diferente, pai? O que o senhor terá de fazer?

– Não vou fazer nada, Arcádia. Se você estiver diferente, nós partiremos. Voltamos a Trantor, nós dois, e... e não vamos nos importar com nada mais na Galáxia.

Nunca, na vida de Darell, uma análise pareceu tão lenta, custou tanto e, quando terminou, Arcádia se encolheu toda e não teve coragem de olhar. Então ela ouviu o riso dele e isso era informação suficiente. Ela pulou e se jogou nos braços abertos do pai.

Ele estava balbuciando forte enquanto se abraçavam:

– A casa está sob máxima Estática Mental e suas ondas cerebrais estão normais. Nós realmente os pegamos, Arcádia, e podemos retomar nossas vidas.

– Pai – ela falou com voz abafada –, podemos deixar que nos deem medalhas, agora?

– Como você sabia que eu tinha pedido que não fizessem isso? – Ele segurou seu braço por um momento, depois voltou a sorrir. – Deixe para lá; você sabe tudo. Certo, você pode receber sua medalha num palco, com discursos.

– E... pai?

– Sim?

– Você pode me chamar de Arkady, a partir de agora?

– Mas... Está certo, Arkady.

Vagarosamente, a magnitude da vitória o preenchia e saturava. A Fundação – a Primeira Fundação, agora a única Fundação – era mestra absoluta da Galáxia. Nenhuma barreira a separava mais do Segundo Império – a realização final do Plano Seldon.

Eles só tinham de estender a mão e pegar...

Graças a...

22. A RESPOSTA VERDADEIRA

Uma sala desconhecida, em um mundo desconhecido!

E um homem cujo plano tinha funcionado.

O Primeiro Orador olhou para o Estudante:

– Cinquenta homens e mulheres – ele disse. – Cinquenta mártires! Eles sabiam que isso significava morte ou prisão perpétua, e não poderiam nem ser orientados para evitar que fraquejassem... já que qualquer orientação poderia ter sido detectada. Mas não fraquejaram. Levaram o plano adiante, porque amavam o Plano maior.

– Não poderiam ter sido em número menor? – perguntou o Estudante, duvidando.

O Primeiro Orador vagarosamente balançou a cabeça:

– Era o limite mínimo. Menos poderia não ter sido convincente. De fato, pura objetividade teria exigido setenta e cinco, para deixar uma margem de erro. Não importa. Você estudou o curso de ação, como elaborado pelo Conselho de Oradores há quinze anos?

– Sim, Orador.

– E comparou com os desenvolvimentos atuais?

– Sim, Orador. – E, depois de uma pausa: – Fiquei bastante impressionado, Orador.

– Eu sei. Sempre a mesma reação. Se você soubesse quantos homens trabalharam por muitos meses... anos, na verdade... para chegar à perfeição, teria ficado menos impressionado. Agora, diga-me o que aconteceu... em palavras. Quero sua tradução da matemática.

– Sim, Orador. – O jovem organizou os pensamentos. – Essencialmente, foi necessário que os homens da Primeira Fundação fossem minuciosamente convencidos de que haviam localizado *e destruído* a Segunda Fundação. Dessa forma, haveria a reversão para a intenção original. Para todos os efeitos, Terminus deveria mais uma vez não saber nada sobre nós; não deveria nos incluir em nenhum de seus cálculos. Estaríamos mais uma vez escondidos e salvos... e o custo a pagar era cinquenta homens.

– E o objetivo da guerra kalganiana?

– Mostrar à Fundação que eles poderiam derrotar um inimigo físico... apagando, assim, os danos causados à autoestima e autoconfiança deles pelo Mulo.

– Aqui sua análise ainda é insuficiente. Lembre-se, a população de Terminus tinha uma opinião ambivalente sobre nós. Eles odiavam e invejavam nossa suposta superioridade; mas contavam implicitamente conosco para protegê-los. Se tivéssemos sido "destruídos" antes da guerra kalganiana, isso teria significado pânico por toda a Fundação. Eles nunca teriam tido a coragem de enfrentar Stettin, quando ele *então* atacasse; e ele iria fazer isso. Somente na exaltação da vitória, a "destruição" poderia acontecer com efeitos negativos mínimos. Mesmo a espera de um ano, a partir de então, poderia ter significado um esfriamento muito grande do sucesso.

O Estudante concordou:

– Entendo. Então, o curso da história prosseguirá sem desvios na direção indicada pelo Plano.

– A menos que – apontou o Primeiro Orador – acidentes, imprevistos e individuais, ocorram.

– E, para isso – disse o Estudante –, existimos *nós*. Exceto... Exceto... Uma faceta da situação atual me preocupa, Orador. A Primeira Fundação ficou com o aparelho de Estática Mental... uma arma poderosa contra nós. Isso, pelo menos, foi uma grande mudança.

– Bem lembrado. Mas eles não têm contra quem usá-la. Transformou-se em um aparelho estéril; assim como, sem nossa ameaça contra eles, a análise encefalográfica vai tornar-se uma ciência estéril. Outras variedades de conhecimento trarão, novamente, retornos mais importantes e imediatos. Então, essa primeira geração de cientistas mentais da Primeira Fundação será também a última... e, em um século, a Estática Mental será um item quase esquecido do passado.

– Bem... – O Estudante estava fazendo cálculos mentais. – Suponho que o senhor esteja certo.

– Mas o que eu mais quero que você perceba, jovem, para o bem do seu futuro no Conselho, é a consideração dada às pequenas interconexões que foram impostas ao nosso plano na última década e meia, simplesmente porque lidamos com indivíduos. Houve o modo pelo qual Anthor teve de criar suspeitas contra si, de forma que elas amadurecessem no momento certo, mas isso foi relativamente simples. Houve o modo como a atmosfera foi manipulada para que não ocorresse a ninguém em Terminus, antes da hora, que o próprio planeta poderia ser o centro que eles estavam procurando. O conhecimento deveria ser fornecido à jovem, Arcádia, que só seria ouvida pelo próprio pai. Ela devia ser enviada a Trantor, depois disso, para evitar que houvesse um contato prematuro com o pai. Aqueles dois eram os polos de um motor hipernuclear; cada um era inativo sem o outro. E a conexão devia ser feita... o contato entre os dois... no momento certo. Eu me assegurei disso! E a batalha final devia ocorrer de forma apropriada. A frota da Fundação deveria estar cheia de autoconfiança, enquanto que a frota de Kalgan deveria estar pronta para fugir. Eu me assegurei disso, também!

– Parece, Orador – disse o Estudante –, que o senhor... quer dizer, todos nós... estávamos contando com que o dr. Darell não suspeitasse de que Arcádia fosse um instrumento nosso. De acordo com a *minha* checagem dos cálculos, havia algo como uma probabilidade de 30% de que ele *suspeitaria*. O que teria acontecido, então?

– Teríamos dado um jeito nisso. O que você aprendeu sobre os Planaltos da Manipulação? O que são eles? Certamente, não são prova da introdução de uma tendência emocional. Isso pode ser feito sem qualquer possibilidade de detecção, mesmo pela mais refinada análise encefalográfica possível. Uma consequência do Teorema de Leffert, sabe. É a remoção, o corte, de tendências emocionais anteriores, que ele mostra. *Deve* mostrar. E, é claro, Anthor fez com que Darell soubesse tudo sobre os Planaltos da Manipulação. No entanto... Quando um indivíduo pode ser posto sob controle sem demonstrar? Quando não há nenhuma tendência emocional anterior a ser removida. Em outras palavras, quando o indivíduo é uma criança recém-nascida, com a mente ainda em branco. Arcádia Darell era isso aqui em Trantor, há quinze anos, quando a primeira linha foi desenhada na estrutura do plano. Ela nunca saberá que foi controlada, e será melhor assim, já que seu controle envolveu o desenvolvimento de uma personalidade preciosa e inteligente.

O Primeiro Orador riu.

– Em certo sentido, é a ironia de tudo isso que é surpreendente. Por quatrocentos anos, tantos homens foram cegados pelas palavras de Seldon, "o outro extremo da Galáxia", trouxeram seus pensamentos peculiares da ciência exata para o problema, medindo o outro extremo com transferidores e réguas, terminando em um ponto na periferia a 180 graus ao longo da borda, ou de volta ao ponto original. Mas nosso maior perigo está no fato de que *havia* uma solução possível baseada nos modos físicos de pensamento. A Galáxia, você sabe, não é simplesmente uma ovoide achatada; nem a Periferia é uma curva fechada. Na verdade, é uma espiral dupla, com pelo menos 80% dos planetas habitados no Braço Principal. Terminus está no extremo mais externo do braço espiral, e nós estamos no outro... já que, qual é o extremo oposto de uma espiral? Ora, as regiões centrais. Mas isso é trivial. É uma solução acidental e irrelevante. A solução poderia ter sido encontrada imediatamente, se os questionadores lembrassem que Hari Seldon era um cientista *social*, não físico, e ajustassem seus processos de pensamentos de acordo. O que *poderia* significar "o extremo oposto" para um cientista social? O extremo oposto do mapa? É claro que não. Esta é somente uma interpretação mecânica. A Primeira Fundação estava na Periferia, onde o Império original era mais fraco, onde sua influência civilizatória era menor, onde sua riqueza e sua cultura estavam quase ausentes. E onde é o *extremo oposto social da Galáxia*? Ora, no lugar onde o Império original era mais forte, onde sua influência civilizatória era maior, onde sua riqueza e sua cultura estavam mais presentes. Aqui! No centro! Em Trantor, a capital do Império no tempo de Seldon. E isso é tão inevitável. Hari Seldon deixou a Segunda Fundação para trás, para manter, melhorar e ampliar seu trabalho. Isso é conhecido, ou presumido, há cinquenta anos. Mas onde poderia ser feito da melhor forma? Em Trantor, onde o grupo de Seldon tinha trabalhado e onde os dados de décadas tinham sido acumulados. E foi o objetivo da Segunda Fundação proteger o Plano contra os inimigos. Isso, também, era conhecido! E onde estava a fonte do maior perigo para Terminus e o Plano? Aqui! Aqui em Trantor, onde o Império, moribundo como estava, ainda poderia, por três séculos, destruir a Fundação, se conseguisse decidir fazer isso. Então, quando Trantor caiu e foi saqueada e completamente destruída, há um século, *nós* fomos capazes, naturalmente, de proteger nosso quartel-general e, em todo o planeta, somente a Biblioteca Imperial e os arredores permaneceram intocados. Isso é algo sabido em toda a Galáxia, mas mesmo essa aparentemente gigantesca pista não foi percebida por ninguém. Foi aqui em Trantor que Ebling Mis nos descobriu; e aqui nós asseguramos que ele não sobreviveria à descoberta. Para fazer isso, foi necessário conseguir que uma garota normal da Fundação derrotasse o tremendo poder mutante do Mulo. Claro, tal fenômeno poderia ter atraído suspeitas para o planeta onde tudo ocorreu... Foi aqui que primeiro estudamos o Mulo, e planejamos sua derrota final. Foi aqui que Arcádia nasceu e o rumo dos acontecimentos começou a levar a um grande retorno ao Plano Seldon. E todas aquelas lacunas no nosso segredo permaneceram despercebidas porque Seldon tinha falado do "outro extremo" da forma dele, e as pessoas interpretavam isso de formas diversas.

O Primeiro Orador tinha parado de falar com o Estudante. Era uma exposição para si mesmo, na verdade, quando parou diante da janela, olhando para o incrível brilho do firmamento; para a gigantesca Galáxia, que agora estava segura para sempre.

– Hari Seldon chamava Trantor de "Fim da Estrela" – ele sussurrou –, e qual o problema com um pouco de imagem poética? Todo o universo foi, uma vez, guiado a partir dessa rocha; todas as rotas das estrelas vinham para cá. "Todas as estradas levam a Trantor", diz o velho provérbio, "e aqui é o fim do caminho de cada estrela."

Oito meses antes, o Primeiro Orador tinha visto aquele mesmo amontoado de estrelas – em nenhum lugar elas aglomeravam-se mais do que nas regiões centrais daquele gigantesco grupo de matéria que o Homem chama de Galáxia – com dúvidas; mas agora havia uma sombria satisfação no rosto redondo e vermelho de Preem Palver – o Primeiro Orador.

CRONOLOGIA DO UNIVERSO DE FUNDAÇÃO

A grandiosidade da Trilogia da Fundação não se limita aos três livros premiados que a compõem. Após a publicação dessa série de sucesso, Isaac Asimov expandiu seu universo. Além de publicar mais quatro romances (que se passam antes e depois da trilogia principal), o escritor integrou outras obras suas ao mesmo universo. Para isso, fez modificações tardias, mas consistentes, unindo todas essas histórias.

Os romances e contos que integram essa cronologia são independentes, mas complementares. E foram publicados fora de ordem, o que é mais um indicativo de que podem ser lidos separadamente – inclusive porque muitos deles tratam de períodos históricos bem distantes dos outros; no total essas obras abrangem milhares de anos da história humana imaginados pelo Bom Doutor.

A lista a seguir indica os livros que integram esse universo, ordenados cronologicamente.

The complete robot (1982), e *Eu, robô* (1950)
As cavernas de aço (1954) – Série dos Robôs
O sol desvelado (1957) – Série dos Robôs

Os robôs da alvorada (1983) – Série dos Robôs

Robôs e Império (1985) – Série dos Robôs

The Currents of Space (1952) – Série Império

The Stars, Like Dust (1951) – Série Império

Pedra no céu (1950) – Série Império

Prelúdio à Fundação (1988) – Série Fundação: Declínio e Ascensão

Origens da Fundação (1993) – Série Fundação: Declínio e Ascensão

Fundação (1951) – Trilogia da Fundação

Fundação e Império (1952) – Trilogia da Fundação

Segunda Fundação (1953) – Trilogia da Fundação

Limites da Fundação (1982) – Série Fundação: Declínio e Ascensão

Fundação e Terra (1983) – Série Fundação: Declínio e Ascensão

Essa lista foi feita com base na recomendação do próprio autor – apenas acrescentamos *Origens da Fundação*, o último livro que ele escreveu antes de morrer em 1992.

O ensaio apresentado nas próximas páginas explica detalhadamente as referências cruzadas que há dentro desse universo, explicitando a consistência e a genialidade no trabalho tardio realizado por Asimov.

ALUSÕES INTERNAS E MISTÉRIOS RECORRENTES NAS METASSÉRIES ROBÔS, IMPÉRIO E FUNDAÇÃO, DE ASIMOV

POR DONALD E. PALUMBO

Donald E. Palumbo leciona Inglês na East California University, nos Estados Unidos. Desde 1982, publica artigos e ensaios sobre ficção científica, além de editar antologias sobre o tema.

Isaac Asimov expandiu seus nove contos iniciais sobre a Fundação (que foram publicados em série pela primeira vez na *Astounding Science Fiction* nos anos 1940 e depois em edições adaptadas como uma trilogia nos anos 1950) para uma série de sete volumes, com o acréscimo de quatro romances, publicados entre 1982 e 1993. Durante esse período, ele também integrou à série Fundação: Declínio e Ascensão um grande esquema de obras inter-relacionadas, que inclui cerca de vinte contos sobre robôs, quatro romances da série dos Robôs e três romances da série Império; a nota ao penúltimo volume publicado, *Prelúdio à Fundação*, anuncia a existência e a integridade dessa metassérie e lista as obras que a compõem. Examinar a trilogia e a série Fundação: Declínio e Ascensão no contexto da metassérie Robôs, Império e Fundação esclarece o talento artístico surpreendentemente sutil que faz da trilogia um monumento da ficção científica, e da metassérie inteira um feito extraordinário. Isso porque fica evidente a estética sofisticada usada ao longo da metassérie, de modo que (mesmo décadas à frente de seu tempo, no caso da trilogia inicial) o autor recapitula incessantemente a teoria do caos, a premissa científica que permeia a mestassérie em sua arquitetura, nas estruturas do enredo, nos temas, nos motivos, nas metáforas e nas analogias.

James Gunn (1996, p. 23), por não perceber que Asimov integrou a metassérie sobretudo por meio desse golpe estético hábil, sugere que "talvez a decisão de Asimov de alinhar suas séries [Robôs e Fundação] tenha sido um erro artístico". Gunn argumenta que Asimov tenta estabelecer uma ligação entre suas obras principalmente por meio de técnicas muito superficiais, como inserir alusões aos contos e romances da série dos Robôs nos acréscimos subsequentes à série Fundação – *Prelúdio à Fundação* e *Origens da Fundação*, *Limites da Fundação* e *Fundação e Terra*, os romances sobre Seldon e Gaia – e também introduzir em *Robôs e Império* e *Prelúdio à Fundação* acontecimentos cruciais que conectam o cenário dos romances da série dos Robôs ao dos romances da série Império e aos da Trilogia da Fundação. Entretanto, seis estudos publicados mais recentemente (Palumbo 1996, 1999, 1999a, 1999b, 2000, 2002), contrários ao ponto de vista de Gunn, demonstram que é precisamente nos níveis estéticos mais profundos da estrutura e do tema que Asimov triunfa de forma mais magistral em integrar a metassérie. Além disso, Asimov amarra a metassérie em um nível cosmético também por meio de uma ampla variedade de técnicas superficiais, inclusive as identificadas por Gunn.

Os robôs instigam os elementos básicos do cenário dos romances da série Império e da série Fundação (viagem hiperespacial, Império Galáctico, psico-história e Gaia), e a psico-história não é apenas um plano alternativo para Gaia, mas é intrínseca a ela porque ambos os conceitos, como o próprio cérebro positrônico, brotam das mesmas raízes da teoria do caos. Além de tudo isso, essas técnicas incluem temas, motivos e estratégias adicionais que também se originam dos contos e romances da série dos Robôs e reaparecem ao longo da metassérie: o tema da persistência do preconceito (dominante nos trabalhos de Asimov); expedientes narrativos recorrentes, tais como a tendência de seus protagonistas a "arrancar a vitória das garras da derrota", superar o plano, cometer um assassinato e sair impune; motivos reciclados, tais como amantes e cupidos robóticos, controle da mente e mentálica e a "mão morta" da história;

e o reaparecimento de certas tecnologias, artefatos e mistérios recorrentes (como o que aconteceu com os robôs, com os Siderais e com a própria Terra), bem como a inserção de alusões internas. Enquanto artefatos (como a grade e o Visi-Sonor) aparecem apenas nos romances da série Império e na Trilogia da Fundação, e algumas tecnologias nos mesmos romances ajudam a integrar a metassérie (somnífero, antigravidade, Sonda Psíquica e chicote neurônico) só porque são mencionadas unicamente em *Os robôs da alvorada* e *Robôs e Império* – os dois últimos romances da série dos Robôs –, existe quase o mesmo número de tecnologias (desintegradores, propulsores atômicos, conexão por imagem tridimensional e cidades e mundos cobertos por cúpulas ou construídos no subterrâneo) que também aparecem em *As cavernas de aço* e *O sol desvelado*, os romances iniciais da série dos Robôs, bem como nos romances da série Império e na Trilogia da Fundação.

Contudo, é apenas nos dois últimos romances da série dos Robôs e nos romances sobre Seldon e Gaia, todos publicados a partir de 1983, que Asimov integra a metassérie de modo semelhante por meio de alusões internas (principalmente ao fazer os eventos de uma era anterior ressurgirem como lendas de uma era subsequente). Da mesma forma, é só nesses romances posteriores que ele liga explicitamente o cenário da era dos robôs ao cenário da era Império e Fundação ao revelar, enfim, o que aconteceu com os robôs, com os Siderais e com a Terra de uma forma que justifica as aparentes contradições entre esses cenários. Eventos e personagens da série dos Robôs aparecem como lendas (ou, com menos frequência, como elementos históricos) nos dois últimos romances, e eventos e personagens dessa mesma série e dos três romances da série Império ressurgem como lenda (ou história) nos romances sobre Seldon e Gaia, que também apresentam fábulas com alusões a dois romances de Asimov não incluídos na metassérie. O quase contemporâneo "caso da imagem espelhada" de Bailey e Daneel (recontado em "Mirror Image") é mencionado várias vezes em *Os robôs da alvorada* (Asimov, 2015, p. 26, 41, 57), que também descreve Susan Calvin de *Eu, Robô,* como "uma das pioneiras em robótica" (ibidem, p. 121), refere-se aos eventos de "Mentiroso!" como "uma das lendas mais famosas envolvendo Calvin" (ibidem, p. 122), menciona repetidas vezes Herbie, "o lendário robô que lia mentes" (ibidem, p. 228, 254, 535) e compara Giskard tanto a Herbie como ao "lendário" Andrew Martin do conto "O homem bicentenário" (ibidem, p. 257). E o encontro da Subsecretária Quintana com Daneel em *Robôs e Império* a faz lembrar de "uma lenda sobre um robô chamado Stephen Byerly" (Asimov, no prelo, p. 473), uma referência ao Stephen Byerly de "Evidência", o robô disfarçado de ser humano político com quem Daneel também é comparado implicitamente em *Origens da Fundação*.

Os mycogenianos de *Prelúdio* "consideravam-se descendentes dos habitantes de Aurora", e Seldon discute uma passagem do livro sagrado deles que descreve um robô humaniforme "renegado" que "podia, de alguma maneira, acessar as emoções humanas" com Chetter Hummin, o qual, sendo Daneel disfarçado, é o próprio robô em discussão (Asimov, 2013b, p. 287, 443). Rittah, a mãe de Dahl, na sequência conta a Seldon sobre um antigo conflito entre a Terra e Aurora, basicamente o enredo de *Robôs e Império*, e sobre o grande herói "Ba-Lee" e um "ser humano artificial que ajudou a Terra [...] Da-Nee, amigo de Ba-Lee" (ibidem, p. 338). O historiador saysheliano Abt, de *Limites*, informa aos protagonistas Pelorat e Trevize que o "mistério central" ou "lenda" de Sayshell diz respeito a "duas investidas colonizadoras, uma menor com robôs e uma maior, sem eles" e que "os mundos com robôs morreram", enquanto o Ancião gaiano Dom mais tarde relata que os robôs passaram a interpretar a Primeira Lei "de maneira cada vez mais generosa, e assumiram, em graus cada vez maiores, o papel de protetores da humanidade", que "foram desenvolvidos robôs com capacidades telepáticas" e que, por fim, "muitos grupos de humanos tomaram suas próprias atitudes pela liberdade e partiram [da Terra] para colonizar mundos no espaço distante, sem robôs" do que os Siderais jamais penetraram (Asimov, 2012, p. 250, 346-348).

Os principais personagens e eventos dos romances da série dos Robôs ressurgem como lendas em quatro diferentes ocasiões, e mais uma vez como parte da história, em *Fundação e Terra*. Pelorat descobre que "Comporellon menciona até um lendário fundador, chamado Benbally" – uma referência a Bentley, o filho de Baley, que, em *Robôs da alvorada*, antecipa a colonização do Mundo de Baley, local de nascimento do ancestral do capitão D. G. Baley de *Robôs e Império*. O cético Deniador, de Comporellon, não apenas corrobora esse relato ao apontar que esse planeta originalmente era chamado de "Mundo de Baley, que me parece uma forma ainda mais antiga do 'mundo Benbally' de nossas lendas", mas também reconta outras lendas de Comporellon que envolvem o "que supostamente aconteceu" na época dos Siderais e dos Colonizadores (Asimov, 2013a, p. 52, 137, 145). Essas lendas incluem "algo além de ficção histórica romântica" relativa a D. G. Baley e Gladia, a qual Deniador acha "inverossímil". No entanto, ele fornece "números" do "que sobrou do registro de voo da nave" em que D. G. transportou Gladia de Aurora para Solaria, para o Mundo de Baley e para a Terra em *Robôs e Império*, e afirma que esses números são "coordenadas de três dos Mundos Siderais" (ibidem, p. 146, 169). Isso leva Trevize e seus companheiros a Aurora, Solaria e Melpomenia. Em Solaria, Bander os informa que os "colegas Siderais [...] conseguiram cobrir a superfície da Terra com chamas radioativas", outra vez o enredo de *Robôs e Império*, e que "um robô me contou uma história sobre um terráqueo que, certa vez, visitou Solaria; sobre uma mulher solariana que foi embora com ele" – a história de Elijah Baley e Gladia recontada em *O sol desvelado*, que ele acredita ser "uma história inventada" (ibidem, p. 240). Monolee, Ancião de Nova Terra, mais tarde conta a Pelorat que "um herói popular chamado Elijah Baley" libertou a Terra da opressão Sideral e que "os Siderais foram os responsáveis" pela radioatividade da Terra, mas Pelorat acredita que nenhuma das lendas é exata (ibidem, p. 381-382). E, na Lua, Daneel enfim relata como histórico um relato extensamente editado sobre Baley, Giskard, a colonização da Galáxia e a evolução da Lei Zero, que oculta mais do que revela (ibidem, p. 449-450).

Eventos dos romances da série Império também são reciclados como história e lenda, respectivamente, pelos romances sobre Seldon e Gaia. Quando começa *Origens*, a esposa robótica de Seldon, Dors, uma historiadora, acabou de terminar uma "revisão bastante concentrada de suas opiniões sobre o Incidente em Florina ocorrido no início da história de Trantor" (Asimov, 2014, p. 49).

Esse "incidente" é a evacuação de Florina e as circunstâncias que a acarretam, como contadas em *The Currents of Space*, que apresenta "Abel, embaixador de Trantor" em Sark como personagem menor e acontece em uma época em que o "Império Trantoriano" dominava metade dos mundos habitados da galáxia e "estremecia às margens do [...] Império Galáctico" (Asimov, 1952, p. 51, 59, 62). Em *Limites*, Compor menciona "Bel Arvardan [...] um arqueólogo" e "um Sinapsificador" ao descrever a lenda da tentativa de uma Terra "destratada e condenada ao ostracismo" de "destruir o Império" (Asimov, 2012, p. 217-218), o enredo de *Pedra no céu*. E em *Fundação e Terra*, Pelorat repete as histórias de Monolee sobre as tentativas da Terra de controlar sua população "por eutanásia de pessoas acima de 60 anos" (Asimov, 2013a, p. 383) – o temido "Sexagésimo" do qual Arbin conspira para ajudar o sogro, bem como o protagonista Schwartz, a escapar em *Pedra no céu* (Asimov, 2016, p. 57) – e sobre o esforço interrompido do Império para "retirar solo contaminado do planeta e substituí-lo por solo importado, livre de radiação" (Asimov, 2013a, p. 384), um projeto que havia acabado de começar ao final de *Pedra no céu*, quando "os primeiros grandes comboios de solo normal já estavam a caminho" (Asimov, 2016, p. 308). Trevize, por fim, identifica a Terra ao ficar sabendo do mesmo detalhe estranho sobre o sistema solar que permite a Schwartz identificá-la em *Pedra no céu*, o fato de que "o sexto planeta [...] tem anéis" (ibidem, p. 163). Em seguida, Daneel revela que havia feito "as manipulações necessárias para o início da reciclagem do solo da Terra", bem como "a terraformação" de Nova Terra (Asimov, 2013a, p. 448), o planeta onde Trevize, Pelorat e Bliss encontram os últimos descendentes daqueles que habitavam a Terra em *Pedra no céu*.

Em *Origens*, Seldon pesquisa "uma história curiosa [...] tratava-se de uma moça [...] que era capaz de se comunicar com um planeta inteiro que girava em torno de um sol, chamado Nemesis" (Asimov, 2014, p. 308), uma alusão ao romance *Nemesis* que não faz parte da metassérie, o único romance não colaborativo que Asimov publicou entre *Prelúdio* e *Origens*. E, em *Limites*, Dom relata "a história da Eternidade [...] uma lenda [...]" sobre "aqueles que podiam caminhar fora do tempo e examinar as infinitas correntes de realidades potenciais. [...] Era sua função escolher uma Realidade que fosse a mais adequada para a humanidade [...] um Universo no qual a Terra era o único planeta em toda a Galáxia em que [...] uma espécie inteligente, seria capaz de criar alta tecnologia" (Asimov, 2012, p. 343). É uma alusão a *O fim da eternidade*, outro romance que não faz parte da metassérie (embora também apresente desintegradores e chicotes neurônicos) e, como aponta Gunn (1996, p. 151), o romance que estabelece o que "se poderia chamar de realidade da Trilogia da Fundação", que é exatamente o que Dom está demonstrando. Contudo, *O fim da eternidade* também pode ser antevisto em *Pedra no céu*, publicado cinco anos antes, no qual o dr. Shekt discute várias outras anomalias que poderiam ser atribuídas às viagens no tempo ao refletir sobre a afirmação de Schwartz: "Viajei no tempo" (Asimov, 2016, p. 232). Em todo caso, a premissa científica a partir da qual extrapolam tanto a fábula de Dom como *O fim da eternidade* – a teoria de que há "um número praticamente infinito" de "universos diferentes que podem existir" (Asimov, 2012, p. 343) – é acarretada pela teoria do caos, pois sua percepção de que a realidade tem uma estrutura fractal sugere que o universo pode ser apenas um em meio a um número infinito de universos autossimilares em um "multiverso" em escala maior (Rees, 1999, p. 82-83). E Asimov explora essa premissa outra vez ao usar tanto o nosso universo como um "diferente", que funciona sob leis da física semelhantes, mas ligeiramente diferentes, nos cenários de *Os próprios deuses*, o único romance de Asimov independente e não voltado ao público juvenil, exceto *Fantastic Voyage* e *Fantastic Voyage II: Destination Brain*, que não foi incluído na metassérie.

Dom também conta uma fábula na qual "robôs [...] criaram a Eternidade" e a realidade da metassérie e "foram forçados a decidir que a humanidade estaria melhor cuidando de si mesma [...] e com o objetivo de cumprir a Primeira lei da maneira mais verdadeira [...] cessaram suas atividades" (Asimov, 2012, p. 347). Essa fábula ecoa o conto "... That Thou Art Mindful of Him" ["Para que te lembres Dele"], no qual as máquinas, computadores positrônicos, foram eliminando a si mesmas porque "a própria existência continuada delas as teria colocado, concluíram, no papel de muleta da humanidade e, uma vez que sentiam que isso causaria danos aos seres humanos, condenaram a si mesmas pela Primeira Lei" (Asimov, 1982, p. 496-497). Seldon, enfim, faz a pergunta que a segunda fábula de Dom aborda – "Como os robôs foram abandonados?" – ao final de *Prelúdio* (Asimov, 2013b, p. 442). E *Robôs e Império* a responde: depois que a colonização Sideral fica estagnada, os Colonizadores intencionalmente colonizam planetas sem robôs, não só porque os terráqueos os detestam, mas mais especificamente como consequência da convicção dos Colonizadores de que os Siderais "dependem deles [...] não conseguem fazer nada sem eles [...] desvanecendo em razão disso" (Asimov, no prelo, p. 180). Esse raciocínio está em consonância com a previsão de Giskard, dois séculos antes, de que "os terráqueos terão de colonizar a Galáxia sem robôs" porque "envolver os robôs diretamente significará a construção das mesmas paredes que estão condenando Aurora e os Mundos Siderais à paralisia" (Asimov, 2015, p. 540).

Da mesma forma como "Onde é a Segunda Fundação?" é a pergunta crucial feita e enfim respondida na Trilogia da Fundação, os romances da série Império e a trilogia, conjuntamente, à luz dos contos iniciais e dos romances da série dos Robôs, fazem várias perguntas comparáveis: "Por que a Terra ficou radioativa, por que foi esquecida, o que aconteceu com ela e o que aconteceu com os Siderais?", bem como "O que aconteceu com os robôs?". No entanto, essas perguntas ficaram sem resposta durante trinta anos, até Asimov publicar *Robôs e Império* e *Fundação e Terra*. (Como Seldon estabeleceu as Fundações é outra pergunta levantada pela trilogia – mas de modo tácito, em vez de explícito e dramático –, e essa pergunta ficou sem resposta por mais de quarenta anos, até a publicação de *Origens*.) Responder a essas perguntas cruciais encerra todas as obras que Asimov identifica como sendo parte da metassérie, da mesma maneira como revelar a localização da Segunda Fundação põe fim à Trilogia da Fundação, que é concluída a menos de um terço do término do "plano de mil anos" que era o plano inicial. Esse fim já proporcionaria em si um sentido de unidade a todas as obras coletivamente, mesmo que Asimov não tivesse respondido a essas perguntas ao criar ligações narrativas extraordinariamente poderosas entre os contos, os romances da série dos Robôs e a série da Fundação. Mas ele respondeu.

A explicação de *Robôs e Império* sobre por que não há robôs no Império também implica o destino dos Siderais, claro. Entretanto, surpreendentemente, Asimov insinua que a dependência deles quanto aos robôs condenará "os Mundos Siderais à paralisia" e a um "desvanecimento gradual" mesmo antes de ter escrito o primeiro romance da série dos Robôs: em *Pedra no céu*, ele descreve a "monografia [de Arvardan] sobre a civilização mecanicista do Setor Rigel, onde o desenvolvimento de robôs [...] reduziu a iniciativa humana a ponto de as vigorosas frotas do Senhor da Guerra, Moray, tomarem com facilidade o controle" (Asimov, 2016, p. 38). É tentador inferir que essa "civilização mecanicista" é um remanescente pré-império de outro mundo Sideral (ou vários) que é dominado pela civilização mais "vigorosa" dos descendentes dos Colonizadores, da mesma forma que os mycogenianos são remanescentes dos auroreanos mais de onze milênios depois, em *Prelúdio*. Giskard recorda em *Robôs e Império* que o cruel roboticista auroreano Amadiro havia previsto, dois séculos antes, o que esse cenário sugere: o fato de que permitir que a Terra participe da colonização "começará a criação de uma Galáxia que será povoada só por terráqueos, enquanto os Siderais deverão definhar e entrar em declínio" (Asimov, no prelo, p. 97). Esse declínio é anunciado pelo mistério que abre *Robôs e Império*: o que aconteceu com os solarianos? Gladia pondera sobre o destino deles ao longo do romance, e o pedido final que Giskard faz a Daneel ao final é que ele "descubra para onde foram os solarianos" (ibidem, p. 543). Além de resolver esse mistério visitando Solaria vinte milênios mais tarde em *Fundação e Terra*, Trevize e seus companheiros também respondem à pergunta geral sobre o que aconteceu com os Siderais em meio à perigosa visita à selvagem e moribunda Aurora e à morta Melpomenia. E quando, enfim, descobrem uma Terra sem vida ao final de *Fundação e Terra* e ficam sabendo, por Daneel, que ele fez robôs humaniformes "remover todas as referências à Terra dos arquivos planetários" (Asimov, 2013a, p. 453), eles também respondem finalmente à pergunta sobre o que aconteceu com a Terra – o enigma que Seldon investiga em *Prelúdio* e que tacitamente assombra a trilogia –, bem como desvendam o mistério imediato colocado em *Limites* pela descoberta de que "não existem referências à Terra na Biblioteca [Galáctica de Trantor]" ou em nenhuma outra parte, mas que "Gaia não é responsável" por isso (Asimov, 2012, p. 175, 405).

Abordando a questão do destino final dos Siderais ao perguntar o que aconteceu com os solarianos, *Robôs e Império* responde à pergunta mais intrigante sobre a fonte da radioatividade da Terra. Cada um dos romances da série Império faz pelo menos uma referência à Terra radioativa e à sua reivindicação como sendo mundo natal da humanidade. Rik, um terráqueo, declara ao final de *Currents* que "a Terra era o planeta original da raça humana"; no entanto, o capitão do cruzador espacial de Lady Samia "nunca ouviu falar disso", embora tenha ouvido falar de um mundo "radioativo e habitado [...] no setor de Sirius" que "afirma ser o planeta natal da humanidade" (Asimov, 1952, p. 190, 109, 111). *The Starts Like Dust* começa em uma Terra "irremediavelmente radioativa", mas atribui sua radiação à "guerra nuclear" (Asimov, 1951, p. 3); o antagonista Jonti acredita que "a Terra é o lar original da humanidade" e foi, um dia, "o único planeta habitado da galáxia" (ibidem, p. 174, 44; veja também p. 83), e essa crença corrobora o fato de que o "Ponto de Referência Galáctico Padrão [...] conecta o Centro Galáctico e o sol do planeta Terra" (ibidem, p. 141). Em *Pedra no céu*, que acontece inteiramente na Terra, "é doutrina da Sociedade dos Anciãos a ideia de que, um dia, a Terra foi o único lar da humanidade"; Arvardan está convencido de que isso é verdade quando o romance termina, sendo que desde o começo ele está mais inclinado a atribuir a radioatividade da Terra a algum acidente industrial do que a uma guerra. Mais de onze mil anos depois, em *Limites*, o agente da Segunda Fundação Compor conta a Trevize e Pelorat que a Terra não é mais "habitada" devido à radioatividade (Asimov, 2012, p. 215) e, posteriormente, o ministro comporellano dos Transportes Lizalor afirma que o planeta "é radioativo, mas não houve guerra" (Asimov, 2013a, p. 126). *Robôs e Império* revela que o intensificador nuclear de Amadiro irradia sobre a Terra e que as bombas atômicas não têm nada a ver com isso.

A questão do status da Terra reconhecidamente como o mundo de origem da humanidade é levantada pelo menos em um conto de Robôs, bem como nos romances da série Império, e está ligada à pergunta sobre o que aconteceu com a Terra no decorrer da série da Fundação, em particular nos romances sobre Seldon e Gaia. No conto "The Last Question", Zee Prime pergunta ao "AC Universal" do futuro distante: "Em qual Galáxia se originou a humanidade?" e qual é "a estrela original do ser humano?" (Asimov, 1990, p. 242-243). "A hipótese da Terra", a teoria sobre o "mundo único" da origem humana é "a visão popular atual" em *Prelúdio*, quando Seldon procura informações sobre o misterioso mundo de origem em sua busca por descobrir um "sistema mais simples" do que a galáxia inteira no qual basear a psico-história (Asimov, 2013b, p. 233, 431). Daneel, em seu disfarce de Hummin, menciona "lendas sobre uma época em que a humanidade habitava apenas um planeta" e, mesmo antes de ouvir as lendas de Mãe Rittah, Seldon fica sabendo, por meio de seu colega Yugo Amaryl, sobre a comum crença dahlita de que "todos nós [...] somos descendentes do povo da Terra" (ibidem, p. 59, 317). Além disso, em *Fundação*, lorde Dorwin, emissário do imperador a Terminus e arqueólogo amador, aponta que o Sistema Solar é um entre vários sistemas estrelares que se acredita ser o lar da humanidade (Asimov, 2019, p. 93).

Em *Limites*, Trevize primeiro pretende procurar a Terra para ocultar sua busca ostensiva pela Segunda Fundação, inconsciente de que até mesmo essa procura é apenas um estratagema da Prefeita Branno para chamar a atenção da Segunda Fundação para Trevize e afastá-la de suas próprias atividades. Entretanto, ao refletir a respeito da "observação [de Seldon] sobre a Segunda Fundação estar 'na outra extremidade da Galáxia' em relação a Terminus", o que gera muitas conjecturas em *Segunda Fundação*, Trevize decide verdadeiramente procurar a Terra porque "o mundo *mais antigo*" seria o oposto de Terminus, "o *mais novo* mundo da Galáxia na época em que Seldon estava falando" e, portanto, "a Segunda Fundação poderia estar na Terra" (Asimov, 2012, p. 114). Ele e Pelorat, então, partem para Gaia porque é o único planeta conhecido cujo nome "significa Terra", embora Pelorat admita mais tarde que "vários lugares diferentes da Galáxia [...] eram chamados de Terra pelas pessoas que viviam nas estrelas próximas" (ibidem, p. 121, 214). Trevize continua sua busca em *Fundação e Terra* e, por fim, obtém êxito em tentar determinar por que ele escolheu Gaia como o futuro da humanidade. Essa última busca pela Terra ao final da série da Fundação não só estabelece um paralelo com a procura de Seldon por informações sobre a Terra no início da série, em *Prelúdio*, mas é também um eco final de todas as procuras por mundos ocultos, que são recorrentes ao longo da metassérie: a busca do protagonista Biron pelo planeta da rebelião em *The Stars Like Dust*: a busca do general Bel Riose pela Fundação; a subsequente busca da Fundação e do Mulo pela Segunda Fundação em *Fundação e Império*; as contínuas buscas do Mulo e da Fundação pela Segunda Fundação em *Segunda Fundação*; a busca de Trevize pela Segunda Fundação; e a busca da Segunda Fundação por Gaia em *Limites*.

REFERÊNCIAS

ASIMOV, Isaac. *As cavernas de aço*. São Paulo: Aleph, 2013.

_____. *The complete robot*. Garden City: Doubleday, 1982.

_____. *The currents of space*. Greenwich: Doubleday, 1952.

_____. *Eu, robô*. São Paulo: Aleph, 2014a.

_____. *Fantastic voyage*. Boston: Houghton Mifflin, 1966.

_____. *Fantastic voyage II: destination brain*. Garden City: Doubleday, 1987.

_____. *O fim da eternidade*. São Paulo: Aleph, 2007.

_____. *Fundação e Terra*. São Paulo: Aleph, 2013a.

_____. *Limites da Fundação*. São Paulo: Aleph, 2012.

_____. *Nemesis*. Garden City: Doubleday, 1989.

_____. *Origens da Fundação*. São Paulo: Aleph, 2014.

_____. *Pedra no céu*. São Paulo: Aleph, 2016.

_____. *Prelúdio à Fundação*. São Paulo: Aleph, 2013b.

_____. *Os próprios deuses*. São Paulo: Aleph, 2010.

_____. *Os robôs da alvorada*. São Paulo: Aleph, 2015.

_____. *Robôs e Império*. São Paulo: Aleph, no prelo.

_____. *Robot Dreams*. Nova York: Ace Books, 1990.

_____. *O sol desvelado*. São Paulo: Aleph, 2014b.

_____. *The Stars Like Dust*. New York: Doubleday, 1951.

_____. *Trilogia da Fundação*. São Paulo: Aleph, 2019.

GUNN, James. *Isaac Asimov: the foundations of science fiction*. Rev. ed. Lanham, MD: Scarecrow Press, 1996.

PALUMBO, Donald. Asimov's Crusade Against Bigotry: the persistence of prejudice as a fractal motif in the Robot/Empire/Foundation metaseries. *Journal of the Fantastic in the Arts*, Orlando, v. 10, n. 1, p. 43-63, 1999.

_____. The Back-up plan, Guardianship, and Disguise: interrelated fractal motifs in Asimov's Robot/Empire/Foundation metaseries. *Journal of the Fantastic in the Arts*, Orlando, v. 10, n. 3, p. 63-77, 1999a.

_____. Chaos-theory Concepts and Structures in Asimov's Robot Stories and Novels: the positronic brain and feedback loops. *Foundation: The International Review of Science Fiction*, East London, v. 28, n. 75, p. 286-307, spring 1999b.

_____. Psychohistory and Chaos Theory: the "Foundation Trilogy" and the fractal structure of Asimov's Robot/Empire/Foundation Metaseries. *Journal of the Fantastic in the Arts*, Orlando, v. 7, n. 1, p. 23-50, 1996.

_____. Reiterated Plots and Themes in Asimov's Robot Novels: getting away with murder and overcoming programming. *Foundation: The International Review of Science Fiction*, East London, v. 29, n. 80, p. 19-40, autumn 2000.

_____. Snatching Victory from the Jaws of Defeat: twenty fractal variations on a theme in the conclusions of Asimov's Robot/Empire/Foundation Metaseries. *Journal of the Fantastic in the Arts*, Orlando, v. 12, n. 4, p. 406-416, 2002.

REES, Martin. Exploring our universe and others. *Scientific American*, Nova York, p. 78-83, dezembro, 1999.

UMA CONVERSA COM ISAAC ASIMOV

ORIGINALMENTE PUBLICADA NA REVISTA ACADÊMICA
SCIENCE FICTION STUDIES, EM MARÇO DE 1987.

Quando sua autobiografia *In Joy Still Felt* foi publicada em 1980, Isaac Asimov podia contar mais de duzentos livros publicados em três décadas desde o seu primeiro romance, *Pedra no céu* (1950). Além disso, ele publicou mais histórias e ensaios do que até mesmo um homem com a sua prodigiosa energia conseguiria contar. Um deles, *The Prolific Writer* [O escritor prolífico], que apareceu originalmente na edição de outubro de 1979 da *The Writer*, analisa as bênçãos conflitantes dessa prolificidade. Para ser prolífico, ele alerta, é preciso ser "uma pessoa determinada, entusiasmada e incessante".

Examinando a lista de publicações de Asimov, ficamos impressionados com a gama de sua escrita, desde dezenas de livros sobre matemática e ciências (ele tem doutorado em Química pela Universidade de Colúmbia) até estudos sobre história e guias para ler a Bíblia e Shakespeare. Entretanto, se seu nome se tornou um termo familiar, é devido à ficção científica: sua Trilogia da Fundação, junto com *2001*, de Arthur C. Clarke, e *Um estranho numa terra estranha*, de Robert Heinlein, é, inquestionavelmente, uma das obras seminais da ficção científica norte-americana.

O que se segue é, em grande parte, a transcrição de uma conversa que ocorreu no dia 20 de outubro de 1976, durante uma visita de Asimov à Universidade Estadual de Nova York em Brockport. Os outros participantes eram os escritores da região Gregory Fitz Gerald e Jack Wolf, e um estudante universitário, Joshua Duberman. Às perguntas feitas por eles, Robert Philmus acrescentou mais uma, em resposta à obra de Asimov mais recente na época.

Wolf: Como a maioria de nós sabe, o senhor nos deu as três Leis da Robótica. Existe uma correlação entre a ênfase dada a robôs nas suas histórias e a sua sensação, conforme expresso em seus ensaios, de que a ficção científica (FC) deveria ser fundamentalmente uma literatura social? O senhor fala com frequência em ficção científica social.

Asimov: Pela minha própria definição, a ficção científica é um ramo da literatura que lida com a reação dos seres humanos perante mudanças na ciência e na tecnologia. Nos últimos dois séculos, vimos crescer em nossa sociedade o número de produtos feitos por robôs, por assim dizer; e presumo que, em *um* de nossos futuros possíveis, as máquinas continuarão desempenhando um papel cada vez mais relevante em nossa sociedade... na verdade, a ponto de as máquinas acabarem "assumindo o comando". Então, boa parte das minhas histórias trata dessa possibilidade: crio máquinas que começam a ter inteligência humana e são capazes de fazer todo tipo de tarefas complexas que associamos apenas aos seres humanos; e, por fim, escrevo histórias nas quais as máquinas ameaçam, mais ou menos, "assumir o comando".

Meu próprio sentimento é dúbio. Em primeiro lugar, não acho que robôs sejam monstros que vão destruir seus criadores, porque parto do pressuposto de que as pessoas que constroem robôs também serão espertas o bastante para incorporar salvaguardas neles. Em segundo lugar, quando chegar o tempo em que os robôs... as máquinas em geral... forem inteligentes o suficiente para nos substituir, acho que deveriam fazê-lo. Tivemos muitos casos ao longo da evolução humana e da vasta evolução da vida antes dela em que algumas espécies substituíram outras porque a espécie substituta era, de um modo ou de outro, mais eficiente do que a anterior. Não acho que o *Homo sapiens* tenha algum direito divino ao degrau mais alto. Se algo for melhor do que nós, então deixem que tome o degrau mais alto. Na verdade, a minha sensação é a de que estamos fazendo um trabalho tão ruim em preservar a Terra e suas formas de vida que não posso deixar de pensar que, quanto mais rápido formos substituídos, melhor para todas as outras formas de vida.

Wolf: Talvez não deixemos um lugar habitável para qualquer coisa além de robôs.

Asimov: Se esperarmos mais trinta anos, essa substituição terá vindo tarde demais.

Duberman: Nas suas histórias de robôs e na sua Trilogia da Fundação, o senhor delineia um possível futuro que outros escritores de FC assumiram, talvez porque o seu ponto de vista seja mais eficiente.

Asimov: Na realidade, nós, autores de FC, somos mais ou menos amigos; habitamos um mundo pequeno e especializado onde nos sentimos confortáveis, e o sentimento geral é o de que as ideias são propriedade comum: se um escritor de FC pensa em algo que é muito útil, outro pode expressá-lo em suas próprias palavras e usá-lo livremente. Em FC, ninguém vai acusar os outros de usar suas ideias; na verdade, nós pegamos emprestado com tanta generosidade que é impossível dizer de quem foi a ideia original. Por exemplo, para o enredo do meu romance *As cavernas de aço*, era muito importante haver calçadas que se moviam, com um sistema elaborado de faixas laterais que permitissem chegar à velocidade da calçada ou diminuir a velocidade até passar ao ambiente imóvel ao redor. Isso já havia aparecido alguns anos antes em *The Roads Must Roll* [As estradas devem rolar, em tradução livre], de Heinlein, e eu peguei emprestado sem nenhuma preocupação. Tenho certeza de que Heinlein, ao ler meu romance, teria reconhecido seu sistema, mas quem sabe de onde ele tirou aquilo? Ele nunca disse nada. Seria diferente se eu usasse os detalhes do enredo dele, se eu desenvolvesse uma história tão parecida com a dele que ninguém pudesse deixar de notar... isso é plágio. Mas simplesmente usar uma ideia e, a partir dela, construir o seu próprio enredo ou história... bem, fazemos isso o tempo todo. E eles pegam as minhas ideias também... sabe, eles usam as três Leis da Robótica... e são bem-vindos. Não tenho nenhuma objeção.

Fitz Gerald: Voltando ao que o senhor disse anteriormente a respeito de a raça humana ser substituída, o acadêmico Charles Elkins disse que sua obra expressa o ponto de vista de que a natureza humana não muda. Essa é uma representação justa da sua opinião?

Asimov: Algumas pessoas apontaram esse aspecto na minha Trilogia da Fundação, que acontece dezenas de milhares de anos no futuro. Embora haja alguma evolução na ciência, não há evolução no comportamento humano, e ocorre uma evolução às avessas na ciência política; em outras palavras, estamos voltando para uma espécie de feudalismo.

Fitz Gerald: É por isso que faço essa pergunta – para ver como o senhor racionaliza a falta de efeito da tecnologia e da ciência sobre a natureza humana. Em outras palavras, o senhor não acha que, com mudanças dinâmicas na tecnologia e na ciência, a própria natureza humana também será modificada?

Asimov: Bem, é possível, mas esse não era o meu propósito ao escrever *Fundação*. Eu queria levar em consideração, essencialmente, a ciência da psico-história, algo que eu mesmo inventei. Ela era, de certo modo, uma luta entre o livre arbítrio e o determinismo. Por outro lado, eu queria escrever uma história em analogia com *Declínio e queda do Império Romano*, mas numa escala muito maior, de galáxia. Para isso, peguei a aura do Império Romano e escrevi de forma muito extensa. Então, o sistema social é muito parecido com o sistema imperial de Roma, mas isso era apenas o esqueleto.

Na época em que comecei essas histórias, eu estava estudando físico-química na faculdade e sabia que, por causa do movimento errático e aleatório das moléculas individuais de um gás, não se pode prever a direção do movimento de uma única molécula em qualquer momento específico. Mas é possível prever o comportamento total do gás com muita precisão, usando as leis dos gases. Se você diminuir o volume, a pressão aumenta; se você aumentar a temperatura, a pressão aumenta e o volume se expande. Sabemos dessas coisas, apesar de não sabermos como as moléculas individuais se comportam.

Pareceu-me que, se tivéssemos um Império Galáctico, haveria tantos seres humanos... quintilhões deles... que talvez fosse possível prever com muita exatidão como as sociedades se comportariam. Assim, contra o pano de fundo de um Império Romano expandido, eu inventei a ciência da psico-história. Ao longo da trilogia, então, há as forças opostas do desejo individual e da mão morta que é a inevitabilidade social.

Fitz Gerald: Seria exato dizer então que, para o senhor, as leis da história são tão inexoráveis quanto as leis da física?

Asimov: Bem, eu queria que fossem para essa história em particular. Eu poderia facilmente escrever outra história na qual as leis da história não fossem nem um pouco inexoráveis. Isso é uma coisa muito importante a se lembrar. É muito tentador pensar que uma colocação feita em uma história é algo em que o autor acredita. Muitas vezes é esse o caso, mas nem sempre é assim. Com frequência, um autor pensa em um tema que tem a vantagem de ser interessante, entusiasmante e dramático, mas que ele pessoalmente não aceita. Pelo bem da história, ele vai incluí-lo. Por exemplo, eu escrevi dezenas de histórias sobre robôs, todas planejadas para mostrar que não precisamos ter o complexo de Frankenstein: os robôs são protegidos pelas três leis, os seres humanos sabem que não estão correndo risco etc. Quando me pediram para escrever o que eu considerava a história de robôs suprema, decidi que o único modo de torná-la "suprema" era contornar as três Leis da Robótica e elaborar o tema de *Frankenstein* outra vez. Assim eu fiz. O título da história era "That Thou Art Mindful of Him" ["Para dele te lembrares", em tradução livre]. Escrevi essa história, e qualquer um que a lesse presumiria que eu acreditava que os robôs acabariam se tornando um perigo para os seres humanos. Na verdade, recebi várias cartas indignadas dos fãs, perguntando como eu pude trazer à tona o tema de *Frankenstein* quando havia passado tantos anos o recriminando.

Wolf: O senhor recebeu alguma carta de robôs?

Asimov: [*Risos*] Não, os robôs ficaram satisfeitos com o meu trabalho. Mas a minha única resposta para esses fãs era: eu pensei em uma história dramática e não ia deixar as minhas próprias crenças atrapalharem.

Wolf: Uma das acusações feitas contra a projeção da FC é que ela presume que as leis que descobrimos, aquelas que funcionam na Terra, são necessariamente as mesmas que funcionam em toda a Galáxia ou em todo o universo, e que esse não é necessariamente o caso.

Asimov: Bem, os cientistas sabem que isso não é uma regra absoluta e continuam procurando evidências de que não é, mas até agora não encontraram. E os escritores de FC algumas vezes partiram do pressuposto de que as leis são diferentes e basearam histórias nisso, mas geralmente não o fazem porque fica complicado. Meu romance *Os próprios deuses* tratava de dois universos em que as leis da natureza são diferentes; eu apenas fiz uma ligeira modificação em uma das leis e tentei elaborar as consequências. Não é fácil! Quase qualquer suposição pode ser violada em FC, sob a condição de que você conheça a suposição e que saiba que está rompendo-a, mostrando ao leitor que você conhece. Infelizmente, em muitos casos, as pessoas que escrevem FC violam as leis da natureza não porque querem provar algo, mas porque não sabem quais são essas leis. Isso sempre se revela e torna a FC inferior.

Wolf: Às vezes é difícil saber com certeza o que é uma lei da natureza.

Asimov: É por isso que é melhor ter algum conhecimento de ciência, não necessariamente formal; pode-se construir esse conhecimento sozinho. As pessoas se esquecem de que os grandes revolucionários da ciência *sabiam* minuciosamente o que estavam revolucionando. Em outras palavras, Galileu sabia física aristotélica, Vesalius conhecia anatomia galênica e Newton entendia todas as teorias do universo. Ninguém revolucionou a ciência por não saber o que veio antes. Muitas pessoas que me mandam cartas com novíssimas teorias do universo não têm a menor ideia de quais são as teorias atuais. E simplesmente não dá para fazer as coisas desse jeito.

Wolf: Fugindo um pouco desse assunto, o senhor disse que, se os robôs estiverem em condições de assumir o comando em algum momento do futuro, que seja. Isso me faz lembrar de Sam Moskowitz, que, em *Seekers of Tomorrow* [Em busca do amanhã], fala do clássico debate... lá em 1938, eu acho... entre o senhor e Donald Wollheim[1]: em caso de invasão, a Terra deveria se render a uma civilização superior? Segundo me lembro, sua posição era a de que os terráqueos deveriam lutar contra a rendição.

Asimov: Todas as opiniões devem ser entendidas à luz da época: 1938 foi o ano do Acordo de Munique, e quando perguntaram "Deveríamos nos render a uma civilização invasora?", foi impossível não pensar em rendição aos nazistas simplesmente porque parecia que eles eram mais poderosos do que nós e que iam ganhar. Na época eu disse "Não, é preciso lutar até a morte" porque render-se

---

1 Donald Wollheim foi um escritor, editor e fã de ficção científica contemporâneo de Isaac Asimov, que por vezes utilizava seu pseudônimo para publicações, David Grinnell. Foi também um dos fundadores do "Futurians", um grupo de fãs de ficção científica que influenciou e promoveu fortemente a escrita de ficção científica e a base de leitores nos anos de 1937 a 1945 [N. de E.].

seria muito pior do que lutar até a morte... é melhor estar morto, ou pelo menos teria sido melhor, já que eu era judeu. E isso se refletiu na minha posição. Obviamente, os tempos mudam, e agora que uma guerra termonuclear poderia destruir a raça humana inteira, não posso aceitar o argumento do *better dead than Red* ["antes morto do que comunista"]. Sinto-me perfeitamente disposto a ter uma discussão do tipo *better dead than Red* no âmbito individual... se você prefere morrer a se render aos comunistas, ótimo! Mas será que é sensato matar a raça humana inteira para não se render ao comunismo? Aí você percebe que, se você se render, poderá, em alguma geração futura, triunfar novamente. Para a raça humana inteira, estar morta é o fim. Em diferentes momentos da minha vida, posso dar diferentes respostas à mesma pergunta.

Wolf: Agora entendo, e eu não me demoraria muito mais neste assunto, mas precisamos acrescentar que nós não estaríamos nos rendendo a uma civilização superior, se tivéssemos nos rendido aos nazistas.

Duberman: *Os próprios deuses* foi o seu primeiro romance depois de um longo tempo. No decorrer dos anos 1960, o senhor escreveu artigos de revista e livros por meio dos quais as pessoas poderiam ampliar o próprio conhecimento de ciência. Por que o senhor parou e por que voltou a escrever FC?

Asimov: Em primeiro lugar, nunca parei realmente de escrever FC; eu sempre redigia uma ou duas historinhas de vez em quando. Não escrevi romances de FC nessa época porque fiquei interessado em escrever outras coisas, e um romance de FC é algo que consome muito tempo. Acho que não consigo escrever um romance de FC em menos de sete meses e, nesse período, mesmo quando não estou à máquina escrevendo, estou pensando muito no romance. Ao passo que, quando escrevo não ficção, vai tudo muito rápido, eu não fico envolvido em pensamentos infindáveis e consigo redigir um livro em um mês. Isso é divertido para mim. Gosto de escrever à máquina, gosto de escrever livros; não gosto de passar noites em claro pensando que talvez eu devesse mudar o enredo para incluir isso ou aquilo... sabe, torna-se muito difícil. FC é o gênero mais difícil que existe para escrever, e eu sou essencialmente uma pessoa preguiçosa, então gosto de escrever outras coisas quando posso. Até mesmo histórias de mistério são mais fáceis. Meu romance de mistério *Murder at the ABA* ["Assassinato no ABA"] foi escrito em sete semanas. Eu não conseguiria, por mais que me esforçasse, escrever um romance de FC em sete semanas! Simplesmente não conseguiria!

Fitz Gerald: O senhor poderia explicar de forma mais específica por que, além da quantidade de tempo, a FC é tão mais difícil de escrever?

Asimov: Ah! Essa é muito fácil. Na FC, há dois aspectos: em primeiro lugar, há o enredo, as complicações dos acontecimentos; acontece o mesmo que em um romance de mistério; mas, em segundo lugar, é preciso construir uma nova sociedade para escrever uma boa história de FC. Essa sociedade, se o autor fizer as coisas de maneira apropriada, deveria ser tão interessante quanto o próprio enredo; em outras palavras, o leitor deveria ficar tão ávido por ler a respeito da sociedade e imaginá-la quanto por ver o desenvolvimento do enredo. Mas não é desejável subordinar um ao outro: o enredo não deve ser tão intricado e tão denso que nunca se possa ver o pano de fundo através dele; por outro lado, o pano de fundo não deve se tornar tão proeminente que se perca de vista o enredo acontecendo diante dele. Portanto, no fim das contas, é preciso manter esse equilíbrio perfeito, como eu acho que mantenho, por exemplo, em *As cavernas de aço*. É difícil de arranjar uma solução para isso. É preciso pensar, escrever e reescrever muito, enquanto em mistérios basta usar a sociedade atual. Quando se escreve não ficção, claro, não há sequer um enredo.

Fitz Gerald: É justo generalizar então que, para o senhor, os poderes da invenção são um fardo mais pesado na FC do que em outras formas?

Asimov: Sim, contanto que seja boa ficção científica. FC ruim é fácil de escrever. Se uma pessoa realmente tentar redigir um texto de boa FC, isso requer tudo o que o autor tem a oferecer. Pelo menos no meu caso requer. No caso de *Os próprios deuses*, eu tencionava escrever um conto de 5 mil palavras, e a coisa fugiu do controle.

Duberman: O estilo desse romance parece significativamente diferente do estilo dos seus trabalhos anteriores, em especial a caracterização e a ideia de um mundo alternativo. Essa foi a primeira vez que o senhor abordou o tema?

Asimov: Bem, eu raramente trato de extraterrestres nas minhas histórias; alguns achavam que era porque eu não conseguia lidar com o assunto. Acho que isso me irritava um pouco; então, quando escrevi *Os próprios deuses*, eu propositalmente situei a parte do meio em outro universo e desenvolvi um conjunto de extraterrestres que não eram apenas criaturas humanoides, não apenas seres humanos com antenas, mas de fato completamente diferentes em todos os sentidos possíveis. Eu me esforcei tanto para mostrar que eu conseguia fazer isso que produzi o que penso ser... e algumas pessoas concordariam... a melhor história de extraterrestres já escrita.

Além disso, meus romances e minhas histórias nunca contêm sexo explícito e muito raramente contêm romance; minha explicação quando alguém pergunta é que sou uma pessoa pura, pelo menos na minha vida ficcional. Tendem a não acreditar nisso e dizer que eu simplesmente não tenho capacidade para tratar de sexo, então no outro universo de *Os próprios deuses* eu fiz uma parte do enredo completamente voltada para o sexo... cada linha dela, de modo que o enredo não fizesse sentido sem o sexo e todos os seus detalhes. Claro, era sexo extraterrestre e, portanto, nada parecido com o nosso, mas tudo bem.

Wolf: Gostaria de fazer outra pergunta sobre a série *Fundação* e a sua abordagem sobre a psico-história. Grande parte dela, pelo menos em tese, me lembra dos atuais "*think tanks*[2]", do Instituto Hudson e outros. O senhor tinha algo desse tipo em mente?

Asimov: Não, porque a essência da Fundação apareceu em uma série de oito histórias na *Astounding Science Fiction*. A noção completa de psico-história apareceu na primeira história, que foi publicada na *Astounding* de junho de 1942; foi escrita em 1941, quando eu tinha 21 anos. Isso foi bem antes dos "*think tanks*", e eu não os conhecia quando escrevi a história.

Philmus: Quase todos os leitores que tornaram públicas suas reflexões sobre os seus livros da Fundação prestaram atenção exclusivamente ao que o senhor mesmo enfatiza: a noção de psico-história. No entanto, parece-me que um conceito bastante diferente também inspira a trilogia original, pelo menos, e contrabalança o primeiro conceito. O senhor acabou de me fazer lembrar que as primeiras histórias da sua trilogia foram publicadas mais ou menos na mesma época que, digamos, *O Hamlet* (1940) e "O urso" (1942); e parece-me que essas histórias de Faulkner têm certa afinidade com as suas. O que eu quero dizer é que as suas histórias também parecem pertencer à longa tradição norte-americana dos contos inacreditáveis, apresentando aventuras e proezas de indivíduos de proporções lendárias. Portanto, eu me pergunto até que ponto o senhor as concebeu dessa forma, e até que ponto a sua subsequente e exclusiva ênfase nas forças psico-históricas – isto é, impessoais – é resultado da influência que o senhor recebeu dos seus intérpretes.

Asimov: O senhor deve entender que, de todos os escritores bem-sucedidos, eu provavelmente sou o menos lido. Quando era jovem, eu lia indiscriminadamente na biblioteca... o que significava, em grande parte, ficção do século 19, e não

---

[2] Trata-se de instituições ou grupos de interesse voltados para a difusão do conhecimento no que se refere a assuntos vitais, com o propósito de influenciar transformações nas áreas sociais, políticas, econômicas ou científicas. [N. de E.]

ficção do século 20. Quando eu tinha idade suficiente para passar para a ficção do século 20, já era tarde: eu estava ocupado demais escrevendo para ler qualquer coisa, exceto materiais diretamente relacionados com o que eu escrevia. Admito isso para explicar que nunca li uma palavra escrita por Faulkner... até o dia de hoje. Não apresento isso como um fato louvável ou reprovável, mas apenas para indicar que nunca fui influenciado por ele diretamente. É possível que eu tenha sido influenciado por alguém que foi influenciado por Faulkner, mas não tenho como saber.

Quanto à psico-história versus o "conto inacreditável"... Embora eu tenha heróis imponentes, isso ocorre só porque a ficção popularesca sempre os teve (eu li e fui influenciado por *The Shadow, Doc Savage* etc.). No entanto, não era nisso que eu estava interessado. Eu queria tratar da psico-história desde o princípio, e tive o cuidado de mostrar que, quando os heróis tinham a psico-história ao seu lado, eles venciam; quando não a tinham, perdiam.

Claro, minha fascinação pela psico-história mudou no decorrer das décadas. Na década de 1980, eu havia chegado à conclusão de que a psico-história não chegaria a lugar algum se o modo de pensar do ser humano, os sistemas sociais do ser humano etc. não mudassem fundamentalmente. Começando com *Limites da Fundação*, a psico-história como ferramenta teve sua importância reduzida e eu comecei a levar em consideração sistemas sociais fundamentalmente diferentes... aquele da primeira Fundação, o da segunda Fundação, o de Gaia. Eu continuei usando este nos meus dois romances de robôs dos anos 1980, *Os robôs da alvorada* e *Robôs e império*. E vou continuar a usá-lo no meu mais recente livro, *Fundação e Terra*.

Fitz Gerald: Gostaria de fazer uma pergunta sobre a FC como literatura. O senhor escreveu durante o período de maior mudança dela. Que projeção o senhor faria sobre a direção para a qual ela está indo agora?

Asimov: FC é o único ramo da literatura ficcional que está florescendo. Em geral, a ficção está estagnada, certamente comparada ao que era quando eu entrei na área. Naquela época, havia literalmente dezenas e dezenas de revistas de "literatura popularesca", havia "revistas ilustradas" que publicavam ficção, havia todo tipo de revista trimestral; e os editores eram ávidos por publicar romances. O escritor em começo de carreira tinha muitos lugares aonde ir. Hoje em dia, as revistas de "literatura popularesca" desapareceram, as "revistas ilustradas" que restaram não publicam ficção, não há revistas trimestrais de literatura, os editores não gostam de publicar ficção, em especial romances de estreia. Como resultado, os jovens que querem escrever estão em um dilema. Já que só a FC está florescendo, muitos deles estão escrevendo FC-A, e como consequência acontece certa diluição da FC. Ela está se tornando mais literária, mais experimental no estilo, menos *científica*, porque muitos dos escritores não têm conhecimentos especializados em ciência. Eles não acham que deveriam ter; não acham que deveríamos ter ficção *científica*, mas sim ficção *especulativa*, na qual você especula sobre o futuro em qualquer estilo de que goste. E suponho que estejam certos. No futuro, contanto que tenhamos um futuro, a FC vai se ampliar, vai se tornar mais diluída e se estender até se sobrepor a toda ficção. Acho que todas as pessoas que escrevem FC vão ter que levar em conta certas tendências do gênero, em especial o fato de que a sociedade está mudando cada vez mais rápido. Dentro desse amplo campo, haverá um campo mais estreito de FC à moda antiga, tratando inteiramente de cientistas e ciência. Eu ainda estarei nesse campo mais estreito.

Wolf: O senhor teve muito cuidado, no seu ensaio sobre FC social, em especificar que está falando não sobre o termo ciência em geral, mas sobre algo semelhante à tecnologia. Parece-me que é disso que o senhor está falando aqui, porque áreas que nós agora identificamos como ciência – psicologia, psicanálise, sociologia – não levam a tecnologias. Obviamente, se o senhor estiver falando sobre FC nesses termos, vai ter uma definição muito mais ampla.

Asimov: Sim, mas na Trilogia da Fundação eu tratei proposital e especificamente o que poderíamos chamar de ciência política ou ciência da história, e desenvolvi uma tecnologia para ela. Essa foi a minha tentativa de ampliar a noção de ciência em FC. Por outro lado, temos escritores extremamente talentosos como Harlan Ellison, que não poderia estar menos interessado em ciência; ele se concentra totalmente nos seres humanos e faz isso de maneira muito eficaz. É FC apenas por uma questão de cortesia, e ele reconhece isso. Ele está à frente do movimento em prol do uso do termo "ficção especulativa". Seu precursor nessa área foi Ray Bradbury, que também não sabia nada de ciência nem queria saber. As histórias de Ray têm grande valor poético.

Wolf: E ele não se considera um escritor de FC.

Asimov: Não, não se considera. Ele é um escritor de fantasia; eu o chamei, a certa altura, de escritor de ficção *social*, e ele aceitou o termo naquela época.

Wolf: Provavelmente, *Farenheit 451* é tão tecnológico quanto a maioria das obras que se passam por FC.

Fitz Gerald: Mas não é muito extrapolativo.

Asimov: Não, é muito difícil estabelecer esses limites rigorosos. Tudo se mistura gradualmente com tudo.

Fitz Gerald: Até que ponto o senhor acha que a "ficção científica hard" é uma preparação para livros como *O choque do futuro*[3]?

Asimov: Tendo a concordar com Toffler. É difícil não concordar e ser humano. Não gosto de mudanças que perturbem meu modo de vida já gasto, mas sei que

---

3   *O choque do futuro* é um livro do escritor Alvin Toffler publicado no Brasil pela editora Record.

a mudança vai acontecer. Posso não gostar, mas não fico ultrajado. Na realidade, o que poderíamos chamar de "atitude da FC" – FC hard – é essencial se quisermos sobreviver como sociedade tecnológica. Infelizmente, muitas pessoas simplesmente dão como certo que as coisas não vão mudar ou que, se mudarem, não deveriam, e que é preciso fazer todo esforço para restaurar o *status quo*. Como resultado, não estamos preparados para as mudanças e não fazemos nenhum esforço para direcioná-las da melhor forma. Vamos ser sobrepujados em duas gerações pelas mudanças que estão acontecendo agora, a maioria das quais são indesejáveis. A menos que possamos encarar essas mudanças com coragem, tentar descobrir o que deveríamos fazer para impedir as mudanças indesejáveis e ocasionar as desejáveis, pensar muito sobre as distinções entre elas, certamente fracassaremos. Agora, não importa o que façamos, pode ser que fracassemos, mas eu preferiria fazer algo que nos desse uma chance a não fazer nada, o que não nos daria chance alguma.

Fitz Gerald: O senhor criou para nós as três Leis da Robótica, mas que tal inventar três leis para os seres humanos de modo que, quando fabricarmos seres humanos com engenharia genética, possamos ter as proteções incorporadas que o senhor nos deu quanto aos robôs?

Asimov: Essa é uma ideia interessante que eu nunca havia considerado. Bem, por que não penso sobre isso? Eu odiaria inventar algo assim de cabeça porque não seria tão bom quanto se eu pensasse a respeito, e porque talvez eu escreva uma história sobre isso.

Fitz Gerald: O senhor se importaria se eu escrevesse uma história sobre isso também?

Asimov: Ah, não! [Risos] De forma alguma. É sua ideia que eu estou roubando, certo?

Fitz Gerald: Não, estamos compartilhando.

Wolf: O que o senhor estava dizendo antes foi abordado por Susan Sontag, entre outros, que diz que a prática de imaginar o desastre na FC nos torna sempre prontos para mudar. Ficamos indiferentes aos conceitos morais envolvidos e pensamos que a mudança é inevitável, então não importa de que mudança em particular se trata. O resultado é que, por nos tornarmos complacentes ou habituados à inevitabilidade da mudança, nós abolimos a sensação de ser capazes de controlar o nosso futuro e aceitamos o que nos é dado.

Asimov: Não aceito isso como uma interpretação apropriada da atitude da FC. Este gênero não fala simplesmente da mudança como uma coisa abstrata. Toda história de FC descreve certa mudança particular e decide se é para o bem ou para o mal, e em geral, a mudança é para o mal, ou ameaça ser para o mal. *Não* porque os escritores do gênero sejam essencialmente pessimistas, *não* porque mudanças sejam essencialmente para o mal, mas apenas porque isso contribui para uma história mais dramática. Se você escrever uma história sobre uma mudança que gera a felicidade humana, você lança um *Daqui a cem anos: revendo o futuro* que Edward Bellamy escreveu, que é um livro interessante, porém uma história horrível... é muito entediante. Então estamos constantemente escrevendo antiutopias, a ideia sendo a de que, se essa é a mudança que nós não queremos que aconteça, como podemos evitá-la? Em uma história, os vilões são frequentemente derrotados, a mudança é abortada, algo melhor parece surgir no horizonte, a ameaça de uma mudança para o mal é evitada e assim por diante. A FC ensina que há inúmeras mudanças e que a raça humana, por meio de suas ações, pode escolher a dedo entre elas. Deveríamos escolher uma que seja para o bem. Essa é a interpretação apropriada do papel da FC.

Wolf: Embora estejamos nos tornando uma sociedade cada vez mais tecnológica e tenhamos mais pessoas voltadas à ciência por aí, estamos tendo uma FC de caráter menos científico. Isso não parece paradoxal?

Asimov: Na verdade, não. Em parte, é uma desilusão com a ciência; em parte, é porque estamos tendo muita FC *hardcore* nos jornais e nas revistas. Fazer a *Viking* aterrissar em Marte é FC *hardcore*; as ideias sobre as quais escrevemos durante anos agora estão se tornando reais. Além do mais, como eu disse antes, muitas pessoas que estão escrevendo FC agora o fazem à revelia de qualquer outra coisa e não estão interessadas em ciência.

Wolf: O senhor está se afastando da FC porque está desiludido com ela como uma forma viável de literatura?

Asimov: Não, acho que ela é extremamente viável. Admito que me sinto pouco à vontade com as tendências modernas... altamente estilísticas e saturadas de emoção do gênero de hoje. A porcentagem cada vez menor de FC *hardcore* me faz sentir uma pessoa antiquada.

Wolf: Várias vezes a FC foi acusada de ser fundamentalmente cerebral, em vez de emocional, e, portanto, o personagem não seria desenvolvido na FC com todas as ramificações. A tendência atual não está somente distante do personagem, mas distante desse lado cerebral, e caminhando em direção à ação.

Asimov: Sim, está. Quando descrevi anteriormente nesta conversa as dificuldades de equilibrar enredo e pano de fundo, também quis dizer que gastar um tempo com o pano de fundo rouba tempo dos personagens. Não se tem caracterização do modo como ela costuma ser entendida pela maioria das pessoas. Se você considerar sua sociedade de fundo como personagem, essa sociedade tem todos os tipos de "caracterização", mas isso não costuma ser considerado dessa forma pelos críticos. Por outro lado, agora que os escritores estão tentando tirar o caráter cerebral e acrescentar o emocional, trabalhar com a caracterização no sentido mais antigo, eles o fazem à custa do pano de fundo. Em muitas histórias de FC modernas, as pessoas são delineadas de maneira muito nítida, mas vê-se a sociedade apenas por meio de lampejos. Tudo tem seu preço: se você ganha algo aqui, perde algo ali.

TRILOGIA DA FUNDAÇÃO

TÍTULO ORIGINAL:
Foundation Trilogy

COPIDESQUE:
Carlos Orsi
Marcelo Barbão

REVISÃO:
Isabela Talarico
Renato Ritto
Sérgio Motta

TRADUÇÃO DE PARATEXTOS:
Aline Storto Pereira

CAPA E PROJETO GRÁFICO:
Pedro Inoue

DIAGRAMAÇÃO:
Desenho Editorial

ILUSTRAÇÕES:
Alexander Wells

DIREÇÃO EXECUTIVA:
Betty Fromer

DIREÇÃO EDITORIAL:
Adriano Fromer Piazzi

DIREÇÃO DE CONTEÚDO:
Luciana Fracchetta

EDITORIAL:
Daniel Lameira
Andréa Bergamaschi
Débora Dutra Vieira
Luiza Araujo
Renato Ritto*
Bárbara Prince*

COMUNICAÇÃO:
Nathália Bergocce
Júlia Forbes

COMERCIAL:
Giovani das Graças
Lidiana Pessoa
Roberta Saraiva
Gustavo Mendonça
Pâmela Ferreira*

FINANCEIRO:
Roberta Martins
Sandro Hannes

* Equipe original à época do lançamento.

COPYRIGHT © THE ESTATE OF ISAAC ASIMOV, 1951, 1979
COPYRIGHT © EDITORA ALEPH, 2019
COPYRIGHT DAS ILUSTRAÇÕES © ALEXANDER WELLS, 2012
(EDIÇÃO EM LÍNGUA PORTUGUESA PARA O BRASIL)

TODOS OS DIREITOS RESERVADOS.
PROIBIDA A REPRODUÇÃO, NO TODO OU EM PARTE, ATRAVÉS DE QUAISQUER MEIOS.
ILUSTRAÇÕES DE ALEXANDER WELLS PUBLICADAS MEDIANTE ACORDO COM THE FOLIO SOCIETY.
WWW.FOLIOSOCIETY.COM

EDITORA ALEPH
Rua Tabapuã, 81 - cj. 134
04533-010 – São Paulo – SP – Brasil
Tel.: (55 11) 3743-3202
www.editoraaleph.com.br

DADOS INTERNACIONAIS DE CATALOGAÇÃO NA PUBLICAÇÃO (CIP)
(CÂMARA BRASILEIRA DO LIVRO, SP, BRASIL)

A832t Asimov, Isaac
Trilogia da Fundação / Isaac Asimov ; traduzido por Fábio Fernandes ,
Marcelo Barbão. - 2. ed. – São Paulo : Aleph, 2019.
880 p. Tradução de: Foundation Trilogy

ISBN: 978-85-7657-197-1

1. Literatura americana. 2. Ficção científica. I. Fernandes, Fábio. II. Barbão, Marcelo. III. Título.
2019-354
CDD 813.0876
CDU 821.111(73)-3

ELABORADO POR ODILIO HILARIO MOREIRA JUNIOR - CRB-8/9949

ÍNDICES PARA CATÁLOGO SISTEMÁTICO:
1. Literatura americana : Ficção científica 813.0876
2. Literatura americana : Ficção científica 821.111(73)-3

TIPOGRAFIA:
Replica Pro [títulos]
Surveyor [texto]

PAPEL:
Pólen soft 80 g/m² [miolo]
Couché fosco 150 g/m² [revestimento da capa]
Offset 150 g/m² [guardas]

IMPRESSÃO:
Gráfica Santa Marta [julho de 2021]
1ª edição: março de 2019 [3 reimpressões]